을유세계문학전집 57

체벤구르

을유세계문학전집 · 57

체벤구르

CHEVENGUR

안드레이 플라토노프 지음·윤영순 옮김

을유문화사

옮긴이 윤영순

경북대학교 노어노문학과 학사, 석사를 졸업하고 『플라토노프의 창작에 드러난 작가 입장의 문제』로 모스크바 국립사범대학에서 박사 학위를 받았다. 현재 경북대학교 노어노문학과에 재직하면서, 러시아 소설 및 문화, 러시아와 동유럽 영화에 대해 강의하고 있다. 「소쿠로프와 콘찰롭스키의 포투단 강 읽기」, 「우리 시대의 고전, 복제와 재생의 미학: 소로킨의 창작을 중심으로」, 「시장과 소설: 바흐친의 라블레론과 19세기 러시아 소설 장르」 등의 논문과 『세계문학 속의 여성』(공저) 등의 저서가 있다.

을유세계문학전집 57

체벤구르

발행일 · 2012년 10월 15일 초판 1쇄 | 2021년 8월 5일 초판 4쇄
지은이 · 안드레이 플라토노프 | 옮긴이 · 윤영순
펴낸이 · 정무영 | 펴낸곳 · (주)을유문화사
창립일 · 1945년 12월 1일 | 주소 · 서울시 마포구 서교동 469-48
전화 · 02-733-8153 | FAX · 02-732-9154 | 홈페이지 · www.eulyoo.co.kr
ISBN 978-89-324-0389-2 04890 978-89-324-0330-4(세트)

자본주의적 근대성에 대한 저항의 장

블라디미르 티호노프/박노자(오슬로 대학교)

내가 『체벤구르』를 처음 읽은 것은 1988년 고등학교에 다니던 시절이었다. 1978년 국외에서 이미 『체벤구르』의 전문이 발표되었지만, 소련 내에서는 페레스트로이카 정책으로 검열이 다소 완화된 1988년에 이르러서야 1928년 탈고된 『체벤구르』가 드디어 독자를 만날 수 있게 되었다. 페레스트로이카 시절, 그때까지 검열에 걸려 발표되기 어려웠던, 소련 체제에 대한 비판적인 글이 마구 쏟아져 나왔다. 나는 1988년 3월에 「드루즈바 나로도프(민족 우호)」라는, 당시 내 가족이 구독했던 문학 잡지를 통해 '해금된 문학 작품 발표, 『체벤구르』'라는 말을 처음 읽었다. 나는 이 작품 역시 체제에 대한 비판적 시선 때문에 오랫동안 빛을 보지 못했나 보다고 생각하면서 이 작품을 읽기 시작했다. 그러나 웬일인가. 일단 『체벤구르』를 읽기 시작하고 나서는 책을 손에서 놓을 수 없었다. 나는 『체벤구르』를 집에서도 밤낮 없이 계속 읽고, 학교 수업 때도 불법으로(?) 읽고, 지하철에서도 읽고, 화장실에서도 읽었다. 읽으면서 울어 버리는 일도 잦았다. 그때부터 지금까지 『체벤구르』는 나에게 개인적인 성경 책 역할을 해 왔다. 어려울 때마다, 삶에 대한 의욕을 상실할 때마다, 몸이 아플 때마다 이 책을 읽는다. 약을 먹지 않아도 이 책을 읽으면 몸이 나아지는 경우도 비일비재한 것으로 봐서는 정말 성경 책을 거론할 만한 종교적인 태도라고 이야기해도 거짓은 아닐 것이다. 이런 태도로 『체벤구르』를 대하는 이유는, 이 책이 페레스트로이카 시절의 그 흔하디흔했던 '비판류'와 질적으로 달랐기 때문이다. 이 책은 소련 내지 혁명의 세계를 비판한다기보다는, 그 세계의 가장 심층적인 근원을 밝힌다.

근대적 세계에서 사는 성인(成人)들은 매우 단순한 현실만을 알고 있다. 이 현실에서는 삶과 죽음은 두 개의 완전히 다른 영역으로 이해되고, 또 죽음이 두려움의 대상이 되어 우리로부터 철저하게 은폐된다. 이 현실에서는 '나'와 '남'의 경계가 매우 뚜렷하여, '나'는 '남'을 상대할 때 정확한 이해타산에 따라 '남'에 대한 '거리'를 결정해 유지한다. 이 현실에서는 인간을 포함한 유기물들과 사물은 유형적으로 완전히 다르며, 인간이 나머지 세상을 '자원'으로 알고 그 필요에 따라 '합리적으로 이용'할 뿐이다. 그리고 이 현실에서는 각 '개인'의 모든 행동은 정확하게 그 편리의 증강, 그 '행복'의 증강이라는 목적에 맞추어져 있다. 모든 것이 계산되는 세계에서 어떤 진정한 행복이 가능한지는 의문이지만, 이 현실의 '정상적인' 성인들은 안정성과 편리함 등을 대체로 '행복'으로 간주한다. 서로 단절되어 있는 여러 주체 사이의 확실한 '거리', 그리고 자연과의 '거리'는 우리를 둘러싸고 있는 이 현실의 가장 중요한 특징일 것이다.

그러나 『체벤구르』를 펼치자마자 독자는 완전히 다른 세계로 진입한다. 이 세계는 '거리와 계산' 위주의 근대와도 다르고, 또 성인들의 세계라고 보기도 힘들다. 어떤 의미에서 『체벤구르』의 저자는 아동의 시선으로 세상을 보고, 아동의 마음을 기반으로 해서 그 나름의 세계를 만든다. 근대적 성인으로서 상상하기 어려운 일이지만, 『체벤구르』의 세계에서 일단 삶과 죽음 사이의 정확한 경계선은 보이지 않는다. 예컨대, 주인공 사샤 드바노프의 아버지인 어부는 "하늘 아래 있는 다른 마을처럼, 마치 차가운 물 바닥에 있는 다른 마을처럼, 죽음을 생각했다". 그에게 사후(死後)의 세계는 공포가 아닌 아주 친근한 관심의 대상이었고, 그는 결국 이와 같은 관심을 좇아 스스로 익사해서 이 너무나 포근하고 좋은, 모태와 같은 호수 물 속에 남는 길을 택했다. 공산주의, 즉 지선(至善)의 사회 건설에 좌절을 경험한 그의 아들 역시 아버지를 선(善)의 세계에서 만나러 호수의 물속으로 들어가 버리고 만다. 삶이든 죽음이든 『체벤구르』의 주인공들에게 모든 것은 공포나 경쟁이 아닌 사랑을 실천하는 무대다.

이 동심 어린 사랑의 세계에서는 '남'들로부터 단절되어 자신의 '행복'만을 계산하는, 세상을 '자원'으로 파악하는 근대인은 성립되지 않는다. 『체벤구르』의 긍정적 주인공들에게 '나'와 '남' 사이의 거리는 없다. 혁명의 방랑하는 기사, 현대판 돈키호테인 코푠킨은 마지막 전투에서 패배해 죽는 순간에도 무엇보다 먼저 그가 사랑하는 로자 룩셈부르크(1871~1919)를 생각한다. 로자 룩셈부르크를 비롯한 혁명의 선열들이 땅속에서 그를 기다린다고 생각하면서 죽는 순간에 그들의 이야기를 마지막으로 한다. 그에게는 혁명 선열들이 '남'이 아닌 그 자신의 분신들이었고, 그들을 생각하면서 편리함과 안정성이 아닌 고행의 길을 가다가 전사(戰死)하는 것은 행복이었다. 마찬가지로 사샤 (알렉산드르) 드바노프에게 호수 물속으로 가는 마지막 길은 죽음으로 가는 길이라기보다는 늘 꿈속에서 하나였던 아버지의 몸과 다시 한 번 영원히 하나가 되기 위한 길이다.

"사실 아버지는 여전히 남아 있었다. 그의 뼈와 그의 살아 있던 육체의 물질들과 땀으로 젖은 셔츠 조각, 모든 생명과 우정의 고향 말이다. 그리고 저곳에서는, 어느 날 아버지의 육체에서 아들을 위해 분리되어 나간 그 피의 귀환을 영원한 우정으로 기다리는, 좁고도 더 이상 아무와 헤어지지 않아도 될 장소가 알렉산드르를 기다리고 있었다."

아버지의 땀으로 젖은 셔츠의 냄새는, 개체 사이의 경계선을 넘어 두 사람을 뗄 수 없는 하나로 만드는 것이다.

『체벤구르』 주인공들의 사랑은 꼭 다른 인간들과 자신을 동일시하는 것만은 아니다. 그들은 예컨대 인간 지혜의 산물, 인간성의 연장으로 생각하는 기계를 사랑하고, 기계를 생물처럼 아낀다. 그들에게 노동이라는 것은 사랑하는 기계와 소통하는 시간이다. 아이가 장난감과 이야기를 나누듯이 사샤 드바노프의 양부인 자하르 바블로비치는 기관차나 각종 기계와 이야기를 나눈다.

"점심 휴식 시간에도 자하르 파블로비치는 기관차에서 눈을 떼지 않았으며, 조용히 기관차에 대한 자신의 사랑을 체험했다. 그는 볼트와 낡은 밸브, 파이프 등과 같은 기계 부품을 자기 숙소로 많이 가지고 왔다. 그는 탁자 위에 줄을 세워 그것을 쌓아 올렸고, 결코 외로움도 타지 않으면서 그것을 바라보는 데 열중했다. 자하르 파블로비치는 고독하지 않았다. 왜냐하면 기계들이 바로 그에게는 사람이었고, 그의 안에서 계속 감각과 사상, 욕망을 자극했기 때문이다."

물화된 노동인 기계까지 유기물처럼 느껴지고 영화(靈化)되는 이 세계는, 근대적 현실과 확연히 다른, 신화의 시공간이자 아동심리상으로만 이해할 수 있는 시공간이다. 이 세계는 왜 사람을 울릴 만큼 매력적인가? 아마도 우리로서는 근대성도, 성인으로서의 현실적인 삶도 많은 면에서 부족한 부분이 있으며, '나'와 '남'의 경계선이 불투명한 아동기로 영구히 귀환하고 싶은 충동을 자주 느끼지 않을 수 없기 때문이다. 이를 꼭 '퇴영 심리'라고 비판하면 안 된다. 사물과 인물, 동물, 식물 들이 분별되지 않는 전설의 시공간이야말로 인간 창조성의 원천이기 때문이다. 우리는 그 시공간으로 귀환하면서 늘 새로운 힘을 얻는다. 창조할 힘도 얻고, 온 세계를 사랑할 힘도 함께 가져오는 것이다.

바로 이 사랑의 코드는 『체벤구르』의 비현실적인, 우리 상상 밖의 세계를 '혁명'이라는 역사적 현상과 연결시킨다. 『체벤구르』에서도 잘 보이듯이, 혁명은 간혹 매우 잔혹할 수도 있지만, 혁명의 목적은 사랑으로만 엮어진, 서로에 대한 배려에 의해서만 작동하는 새로운 세계를 창조하는 것이다. 이 새로운 혁명적 세계는 자본주의적 근대를 지양한 것이며, 그러한 차원에서 어떤 면에서는 『체벤구르』에서 펼쳐지는 준(準)신화적 시공간과 통하기도 한다. 또한 이 새로운 세계를 만들어 내는 그 고통스러운 과정은, 동심 어린 만물에 대한 애착으로 가득 찬 마음을 가진 투사가 아니면 하기 어려운 일이다. 혁명은 미래를 위한 어마어마한 희생을 요구하는 것이며, 불평불만 없이 우주와 만물에 대한 어떤 근원적인 일체감만으로 그 엄청난 희생을 치를 수 있는 사람은 대체로 『체벤구르』의 세계에서 등장되는 주인공들이다. 성경 책에 "아이처럼 되지 않으면 하늘나라에 들어갈 수 없다"고 나오듯이, 혁명의 치열한 과정에서 미래를 위한 '거름'이 기꺼이 되어 주는 민초들에게서 '아이'와 같은 심적 특성이 보인다. 결국 어떤 측면에서 『체벤구르』의 의사(擬似) 신화적 시공간은 바로 반인간적인 자본주의적 근대성에 대한 저항의 장을 나타내기도 하는 것이다.

소설 속의 유토피아적 코뮌인 체벤구르도 몰락했듯이, 현실 속에서도 『체벤구르』를 탈고했던 1928년에 소련의 혁명이 이미 스탈린주의적 관료 국가 건설로 점차 변질되어 가면서 귀착되어 갔다. 그렇다면 사샤 드바노프나 코푠킨의 모델이 된 그 수많은 민중 투사들의 고행의 삶과 죽음이 헛된 일이었는가? 전혀 그렇지 않다. 『체벤구르』의 언어를 빌려 표현하자면, 그들이 땅속에서 우리를 기다리고 있는 한, 호수의 물속에서 우리를 지켜보고 있는 한, 착취와 차별이 없는 세상, 만물이 사랑스러운 하나가 될 수 있을 것 같은 그런 세상에 대한 꿈은 영원할 것이다.

이제 다행스럽게도 동아시아권에서 최초로 나오는 『체벤구르』 한국어판의 독자들은, 이 작품을 읽으면서 이 꿈의 힘을 스스로 확인할 수 있을 것이다. 이 꿈이 살아 있기에 이 지구가 지속적으로 존재할 수 있는 것 아닌가.

차례

제1부

장인의 기원

오래된 지방 도시 변두리에는 노후한 숲 언저리가 있게 마련이다. 사람들은 자연으로부터 그곳으로 살러 왔다. 어느 날 명민하지만 슬퍼 보일 정도로 지친 눈을 가진 한 남자가 그곳에 나타났다. 그는 모든 것을 고치고 정비할 수 있었으나 자신은 정비되지 않은 삶을 살아온 사람이었다. 프라이팬부터 자명종에 이르기까지 그 어떤 물건도 그의 손을 그냥 지나치는 법이 없었다. 또한 구두에 밑창을 새로 대거나, 마을의 옛 시장에서 팔 질 나쁜 산탄을 주조하거나, 가짜 메달을 새기는 일조차 그는 마다하지 않았다. 하지만 그는 자신을 위해서는 가족도, 집도, 그 무엇도 결코 만들지 않았다. 여름에는 자루에 여러 가지 장비를 담아 들고 다니며 그 자루를 베개 삼아 그냥 자연에서 살았다. 이것도 편하게 잠들기 위해서라기보다는 여러 가지 장비를 보관하기 위해서였다. 그는 지난 저녁부터 눈을 가리고 있던 우엉 잎으로 이른 아침의 햇살을 가렸다. 겨울에는 밤마다 교회 시계 종을 대신 쳐 주면서 교회 문지기에게 잠자리를 얻었고, 여름에 일해서 벌어 놓은 돈으로 먹고살았다. 이런저런 간단한 도구들을 제외하고는 사람에게도, 자연에도 그는 크게 관심이 없었다. 그렇기 때문에 그는 사람에게도, 들판에도 아무런 해를 끼치지 않으려 노력하면서, 무관심한 상냥함으로만 대했다. 겨울 저녁에는 가끔 아무짝에도 쓸모없는 물건들을 만들기도 했다. 철사로 만든 탑, 지붕의 함석 조각으로 만든 배, 종이 비행기나 다른 것을 만들었는데, 그것은 오로지 자신의 즐거움과 만족을 위해서였다. 이런 물건들을 만들기 위해 그는 이따금 들어오는 누군가의 우연한 주문을 미루기도 했다. 예를 들면, 나무 드럼통에다 새로 테두리를 끼워 달라는 주문을 받았지만, 태엽 장치 없이 지구의 자전만으로도 시계가 움직일 수 있으리라는 생각에 나무로 된 시계 장치를 만드는 데 열중했다.

교회 문지기는 그가 돈 안 되는 그런 작업을 하는 게 마음에 들지 않았다.

"자하르 파블로비치, 자네 늙어서는 빌어먹게 될 거야! 통이 며칠째 저기서 뒹굴고 있는데, 뭐에 써먹을지 알 길도 없는 나무 토막만 만지고 있군."

자하르 파블로비치는 침묵했다. 그에게 인간의 말은 숲에 사는 이들에게 들리는 숲의 속삭임과도 같아서 전혀 들리지 않았다. 문지기는 담배를 피우며 말없이 먼 곳을 바라보았다. 예배 의식을 자주 갖다 보니 그는 신을 믿지 않았지만, 자하르 파블로비치가 아무것도 발명해 낼 수 없다는 것 정도는 알 수 있었다. 사람들은 오래전부터 이 세상에서 살아왔고 벌써 모든 것을 발명해 냈다. 그렇지만 자하르 파블로비치는 그렇게 생각하지 않았다. 자연의 원료들이 인간의 손을 타지 않고 있는 한, 인간이 모든 것을 고안해 낸 것은 결코 아니었다.

4년이 지나고 5년째 되던 해에 마을 사람의 절반은 광산이나 도시로, 남은 절반은 숲으로 떠났다. 흉년이 들었던 것이다. 심지어 한발이 드는 해에도 숲 속 들판에는 먹을 수 있는 풀이나 야

채, 밀이 제대로 익어 간다고 오래전부터 알려져 있었다. 남은 시골 마을 사람의 절반은 먹을 수 있는 풀을 걸신들린 방랑자 무리가 순식간에 휩쓸어 가 버리는 것을 막기 위해 들판으로 몰려 나갔다. 하지만 이듬해에도 흉년이 계속되었다. 마을 사람들은 오두막 문을 걸어 잠그고 큰길로 나와서 두 무리로 나뉘어 길을 떠났다. 한 무리는 키예프*로 구걸하러 가고, 다른 무리는 돈을 벌기 위해 루간스크로 떠났던 것이다. 몇몇 사람들은 숲으로, 풀이 무성하게 자란 협곡으로 다시 돌아왔다. 그들은 생풀, 진흙, 나무껍질 등을 먹기 시작하면서 점점 야생화되어 갔다. 배부르게 젖을 먹이지 못해서 수유하는 젊은 엄마들은 점차 스스로 아기들을 지치게 했다.

이 어린것들을 굶주림에서 구해 주는 이그나티예바라는 노파가 있었다. 그녀는 버섯 액과 달콤한 풀을 반씩 섞어서 어린아이들에게 주었다. 이걸 먹은 아이들은 입술에 거품이 바싹 말라붙은 채 고요히 숨을 거두었다. 어머니는 쪼글쪼글 주름진 아이의 이마에 키스하면서 속삭였다.

"고생만 했구나, 아가야. 하느님이 돌봐 주시기를!"

이그나티예바도 그 옆에 서 있었다.

"죽었네그려, 이제 조용해진 걸 보니. 살아서 아픈 것보다야 이게 낫지. 지금쯤 천국에서 은빛 바람 소리를 듣고 있을 게야."

어머니는 아이의 슬픈 운명이 편안해졌으리라 믿으면서도 자기 아이가 지금 어떨지 궁금해졌다.

"내 헌 치마를 가져가요, 이그나티예바. 더 이상은 줄 게 없어요. 고마워요."

이그나티예바는 치마를 햇빛에 펼쳐 살펴보고는 말했다.

"좀 울어, 미트레브나, 그래야 돼. 그런데 자네 치마는 낡아도 너무 낡았군. 어디 손수건이나 다리미라도 더 주면 안 되겠나."

자하르 파블로비치는 마을에 혼자 남았다. 그는 마을에 인적이 없는 게 좋았다. 그는 숲의 은자가 가르쳐 준 대로 풀의 양분으로 연명하면서 숲 속에서 더 오랜 시간을 보냈다.

배고픔을 잊기 위해 자하르 파블로비치는 계속해서 일했다. 그리고 이전에 금속으로 만들었던 것들을 모두 나무로 다시 만드는 법을 습득했다. 은자는 평생 동안 아무것도 만들지 않았으며, 지금은 더더욱 아무것도 만들지 않았다. 쉰 살이 될 때까지 그는 무엇이 어떻게 돌아가는지 주변을 둘러보기만 했다. 세상이 평온해지고 문제가 해결되고 나면 바로 행동을 시작하기 위해, 공동의 불안으로부터 마침내 뭔가가 튀어나오기만을 기다렸다. 그는 결코 생에 사로잡힌 적이 없으며, 그의 손은 여자와의 결혼을 위해서도, 사회에 이로운 활동을 위해서도 절대 움직이지 않았다. 태어나자마자 그는 깜짝 놀랐고, 그렇게 푸른 눈동자를 지닌 아이의 얼굴을 한 채로 노년까지 살아왔다. 자하르 파블로비치가 참나무로 프라이팬을 만들었을 때, 그런 프라이팬으로는 아무것도 볶을 수 없기에 은자는 놀랐다. 그렇지만 자하르 파블로비치는 나무 프라이팬에 물을 따르고 약한 불에서 끓였는데, 프라이팬은 불에 타지 않았다. 은자는 놀라서 기절할 지경이었다.

"위대한 일이야. 자네 어떻게 이런 걸 다 알아냈는가!"

그리고 은자는 그를 괴롭히는 보편의 비밀 때문에 풀이 죽었다. 아무도, 단 한 번도 은자에게 사건의 단순성을 설명해 주지 않았다. 또는 은자 자신이 극도로 어리석은 사람이었을 수도 있다. 사실, 자하르 파블로비치가 바람이 왜 제자리에 머물러 있지 않고 불어오는지 설명하고자 했을 때, 은자는 바람의 기원을 정확히 느끼고 있었음에도, 너무 놀란 나머지 아무것도 이해하지 못했다.

"정말 그렇단 말인가? 어디 설명해 주게. 양지 바른 곳으로부터 바람이 불어온단 말이지? 사랑스러운 일이야."

자하르 파블로비치는 양지가 사랑스러운 일이 아니라 단지 열일 뿐이라고 설명했다.

"열이라고?" 은자는 놀랐다. "이런, 자네는 마녀 같은 사람이군!"

은자의 놀람은 하나의 사물에서 다른 것으로 옮겨 가기만 했을 뿐, 그의 의식에는 아무런 변화도 없었다. 이성 대신에 그는 남을 쉽게 믿는 존경심으로 살아왔던 것이다.

여름 동안 자하르 파블로비치는 자신이 알고 있던 모든 물건을 나무로 다시 만들었다. 움막과 그 주변에는 자하르 파블로비치의 장인다운 솜씨를 보여 주는 물건들로 가득했다. 농기구 일습, 기계들, 산업용 또는 가정용 기구들이었다. 이상한 것은 단 하나의 물건도 자연을 본떠서 만든 것은 없다는 점이었다. 예를 들면, 말이나 호박, 또는 뭐라도 말이다.

8월에 은자는 그늘로 들어가 배를 깔고 누워서 말했다.

"자하르 파블로비치, 나는 곧 죽을 걸세. 어제 도마뱀을 먹었어. 자네한테는 버섯을 두 점 주고 나 혼자 도마뱀을 구워 먹었지. 우엉 잎을 아래위로 좀 흔들어 주게. 나는 바람이 좋아."

자하르 파블로비치는 우엉 잎을 아래위로 흔들어 주었다. 그리고 물을 가져와 죽어 가는 사람에게 마시게 했다.

"죽지 않을 겁니다. 그냥 그렇게 여겨질 따름이에요."

"죽는다니까, 죽어. 자하르 파블로비치." 은자는 그의 거짓말에 놀랐다. "내 배는 아무것도 지탱할 수가 없어. 내 안에 커다란 기생충이 살고 있는데, 그게 피를 다 빨아 마셔 버렸어."

은자는 똑바로 돌아누웠다.

"어떻게 생각하나? 내가 두려워해야 할까, 아님 말아야 할까?"

"두려워하지 마세요." 자하르 파블로비치는 긍정적으로 대답했다. "나라면 지금 당장이라도 죽을 수 있어요. 그런데 알다시피, 이런저런 것들을 만들어야 해서……."

은자는 그의 동정심에 기뻐하면서 저녁 무렵 더 이상 놀라지 않고 숨을 거두었다. 은자가 숨을 거둘 때, 자하르 파블로비치는 시냇물에 멱감으러 갔었기 때문에, 녹색 구토물에 기도가 막힌 채 죽어 버린 은자를 나중에야 발견했다. 구토물은 뻑뻑하면서도 건조한 것으로 은자의 입 주변에 반죽처럼 엉겨 있었는데, 그 안에서 희고 자잘한 기생충들이 기어 다니고 있었다.

밤중에 자하르 파블로비치는 잠에서 깨어 빗소리를 들었다. 4월 들어서 두 번째로 내리는 비였다. '은자가 놀라기라도 하면 좋을걸.' 자하르 파블로비치는 생각에 잠겼다. 그러나 은자는 하늘에서 고르게 퍼부어 내리는 비에 홀로 젖으며 어둠 속에서 고요히 부풀어 오르고 있었다.

잠에 취한, 바람도 없는 빗줄기를 통해서 무언가가 둔탁하고 슬프게 노래를 부르기 시작했다. 그 노래는 아마도 비도 오지 않고 낮일지도 모르는 아주 먼 곳에서 울리는 것 같았다. 자하르 파블로비치는 은자도, 비도, 배고픔도 잊어버리고 벌떡 일어났다. 멀리서 기계가, 살아서 일하고 있는 기관차가 경적을 울린 것이다. 자하르 파블로비치는 밖으로 나가 평화로운 삶과 오래된 지상의 광활함을 노래하고 있는 따스한 비의 습기 속에 서 있었다. 어두운 나무들은 편안한 비의 애무를 받아들이며 팔을 벌린 채 졸고 있었다. 한 점의 바람도 없지만, 가지를 축 늘어뜨린 채 살짝 흔들릴 정도로 나무들은 기분이 좋았던 것이다.

자하르 파블로비치는 자연의 위안에는 주의를 기울이지 않았다. 낯선, 이제는 잠잠해진 기관차가 오히려 그를 흥분시켰다. 그는 다시 자리에 누워 생각에 잠겼다. '비는 활동하고 있는데, 나는 잠을 자고, 헛되이 숲 속에 숨어 있구나.' 은자는 죽었다. 너도 죽을 것이다. 살아가는 동안 은자는 아무 물건도 만들어 내지 않았고, 모든 것을 관망하고, 적응했으며, 모든 것에 놀라고, 가장 단순한 것에서 경이로움을 보았고, 무언가를 망치지 않기 위해 그 무엇에도 손을 내밀지 않았다. 버섯을 채취하기는 했지만, 스스로 버섯들을 찾아낼 줄도 몰랐다. 그렇게, 자연에 무엇 하나 해를 끼치지 않고 그렇게 죽어 갔다.

아침에 커다란 태양이 떠올랐다. 숲은 내부의 나뭇잎 속으로 아침 바람을 받아들이면서, 가장 큰 목소리로 노래를 불렀다. 자하르 파블로비치는 아침만이 아니라, 일하는 자들이 교대하는 것에도 주목했다. 말하자면 이제 비는 대지 속에서 잠들고, 태양이 비를 대신해서 일하는 것이다. 태양 때문에 바람이 일기 시작했으며, 그러자 나무들은 흐트러졌고, 풀과 관목들은 속삭이기 시작했다. 심지어 비조차 자신을 간질이는 따스함에 자극받아서, 쉬지 않고 다시 일어나 구름 속에서 몸을 추슬렀다.

자하르 파블로비치는 나무로 만든 모든 물건을 들어갈 수 있는 만큼 자루에 집어넣고 버섯이 나 있는 농로의 오솔길을 따라 멀리로 걸어갔다. 은자 쪽은 쳐다보지도 않았다. 죽은 자들은 아름답지 않다. 자하르 파블로비치는 무테보 호수에 사는 한 어부를 알고 있었다. 그는 죽음에 대해서 많은 것을 물어보고 자신의 호기심 때문에 슬퍼했다. 이 어부는 무엇보다 물고기를 좋아했다. 그러나 음식으로서가 아니라, 죽음의 비밀을 알고 있을지도 모르는 어떤 특별한 존재로서 좋아했다. 그는 죽은 물고기의 눈을 자하르 파블로비치에게 보여 주면서 이렇게 말했다. "이것 보게, 총명한 것들이야. 물고기는 삶과 죽음의 중간에 존재하고 있어. 그래서 이것들은 벙어리에다 표정 없는 눈으로 바라보고 있지. 송아지는 생각하지만, 물고기는 그렇지 않아. 벌써 모든 걸 다 알고 있다니까.” 오랜 세월 동안 호수를 관조하면서 어부는 단 한 가지, 죽음의 흥미로움에 대해서만 생각했다. 자하르 파블로비치는 그를 설득했다. “거기엔 특별한 것이 없어. 그냥 답답한 곳일 따름이야.” 그러나 일 년이 지난 어느 날, 어부는 더 이상 참지 못했다. 나중에 본능적으로 살고 싶어서 헤엄쳐 나오지 못하도록 두 발을 밧줄로 묶은 다음, 그는 배에서 호수로 몸을 던졌다. 실은 그는 전혀 죽음을 믿지 않았다. 다만 그곳에 무엇이 있는지 보고 싶었을 따름이다. 아마도 마을이나 호숫가에 사는 것보다 훨씬 재미있을지도 모른다. 그는 하늘 아래 있는 다른 마을처럼, 마치 차가운 물 바닥에 있는 다른 마을처럼, 죽음을 생각했다. 그리고 죽음은 그를 유혹했다. 죽음 속에서 살아 보고 돌아오려는 어부의 시도에 대한 이야기를 들은 몇몇 남정네들은 그를 설득했지만, 다른 몇몇은 그에게 동의했다. “한번 해 보는 거야. 손해 볼 것 없지. 드미트리 이바노비치. 한번 해 보고 나중에 우리한테 이야기해 주게.” 드미트리 이바노비치는 시도해 보았다. 사흘이 지나고 나서 사람들은 호수에서 그를 건져 내 마을 공동묘지 가장자리에 매장했다.

지금 자하르 파블로비치는 공동묘지 근처를 지나면서 십자가들의 가장자리에서 어부의 묘지를 찾았다. 어부의 무덤 앞에는 십자가도 없었다. 그 누구도 어부의 죽음 때문에 가슴 아파하지 않았고, 그 누구의 입도 그를 애도하지 않았다. 그는 병 때문이 아니라 자신의 호기심 많은 이성 때문에 죽었기 때문이다. 어부에게는 아내가 없었다. 그는 홀아비였다. 어린 아들이 있었는데 다른 사람 집에서 살고 있었다. 자하르 파블로비치는 장례식에 가서 소년의 손을 잡고 걸어갔다. 사랑스럽고 지혜로운 소년은 아버지도 어머니도 안 닮았었다. 지금 그 소년은 어디에 살고 있을까? 아마도 의지가지없는 고아는 흉년이 든 첫해에 굶어 죽었을지도 모른다. 소년은 슬퍼하지 않고 예의 바르게 아비의 관을 뒤따라 걸어갔다.

"자하르 아저씨, 아버지는 장난으로 일부러 저렇게 누워 있는 건가요?"

"일부러는 아니지만, 사샤, 바보짓을 해서 그래……. 이제 네게도 불행만 안겨 주겠구나. 아마도 네 아버지는 금방은 고기를 낚지 못할 거야."

"왜 아줌마들이 저렇게 울고 있나요?"

"그건 저네들이 위선자이기 때문이지."

묘혈에 관을 내렸을 때, 아무도 고인에게 이별을 고하고 싶어 하지 않았다. 자하르 파블로비치는 무릎을 꿇고 앉아서 호수 밑바닥에서 깨끗이 씻긴, 수염이 나 있고 아직 살아 있는 것 같은 어부의 뺨을 쓰다듬었다. 그리고 자하르 파블로비치는 소년에게 말했다.

"아버지에게 작별을 고하렴. 그는 이제 영원히 죽은 사람이란다. 아버지를 똑바로 보고, 그리고 기억하렴."

소년이 아버지의 시신 가까이, 낡은 그의 셔츠 가까이로 엎드렸다. 입관을 위해 셔츠를 갈아입혔기 때문에 그 셔츠에서는 낯익은, 생생한 땀 냄새가 났다. 아버지는 다른 셔츠를 입고 익사했다. 소년은 생선 비린내가 나는 아버지의 손을 만져 보았는데, 한 손가락에는 잊어버린 어머니를 기억하기 위한 주석 약혼반지가 끼워져 있었다. 아이는 사람들 쪽으로 고개를 돌렸다가 낯선 사람들을 보고 놀라서, 마치 그것이 자신을 보호해 주기라도 하는 양 아버지의 셔츠 자락을 움켜쥔 채 가련하게 울기 시작했다. 그의 슬픔은 남아 있는 생의 의식이 결여된 소리 없는 슬픔이어서 결코 위로될 수 없었다. 그는 죽어 버린 자가 오히려 더 행복하게 여겨질 정도로 죽은 아버지에 대해서 깊이 애도했다. 관 주위에 모여 있던 사람들 역시 소년에 대한 연민과, 모두 언젠가는 죽어야만 한다는, 그리고 애도의 대상이 되어야 한다는 사실에 대한 때 이른 자기연민으로 울기 시작했다.

자하르 파블로비치는 자신의 깊은 슬픔에도 불구하고 아이의 미래에 대해 생각했다.

"니키포로브나, 통곡을 하시는구려."

그는 급하게 통곡하면서 목 놓아 울고 있는 한 여인에게 말했다.

"슬퍼서가 아니라, 댁이 죽고 나서도 남들이 이렇게 울었으면 하고 곡을 하는구려. 이 애를 댁이 좀 데려가요. 벌써 댁네엔 아이들이 여섯이나 되니 하나 정도는 어떻게 애들 틈에 끼워 넣을 수 있지 않겠소."

니키포로브나는 금세 농부 아내로서의 약삭빠른 이성을 되찾고는, 험악한 얼굴을 한 채 울음을 그쳤다. 그녀는 눈물 한 방울도 흘리지 않고 오만상을 찡그린 채 울고 있었던 것이다.

"그게 뭔 소리예요? 아니, 어떻게든 끼워 넣다니! 지금이나 저만하지 사내자식 꼴이 나면 아마 바지 조각까지 뜯어먹으려고 할 텐데…… 어떻게 먹여 살리란 말이에요?"

마브라 페티소브나 드바노바라는 다른 여인네가 소년을 데려갔는데, 그녀에게는 일곱 명의 아이가 있었다. 소년은 그녀에게 손을 내밀었고, 여인은 소년의 얼굴을 치마로 닦아 주고 코를 풀어 준 다음 자기네 오두막으로 데려갔다.

소년은 아버지가 그에게 만들어 주었던 낚시 도구들을 기억해 냈다. 그는 낚싯대를 호수에 던져 두고는 잊어버렸던 것이다. 아마도 지금쯤은 반드시 물고기가 물렸을 것이고, 남들이 자기 음식을 먹는다고 욕하지 않도록 그 생선으로 먹고살 수 있을 것이다.

"아줌마, 물고기가 잡혔을 거예요."

사샤*가 말했다.

"지금 내가 가서 가지고 올게요. 아줌마가 날 먹여 살리지 않아도 되게 난 그걸 먹을게요."

마브라 페티소브나는 절망적으로 얼굴을 찡그리면서 머릿수건 끝으로 코를 닦아 내고는 소년의 손을 놓지 않았다.

자하르 파블로비치는 생각에 잠겼고 방랑의 길을 떠나고 싶었으나, 그곳에 머물렀다. 가슴속의 어떤 알 수 없는 열린 양심에서 나온 슬픔과 고아 감각에 그는 아주 감동받았다. 그는 쉼 없이 지상을 떠돌고, 모든 마을에서 슬픔을 만나고 낯선 무덤 앞에서 울기를 원했다. 하지만 시급을 요하는 물건들이 그의 발목을 잡았다. 촌장이 그에게 벽시계를 고쳐 달라고 맡겼다. 마을 성직자는 피아노를 조율해 주기를 원했다. 자하르 파블로비치는 이전에 그 어떤 음악도 들어 본 적이 없었다. 한번은 읍에서 축음기를 본 적이 있었는데 사내들이 하도 건드려서 그 축음기는 작동을 하지 않았다. 축음기는 선술집에 놓여 있었다. 누가 안에서 몰래 노래를 부르는 게 아니며, 아무런 속임수가 없다는 것을 볼 수 있도록 축음기 상자의 옆면은 부서져 있었고, 떨림막 안으로 바늘이 뚫고 들어가 있었다. 애수 띤 소리들을 연주해 보고, 그 같은 부드러움을 만들어 내는 기계 장치들을 살펴보면서 그는 피아노 조율에 거의 한 달을 매달렸다. 자하르 파블로비치는 건반을 세게 두드려 보았다. 슬픈 노래가 떠올라서 멀리 날아갔다. 자하르 파블로비치는 위를 쳐다보면서 소리의 회귀를 기다렸다. 흔적 없이 사라져 버리기에는 그 소리가 너무나 아름다웠기 때문이다. 성직자는 조율을 기다리다 지쳐서 이렇게 말했다.

"이보게, 자네. 괜히 쓸데없이 소리를 울리지는 말게나. 일을 끝내려고 애를 써야지, 자네한테 필요도 없는 소리의 의미를 연구하려 들어서야 되겠는가.” 자하르 파블로비치는 자기 기술의 뿌리 끝까지 화가 치밀어서, 금방 고칠 수는 있어도 특별한 지식 없이는 알아챌 수 없는 비밀 장치 하나를 기계에다 몰래 만들어서 덧붙였다. 이후에 사제는 매주 자하르 파블로비치를 불렀다. “어서 오게, 이 사람아, 음악의 비밀을 만드는 힘이 또 사라졌다네.” 자하르 파블로비치는 사제를 위해 비밀 장치를 만든 것이 아니었다. 또는 자기가 종종 음악을 즐기러 오기 위해서도 아니었다. 오히려 그 반대의 것, 모든 심장을 흥분시키고 인간을 선하게 만들어 주는 이 장치가 어떻게 만들어졌는지가 그를 아주 감동시켰다. 이를 위해 그는 화음에 섞여 들어서 울리는 소리를 덮어 줄 수 있는 자신만의 비밀 장치를 만들어 붙였던 것이다. 열 번을 고치고 소리 혼합의 비밀과 떨림판 장치를 이해하고 난 후, 자하르 파블로비치는 피아노에서 비밀 장치를 끄집어냈다. 그러고는 소리에 대해 영원히 흥미를 가지지 않게 되었다.

지금 길을 걸으면서 자하르 파블로비치는 지나간 삶을 회상했으나, 그것을 후회하지는 않았다. 흘러가 버린 시절, 그는 많은 장치와 물건을 혼자서 이해했으며, 필요한 재료나 도구만 있다면 다시 똑같은 것들을 만들 수도 있었다. 그는 알려지지 않은 기계와 물건들을 만나기 위해 그 경계선 너머로 전지전능한 하늘이 고요한 목초지와 만나는 마을들을 지나갔다. 그는 믿음이 고갈되고, 삶이 그저 남아 있는 여생으로 바뀔 따름일 때, 농부들이 키예프로 향하는 것과 같은 심정으로 그곳으로 갔다.

마을 거리에서는 탄 냄새가 났다. 닭을 이미 다 잡아먹어 버려서, 닭들이 파헤치지 않은 잿더미들이 길가에 널려 있었기 때문이다. 마을에는 아이 소리 하나 없이 침묵만 감돌았으며, 제 키보다

웃자라서 거칠어진 우엉 잎들이 문간에서 주인을 기다리고 있었다. 우엉 잎은 이전에는 풀 한 포기 자라날 수 없었던 길에도, 그리고 사람들이 밟고 지나갔던 자리에도 길게 자라나서 흡사 미래의 나무처럼 흔들렸다. 사람들이 없었기 때문에 홉의 넝쿨과 메꽃이 바자울을 휘감아서 마치 꽃을 피운 것 같았다. 만약 사람들이 돌아오지 않는다면 말뚝과 나뭇단이 쌓인 곳은 곧 덤불숲이 될 것 같았다. 마당의 우물들은 말랐으며, 도마뱀들은 통나무로 만든 우물 가장자리를 제멋대로 기어 넘나들면서 더위를 피하려고, 또는 번식하려고 우물로 드나들었다. 자하르 파블로비치는 들판의 곡식들은 이미 오래전에 죽어 버렸는데도, 농가의 초가지붕에는 호밀, 귀리, 수수가 푸른 싹을 틔웠으며, 명아주가 바람에 스치는 것 같은 무의미한 사건들에 적잖이 놀랐다. 이것들이 초가지붕에다 뿌리를 내렸던 것이다. 황록색의 들새들이 마을로 들어와서 농가의 헛간에 둥지를 틀었다. 참새들은 구름 뒤에서 벗어나 날개바람을 일으키며 농사일이라도 하듯 지저귀고 있었다.

마을을 지나면서 자하르 파블로비치는 나무껍질로 삼은 신발을 발견했다. 이 나무껍질 신발도 사람 없이 살아남아 스스로의 운명을 찾아냈던 것이다. 나무껍질 신발에서는 버드나무 싹이 터서 자라고 있었고, 나머지 부분은 썩어 들면서 자라날 나무뿌리 아래에서 그늘이 되어 주고 있었다. 신발 아래의 땅은 아마도 더 축축했으리라. 그래서인지 신발 사이사이로 여린 풀들이 많이 삐져나와 있었다. 시골 마을의 모든 물건 중에서 자하르 파블로비치는 나무껍질 신발과 편자를, 그리고 설비 중에서는 우물을 특히 좋아했다. 마을 마지막 농가의 굴뚝 위에 제비가 앉아 있다가 자하르 파블로비치가 보이자 굴뚝 안으로 기어 들어가 연기가 지나가는 어둠 속에서 새끼들을 날개로 감싸 안았다.

오른쪽으로는 교회가 남아 있었다. 교회 뒤로는 깨끗하고 유명한 들판이 마치 누워 있는 바람처럼 잔잔하게 펼쳐져 있었다. 반주용 작은 종이 열두 번 울리면서 정오를 알렸다. 메꽃은 교회 전체를 감싸면서 피어올라, 심지어 지붕 위 십자가까지 뻗어 나가 있었다. 교회 벽에 안장된 성직자들의 무덤은 잡초로 뒤덮여 있었고, 낮은 곳에 있는 십자가들은 밀생한 잡초 속에서 죽어 가고 있었다. 종을 다 치고 나서도 문지기는 여름이 지나가는 것을 보면서 여전히 교회 입구에 서 있었다. 그의 자명종은 오랫동안 일해 시간이 잘 맞지 않았지만, 대신에 문지기는 나이가 드니 기쁨이나 슬픔을 느끼는 것과 마찬가지로 시간도 정확하게 느끼기 시작했다. 그가 무엇을 하든, 심지어 잠이 들더라도(비록 늙어도 생명이 잠보다는 더 강하다. 생명은 민감하고 매 순간 움직이는 것이다), 문지기는 한 시간이 지나면 어떤 불안감 또는 갈망을 느끼면서 종을 쳐서 시간을 알렸고, 그러고 나면 편안해졌다.

"영감님, 아직 살아 계셨구려. 누구를 위해 이리 날짜를 세고 계시오?" 자하르 파블로비치가 문지기에게 말했다.

문지기는 대답하고 싶지 않았다. 70년 인생 동안 자신이 행한 일의 반 정도는 헛된 것이었으며, 자신이 한 말 중 4분의 3은 부질없는 것이었다고 그는 확신했다. 그가 염려했으나 아이들도 아내도 살아남지 못했으며, 말들은 낯선 소음처럼 잊혀 버렸다.

'이 사람에게는 말을 해 줘야겠군.' 문지기는 스스로 이렇게 판단했다. '이 사람은 어차피 멀리 떠나 버릴 것이고, 영원한 기억 속에 나를 남겨 두지는 않을 거야. 나야 부모도 아니고 도움을 준 사람도 아니니 말이지!'

"쓸데없는 일을 하고 계시는군요!" 자하르 파블로비치는 그를 비난했다.

문지기는 이 어리석은 말에 대답했다.

"어찌 쓸데없단 말인가? 내 기억에 이미 열 번이나 사람들은 마을을 떠났지만 나중에 다시 돌아와서 살기 시작했지. 오랫동안 사람이 없었던 적은 없었어."

"그럼 대체 무엇을 위해 종을 울리는 거요?"

문지기는 자하르 파블로비치가 온갖 작업을 제 손으로 해냈지만, 시간의 가치는 모르는 사람이라는 것을 알았다.

"이것 보게, 무엇을 위해 종을 울리다니! 종소리로 나는 시간을 줄이고, 노래를 부르지……."

"그럼 계속 부르시지요."

자하르 파블로비치는 이렇게 말을 던지고는 마을을 떠났다.

마을 변두리에는 마당도 없는 오두막이 덩그마니 놓여 있었다. 아마도 누군가 서둘러 결혼을 하고 나서 아비와 다투고 이리 이사를 온 듯했다. 오두막 역시 텅 비어 있었고 내부는 스산했다. 이곳을 떠나면서 자하르 파블로비치는 오두막의 굴뚝 속에서 해바라기가 밖으로 자라난 것을 보고 기쁨을 느꼈다. 해바라기는 이미 늠름해져서 떠오르는 태양 쪽으로 익은 머리를 숙이고 있었다.

길은 메마르고 먼지에 뒤덮인 풀들로 무성했다. 자하르 파블로비치가 담배를 피우기 위해 잠시 앉았을 때, 마치 풀들이 자라 나무가 된 것 같은 안락한 숲들이 보였다. 그곳은 불쌍한 작은 생물들의 필요를 충족하기 위해 길과 더불어, 온기와 온전한 구조물이 갖춰진 완전하고도 작은, 살아 있는 세계였던 것이다. 개미들을 물끄러미 살펴보고 나서, 자하르 파블로비치는 4베르스타*를 걸어가는 내내 그들에 대해 생각했고, 마침내 다음과 같은 결론에 도달했다. '우리에게 개미나 모기 정도의 지혜만 주어졌더라도, 가난하지 않도록 삶을 단번에 구축할 수 있었을지 모른다. 이 사소한

생물들은 우애로운 생활을 하는 위대한 기술자들이다. 인간이 개미와 같은 장인이 되려면 아직 멀었다.'

자하르 파블로비치는 도시 변두리에 도착해서 아이들이 많은 홀아비 소목장이 집의 헛간을 빌렸다. 그는 밖으로 나와서 생각에 잠겼다. 무슨 일을 할 수 있을까?

집주인인 소목장이가 일터에서 돌아와 자하르 파블로비치 옆에 앉았다.

"방값으로 얼마를 내면 될까요?" 자하르 파블로비치가 물었다.

소목장이는 마치 웃고 싶은 것처럼 목쉰 소리를 냈다. 그의 목소리에서는 무망(無望)이 느껴졌고, 완전히 그리고 영원히 슬픔에 잠긴 사람에게서 자주 나타나는, 겨우 참고 있는 것 같은 특별한 절망의 소리가 들리는 듯했다.

"자넨 무슨 일을 하는가? 아무 일도 안 한다고? 그럼 내 자식 놈들이 자네 머리를 부러뜨리지 않는 한 그냥 살도록 하게……."

그의 말은 옳았다. 첫째 날 밤에 열 살에서 스무 살에 이르는 소목장이의 아들들은 잠든 자하르 파블로비치에게 오줌을 끼얹고, 그가 자는 헛간 문을 부젓가락으로 잠갔다. 하지만 사람에게 결코 흥미를 가진 적이 없었던 자하르 파블로비치를 화나게 하기란 어려웠다. 그는 기계와 복잡하고도 강력한 제품들이 존재한다는 것을 알고 있었고, 우연하게 보여 주는 저열한 행위가 아니라, 기계나 제품을 통해 나타나는 인간의 가치를 높게 평가했다. 그리고 아침이 되자 자하르 파블로비치는 실제로 소목장이의 큰 아들이 얼마나 능란하고 진지하게 도끼를 만드는지 보았다. 그래, 이 녀석에게 가장 본질적인 것은 오줌이 아니라 훌륭한 솜씨인 것이다.

일주일이 지난 후 자하르 파블로비치는 슬플 정도로 무료해져서 아무런 부탁을 받지 않았는데도 소목장이의 집을 수리하기 시작했다. 그는 지붕의 가장 낡은 이음새를 새로 이었으며, 현관의 계단을 다시 손보고 굴뚝 그을음을 청소했다. 저녁에 자하르 파블로비치는 말뚝을 다듬고 있었다.

"자네 뭐 하고 있나?" 빵 껍질을 수염에 묻힌 채 소목장이가 물었다. 그는 방금 전에 감자와 오이로 점심을 먹은 참이었다.

"아마도 어딘가에는 쓸모가 있겠죠." 자하르 파블로비치가 대답했다.

소목장이는 빵 껍질을 씹으며 생각했다.

'무덤에 울타리를 세울 때 쓰면 되겠군. 아들 녀석들이 재계 금식을 지키는 사이에 공동묘지 무덤들에다 나쁜 놈들이 변을 봐 놨던데.'

자하르 파블로비치의 우수는 노동의 무익함에 대한 의식보다 더 강했다. 그래서 그는 한밤중에 완전히 피로해질 때까지 말뚝을 다듬어 만들었다. 손으로 뭔가 일을 하지 않으면 자하르 파블로비치의 피는 손에서 머리로 흘렀고, 그러면 곧 헛소리가 나오고 심장에서 우수에 찬 공포가 생겨날 정도로 모든 것에 대해 너무 깊이 생각하기 시작했다. 낮에 햇살 가득한 마당을 거닐 때, 그는 인간이 벌레에서 나왔을 따름이라는 자신의 상념을 극복할 수가 없었다. 벌레라는 것은 그 안에 아무것도 없고, 냄새나는 어둠만이 있을 뿐인 단순하고 끔찍한 텅 빈 원통에 불과하다. 도시의 집들을 살펴보면서 자하르 파블로비치는 그 집들이 닫힌 관과 흡사하다는 것을 알아차렸고, 자신이 소목장이의 집에 숙박하는 것이 두려웠다. 짐승처럼 노동할 수 있는 그의 작업 능력은 자기 자리를 찾지 못한 채, 자하르 파블로비치의 영혼을 갉아먹었다. 그는 스스로를 제어할 수 없었고, 일할 때는 절대로 나타나지 않았던 다양한 형태의 감정들로 괴로워했다. 그는 꿈을 꾸기 시작했다. 광부였던 그의 아버지가 죽어 가고 있었다. 어머니는 아버지를 살리기 위해 젖을 짜서 그에게 뿌려 댔다. 그러나 아버지는 화가 나서 그녀에게 말했다. "제발 마음대로 아플 수나 있도록 해 달란 말이야, 이년아." 그러고는 오랫동안 자리에 누워서 죽음을 질질 끌었다. 어머니는 그 옆에 서서 물었다. "금방 죽을 것 같아요?" 아버지는 순교자처럼 고집스레 침을 뱉고는 엎드려 말했다. "내게 헌 바지를 입혀서 장례를 치러, 이 바지는 자하르카*에게 주고."

유일하게 자하르 파블로비치를 기쁘게 한 것은 지붕에 앉아서 저 멀리, 도시에서 2베르스타 떨어진 곳에서 광포한 기관차들이 지나가는 것을 바라보는 일이었다. 기관차 바퀴의 회전과 기관차의 격렬한 호흡 때문에 자하르 파블로비치는 기쁨에 겨워 몸이 근질거렸고, 기관차에 대한 연민으로 눈은 눈물로 약간 젖어들었다.

소목장이는 자신의 세입자를 지켜보고 또 지켜보다, 마침내 그를 자기 식탁에 앉혀서 공짜로 밥을 먹이기 시작했다. 소목장이의 아들들이 첫날 자하르 파블로비치의 찻잔에 콧물을 빠뜨리자 아버지는 아무 말 없이 일어나서 아들의 턱을 있는 힘껏 후려갈겼다.

"그래, 나는 그냥저냥 괜찮은 인간인데, 어쩌다 이런 망할 자식을 낳았는지 모르겠소. 두고 보라지. 아마도 언젠가는 저 녀석들이 나를 죽이고 말게요. 페쟈 한번 보라지. 힘은 또 어찌나 센지. 어디서 뭘 또 퍼먹었는지 이해를 못하겠어. 어릴 때부터 싸구려 음식만 먹였건만……." 소목장이는 자기 자리에 앉으면서 평온한 목소리로 말했다.

때도 맞추지 못하고 아무짝에도 쓸모없는 첫 가을비가 내리기 시작했다. 농부들은 이미 오래전에 낯선 곳으로 떠났고, 그중 많은 사람들은 광산과 남쪽 지방의 빵에 도착하지도 못한 채 길에서 죽었기 때문이다. 자하르 파블로비치는 소목장이와 더불어 역으로 일자리를 찾으러 갔다. 그곳에서는 소목장이가 아는 기관사가 일하고 있었다.

그들은 기관차를 다루는 일꾼들이 잠을 자고 있는 당직실로 가서 기관사를 찾았다. 기관사는 일꾼은 많지만 일이 없다고 말했다. 근처 시골 마을에 남아 있는 사람들은 전부 역에서 살고 있으며 쥐꼬리만 한 돈이라도 받기 위해 어떤 일이건 하고 있다는 것이었다. 소목장이는 밖으로 나가서 보드카 한 병과 소시지 한 덩이를 들고 들어왔다. 보드카를 마시고 나서 기관사는 자하르 파블로비치와 소목장이에게 증기 기관의 기계 장치와 웨스팅하우스 브레이크*에 대해서 이야기했다.

"열차가 60도 축일 때 말이야, 경사면에서 인력이 어느 정도인지 알고 있나?" 기관사는 대화 상대들의 무지에 화가 나서 이렇게 말하고는, 손으로 직접 인력을 경쾌하게 보여 주었다. "오호 그래, 브레이크 밸브를 열고 브레이크를 밟아 주면, 브레이크 판 아래서 푸른 연기가 피어 올라오고, 뒤따르던 열차 차량들이 기관차의 뒷덜미로 튕겨 오르지. 기관차가 증기를 닫고 달려가면, 단번에 굴뚝으로 증기가 피어 넘친다고! 이런, 제 어미랑 붙어먹을 놈들! 술을 더 따라 봐! 절인 오이는 왜 안 사 왔나, 소시지는 위장을 틀어막기만 하는데."

자하르 파블로비치는 가만히 앉아서 침묵하고 있었다. 그는 자신이 기관차 일을 할 수 있을 거라고 선불리 믿지 않았기 때문이다. 나무 프라이팬이나 만들던 그가 여기서 무엇을 고칠 수 있단 말인가!

기관사의 이런저런 이야기 때문에 기계 제품에 대한 그의 관심은 마치 거절당한 사랑처럼 더 비밀스럽고 슬픈 것이 되었다.

"왜 그러고 앉아 있는가?"

기관사는 자하르 파블로비치의 슬픔을 눈치챘다.

“내일 기관차고로 오도록 해. 내가 윗분이랑 이야기해 보지. 아마 청소부로라도 채용할지 모르겠군! 겁내지 마, 이런 개자식 같으니, 먹고살고 싶다면 말이야…….”

기관사는 하던 말을 끝맺지 않은 채 말을 멈추었다. 트림이 나오기 시작했기 때문이다.

“이런 젠장, 자네가 사 온 소시지는 뒤에서부터 썩어 들어가고 있군! 10코페이카나 주고 1푸드*를 사다니, 거지 같아. 차라리 걸레를 씹어 먹는 편이 나을 뻔했어…….” 기관사는 다시 자하르 파블로비치에게 이야기했다. “그건 그렇고, 기관차를 거울처럼 닦아 놓으라고. 내가 작업용 장갑을 낀 손으로 어떤 부분이라도 만져 볼 수 있도록 말이야. 기관차는 그 어-떠-한 먼지도 좋아하지 않아. 기계는 말이야, 형씨, 귀족 아가씨라고 할 수 있어. 그냥 보통 여자가 아니란 말이야. 구멍이 하나라도 있으면 기계는 움직일 수가 없어…….”

기관사는 어떤 여자들에 대한 추상적인 단어들을 더 늘어놓았다. 자하르 파블로비치는 그의 말을 듣고 또 들었지만 아무것도 이해할 수 없었다. 그는 여자를 멀리서, 더 특별하게 사랑할 수 있다는 것을 몰랐기 때문이다. 그런 사람은 결혼을 해야만 한다고, 그는 알고 있었다. 천지창조에 대해, 또는 낯선 물건들에 대해서는 재미있게 이야기를 나눌 수 있었다. 하지만 남자에 대해서 이야기하는 것과 마찬가지로, 여자에 대해 이야기하는 것은 이해할 수도 없고 지루할 따름이었다. 자하르 파블로비치에게도 언젠가 아내가 있었다. 그녀는 그를 사랑했다. 그는 그녀를 특별히 모욕하지는 않았지만, 그녀에게서 그다지 큰 기쁨을 보지도 못했다. 인간은 다양한 속성을 지니고 있다. 만약 그런 다양한 속성에 대해 너무 열중해서 생각하면, 심지어 매초 내쉬는 자신의 호흡에도 환호하여 울부짖을 수 있는 것이다. 그렇다면 무슨 일이 일어날까? 진지한 외적인 존재가 아니라, 자기 육체에 대한 지나친 걱정과 유희밖에 더 나올 게 없을 것이다.

자하르 파블로비치는 태생적으로 그런 이야기를 좋아하지 않았다. 한 시간이 지나자 기관사는 당직을 서야 한다는 것을 기억해 냈다. 자하르 파블로비치와 소목장이는 연료를 공급받고 나온 기관차가 있는 곳까지 그를 바래다주었다. 기관사는 저 멀리에서 근무용 저음으로 보조에게 소리를 질렀다.

"거기 증기 기압은 어떤가?"

"7기압입니다." 창밖으로 몸을 쑥 내민 채, 미소도 짓지 않고 보조가 대답했다.

"물은?"

"정상 수준입니다."

"화실은?"

"사이펀까지요"

"아주 좋아!"

이튿날 자하르 파블로비치는 기관차고로 갔다. 살아 있는 사람을 믿지 못하는 스승 기관사는 그를 오랫동안 바라보았다. 그는 기관차들이 달리는 것을 끔찍한 마음으로 바라볼 정도로 아프게, 그토록 질투에 가득 차서 기관차를 사랑했다. 만약 자기 마음대로 할 수 있었다면 그는 무식한 인간들의 거친 손길로 기관차들이 다치지 않도록, 모든 기관차를 영원히 안식하도록 했을 것이다. 또한 그는 사람은 많지만 자동차는 적다고 여겼다. 사람은 살아 있는 존재고 자기 스스로를 보호한다. 하지만 자동차는 부드럽고 연약하며, 부서지기 쉬운 존재다. 자동차를 제대로 타기 위해서는 우선 아내를 버려야 하고, 모든 걱정을 머리에서 지워 버려야 하며, 빵조차 차량용 오일에 적셔 먹어야 하는 것이다. 바로 그때에야 인간이 자동차에 접근하도록 허락할 것이고, 아니 그러고도 10년은 더 참고 기다려야만 허락할 것이다!

스승은 자하르 파블로비치를 가르치면서 힘들어했다. 이런 천박한 놈, 손가락으로 어디를 눌러야 할지도 모르겠지. 아마도 이런 짐승 같은 녀석은 해머로 아무 데나 치고 다닐 거야. 기압계 유리를 살짝살짝 조심스럽게 닦아 내야 되는데 아마도 기구가 관에서 튕겨 나갈 정도로 심하게 눌러 버리겠지. 농사나 짓던 이런 놈에게 기계를 만지게 해도 되는 걸까?

'아이고 하느님, 하느님.' 침묵했지만 스승은 정말로 화가 날 대로 났다. '그 옛날의 기계공들이여, 보조들이여, 화부들이여, 청소부들이여, 당신들은 도대체 어디에 있소? 그 시절에는 기관차 곁에만 오면 사람들이 벌벌 떨었지. 그런데 이제는 아무 작자나 자기가 기계보다 더 똑똑하다고 생각하는구려. 파렴치한들, 신성 모독자들, 몰염치한 것들, 벌레같이 천박한 놈들! 도대체 요새 기계공들은 뭐 하는 놈들인지. 이건 인간이 아니라, 파멸이야 파멸! 부랑자들, 잘난 체하는 놈들, 생각 없는 놈들이야. 이놈들에게 볼트 하나도 주어서는 안 되는데, 벌써 놈들은 조종간을 다루려 든단 말이야. 나는 말이야, 기관차가 움직일 때 무슨 소리라도 나면, 주 엔진 장치에서 뭔가 소리가 나면, 손가락 하나 움직이지 않고도 바로 그 자리에서 느낄 수 있었어. 고통으로 몸을 떨었지. 멈출 수 있는 첫 번째 역에서 기관차를 멈추고 결함을 찾아내서 내 입술로 핥아 내고 빨아 내고 내 피로 문질렀지, 무턱대고 달려가지 않았다고. 그런데 이놈은 농사짓다가 바로 기관실로 가고 싶어 하는군.'

"집으로 돌아가게, 가서 먼저 낯짝이나 씻고 기관차로 오든지

하라고.” 스승이 자하르 파블로비치에게 말했다.

다음 날, 자하르 파블로비치는 씻고 다시 나타났다. 스승은 조심스레 작은 망치로 용수철을 두드렸으며, 소리 나는 쇳조각에 귀를 기울이면서 기관차 밑에 누워서 주의 깊게 용수철을 만지고 있었다.

“모챠!” 스승은 수리공을 불렀다. “여기 너트를 실 굵기의 반 정도만 조여.”

모챠는 톱날을 세우는 공구로 너트를 반 바퀴 돌렸다. 그 순간 스승이 갑자기 너무나 화를 내서 자하르 파블로비치는 그가 불쌍할 정도였다.

“모츄슈카!” 고요하고 음울한 슬픔을 지닌 채, 그렇지만 이빨을 갈면서 스승은 말했다. “도대체 무슨 짓을 저지른 거야. 이런 멍청한 놈! 내가 말하지 않았어, 너트를 조이라고! 어떤 너트? 기본 너트지! 그런데 너는 역 너트를 돌려서 내 머리를 돌게 만드는구나. 너 역 너트를 조였지! 또 역 너트를 만지는구나! 이런 빌어먹을 짐승 같은 놈, 도대체 너를 어떻게 해 줄까? 꺼져 버려, 이 녀석아!”

“어르신, 제가 역 너트를 반대로 반 바퀴 돌려 놓고, 주 너트를 실 굵기 반만큼만 조이겠습니다.” 자하르 파블로비치가 스승에게 요청했다.

스승은 자기의 정당함에 공감하는 낯선 사람을 높이 평가하면서, 감동받은 평온한 목소리로 대답했다.

“응? 자네는 알아들었어? 저 녀석은, 저 녀석은 벌목공이지 수리공이 아니야! 저놈은 너트 이름조차 모른다고! 도대체 뭘 할 수 있겠어! 저놈은 기관차를 마치 여편네 다루듯이 한다고, 그것도 매춘부 다루듯 한단 말이야! 아이고 하느님! 이리로 오게, 이리로 와서 내가 말한 대로 너트를 조여 봐…….”

자하르 파블로비치는 기관차 아래로 기어 들어가 제대로 정확하게 모든 일을 해 냈다. 그러고 나서 스승은 저녁때까지도 기관차를 만지거나 기관사들과 다툼을 벌이거나 했다. 불이 켜졌을 무렵 자하르 파블로비치는 스승에게 자신의 존재를 다시 상기시켰다. 스승은 그의 앞에 다시 멈춰 서서 자신의 사유를 펼치기 시작했다.

"기계의 아버지는 지렛대고 기계의 어머니는 경사면이지." 밤마다 자신에게 평안을 주는, 영혼에서 우러난 무엇인가를 생각하면서 스승은 부드럽게 말했다. "내일 보일러 화실을 청소하도록 하게. 제시간에 나와. 하지만 잘 모르겠어, 약속은 못하겠군. 그냥 시험 삼아 해 보란 말이야. 한번 보도록 하지. 이건 아주 진지한 일이야. 알겠는가, 화실이란 말이야! 다른 게 아니라 바로 화실이라고! 이제 가게, 가 버려!"

자하르 파블로비치는 소목장이의 헛간에서 하루를 더 자고 새벽에, 출근 시간 세 시간 전에 기관차고로 갔다. 그곳에는 말린 레일이 있었고 자카스피, 자카프카스, 우수리스크 철도라는 머나먼 지방의 이름이 적힌 화물 차량들이 서 있었다. 이상하고도 특별한 사람들이 여기저기 주변을 걸어 다녔다. 전철 기수들과 기관사들, 검사관들이었다. 주변으로는 건물, 기계, 물건, 구조물 들이 널려 있었다.

자하르 파블로비치에게 새로운, 숙련된 장인의 세계가 나타난 것이다. 그토록 오래전부터 사랑했던, 마치 늘 알고 있었던 것 같은 세계였기에 그는 영원히 그 속에 머물기로 결심했다.

아이를 더 이상 낳지 못하게 될 때까지 마브라 페티소브나는 열일곱 번 임신했다. 그녀의 남편인 프로호르 아브라모비치 드바노프는 예상보다 덜 기뻐했다. 해마다 들판과 별들, 광활한 대기의 흐름을 관찰하면서 그는 '모두에게 충분할 거야'라고 스스로에게 말했다. 그리고 그는 작은 인간들, 자신의 후예들이 바글거리는 조그만 오두막에서 조용히 살았다. 아내는 열여섯 명의 아이를 낳았지만, 그중 일곱만이 온전하게 살아남았다. 여덟 번째 아이는 양자였는데, 바로 자기 소원대로 물에 빠져 죽은 그 어부의 아들이었다. 아내가 고아의 손을 이끌고 집으로 데려왔을 때 프로호르 아브라모비치는 아무런 반대도 하지 않았다.

"뭐, 아이들이 많을수록, 죽을 때 노인네한테는 더 낫겠지. 뭘 좀 먹이도록 해, 마브루샤!"

고아는 빵과 우유를 먹고 옆으로 비켜나 낯선 사람들을 보지 않으려고 눈을 감았다.

마브라 페티소브나는 그를 바라보고는 한숨을 쉬었다.

"하느님이 새로운 재앙을 내려 보내셨군……. 다 자라지도 못하고 죽겠어. 살아 있는 눈이 아냐. 괜히 빵만 축내겠어."

하지만 2년이 지나도 소년은 죽지 않았고, 심지어 한번 아프지도 않았다. 소년이 아주 조금밖에 먹지 않아 마브라 페티소브나는 고아와 화해했다.

"먹으렴, 먹어. 내 새끼." 그녀가 말했다. "우리 것을 축내지도 말고, 다른 사람 것을 훔치지도 말고 말이야……."

프로호르 아브라모비치는 오래전부터 가난과 아이들 때문에 겁나서 그 무엇에도 깊이 주의를 기울이지 않았다. 예를 들어, 아이들이 아픈지, 새로운 아이들이 태어나는지, 수확이 나쁜지, 아니면 그저 견딜 만한 정도인지도 말이다. 그래서인지 모든 사람이 그를 좋은 사람으로 여겼다. 그나마 매년 반복되는 아내의 임신이 그를 조금이나마 기쁘게 했다. 아이들만이 그의 삶의 견고함에 대한 유일한 감각이었던 것이다. 아이들은 그 보드랍고 조그만 손으로 그가 농사짓도록 했으며, 집안일을 하도록 했고, 또 모든 면에서 돌보도록 했던 것이다. 그는 내적 행복을 위한 여분의 에너지도 지니지 못하고, 아무것도 정확하게 알지 못한 채, 마치 졸린 사람처럼 그렇게 걸어 다니고 살고 노동했다. 프로호르 아브라모비치는 신에게 기도를 했지만 마음 깊은 곳에서부터의 이끌림은 느끼지 못했다. 여인에 대한 사랑이나 좋은 음식에 대한 욕구 등과 같은 젊은 날의 욕망은 그의 내부에서 더 이상 계속되지 않았다. 왜냐하면 아내는 아름답지 않았고, 음식은 단순했으며, 해가 갈수록 점점 더 영양가 없는 것이 되었기 때문이다. 아이들이 늘어날수록 프로호르 아브라모비치는 스스로에 대한 흥미가 줄어들었다. 그 때문에 그는 더욱 냉담하고 더 편안해졌다. 살아가면 살아갈수록, 프로호르 아브라모비치는 마을의 대소사에 더 참을성 있게, 더 무의식적으로 관여했다. 만약에 프로호르 아브라모비치의 모든 아이가 어느 날 한꺼번에 죽고 말았다면 바로 다음 날 그는 같은 숫자의 양자들을 모았을 것이고, 만약 이 양자들이 죽는다면 그는 아마 농부로서 자신의 운명을 순식간에 버리고 모든 사람이 가고 싶어 하는 곳, 아마도 심장은 슬플지 몰라도 발은 즐거워할 그곳, 그 알지 못할 곳으로 맨발로 뛰쳐나갔을지도 모른다.

아내의 열일곱 번째 임신은 경제적인 걱정으로 프로호르 아브라모비치를 슬프게 했다. 마을에는 이번 가을에 작년보다 아이들이 많이 태어나지 않았다. 중요한 것은 20년 동안 매해 아이를 낳았던 마리야 아줌마가 아이를 낳지 않았다는 것인데, 꼽아 보면 그녀가 아이를 낳지 않았던 해는 항상 가뭄이 들었다. 마을 전체가 이 사실을 미신처럼 믿고 있었기 때문에, 마리야 아줌마가 홀쭉한 채로 걸어 다니면 마을 사내들은 "아이고, 마리야 아줌마가 아가씨처럼 다니는구나. 여름에 배를 곯겠군"이라고 말했다.

올해 마리야는 홀몸인 채로 자유롭게 걸어 다녔다.

"올해는 쉬시는구려, 마리야 마트베예브나?" 지나가던 남자들은 그녀에게 존경스럽게 물어보았다.

"뭐가요!" 마리야는 임신하지 않은 상태가 부끄러워서 쑥스럽게 대답했다.

"괜찮아요." 남자들은 그녀를 위로했다. "두고 보세요, 또 아들을 임신할 거예요. 아직 충분히 그럴 수 있어요."

"그럼요, 안 그러면 뭣 땜에 살겠소!" 마리야는 용기를 내서 대답했다. "먹을 것만 있다면 말이에요."

"옳은 말씀이오." 남정네들은 동의했다. "여편네가 아이 낳는 게 뭐 그리 어려운가. 식량이 아이 낳는 속도를 못 따라갈 따름이지……. 아주머니는 마녀 같소, 어찌 그리 아이를 낳아도 될 때를 잘 맞히는지."

프로호르 아브라모비치는 아내에게 나쁜 시기에 임신했다고 말했다.

"아이고, 프로샤, 아이들을 낳는 것도 나고 애들 때문에 자루 들고 동냥을 나갈 것도 당신이 아니라 바로 나예요."

프로호르 아브라모비치는 오랫동안 침묵했다.

12월이 되었지만 눈이 내리지는 않았다. 다만 겨울답게 모든 것이 얼어붙었다. 마브라 페티소브나는 쌍둥이를 낳았다.

"낳았구려." 그녀의 침대 옆에서 프로호르 아브라모비치가 말했다.

"하느님 감사합니다. 이제 뭘 해야 하나! 이 애들이 살아남도록 해야겠지. 이마에는 주름살이 있고, 손은 주먹을 꽉 쥐고 있군."

사샤는 그곳에 서서 일그러지고 늙은 얼굴을 한, 알 수 없는 존재를 바라보았다. 그의 내부에서는 어른들에 대한 자극적인 수치심과도 같은 뜨거운 감정이 솟아올랐다. 그는 어른들에 대한 사랑을 금방 상실해 버렸고, 자신만의 고독을 느꼈다. 그는 어디론가 도망가서 협곡에 숨어 버리고 싶었다. 언젠가 개들이 흘레붙는 것을 보았을 때와 똑같이, 그는 고독하고 쓸쓸하고 또 두려워졌다. 그때 그는 이틀 동안 아무것도 먹지 못했고, 세상의 모든 개를 영원히 미워하게 되어 버렸던 것이다. 신생아들의 침대에서는 쇠고기와 신선한 젖소 냄새가 났다. 그러나 마브라 페티소브나는 허약해져서 아무것도 느끼지 못했다. 그녀는 색동 조각보 이불 아래에서 더위를 참고 있었다. 그녀는 늙고 주름이 져서 쭈글쭈글해진 뚱뚱한 자기의 다리를 발견했다. 다리에는 어떤 죽어 버린 고통의 누런 반점이 보였으며, 피부 아래로는 팽팽히 부풀어 올라 마치 피부를 뚫고 나올 것 같은, 굳은 피가 흐르는 푸르고 굵은 핏줄들이 보였다. 나무를 닮은 핏줄 하나를 계속 따라가 보면, 육체의 좁고 무너져 내린 계곡을 통해서 피를 뿜어 대면서, 심장이 어디에서 어떻게 뛰고 있는지 느낄 수 있을 것만 같았다.

"사샤, 뭘 넋을 잃고 보는 게냐?"

프로호르 아브라모비치는 허약해진 양자에게 물었다.

"남동생이 두 명이나 태어났단다. 빵 한 조각 잘라서 어디로 놀러 나갔다 오렴. 날씨도 따뜻해졌으니……."

사샤는 빵은 집지도 않은 채 밖으로 나가 버렸다. 마브라 페티소브나는 희뿌연, 물기가 축축한 눈을 뜨고 남편을 불렀다.

"프로샤!* 저 고아까지 합치면 우리 아이는 이제 열 명이에요, 게다가 당신은 열두 번째 어린애니……."

프로호르 아브라모비치도 셈을 할 줄 알았다.

"살도록 해야겠지. 군입이 있어도, 제 먹을 것은 타고나지 않소."

"흉년이 들 거라고 하더군요. 제발, 흉년만 아니면 좋겠어요. 젖

먹이부터 어린것들까지 데리고 우리가 어디로 가겠어요?"
"흉년이 들진 않을 거야."
아내를 안심시키기 위해 프로호르 아브라모비치는 단호히 말했다.
"만약 가을 파종 밀이 흉년 들면, 봄갈이 밀이 잘되겠지."
가을 파종 밀은 갑작스레 수확이 좋지 않았다. 가을부터 벌써 밀은 얼어붙었고, 봄이 되자 들판의 얼음 아래에서 말라붙어 버렸다. 봄갈이 밀은 때론 나빴다가 때론 좋아지더니 1데샤티나*당 겨우 10푸드만 수확할 정도로 익었다. 프로호르 아브라모비치의 큰 아들은 양자와 동갑인 열한 살이었다. 누군가 한 명은 가족들에게 빵 조각이라도 먹을 수 있도록 구걸을 하러 나가야만 했다. 프로호르 아브라모비치는 침묵했다. 자기 아들을 보내려니 아까웠고, 고아를 보내려니 부끄러웠다.
"입 다물고 앉아 있기만 하면 어쩌자는 거예요?"
마브라 페티소브나는 악에 받쳐 말했다. "아가프카는 일곱 살짜리를 구걸하러 보냈고, 미슈카 두바킨은 딸애마저 거지 옷을 입혀 보냈는데, 당신은 아무 걱정 없는 바보처럼 앉아만 있군요! 성탄절까지 수수도 모자라고, 구원축일까지 빵은 구경도 못할 거예요!"
저녁 내내 프로호르 아브라모비치는 아마포로 편안하고 많이 담을 수 있는 자루를 하나 기워서 만들었다. 그는 두어 번 사샤를 불러서 그의 어깨에다 자루를 맞춰 보았다.
"괜찮으냐? 여기가 조이지는 않아?"
"괜찮아요."
사샤가 대답했다.
아버지가 제대로 바늘귀를 볼 수 없었기에, 일곱 살 난 프로슈카는 바늘에서 거친 실이 빠져나가면 실을 꿰어 주려고 아버지 옆에 앉아 있었다.

"아빠, 그럼 내일 사샤를 구걸하러 내보내는 거야?"

프로슈카*가 물었다.

"뭘 앉아서 떠들고 있어?"

아버지는 화를 냈다.

"네가 크면 직접 구걸하러 나가렴."

"나는 구걸하러 안 갈래."

프로슈카는 거절했다.

"나는 도둑질을 할 거야. 누군가 그리슈카 아저씨네 암말을 훔쳐갔다고 아빠가 말했던 거 기억해? 도둑들은 훔쳐갔으니까 좋을 거고, 그리슈카 아저씨는 거세마를 새로 샀으니까 된 거지. 내가 크면, 그 거세마를 훔쳐야지."

그날 밤 마브라 페티소브나는 자기 자식들보다도 사샤를 더 잘 먹였다. 다른 아이들이 모두 먹고 난 다음 사샤에게만 따로 버터와 우유가 든 죽을 먹고 싶은 만큼 주었다. 프로호르 아브라모비치는 모두 잠들고 나자 창고에서 막대기를 들고 나와 그것으로 여행용 지팡이를 만들기 시작했다. 사샤는 잠이 들지 않아서 프로호르 아브라모비치가 빵을 자르는 칼로 지팡이를 깎는 소리를 들었다. 프로슈카는 그의 목 근처를 돌아다니는 바퀴벌레 때문인지 숨을 몰아쉬면서 몸을 웅크렸다. 사샤는 바퀴벌레를 쫓아 주었지만, 죽이기는 두려워 페치카에서 마루로 집어 던졌다.

"사샤, 안 자니?" 프로호르 아브라모비치가 물었다. 얼른 자도록 해, 왜 그러고 있어!"

수탉도 아직 졸고 있는 이른 아침에 아이들은 잠에서 일찍 깨어나 어둠 속에서 서로 싸움질을 하기 시작했고, 노인네들은 두 번씩 잠에서 깨어 욕창 부위를 긁어 댔다. 마을 어느 집의 빗장도 아직 열리지 않은 시각이었고, 들판에서도 아직 그 무엇도 울지 않았다. 바로 그 시각, 프로호르 아브라모비치는 양자를 마을 변두리로 불러냈다. 소년은 아직 잠이 덜 깬 채로 믿음을 담은 채 프로호르 아브라모비치의 손을 꼭 잡고 걸어갔다. 프로호르 아브라모비치는 소년에게 말했다.

"사샤, 저기를 보렴. 저 멀리 우리 마을에서 길이 산 쪽으로 나 있지? 저쪽으로 걸어가렴, 저 길을 따라서 말이야. 그럼 나중에 아주 큰 마을과 언덕 위에 있는 전망대가 보일 거야. 그래도 너무 놀라지 말고 계속 가도록 해라. 바로 그게 도시란다. 그곳에는 빵이 많아서 무더기로 쌓여 있을 정도지. 자루에 빵을 가득 담으면, 집으로 돌아와서 쉬면 돼. 자, 내 아들아, 어서 가거라!"

사샤는 프로호르 아브라모비치의 손을 쥔 채, 들판의 가을이 지닌 회색빛 아침의 가난함을 물끄러미 응시했다.

"그곳엔 비가 왔나 봐요?" 사샤는 먼 도시에 대해서 물었다.

"아주 많이 왔지." 프로호르 아브라모비치는 단언했다.

그러자 소년은 손을 놓고 프로호르 아브라모비치를 바라보지도 않고, 길을 잃지 않으려고 산 쪽으로 난 길만 바라보면서 지팡이를 짚고 자루를 멘 채, 혼자 발걸음을 옮기기 시작했다. 소년은 교회와 공동묘지 뒤로 사라져 오랫동안 보이지 않았다. 프로호르 아브라모비치는 여전히 그곳에 서서 소년이 협곡의 저편에 나타나기를 기다렸다. 외로운 참새들이 아침부터 길가에서 땅을 파다가 몸이 얼어붙은 것 같았다. '이것들도 고아군.' 프로호르 아브라모비치는 참새들에 대해 생각했다. '누가 이것들에게 먹을 걸 던져 주겠어!'

사샤는 자기가 무엇을 원하는지 인식하지도 못한 채, 공동묘지로 걸어 들어갔다. 처음으로 그는 자신에 대해 생각하면서 가슴을 만져 보았다. 바로, 여기에 내가 있어. 그렇지만 이 세상 모든 곳에는 낯설고, 그를 닮지 않는 것들이 있을 뿐이었다. 그가 살아 왔으며 프로호르 아브라모비치와 마브라 페티소브나, 프로슈카를 사랑했던 집은 그의 집이 아니었고, 그들은 아침 일찍부터 이 차가운 거리로 그를 쫓아냈다. 의식이라는 위안의 물로 희석되지 않은, 아직은 아이와도 같은 그의 슬픈 영혼에는 완전한, 짓누르는 것 같은 모욕감이 차올랐고, 그는 그것이 목까지 올라오는 것을 느꼈다.

묘지는 죽은 낙엽들로 뒤덮여 있었다. 그는 그 평온함 덕분에 다리가 금방 편해져 부드럽게 걸음을 옮길 수 있었다. 여기저기 농민들의 십자가가 서 있었는데, 대부분 고인의 이름도, 고인에 대한 어떠한 회고도 없는 것들이었다. 사샤는 가장 오래된 십자가들, 역시 거의 쓰러지거나 죽기 직전인 그런 낡은 십자가들에 흥미를 느꼈다. 십자가 없는 무덤들이 더 나았다. 왜냐하면 그 심연에는 영원히 고아가 된 사람들이 누워 있었기 때문이다. 그들의 어머니도 죽었고, 몇 사람의 아버지는 아마 강이나 호수에서 익사했을 것이다. 사샤 의 아버지 무덤은 봉분이 다져져서 거의 평평해 보였다. 공동묘지 더 깊은 곳으로 새로운 관을 옮겨 가기 위한 오솔길이 봉분 위로 나 있었기 때문이다.

겨울 동안 혼자 남는 것이 너무나 힘들고 끔찍하다는 불평도 하지 않은 채, 인내하면서 가까운 곳에 아버지가 누워 있었다. 그곳에는 무엇이 있는가? 거기는 좋지 않다, 거기는 고요하고 좁으며, 그곳에서는 지팡이를 짚고 구걸용 자루를 멘 소년이 보이지도 않는다.

“아빠, 구걸해 오라고 나를 내쫓았어요. 나도 이제 곧 죽어서 아빠에게 갈게요. 아빠는 거기서 혼자 심심하잖아요. 나도 심심해요.”

소년은 지팡이를 무덤 위에 올려놓고, 잘 보존되어서 그를 기다리도록 지팡이를 나뭇잎들로 덮었다.

사샤는 빵 껍질을 한 자루 가득 모으기만 하면 도시에서 이곳으로 바로 돌아오리라 결심했다. 이제 그에게는 집이 없어서 아버지 무덤 옆에 작은 구덩이를 파고 거기서 살아야 했다.

프로호르 아브라모비치는 양자가 나타나기를 너무 오래 기다리다 지쳐서 자리를 뜨려 했다. 그 순간 사샤가 협곡 지류의 실개천들을 건너서 흙산을 오르기 시작하는 것이 보였다. 사샤는 천천히 지친 듯이 걸었지만, 곧 집과 아버지가 생길 것이기에 기뻤다. 그래, 아버지야 죽어 누워 있으면서 아무 말도 하지 말라지. 그렇더라도 그는 따스한 땀이 젖은 셔츠를 입은 채, 호숫가에서 둘이서 잠잘 때 사샤를 안아 주던 두 팔을 가진 채, 영원히 사샤 가까이에 누워 있을 것이다. 아버지는 죽었지만, 그래도 온전하고, 동일하며, 여전히 그 사람인 것이다.

'지팡이는 도대체 어디다 버린 거야?' 프로호르 아브라모비치는 궁금해졌다.

아침은 젖어들기 시작했고, 소년은 손으로 짚으면서 미끄러운 언덕을 올라갔다. 자루는 마치 남의 옷을 입은 것처럼 남아돌아서 흔들렸다.

"이런, 정말 바보 같구나, 자루를 저렇게 깁다니. 거지들이 구걸하는 자루가 아니라, 욕심껏 물건을 담는 자루 같아."

때늦게 프로호르 아브라모비치는 자신을 책망했다. "빵을 다 담으면 지고 오지도 못할 거야……. 어차피 이제는 어쩔 수 없어. 어떻게든 되겠지……."

길이 굽어지는 언덕 꼭대기에서 소년은 저, 보이지 않는 머나먼 평원 쪽을 향해 멈춰 섰다. 다가올 날의 여명에 마을 지평선의 희미한 모습을 보며, 소년은 하늘이라는 호숫가의 깊은 낭떠러지 위에 서 있는 것 같았다. 사샤는 놀란 눈으로 초원의 공허함을 바라보았다. 높은 곳, 먼 곳, 죽은 대지, 이것들은 축축하고 거대해서 낯설고 두렵게 여겨졌다. 그렇지만 사샤에게는 온전히 몸을 보존해서 마을의 가장 낮은 곳, 공동묘지로 돌아오는 것이 중요했다. 아버지가 있고, 모든 것이 작고, 슬프며, 바람이 날라 준 흙과 나무들로 덮여 있는 그곳으로. 그래서 그는 빵 부스러기를 얻으러 도시로 나아갔다.

프로호르 아브라모비치는 저쪽 길 너머로 방금 사라져 간 고아가 불쌍해졌다. '바람에 허약해져서 좁은 구덩이에 쓰러져서 죽을지도 모른다. 이 세상은 가족들이 살고 있는 집처럼 만만치 않으니 말이야.'

프로호르 아브라모비치는 차라리 한 구덩이에 모여서 평온하게 다 함께 죽게 고아를 따라잡아서 다시 데려오고 싶었다. 그렇지만 집에는 자기 자식들과 여편네가 있고, 마지막 봄갈이 밀이 아주 조금 남아 있을 따름이었다.

'우리는 모두 인간쓰레기이고 나쁜 놈이야.' 프로호르 아브라모비치는 스스로를 정확히 평가했고, 그 덕분에 조금 편안해졌다. 오두막에서 그는 그다지 중요하지 않은 일, 목각을 하면서 하루를 조용히 보냈다. 그는 안 좋은 일이 있을 때는 항상 전나무나 다른 나무를 자르면서 시간을 보냈다. 하지만 그의 기술은 더 이상 발전하지 않았다. 조각칼이 무뎠기 때문이다. 마브라 페티소브나는 떠나간 고아 때문에 가끔씩 울었다. 그녀의 아이 중 여덟 명이 죽었고, 하나가 죽을 때마다 그녀는 사흘간 페치카 옆에서 쉬어 가면서 울었다. 프로호르 아브라모비치가 목각을 하는 것과 마찬가지로 이것은 그녀에게 일종의 의식이었다. 프로호르 아브라모비치는 마브라 페티소브나가 얼마나 더 울어야 하고, 자기가 고르지 않은 나무를 얼마나 더 잘라야 하는지 이미 알고 있었다. 이제 하루 반 남았다.

프로슈카는 부모를 보고 또 보면서 질투에 빠졌다.

"왜 우는 거예요? 사슈카는 알아서 돌아올 거예요. 아버지는 내 장화나 하나 만드는 게 더 나을걸요. 사슈카는 아빠 아들도 아니고, 고아잖아요. 도대체 노인네가, 칼 들고 멍하니 바보처럼 앉아 있기만 하다니."

"아이고, 여보!" 마브라 페티소브나는 놀란 나머지 울기를 멈추었다. "이놈이 어른처럼 떠드는군요. 이런 후레자식이, 벌써 자기 아비 욕할 거리를 찾아내다니."

하지만 프로슈카가 옳았다. 고아는 두 주가 지나자 돌아왔다. 그는 마치 자기 자신은 하나도 먹지 않은 것처럼 그렇게 많은 빵 부스러기와 말린 흰 빵을 가져왔다. 사샤는 자기가 가져온 것을 아무것도 먹을 수가 없었으며, 저녁 무렵 페치카에 누웠지만 몸을 녹일 수가 없었다. 길가의 바람이 그에게서 모든 온기를 앗아 간 것 같았다. 의식이 혼미해서 그는 나뭇잎으로 덮어 둔 지팡이와 아버지에 대해 뭐라고 중얼거렸다. 아버지가 지팡이를 지켜 주기를, 그리고 십자가들이 자라나고 쓰러져 가는 호숫가 토굴에서 그를 기다려 주기를.

3주가 지나 양자가 건강을 회복하자 프로호르 아브라모비치는 채찍을 손에 들고, 도시로 걸어갔다. 그리고 광장에 서서 일거리를 구하기 시작했다.

프로슈카는 공동묘지에 가는 사샤의 뒤를 밟아 두 번 그를 따라갔다. 그는 고아가 손으로 자기 무덤을 파지만 그다지 깊이 파지 못하는 것도 보았다. 그러자 프로슈카는 고아에게 아버지의 삽을 가져다주었으며, 삽으로 파는 것이 더 나을 것이고, 모든 어른이 삽으로 구덩이를 판다고 말해 주었다.

"어쨌든 모두 합심해서 마을에서 너를 쫓아내게 될 거야." 그의 미래에 대해 프로슈카가 알려 주었다. "아버지는 지난가을부터 아무 곡식도 못 심었어. 그런데 엄마는 여름에 또 애를 낳을 거란 말이야. 이번에 세쌍둥이를 안 낳으면 다행이지. 나 거짓말하는 거 아냐!"

사샤는 삽을 쥐었지만, 삽은 그의 키에 맞지 않게 커서 그는 곧 지치고 말았다.

프로슈카는 옆에 서서 살을 파고드는 드문드문 떨어지는 늦가을비를 맞으면서 충고했다.

"넓게 파지 마, 관 살 돈도 없으니까. 그냥 그대로 누우면 될 거야. 곧 괜찮아질 거야. 만약 엄마가 애라도 더 낳으면, 넌 결국 군식구잖아."

"그럼 나는 토굴을 파고, 여기서 살게." 사샤가 말했다.

"우리 식량은 안 먹고 말이지?" 프로슈카가 물었다.

"그래, 아무것도 없이. 여름이 되면 풀을 뜯어 먹으면 될 거야."

"그럼 그렇게 살도록 해." 프로슈카는 안심했다. "하지만 우리 집에 구걸하러 오지는 마. 줄 게 아무것도 없으니까."

프로호르 아브라모비치는 도시에서 5푸드의 밀가루를 벌어서, 모르는 사람의 수레를 타고 집으로 돌아와 페치카 위에 누웠다. 밀가루의 반을 먹어 치웠을 때, 프로슈카는 앞으로 어떻게 해야 할지 미리 걱정했다.

"게으름뱅이!" 나란히 누워 고함을 지르며 우는 쌍둥이를 돌보던 아버지에게 프로슈카가 한번은 이렇게 말했다. "밀가루 다 퍼먹고 나면 나중에 굶어 죽자는 말이지! 우리를 낳아 놨으면, 이제 먹여 살리란 말이야!"

"이런 벌레 같은 놈이 있나!" 페치카* 위에서 프로호르 아브라모비치가 욕을 했다. "내가 네놈 아비가 아니라, 머리에 피도 안 마른 네 녀석이 내 아비가 되어야겠구나!"

프로슈카는 어떻게 아버지가 되어야 할지를 생각하면서 얼굴에 여유를 지닌 채 앉아 있었다. 그는 아이들이 엄마 배에서 나온다는 사실을 이미 알고 있었다. 그래서 엄마의 배는 상처와 주름이 가득했던 것이다. 그럼 고아는 어디서 나오는 것일까? 프로슈카는 이전에 밤중에 잠에서 깨었을 때, 아버지가 위에서 엄마의 배를 누르는 걸 두 번이나 보았다. 그러면 나중에 엄마 배가 부풀어 오르고 어린 밥벌레들이 태어나는 것이다. 그는 아버지에게 이것을 상기시켰다.

"아빠도 이제 엄마 위에 눕지 말고, 옆에 누워 자란 말이야. 파라슈카 아줌마 집에는 어린애가 한 명도 없잖아. 페도트 아저씨가 아줌마 배를 위에서 누르지 않아서 그런 거야."

프로호르 아브라모비치는 페치카에서 뛰어내려 장화를 신고 뭐든 손에 잡히는 것을 찾았다. 오두막 안에 손에 잡히는 거라고는 아무것도 없었기에 프로호르 아브라모비치는 빗자루를 집어 프로슈카의 얼굴을 후려쳤다. 프로슈카는 비명도 지르지 않고 재빨리 긴 의자에 엎드렸다. 프로호르 아브라모비치는 증오심이 점점 더 커져 입을 꼭 다문 채 아들을 때리기 시작했다.

"안 아파, 안 아파, 하나도 아프지 않단 말이야!" 프로슈카는 얼굴을 보이지도 않은 채 이렇게 말했다.

다 맞고 나자 프로슈카는 일어나서 숨도 돌리지 않고 말을 내뱉었다.

"그럼, 사샤를 쫓아내 버려. 군입이라도 하나 덜도록 말이야."

프로호르 아브라모비치는 프로슈카보다 오히려 자기가 더 힘들어져서, 울음을 그친 쌍둥이들이 누워 있는 요람 옆에 고개를 떨어뜨린 채 앉아 있었다. 그는 프로슈카의 말이 옳았기에 아들을 때린 것이었다. 마브라 페티소브나는 몸이 또 무거워지기 시작했고, 가을 파종할 것은 아무것도 남지 않았다. 마치 협곡의 바닥에서 풀들이 살아가는 것처럼, 바로 그렇게 프로호르 아브라모비치는 이 세상을 살았다. 봄이면 그 풀들 위로 눈 녹은 물이 흘러내렸고, 여름에는 소나기와, 모래와 먼지바람이 불어왔으며, 겨울에는 눈이 그들을 힘겹고 갑갑하게 짓누르곤 했다. 항상, 그리고 매순간 그들은 고통의 침투와 공격을 받으며 살고 있었다. 그래서 협곡의 풀들은 불행을 미끄러뜨리거나 지나가 버릴 수 있도록 곱사등이처럼 자라났다. 바로 그와 같이 프로호르 아브라모비치 위로 아이들이 떨어져 내린 것이다. 자기가 태어났던 것보다 더 힘겹게, 그렇지만 수확보다는 더 자주 말이다. 만약 들판이 자기 아내처럼 출산하고, 아내가 그토록 다산을 서둘지 않았더라면, 프로호르 아브라모비치는 아마도 오래전에 이미 배부르고, 만족한 주인이 되었을 것이다. 하지만 아이들은 평생 동안 그치지 않고 태어났으며, 마치 협곡의 진흙처럼, 걱정이라는 진흙의 퇴적물 아래 프로호르 아브라모비치의 영혼을 파묻었다. 이 때문에 프로호르 아브라모비치는 자신의 삶과 개인적인 흥미를 전혀 느끼지 못했다. 아이가 없는 자유로운 사람들은 프로호르 아브라모비치의 그와 같은 망각의 상황을 게으름이라고 불렀다.

"프로슈, 프로슈!" 프로호르 아브라모비치가 아들을 불렀다.

"왜 불러?" 프로슈카는 우울하게 대답했다. "때릴 땐 언제고 프로슈라고 부르긴!"

"프로슈, 마리야 아줌마네 집에 가서, 아줌마 배가 불룩한지 아넌지 보고 와라. 아줌마 본 지가 오래된 것 같은데, 아픈 건 아니겠지?"
프로슈카는 자기 식구들 때문에 바쁜 게 싫지는 않았다.
"내가 아버지하는 게 낫겠어. 아빠가 프로슈카가 되고 말이야."
프로슈카는 아버지를 약 올렸다. "왜 마리야 아줌마 배는 살펴야 되지? 가을 곡식을 심지도 않았으면서. 흉년만 기다리면 되는 거야."
엄마의 외투를 입고서 프로슈카는 집안 살림에 대해 계속 주절거렸다.
"어른들이 거짓말하는 거야. 작년엔 마리야 아줌마가 임신하지 않았지만, 비가 왔었어. 아줌마가 잘못 맞힌 거야. 식충이라도 한 명 낳는 게 낫지만 아줌마는 안 낳았잖아."
"가을 파종거리는 다 얼어붙었잖아. 아줌마는 그걸 미리 느낀 걸 게다." 아버지가 나지막이 말했다.
"애들은 전부 엄마들 젖을 빨지 빵은 안 먹는다고." 프로슈카는 거기에 반대했다. "엄마는 봄갈이 밀을 먹으라지 뭐. 나는 마리야 아줌마한테 안 가. 만약 아줌마 배가 나왔어도, 아빠는 어차피 페치카에서 기어 내려오지도 않을 거잖아. 그러고는 야채나 봄갈이가 풍년이 들어 좋을 거라고 말만 하겠지. 우리는 굶어 죽기 싫다고. 엄마랑 아빤 뭣 하러 우리를 이렇게 많이 낳았어!"
프로호르 아브라모비치는 침묵했다. 그에게 질문을 하지 않는 이상 사샤는 결코 먼저 말을 하는 법이 없었다. 심지어 프로호르 아브라모비치는 자기가 프로슈카가 아니라 차라리 고아 사샤를 닮았다고 느꼈지만, 사샤가 어떤 아이인지, 착한지 그렇지 않은지도 알 수가 없었다. 가끔 놀란 나머지 구걸을 하러 가긴 했지만 자기가 무슨 생각을 하는지 사샤는 말하지 않았다. 사샤는 사실 생각을 많이 하지 않았다. 왜냐하면 모든 어른이나 아이들이 자기보다 더 똑똑하다고 생각해 그들을 두려워했기 때문이다. 사샤는 프로호르 아브라모비치보다는, 오히려 빵 부스러기 하나도 다 세어 놓고, 자기 식구 외에는 그 누구도 사랑하지 않는 프로슈카를 더 두려워했다.

엉덩이를 쑥 내민 채, 길고 파괴적인 두 팔로 풀을 만지면서 꼽추 표트르 표도로비치 콘다예프가 마을을 이리저리 돌아다녔다. 이미 오래전부터 등의 혹에서 통증을 느낄 수 없어 날씨 변화를 예견할 수도 없었다.

바로 그해에 하늘에서는 태양이 익어 갔다. 4월 말에 벌써 태양은 7월의 태양처럼 타올랐다. 사내들은 말라 버린 대지를 발로 건드려 보면서, 그리고 몸의 나머지 부분으로는 죽음과도 같은 폭염의 견고하게 평온한 공간을 느끼면서 침묵했다. 아이들은 비구름이 몰려오는지 때맞춰 보려고 지평선을 지켜보았다. 그렇지만 들판의 길들에는 먼지 회오리 기둥만 나타났고, 그 기둥을 통과해서 낯선 시골 마을로부터 가끔 마차가 왔다. 콘다예프는 그가 마음속으로 생각하고 있는 열다섯 살 난 어린 처녀 나스챠가 살고 있는 마을의 저쪽 거리 한가운데로 걸어갔다. 그는 흡사 정상인들의 심장이 그러하듯 자기 몸에서 그토록 자주 아프고 감각적인 그곳으로, 자기 혹의 근원적 장소인 허리로 그녀를 사랑했다. 콘다예프는 가뭄이 들 때 만족을 느꼈으며, 항상 더 좋은 일이 있으리라 꿈꾸었다. 그는 손으로 길가의 풀을 꺾으면서 다니고, 손가락으로 풀을 짓이겨 손이 항상 누리끼리하거나 초록색이었다. 모든 잘생긴 남자들이 콘다예프를 위해 여인네들을 남겨 둔 채 멀리 돈벌이를 하러 떠날 수밖에 없고, 그들 중 많은 사람이 죽을 수밖에 없게 만드는 흉년이 오면 그는 아주 기뻐했다.

대지를 불타오르게 하고 먼지로 부옇게 만드는 긴장된 태양 아래에서 콘다예프는 미소를 지었다. 매일 아침 그는 가루분으로 깨끗하게 세수를 하고, 미래의 아내를 지치지도 않고 안아 줄 기다랗고 희망에 찬 두 팔로 자기 혹을 쓰다듬었다.

'괜찮아.' 콘다예프는 스스로에게 만족했다. '남정네들은 떠나지만 여인네들은 남을 거야. 나를 모욕한 놈은 세월이 가도 그 일을 잊지 못할 거야. 나는 여원 황소니까…….'

콘다예프는 우람한, 길게 자라난 팔을 떨면서, 그 팔로 나스챠를 어떻게 안을지 상상했다. 그는 어떻게 나스챠 안에, 그토록 연약한 그녀의 육체 안에, 비밀스럽고 강인한 여성성이 살 수 있는지 놀랐다. 그녀를 상상하는 것만으로도 그는 피가 끓어올랐고 단단해졌다. 자기 상상의 긴장과 감각으로부터 벗어나기 위해 그는 연못에서 헤엄을 쳤으며, 마치 몸속에 동굴이라도 있는 듯 많은 물을 삼켰다가, 사랑의 달콤함이 담긴 침과 함께 물을 도로 내뿜었다.

집으로 돌아오는 길에 콘다예프는 만나는 남자들마다 돈 벌러 떠나라고 충고했다.

"도시는 마치 성채와 같지." 콘다예프는 말했다. "거기는 모든 게 충분하다니까. 그런데 우리 시골에는 하늘에 해만 떠 있을 뿐이잖아. 앞으로도 계속 해만 떠 있을 거야. 금년 수확이 어떨지 한번 생각해 봐! 정신 차리란 말이야!"

"그럼 자네는 어쩌려고 그러나, 표트르 표도로비치?" 자신도 살길을 찾기 위해, 사내들은 다른 사람의 운명에 대해서 물어보았다.

"나야 뭐 병신 아닌가!" 콘다예프가 말했다. "난 사람들의 동정심만으로도 용감하게 혼자 살아갈 수 있어. 그런데 자넨 그러다가 마누라마저 죽이겠구먼, 이 암 덩어리 같은 인간아! 돈벌이라도 나가서, 짐마차 편으로 마누라한테 빵이라도 부쳐 줄 수 있다면, 그게 더 나을 거야!"

"그렇지, 아마도 그래야 될 것 같아."

길에서 만난 사내는 내키지 않는 듯 한숨을 쉬면서 말했지만, 양배추나 열매, 버섯이나 풀이라도 뜯어 먹으면서 어떻게든 집에서 살아남기를 희망했다. 나중에 어떻게 될지는 두고 볼 일이었다.

콘다예프는 오래된 바자울과 죽어 버린 그루터기의 협곡, 모든 낡은 것, 허약함, 그리고 순종적인 겨우겨우 살아 있는 것 같은 따스함을 사랑했다. 이런 고독한 장소들에서야 그의 색욕이라는 고요한 악은 자신의 위안을 찾을 수 있었다. 그는 힘없이 살아 있는 존재들을 아무런 장애도 없이 안기 위해, 마을 전체가 말없이 피로한 상태로 지쳐 가기를 원했을지 모른다. 아침 그늘의 침묵 속에서 콘다예프는 누워서 반쯤 무너져 가는 마을과 풀이 자라난 거리들, 그리고 배고픔에 지쳐 부서진 짚 더미 속을 헤매고 다니는, 여위고 까맣게 그을린 나스챠를 바라보았다. 그것이 풀줄기 속에 있든, 아가씨 속에 있든, 생명을 한 번 보는 것만으로도 콘다예프는 고요하면서도 질투에 이글거리는 흉포한 상태가 되었다. 만약 그것이 풀이라면 그는 모든 살아 있는 사물을 느끼는 자신의 가차 없는 사랑의 손길로, 마치 여인의 처녀성을 짓밟을 때처럼 끔찍하고도 열렬하게 그것을 죽도록 짓이겼다. 만약 그것이 여인네나 처녀였다면, 콘다예프는 미리 앞서서, 그리고 영원토록, 그녀의 아비와 남편, 남자 형제들과 미래의 약혼자를 미워하고, 그들이 죽어 버리거나 돈 벌러 멀리 떠나 버리기를 바랐다. 두 해째의 기근은 콘다예프에게 더 큰 희망을 주었다. 그는 곧 마을에 혼자 남을 것이고 그때에는 여인네들을 자기 마음대로 다룰 수 있을 것이라고 생각했다.

폭염 때문에 식물뿐만 아니라 집들과 심지어 바자울의 말뚝들까지 금방 노화되었다. 사샤는 이미 작년에 이를 눈치챘다. 아침에 그는 투명하고 평화로운 여명을 보고 아버지를, 그리고 무테보 호숫가에서 보낸 아주 어린 시절을 기억해 냈다. 이른 아침 예배 종소리가 울리면 태양이 떠올랐고, 태양은 곧 모든 토지와 마을을 노쇠함으로, 사람들의 바싹 타들어 가는 건조한 증오로 변화시켰다.

프로슈카는 지붕 위로 기어 올라가 걱정 가득한 얼굴을 찡그린 채 하늘을 쳐다보았다. 아침마다 그는 날씨가 바뀔까 싶어서 아버지에게 허리가 아프지 않은지, 그리고 언제 초승달이 스러질지 매번 같은 것을 물어보았다.

콘다예프는 정오쯤에 윙윙거리는 벌레들의 분노를 즐기면서 마을길을 이리저리 걸어 다니기를 좋아했다. 한번은 하늘에서 빗방울이 떨어진 것처럼 느껴져 바지도 입지 않은 채 거리로 뛰어나온 프로슈카와 마주쳤다.

농가들은 마치 무서운, 태양에 의해 작열하는 고요 때문에 노래를 하는 것 같았지만, 지붕 위의 짚들은 검어졌으며, 타들어 가서 썩는 냄새를 풍겼다.

"프로슈카!" 꼽추가 불렀다. "너 하늘은 뭐 하러 지켜보니? 그다지 춥지도 않은데 말이야?"

프로슈카는 빗방울이 아니라, 단지 비가 오는 것처럼 느껴졌을 따름이라는 걸 알아차렸다.

"남의 닭이나 쫓으러 가, 이 망가진 병신 새끼야!" 비가 오는 게 아니라서 실망한 프로슈카는 화를 냈다. "사람들은 인생에 끝장이 왔는데, 자기 혼자 기뻐하고 있군. 가서 아버지 닭들이나 쫓아다니시지!"

말을 마친 프로슈카는 예기치 않게, 그리고 정확하게 콘다예프를 공격했다. 콘다예프는 날카로운 아픔에 비명을 지르면서 프로슈카에게 돌을 던지려고 땅바닥으로 몸을 구부렸다.

하지만 돌은 어디에도 없었다. 그래서 그는 마른 흙 한 줌을 프로슈카에게 뿌렸다. 그렇지만 프로슈카는 이미 모든 걸 예상하고 잽싸게 집 안으로 도망가 버린 후였다. 꼽추는 여기저기 땅을 손으로 짚으면서 마당 안으로 달려 들어갔다. 그러다가 그는 사샤와 딱 마주쳤다. 콘다예프는 자신의 마른 손가락뼈로 사샤의 머리를 위에서 내리갈겼고, 사샤의 머리에서는 뼈가 부서지는 것 같은 소리가 났다. 사샤는 금방 깨끗하고 서늘한 피로 범벅이 된 머리카락 아래로 피부가 찢어져 그 자리에 쓰러지고 말았다.

사샤는 정신이 들었다가 다시 반쯤 정신을 잃고, 꿈을 꾸었다. 마당은 더웠고 길고도 배고픈 하루였다. 꼽추가 자신을 때렸다는 기억을 잃지는 않은 채, 사샤는 호수에서, 젖은 안개 속에서 아버지를 보았다. 아버지는 배를 타고 어두운 곳으로 사라지며, 저 멀리에서 어머니의 주석반지를 호숫가로 던졌다. 사샤는 젖은 풀밭에서 반지를 주워 들었는데, 말라서 갈라진 하늘 틈 아래에서 꼽추는 이 반지로 사샤의 머리를 세게 때렸고, 하늘 틈으로 갑자기 검은 비가 퍼부어 내렸다. 그리고 곧바로 고요해져서, 하얀 태양의 종소리는 산 너머 가라앉고 있는 초원 위에 얼어붙었다. 꼽추는 초원 위에 서서, 이미 스스로 빛을 잃어 가고 있는 작은 태양을 향해 오줌을 갈기고 있었다. 그렇지만 꿈과 나란히 사샤는 여전히 계속되고 있는 그날 하루를 보았고, 프로슈카와 프로호르 아브라모비치의 대화를 들었다.

콘다예프는 사람이 없거나, 마을 사람들이 다른 슬픔으로 힘들어하는 틈을 타서 곡식 창고에서 남의 닭을 쫓아다녔다. 그는 닭을 잡지는 못했다. 왜냐하면 닭이 공포에 질려 거리의 나무로 날아 올랐기 때문이다. 콘다예프는 나무를 흔들고 싶었지만 누군가 지나가는 것이 보여 흡사 아무런 관계 없는 사람인 양 무심한 발걸음으로 조용히 집으로 걸어갔다. 프로슈카가 사실을 말했던 것이다. 콘다예프는 닭 쫓기를 좋아해 닭이 공포와 고통으로 그의 손을 쪼아 댈 때까지 오랫동안 그렇게 몰고 다닐 수 있었다. 때로 닭은 예정일보다 앞서 축축한 달걀을 낳기도 했다. 주변에 사람이 없을 때면 콘다예프는 아직 덜 여문 달걀을 주워 삼켰고, 닭의 대가리를 비틀었다.

풍년이 드는 해 가을에는 사람들에게 힘이 많이 남아돌아 어른들도 아이들과 함께 꼽추를 놀리면서 못살게 굴었다.

"표트르 표도로비치, 제발 우리 닭도 좀 쫓아다녀 주지!"

콘다예프는 모욕을 참지 못하고 아직 미성년인 누군가를 잡아서 몸에 상처를 내줄 때까지 계속해서 자기를 놀린 사람들을 쫓아다녔다.

사샤는 어느 노후한 하루를 다시 바라보았다. 오래전부터 그에게 더위는 노인의 모습으로, 밤이나 추위는 나이 어린 소녀나 소년의 모습으로 표상되었다.

오두막에는 창문이 열려 있었고, 페치카 근처에서는 마브라 페티소브나가 산고로 몸부림을 치고 있었다. 출산하는 것이 이미 습관이 되었음에도 불구하고, 무엇인가 그녀 내부에서부터 진저리를 치고 있었던 것이다.

"나 토할 것 같아요. 힘들어요. 프로호르 아브라모비치…… 산파 좀 데려와요……."

사샤는 종탑의 저녁 종이 울릴 때까지, 길고 슬픈 그림자가 생길 때까지 풀밭에서 일어나지 않았다. 농가의 창문은 굳게 닫혔고, 커튼이 쳐졌다. 산파는 대야를 들고 마당으로 나와 바자울 아래로 뭔가를 내버렸다. 개 한 마리가 그리로 달려가서 액체만 남기고 다 먹어 치웠다. 프로슈카는 집에 있었지만 오래전부터 밖으로 나오지 않았다. 다른 아이들은 어딘가 남의 집 마당을 여기저기 뛰어다녔다. 사샤는 적당하지 않은 때 일어나 집으로 들어가게 될까 봐 두려웠다. 풀 그림자들은 하나로 연결되었고, 하루 종일 불던 가볍고 낮은 바람은 그쳤다. 산파는 머릿수건을 묶고 밖으로 나오더니 현관 계단에서 어두운 동쪽을 향해서 뭔가 기도를 했다. 고요한 밤이 되었다. 귀뚜라미는 토담 밑에서 목소리를 한번 시험해 보고는, 마당과 풀, 그리고 세상에서 가장 살기 좋은 어린 시절의 어느 고향으로 이어지는 담을 자신의 노래로 감싸면서 오랫동안 울어 댔다. 사샤는 어둠 때문에 변화된, 그렇지만 여전히 친숙한 건물과 바자울, 그리고 무성한 풀숲에 던져진 썰매 손잡이를 바라보았다. 그는 그것들이 마치 자신과 같지만, 침묵하고 움직이지 않으며, 언젠가는 영원히 죽어 버리리라는 사실이 가여웠다.

사샤는 만약에 자신이 여기를 떠난다면, 자기 없이 이곳 마당에 있는 모든 것은 더 외롭게 살게 될 거라고 생각하며, 자기가 이곳에 필요하다는 사실에 기뻐했다.

오두막에서 새로 태어난 아기가 그 어떤 단어도 닮지 않은 목소리로 고요한 귀뚜라미의 노래를 죽이면서 울기 시작했다. 귀뚜라미 역시, 놀라는 비명을 듣고 침묵한 것 같았다. 가을에 구걸할 때 사샤가 들고 갔던 자루와 프로호르 아브라모비치의 모자를 들고 프로슈카가 밖으로 나왔다.

“사슈카!” 프로슈카는 숨 막히는 밤의 대기를 향해 소리를 질렀다. “얼른 이리 뛰어와, 이 군식구야!”

사샤는 가까이 다가갔다.

"왜 그래?"

"자, 받아! 아빠가 너한테 모자를 선물로 줬어. 그리고 여기 이 자루도! 이제 가. 이것들 벗어 던지지 말고, 구걸해서 모은 것은 네가 먹어. 우리한테 가져오지 말고……."

사샤는 모자와 자루를 받았다.

여기 식구들은 더 이상 자기를 사랑하지 않는다는 사실이 믿기 어려워 사샤가 그에게 물었다. "그럼 여긴 너희 식구들만 남는 거야?"

"왜 못할 것 같아? 우리만 남아." 프로슈카는 말했다. "또 밥벌레가 태어났어. 만약에 그것만 아니라면 너는 공짜로 살 수 있었을지도 몰라. 하지만 이제 어떻게 해 봐도 너는 우리한테 필요가 없어. 너는 부담만 돼. 엄마가 너를 낳은 것도 아니고, 너는 그냥 태어났잖아……."

사샤는 쪽문 밖으로 나갔다. 프로슈카는 혼자 서 있다가 고아가 다시는 돌아오지 말 것을 한 번 더 상기시키려고 대문 밖으로 나갔다. 고아는 아직 어디로도 떠나지 않고 풍차의 작은 불꽃만 바라보고 있었다.

"사슈카!" 프로슈카는 명령했다. "다시는 우리 집에 오지 마. 자루 안에 빵도 좀 넣었고, 모자도 선물했으니, 이제 가 버려! 원한다면 오늘은 창고에서 자도 돼, 밤이니까. 그렇지만 더 이상 우리 집 창문 밑으로 얼쩡거리지 마. 그럼 아버지가 또 정신을 못 차리고……."

사샤는 공동묘지 쪽으로 걸어갔다. 프로슈카는 대문의 빗장을 걸고 마당을 훑어보고 나서 서툴게 만든 장대를 들어 올렸다.

"도대체가 이놈의 비는 올 생각을 안 하는구나!" 프로슈카는 늙은이의 목소리로 이렇게 말하고 나서, 앞니 사이로 침을 찍 뱉었다. “도대체, 오질 않네. 엎드려 머리라도 땅에 박고 빌면 그나마 땅을 좀 적셔 주려나!”

사샤는 아버지의 무덤으로 몰래 다가가서, 아직 다 파지 않은 구덩이에 누웠다. 십자가들 사이를 걸어 들어가기는 두려웠지만, 그는 언젠가 호숫가의 움막에서 그랬던 것처럼, 아버지 가까이서 편안하게 잠들었다.

더 늦은 시간에 두 명의 남자가 공동묘지로 와서 땔감으로 쓰려고 몰래 십자가를 뽑아 갔지만, 잠에 취한 사샤는 아무 소리도 듣지 못했다.

자하르 파블로비치는 아무것도 부족함 없이 살았다. 그는 불길이 활활 타오르는 증기 기관의 연료 주입구 앞에서 몇 시간이고 앉아 있을 수 있었다.

이 일은 그에게 인간과의 대화나 우정에서 얻는 커다란 만족감을 대체해 주었다. 살아 있는 불꽃을 관찰하면서 자하르 파블로비치는 홀로 살아갔으며, 그의 내부에서 머리는 생각을 하고, 심장은 느꼈으며, 모든 육체는 고요히 만족했다. 자하르 파블로비치는 석탄과 철로 된 틀과 모든 잠자는 재료들과 반제품들을 존경했지만, 정말로 사랑하고 감각하는 것은 이미 만들어진 제품들, 바로 인간의 노동이 매개가 되어 만들어진 것들, 그리하여 이미 독립적인 삶을 계속 살아가고 있는 기성품들이었다. 점심 휴식 시간에도 자하르 파블로비치는 기관차에서 눈을 떼지 않았으며, 조용히 기관차에 대한 자신의 사랑을 체험했다. 그는 볼트와 낡은 밸브, 파이프 등과 같은 기계 부품들을 자기 숙소로 많이 가지고 왔다. 그는 탁자 위에 줄을 세워 그것들을 쌓아 올렸고, 결코 외로움도 타지 않으면서 그것을 바라보는 데 열중했다. 자하르 파블로비치는 고독하지 않았다. 왜냐하면 기계들이 바로 그에게는 사람이었고, 그의 안에서 계속 감각과 사상, 욕망을 자극했기 때문이다. 코일이라고 불리는 전방 기관차 축은 자하르 파블로비치가 공간의 무한성에 대해 걱정하도록 만들었다. 그는 밤마다 일부러 별들을 바라보러 나갔다. 세상은 과연 무한한가, 바퀴가 영원히 살아가고 굴러가기에 공간은 충분한가? 별들은 매혹적으로 빛났지만 별 하나 하나는 고독했다. 자하르 파블로비치는 하늘이 무엇을 닮았는지 생각해 보았다. 그리고 차바퀴를 가지러 갔던 분기역을 기억해 냈다. 역의 플랫폼에서는 고독한 신호들의 바다가 보였다. 그것들은 화살표이기도, 가로대 신호이기도, 십자로 신호이기도 했으며, 경고등이거나 달리는 기관차의 불빛이기도 했다. 물론 하늘도 그와 같았다. 다만 더 멀리 떨어져 있고, 그 편안한 작업을 보아서 알 수 있듯, 보다 더 조직적일 따름이었다. 나중에 자하르 파블로비치는 푸르게 빛나는 별까지의 거리를 대충 재어 보았다. 그는 팔을 자처럼 사용해서 허공에 이 자를 대 보았다. 별은 200베르스타 거리에서 빛나고 있었다. 그는 이 사실에 걱정이 되었다. 비록 이 세상은 무한하다고 어디선가 읽긴 했지만 말이다. 바퀴들이 항상 필요하도록, 그리고 공통의 기쁨을 위해 끊임없이 바퀴들이 제조되도록, 세상이 정말로 끝없이 넓었으면 하고 바랐지만, 결코 그 무한함을 느낄 수 없었던 것이다.

"몇 베르스타지, 너무 멀어서 잘 모르겠어!" 자하르 파블로비치가 말했다. "하지만 어딘가에는 막다른 곳이 있을 테고, 마지막 베르쇼크*가 끝나 버릴 거야. 만약 실제로 무한함이 있다면, 무한함은 아마 스스로 넓은 공간에 펼쳐져서 그 어떤 단단함도 없을 거야. 그러니, 어떻게 무한함이 있을 수 있겠어. 무한함이 끝나는 막다른 곳이 분명히 있을 거야!"

바퀴가 할 일이 종내에는 충분치 못할지도 모른다는 생각에 자하르 파블로비치는 이틀 동안 고민했다. 그리고 나중에는 세상을 확장할 방법을 생각했다. 만약 모든 길이 막다른 곳까지 도달하고 나면, 사실 공간이라는 것 역시 쇠막대처럼 달구어서 더 길게 잡아당길 수 있을지 모른다는 데 생각이 미치자 그는 안심했다.

스승 기관사는 자하르 파블로비치가 좋아하는 일이 무엇인지 알았다. 기관실의 화로는 금속에 흠집 하나 없이 반짝반짝 윤이 날 정도로 깨끗이 닦여 있었지만, 스승은 결코 자하르 파블로비치를 칭찬하지 않았다. 스승은 인간의 지혜나 능력 때문이 아니라, 기계 스스로의 희망에 따라서 기계가 살아 움직인다는 것을 잘 알고 있었다. 인간들은 여기서 아무것도 아닌 것이다. 반대로 자연과 에너지, 금속의 선함은 사람들을 망친다. 어떤 바보 같은 인간이라도 화로에 불을 지피기만 하면, 기관차는 스스로 앞으로 달려갈 것이다. 이제 바보 같은 인간은 다만 짐이 될 따름이다. 만약 기계가 탄력을 받아 순종적으로 앞으로 나아간다면, 사람은 자신의 의심스러운 성공 때문에 퇴화되어 녹슬어 버릴 것이다. 그러면 그 때 작업 능력이 있는 기관차로 인간들을 압박해 버리고, 이 세상에 스스로 살 수 있는 자유를 기계들에게 부여할 수 있을 것이다. 그렇지만 스승은 다른 사람보다는 자하르 파블로비치를 덜 꾸짖었다. 자하르 파블로비치는 거친 힘으로가 아니라, 항상 연민을 지닌 채 망치를 두들겼으며, 기관차에 있을 때는 아무 데나 침을 뱉지도 않았고, 연장으로 기계의 몸체에 아무렇게나 흉터를 남기지도 않았기 때문이다.

“스승님!” 자하르 파블로비치는 일에 대한 사랑을 위해 한번은 용기를 내어 물어보았다.

“왜 인간은 악하든 선하든 그저 그런데, 기계는 그토록 똑같이 훌륭한 것일까요?"

스승은 화가 나서 듣고 있었다. 그는 기관차에 대한 자신의 감정을 개인적 특권이라 여겼기에, 타인이 기관차를 좋아하면 그를 질투했다.

'회색 악마 같으니!' 스승은 마음속으로 중얼거렸다. '이놈에게도 메커니즘이 필요하단 말이지, 아이고 하느님!'

두 사람 맞은편에 야간 급행열차를 위해 그들이 불을 때던 기관차가 서 있었다. 스승은 오랫동안 기관차를 바라보았고 일상적인 기쁨의 공감으로 충만해졌다. 기관차는 자신의 당당하고 키 큰 몸체의 조화로운 분수령에서 자비롭고 거대하며 따스하게 서 있었다. 스승은 자기 안에서 울려 퍼지는 본능적인 희열을 느끼면서 집중했다. 기관차고의 문은 여름의 저녁 공간으로, 어두운 미래로 열려 있었고, 바람 속에서, 레일 위의 자연스러운 속도에서, 밤과 위험, 정확한 기계의 부드러운 고동 소리의 자기 망각 속에서 반복될 수 있는 삶으로 열려 있었다. 스승 기관사는 젊음을 닮은, 아니면 당당히 울려 퍼지는 미래의 예감을 닮은 내적 삶의 거친 성채가 충만해지는 것을 느끼자 손을 꽉 잡고 주먹을 쥐었다. 그는 자하르 파블로비치의 낮은 직급조차 잊어버리고 마치 자신과 동등한 친구에게 하듯 그에게 대답했다.

"자네, 여기서 일하더니 좀 똑똑해졌군! 인간은 어리석은 존재지! 인간은 집에서 이리저리 뒹굴기만 하지 아무 가치도 없어! 자네, 새를 한번 예로 들어 보지……."

기관차의 사이펀이 끓기 시작하면서 이야기 소리를 죽였다. 스승과 자하르 파블로비치는 나가서 공명하는 저녁의 공기를 느끼며 식어 가는 기관차의 대열을 지나갔다.

"새를 한번 봐! 물론 새는 아름답지. 하지만 그들이 죽은 다음엔 아무것도 안 남아. 왜냐하면 그들은 일하지 않기 때문이지! 자네, 새들이 노동하는 것을 본 적 있는가? 없지! 먹이든 둥지든 구하려고 어떻게든 움직이긴 하지만, 도대체 새들에게 도구라는 게 어디 있나? 자기 생명을 앞지르는 석탄이 새들에게 있는가? 없어, 그리고 있을 수도 없지!"

"그럼 사람에게는 뭐가 있어요?" 자하르 파블로비치는 이해할 수가 없었다.

"사람에게는 바로 기계가 있단 말이야! 알겠나? 인간이 모든 기계의 출발점이지. 하지만 새들은 자기 스스로가 끝이라고."

자하르 파블로비치는 스승과 마찬가지 생각이었지만, 단지 어떤 말로 표현해야 할지 단어 선택이 어려울 따름이었다. 무엇인가 지겹도록 그의 사유에 브레이크를 걸었기 때문이다. 이 두 사람에게, 스승 기관사에게도 자하르 파블로비치에게도 인간이 손대지 않은 자연은 그다지 아름답지 않은 것으로, 또는 죽어 버린 것으로 여겨졌다. 예를 들어, 짐승이나 나무 같은 것들 말이다. 짐승이나 나무는 그들에게서 자기 생명에 대한 공감을 불러일으킬 수가 없었다. 왜냐하면 어떤 인간도 그들을 제조하는 데 참여하지 않았으며, 그들에게는 어떠한 의식적 연장질도, 숙련된 기술의 정확성도 존재하지 않았기 때문이다. 그들은 자하르 파블로비치의 내리뜬 눈 밖에서 독자적으로 살아갔다. 그와 반대로 모든 제품은, 특히 금속 제품은 생생하게 존재했으며, 그 구성과 힘으로 보자면 인간보다 더 흥미롭고 비밀스러운 것들이었다. 자하르 파블로비치는 한 가지 뇌리를 떠나지 않는 생각으로 많이 즐거워했다. 인간의 감추어진 본래의 힘이 어떠한 길을 통해, 크기로나 의미로나 장인보다 더 크고 흥분한 기계들에서 갑자기 발현될 수 있는가 말이다.

그리고 실제로 스승 기관사가 말한 것처럼 그렇게 되고 있었다.

개개 인간은 노동 속에서 스스로를 능가하여, 자기 생의 의미보다도 더 훌륭하고 견고하게 물건들을 만들어 낸다. 게다가 자하르 파블로비치는 인간의 바로 그 불타는 흥분된 힘, 노동하는 인간에게서는 어떠한 출구도 찾지 못한 채 침묵하고 있는 힘을 기관차에서 찾아냈다. 통상, 수리공은 술이 취하면 이야기를 잘하는 법이고, 기관차를 모는 인간은 자기가 기관차라도 된 양 거대하고 무시무시하게 여겨지는 법이다.

한번은 자하르 파블로비치가 풀려 버린 너트를 죄기 위해 적당한 볼트를 찾고 있었다. 그는 기관차고 여기저기를 다니면서 사람들에게 너트에 맞는 8분의 3짜리 볼트를 가지고 있지 않은지 물어보았다. 모두 그 볼트를 가지고 있었지만, 볼트가 없다고 말했다. 사실 일터에서 수리공들은 심심한 나머지, 서로 상대방 일을 힘들게 하면서 즐거워하곤 했다. 자하르 파블로비치는 어떤 작업장에나 있을 법한, 그런 교활한 숨겨진 즐거움을 아직 알지 못했다. 이 크지 않은 장난은 다른 장인들이 긴 작업 시간과 반복되는 노동의 고통을 극복하도록 해 주었다. 자기 이웃들의 재미를 위해서 자하르 파블로비치는 여기저기 헛수고를 하며 돌아다녔다. 작업장 안에 나사들이 산더미처럼 쌓여 있었음에도 불구하고 그는 청소함 뒤의 창고까지 다녀왔다. 그는 나무로 계단을 만들기도 했고 기관차고에 넘치도록 있는 함석 기름통을 만들기도 했으며, 심지어 누군가의 사주로 기관차 화로의 조절 마개를 혼자서 바꾸려고 했다. 다행히 다른 화부가 미리 말해 줘서 바꾸지 않았는데, 만약 그랬더라면 한마디 변명도 못하고 해고되었을 것이다.

이번에도 자하르 파블로비치는 적당한 볼트를 찾지 못해, 못으로 너트의 홈에 거의 끼워 넣고 있었다. 어떤 경우에도 그는 결코 참을성을 잃지 않았기 때문이다. 그제야 동료가 말했다.

“어이, 8분의 3짜리 나사, 여기 와서 볼트 가져가!” 그날부터 자하르 파블로비치는 8분의 3짜리 나사라는 별명으로 불렸으며, 어떤 연장이 필요한 일에서 그를 속이는 일이 드물어졌다.

하지만 자하르 파블로비치가 이후 8분의 3짜리 나사라는 별명을 세례명보다 더 마음에 들어 했다는 사실은 아무도 몰랐다. 그 이름은 모든 기계의 중요한 부품을 닮았으며, 철로의 인치들이 지상의 베르스타를 이겨 내는 그 진리의 나라로 자하르 파블로비치를 육체적으로 참여시키는 것 같았기 때문이다.

아직 어렸을 때 자하르 파블로비치는 어른이 되면 지혜로워질 것이라 생각했다. 그렇지만 삶은 그 어떠한 설명도 멈춤도 없이 열망처럼 지나가 버렸다. 자하르 파블로비치는 마주치는 견고한 물건들처럼 시간을 감각할 수 없었으며, 시간은 그에게 자명종의 기계 장치에 있는 수수께끼로서만 존재했다. 하지만 진자의 비밀을 알아냈을 때, 그는 시간은 존재하지 않고 다만 팽창된 스프링의 견고한 힘이 있을 뿐임을 알았다. 하지만 자연에는 무언가 고요하고도 슬픈 것이 존재하고 있었으며, 회귀하지 않도록 어떠한 힘이 작동하고 있었다. 자하르 파블로비치는 강을 관찰했다. 강에는 물의 속도도 수위도 동요가 없었는데, 바로 이와 같은 항상성 때문에 고통스러운 애수가 있었다. 물론, 물이 넘쳐나거나, 후덥지근한 소나기가 내릴 때도 있고, 바람의 숨결을 포착할 때도 있었지만, 고요하고 냉담한 삶, 즉 강의 흐름, 풀의 성장, 사계의 변화와 같은 것들이 더 크게 작용했다. 자하르 파블로비치는 이와 같은 균등한 힘이 전 지구를 마비된 상태로 유지시킨다고 추측했다. 이 힘은 그 무엇도 더 나은 것으로 변화될 수 없음을, 말하자면 마을도 사람도 지금 이 상태 그대로 남을 것이라는 사실을 자하르 파블로비치에게 거꾸로 증명해 주었다. 자연의 균등함을 유지하기 위해 인간의 불행은 항상 반복되었다. 4년 전 흉년이 들었을 때, 사내들은 돈을 벌기 위해 마을을 떠났고, 아이들은 어린 나이에 무덤 속에 누워야 했다. 그러나 이 운명은 영원히 사라진 것이 아니라, 보편적 삶의 정확한 흐름을 위해 지금 다시 반복되고 있는 것이다.

자하르 파블로비치는 자신이 얼마를 살았든, 변하지도 않고 지혜로워지지도 않으며, 열 살 때나 열다섯 살 때와 똑같은 상태로 남는다는 것을 놀라움을 지닌 채 보았다. 단지 이전의 몇 가지 예감들이 이제는 일상적 사유가 되었을 뿐, 이 상태로부터 더 나아지지 않았다. 이전에 그는 자신의 미래의 삶을 푸르고 깊은 공간으로, 거의 존재하지 않는 먼 공간으로 인식했다. 자하르 파블로비치는 그가 더 많이 살아갈수록 아직 살지 않은 삶의 나머지 공간은 줄어들 것이고, 그리고 그의 뒤에서 죽어 버린, 이미 지나와 버린 길은 더 길어질 거라는 사실을 미리 알고 있었다. 하지만 그는 속은 것이었다. 왜냐하면 삶은 자라났고, 축적되었으며, 미래는 흡사 자하르 파블로비치가 자기 삶의 끝에서 한 걸음 물러나 삶에 대한 자신의 희망과 믿음을 확대한 것처럼, 어린 시절보다 더 깊고 비밀스럽게 자라났고 또 퍼져 나갔다.

기관차 등불의 유리에 비친 자신의 얼굴을 보면서 자하르 파블로비치는 스스로에게 말했다. "내가 곧 죽는다니, 놀랍군. 하지만 결국 모든 것이 마찬가지야."

가을 즈음 달력에는 축일이 잦아졌다. 한번은 세 번의 축일이 연달아 있었다. 그런 날들이 오면 자하르 파블로비치는 지루해했고, 전속력으로 달리는 열차를 보기 위해 철길을 따라 멀리 떠나곤 했다. 길을 가다가 그는 자기 어머니가 묻혀 있는 광산 마을에 가 보고 싶은 생각이 들었다. 그는 매장 장소를 정확히 기억하고 있었으며, 이름도 없고 대답도 없는 어머니의 무덤 옆에 나란히 서 있던 타인의 철 십자가를 기억해 냈다. 그 십자가에는 1813년 창궐한 콜레라로 18년 3개월의 나이에 죽었다는 크세니야 표도로브나 이로슈티코바야의 죽음에 대해서 쓴, 녹슬고 거의 바랜 비문이 새겨져 있었다. '평화롭게 잠들라, 사랑하는 딸아! 부모와 죽은 자식들이 만나는 그때까지.'

자하르 파블로비치는 무덤을 파헤쳐 어머니를, 그녀의 뼈를, 머리카락을, 그리고 자기 어린 시절 고향의 사라져 가는 마지막 잔해를 보고 싶은 생각이 들었다. 그는 지금도 살아 있는 어머니를 가지고 싶었다. 자신이 어린 시절과 그다지 차이가 없다고 느꼈기 때문이다. 그리고 그때에도, 유년의 푸르른 안개 속에서 그는 울타리에 박힌 못들과 길가 대장간의 연기와 항상 돌아가는 수레의 바퀴를 좋아했다.

집에서 나와 어디로 떠나든 간에, 어린 자하르 파블로비치는 자신을 영원히 기다리는 어머니가 있다는 사실을 알고 있었기에 그 무엇도 두렵지 않았다.

양쪽으로 관목 숲이 철도를 보호하고 있었다. 관목 그늘에 거지들이 드문드문 앉아 뭔가를 먹거나 신발을 고쳐 신거나 하고 있었다. 그들은 당당한 기관차들이 얼마나 어마어마한 속도로 열차를 끄는지 보았다. 그렇지만 그 기관차 자체가 어떤 힘으로 달리는지 아는 거지는 한 명도 없었다. 심지어 더 간단한 생각도 — 어떤 행복을 위해서 그들이 살고 있는가라는 — 거지들의 머릿속에는 떠오르지 않았다. 어떠한 믿음·소망·사랑이 모래를 딛고 있는 그들의 다리에 힘을 주는지 알고 있는 적선자도 없었다. 자하르 파블로비치는 거지들이 무엇을 상실했는지, 그리고 그 자신은 무엇으로 보상을 받았는지 생각지도 않은 채, 거지들이 내민 손에 2코페이카를 놓아 주었다. 그가 받은 보상은 바로 기계를 이해하는 것이었다.

머리칼이 헝클어진 한 소년이 철둑에 앉아 구걸한 것을 종류별로 나누고 있었다. 곰팡이가 핀 것들은 따로 모아 두고, 보다 신선한 빵만 자루 안에 넣었다. 소년은 여위었지만 얼굴은 생기 있고, 걱정에 차 있었다.

자하르 파블로비치는 이른 가을의 신선한 공기 속에서 담배를 피우면서 소년 옆에 잠시 멈추어 섰다.

"하자품을 골라내는구나?"

소년은 전문 기계 용어를 이해하지 못했다.

"아저씨, 1코페이카만 주세요. 아니면, 담배라도 좀 남겨 주시거나." 소년은 말했다.

"보아하니 네 녀석은 좀도둑이거나 철면피로구나." 스스로에게 민망해 하지 않으려고, 자신의 적선 행위가 지닌 선의를 거친 말로 오히려 비하하면서, 악의 없이 그가 말했다.

"아니, 난 좀도둑이 아니라 거지예요." 빵 껍질이 든 자루를 고루 흔들어 정리하면서 소년이 대답했다. "나는 아버지도 어머니도 있어요, 배고픔을 피해서 다들 어디론가 가 버렸지만."

"그럼, 대체 어디로 가져가려고 그 음식물들을 싸는 거냐?"

"집으로 가져가려고요. 갑자기 엄마가 동생들을 데리고 집에 오면, 뭐라도 먹을 게 있어야겠죠."

"넌 누구네 아들이냐?"

"난 우리 아빠 아들이죠. 천애 고아가 아니라고요. 저기 있는 저 녀석들은 전부 좀도둑들이지만. 우리 아버지는 나를 때렸어요."

"네 아버지는 누구 아들이냐?"

"아버지도 우리 엄마가 낳았어요. 엄마 배에서 나왔죠. 배를 누르면, 밥벌레들이 무더기로 태어나요. 그럼, 나는 그것들을 먹여 살리려고 구걸을 해야 하죠!"

소년은 아버지에 대한 불만으로 한탄하기 시작했다. 그는 5코페이카를 목에 걸고 있는 쌈지 주머니에다 재빨리 숨겼는데, 주머니에는 동전들이 상당했다.

"꽤 열심히 구걸했나 보구나?" 자하르 파블로비치가 물었다.

"당연히, 애걸복걸했죠." 소년이 동의했다. "제기랄, 어디 그렇게 쉽게 적선해 주나요? 거짓말하고, 또 거짓말하고 그래야, 아이고, 배고프겠구나 하고 돈을 주죠! 왜, 5코페이카 주더니 이제 아까운가 보군요! 내가 아저씨라면 절대로 돈을 안 줬을 텐데."

소년은 상한 빵을 모아 둔 것 중에서 곰팡이가 낀 빵조각을 주워 들었다. 보건대, 더 나은 빵은 시골 부모님께 가져다주고, 나쁜 것은 자기가 먹은 것이 분명했다. 자하르 파블로비치는 순간적으로 이것이 마음에 들었다.

"아마도 아버지는 너를 사랑하나 보구나?"

"아버지는 아무것도 사랑하지 않아요. 게으름뱅이거든요. 난 어머니를 더 좋아해요. 엄마 몸에서는 피가 흘러나와요. 엄마가 아팠을 때 내가 속옷을 한 번 빨아 준 적이 있거든요."

"네 아버지는 뭐 하는 사람이냐?"

"프로슈카 아저씨요. 근데 나는 이곳 출신이 아니에요."

자하르 파블로비치의 기억 속에 돌연 떠나온 농가 굴뚝에서 자라나던 해바라기와 시골 길에 자라나던 잡초 숲이 떠올랐다.

"이런, 네 녀석이 바로 프로슈카 드바노프구나, 이런 개자식이 있나!"

소년은 잘 씹히지 않는 밀알들을 입에서 뱉어 냈지만, 그것들을 버리지는 않고 자루 속에 다시 집어넣었다. 나중에 다 씹어 먹을 것이다.

"아, 자하르카 아저씨 아닌가요?"

"그래!"

자하르 파블로비치는 그곳에 앉았다. 프로슈카가 어머니에게서 낯선 도시들로 떠나는 여행으로서의 시간을 그는 지금 느껴 보았다. 그는 다른 모든 물질처럼 슬픔의 움직임이자, 감각할 수 있는 대상으로 시간을 보았다. 비록 완성되어 사용할 수는 없겠지만 말이다.

키가 작고, 파계한 수도자를 닮은 어떤 사람이 가던 길을 멈추고 그들 곁에 앉아 두 대화자에게 시선을 던졌다. 유년 시절부터 부풀어 오른 아름다움을 간직하고 있는 그의 입술은 붉고, 눈은 온화했지만, 날카로운 지성은 없어 보였다. 자신의 부단한 불행을 견뎌 내는 데 익숙해져 있는 평범한 사람들에게서는 그런 얼굴을 보기 힘들었다.

프로슈카는 행인이 마음에 들지 않았는데, 특히 그 입술 때문이었다.

"왜 입술을 내밀고 있어요, 내 손에 키스라도 하고 싶으신가?"

수도자는 자리에서 일어나 자기가 가던 방향으로 걸어갔다. 그런데 그는 어디에 있는지 스스로도 정확히 알지 못하는 쪽으로 떠나갔다.

프로슈카는 금방 이를 알아차리고, 그에게 들리도록 크게 말했다.

"가긴 간다만, 어디로 가야 할지도 모르네. 뒤로 한번 돌려세워 보라지, 그럼 또 그리 갈 거 아니야! 이런 지랄 맞은, 밥벌레들 같으니라고!"

자하르 파블로비치는 프로슈카의 조숙한 지혜에 조금 당황했다. 그 스스로는 나이가 들어서야 사람들을 좀 알게 되었고, 오랫동안 타인들이 자기보다 더 똑똑하다고 여겼기 때문이다.

"프로슈!" 자하르 파블로비치가 물었다.

"어부 아들인 고아 있지 않니, 그 작은 소년은 어디로 갔냐? 너희 엄마가 그 애를 데려갔는데."

"사슈카 말인가요?" 프로슈카는 짐작했다. "걘 누구보다 제일 먼저 마을에서 도망갔어요! 그 녀석 아주 악마 같은 놈이어서, 아무런 득이 될 게 없어요! 마지막 남은 빵조각을 훔쳐서 야반도주했죠. 나는 그 녀석 뒤를 쫓고 또 쫓았지만, 결국엔 이렇게 말했죠. '뭐! 그래, 가 버려.' 그러고 나서 나는 집으로 돌아왔어요."

자하르 파블로비치는 그의 말을 믿었으며, 깊은 생각에 잠겼다.

"그런데 네 아버지는 어디에 있니?"

"아버지는 돈 벌러 떠났어요. 나보고 가족들 먹여 살리라고 해 놓고 말이죠. 사람들한테서 빵을 모아 가지고 마을로 돌아가 보니, 엄마도 동생들도 없는 거예요. 사람들 대신에 집집마다 엉겅퀴만 자라고 있었다니까요……."

자하르 파블로비치는 프로슈카에게 50코페이카를 주고 도시에 오면 다시 들르라고 부탁했다.

"아저씨 모자를 나에게 주면 더 좋았을 텐데!" 프로슈카가 말했다. "아저씨는 어차피 아무것도 아까운 게 없잖아요. 비가 와서 내 머리가 젖으면, 감기에 걸릴 수도 있어서 그래요."

자하르 파블로비치는 자신에게는 모자보다 더 소중한 철도 배지를 떼어 낸 다음 모자를 건네주었다.

원거리 열차가 옆으로 지나갔고, 프로슈카는 돈과 모자를 자하르 파블로비치가 다시 가져갈까 봐 서둘러서 일어났다. 모자는 프로슈카의 숱 많은 머리에 딱 맞았다. 그렇지만 프로슈카는 모자를 한번 써 보고 다시 벗어서 빵이 든 자루에 잘 묶었다.

"잘 가렴, 하느님이 도와주실 게다!"
"말이야 쉽죠. 아저씬 항상 빵이 있을 테니까요." 프로슈카는 그를 질책했다. "그런데 우린 그게 없단 말이죠."
자하르 파블로비치는 더 이상 무슨 말을 해야 할지 몰랐다. 그에게도 더 이상 돈이 없었다.
"최근에 시내에서 사샤를 만났어요." 프로슈카가 말하기 시작했다. "그 바보는 아마 곧 뒈질 거예요. 아무도, 아무것도 적선하지 않거든요. 그 녀석은 구걸할 줄도 몰라요. 구걸한 걸 그 녀석에게 좀 나눠 줬어요, 나는 안 먹고 말이죠. 사샤를 우리 엄마한테 맡긴 게 아마도 아저씨죠? 그러니 이제 사샤를 맡아 준 값으로 나한테 돈을 내세요!" 프로슈카는 진지한 목소리로 이렇게 말을 맺었다.
"그럼 어떻게든 네가 사샤를 데려와 보렴." 자하르 파블로비치가 대답했다.
"그럼, 뭘 줄 건데요?" 프로슈카는 미리 물어보았다.
"사례금을 주지. 1루블을 주마."
"좋아요." 프로슈카가 말했다. "내가 사샤를 데려다 주죠. 다만 사샤한테 뭘 가르치려 들진 말아요. 그러면 그 녀석은 분명히 아저씨를 속여 먹으려 들 테니까요."
프로슈카는 그의 시골 마을로 향하는 길이 있는 쪽으로 가지 않았다. 아마도 그는 자기 요량을 하고, 뭔가 빵을 얻을 만한 자기만의 계획이 있었던 것이다.
자하르 파블로비치는 그의 뒤를 눈으로 좇으면서, 그 어떤 인간보다 더 높이 존재하는 기계와 제품의 귀중함에 대해 알 수 없는 의혹을 품었다.
프로슈카가 더 멀어질수록 거대한 자연환경에 노출된 그의 조그만 육체는 더 가련하게 보였다. 다른 사람들이 기차를 타고 다니는 철도의 선로를 따라 프로슈카는 걸어갔다. 철도는 그를 방해하지도 않았지만 돕지도 않았다. 프로슈카는 마치 길가의 나무와 바람과 모래를 바라보듯, 아무런 감정 없이 다리와 레일과 기관차를 바라보았다. 모든 인공적인 설비물은 프로슈카에게 단지 타인의 농지에 있는 자연 풍경과도 같은 것이었다. 자신의 생생한 판단력을 수단으로 해서 프로슈카는 어떤 식으로든 긴장하며 존재해 왔다. 그가 자신의 지혜를 완전히 느꼈을 리는 없다. 이것은 그가 예상치 않게, 거의 무의식적으로 말하고 있으며, 스스로 자신이 내뱉은 말에 놀라는 것을 보면 알 수 있었다. 그의 말에 담긴 지혜는 자신의 유년기보다 더 높은 곳에 존재했던 것이다.

키 작은 프로슈카는 혼자서, 그 어떤 보호도 받지 못한 채 구릉지 너머로 사라졌다. 자하르 파블로비치는 그를 자신에게로 영원히 되돌아오게 하고 싶었지만, 뒤쫓아 가기에는 너무 멀리 있었다.

아침에 자하르 파블로비치는 평상시처럼 일하러 가고 싶지 않았다. 저녁에 그는 애수에 젖어서 바로 잠자리에 들었다. 항상 탁자 위에 놓여 있던 볼트, 파이프, 오래된 압력계 들도 그의 외로움을 달래 줄 수 없었다. 그는 그것들을 바라보았지만, 자신이 그들의 모임 안에 있다고 느낄 수가 없었다. 그의 내부에서 무언가가 찌르듯이 아팠다. 흡사 심장을 뒤집은 다음 서투른 손놀림으로 저며 내는 것 같았다. 자하르 파블로비치는 거대하고 흡사 무너져 내릴 것 같은 자연에 의해 짓눌린 저 먼 곳으로 철길을 따라 떠나던 프로슈카의 작고 여윈 몸을 결코 잊을 수 없었다. 자하르 파블로비치는 분명한 사상도, 말의 복잡성도 없이, 자신의 인상적인 감각의 따스함 하나만으로 생각했는데, 이것만으로도 충분히 고통스러웠다. 그는 자신이 나쁘다는 것을 모르던 프로슈카의 애처로움을 보았으며, 프로슈카나 그의 교활한 삶과는 동떨어져 작동하는 철도도 보았다. 그러고는 도대체 무엇 때문에, 왜 슬픈지는 이해할 수 없었지만, 이름도 없는 자신의 슬픔에 애통해 했다.

다음 날, 프로슈카와 만난 후 사흘째 되던 그날 자하르 파블로비치는 기관차고에 가다가 말았다. 그는 출입 초소에서 출근 번호표를 꺼냈지만, 그것을 다시 제자리에 걸어 놓고는 그날 하루를 협곡에서, 늦여름의 태양 아래서 보냈다. 그는 기관차의 경적 소리와 그 속도가 내는 소음을 들었지만, 더 이상 기관차에 대한 존경심을 느끼지 못했고, 그것들을 보기 위해 협곡 밖으로 기어 나가지도 않았다.

어부는 무테보 호수에 빠져 죽었고, 은자는 숲 속에서 죽었다. 텅 빈 마을에는 풀들만 자라고 있지만, 교회의 시계는 움직이고, 기차는 시간표대로 운행되고 있었다. 자하르 파블로비치는 시계와 열차의 움직임이 지닌 정확성이 지루하고 부끄러웠다.

'그토록 영악한 프로슈카가 내 나이가 된다면 과연 무슨 일을 저지를까?' 자하르 파블로비치는 자기 입장에 비추어 판단해 보았다. '그 녀석은 아마 뭐든 파괴할 거야. 개자식!⋯⋯ 그놈이 황제가 되었더라도 사슈카는 구걸해야 했을지 몰라.'

자하르 파블로비치가 그 안에서 편안하고 안락하게 살았던 따스한 안개는 이제 깨끗한 바람에 의해 사라져 버렸고, 지금 그 앞에는 기계의 도움에 대한 믿음으로 스스로를 기만하지 않고, 벌거벗은 채 살아가는 인간들의 연약하고 고독한 삶이 열렸다.

스승 기관사는 점차 자하르 파블로비치를 높이 평가하지 않게 되었다. "나는 말이야." 그는 말하기 시작했다. "자네가 그 옛날 기계공들의 후예라고 진지하게 생각했단 말이야. 그런데 자네도 그저 그런 잡부에다 녹슨 망치에 불과해."

자하르 파블로비치는 정신적 혼돈으로 실제로 자신의 진정한 기술을 잃어버렸다. 오직 돈을 받기 위한 목적만으로는 못대가리를 정확하게 내려치는 것조차 어렵게 느껴졌던 것이다. 스승 기관사는 이것을 누구보다 잘 알았다. 그는 사심 없고 대가를 바라지 않는 기질에서 나오는 노동이 언젠가 오직 돈 하나만을 위한 것이 될 때, 그때 세계의 종말이 오리라 믿었다. 아니 심지어, 종말보다도 더 나쁜 것이다. 마지막 기술자가 죽은 후에는 태양의 식물들을 먹어 치우고, 기술자의 제품들을 망가뜨리기 위해 최후의 악당들만이 살아남을 것이기 때문이다.

호기심 많았던 어부의 아들은 삶에서 일어나는 모든 일이 다 진짜라고 생각할 만큼 순진했다. 사람들이 그에게 적선하지 않자, 그는 모든 사람이 자신보다 부유하지 않다고 믿었다. 사샤가 죽음을 면할 수 있었던 것은, 어떤 젊은 수리공의 아내가 아팠고, 수리공이 일하러 나간 사이 아내를 돌볼 사람이 없었던 덕분이었다. 수리공의 아내는 방에 혼자 있기를 두려워했고, 너무 심심해 했다. 수리공은 구걸 행위에 전혀 집중하지 않은 채 거지꼴을 하고 있던, 피로로 거무스레해진 소년에게 존재하는 어떤 아름다움이 마음에 들었다. 그는 자신에게 여전히 그 누구보다 사랑스러운, 아픈 아내의 옆을 사샤에게 지키라고 했다.

사샤는 환자의 발치에서 하루 종일 의자에 앉아 있었다. 그는 그녀가 아버지의 회상 속에 존재하던 그의 어머니처럼, 그토록 아름답다고 여겼다. 그래서 그는 살아남았으며, 이전에는 누구에 의해서도 받아들여지지 않았던, 늦은 어린 시절의 헌신성으로 아픈 여인을 도와주었다. 그 여인은 '여주인'이라는 말에 익숙해지지 않은 채, 알렉산드르라고 부르면서 소년을 사랑했다. 하지만 그녀가 곧 건강을 회복하자 그녀 남편은 사샤에게 말했다. "얘야, 20코페이카를 받으렴. 그리고 어디로든 가고 싶은 데로 가거라."

사샤는 익숙하지 않은 큰돈을 받아 들고 마당으로 나가서 울기 시작했다. 화장실 근처 쓰레기 더미 위에 프로슈카가 앉아 손으로 쓰레기를 파 뒤집고 있었다. 그는 지금 뼈, 누더기, 쇳조각 같은 것들을 모으고 있었으며, 담배를 피웠고, 쓰레기 더미의 먼지 때문에 나이 들어 보이는 얼굴을 하고 있었다.

"바보 녀석아, 너 또 질질 짜는구나?" 하던 일을 멈추지 않고 프로슈카가 물었다. "이리 와서 여기 좀 파 봐. 나는 차 한 잔 마시고 올게. 짠 걸 좀 먹었더니 말이야."

하지만 프로슈카는 목로주점으로 가지 않고 자하르 파블로비치에게 갔다. 자하르 파블로비치는 많이 배우지 못한 탓에 소리를 내어 책을 읽고 있었다. "빅토르 백작은 충직하고 용감한 가슴에 손을 올리고 말했다. '나는 그대를 사랑합니다, 사랑하는 여인이여…….'"

프로슈카는 처음에 이것이 동화라고 생각하고 주의 깊게 들었지만, 곧 실망해서, 이렇게 말했다.

"자하르 파블로비치, 나한테 1루블 주세요. 지금 고아 사샤를 데려다 줄게요!"

"뭐라고?" 자하르 파블로비치는 놀랐다. 그는 만약 아내가 살아 있었다면, 지금도 여전히 사랑했을 자신의 슬픈, 늙어 버린 얼굴을 그에게 돌렸다.

프로슈카는 다시 한 번 사샤의 값을 말했고, 자하르 파블로비치는 그에게 1루블을 주었다. 왜냐하면 지금의 그는 사샤라도 있는 것이 기뻤기 때문이다. 소목장이가 자기 집을 비우고 침목 공장으로 떠나, 자하르 파블로비치에게는 방 두 개가 비어 있었다. 최근에는 소목장이의 아들들과 사는 것이 불안함에도 불구하고 재미있었다. 그들은 근래에 너무 남자다워져서 힘을 어디에 써야 할지 몰라 몇 번이고 집에다 일부러 불을 질렀다. 하지만 항상 집이 완전히 불타지는 않도록 미리 불을 껐다. 아버지가 그들에게 화를 내자, 그들은 아버지에게 "뭐야, 영감, 불이 무서운가 보지, 불에 탄 것은 썩지 않아요. 다음에는 늙은 우리 영감님을 좀 태워 줘야겠어. 그러면 무덤에 들어가도 썩지 않고 냄새도 안 날 거요!"라며 낄낄거렸다.

떠나기 전에 아들들은 화장실용 가건물을 쓰러뜨리고, 떠돌이 개의 꼬리를 잘랐다.

프로슈카는 곧바로 사슈카에게 돌아가지 않았다. 우선 그는 담배를 한 갑 산 다음, 구멍가게의 여인네들과 실없는 대화를 나누었다. 그런 다음에야 프로슈카는 다시 쓰레기 더미로 돌아왔다.

"사슈카." 그가 말했다. "나랑 같이 가자, 다시는 날 귀찮게 하지 않도록 널 어디로 좀 데려가야겠어."

그 이후 자하르 파블로비치는 점점 더 쇠약해졌다. 홀로 죽지 않기 위해서, 그는 그다지 쾌활하지 않은 다리야 스테파노브나를 여자 친구 겸 아내로 맞이했다. 그는 자기 자신을 완전하게 감각하지 않는 편이 더 편했다. 말하자면, 기관차고에서는 일이 방해를 했고, 집에서는 아내가 귀찮게 굴었다. 본질적으로, 이 두 종류의 소란은 자하르 파블로비치의 불행이었지만, 만약 이것이 없었다면, 그는 아마 떠돌이가 되었을지도 모른다. 이제 그는 기계와 제품들에 더 이상 열렬한 관심을 가지지 않았다. 그 이유는 우선, 그가 아무리 열심히 일하더라도 어쨌든 사람들은 가난하고 불쌍하게 살아갈 것이고, 또한 세계는 어떤 냉담한 환상으로 뒤덮여 있었기 때문이다. 아마도 자하르 파블로비치는 너무나 지쳐서, 자신의 고요한 죽음을 정말로 예감했을지도 모른다. 실제로 많은 장인에게서 늘그막에 이런 현상이 나타났다. 그들이 수십 년간 작업했던 단단한 물질들은 공통적인 파멸적 운명의 불변성을 그들에게 비밀스럽게 가르쳐 주었다. 기관차들은 장인들의 눈앞에서 대열로부터 이탈했으며, 해가 갈수록 태양 아래서 부서져 가고, 나중에는 결국 망가졌다. 일요일마다 자하르 파블로비치는 낚시를 하면서 최근의 생각을 정리하기 위해 강으로 가곤 했다.

집에서 그의 위안이 되는 것은 사샤였다. 하지만 항상 불만인 아내 때문에 그는 이 위안에도 마음껏 집중할 수 없었다. 그리고 결과적으로 이것이 더 나았던 것 같다. 왜냐하면 자하르 파블로비치가 자신이 매혹당한 대상들에 끝까지 집중했다면, 아마도 그는 울어 버렸을지도 모르기 때문이다.

그런 느슨한 생활이 몇 년간 지속되었다. 가끔, 책을 읽는 사샤를 침대에서 살펴보면서 자하르 파블로비치는 묻곤 했다.

"사샤, 너 괴로운 일은 없니?"

"없어요." 양아버지의 습관에 익숙해진 사샤는 이렇게 말했다.

"너는 어떻게 생각하니?" 자기의 의혹을 이어 가며 자하르 파블로비치는 말했다. "모두 반드시 살아야 할 필요가 있을까, 아니면 그렇지 않을까?"

"모두, 살아야만 해요." 아버지의 슬픔을 조금 이해하면서 사샤가 대답했다.

"뭘 위해 살아야만 하는지, 어디서라도 읽은 적 없니?"

사샤는 책을 덮었다.

"살면 살수록 더 잘 살게 될 거라는 말을 읽었어요."

"오호!" 신뢰를 담아 자하르 파블로비치가 말했다. "그렇게 쓰여 있어?"

"그렇게 적혀 있어요."

자하르 파블로비치는 한숨을 쉬었다.

"아마, 그럴 거야. 모든 사람이 모든 걸 알 수는 없는 일이지"

사샤는 수리공이 되기 위해 벌써 1년 전부터 기관차고에서 견습생으로 일하고 있었다. 그는 기계와 기술에 흥미를 느꼈지만, 자하르 파블로비치가 느꼈던 것만큼은 아니었다. 그의 흥미는 기계의 비밀을 밝히는 것과 더불어 끝나는 호기심이 아니었던 것이다. 사샤는 다른 대상들, 즉 움직이고 살아 있는 대상들에 대해서도 기계에 대해서 만큼이나 흥미를 느꼈다. 그는 그들을 아는 것보다는, 그들을 느끼고 그들의 삶을 체험하고 싶어 했다. 그렇기 때문에, 일터에서 돌아오면서 사샤는 자신을 기관차라고 상상하면서, 기관차가 달리면서 내는 모든 소리를 따라해 보았다. 잠자리에 들면서, 그는 시골 마을에서는 닭들도 벌써 잠들었으리라 생각했다. 닭과 기관차의 동질감에 대한 그의 이러한 의식은 자신에게 만족을 주었다. 사샤는 어떤 행동도 홀로 할 수 없었다. 우선 그는 자기 행위와 유사한 무엇인가를 찾았고, 그런 다음에야 행동했다. 그렇지만 자기의 필연성에 의해서가 아니라 그 무엇인가, 아니면 그 누군가에 대한 공감에 의해 행동하는 것이었다.

"나도 그 사람과 똑같아." 사샤는 스스로에게 종종 이렇게 말했다. 오래된 울타리를 바라보면서 그는 진심에서 우러난 목소리로 생각했다. '홀로 서 있구나.' 그리고 그럴 필요가 없었지만, 그도 어딘가에 홀로 서 있었다. 가을에 창의 덧문이 슬픈 듯이 삐걱거릴 때면, 사샤도 저녁마다 집에 앉아 있기가 우울해졌으며, 덧문 소리를 들으며 이렇게 느꼈다. '그들 역시 우울하구나!' 그리고 더 이상 우울해하지 않았다.

일터로 일하러 다니기 싫증날 때, 사샤는 밤이고 낮이고 부는 바람을 보면서 스스로를 위로했다.

'나도 바람과 똑같아.' 사샤는 바람을 보았다. '나는 그래도 낮에만 일하는데, 바람은 밤에도 불고 있잖아. 바람이 더 힘들겠다.'

기차들이 매우 자주 다니기 시작했다. 전쟁이 시작된 것이다. 기술자들은 전쟁에 별로 관심이 없었다. 기술자들을 전쟁터로 소집하지는 않았기에, 전쟁이란 그들에게 마치 기차와도 같았다. 즉, 자신들이 늘 고치고 기름 치고 하지만, 잘 모르는 바쁘지 않은 다른 사람들만 실어 나르는 기차와 마찬가지로 낯선 것이었다.

사샤는 태양이 움직이고, 계절이 바뀌고, 하루 종일 열차가 달리고 하는 것을 단조롭게 감각했다. 나이가 들수록 사샤는 자기 육체 안으로 통과시켜서 반드시 새롭게 감각해야만 하는 그런 사건과 사물들을 만나게 되었고, 더불어 어부였던 친부와 시골 마을, 그리고 프로슈카를 이미 잊어 가고 있었다. 사샤는 자기 자신을 독립적이고 견고한 어떤 대상으로 의식하지는 못했다. 그는 항상 감각으로 무언가를 상상했고, 이것이 자신에 대한 표상을 그에게서 밀어냈다. 그의 삶은 어머니 꿈속의 따스한 좁은 곳에서처럼 끈질기고도 깊숙하게 흘러갔다. 신선한 나라들이 여행자를 지배하는 것처럼 외적인 환영들이 그를 영유했다. 이미 열여섯 살이 되었음에도, 그는 자기 목적을 가지지 않았다. 하지만 어떠한 내적 저항도 없이 그는 모든 생명들에 연민을 느꼈다. 마당에 핀 허약한 풀들의 연약함에도, 자신의 소리를 사람들이 듣고 그들로부터 동정을 얻기를 바라면서 기침을 하며 스쳐 가는 밤의 노숙자 행인에게도 연민을 느꼈던 것이다. 사샤는 그 소리들을 들었고, 그들을 불쌍히 여겼다. 그는 성인 남자들이 여자에 대한 유일한 사랑에서만 느끼는 바로 그 고양된 흥분의 감정으로 충만했다. 그는 창문으로 지나가는 사람을 살펴보았으며, 자기가 할 수 있는 만큼 그 사람에 대해 상상해 보았다. 그 자신보다 더 보잘것없는 보도의 포석들을 밟는 소리를 내면서 행인은 인적 없는 어둠 속으로 사라져 버렸다. 먼 곳에서 개들은 사납고 요란하게 짖어 댔고, 가끔씩 피로한 별들이 하늘에서 떨어져 내렸다. 아마도 깊은 한밤중에, 선선하고 평평한 들판에는 지금도 순례자들이 어디론가 가고 있을 것이며, 사샤에게서와 마찬가지로 그들 내부에서도 고요함과 죽어 가는 별들은 개별적인 생의 정서로 변화되고 있을 것이다.

자하르 파블로비치는 사샤에게 아무런 방해도 하지 않았다. 그는 노년의 모든 충직함으로, 어떤 설명할 수 없는, 불분명한 희망의 모든 감정으로 사샤를 사랑했다. 그는 등불 아래에서 글자를 잘 알아볼 수 없어서, 전쟁에 대해 신문을 읽어 달라고 자주 사샤에게 부탁했다.

사샤는 전투와 도시들의 화재와 금속과 사람과 재산의 끔찍한 손실에 대한 기사를 읽어 주었다. 자하르 파블로비치는 말없이 들었지만, 결국 이렇게 말했다.

"나는 여태껏 살아오면서 생각해 봤단다. 과연 인간들 사이에 반드시 권력이 존재해야만 할 정도로 인간이 인간에게 그토록 위험한 존재일까? 바로 그 권력에서 전쟁이 나오잖니……. 내가 다니면서 생각을 해 보니 말이야, 전쟁은 국가 권력에 의해 의도적으로 만들어진 거야. 평범한 사람은 그렇게 할 수가 없어."

사샤는 그러면 어떻게 되어야만 하는지 물어보았다.

"이렇게 되어야지." 자하르 파블로비치는 대답을 하면서 흥분했다. "다른 식으로는 안 돼. 만약 분쟁이 시작된 초기에 나를 독일로 보냈다면, 나는 단번에 그들을 설득했을 텐데. 그랬더라면, 전쟁보다 더 싸게 먹혔을 거야. 그런데 내가 아니라 제일 똑똑한 자들만 보냈더군!"

자하르 파블로비치는 함께 진정 어린 대화를 나눌 수 없는 그런 인간을 상상할 수 없었다. 하지만 저기, 저 위에, 황제와 그의 시종들도 바보일 리가 없다. 요컨대, 전쟁이라는 것은 경솔하고도 고의로 저지르는 일이다. 바로 이 부분에서 자하르 파블로비치는 교착 상태에 빠졌다. 사람을 일부러 죽이는 그런 사람들과 과연 마음을 열고 이야기를 나눌 수 있을까? 아니면, 우선 위험한 무기와 부와 재산을 그들에게서 빼앗고 나서 이야기를 시작해야 할까?

어느 날 기관차고에서 사샤는 죽은 사람을 처음으로 보았다. 작업 시간이 끝나 갈 즈음이었고, 작업 종료 사이렌이 울리기 직전이었다. 머리에서 피가 끈적끈적하게 배어 나오고 더러운 땅바닥으로 피를 뚝뚝 흘리는 창백한 스승을 두 명의 기관사가 팔로 부축해서 데려왔을 때, 사샤는 실린더의 밸브를 잠그고 있었다. 그들은 스승을 사무실로 데려갔으며, 그곳에서 응급실로 전화를 하기 시작했다. 사샤는 그의 피가 그토록 붉고 젊다는 사실에 놀랐다. 왜냐하면 스승 기관사는 너무나 백발이 성성한 늙은이였기 때문이다. 그런데 마치 기관사의 내부는 아직 어린아이인 것 같았던 것이다.

"젠장!" 스승은 분명히 말했다. "피가 좀 멈추도록 내 머리에 석유라도 발라 주게!"

한 화부가 재빨리 석유 양동이를 들고 와서 걸레의 끝부분을 석유에 담근 다음 피로 축축한 스승의 머리를 닦아 냈다. 머리는 검은색이 되었고, 그 자리에서 모두에게 보일 정도로 김이 났다.

"자, 여기로, 그렇지!" 스승은 칭찬했다. "자, 이제야 좀 나아졌군. 너희는 내가 죽는다고 생각했지? 아직 좋아하긴 일러, 나쁜 놈들……."

스승은 점점 허약해지면서 정신을 잃었다. 사샤는 그의 머리에 난 작은 구멍들과 그리로 곱슬곱슬하게 깊이 말려 들어간, 이미 죽어 버린 머리카락을 바라보았다. 스승은 지금 이 순간도 여전히 볼트가 인간보다 더 소중하고 편리하다고 여길 것이 분명했지만, 그 자리에 있는 누구도 스승에 대한 섭섭한 감정을 기억하는 사람은 없었다.

그 자리에 서 있던 자하르 파블로비치는 누구나 볼 수 있는 눈물이 흘러내리지 않도록 억지로 두 눈을 부릅뜨고 있었다. 그는 아무리 악하고 아무리 지혜로우며 아무리 용감한 인간일지라도 어찌 되었건 슬프고 가련하며, 힘이 약해져 죽어 간다는 사실을 다시 한 번 확인했던 것이다.

스승은 갑자기 눈을 떴고, 동료와 아랫사람들을 명민한 시선으로 바라보았다. 그 시선에는 여전히 분명한 생명이 빛나고 있었지만, 그는 이미 안개 낀 긴장감 속에서 지쳤으며, 허옇게 된 눈꺼풀은 감기려 하고 있었다.

"다들 왜 울어?" 평상시와 같은 분노가 담긴 어조로 스승이 이렇게 물었다. 아무도 울지 않았다. 다만 자하르 파블로비치의 크게 뜬 눈에서만 볼을 따라 지저분한, 자기 의지와는 상관없는 물기가 흘러내렸다. "아직 작업 종료 종도 울리지 않았는데, 왜 그렇게 서서 울고 있나!"

스승 기관사는 눈을 감고 보드라운 어둠 속에 눈동자가 머무르도록 했다. 어떠한 죽음도 그는 느끼지 않았다. 예전 육체의 온기가 여전히 그와 함께였다. 다만 이전에 그는 한 번도 그 온기를 느껴 본 적이 없었으나, 지금은 자기 내부의 뜨겁고 벌거벗은 액체 속에서 헤엄치고 있는 것 같았다. 이 모든 것은 이미 그에게 한 번 일어난 일이었다. 하지만 아주 오래전이었으며, 어디였는지도 기억해 낼 수가 없었다. 다시 눈을 떴을 때, 스승은 마치 넘실대는 물속에 서 있는 것 같은 사람들을 보았다. 한 사람은 흡사 다리가 없는 사람처럼 그의 위로 낮게 몸을 숙이고 서서, 일터에서 망가진 더러운 손으로 자신의 슬픈 얼굴을 가리고 있었다.

스승은 화가 나서 그에게 뭔가 말하려고 서둘렀다. 왜냐하면 이미 물이 그의 위로 차올라 왔기 때문이다.

"왜 울고 있어, 게라시카. 망할 놈, 화로라도 태웠나……. 글쎄, 왜 울어? 새로운 사람을 모아 일을 해야……."

스승은 어디에서 이 고요하고 뜨거운 어둠을 보았는지 마침내 기억해 냈다. 이것은 그의 어머니 안에 있던 협소한 곳이었으며, 그는 다시 그녀의 느슨해진 뼈들 사이로 기어 들어가고 있었던 것이다. 그렇지만 몸이 이미 너무 크고 늙어 버려 기어 들어갈 수가 없었다.

"새로운 사람을 모아서, 일을 해 내……. 너트를, 망할 놈, 다룰 줄 모르는군. 그럼 사람을 빨리……."

스승은 공기를 들이마시고 뭔가를 입술로 빨기 시작했다. 어떤 좁은 장소에서 그가 답답해 하고 있는 것이 보였다. 그는 어깨를 움츠리고, 영원히 그 안에 자리를 잡으려고 애썼다.

"나를 관 안으로 더 깊이 밀어 넣어 줘." 아홉 달 후에 다시 태어나리라는 것을 분명히 인식하면서, 부풀어 오른 어린아이의 입술로 그는 속삭였다. "이반 세르게이치, '8분의 3짜리 나사'를 불러 줘. 사랑스러운 놈, 그 녀석이 나를 역 너트로 잘 죄어 줄 거야……."

나중에야 들것을 가져왔다. 하지만 지금 스승 기관사를 응급실로 데려갈 이유는 전혀 없었다.

"이분을 집으로 데려가시지요." 기술자들이 의사에게 말했다.

"절대로 안 됩니다." 의사가 말했다. "조서를 쓰기 위해서는 이 사람이 꼭 필요해요."

조서에는 늙은 스승 기관사가 5사젠 길이의 뜨거운 강철 밧줄에 연결된, 냉각된 기관차를 가동하는 과정에서 치명적인 상처를 입었다고 적혀 있었다. 전철기를 옮겨 가는 과정에서 밧줄이 길가 가로등 기둥을 건드렸는데, 연결 차량 뒤에서 견인 기관차의 연료차를 살펴보고 있던 스승의 머리를 이 기둥의 장식부가 내리쳤던 것이다. 이 사건은 스승 기관사의 부주의 때문에, 또 기계의 작동 및 사용 규칙을 준수하지 않아 발생한 것이었다.

자하르 파블로비치는 사샤의 손을 잡고, 기관차고를 나와 집으로 갔다. 저녁 식사를 하면서 아내는 빵을 파는 곳이 별로 없고, 쇠고기는 이미 아무 데도 없다고 말했다.

"문제밖에 없으니, 이제 죽어야겠군." 아내에게 공감하지 않고 자하르 파블로비치는 이렇게 대답했다. 생활의 모든 일상은 그에게서 의미를 상실해 버렸던 것이다.

삶의 그 이른 시기에 사샤에게는 매일매일 미래에는 다시없을 어떤 자신만의 이름 없는 아름다움이 있었다. 스승 기관사의 형상은 그에게서 기억들의 꿈으로 떠나가 버렸다. 그렇지만 자하르 파블로비치에게는 그러한 스스로 자라나는 생명의 힘이 이미 없었다. 그는 늙었는데, 그 나이는 어린 시절과 마찬가지로 연약하고 파멸에 노출되어, 남아 있는 생애 내내 스승 기관사에 대해 슬퍼했다.

그 이후에는 더 이상 아무것도 자하르 파블로비치를 건드리지 않았다. 단지 매일 밤 책을 읽는 사샤를 볼 때마다, 그의 내부에서는 사샤에 대한 슬픔이 끓어올랐다. 자하르 파블로비치는 사샤에게 이야기하고 싶었다. 책을 너무 파지 마라, 만약 책 속에 무엇인가 진지한 것이 있다면, 아마도 오래전에 인간들은 서로를 안아 주었을 것이다. 하지만 자하르 파블로비치는 아무 말도 하지 않았다. 그의 안에서 무엇인가 단순한, 기쁨과도 같은 것이 끊임없이 꼬물거렸지만, 그의 이성은 이를 입 밖에 내지 못하게 방해했다. 그는 매끄러운 호숫가에서의 어떤 비현실적이고 평안한 삶에 대해서 그리워했는데, 그곳이라면 아마도 우정이라는 것이 삶의 의미의 모든 말과 지혜를 폐기시킬 수 있었을 것이다.

자하르 파블로비치는 자기의 수수께끼 속에서 길을 잃었다. 그는 전 생애 동안 우연히 마주친 관심사들, 예를 들어 기계와 제품 같은 것들에만 흥미를 지니고 살았는데, 이제야 정신을 차린 것이다. 그에게 젖을 먹일 때, 어머니는 그의 귀에 뭐라고 속삭여 주었어야 했다. 이제는 영원히 그 맛을 잊어버린 어머니의 젖과도 같은, 그 어떤 절실하고도 필연적인 그 무엇을. 그러나 어머니는 아무 말도 속삭여 주지 않았고, 그 혼자서는 세계에 대해서 결코 사유할 수가 없었다. 그렇기에 자하르 파블로비치는 전체의 근원적인 진보를 더 이상 바라지 않으면서 조용하게 살기 시작했던 것이다. 결국 아무리 자동차를 많이 만들더라도, 프로슈카도, 사샤도, 그리고 자기 자신조차 그것을 탈 수는 없었던 것이다. 기관차는 낯선 사람들을 위하여, 때론 병사들을 위하여 일하긴 했지만, 그들을 강제적으로 이동시켰다. 자동차 역시, 자기 의지를 가진 존재가 아니라, 아무 말도 할 수 없는 존재였다. 이제 자하르 파블로비치는 기계를 사랑하기보다는 가련하게 여겼으며, 심지어 기관차고에서 기관차와 이야기를 나누기도 했다.

"가느냐? 그래, 가도록 해! 너는 연접봉이 다 닳을 정도로 일했구나. 분명 악당 같은 승객 놈들이 무거워서 그랬겠지."

기관차는 비록 침묵했지만, 자하르 파블로비치는 그의 말을 들을 수 있었다.

'내 바퀴가 퉁퉁 부어올랐어. 질 나쁜 석탄이라서 말이야.' 기관차는 우울하게 말을 이었다. '뭐든 실어 나르는 게 너무 힘들어, 여인네들이 남편을 찾아 전선으로 많이 다니니까 말이야. 게다가 한 사람당 3푸드씩이나 빵을 들고 가지. 우편 차량도 이제 두 대씩이나 연결해. 예전에는 한 대만 연결했는데. 헤어져서 살면 사람들은 편지를 쓰니까.'

"아 그래." 생각에 잠긴 채 자하르 파블로비치는 대화를 나누었지만, 사람들의 이별의 무게 때문에 힘겹게 짐을 실은 기관차를 도대체 어떻게 도울 수 있을지는 알 수 없었다. "그러면 너무 애쓰지 마. 적당히 힘들지 않을 정도로만 열차를 끌지 그래."

'그래선 안 돼.' 이성의 온화한 힘으로 기관차는 이렇게 대답했다. '철둑 높은 곳에서는 여러 시골 마을들이 보여. 거기서 사람들이 울고 있어. 편지와 다친 가족들을 기다리고 있어. 내 연결 패킹 좀 봐 줘. 너무 팽팽하게 잡아당겨서, 달릴 때면 피스톤 플런저가 과열돼.'

자하르 파블로비치는 다가가서 연결 패킹의 볼트를 느슨하게 풀어 주었다.

"정말로, 심하게 잡아당겼구나. 나쁜 놈들, 어떻게 이렇게까지 할 수가 있어!"

"자네 거기서 뭐 하고 있는가?" 사무실에서 당직 기관사가 나오면서 물었다. "누가 자네보고 거기 가서 이것저것 뒤지라고 부탁이라도 하던가? 말을 해 봐, 그런지, 아닌지."

"그건 아닙니다." 자하르 파블로비치는 짤막하게 대답했다. "제가 보기에 너무 팽팽하게 잡아당겨진 것 같아서요……."

기관사는 화를 내지 않았다.

"그래도 손대지는 말게. 자네한테 그렇게 보였을 뿐이야. 어떻게 잡아당겨도, 운행하면 또 뜨거워진다네."

기관차는 나중에 자하르 파블로비치에게 이렇게 투덜거렸다.

'문제는 장력에 있는 게 아니야. 거기 중간에 연결간이 다 닳아서 패킹에서 연기가 나는 거야. 내가 일부러 이렇게 하고 싶어 하는 것 같아?'

"그래, 내가 다 봤어." 자하르 파블로비치는 한숨을 쉬었다. "하지만 나는 청소부에 불과해. 네가 더 잘 알잖아. 사람들은 나를 신뢰하지 않아."

'그래, 그렇지!' 슬픈 목소리로 기관차는 공감하며 냉각된 힘의 어둠 속으로 침윤했다.

"내가 그랬잖아!" 자하르 파블로비치도 동의했다.

사샤가 야간 대학교에 입학했을 때, 자하르 파블로비치는 혼자서 기뻐했다. 그는 그 어떤 도움도 없이 전 생애를 자기 힘으로만 살아왔다. 아무도 그에게 자신이 감각하는 것보다 앞서서 미리 이야기해 주지 않았다. 그렇지만 사샤에게는 이제 책들이 타인의 지성으로 미리 이야기해 줄 것이다.

"나는 고통스러워했는데, 사샤는 읽기만 하면 돼. 그게 다야!" 자하르 파블로비치는 부러워했다.

책을 다 읽고 나자 사샤는 쓰기 시작했다. 자하르 파블로비치의 아내는 불이 밝혀져 있으면 잠을 잘 수가 없었다.

"계속 뭘 쓰기만 하는구나." 그녀가 말했다. "그래, 뭘 쓰는 거냐?"

"당신은 잠이나 자." 자하르 파블로비치가 충고했다. "눈꺼풀 닫고, 잠자라고!"

아내는 눈을 감았지만, 쓸데없이 등유가 타 들어가는 것을 실눈을 뜨고 보았다. 그녀가 잘못 본 것은 아니었다. 왜냐하면 이후에도 드바노프는 결코 책을 따라 행동하지 않고 영혼을 뒤흔드는 책의 페이지들을 비추기만 했으니 알렉산드르 드바노프의 소년 시절에서 등불은 실제로 쓸데없이 타들어 가고 있었던 것이다. 그가 아무리 많이 읽고, 생각을 할지라도 항상 그의 내부에는 어떤 텅 빈 공간이 남아 있었으며, 바로 그 빈 공간을 통해 묘사되지도 않고, 이야기될 수도 없는 세계가 불안한 바람에 의해 지나가고 있었다. 열일곱 살에 드바노프는 아직 그 어떠한 갑옷과 투구도, 즉 신에 대한 신앙이나 다른 정신적 안정을 위한 그 무엇도 가슴 위에 가지고 있지 않았다. 그는 자기 앞에 펼쳐진 이름 없는 삶에 낯선 이름을 부여하지 않았지만, 세상이 명명되지 않은 채로 남아 있기를 원하지도 않았다. 다만 사샤는 일부러 고안된 명칭 대신 스스로의 입을 통해 그들의 이름을 듣기를 기대했을 따름이다.

어느 날 밤 그는 일상적인 우수에 젖어 앉아 있었다. 신앙에 의해서 닫히지 않은 심장은 그의 안에서 괴로워했으며, 위안을 원했다. 드바노프는 고개를 숙이고 자기 육체의 내부를 상상했다. 흡사 노랫말조차 알아듣기 힘든 먼 곳의 기적 소리처럼 머물지도 않고 강해지지도 않은 채, 균등한 삶이 끊임없이 매일매일 들어왔다가 떠나 버리는 바로 그곳을.

사샤는 마치 자기 뒤에 있는 광활한 어둠 속으로 불어오는 진짜 바람 때문인 것처럼, 자기 안에 있는 냉기를 느꼈다. 그렇지만 바람이 생겨난 그 앞에는 무엇인가 투명하고 가볍고 거대한 것이, 자신의 호흡과 심장박동으로 바뀌어야만 하는, 살아 있는 공기의 산이 놓여 있었다. 이 예감은 미리 심장을 휩쓸었으며, 미래의 삶을 차지할 준비가 되어 있는 육체 내부의 빈 공간은 더욱 넓어졌다.

"바로 이것이, 나다!" 알렉산드르는 큰 목소리로 말했다.

"누가, 너냐?" 잠들지 않았던 자하르 파블로비치는 이렇게 질문했다.

자신의 발견에 대한 모든 기쁨을 사라지게 만드는 갑작스러운 수치심에 휩싸인 채, 사샤는 금방 입을 다물었다.

자하르 파블로비치는 이것을 눈치채고, 냉담한 대답으로 자신의 질문을 무화해 버렸다.

"넌 책벌레지, 더 이상은 그 무엇도 아니야……. 누워 자는 게 더 낫겠다. 벌써 늦었어……."

자하르 파블로비치는 하품을 하고 나서 평온하게 말했다.

"괴로워하지 말거라, 사샤. 안 그래도 넌 몸이 약한데."

"아마 이 아이도 호기심 때문에 물에 빠져 죽을 거야." 이불 속에서 자하르 파블로비치는 스스로에게 속삭였다. "그리고 나는 베개 위에서 숨을 거둘 거고. 이거나 저거나 마찬가지야."

밤은 고요히 지속되었다. 현관 쪽에서는 차량 연결수가 기차역에서 기침하는 소리까지 들렸다. 2월이 지나갔고, 지난해의 풀들이 남아 있는 도랑에는 눈이 녹아서 둑이 드러났다. 사샤는 흡사 지상의 창조물을 바라보듯 그것을 바라보았다. 그는 죽은 풀들의 등장에 연민을 느꼈으며 자기 자신을 바라볼 때는 결코 가지지 않았던 세심한 주의로 그것들을 바라보았다.

그는 피가 뜨거워질 정도로 타인의, 머나먼 삶을 느낄 수 있었다. 하지만 스스로에 대해 상상하는 것은 힘들었다. 그는 자신에 대해서는 생각하기만 했지만, 타인에 대해서는 개별적 삶의 민감한 감수성으로 감각할 수 있었다. 하지만 다른 사람들은 그렇지 않다는 것을 그는 알지 못했다.

자하르 파블로비치는 사샤와 동등한 인간 대 인간으로 이야기를 한 적이 있다.

"어제 셰(sh) 시리즈 기관차에서 증기 기관이 폭발했어." 자하르 파블로비치가 말했다.

사샤는 이미 그 사실을 알고 있었다.

"봐라, 어떻게 이걸 과학이라고 할 수 있겠어." 그것 때문에, 그리고 또 다른 이유로 자하르 파블로비치는 화가 났다. "기차가 공장에서 겨우 출고되었는데, 벌써 망할 놈의 징을 박다니! 어떤 놈도 중요한 것은 알지 못해. 살아 있는 것은 이성에 맞서서 썩어 들어가고 있어……."

사샤는 육체와 이성의 차이에 대해 알지 못했기에 침묵했다. 자하르 파블로비치의 말에 따르면, 이성이라는 것은 약한 판단력이다. 그런데 기계는 이성과 별개로 인간의 마음이 담긴 추측에 의해 발명된다.

역에서는 가끔 군용 수송 열차의 기적 소리가 들려왔다. 차 주전자가 끓어 넘치고, 사람들은 마치 이국의 포로처럼 이상한 목소리로 말했다.

"이동하고 있구나." 자하르 파블로비치는 귀를 기울였다. "어디로든 끝까지 가 보라지."

늙음과 자기 전 생애의 혼란 때문에 실망한 자하르 파블로비치는 혁명이 일어나도 놀라지 않았다.

"전쟁보다야 혁명이 낫지." 그는 사샤에게 이렇게 설명했다. "사람들이란 어려운 일을 하려고 하지 않는 법이지. 그런데 이번에는 뭔가 좀 문제가 있는 것 같긴 하다만……."

지금 자하르 파블로비치를 속이기란 불가능했다. 그는 실수하지 않기 위해 혁명도 거부했다.

그는 다시 똑똑한 자들이 권력을 잡았으니 이제 좋은 일은 없을 거라고 기술자들에게 말했다.

10월이 될 때까지 그는 비웃었으며, 생애 처음으로 지혜로운 인간이 된 것 같은 만족감을 느꼈다. 하지만 10월의 어느 밤 그는 도시에서 들리는 총소리를 들었으며, 담배를 피우기 위해 잠시 집 안으로 들어왔을 뿐, 밤새 마당에 나가 서 있었다. 밤새도록 그는 쿵쿵 소리를 내면서 문을 여닫아 그의 아내는 잠도 들지 못했다.

"제발 좀 진정해요, 여보. 미친 바보 같아요!" 고독하게 몸을 뒤척이며 노파는 말했다. "아이고, 또 지나가는 사람이군, 이제 또 무슨 일이 일어나려고 이러나. 빵도 없고, 옷도 없어! 어떻게 저놈들 손은 그렇게 총을 쏘아 대는데도 마비가 되지 않는지. 에이, 보나마나 에미도 없이 자란 후레자식들이지!"

자하르 파블로비치는 타 들어가는 시가를 물고 멀리서 들려오는 총소리에 박자를 맞추며 마당 한가운데 서 있었다.

"과연 이것이 옳은가?" 스스로에게 질문을 던지며 자하르 파블로비치는 새 담배를 피우려고 발걸음을 옮겼다.

"제발 누워서 자란 말이오, 이 낮도깨비 같은 양반아!" 아내가 충고했다.

"사샤, 너 안 자니?" 자하르 파블로비치는 걱정되었다. "저 먼 곳에서 바보들이 권력을 잡았단다. 모르지, 혹시 인생이 더 지혜로워질지."

아침에 사샤와 자하르 파블로비치는 도시로 출발했다. 자하르 파블로비치는 곧바로 입당할 수 있는 가장 진지한 당을 찾았다. 모든 당은 같은 관청 건물에 위치하고 있었으며, 그들은 각자 스스로를 가장 나은 당이라 여기고 있었다. 자하르 파블로비치는 자신의 머리로 당들을 시험했다. 그는 이해할 수 없는 강령이 없고, 모든 것이 언어로 분명하고 정확하게 표현되어 있는 그런 당을 찾았다. 그렇지만 지상 낙원이 언제 도래할지, 그날에 대해 분명히 이야기해 주는 곳은 어디에도 없었다. 누군가는 대답하기를, 행복이란 것은 복잡한 물건이며, 인간의 목적은 행복에 있는 것이 아니라 역사적 법칙을 행하는 데 있다고 했다. 다른 이는 행복이 영원히 계속될 부단한 투쟁에 있는 것이라 했다.

"그래, 이것 보라고!" 자하르 파블로비치는 당연히 놀랐다. "말하자면, 불평하지 말고 일이나 하란 말이지. 그러면 이건 당이 아니라 착취에 불과한 거야. 사샤, 여기서 나가자꾸나. 종교가 차라리 나았어. 종교에서는 정교의 승리라도 있었건만……."

그다음 당에서는 인간은 너무나 위대하고 또 탐욕스러운 존재이기 때문에 인간이 행복으로 충만해질 거라고 생각하는 자체가 이상하다고 말했다. 인간의 행복이 충만해지는 것은 아마도 세상의 종말에나 가능할 것이기 때문이었다.

"바로, 이게 우리에게 필요한 것이야!" 자하르 파블로비치는 이렇게 말했다.

복도의 마지막 문 뒤에 가장 긴 이름을 가진 마지막 당이 자리를 잡고 있었다. 그곳에는 음울한 남자 한 명만이 앉아 있을 뿐이었다. 아마도 나머지는 권력을 행사하기 위해서 밖으로 나간 듯했다.

"무슨 일로 왔소?" 그는 자하르 파블로비치에게 물었다.

"우리 둘이 입당하고 싶습니다. 정말로 모든 것에 종말이 곧 도래할까요?"

"사회주의 말이오?" 그는 이해를 하지 못했다. "일 년 뒤에 도래할 거요. 현재는 아직 건설하고 있을 따름이오."

"그렇다면 우리를 입당시켜 주시죠." 자하르 파블로비치는 기뻐했다.

그 사람은 그들에게 작은 책자가 담긴 상자와 반쪽만 인쇄된 종이 한 장씩을 주었다.

"강령, 규칙, 결의문, 그리고 설문지요." 그가 말했다. "기입하고, 각자 두 사람씩 보증인을 쓰시오."

자하르 파블로비치는 뭔가 사기를 당한 것 같은 예감에 오싹해졌다.

"구두로 하면 안 되나요?"

"안 돼요. 기억만으로 당신들을 등록시킬 수는 없소. 당은 당신들을 잊어버리게 될 거요."

"앞으로 자주 출석하도록 하겠습니다."

"불가능하오. 만약에 당 회의에서 입당이 확정되면, 도대체 무엇을 보고 내가 당신들을 등록시키겠소? 설문지를 보고 등록하는 것이 당연한 일 아니오?"

자하르 파블로비치는 이 사람이 명확하고 분명하며 또한 정당하게 말하고 있지만, 그들에 대한 어떠한 믿음도 없다는 사실을 알아차렸다. 아마도 가장 지혜로운 권력이 나타날지도 모르고, 그 권력은 정말 1년 뒤에 전 세계를 최종적으로 건설할 수 있으며, 심지어 어린아이 심장조차 피곤해질 정도의 소동을 일으킬지도 모를 일이었다.

"사샤, 시험 삼아 너만 한번 입당해 보거라." 자하르 파블로비치는 말했다. "나는 한 1년 기다려 보마."

"시험 삼아 입당할 수는 없소." 그 사람은 거절했다. "영원히, 그리고 완전한 우리 편이 되든지, 아니면 다른 당의 문을 두드리시오."

"글쎄, 우리도 진지합니다." 자하르 파블로비치도 찬성했다.

"이것은 전혀 다른 일이기 때문이오." 그 사람도 반대하지는 않았다.

사샤는 자리에 앉아서 설문지를 작성했다. 자하르 파블로비치는 이것저것 혁명에 대해 당원에게 물어보기 시작했다. 그는 뭔가 더 중요한 다른 일을 하는 사이사이 자하르 파블로비치에게 대답을 했다.

"소켓 공장 노동자들이 어제부로 파업을 시작했고, 병영의 막사들마다 봉기가 일어나고 있소. 알아듣겠소? 모스크바에는 벌써 두 주째 노동자와 빈농들이 권력을 잡고 있다오."

"그래서요?"

그 당원은 전화에 답하고 있었다. "아니, 불가능합니다." 그는 수화기에 대고 말했다. "이곳으로 지금 인민대중의 대표자들이 오고 있어요. 누군가 정보를 제공할 사람이 있어야 해요!"

"뭐가 그래서란 말이오?" 그는 다시 질문을 기억해 냈다. "당은 운동을 조직하도록 이곳으로 대표자들을 보냈고, 지난밤에 도시 중심부가 우리에게 포획되었소."

자하르 파블로비치는 아무것도 이해할 수 없었다.

"군인들과 노동자들이 봉기한 건 사실인데, 도대체 당신들은 여기서 무슨 상관이란 말입니까? 그 사람들이 자기 힘으로 더 나아갈 수 있도록 가만둔다면 더 좋을 텐데."

자하르 파블로비치는 심지어 흥분하기까지 했다.

"이보시오, 노동자 동무." 평온한 목소리로 당원이 말했다. "만약 그렇게 판단했다면 우리나라에는 지금쯤 소비에트 권력이 아니라, 아마도 부르주아들이 총을 들고 서 있었을 거요."

'아니, 그보다 더 나은 무엇이 있었을지도 모르지!' 자하르 파블로비치는 이렇게 생각했다. 하지만 더 나은 것이 무엇인지는 스스로에게도 증명할 수 없었다.

"모스크바에는 빈농이 없지 않습니까?" 자하르 파블로비치는 의혹을 품으며 이렇게 말했다.

음울한 당원은 더 낯을 찌푸렸다. 그는 인민대중의 어마어마한 무지몽매를 생각해 보고, 이 무지몽매함이 당을 위해서 미래에 얼마나 성가신 것이 될지 생각했다. 그 생각을 하자 그는 벌써 피곤해져, 자하르 파블로비치에게 아무런 대답도 하지 않았다. 하지만 자하르 파블로비치는 직접적인 질문들을 퍼부으면서 그를 괴롭혔다. 그는 지금 도시에서 제일 중요한 대장이 누구인지, 그리고 노동자들이 그를 잘 알고 있는지 물었다.

그 음울한 사람은 그런 멋진, 직접적인 질문들 때문에 심지어 생기를 되찾았으며 유쾌해졌다. 그는 전화를 걸었다. 자하르 파블로비치는 자기가 잊어버렸던 기계에 대한 매혹으로 넋을 잃은 채 전화기를 바라보았다. '나는 이런 물건을 깜빡 잊어버리고 있었다. 그래, 나는 저걸 한 번도 만들어 본 적이 없어.'

"페레크로프 동지 좀 바꿔 주시오." 당원이 전화기에 대고 말했다. "페레크로프 동지? 이것 보시오. 조만간 신문 정보를 좀 정리해야겠소. 인기 있는 작가들을 투입하면 좋을 것이오……. 여보세요. 그런데 당신 누구요? 적위군이라고? 전화 끊어, 아무것도 모르는 놈이군……."

자하르 파블로비치는 다시 화가 났다.

"내가 당신에게 물어본 것은 내 가슴이 아파서, 충심으로 물어본 건데, 당신은 신문 따위로 날 위로하려 하는군요……. 아니, 친구, 모든 권력은 왕국을 가지지. 원로원이나 군주를. 나는 생각을 바꿨어요."

"도대체 뭐가 필요하오?" 당원은 당황해 했다.

"사유 재산을 줄여야 해요." 자하르 파블로비치는 자신의 생각을 열어 보였다. "그리고 사람들을 감시하지 말고 그냥 두어야 하고요. 그러면 더 나은 결과가 나올 거예요. 정말이오."

"그건 무정부주의요!"

"도대체 뭐가 아나키즘이란 말입니까? 그냥 스스로가 자급자족하는 삶이지!"

당원은 숱이 무성한 불면의 머리를 흔들며 말했다.

"아마 당신 속에 있는 프티 부르주아가 그렇게 말하는 것 같소. 반년이 지나고 나면 아마 스스로 길을 잃었다는 것을 알게 될 것이오."

"한번 기다려 보죠." 자하르 파블로비치가 말했다. "만약 당신들이 제대로 일을 해결하지 못하면 기한을 연장해 주도록 하죠."

사샤는 설문지를 다 작성했다.

"정말 그럴까?" 돌아오는 길에 자하르 파블로비치가 말했다. "정말 정확히 그렇게 될까? 되는대로 되겠지."

자하르 파블로비치는 자신이 늙었다는 사실이 분했다. 권총을 손에 편하게 쥐는 것마저 얼마나 소중한 것인지 알게 된 것이다. 그래서 그는 볼셰비키를 검사할 수 있도록 측경기가 있으면 어떨까 생각했다. 최근에 와서야 그는 자기 삶에서 잃어버린 것들을 제대로 평가하게 되었다. 그는 모든 것을 허비했다. 그의 위로 넓게 펼쳐진 하늘은 그의 긴 활동 기간 동안 아무것도 변하지 않았는데, 그는 자신의 허약해진 몸을 정당화할 어떤 것도 쟁취하지 못한 것이다. 그의 몸속에서 중요한 어떤 빛나는 힘이 헛되이 요동쳤던 것이다. 그는 삶에서 가장 필연적인 어떤 것을 영유하지 못하고 삶과의 영원한 결별을 앞두고 있는 이 시점까지 살아왔던 것이다. 그리고 지금 그는 지난 50년 동안 어떤 기쁨도 보호도 부여하지 못했지만, 이제는 영원히 결별해야 하는 바자울과 나무들과 모든 낯선 사람들을 슬픔에 잠겨서 바라보았다.

"사슈." 그는 말했다. "넌 고아란다. 너한테 삶은 거저 주어졌단다. 삶을 아끼지 마! 삶을, 가장 주된 삶을 살렴."

알렉산드르는 양아버지의 숨겨진 고통을 존중했기에 침묵했다.

"너는 페지카 베스팔로프를 기억 못하겠지?" 자하르 파블로비치는 계속 이야기했다. “우리 동네에 그런 이름의 수리공이 살았단다. 지금은 죽었지만. 이런 일이 있었지. 뭔가 치수를 좀 재어 오라고 하면 그 사람은 손가락으로 그걸 재고 나서 팔을 벌리고는 오는 거야. 팔을 벌리고 오는 동안 1아르신이 1사젠*이 되는 일이 빈번했지. 그러면 사람들은 ‘이게 도대체 뭐 하는 짓이야? 개새끼!’라고 욕했어. 그러면 그 사람은 ‘뭐, 나한테 딱히 필요한 일도 아니고, 그렇다고 날 쫓아내겠소?’라고 대답했지.”

다음 날이 되어서야 알렉산드르는 아버지가 무슨 말을 하고 싶어 했는지 이해했다.

“그들이 볼셰비키든 아니면 위대한 이론가든 너는 살펴보고 또 살펴봐야 해.” 자하르 파블로비치는 이별의 말을 했다. “기억하렴. 네 아버지는 물에 빠져 죽었고, 네 어머니가 누군지는 아무도 몰라. 수백만의 사람들이 영혼 없이 살고 있지. 바로 이게 위대한 일이야……. 볼셰비키는 텅 빈 심장을 가져야만 하거든. 그 안에 모든 것을 담을 수 있도록 말이야…….”

자하르 파블로비치는 자기가 한 말 때문에 스스로 격렬해져서 점점 어떠한 잔혹함마저 띠게 되었다.

“안 그러면, 안 그러면 어떻게 되겠니? 아무리 장작을 때도, 헛되이 연기만 바람에 날리는 꼴이지! 녹 찌꺼기만 남아, 부젓가락에도 철도 제방에도 말이야! 이해하겠니?”

자하르 파블로비치는 흥분한 감정에서 점점 감동하게 되었다. 그리고 동요하면서 부엌으로 담배를 피우러 나갔다. 잠시 후 그는 다시 돌아와서 자신의 양자를 소심하게 껴안았다.

“사샤, 내 말에 화내지 말거라! 나 역시 천애 고아란다. 너나 나나 어디 호소할 사람조차 없구나.”

알렉산드르는 화내지 않았다. 그는 자하르 파블로비치의 진심에서 우러난 결핍을 느꼈지만, 혁명이 세상의 종말이라는 것도 믿었다. 미래 세상에서 자하르 파블로비치의 걱정은 한순간에 와해될 것이며, 어부였던 친부는 스스로 물속에 몸을 던지면서 구하려 했던 것을 찾을 수 있을 것이다. 자신의 명료한 감각 속에서 알렉산드르는 이미 그 새로운 세상을 소유하고 있었지만, 그 세상은 말할 수 있는 것이 아니라 다만 행할 수 있는 것일 따름이었다.

반년이 지난 후 알렉산드르는 새롭게 문을 연 철도 대학에 입학했고, 나중에 기술 전문 학교로 옮겼다.

저녁마다 그는 자하르 파블로비치에게 기술 교과서를 소리 내어 읽어 주었다. 자하르 파블로비치는 전혀 이해할 수 없는 과학의 소리들을 즐겼으며, 그의 사샤가 그 어려운 것을 이해하고 있다는 사실에 기뻐했다.

하지만 알렉산드르의 학업은 곧 끝났고, 영영 지속되지 않았다. 왜냐하면 당이 내전이 일어난 전방 도시로, 스텝 근방의 우로체프로 사샤를 파견 보냈기 때문이다.

자하르 파블로비치는 그 도시로 가는 군용 수송 열차를 기다리며 하루 종일 사샤와 기차역에 앉아 있었다. 그는 동요하지 않으려고 세 푼트*의 거친 담배를 피워 댔다. 그들은 사랑에 대한 것 말고는 세상 모든 것에 대해서 이미 이야기를 나누었다. 자하르 파블로비치는 사랑에 대해서는 부끄러워하는 목소리로 조심하라는 말들을 늘어놓았다.

"사샤, 너도 이제 다 큰 아이니까, 다 알고 있겠지만…… 중요한 것은 그 일을 일부러 하면 안 된다는 거야. 이게, 가장 속임수가 많은 거란다. 실상은 아무것도 없는데, 무엇인가 너를 어디론가 끌어당기는 것 같고, 뭔가를 원하는 것 같고 그런 거지……. 모든 인간의 아랫도리에는 제국주의가 자리 잡고 있다고 보면 된단다."

알렉산드르는 벌거벗은 자신의 몸을 일부러 상상해 보았지만 자기 몸 어디에서도 제국주의를 느낄 수 없었다.

마침내 소집 군용 열차가 오고 알렉산드르가 열차간에 몸을 싣자 자하르 파블로비치는 플랫폼에 서서 그에게 부탁했다.

"언제라도 좋으니, 내게 편지를 써 다오. 그냥 살아 있고, 건강하다고만……. 그거면 충분해."

"저, 그것보다는 더 많이 쓸게요." 자하르 파블로비치가 얼마나 늙었고 고아 같은 사람인지 지금에야 알아차린 사샤는 이렇게 대답했다.

기차역의 종이 세 번씩 벌써 다섯 차례나 울렸지만 기차는 출발하지 않았다. 열차 입구 쪽에 서 있던 낯선 사람들이 사샤를 안으로 밀어서 밖에서는 그를 더 이상 볼 수 없었다.

자하르 파블로비치는 지친 몸을 이끌고 집으로 돌아왔다. 집으로 오는 내내 그는 담배 피우는 것도 잊어버리고, 이 사소한 일에 힘들어하면서 아주 오랫동안 걸어서 집으로 돌아왔다. 집에서 그는 사샤가 항상 앉아 있던 구석의 작은 책상에 앉았다. 그리고 그는 한 단어 한 단어 철자를 더듬어 가면서 사샤의 대수학 책을 간신히 읽기 시작했다. 비록 아무것도 이해하지 못했지만, 차츰차츰 그는 스스로 어떤 위안을 찾아가기 시작했다.

제2부

열린 심장으로 떠나는 여행

알렉산드르가 그곳으로 가는 동안 노보호페르스크 시는 카자흐 인들에 의해 점령되었다. 하지만 교사인 네흐보라이코의 부대가 카자흐 인들을 도시에서 몰아내는 데 성공했다. 노보호페르스크 시 근처는 온통 건조한 지역밖에 없었는데, 강 주변에서 도시로 통하는 단 한 곳만이 늪지로 되어 있었다. 카자흐 인들은 이곳을 통과하기 어렵다고 여기고 방심하여 경계를 게을리 했던 것이다. 그런데 교사인 네흐보라이코는 자기 부대의 말들에게 나막신을 신겨 늪에 빠지지 않도록 하고 들어와서 어느 인적 없는 밤에 도시를 점령했다. 그리고 그들은 카자흐 인들을 늪지로 이루어진 골짜기로 쫓아내 버렸는데, 카자흐 인들의 말은 맨발이어서 그곳에서 오랫동안 빠져나오지 못했다.

드바노프는 혁명위원회에 가서 사람들과 이야기를 나누었다. 그들은 적위군들이 덮을 이불을 만들 면포가 부족하다고 불평을 했다. 그러나 사람들마다 이가 버글버글 끓고 맨땅에서 자면서도 그들은 계속 투쟁하기로 결정했다.

혁명위원회의 기관차고에서 온 기관사가 드바노프에게 이렇게 말했다.

"혁명이란 질주야. 아무것도 안 된다면 땅이라도 갈아엎어야지. 그러면 진흙이라도 남겠지. 노동자들이 운이 없어 안 된다면, 아무 개자식들이라도 먹여 살릴 수 있겠지."

그곳에서는 드바노프에게 특별한 임무를 부과하지 않았고, 다만 이렇게 말했다. "여기서 우리와 살도록 해. 모두 다 좋을 거야. 나중에 자네가 어딜 더 그리워하게 될지 한 번 보라고."

드바노프의 동갑내기들은 시장이 서는 광장에 있는 클럽에 앉아서 열심히 혁명과 관련된 글들을 읽었다. 책 읽는 사람들 주변으로 붉은색의 슬로건들이 걸려 있었고, 창문으로는 들판의 위험한 공간들이 보였다. 책을 읽는 사람들과 슬로건은 둘 다 보호받을 수 없었다. 왜냐하면 스텝에서 총을 쏘면 책 위로 숙이고 있는 젊은 공산주의자의 머리로 곧장 총알이 날아와 박힐 수도 있었기 때문이다.

드바노프가 스텝의 울부짖는 혁명에 익숙해지고 함께 있는 동지들을 사랑하게 되었을 때 현청에서 보낸 그의 귀환 명령서가 도착했다. 알렉산드르는 조용히 걸어서 그 도시를 떠났다. 기차역은 4베르스타 떨어져 있었는데, 현청까지 어떻게 가야 할지 드바노프는 알 수가 없었다. 왜냐하면 카자흐 인들이 그 노선을 점령했다는 소문이 있었기 때문이다. 기차역에서 들판을 따라 오케스트라가 구슬픈 음악을 연주하면서 가고 있었다. 알고 보니 죽은 네흐보라이코의 싸늘하게 식어 버린 시신을 운구하는 중이었다. 그는 자신의 편대와 더불어 페스키의 큰 마을에서 마을의 부유한 자들을 끝까지 박멸한 사람이었다. 드바노프는 네흐보라이코가 불쌍해졌다. 그를 위해 울어 줄 어머니도 아버지도 없이, 다만 음악만이 울 따름이었고, 사람들은 얼굴에 아무런 표정도 없이 시신을 옮기고 있었다. 왜냐하면 그들 스스로도 혁명이라는 이 일상에서 필연적으로 죽음을 기다리고 있는 사람들이었기 때문이다.

도시는 드바노프의 시선에서 점점 멀어져서 골짜기 아래로 낮아지고 있었다. 드바노프는 이 고독한 노보호페르스크에 연민을 느꼈다. 정말로, 드바노프가 없는 이 도시는 더욱 보호받지 못할 존재가 되었던 것이다.

기차역에서 드바노프는 풀이 길게 자라난, 망각된 공간의 불안을 느꼈다. 다른 사람들과 마찬가지로 지상의 머나먼 공간은 그를 매혹했는데, 흡사 먼, 그리고 보이지 않는 무엇인가가 드바노프를 그리워하면서 그를 부르고 있는 것 같았다.

열 명, 아니 그 이상의 이름 모를 사람들이 바닥에 앉아서 그들을 더 나은 곳으로 데려다 줄 기차를 기다리고 있었다. 그들은 불평도 하지 않고 혁명의 고통을 겪어 내고 있었으며, 참을성 있게 빵과 구원을 찾아서 스텝 지대를 이리저리 헤매고 다녔다. 드바노프는 역사 밖으로 나와서 5번 레일에 있는 군용 열차를 발견하고 그쪽으로 다가갔다. 기차는 짐과 대포가 실린 8량의 무개 화차와 2대의 여객용 차량으로 구성되어 있었고, 그 뒤에 또 석탄을 실은 2량의 무개 화차가 연결되어 있었다.

부대장은 드바노프의 신분증을 검사하고 나서 그를 객실로 안내했다.

"그런데 우리는 라즈굴렙스키 분기점까지만 가오, 동무!" 부대장이 말했다. "그 이상은 기차를 타고 갈 수 없기 때문이오. 그 이후에는 각자 자기 근무지까지 도보로 가야 될 것이오."

드바노프는 라즈굴렙스키 분기점까지 열차를 타고 가기로 동의했다. 그곳에서 집까지는 그다지 멀지 않았다.

적위군 포병들은 거의 모두 자고 있었다. 그들은 두 주나 발라쇼프 근방에서 전투를 치러 피곤에 지쳐 있었다. 두 명은 잠을 많이 잤는지 창가에 앉아서 전쟁의 지루함을 노래로 달래고 있었다. 부대장은 누워서 『티크가 출판한, 우아함의 향유자인 은자의 모험』*이라는 책을 읽고 있었고, 정치위원은 어딘가 전신국에서 사라져 버렸다. 열차는 아마도, 머나먼 길을 달리면서 슬퍼했던, 그리고 전선에서 고향으로 편지를 쓸 때 항상 사용하는 연필로 벽과 의자에다 고독 때문에 낙서를 했던 많은 적군 병사들을 태웠음에 틀림없었다. 드바노프는 진심으로 우울하게 그들이 쓴 이 금언들을 읽었다. 그는 매년 집에서도 일 년 앞서서 새로운 달력들*을 끝까지 다 읽었던 것이다.

'우리의 희망은 바다 깊이 심연에 가라앉은 돛에 걸려 있다.' 이름 모를 전쟁터의 순례자가 이렇게 쓰고는 자기 사유의 장소를 표기해 놓았다. '잔코이, 1918년 9월 18일.'

한순간 갑자기 어두워졌다가 출발 기적 소리도 울리지 않은 채 기차가 움직이기 시작했다. 드바노프는 더운 열차간에서 잠들었다가 어두워지고 나서야 잠에서 깨었다. 브레이크 판이 삐걱거리는 소리와 또 다른 반복되는 무슨 소리 때문에 잠이 깬 것이었다. 유리창이 순간적인 불빛으로 확 밝아지고, 포탄이 대기를 뜨겁게 달구었다. 포탄은 수확이 끝난 들판의 그루터기와 고요한 밤의 들판을 밝게 비추면서 멀지 않은 곳에서 폭발했다. 드바노프는 잠이 완전히 깨서 일어났다. 그들이 달려가는 선로를 향해서 카자흐 병사들이 총을 쏘아 댄 것이 틀림없었다. 카자흐 부대가 어딘가 그다지 멀지 않은 곳에서 번쩍번쩍 총을 쏘아 댔지만 총알은 계속 빗나갔다.

그날 밤은 춥고 구슬펐다. 사샤와 전권 위원 이 두 사람이 객차를 지나서 기관 차량까지 가는 데는 오랜 시간이 걸렸다. 기관차는 증기 기관 소리 때문에 시끄러웠고, 기압계 위에서는 등불 같은 작은 불꽃이 타고 있었다.

"무슨 일인가?" 전권 위원이 물었다.

"기관차를 몰고 가기 겁납니다, 위원장 동지. 카자흐 놈들이 총을 쏘아 대고 있는데, 우리는 그놈들에게 들킬까 봐 불도 켜지 못하고 가야 하니 말입니다. 이러다가는 어디 부딪혀서 큰 충돌 사고가 날 수도 있어요!" 기관사는 그를 올려다보면서 낮은 목소리로 말했다.

"별일 아니야. 보라고, 저놈들이 쏘아 대고는 있지만 제대로 맞히지 못하잖아." 부대장이 말했다. "기차 소리를 내지 말고, 조금만 더 빨리 달리면 놈들을 따돌릴 수 있어!"

"예, 알겠습니다!" 기관사는 동의했다. "다만 조수가 한 명뿐인데, 한 명으로는 어림도 없어요. 증기 기관에 연료를 넣어 줄 병사를 한 명 더 보내 주십시오."

드바노프는 그럴 거라고 미리 예측하고, 그들을 돕기 위해 기관차 안으로 들어갔다. 그 순간 조명탄이 기관차 바로 앞에서 터지면서 그들의 차량을 비추었다. 창백해진 기관사는 스로틀의 핸들을 돌리면서 드바노프와 조수에게 소리 질렀다.

"증기를 이 상태로 계속 유지해!"

알렉산드르는 열심히 장작을 때기 시작했다. 기관차는 폭풍 같은 속도로 달렸다. 그들 앞에는 창백하게 질린 어둠이 깔려 있었고, 아마도 그 어둠 속 어딘가에는 선로가 잘려 나갔을 수도 있었다. 커브가 나올 때마다 기차가 너무 심하게 흔들려서 드바노프는 기차가 레일을 이탈한 것 아닐까 생각할 정도였다. 증기 기관은 단속적으로, 그리고 자주 증기를 뿜어내서 달려가는 기관차 몸체의 마찰 때문에 메아리치는 공기의 흐름이 들릴 정도였다. 기관차 아래로 가끔 조그만 다리들이 덜컹덜컹 울렸고, 계속되는 연료 공급 때문에 활활 타오르는 불꽃을 비추면서 그 위로 연기구름이 비밀스러운 빛으로 피어났다. 드바노프는 금방 땀에 젖었다. 그는 이미 오래전에 카자흐 부대를 따돌리고 지나왔는데 왜 기관사가 그렇게 빨리 기차를 모는지 놀랐다. 그렇지만 겁에 질린 기관사는 직접 증기 기관에 연료 넣는 것을 도우면서 끝도 없이 증기를 이 수준으로 유지할 것을 요구했고, 스로틀을 최고 속도에서 한 번도 이탈시키지 않았다.

알렉산드르는 기관차에서 밖을 바라보았다. 초원은 이미 오래전에 고요해졌으며, 기관차의 움직임만이 그 고요를 방해할 뿐이었다. 저 멀리 연기에 싸인 불꽃이 보였다. 아마도 기차역일 것이다.

"왜 이렇게 기관차를 빨리 모는 겁니까?" 드바노프가 기관사 조수에게 물었다.

"몰라요." 그는 우울하게 대답했다.

"이러다가 틀림없이 우리 손으로 사고를 내고 말겠어요." 드바노프는 자기도 어찌할 바를 몰라서 말했다.

열차는 압력 때문에 흔들렸고, 그를 억누르는 힘과 다 내지 못한 속도에서 벗어나 철둑 제방 아래로 굴러 떨어지려고 하면서 차체가 휘청거렸다. 가끔 드바노프는 기관차가 이미 레일을 벗어났지만, 열차들이 이를 따라가지 못해 자신이 부드러운 땅의 고요한 먼지 속에서 죽을 것만 같았다. 알렉산드르는 심장을 공포에서 보호하기 위해 가슴을 잡고 있었다.

기차가 어떤 역의 이정표와 교차로를 질주하여 지나쳤을 때, 드바노프는 열차 바퀴가 선로 교차점의 철차에 불똥을 튀기며 지나가는 것을 보았다.

그러고 나서 기차는 미래 여정의 어두운 벽촌으로, 최고 속도의 광폭함으로 다시 가라앉았다. 차량의 발치에서 커브들이 멀어져

갔으며, 열차는 레일의 접합부와 박자를 제대로 맞추지 못하면서 열차 바퀴와 레일 접합부가 부딪칠 때마다 튀어 올랐다.

조수는 아마도 일에 질린 것처럼 보였다. 그는 기관사에게 말했다.

"이반 팔리치! 곧 슈카리노예요. 일단 멈춰서 물 좀 보충하고 갑시다."

기관사는 이 말을 들었지만, 침묵했다. 드바노프는 그가 지쳐서 생각하기를 잊어버렸다고 추측하면서 조심스럽게 탄수차의 하부 밸브를 열었다. 이렇게 해서 그는 남아 있는 물을 버리고 싶었고, 기관사의 불필요한 질주를 멈추게 할 수 있으리라 생각했다. 그러나 기관사는 직접 스로틀의 핸들을 잠그고 창문에서 한 걸음 물러섰다. 그는 평안한 얼굴로 담배를 가지러 갔다. 드바노프 역시 마음을 놓고 탄수차의 밸브를 다시 잠갔다. 기관사는 미소를 지으며 그에게 말했다.

"자네, 왜 그랬는가? 마린스키 분기점에서부터 백군의 장갑차가 계속 우리를 쫓아왔다네. 그래서 내가 그놈들을 따돌린 거야."

드바노프는 이해할 수 없었다.

"지금 백군이 무슨 상관입니까? 왜 우리가 마린스키 분기점에 도착하지 않았을 때도, 또 포병 중대를 따돌린 다음에도 속도를 줄이지 않았습니까?"

"이제야 장갑차가 뒤로 처졌군. 좀 천천히 가도 되겠네." 기관사가 대답했다. "장작더미에나 좀 올라가 봐. 뒤에도 살펴보게!" 알렉산드르는 장작더미 위로 기어 올라갔다. 속도는 여전히 빨랐고 바람이 드바노프의 몸을 식혀 주었다. 뒤쪽으로는 완전히 어두웠으며, 서둘러 뒤따라오는 열차 차량들만이 덜컹거릴 따름이었다.

"그렇다면 마리노까지는 왜 그렇게 서둘러 달린 겁니까?" 드바노프는 다시 신문하기 시작했다.

"백군 부대가 우리를 발견했다고 하지 않았나. 그놈들이 조준 목표물을 변경할 수도 있었네. 더 멀리 도망가야만 했어!" 기관사는 이렇게 설명했지만, 드바노프는 기관사가 단지 겁먹었을 따름이라고 생각했다.

슈카리노에서 기차는 멈추었다. 전권 위원이 와서 기술자의 이야기를 듣고 놀랐다. 슈카리노는 텅 비어 있었고, 급수조에서 마지막 물이 기관차로 천천히 흘러 들어가고 있었다. 슈카리노의 주민으로 보이는 누군가가 다가와서 밤바람을 통해 웅얼거리는 목소리로, 포보리노에는 카자흐 척후병들이 있어서 수송 열차가 가지 못할 것이라고 말했다.

"우리는 라즈굴랴이까지만 가면 되오!" 부대장이 대답했다.

"아, 알겠소!" 그 사람은 이렇게 말하고 나서 어두운 역사 건물 안으로 사라졌다. 알렉산드르는 그 사람을 따라 건물 안으로 들어갔다. 사람들이 기다리는 역의 대기실은 텅 비어 있었고 지루했다. 내전이 벌어지는 이 위험한 건물 안에서 그를 맞이한 것은 버려짐, 망각, 그리고 오랜 애수였다. 부대장과 이야기를 나누었던, 누군지 모르는 그 고독한 사람은 그나마 온전히 남은 구석 쪽의 긴 의자에 누워서 변변찮은 옷으로 몸을 덮었다. 그가 누구이며, 왜 이곳에 왔는지 알렉산드르는 아주, 진심으로 알고 싶어졌다. 이전에도, 그리고 그 후로도, 자신만의 고독한 원칙에 따라 살아가는 그런 낯선, 이름 없는 사람들을 얼마나 많이 만났던가. 그렇지만 그들에게 다가가서 말을 붙이거나 그들을 따라 그들과 함께 삶의 대열에서 사라져 버리려고 노력한 적은 결코 없었다. 아마도 이때 드바노프는 슈카리노 역의 그 낯선 사람에게 다가가 그의 옆에 누워 있다가 아침에 그와 함께 초원의 공기 속으로 떠나가 버리는 것이 더 나았을지도 모른다.

"기관사는 겁쟁이예요! 장갑차는 없었어요." 나중에 드바노프는 전권 위원에게 그렇게 이야기했다.

"젠장, 어떻게든 끝까지 데려다 주긴 하겠지!" 평온하고 지친 목소리로 전권 위원은 대답했다. 그는 슬픔에 차 중얼거리면서 자기 차량으로 돌아갔다. "아, 두냐, 나의 두냐, 당신은 지금 우리 아이들을 어떻게 먹여 살리고 있소?"

알렉산드르는 왜 사람들이 그토록 고통스러워하는지 아직 이해하지 못한 채 자기 차량으로 걸어갔다. 한 사람은 텅 빈 역에 누워 있고, 또 다른 사람은 아내를 그리워하고 있는 것이다.

열차 안에서 드바노프는 잠자리에 들었는데, 위험한 냉기를 감지하고 새벽이 되기도 전에 잠에서 깨었다.

기차는 축축한 스텝에 멈추어 섰다. 적군 병사들은 코를 골기도 하고 잠을 자면서 몸을 긁기도 했는데, 굳어 버린 피부를 따라서 손톱이 내는 즐거운 듯한 소리가 들렸다. 전권 위원 역시 얼굴을 찡그린 채 잠들었다. 아마도 잠들기 전에 두고 온 가족에 대한 기억으로 괴로워했고, 그 고통을 얼굴에 그대로 지닌 채 잠든 모양이었다. 멈추지 않은 바람은 식어 버린 초원에 남아 있는 때늦은 풀줄기들을 휘어지게 만들었으며, 처녀지는 어제 내린 비 때문에 끈적끈적한 진흙으로 변해 있었다. 부대장도 전권 위원의 맞은편에서 역시 잠들어 있었다. 그의 책은 라파엘로에 대한 부분이 펼쳐져 있었다. 드바노프는 그 페이지를 들여다보았다. 거기에는 라파엘로가 지중해의 따스한 해변에서 태어난 초기 행복한 인류의 살아 있는 신이라고 이야기되어 있었다.* 그렇지만 드바노프는 그런 시절을 상상할 수가 없었다. 그곳에도 바람은 불었을 것이고, 사내들은 더위 속에서 땅을 파야 했을 것이며, 어미들은 어린아이들 옆에서 죽어 갔을 것이기에.

전권 위원이 눈을 떴다.

“뭔가? 기차가 멈춘 거야?”

“그렇습니다!”

“이런 젠장, 하루에 100베르스타도 못 간단 말이야!” 전권 위원은 화를 냈으며, 드바노프는 그와 함께 다시 기관 차량으로 갔다.

기관차는 기관사도, 조수도 없이 텅 비어 있었다. 그들 앞에는, 바로 5사젠 앞에 아무렇게나 분해된 레일이 놓여 있었다.

전권 위원은 심각하게 말했다.

“레일이 저절로 떨어져 나갔나, 아니면 누군가 부순 건가? 도대체 알 수가 없네! 이제 우리는 어떻게 가야 하지?”

“물론, 저절로 떨어져 나간 겁니다!” 드바노프는 말했다.

기관차는 여전히 뜨거운 채로 멈춰 서 있었다. 드바노프는 서두르지 않고 자신이 기관차를 몰기로 결심했다. 전권 위원은 이에 동의했고 두 명의 병사가 드바노프를 돕도록 했으며 다른 병사들은 레일을 복구하도록 명령했다.

세 시간이 지나자 군용 열차는 움직였다. 드바노프는 혼자서 연료와 물을 다 살펴보았다. 그리고 다시 출발했지만 왜 그런지 모르게 걱정되었다. 큰 열차는 천천히 가고 있었지만, 드바노프는 특별히 빨리 몰지 않았다. 하지만 드바노프는 점차 용감해져서 커브길이나 경사면에서는 정확히 브레이크를 걸었지만 점점 더 빨리 달리기 시작했다. 자기를 도와주는 적위병들에게 그는 무슨 일을 해야 하는지 설명해 주었고, 그들은 필요한 압력만큼의 증기를 잘 유지시켜 주었다.

그들은 ‘자발리슈니’라는 이름의, 인적 드문 어떤 대피역에 도착했다. 화장실 근처에 어떤 늙은이가 앉아서 기차에는 눈길도 한번 주지 않은 채 빵을 먹고 있었다. 드바노프는 이정표를 보면서 고요히 이 대피역을 지나갔다. 안개 사이로 태양이 나오면서 축축하게 식어 버린 대지를 천천히 데웠다. 간간이 새들이 황무지 위로 날아올랐다가 자기들의 식량인 흩뿌려진 채 숨어 버린 곡식 알맹이들 위로 내려앉곤 했다.

이후에는 지루한 직선 내리막길이 시작되었다. 드바노프는 증기를 잠그고 점점 증가하는 가속도의 인력만으로 기관차를 몰았다.

스텝의 작은 계곡에서 내리막길이 언덕길로 바뀌기까지, 저 멀리 길이 아주 잘 보였다. 드바노프는 안심되어 그의 조수들이 어떻게 일하는지 보고, 그들과 이야기를 나누기 위해 자리에서 일어났다. 5분 후에 그는 자기 자리로 돌아와 창밖을 바라보았다. 멀리 신호기가 보이기 시작했다. 아마도 라즈굴랴이일 것이다. 신호기 뒤로 그는 기관차의 연기를 발견했지만 놀라지 않았다. 라즈굴랴이는 소비에트의 손에 들어가 있었기 때문이다. 이 사실은 노보호페르스크에서도 모두 알고 있었다. 그곳에는 어떤 본부가 있었으며, 제법 큰 분기역인 리스키와 더불어 제대로 된 소식들이 알려지는 곳이었다.

라즈굴랴이에서 본 기관차 연기는 구름으로 바뀌었으며, 드바노프는 기관차의 굴뚝과 앞부분을 보았다. '아마도 리스키에서 온 기관차인가 보다'라고 알렉산드르는 생각했다. 그렇지만 기관차는 신호기 쪽으로, 노보호페르스크의 군용 열차 쪽으로 나아갔다. '이제 기관차가 멈추겠지. 화살 표시 뒤쪽으로 갈 거야.' 드바노프는 그 기관차를 살폈다. 하지만 굴뚝에서 쉴 새 없이 뿜어져 나오는 연기는 그 기관차의 증기 기관이 어떻게 작동하고 있는지를 보여 주었다. 그 기관차는 아주 빠른 속도로 드바노프의 기관차 쪽으로, 정면으로 돌진하고 있었다. 드바노프는 창밖으로 온몸을 내밀고 긴장해서 살펴보았다. 그 기관차는 이미 신호기를 지났으며, 아마도 무거운 화물 열차거나 군용 열차를 끌고 있는 듯했는데, 하나밖에 없는 레일을 따라 드바노프가 끄는 기관차의 머리 쪽을 마주 보며 달려오고 있었다. 지금 드바노프의 기관차는 경사면 아래로 달리고 있었는데, 그 열차 역시 경사면 아래쪽으로 달려오고 있었다. 그렇다면 이제 그들은 길이 꺾이는 스텝의 계곡에서 충돌할 수밖에 없었다. 드바노프는 이것이 끔찍한 일임을 알기에, 두 번의 경고 사이렌을 울리도록 핸들을 당겼다. 적위군 조수들은 그제야 마주 질주하는 열차를 보고 놀라서 동요하기 시작했다.

"제가 속도를 줄일 테니 뛰어내리세요." 드바노프는 그들에게 말했지만 결국 어떻게도 할 수가 없었다. 왜냐하면 웨스팅하우스가 작동하지 않았기 때문이다. 물론 드바노프는 도망간 기관사가 아직 남아 있던 어제 이미 이 사실을 알고 있었다. 드바노프는 후진 기어를 넣었다. 마주 오는 열차 역시 노보호페르스크 군용 열차의 존재를 알아차리고는 쉼 없이 비상 경적을 울렸다. 드바노프는 우선 위험 신호를 멈추지 않고 계속 울리기 위해 경적 소리를 내는 기어를 밸브와 연결해서 묶었다. 그리고 역전 클러치를 후진으로 바꾸기 시작했다.

그의 손은 차가워졌으며, 그는 뻑뻑한 웜 축을 겨우겨우 움직였다. 그 후 드바노프는 증기를 최대한 공급하도록 열어 두고 피로에 치쳐서 증기 기관에 몸을 기댔다. 그는 적위군 병사들이 뛰어내린 것을 보지 못했지만, 그들이 더 이상 그곳에 남아 있지 않다는 사실에 기뻐했다.

군용 열차는 천천히 뒤로 움직이기 시작했다. 기관차는 물을 굴뚝으로 뿜으면서, 공회전하며 군용 열차를 이끌기 시작했다.

드바노프도 기관차에서 도망가고 싶었지만 너무 심하게 카운터

스팀을 열어 두어 실린더 뚜껑이 떨어져 나갔다는 사실을 떠올렸다. 실린더는 증기를 내뿜고 있었고 패킹은 구멍이 뚫려 있었지만, 뚜껑은 온전했다. 맞은편 기차는 아주 빠른 속도로 다가왔다. 기관차 바퀴 아래서 브레이크 판이 마찰되면서 심한 연기가 퍼져 나갔다. 그러나 기관차 하나로 전체 열차의 속도를 줄이기에는 열차 차량의 무게가 너무 무거웠다. 저쪽 기관사는 이쪽 열차의 승무원들에게 수동 브레이크를 걸라고 부탁하듯 날카롭고도 급박하게 세 번의 경적을 울렸다. 드바노프는 이를 이해했지만 마치 상관없는 타인처럼 모든 것을 바라보았다. 그의 느린 사유가 바로 이 순간 그를 도왔다. 그는 자신이 기관차에서 도망치려 했다는 사실에 스스로 경악했다. 왜냐하면 정치위원회에서 그를 총살시키거나 나중에 당에서 제명시킬 수도 있었던 것이다. 게다가 자하르 파블로비치, 드바노프의 아버지라면 뜨거운 온전한 기관차가 결코 기관사 없이 죽어 가도록 내버려 두지 않았을 것임을 알렉산드르는 역시 알고 있었다.

드바노프는 충격을 견디기 위해 창턱을 잡고 마지막으로 상대편 기차를 살펴보았다. 그 기차에서도 살아남기 위해 사람들이 이리저리 되는대로 뛰어내리고 있었다. 기관차에서도 기관사이거나 그의 조수인 것 같은 누군가가 철둑으로 뛰어내렸다. 드바노프는 자기 열차를 돌아보았다. 아무도 보이지 않았다. 아마 모두 잠든 것 같았다.

알렉산드르는 충돌로 인한 굉음이 두려워 눈을 감았다. 그리고 순간적으로 힘을 내 운전석에서 뛰어올라 계단의 난간을 잡았다. 바로 여기서야 드바노프는 자신을 도와주는 의식을 느꼈다. 증기기관은 충돌로 인해 폭발할 것이고, 자신도 기계의 적으로서 산산조각나리라는 것을. 그의 아래로, 그의 생명을 기다리고 있는, 그렇지만 이 순간이 지나면 그 없이 고아로 남을 강하고도 견고한 지상의 땅이 휙휙 달아났다. 땅은 도달할 수 없는 곳이었고, 살아 있는 것처럼 순식간에 사라졌다. 드바노프는 어린 시절의 환상과 감정을 떠올렸다. 어머니는 시장에 갔는데, 그는 익숙하지 않은, 가녀린 위험한 다리로 그녀 뒤를 쫓으며 어머니가 영원히 떠나 버렸다고 믿고 있는 것이다. 그리고 눈물을 흘리며 울고 있다.

암흑의 따스한 침묵이 드바노프의 시야를 가렸다.

"다시 한 번 말하도록 해 주오!" 드바노프는 이렇게 말하고 나서 그를 에워싸고 있는 좁은 곳으로 사라졌다.

그는 먼 곳에서, 혼자 제정신을 차렸다. 늙고 건조한 풀들이 그의 목을 간질였고, 자연은 아주 시끄럽게 느껴졌다. 두 기관차는 사이렌과 안전판이 떨어져 나간 채 충돌했다. 그 충격으로 기관차의 스프링이 부서져 있었다. 드바노프의 기관차는 순간적인 압력과 발열로 파르스름해진 채, 프레임이 굽어 있을 뿐, 레일 위에 제대로 자리를 잡고 있었다. 라즈굴랴이 기관차는 찌그러지고, 바퀴들은 밸러스트에 박혀 있었다. 노보호페르스크 열차의 첫 번째 차량 내부로 열차 벽을 부수면서 뒤따라오면 두 개의 차량이 밀려 들어와 있었다. 라즈굴랴이 열차의 몸통 중 두 차량은 찌그러진 채 풀숲에 쓰러져 있고, 차량의 바퀴 축은 기관차의 연료통 위로 걸쳐져 있었다.

전권 위원이 드바노프에게 다가왔다.

"살아 있나?"

"괜찮습니다. 그런데 왜 이런 일이 일어난 거죠?"

"누가 알겠나! 저쪽 기관사가 말하기를, 기관차 브레이크가 말을 듣지 않아서 라즈굴랴이를 지나쳐 마구 달려왔다고 하는군! 우리가 그 빌어먹을 놈을 체포했네! 그런데 자넨 도대체 뭘 보고 왔는가?"

드바노프는 놀라서 말했다.

“저는 후진 기어를 넣었습니다. 위원회를 소집해서 제가 어떻게 운전했는지 검사해 보십시오…….”

“위원회를 소집할 필요가 뭐 있어! 저쪽 우리쪽 합해서 40명이나 죽었어, 그 정도 병사면 백군이 점령하고 있는 도시 하나는 빼앗았을 텐데! 게다가 이 근방에 카자흐 병사들이 어슬렁거린다더군! 우리한테는 안 좋은 일이 생길 거야!”

곧이어 라즈굴랴이에서 일꾼들과 연장을 실은 구호 열차가 도착했다. 모두 드바노프에 대해서 잊어버려, 그는 걸어서 리스키 쪽으로 이동하기 시작했다.

그가 가는 길에 한 사람이 엎어져 있었다. 그 사람은 너무나 급속도로 부풀어 올라, 몸이 팽창하는 게 보일 정도였다. 흡사 어둠 속으로 사라지는 것처럼 그의 얼굴이 천천히 검게 변해 가, 드바노프는 지금 대낮이 맞는지, 햇볕을 살펴볼 정도였다. 사람이 저토록 검어지는데, 햇볕이 제대로 비추는 것이 맞는가 하고 말이다.

그 사람은 곧 드바노프가 두려움을 느낄 정도로 커졌다. 그가 터져서 자기 생명의 액체를 사방으로 흩뿌릴 수도 있어, 드바노프는 그 사람에게서 물러섰다. 하지만 그 인간은 점차 홀쭉해지고 하얘지기 시작했다. 그는 아마도, 이미 오래전에 죽은 모양이었고, 그 안에서 단지 죽어 버린 물질들이 괴로워하고 있을 따름이었다.

한 적군 병사가 웅크리고 앉아 자기 사타구니 부위를 내려다보고 있었다. 새까맣게 응고된 포도주처럼 거기서 피가 흘러내리고 있었던 것이다. 적위군 병사는 얼굴이 창백해져서, 일어서기 위해 손을 짚고 느릿느릿 피에게 부탁했다.

“제발, 멈춰, 개새끼야. 내가 너무 약해지는 게 안 보여!”

하지만 피는 맛을 볼 수 있을 정도로 응고되었고, 나중에 검은 색깔로 변하고서야 완전히 멈추었다. 적위군 병사는 자빠져서, 흡사 대답을 기다리지 않을 때 사람들이 말하는 것처럼, 그토록 진심 어린 목소리로 조용하게 말했다.

"오, 지루하기도 해라. 내 곁에는 아무도 없구나!"

드바노프가 병사에게 가까이 다가가자 그는 정신을 차리고 드바노프에게 부탁했다.

"눈을 좀 가려 주오!" 그러고는 눈꺼풀이 전혀 떨리지 않을 정도로 바싹 말라 가는 눈동자로 눈을 깜박이지도 않고 그를 바라보았다.

"왜 그러시오?" 드바노프는 그에게 물었다. 그러나 부끄러움 때문에 걱정되기 시작했다.

"눈이 부셔서……." 적위군은 설명을 하고 나서 눈을 감기 위해 이빨을 악물었다. 하지만 눈은 감기지 않았으며, 탁한 광물로 바뀌면서, 빛바래고 퇴색해 버렸다. 그의 죽어 버린 눈동자에는 구름 낀 하늘의 그림자가 선명하게 지나갔다. 흡사 자신을 방해하던 삶 이후에 자연이 인간으로 변한 것 같았다. 그리고 적위군 병사는 고통 받지 않기 위해 죽음으로 자연에 동화된 것이다.

드바노프는 불심 검문을 당하지 않으려고 라즈굴랴이 역을 지나쳤다. 그리고 사람들이 아무런 도움도 받지 않고 살아가는 무인 지역으로 숨어들었다.

철도역의 초소들은 사려 깊은 거주자들이 살고 있어 항상 드바노프의 흥미를 끌었다. 그는 역지기들이 자신들의 은둔지에서 편안하고도 지혜롭게 생활한다고 생각했다. 드바노프는 길가에 있는 집에 물을 마시러 들렀다가, 장난감이 아니라 상상만으로 놀고 있는 가난한 아이들을 보았다. 그들 삶의 숙명을 함께 나누기 위해 드바노프는 영원히 그들과 함께 남을 수도 있었을 것이다.

드바노프는 역의 초소에서 밤을 지냈다. 그러나 방에서가 아니라 현관 입구에서 밤을 보내야 했다. 방 안에서는 여자가 아이를 낳느라 밤새 큰 소리를 내며 괴로워했다. 그녀 남편은 잠도 자지 않고 드바노프를 이리저리 넘어 다니면서 놀란 목소리로 중얼거렸다.

"이런 시기에…… 이런 시기에……."

그는 태어나는 아이가 혁명의 불행 속에서 빨리 죽어 버릴까 봐 두려워했다. 네 살배기 소년은 엄마의 불안한 큰 목소리에 잠이 깨서는 물을 마시고 오줌을 누러 나왔다가 마치 낯선 거주자처럼 모든 것을 지켜보았다. 이해하면서, 하지만 정당화하지는 않으면서.

마침내 드바노프는 예기치 않게 정신없이 잠들었고 지붕을 따라 지루하고 오랜 비가 부드럽게 똑똑 떨어질 때, 어슴푸레한 아침 빛에 잠이 깨었다.

방에서 만족한 남자 주인이 나와서 직접 말했다.

"사내아이가 태어났소!"

"아주 잘됐군요." 알렉산드르는 이렇게 말하면서 잠자리에서 일어났다. "인간이 되겠군요!"

아이 아버지는 노여워했다.

"그래, 소나 치게 되겠지. 알다시피 우리, 인간들이 너무 많지 않소!"

드바노프는 더 멀리 떠나기 위해 빗속으로 걸어 나갔다.

네 살짜리 사내아이는 창가에 앉아 자기 삶을 닮지 않은 뭔가를 상상하면서 손가락으로 유리를 문질러 댔다. 알렉산드르는 이별의 표시로 그에게 손을 두 번 흔들었지만, 소년은 놀라서 창문에서 기어 내려갔다. 그래서 드바노프는 더 이상 그를 보지 못했으며, 영원히 보지 못할 것이다.

"안녕!" 드바노프는 자신이 밤을 보낸 집을 향해 작별을 고하고 나서 리스키로 향했다.

1베르스타를 지나서, 그는 보따리를 들고 있는 어떤 정정한 노파를 만났다.

"벌써 낳았어요!" 드바노프는 노파가 서두르지 않도록 이렇게 말해 주었다.

"낳았다고?" 노파는 놀랐다. "분명히 조산이구먼. 자네 거기 있었군그래. 아기가 태어났구나! 그래, 뭘 점지했던가?"

"사내아이예요." 알렉산드르는 흡사 자신이 그 일에 관여하기라도 한 듯, 만족스레 알려 주었다.

"사내아이라! 불효자가 또 한 녀석 태어났구먼!" 노파는 그렇게 말했다. "젊은이, 아이 낳는 일이 얼마나 힘든지 아는가? 사내들이 한 번이라도 아이를 낳아 본다면, 마누라하고 장모한테 무릎을 꿇고 절을 할 텐데 말이야!"

노파는 필요치 않은 긴 대화를 이어 나갈 태세여서 드바노프는 재빨리 말을 잘랐다.

"그럼, 할머니, 조심해 가세요! 어차피 저나 할머니는 아이를 안 낳잖아요. 우리가 이러쿵저러쿵할 이유가 없죠!"

"잘 가게나, 젊은이! 자네 어머니를 기억하게, 불효자가 되면 안 돼!"

드바노프는 부모를 공경하겠다고 약속했으며, 노파에 대한 존경으로 그녀를 기쁘게 했다.

알렉산드르가 집으로 돌아가는 길은 멀었다. 그는 구름 낀 날의 회색빛 슬픔들 사이로 걸어가며, 가을의 대지를 보았다. 가끔

하늘에 태양이 나타났으며, 풀과 모래와 죽어 버린 점토를 자기 빛으로 어루만지면서, 어떤 의식도 없이 그들과 감각을 나누었다. 드바노프는 태양의 말 없는 우정이, 그리고 태양이 빛으로 대지를 위로해 주는 것이 마음에 들었다.

리스키에서 그는 수병들과 중국인들이 타고 있는 차리치노행 기차를 탔다. 수병들은 멀건 수프를 준 죄로 급식 담당관을 구타하기 위해 열차를 지체시켰다. 잠시 후 기차는 조용히 다시 출발했다. 중국인들은 러시아 수병들이 먹기를 거부한 생선 수프를 전부 먹어 치우고, 수프 양동이에 남아 있는 국물마저 빵으로 다 닦아 먹고 나서야 죽음에 대한 수병들의 질문에 이렇게 대답했다. "우리는 죽음을 사랑하네! 우리는 죽음을 매우 사랑한다네!" 그러고 나서 중국인들은 배부른 상태로 잠자리에 들었다. 밤에 생각에 잠겨서 잠들지 못한 수병 콘초프는 문틈으로 들어오는 불빛에 총구를 대고 철도변의 주택과 신호들의 불빛을 향해 총을 쏘아 대기 시작했다. 콘초프는 인간들을 보호하다가 그들을 위해 헛되이 죽을 수도 있다는 사실이 두려웠다. 그래서 괴로워하는 사람들을 위해 싸운다는 필연성의 감각을 손에 미리 얻고자 했던 것이다. 총을 쏘고 나자 콘초프는 만족스럽게 금방 잠들어 400베르스타를 가는 내내 깨지 않았다. 둘째 날 아침 드바노프가 기차를 내려서 떠나 버릴 때까지.

드바노프는 자기 집의 쪽문을 활짝 열어젖히고 나서, 문간에 자라고 있는 늙은 나무를 보며 기뻐했다. 나무는 상처투성이로 베어나가 있었고, 장작을 패다가 잠시 쉬고 있는 듯 도끼가 꽂혀 있었다. 하지만 나무는 아직도 살아남아, 아픈 나뭇가지에 푸른 열정을 간직하고 있었다.

"사샤, 돌아왔니?" 자하르 파블로비치가 물었다. "네가 돌아오다니, 좋구나. 나 혼자 여기 남아 있었는데 말이야. 네가 없으니 밤에 잠도 오지 않았어. 우선, 자리에 누워 보렴, 그리고 들어 보렴. 당장 가야 되는 건 아니지! 네가 바로 들어올 수 있도록 문도 잠그지 않았단다…….”

집에서 보내는 처음 며칠 동안 알렉산드르는 몸이 얼어붙어서 페치카 위에서 몸을 녹였다. 자하르 파블로비치는 페치카 아래 앉아 있거나, 앉아서 졸았다.

“사슈, 너 뭐 먹고 싶은 것 없니?” 자하르 파블로비치는 때때로 이렇게 물어보았다.

“아뇨, 아무것도 먹고 싶지 않아요.” 알렉산드르는 대답했다.

“나는 네가 뭐라도 좀 먹었으면 좋겠구나.”

곧 드바노프는 자하르 파블로비치의 질문도 들을 수 없게 되었다. 자하르 파블로비치가 밤마다 알렉산드르의 양말을 말리는 페치카 구석에 얼굴을 파묻고 우는 것도 보지 못하게 되었다. 드바노프는 티푸스에 걸렸는데, 이것이 여덟 달 동안이나 병자를 떠나지 않고, 나중에는 폐렴으로 전이되어 자기 삶을 망각한 채 누워 지내며, 가끔 겨울밤에 기관차 경적 소리가 들리면 그것들을 기억해 냈다. 가끔 먼 곳에서 울리는 대포 소리가 병자의 냉담한 이성에까지 도달했다. 그러고 나면 그는 다시금 자기의 좁은 육체 안에서 답답하고 시끄럽다고 느꼈다. 의식이 돌아오는 순간 드바노프는 텅 비고 메마른 채로 누워서, 자기 피부만 느낄 따름이었다. 그는 침대 속에서 자신을 만져 보았는데, 흡사 바싹 말라서 죽은 가벼운 거미들처럼 날 수 있을 것 같기도 했다.

부활절을 앞두고 자하르 파블로비치는 양자를 위해 단단하고 아름다운, 플랜지와 볼트로 마무리 지은 관을 만들었다. 이것은 장인인 아버지가 아들에게 주는 마지막 선물과 같은 것이었다. 자하르 파블로비치는 그런 아름다운 관에다 알렉산드르를 온전히 보존하고 싶었다. 비록 살아 있지는 않더라도, 기억과 사랑을 위해서 온전한 채로. 10년이 지날 때마다 아들을 보기 위해, 그리고 그와 함께임을 느끼기 위해 자하르 파블로비치는 무덤에서 아들을 파낼 준비가 되어 있었다.

드바노프는 이듬해 여름이 되어서야 집 밖으로 나왔다. 공기는 그에게 물처럼 무겁게 느껴지고, 태양은 불꽃이 타는 소리로 시끄러웠으며, 전 세계는 신선하고 자극적이며, 그의 약한 육체에 마치 자신이 취한 것처럼 여겨졌다. 드바노프 앞에서 생명은 다시 타오르기 시작했다. 그는 몸을 긴장시켰으며, 그의 사유들은 상상으로 자라났다.

울타리 너머에서 이전부터 알고 있던 소녀, 소냐 만드로바*가 알렉산드르를 바라보고 있었다. 그녀는 관까지 만들었는데도 사샤가 죽지 않았다는 사실을 이해하기 어려웠다.

"너 안 죽었어?" 그녀가 물었다.

"그래." 알렉산드르는 그녀에게 말했다. " 너도 살아 있었구나?"

"나도 살아남았어. 우리는 이제 함께 살 수 있게 된 거야. 지금은 괜찮니?"

"좋아. 넌?"

"나도 괜찮아. 그런데 왜 그렇게 말랐어? 아마도 그건 네 안에 죽음이 있어서 그렇겠지. 그런데 넌 아직도 죽음을 내보내지 않았니?"

"너, 내가 죽었으면 했어?" 알렉산드르는 물었다.

"모르겠어." 소냐가 대답했다. "사람들은 많고, 죽기도 하고, 또 살아남기도 하니까"

드바노프는 그녀를 자기 집으로 불렀다. 맨발의 소냐는 울타리를 넘어서 겨울 동안 잊고 있었던 알렉산드르에게 다가섰다. 그는 아플 때 꿈속에서 무엇을 보았는지, 그리고 자기 육체의 어둠 속에서 얼마나 지루했는지 그녀에게 이야기해 주었다. 그 어디에도 사람들이 없었기 때문에, 이제 그는 이 세상에 사람 자체가 많지 않다는 것을 알게 되었다. 내전이 시작될 무렵 그가 들판을 따라 걸었을 때에도 집들은 가끔씩 나타났던 것이다.

"아까, 모르겠다고 말한 것 말이야, 그냥 무심코 한 말이야." 소냐가 말했다. "만약 네가 죽었다면, 나는 오래오래 울었을지도 몰라. 차라리 네가 멀리 떠났다고 하면, 네가 온전히 살아 있다고 생각했을지도 모르지만……."

알렉산드르는 놀라서 그녀를 바라보았다. 소냐는 적게 먹었음에도 한 해 동안 많이 자랐다. 그녀의 머리카락 색은 짙어졌으며, 육체는 이미 조심스러움을 지니고 있어서, 그녀 옆에 있기가 부끄러워졌다.

"사샤, 내가 대학교에 다니는 것, 모르고 있었지?"

"거기서 뭘 가르쳐 주는데?"

"우리가 모르는 것, 전부. 어떤 선생은 말이야, 우리가 '냄새나는 반죽'이지만 자기는 우리를 가지고 달콤한 파이를 구울 거라고 말했어. 마음대로 말하라지. 대신 우리는 그 사람한테서 정치를 배우니까. 안 그래?"

"네가 정말 냄새나는 반죽이라고 생각해?"

"응. 하지만 나중에는 그렇지 않을 거야. 다른 학생들도 마찬가지고. 왜냐하면 나는 아이들의 선생이 될 거니까, 그 아이들은 어릴 때부터 공부를 해서 똑똑해지겠지. 나는 절대로 '냄새나는 반죽'이라는 말 따위로 아이들을 모욕하지는 않을 거야."

드바노프는 다시 그녀에게 익숙해지기 위해 그녀의 한쪽 손을 잡았다. 그러자 소냐는 다른 쪽 손도 내밀었다.

"아마 이렇게 하면 네 건강이 더 좋아질 거야." 그녀가 말했다. "넌 차갑지만, 난 뜨거우니까. 느껴지니?"

"소냐, 저녁때 우리 집으로 와 줘." 알렉산드르가 말했다. "혼자 있기 질렸어."

소냐는 저녁에 사샤의 집에 왔으며, 사샤는 그녀에게 그림을 그려 주었다. 그러자 그녀는 어떻게 하면 그림을 더 잘 그릴 수 있는지 가르쳐 주었다. 자하르 파블로비치는 살며시 관을 들고 밖으로 나가, 땔감으로 쓰기 위해 관을 쪼갰다. '이제 어린애 요람을 만들어야만 하겠어.' 그는 생각했다. '도대체 어디서 요람용 철제 스프링을 구하지! 우리 집에는 없지. 우리 집에는 기관차용 스프링밖에 없어. 사샤가 소냐에게서 아이들을 얻을지도 몰라. 그럼 내가 돌봐 줘야겠다. 소냐는 금방 더 자라겠지. 그렇게 존재하라지. 그 아이도 고아니까 말이야.'

소냐가 가자마자 드바노프는 두려움에 바로 잠자리에 들어 아침까지 누워 있었다. 밤을 기억하지 않고, 새로운 낮을 보기 위해서였다. 그렇지만 잠자리에 누운 그는 뜬눈으로 밤을 보냈다. 강해지고 흥분한 생명은 그의 안에서 망각되기를 원치 않았다. 드바노프는 툰드라 위로 펼쳐진 어둠과 지상의 따스한 곳으로부터 추방당해 툰드라로 떠나간 인간들을 상상해 보았다. 그들은 잃어버린 여름 날씨를 대신해 줄 주거지를 짓기 위해 목재를 나르도록 작은 철도를 만들 것이다. 드바노프는 그 목재 운반용 철도의 기관사가 된 자신을 상상해 보았다. 사람 없는 구간을 달려가고, 역마다 기관차를 세워서 물을 채워 넣고, 눈보라가 치면 경적을 울리고, 브레이크를 잡으며, 조수와 이야기를 나누고, 마침내 북극해 해안의 종착역에 도착해서 잠이 드는 것이다. 꿈속에서 그는 빈한한 토양에서 자라난 커다란 나무들을 보았다. 나무들 옆으로 텅 빈, 약간씩 흔들리는 공간이 있었고, 저 멀리로 참을성 있게 뻗어 나간 인적 없는 길이 보였다. 드바노프는 이 모든 것을 부러워했다. 그는 나무나 대기, 길을 가져다가 자기 안에 넣고 싶었는데, 이들의 비호를 받으면 죽지 않을 것 같았기 때문이다. 그리고 드바노프는 또 다른 무엇인가를 기억해 내기를 원했지만 이 노력 자체가 기억보다 더 힘들어, 흡사 움직이는 바퀴에서 날아오르는 새처럼, 꿈속에서 의식이 움직이기 시작하자 그의 사유는 사라졌다.

밤에는 바람이 불어 도시 전체가 식어 갔다. 많은 집들이 추위에 떨었고, 아이들은 티푸스에 걸린 어미들의 뜨거운 육체 곁에서 추위를 피해 몸을 녹였다. 현청위원회 위원인 슈밀린의 아내도 티푸스에 걸렸는데, 그녀의 두 아이는 따뜻하게 잠들기 위해 양쪽에서 그녀의 품으로 파고들었다. 슈밀린은 전등이 없어 탁자 위 석유난로에 불을 붙였다. 전기가 끊겼기 때문이다. 그는 밧줄로 쟁기를 끌어 밀농사 지을 땅을 경작할 수 있는 풍력 발전기 도면을 그렸다. 현에는 이미 말들이 모두 사라졌고, 새로운 말이 태어나서 쟁기를 끌 수 있을 때까지 기다리기는 불가능했다. 그래서 과학적인 다른 출구를 찾아야만 했다.

도면을 다 그리고 나서 슈밀린은 소파에 누워, 필수 품목조차 갖지 못한 소비에트 국가의 공통의 가난에 동참하기 위해 외투 아래로 몸을 웅크린 채, 이내 잠들었다.

아침에 슈밀린은 현의 어느 곳에선가 인민대중이 무엇인가를 벌써 고안해 냈을지도 모른다는 생각이 들었다. 아마도 사회주의가 어딘가에서 우연히 이루어졌을지도 모를 일이었다. 왜냐하면 가난의 공포와 더불어 필요한 것을 얻으려는 노력이 함께하는 경우, 인간이 달리 갈 수 있는 곳은 아무 데도 없기 때문이다. 아내가 티푸스 때문에 퇴색한 허연 눈으로 남편을 바라보자, 슈밀린은 다시 외투 아래로 몸을 숨겼다.

"해야만 해." 그는 스스로를 안심시키기 위해 속삭였다. "빨리 사회주의를 시작해야만 해. 안 그러면 아내는 죽고 말 거야."

아이들 역시 잠이 깨었지만 이불 속 따스함에서 일어나려 하지 않았고, 배가 고파 무언가 먹고 싶어질까 봐 다시 잠들려고 노력했다. 조용히 일어나 채비를 하고 나서 슈밀린은 근무하러 갔다. 아내에게 그는 좀 더 일찍 집에 올 거라고 약속했다. 매일 아침 그는 이 약속을 했지만, 항상 밤이 되어서야 집에 돌아왔다.

현청 사무소 근처로 진흙투성이 옷을 입은 사람들이 지나갔다. 아마도 그들은 말이 있는 시골 마을에서 살았으며, 지금은 흙을 털어 내지 않은 채 어디론가 멀리 가고 있음이 분명했다.

"어디로 가시오?" 그들에게 슈밀린이 물었다.

"우리 말입니까?" 삶의 무망 때문에 키가 줄어들기 시작한 한 노인이 말했다. "우리는 아무 데로나 발길 닿는 대로 가고 있습니다. 뒤돌아 세우신다면, 돌아가면 되고요."

"그렇다면 차라리 앞으로 가시오." 슈밀린이 그들에게 말했다. 사무실에서 그는 어떤 과학 책에 대해 기억해 냈는데, 속도 때문에 인력의 에너지와 몸과 생명의 무게가 줄어들고, 아마도 그 때문에 불행히도 인간들은 움직이려 노력한다는 것이었다. 러시아의 방랑자들과 순례자들은 자기가 가는 길에 민중의 슬퍼하는 영혼의 무게를 뿌려서 분산시키기 위해 끊임없이 방랑하는지도 모른다. 현청 사무소의 창밖으로 헐벗은, 아무것도 파종하지 않은 들판이 보였다. 가끔 그곳에 고독한 인간이 나타나 지팡이에 턱을 괴고 도시를 주의 깊게 응시했다. 그런 뒤 그는 저 멀리 골짜기 어딘가로 사라져 갔다. 그는 골짜기 오두막의 어둠 속에 살면서 뭔가를 희망하고 있었던 것이다.

슈밀린은 현청 서기관에게 전화를 걸어 자기 걱정거리에 대해서 이야기했다. 사람들은 들판으로, 도시로 떠돌며, 뭔가를 생각하고 원하고 있다. 그런데 우리는 방구석에 앉아서 그들을 지도하고 있다니. 이제 마을들마다 도덕적이고 과학적인 청년을 보내서, 그곳에 삶의 사회주의적 요소가 있는지 없는지 살펴보도록 하면 어떨까. 사실 대중은 자기 것을 원하고, 아마 어떻게든 자기들이 알아서 살아가며 도움의 손길에는 아직 익숙지 않다. 그들이 필요로 하는 것 가운데 접점을 찾아서 그곳을 건드려야 된다. 사실 우리는 시간이 없지 않은가!

"자, 그럼 해 봅시다!" 서기관이 동의했다. "내가 그런 사람을 한번 찾아보지. 그럼 자네는 그에게 명령을 내리라고!"

"그럼 아예 오늘 그를 보내 주십시오!" 슈밀린이 부탁했다. "그 사람을 우리 집으로 출장 보내 주십시오."

서기관은 자기 기관의 하급자에게 명령을 내리고서 이 일에 대해 잊어버렸다. 위원회 사무원은 서기관의 명령을 하달할 아랫사람이 없어 스스로 이 일에 대해서 생각하기 시작했다. 현을 둘러보도록 도대체 누구를 보내면 좋을까? 아무도 없었다. 모든 공산당원은 이미 활동하고 있었다. 단지 드바노프인지 뭔지 하는 사람만이 도시 수도관을 수리하도록 노보호페르스크에서 소환되어 왔지만 현재 병가를 낸 상태였다. '만약 아직 안 죽었다면, 이 사람을 출장 보내면 되겠군.' 사무원은 이렇게 결정하고, 현청위원회의 서기관에게 드바노프에 대해 알려 주러 갔다.

"물론, 그는 뛰어난 당원은 아닙니다." 사무원은 말했다. "우리 지역에서는 두각을 나타낼 일이 없기도 했지요. 이제 이렇게 큰 과업들이 있으니, 사람들이 일을 처리하면서 두각을 드러내겠지요,

서기관 동무."

"좋소." 서기관이 대답했다. "젊은 친구들이 과업을 생각해 보도록 하고, 그걸 성장할 기회로 삼도록 하시오."

저녁에 드바노프는 서류를 받았다. 대중 속에서 사회주의가 어렴풋이나마 자생하고 있는지 대화를 나누기 위해 현청위원회 사무실로 즉각 출두하라는 명령서였다. 드바노프는 일어나서 아직 걷기에 익숙하지 않은 다리로 출발했다. 소냐는 공책과 우엉 잎을 들고 학교에서 돌아왔다. 우엉 잎은 밑면이 하얘 밤에 바람이 스치면 달빛이 반사되도록 하기 위해 꺾어 온 것이었다. 젊음 때문에 잠을 이루지 못하는 밤, 소냐는 창밖으로 이 우엉 잎을 바라보았다. 그녀가 황무지로 나가서 꺾어 온 것이었다. 집에는 이미 많은 식물이 있었으며, 그것 중 대다수는 병사들의 무덤에서 자라나는 불사초였다.

"사샤, 우리를 곧 시골로 발령 낼 것 같아. 아이들에게 글을 가르쳐야 해. 그렇지만 나는 꽃 가게에서 일하고 싶어."

알렉산드르는 그녀에게 이렇게 대답했다.

"꽃은 모든 사람이 좋아하지만, 남의 아이를 좋아하는 사람은 거의 없어. 부모들 말고는."

정확하게 생각하는 것을 방해하는 생의 감각으로 가득 차 있어, 소냐는 이 말을 잘 이해할 수 없었다. 그래서 화가 난 그녀는 드바노프를 떠나 버렸다.

슈밀린이 어디에 사는지 드바노프는 정확히 알 수 없었다. 처음에는 슈밀린이 살고 있는 곳에서 가까운, 다른 집의 마당으로 들어갔다. 마당에는 오두막이 있었고, 그곳에 문지기가 있었다. 그러나 이미 어두워진 뒤여서 문지기는 아내와 잠자리에 든 뒤였고, 깨끗한 식탁보 위에는 예기치 않게 들이닥칠 손님을 위한 빵이 준비되어 있었다. 드바노프는 시골 마을에서 그랬던 것처럼 거침없이 오두막으로 들어갔다. 볏짚과 우유 냄새가, 그 속에서 모든 러시아 농민이 잉태된, 바로 그 농촌의 풍요롭고 따스한 냄새가 났다. 집주인인 문지기는 자기 집안의 소소한 일거리에 대해서 아내와 속살거렸음에 틀림없었다.

문지기는 자기 존재 가치를 떨어뜨리지 않으려고, 당시 저택의 위생관 역할도 담당하고 있었다. 슈밀린이 어디에 있는지 가르쳐 달라는 드바노프의 부탁에 그는 장화를 신고 흰색 가운을 걸쳐 입었다.

"공무를 위해 근무를 좀 하러 가야겠어. 폴랴, 당신 내가 올 때까지 자지 말아요."

이때 슈밀린은 아픈 아내에게 으깬 감자를 먹이고 있었다. 여인은 약하게 음식을 씹으며, 한 손으로는 그녀의 몸에 달라붙은 세 살 난 아들을 쓰다듬고 있었다.

드바노프는 자기에게 무엇이 필요한지 말했다.

"기다리게, 우선 아내에게 식사를 다 먹여야겠어." 슈밀린이 부탁했다. 그리고 식사를 다 먹인 다음 말했다. "드바노프 동지, 우리에게 무엇이 필요한지 직접 한번 보게. 난 말이지, 낮에는 근무하고, 밤에는 여편네를 내 손으로 먹여야 해. 어떻게든 다른 식으로 사는 법을 배울 필요가 있어."

"그렇게 사는 것도 나쁘지는 않습니다." 드바노프는 대답했다. "제가 아팠을 때, 자하르 파블로비치는 직접 제게 음식을 먹여 줬어요. 나는 그걸 좋아했죠."

"자네가 뭘 좋아한다고?" 슈밀린은 알아듣지 못했다.

"사람들이 손으로 입에 직접 음식을 먹여 주는 것이오."

"오호, 그래, 좋아하게." 그다지 동감은 하지 못한 채 슈밀린은 말했다. 이어서 그는 드바노프가 현의 시골 마을들을 걸어서 돌아다니면서, 사람들이 그곳에서 어떻게 지내는지 살펴보았으면 한다고 말했다. 아마도 가난이 저절로 축적되어, 사회적으로 안정되었는지도 모를 일이기 때문이었다.

"우리는 이곳에서 근무하고 있네." 슈밀린은 비통하게 말했다. "그런데 인민대중은 저곳에서 살아가고 있단 말이지. 드바노프 동지, 나는 그곳에 공산주의가 이미 이루어져 있을까 봐 두렵다네. 동지애 말고는 그들에게 아무런 보호막도 없지 않은가. 자네가 가서 한번 살펴보게나."

드바노프는 들판을 따라서 방랑하던, 또는 전쟁터의 텅 빈 건물 안에서 잠들었던 많은 사람들을 떠올렸다. 아마도, 그리고 정말로 그 사람들은 바람과 국가를 피해서 협곡 어딘가에 모여, 자기들의 우정에 만족하면서 살아가고 있을지도 모른다. 드바노프는 독자적으로 살아가는 주민들 사이에서 공산주의를 찾아보기로 동의했다.

"소냐." 다음 날 아침 그는 말했다. "나는 이제 떠나, 잘 있어."

소냐는 울타리를 넘어 들어와 마당에서 얼굴을 씻었다.

"그래, 나도 떠나, 사샤. 클루샤가 나를 다시 쫓아냈어. 아마도 시골에서 혼자 사는 게 더 나을 것 같아."

드바노프는 소냐가 부모 없이 클루샤라는 아는 아줌마네 집에서 산단 사실을 알고 있었다. 하지만 도대체 시골 어디로 혼자 떠난단 말인가? 알고 보니 소냐는 여자 친구들과 함께 조기 졸업하게 되었는데, 어느 시골 마을에 무지몽매한 떼강도들이 모여들자 적군 병사 부대와 함께 여선생들을 그쪽으로 보내기로 했던 것이다.

"소냐, 우리는 혁명 이후에 만나자." 드바노프는 말했다.

"우리는 만나게 될 거야." 소냐 역시 확신했다. "내 뺨에 키스해 줘, 나는 네 이마에 키스해 줄게. 사람들이 이별할 때 항상 이렇게 하는 걸 봤어. 그런데 나는 이별 인사를 할 사람이 아무도 없으니까 말이야."

드바노프는 자신의 입술을 그녀의 뺨에 대었고, 또 자기 이마에 소냐 입술이라는 건조한 화환을 감각했다. 소녀는 돌아서서 고통스러운, 주저하는 손으로 울타리를 쓰다듬었다.

드바노프는 소냐를 돕고 싶었지만 단지 그녀에게 몸을 굽히고, 그녀의 머리카락에서 나는 시든 풀 냄새를 느낄 따름이었다. 그러자 그녀는 드바노프에게 돌아서서 다시 생기를 찾았다.

자하르 파블로비치는 다 만들어지지 않은 철제 가방을 들고, 눈물을 떨어뜨리지 않기 위해 눈을 깜박이지도 않은 채 문턱에 서 있었다.

드바노프는 현의 여러 마을을 지나, 군과 읍의 길을 따라서 걸어갔다. 그는 사람들이 많이 사는 곳과 가까운 거리를 유지하면서 걸어, 강 옆으로 난 골짜기와 협곡을 따라 가야 했다. 분수령으로 나오면 어떤 마을도 보이지 않았고, 그 어디서도 페치카의 굴뚝에서 나오는 연기를 볼 수 없었다. 이러한 고지대의 스텝에서는 밀농사를 짓는 경우가 별로 없었기 때문이다. 이곳에서는 낯선 풀들만이 자라나고, 빽빽하게 자라난 잡초만이 새들과 곤충들에게 은신처와 먹을 것을 제공해 주었다.

분수령들에서 내려다보면 러시아는 전혀 사람이 살지 않는 곳처럼 여겨졌지만, 협곡의 골짜기들이나 물이 많지 않은 하천변에서는 어디에나 사람들이 살고 있는 것처럼 보였다. 말하자면 사람들은 물의 흔적을 따라서 무리를 지어 살고, 저수지의 포로로 존재하고 있었던 것이다. 처음에 드바노프는 현에서 아무것도 보지 못했다. 그에게 현은 어느 곳이나 마찬가지인 것처럼 여겨졌으며, 빈곤한 상상력의 환영처럼 인식되었다. 그런데 어느 날 저녁, 그는 잠잘 곳을 마련하지 못해 분수령의 고지에 있는 따스한 잡초들에서 자게 되었다.

드바노프는 누워서 자기 아래 대지의 흙을 손가락으로 파기 시작했다. 토양은 충분히 비옥했지만, 그 땅에 농사를 짓지는 않았던 것이다. 그렇기에 알렉산드르는 이곳에 농사를 지어 줄 말이 없을 것이라 생각하면서 잠들었다. 그러나 새벽에 그는 낯선 사람의 몸무게를 느끼면서 잠이 깨어 연발 권총을 꺼내 들었다.

"놀라지 말게나." 그에게 몸을 기댄 사람이 말했다. "꿈속에서 얼어붙었단 말일세. 그런데 자네가 누워 있는 게 보이더군. 따뜻해지도록 서로 껴안고 잠을 자도록 하지."

드바노프는 그를 껴안았고, 두 사람은 서로 몸을 녹였다. 아침에 그 사람을 놓아 주지 않은 채 드바노프는 속삭였다.

"왜 여기에 농사를 짓지 않는 겁니까? 이곳은 흑토잖아요! 말이 없어서 그렇습니까?"

"잠깐만." 몸을 녹였던 행인은 약간 목이 쉬고 굵직한 목소리로 말했다. "예전엔 대답해 줄 수 있었을지도 모르지만, 지금은 빵을 먹지 않아 머리가 돌아가지 않는군. 이전에는 인간들이었지만, 지금은 입이 되었을 뿐이지. 무슨 소린지 이해했는가?"

"아니요. 무슨 말인가요?" 드바노프는 당황했다. "밤새 제 옆에서 몸을 녹이고는, 지금 저를 모욕하는군요!"

행인은 일어섰다.

"어제는 저녁이었지, 인간—주체였고! 그런데 인간의 슬픔은 태양을 따라서 움직인단 말이야. 저녁에는 슬픔이 인간 안에 자리 잡지만, 아침에는 인간에게서 떠나 버리지. 그래서 나는 저녁마다 차갑게 식어 버린다네, 아침이 아니라."

드바노프의 주머니 먼지들 틈에 약간의 빵 부스러기가 남아 있었다.

"드시죠." 그는 빵을 주었다. "이제는 당신 머리가 배를 살펴보겠죠. 나는 당신 없이 내가 뭘 원하는지 스스로 알아보겠소."

그날 정오에 드바노프는 그 협곡에서 멀리 떨어진 시골 마을을 찾아냈다. 그리고 모스크바의 이주민들을 그들 마을의 스텝으로 이주시키고 싶다고 마을 소비에트에서 말했다.

"뭐 이주시키는 건 자유요." 소비에트의 의장이 말했다. "결국 그들의 끝은 모두 마찬가지일 거요. 그곳에는 물이 없단 말이오. 물이 아주 멀리 있다오. 우리는 원래 그 땅에 거의 손을 안 댔어요……. 거기에 물만 있었더라도, 우리는 어떻게든 물을 퍼 올렸을 거요. 그리고 기꺼이 농사를 지으러 들어갔을 거요."

이후 드바노프는 더 멀리, 현의 오지로 가서 어디서 묵어야 할지 알 수 없었다. 그는 건조하고도 높은 분수령에 마침내 물이 반짝이기 시작할 때 사회주의가 실현될 거라고 생각했다.

곧 그의 앞에 고대에 형성된 것 같은, 이미 오래전에 말라 버린 강의 좁다란 협곡이 펼쳐졌다. 협곡에는 페트로파블롭카 마을이 자리를 잡고 있었는데, 좁은 물가에 모여든 탐욕스러운 농가의 거대한 무리가 그곳에 있었다.

페트로파블롭카의 거리에서 드바노프는 언젠가 빙하에 의해 이곳으로 떠밀려 온 옥석을 보았다. 옥석은 지금 어느 농가 근처에 놓여, 노인들이 앉아서 쉬고 있었다.

드바노프는 나중에 페트로파블롭카의 마을 소비에트 사무실에 앉았을 때에야 이 돌들을 떠올렸다. 그는 슈밀린에게 편지를 쓰고, 다가오는 밤에 묵어 갈 장소를 제공받기 위해 이곳에 들른 것이었다. 드바노프는 편지를 어떻게 시작해야 할지 몰라, 자연에서 창조되는 것은 특별히 없으며, 자연은 인내를 지니고 있을 따름이라고만 통지했다. 말하자면 핀란드에서 평원과 우수에 찬 시간의 심연을 지나서 페트로파블롭카로 빙하의 언어를 통해 옥석이 흘러 들어온 것이었다. 고지대의 스텝에 새로운 삶을 정착시키기 위해서는 가끔씩 나타나는 스텝의 협곡으로부터, 땅속 깊은 곳의 저토지로부터 그곳으로 물을 공급해야만 한다. 아마도 핀란드에서 이곳으로 옥석을 끌어오는 것보다는 더 빨리 이루어질 것이다.

드바노프가 편지를 쓰는 동안, 그의 탁자 옆에는 변덕스러운 얼굴의, 심리적으로 이상해 보이는, 제멋대로 깎은 턱수염을 한 농부가 무엇인가를 기다리고 있었다.

"아주 노력하시는구려!" 자신과 같이 길을 잃어버렸다고 확신하는 이 사람이 그렇게 말했다.

"노력하고 있습니다!" 드바노프는 그의 말을 이해했다. "당신들을 깨끗한 물이 있는 스텝으로 이주시켜야 하니까요!"

농부는 음탕하게 턱수염을 쓸어내렸다.

"자넨 또 뭐 하는 사람인가! 이제야 제일 똑똑한 인간들이 납셨구먼! 당신들이 없었으면 우리는 어떻게 배부르게 먹고살아야 하는지도 모를 뻔했군그래!"

"그래요, 몰랐을 겁니다!" 드바노프는 냉담하게 반응했다.

"어이, 거기 방해하지 말고 나가시오!" 소비에트의 의장이 다른 탁자에서 소리를 질렀다. "자넨 하느님이 아닌가, 도대체 우리하고 무슨 할 말이 있나!"

알고 보니 이 사람은 자기가 하느님이며 모든 것을 알고 있다고 여겼다. 자기 확신에 따라 그는 농사를 그만두고 흙을 먹고 살았다. 밀이 흙에서 나오기에, 흙에는 독자적인 배부름이 있으며, 다만 위가 여기에 적응하기만 하면 된다고 그는 말했다. 사람들은 그가 곧 죽으리라 생각했지만 그는 살아남았으며, 모든 사람 앞에서 이빨 사이에 낀 흙을 파냈다. 이 일이 있고 나서 사람들은 그를 조금 존경하기 시작했다.

소비에트의 서기관이 드바노프를 숙박할 곳으로 데려갔을 때, 그곳에는 아까의 하느님이 꽁꽁 얼어붙은 채 문턱에 서 있었다.

"이보게 하느님!" 서기관이 말했다. "이 동지를 쿠자 포간킨 집에까지 데려다 주게. 소비에트에서 보냈다고 말하면 될 거야. 이번에는 그 사람들이 손님을 치를 차례야."

드바노프는 하느님과 더불어서 걸어갔다.

늙지 않은 한 사내가 길에서 그들을 보고 하느님에게 말했다.

"안녕하시오, 니카노리치! 댁이 하느님이라면, 이제 지금쯤은 레닌이 될 때가 되지 않았소!"

그렇지만 하느님은 꾹 참고 그 말에 대답하지 않았다. 다만 그 사람이 좀 멀어지자 바로 한숨을 내쉬었다.

"그건 권력자야!"

"왜요, 하느님은 다스리지 않나요?" 드바노프는 물었다.

"아니." 하느님은 순순히 털어놓았다. "눈으로 보고, 손으로 만지고, 그러면서도 믿지를 않는단 말이야. 태양을 직접 만져 보지는 못했지만 태양은 다들 인정하지 않는가. 끝까지 그렇게 괴로워하라지. 껍질이 다 벗겨져 나갈 때까지 말이야.

포간킨의 오두막 근처에서 하느님은 드바노프를 남겨 둔 채 작별의 말도 없이 오던 길로 돌아섰다.

"잠깐만요, 그렇다면 지금은 뭘 하려고 생각하고 있습니까?"

드바노프는 그를 놓아 주지 않고 질문을 던졌다.

하느님은 자신이 고독한 인간으로 존재하는 시골 마을의 공간을 우울하게 바라보았다.

"어느 날 밤 지구를 도로 가져갈 것을 선언하지. 그럼 모두 놀라서 나를 믿을 거야."

하느님은 정신을 집중하고, 잠시 침묵했다.

"그리고 다음 날 밤 다시 지구를 돌려주지. 만약 그렇게만 한다면 볼셰비키의 영광은 나의 것이 될 거야."

드바노프는 아무런 질책도 하지 않고 하느님을 눈으로 배웅했다. 하느님은 가야 할 길을 선택하지도 않고 모자도 없이 겉옷 하나만 걸친 채 맨발로 떠났다. 그의 음식은 진흙이었으며, 그의 희망은 꿈이었다.

포간킨은 드바노프를 마뜩지 않게 맞이했다. 그는 가난에 질려 있었다. 그의 아이들은 몇 년간의 굶주림에 늙어 버렸으며, 마치 어른이나 된 것처럼 빵을 얻는 것에 대해서만 생각했다. 소녀인 두 딸은 마치 여편네나 된 듯이 굴었다. 그들은 엄마의 긴 치마와 스웨터를 입고 머리에는 핀을 꽂고 사람들 흉을 보아 댔다. 충분히 합목적적으로 행동하는, 그렇지만 아직 생식에 대한 감각을 가지고 있지 않은 어리고 똑똑하며 근심에 찬 여인을 보는 것은 어딘지 이상했다. 드바노프의 눈에 비친 소녀들을 어떤 고통스럽고 부끄러운 존재로 만드는 것은 이 태만함이었다.*

어두워지자 열두 살짜리 바랴는 감자 껍질과 한 숟가락의 수수를 넣어서 솜씨 있게 수프를 끓여 냈다.

"아빠, 밥 먹으러 얼른 들어와!" 바랴는 아버지를 불렀다. "엄마, 마당에서 노는 애들 좀 불러 봐. 저놈들은 저 추운 데서 꽁꽁 얼며 뭐 하는 거야. 어릿광대 놈들 같으니!"

드바노프는 부끄러워졌다. 도대체 이 바랴는 커서 뭐가 될까?

"그리고 거기는 저쪽으로 가세요." 바랴는 드바노프를 바라보았다. "다들 먹을 정도로 음식을 만들지는 못하니까. 우리 식구만으로도 넘쳐나요." 바랴는 머리카락을 매만지고 그 아래에 뭔가 불쾌한 것이라도 있는 양 스웨터와 치마의 매무새를 고쳤다.

콧물을 흘리고 배고픔에 익숙해져 있었지만, 그래도 어린 시절이라 마냥 행복한 두 명의 사내아이가 집으로 들어왔다. 그들은 혁명이 일어나고 있다는 것을 몰랐으며, 감자 껍질이 그들의 영원한 음식이라고 여겼다.

"좀 빨리빨리 집에 오라고 몇 번이나 말해야 알아들어!" 바랴가 남동생들에게 소리쳤다. "아이고, 이 화상들! 이제 옷부터 벗어. 옷은 어디서도 구할 수가 없으니까!"

사내아이들은 자신의 낡은 겉옷을 벗어 던졌다. 그 겉옷 아래에는 바지도 셔츠도 아무것도 걸치지 않은 채였다. 소년들은 식탁 앞에 있는 긴 의자로 기어가 쭈그리고 앉았다. 아마도 그런 식으로 옷을 아끼는 것을 누나에게 배웠음에 틀림없었다. 바랴는 누더기를 한곳에 잘 모아 두고 아이들에게 숟가락을 나눠 주었다.

"아빠 먹는 것 잘 보고 따라 먹어. 아빠보다 더 자주 먹으면 안 돼!"

바랴는 음식 먹는 법을 동생들에게 명령했고, 자기는 구석으로 가서 턱을 괴고 앉았다. 아마도 여자들은 나중에 먹는 모양이었다.

사내아이들은 뚫어져라 아버지를 바라보았다. 아버지가 그릇에서 숟가락을 퍼 올리기 무섭게 소년들은 그리로 바로 자기 숟가락을 집어넣어서 순식간에 수프를 퍼먹었다. 그러고는 또다시 빈 숟가락 든 채로 아버지가 먹기를 기다리면서 순번을 지켰다.

"내가, 요 녀석, 요 녀석들을 그냥!" 바랴는 남동생들이 아버지와 거의 동시에 수프 그릇에다 숟가락 꽂을 기회를 노리는 것을 보고 소리 질렀다.

"바르카,* 아빠는 건더기만 건져 먹는단 말이야. 아빠더러 그러지 말라고 해!" 누이에게서 굳건한 정의감을 배운 한 사내아이가 말했다.

사실 포간킨도 바랴를 두려워해, 숟가락으로 국물만 떠먹기 시작했다.

창밖으로, 이 지상을 닮지 않은 하늘에는 매혹적인 별들이 익어 갔다. 드바노프는 북극성을 찾아내고 생각에 잠겼다. 앞으로 북극성은 얼마 동안이나 스스로의 존재를 견뎌 내야만 하는 것일까. 사샤 자신도 오랫동안 견뎌 내야 할 것이다.

"내일은 또 강도 떼들이 나타나겠구나!" 건더기를 씹어 대면서 포간킨이 말했다. 그러고는 숟가락을 한 아들 녀석의 이마에 던졌다. 그 아이가 금방 국그릇에서 감자 조각을 건져 냈기 때문이다.

"왜 강도들이 나온다는 거죠?" 드바노프는 궁금해졌다.

"밖에 별이 빛나지 않소, 그러면 길이 마르기 시작하지. 우리가 사는 이곳은 진창이오. 바깥세상처럼 길이 조금 마르면, 전쟁이 시작된다오."

포간킨은 숟가락을 놓고 트림을 하려고 했지만 트림이 나오지 않았다.

"자, 이제 마음껏들 먹어!" 그는 아이들에게 허락했다.

아이들은 그릇에 남은 것을 다투어 먹었다.

"이런 성찬을 먹으면 일 년 내내 딸꾹질할 일도 없겠군." 포간킨은 드바노프에게 진지하게 말했다. "옛날에는 점심을 먹고 나서 저녁때까지 딸꾹질이 멈추지 않아 죽은 부모들까지 생각하는 경우도 있었지! 맛있었어!"*

드바노프는 빨리 내일이 왔으면 하고 잠자리에 들었다. 내일이 되면 그는 집으로 돌아가기 위해서 철도로 갈 것이다.

"아마도, 사는 게 지루하지요?" 잠을 청하면서 드바노프는 이렇게 물었다.

포간킨은 동의했다.

"그렇게 즐거운 일은 없소! 시골은 어디나 지루하다오. 바로 그래서 남아도는 인민들이 자꾸 태어나지 않소. 다른 할 일이 있었으면, 사내놈들이 여인네들을 집적거렸겠소?"

"그럼, 저 위쪽으로, 좀 더 비옥한 땅으로 옮겨 가서 농사를 짓는 것이 더 낫지 않나요?" 드바노프가 물었다. "그곳에서는 좀 살기가 나을 테고, 조금은 더 즐겁게 살 수 있을 텐데요."

포간킨은 생각에 잠겼다.

"그쪽 어디로 말이오? 그렇게 춤추면서 옮겨 갈 수 있을 것 같소? …… 애들아, 어서 자러 가거라……."

"왜요?" 드바노프는 그를 떠보았다. "안 그러면 여기 있는 당신들 땅을 도로 몰수한답니다."

"어떻게, 그럴 수가 있소? 그런 명령이라도 떨어졌소?"

"네." 드바노프는 말했다. "왜 좋은 땅을 헛되이 남겨 두는 겁니까? 전체 혁명이 바로 땅 때문에 시작되었는데 말입니다. 당신들한테 땅을 주었더니, 그 땅에 경작이라고는 전혀 하지 않고 있지 않습니까. 이제 그 땅을 이전 주인들에게 돌려줄 겁니다. 그들은 아마 말을 타고 그쪽에 정착할 것이고, 우물을 파고, 그 하천도 없는 골짜기들에다 마을을 만들겠지요. 그러면 땅은 다시 생산을 하게 될 겁니다. 그런데 당신들은 손님처럼 스텝으로 다녀오기만 하는군요……."

포간킨은 정말로 안절부절못했고, 드바노프는 그의 두려움을 간파했다.

"사실, 땅이야 그쪽이 아주 좋지요……." 포간킨은 자기의 소유물을 선망했다. "뭐든지 다 농사지을 수 있으니까. 정말로 소비에트 정부가 사람들의 노력 여하에 따라 판단을 한답니까?"

"물론이죠." 드바노프는 어둠 속에서 미소를 지었다. "정말로 그 옛날의 농민들이 이주해 올 겁니다. 그런데 만약 그들이 더 농사를 잘 짓는다면, 그 사람들에게 땅을 도로 주겠죠. 소비에트 정부는 풍년을 좋아하니까요."

"아마, 그 말이 맞겠군요." 포간킨은 한탄하기 시작했다. "그러면 정부가 식량 배급을 하기도 더 편리해지겠군."

"배급은 곧 중단될 겁니다." 드바노프는 일부러 거짓말을 생각해 냈다. "전쟁이 끝나면, 배급도 더 이상 없을 겁니다."

"사람들이 그렇게 말하기는 하더군." 포간킨은 동의했다. "아니, 그렇게 형편없는 밀가루를 누가 참아 내겠소! 어떤 국가도 그렇게는 못할 거요……. 아니면 정말 스텝 어딘가로 떠나는 게 더 나을까나?"

"물론입니다, 떠나세요." 드바노프는 선동했다. "사람들을 열 명 정도 모아서, 움직여 보십시오……."

나중에 포간킨은 바랴와, 뒹굴거리는 아내와 이주에 대해서 오랫동안 이야기를 나누었다. 드바노프가 그들이 마음껏 공상할 수 있도록 만든 것이었다.

아침에 드바노프는 마을 소비에트 사무실에서 귀리죽을 먹고 다시 하느님을 보았다. 하느님은 귀리죽 먹기를 거절했다. "내가 죽을 가지고 뭘 하겠나." 그는 말했다. "만약 먹는다고 하더라도 영원히 배부를 수가 없는데 말이지."

마을 소비에트 사무실에서 드바노프를 데려다 주기를 거절해, 하느님은 그에게 카베리노 마을로 가는 길을 가르쳐 주었다. 거기서 철도까지는 200베르스타 거리였다.

"나를 잊지 말게나." 하느님은 이렇게 말하면서 슬픈 시선으로 탄식했다. "이제 우리는 영원히 헤어지겠군. 이 얼마나 슬픈 일인가. 아무도 이해를 못할 걸세. 두 사람이 각자 혼자 남게 된다니 말이지! 하지만 자네, 한 사람은 또 다른 사람의 우정에서 자라난다는 것을 명심하게. 물론 나는 내 영혼의 진흙 하나에서만 자라지만 말일세."

"바로 그래서 당신은 하느님이지 않소?" 드바노프는 물었다.

하느님은 마치 사실을 믿지 않는 사람을 바라보듯이 그를 바라보았다.

드바노프는 이 하느님이 현명하지만, 거꾸로 살고 있을 따름이라고 결론을 내렸다. 왜냐하면 러시아 인은 두 방향으로 행동하는 인간인 것이다. 러시아 인은 이렇게도 저렇게도 살 수 있고, 그 어떤 경우에라도 온전하게 남게 될 것이다.

그리고 긴 장마가 시작되었고, 드바노프는 저녁녘이 되어서야 산속으로 이어진 길로 나올 수 있었다. 더 아래쪽으로 고요한 스텝 지역 강을 따라 어둑어둑한 골짜기가 펼쳐져 있었다. 하지만 강이 죽어 가고 있다는 것을 알 수 있었다. 협곡의 침전물들이 강을 뒤덮어 늪지만 더 늘어날 뿐, 강은 강줄기의 흐름을 따라 아래로 흘러가지 못했다. 강 위로는 이미 밤의 애수가 서려 있었다. 물고기들은 강바닥까지 헤엄쳐 들어갔고, 새들은 인적 드문 둥지를 찾아 날아가 버렸으며, 벌레들은 생기 잃은 띠 사이의 틈새로 숨죽여 기어 들어갔다. 살아 있는 생물들은 따스함과 태양의 흔들리는 빛을 사랑했기에, 그들의 위풍당당한 종소리는 낮은 굴속으로 숨어 들어가 속삭임으로 잦아들었다.

그렇지만 드바노프는 대기 속에서 낮의 빛이 부르는 희미한 노래 구절들을 들을 수 있었으며, 이 노래에 노랫말을 돌려주고 싶었다. 그는 반복되는, 생의 주위를 둘러싼 연민들로 배가된 흥분을 알고 있었다. 하지만 노래 구절은 공간 속에서 약한 바람에 흩어지고 찢어졌으며, 자연의 음울한 힘과 뒤섞여, 마치 진흙처럼 소리 없는 것이 되었다. 그는 그의 의식의 감각과는 닮지 않은 움직임을 들을 수 있었다.

이 고요해진, 고개 숙인 세상에서 드바노프는 자기 자신과 이야기를 나누었다. 그는 열린 공간에서 혼자 이야기하기를 즐겼다. 하지만 누군가가 자신의 이야기를 듣는다면, 드바노프는 마치 어둠 속에서 연인과 사랑을 나누다가 들킨 정부처럼 부끄러워했을 것이다. 단지 언어만이 흘러가는 감정을 사유로 바꿀 수 있기에 사유하는 인간은 대화를 나눈다. 그런데 스스로와 나누는 대화, 이것이 예술이라면, 다른 사람과 나누는 대화는 재미를 위해서일 따름인 것이다.

"그래서 물이 낮은 곳으로 흐르듯이, 인간은 사회로 재미를 추구해 가는 것이지." 드바노프는 이렇게 결론을 지었다.

그는 주위를 휘휘 둘러보고 눈에 보이는 세상의 반을 응시했다. 그리고 또다시 생각하기 위해 말하기 시작했다.

"자연은 어쨌든, 사업적으로 보면 꽤 괜찮은 사건이야. 이 찬미할 만한 언덕과 시냇물은 들판의 시로만 그치는 게 아니니까. 그걸로 땅도, 소도, 사람도 먹여 살릴 수 있으니까. 결국 이익이 될 테니, 그게 더 낫지. 토지나 물은 사람들을 먹여 살리고, 나는 그들과 더불어 살아야 하니까 말이야."

이후 드바노프는 피곤해져서 자기 육체 내부의 권태를 감각하면서 걸어갔다. 피로의 권태는 그의 내부를 건조하게 했고, 육체의 저항력은 사유하는 환영의 습기가 없어 더 팽팽해졌다.

카베리노 마을의 연기가 보이는 곳에서 길은 협곡 위로 이어졌다. 협곡에서 대기는 어둠 속으로 응축되었다. 그곳에는 어떤 축축한 소택지들이 존재했고, 아마도 명상의 단조로움을 위해 삶의 다채로움으로부터 멀어진, 이상한 사람들이 터전을 잡고 있는 듯 보였다.

페트로파블롭카 마을의 자유의 하느님은 이 시골 마을들에 자기와 유사한 인간들을 가지고 있었던 것이다.

협곡의 깊은 곳에서 피로한 말들의 콧김 소리가 들렸다. 어떤 사람들이 말을 타고 지나가는데, 그들의 말이 진흙에 빠진 모양이었다.

젊고 용감한 목소리가 말을 탄 무리 앞에서 노래를 선창했다. 그러나 노래의 가락과 노랫말은 이곳에서가 아니라 먼 곳에서 유래한 것이었다.

머나먼 나라에,
다른 쪽 해변에,
우리가 꿈꾸던 것이 있었지만,
적들이 차지하고 말았다네…….

말들의 걸음이 다시 생기를 띠었다. 부대원들은 합창으로 선창자의 노래를 뒤덮어 버리고, 다른 가락으로 노래를 불렀다.

숨겨라, 사과를,

잘 익은 황금으로
소비에트가 너를 베리라
낫과 망치로…….

고독한 선창자는 부대원들과 조화를 이루지 못하면서 노래를 계속했다.

여기 나의 칼과 영혼이 있소
저기에는 나의 행복이…….

부대원들은 후렴구로 노래 구절의 마지막을 장식했다.

에이, 정다운 사과여
너는 곧 병사들의 보급 식량이 될지니
잘 익으려마
너는 나무에서 자라나지
때마침 그 나무가
소비에트로 오겠지
번호표를 달고…….

사람들은 한꺼번에 휘파람을 불고서 되는대로 노래를 끝마쳤다.

아하, 사과여
넌 자유를 수호하라
소비에트도 차르도 아닌
모든 민중의 자유를…….*

노래는 잦아들었다. 드바노프는 협곡 아래의 행렬에 흥미를 느껴서 걸음을 멈추었다.

"어이, 거기 위에 계신 분!" 부대원들 중 한 명이 드바노프에게 소리를 질렀다.

"여기, 출발점 없는 인민대중에게로 내려와 보지!"

드바노프는 제자리에 서 있었다.

"빨리 내려와!" 걸쭉한 목소리로 한 사람이 쩌렁쩌렁하게 말했다. 아마도 노래를 선창한 그 사람인 것 같았다. "안 그러면, 눈 깜짝할 사이에 내 총 앞에 꿇어앉게 될 거야!"

드바노프는 이런 생활에서 소냐가 목숨을 부지했을 리 없다고 생각하고 자기도 살아남지 않기로 결심했다.

"네놈들이나 이리로 나와 봐, 여기 풀이 더 많다고! 왜 협곡에서 말들을 괴롭히나, 너희는 부농의 기병대인가!"

아래의 부대원들은 그 자리에 멈추어 섰다.

"니키토크! 저놈을 꿰뚫어 버려!" 걸쭉한 목소리가 명령했다.

니키토크는 총을 겨누었지만, 우선 신의 몫으로 자신의 억압된 호흡을 가다듬었다.

"예수 그리스도의 돈주머니의 이름으로, 성모의 늑골의 이름으로, 모든 기독교 세대의 이름으로, 조준, 발사!"

드바노프는 긴장된, 소리 없는 불꽃의 화염을 보았으며, 마치 다리가 부러진 것처럼 협곡 위에서 골짜기 아래로 굴러떨어졌다. 그는 선명한 의식을 잃지는 않아, 머리가 땅에 닿을 때마다 귀를 땅 위에 가져다 대면서, 지상에 서식하는 물질들에서 나는 끔찍한 소음을 들었다. 드바노프는 오른쪽 다리에 상처를 입었다는 사실을 알아차렸다. 오른쪽 다리로 강철로 된 새가 찌르고 들어가 날카로운 날개의 깃털을 움직이고 있는 듯했다.

협곡에 굴러떨어진 드바노프는 말의 따스한 다리를 잡았다. 그 다리 옆에서는 아무것도 두렵지 않았다. 말의 다리는 피로로 조용히 떨렸고, 땀과 길가의 풀, 그리고 생명의 고요한 냄새가 났다.

"그놈을, 니키토크, 생명의 불꽃을 차단해 버려! 그놈의 옷은 그러면 네 몫이다."

드바노프는 이 말을 들었다. 그는 두 팔로 말의 다리를 끌어안았다. 그러자 다리는 그가 이전에는 몰랐고, 또 모르고 있지만 이제는 그에게 필사적으로 필요한, 그 향기롭고 살아 있는 여인의 육체로 변했다. 드바노프는 머리카락의 비밀을 이해했으며, 그의 심장은 목으로 올라갔고, 그는 자기 해방의 망각 속에서 고함을 질렀다. 그러자 금세 편안하고 만족스러운 평온함이 느껴졌다. 어머니의 망각 속에서 드바노프가 왜 태어났는가 하는 이유를 그로부터 얻는 것을 자연은 잊지 않았다. 새로운 인간들이 가족이 되도록 만드는 번식의 씨앗 말이다. 죽음을 앞에 둔 시간이 흘러갔다. 그리고 상상 속에서 드바노프는 소냐를 깊숙이 소유했다. 자신의 마지막 순간에 대지와 말을 끌어안으면서 드바노프는 처음으로 생의 공명하는 열정을 알았고, 거칠어지고 펄럭이는 날개로 그를 어루만지는 이 불멸의 새 앞에서 사유의 보잘것없음에 절망적으로 경악했다.

드바노프에게 아직 온기가 있는지 보려고 니키토크가 다가와서 그의 이마에 손을 얹었다. 그의 손은 크고 뜨거웠다. 드바노프는 이 손이 이마에서 금방 떨어져 나가기를 원치 않았다. 그래서 그는 그 손 위에 자신의 애무하는 손바닥을 얹었다. 드바노프는 자신이 살아 있는지를 니키토크가 시험해 볼 따름이라는 사실을 알고 있었기에 그를 도와주려 했다.

"내 머리를 쳐 버려, 니키타. 빨리 해골을 쪼개 버리라고!"

니키타는 보드라운 그의 손을 닮지 않았다는 사실을 드바노프는 알아차렸다. 니키타는 자기 손에 보존된 생명의 편안함과는 맞지 않는 가늘고도 추악한 목소리로 이렇게 소리를 질렀다.

"오, 이 자식, 아직 살아 있었어? 네놈을 쪼개지는 않고, 갈가리 찢어 주지. 금방 죽어야 할 이유가 뭐 있어. 그래, 어디 네놈은 인간이 아니더냐? 엎어져서 괴로워하라고, 힘들지 않도록 더 확실하게 죽을 거야!"

두목이 탄 말의 다리가 가까이 다가왔다. 걸쭉한 목소리는 니키타를 날카롭게 꾸짖었다.

"만약에 너, 이 개새끼야, 다시 한 번 사람을 놀리면, 내가 네놈부터 무덤에 보낼 거야. 죽이라고, 옷은 네놈 거라고 말했지. 우리 부대는 강도가 아니라, 무정부주의자라고 몇 번을 말했느냐 말이야!"

"생명과 자유와 질서의 어머니!" 누워 있는 드바노프가 이렇게 말했다. "당신 이름이 뭐요?"

두목은 웃었다.

"지금 네놈에게 그게 무슨 상관이야? 내 성은 므라친스키다!"

드바노프는 죽음에 대해서 잊어버렸다. 그는 므라친스키의 『현대 아가스페르*의 모험』을 읽었었다. 말을 타고 있는 이 두목이 그 책을 쓴 것은 아닐까?

"당신은 작가군요! 당신 책을 읽었어요! 뭐, 어차피 상관없습니다만, 당신 책은 마음에 들더군요."

"이놈이 직접 옷을 벗게 하려고 그래요! 내가 시체를 가지고 뭘 하겠어요. 죽고 나면 뒤집지도 못해요!" 니키타는 기다림에 지쳐서 이렇게 말했다. "옷은 이놈 허리에 걸려 있는데, 벗겨 내다간 다 찢어질 거요. 아무 이익도 안 남을 겁니다."

드바노프는 니키타가 손해를 보지 않도록 스스로 옷을 벗기 시작했다. 죽은 사람에게서 옷을 상하지 않게 벗겨 내는 건 정말로 힘들기 때문이었다. 그의 오른쪽 다리는 딱딱해지고 움직일 수 없었지만 아프지는 않았다. 니키타는 드바노프의 노력을 알아차리고 동지애를 가지고 그를 돕기 시작했다.

"여긴가, 내가 쏜 곳이?" 니키타는 조심스레 다리를 잡고는 물어보았다.

"여기요." 드바노프는 말했다.

"괜찮아, 뼈는 멀쩡하군. 상처는 금방 아물겠지. 노인이 아니라 젊은이니까. 자네 부모는 살아 있나?"

"살아 있어요." 드바노프는 대답했다.

"살아남으라지." 니키타는 말했다. "그리워하다가 잊을 거야. 지금이야 부모들이 아직 그리워하지만 말이야. 자넨 공산주의자인가?"

"공산주의자요."

"너희의 과업은 모두 자신만의 왕국을 원한다는 거지!"

두목은 조용히 그들을 살폈다. 나머지 무정부주의자들은 드바노프와 니키타에게 전혀 주목하지 않은 채, 말을 살펴보거나 담배를 피웠다. 협곡 위로 마지막 황혼의 빛이 스러지고 또 밤이 찾아왔다. 드바노프는 이제 소냐의 환영이 다시 보이지 않으리라는 것이 유감이었고, 그 나머지의 삶은 회상하지도 않았다.

"그래, 내 책이 마음에 들었단 말이오?" 두목이 물었다.

드바노프는 이미 겉옷도 바지도 입지 않은 상태였다. 니키타는 그 옷들을 바로 자기 배낭에다 넣었다.

"그렇다고 말씀드렸지요." 드바노프는 그렇다고 확인하고 다리에 입은 상처를 바라보았다.

"그럼 당신은 책의 이념에 동감하시오? 그 이념을 기억하시오?"

두목이 그를 심문하듯 물었다. "그 책에는 혼자서 지평선 너머에 살고 있는 한 사람이 나오지."

"아닙니다." 드바노프는 말했다. "이념은 잊었어요. 하지만 꽤 재미있었죠. 그런 경우가 있잖아요. 당신은 그 책에서 마치 원숭이가 로빈슨 크루소를 바라보듯이 인간을 보고 있어요. 모두 그 반대라고 이해하지만 말이죠. 결과적으로 읽기에는 좋았어요."

두목은 놀라서 안장에서 일어났다.

"이거, 흥미진진한걸……. 니키토크, 이 공산주의자를 리만 마을까지만 데려가도록 하지. 그곳에서 끝장내도 되니까."

"그럼 옷은요?" 니키타는 실망해서 물었다.

드바노프는 옷을 벗은 채 살아남기로 동의해 니키타와 화해했다. 두목은 반대하지 않았고, 대신 니키타에게 명령을 내렸다.

"이자의 몸이 더 망가지지 않도록 잘 보살펴! 이자는 볼셰비키 인텔리겐치아야. 드문 유형의 인간이다."

부대는 이동하기 시작했다. 드바노프는 니키타 말의 등자를 잡고 왼쪽 다리로만 따라가려고 애썼다. 오른쪽 다리가 아픈 것은 아니었지만, 그쪽으로 발을 내딛는다면, 다리는 다시금 총상과 그 안의 강철 깃털을 감각하게 될 것이다.

협곡은 스텝 내부로 이어졌으며, 좁아지고 점점 높아졌다. 헐벗은 드바노프는 밤바람이 불어와 열심히 한쪽 다리로 깡충거리며 뛰었더니 몸이 녹았다.

니키타는 안장 위에서 드바노프의 속옷 중 소용이 있는 것만 골랐다.

"오줌을 지려 놨군, 이 악마 새끼!" 그다지 악의는 없이 니키타가 말했다. "내가 네놈들을 보니 말이야, 어린애들 같아! 깨끗한 속옷은 하나도 없었다니까. 총살되기 전에는 모두 순간적으로 오줌을 지리지. 변소에 미리 보내고 나서 총살해 보라지, 그래도 그래……. 멋진 사내가 딱 한 놈 있었어, 어느 읍의 전권 인민위원이었는데 말이야, 쏴라, 깡패 놈아, 하더니, 안녕, 공산당과 아이들이여, 라고 말했어. 그놈 속옷은 깨끗하더군. 아주 특별한 사내였어."

드바노프는 그 특별한 볼셰비키를 상상해 보고 니키타에게 말했다.

"당신도 곧 총살당할 거요. 옷도, 속옷도 온전히 입은 채로 말이지요. 왜냐하면 우리 볼셰비키는 죽은 자에게서 벗긴 옷은 입지 않거든요."

니키타는 화를 내지 않았다.

"그래, 네놈 나불나불 해 봐라! 잡담할 시간은 아직 남았으니 말이야. 나는 말이지, 형씨, 팬티는 안 버릴 거야, 오줌을 지리진 않을 테니까."

"나도, 살펴보진 않을 거요." 드바노프는 니키타를 안심시켰다. "또 혹시 보더라도 욕하지 않을 겁니다."

"나도 욕하지는 않아." 니키타도 화해를 했다. "진부한 일이야. 나한테는 물건이 중요하지……."

리만 마을까지는 두 시간 걸렸다. 무정부주의자들이 마을 주민들과 이야기를 하러 가 있는 동안, 드바노프는 바람 속에서 덜덜 떨면서, 몸을 녹이기 위해 말에게 가슴을 가까이 댔다. 나중에 그들은 말들을 뿔뿔이 다른 집으로 데려갔지만, 드바노프에 대해서는 잊어버리고 말았다. 니키타는 말을 데려가면서 드바노프에게 말했다.

"어디로 꺼져야 할지는 알겠지. 어차피 한쪽 다리로 멀리 도망은 못 갈 테니 말이야."

드바노프는 숨으려고 했지만, 몸이 약해져서 땅 위에 주저앉아 시골의 어둠 속에서 울기 시작했다. 마을은 완전히 고요해졌고, 강도들은 이리저리 흩어져 잠을 자러 갔다. 드바노프는 어떤 헛간까지 기어가 그곳에서 수수 짚단에 누웠다. 밤새도록 그는 생명보다 더 깊이 체험해 기억도 할 수 없는 그런 꿈을 꾸었다. 전설에 따르자면 아이들이 쑥쑥 자란다는 길고 긴 밤의 고요 속에서 그는 잠이 깨었다. 드바노프의 눈에는 꿈속에서 흘린 눈물이 고여 있었다. 그는 오늘 죽으리라는 것을 기억해 내고는 마치 살아 있는 육신이기나 한 것처럼 짚을 끌어안았다.

이 위안과 더불어 그는 다시 잠들었다. 아침에 그를 겨우 발견한 니키타는, 처음에는 그가 죽었다고 생각했다. 왜냐하면 드바노프는 미동도 하지 않고 미소를 띤 채 잠들어 있었기 때문이다. 하지만 드바노프의 미소 짓지 않는 눈이 감겨 있기 때문에 그렇게 보인 것이었다. 니키타는 살아 있는 자의 얼굴이 완전히 웃고 있을 수는 없다는 것을 어렴풋이나마 알고 있었다. 왜냐하면 살아 있는 얼굴에는 눈동자든 입이든 그 무엇인가가 슬픈 채로 남아 있기 때문이다.

소냐 만드로바는 짐마차를 타고 볼로슈노 마을로 와서 학교에서 교사로 일하기 시작했다. 마을 사람들은 아이를 낳는 데에도, 환자를 지키는 데에도, 상처를 치료하는 데에도 늘 그녀를 불렀으며, 그녀는 아무에게도 불평하지 않고 자신이 할 수 있는 만큼 이 일들을 했다. 이 협곡 옆의 작은 시골 마을에서 모든 사람이 그녀를 필요로 해, 소냐는 주민들의 병과 고통을 위로해 주는 중요하고 행복한 사람이라고 스스로 생각했다. 하지만 밤마다 혼자 남게 되면 그녀는 드바노프의 편지를 기다렸다. 그녀는 자하르 파블로비치와 모든 지인이 그녀가 어디에 살고 있는지 사샤에게 편지를 보낼 거라고 기대하면서, 그들에게 자신의 주소를 남겼다. 자하르 파블로비치는 그렇게 하겠다고 약속하고는, 그녀에게 사샤의 사진을 선물로 주었다.

"어차피 상관없어." 그가 말했다. "네가 사샤의 아내가 되어 나와 살게 되면 사진을 도로 돌려줄 테니."

"돌려 드릴 게요." 그에게 소냐가 말했다.

그녀는 학교의 창문으로 하늘을 바라보았으며, 고요한 밤하늘에 빛나는 별들을 보았다. 그곳은 마치 스텝에서처럼 정적이 흘렀고, 공허만이 존재하면서 숨 쉴 공기가 부족한 것처럼 보였다. 그렇기에 별들이 아래로 쏟아지는 것 아닐까? 소냐는 편지에 대해 생각했다. 과연 편지는 안전하게 들판을 지나 도착할 수 있을까? 편지는 그녀가 삶을 지탱하게 하는 이념으로 바뀌었다. 소냐는 자신이 무엇을 하든 간에 편지가 어딘가에서 그녀에게로 오고 있음을 믿었다. 그녀에게 편지는 향후 그녀의 존재와 즐거운 희망의 필연성을 은밀한 형태로 보존하고 있는 것이었다. 매우 조심스럽고 성심성의를 다해 소냐는 시골 사람들의 불행을 줄이기 위해 노력했던 것이다. 그녀는 편지로 이 모든 것을 보상받을 수 있음을 알고 있었다.

하지만 그때 편지를 읽은 것은 타인들이었다. 슈밀린에게 보낸 드바노프의 편지는 벌써 페트로파블롭카에서 다들 읽었다. 처음으로 편지를 읽은 것은 우편배달부였고, 나중에는 읽기를 좋아하는 그의 모든 지인이 읽었다. 선생님, 부사제, 과부인 구멍가게 여주인, 시 낭송 신부의 아들 등이었다. 그때에는 도서관도 문을 열지 않았고, 책을 팔지도 않아 사람들은 불행했고, 무언가 정신적인 위안을 필요로 했다. 그래서 우편배달부의 오두막은 도서관이 되었던 것이다. 특별하게 재미있는 편지들은 수신자에게 절대 보내지 않았고, 여러 번 읽었으며, 지속적인 만족을 얻기 위해서 남겨 두었다.

우편배달부는 공문 편지 보따리는 바로 미뤄 놓았는데, 모두 그 내용을 이미 알고 있었기 때문이다. 독자들은 무엇보다도 페트로파블롭카를 경유해서 지나가는 편지들을 선호했다. 잘 모르는 사람들은 슬프고도 재미있게 편지를 썼던 것이다.

우편배달부는 다 읽은 편지들을 당밀로 새로 봉해서 행선지에 따라 더 멀리 보냈다.

소냐는 아직 이 사실을 몰랐다. 만약 알았더라면 그녀는 모든 시골 마을의 우체국들을 걸어서 찾아다녔을 것이다. 봉급을 위해서가 아니라, 사유 재산의 영원함을 위해서 학교에서 근무하고 있는 수위가 코를 골며 잠자는 소리가 구석의 난로 뒤에서 들려왔다. 그는 아예 아이들이 학교를 다니지 않았으면 하고 바랐을지도 모른다. 왜냐하면 아이들은 책상에 흠집을 내고 벽에다 낙서를 해댔기 때문이다. 수위는 자신이 돌봐 주지 않으면 이 여선생은 죽었을 것이고, 농부 놈들이 자기 집에 필요한 것들을 학교에서 모두 훔쳐 갔을 거라고 생각했다. 가까이에 살아 있는 사람의 소리가 들릴 때 소냐는 더 쉽게 잠들었다. 그녀는 조심스럽게 시트에 다리를 닦고 추위로 하얗게 질려 버린 이부자리 안에 누웠다. 어딘가 스텝의 어둠 속으로 주둥이를 길게 빼고 충실한 개들이 짖어 댔다.

소냐는 자기 몸을 느끼고 그 몸으로 따스해지려고 몸을 웅크렸고, 곧 잠이 들기 시작했다. 그녀의 짙은 머리카락은 비밀스럽게 베개 위로 흩어졌고, 입은 꿈에 집중하듯 열려 있었다. 그녀는 자신의 몸에서 검은 상처들이 자라나는 것을 보고는, 잠에서 깨자 기억도 없으면서 자기 몸을 손으로 확인해 보았다.

학교 문을 누군가가 막대기로 거칠게 두드렸다. 수위는 벌써 자기가 잠자고 있던 자리에서 일어나 현관의 빗장과 걸쇠를 풀고 있었다. 그는 밖에서 방해하는 사람에게 욕을 퍼부었다.

"도대체 채찍으로 뭐 하는 짓이야?" 여기는 여자분이 쉬고 있단 말이야. 게다가 1인치짜리 칠판밖에 없어. 네놈들한테 필요한 게 뭐야?

"이 건물은 뭡니까?" 평온한 목소리가 밖에서 물었다.

"여기는 학교야." 수위가 대답했다. "뭐 여인숙이라도 되는 줄 알았나?"

"그러니까, 여기 여선생이 혼자 살고 있단 말이죠?"

"그럼, 직업상 여기 말고 도대체 어디서 살겠나?" 수위는 놀랐다. "도대체 그건 왜 묻는 거야? 내가 네놈이 선생님 얼굴이나 볼 수 있도록 할 것 같아? 이런 파렴치한 같으니!"

"우리한테 그녀를 보여 주시오……."

"만약 그렇게 보고 싶다면, 거기서 그렇게 보라고."

"들여보내요. 거기 누구신가요?" 소냐는 소리를 지르면서, 자기 방에서 현관으로 달려 나왔다.

두 사람이 말과 함께 안으로 들어왔다. 므라친스키와 드바노프였다.

소냐는 뒷걸음질을 쳤다. 그녀 앞에는 수염이 덥수룩하고, 지저분하며, 슬퍼 보이는 사샤가 서 있었던 것이다.

므라친스키는 소피야 알렉산드로브나를 우쭐대면서 바라보았다. 그녀의 빈약한 육체는 그가 주목하거나 노력을 보일 가치가 없어 보였다.

"당신들 외에 또 누가 있나요?" 아직 자신의 행복을 제대로 느끼지 못한 채 소냐가 물었다. "사슈, 당신 동지들을 부르세요. 저에게 설탕이 좀 있어요. 차를 마실 수 있을 거예요."

드바노프는 현관 계단에서 다른 사람들을 소리쳐 부르고는 다시 돌아왔다. 니키타와 또 다른 한 사람이 들어왔는데, 그는 키가 작고, 눈동자에 신중함이라고는 전혀 보이지 않는 눈을 가진 여윈 사람이었다. 그는 문턱에서 여자를 보고 금세 끌렸지만, 이것은 소유의 감정이 아니라, 억압된 여성의 연약함을 보호하고자 하는 것이었다. 그의 이름은 스테판 코푠킨이었다.

코푠킨은 긴장된 품위를 유지한 채 고개를 숙이면서 모두에게 경의를 표했다. 그리고 그가 두 달 동안이나 누구를 위해서인지는 모르지만 주머니에 넣어 가지고 다니던 사탕과자를 소냐에게 권했다.

"니키타." 코푠킨은 가끔씩 말하는, 위협적인 목소리로 명령했다. "부엌에 가서 물을 끓여. 이 작전을 페트루샤와 함께 수행하도록 해. 그리고 네 짐에서 꿀을 좀 꺼내. 너야 온갖 잡동사니를 훔쳐 내니까 말이야. 네놈은 내가 후방에서 재판에 회부할 거야, 이 더러운 놈!"

"수위 이름이 표트르라는 것을 어떻게 아셨어요?" 조심스럽게, 놀란 목소리로 소냐가 물었다.

코푠킨은 진심 어린 존경심을 담아서 자리에서 슬쩍 일어났다.

"동지, 사유 재산을 폐기했을 때 혁명 민중에 저항한 죄목으로 부신스키의 이름을 걸고 내가 개인적으로 그놈을 체포했었소!"

드바노프는 이 사람들 때문에 놀란 소냐에게 이렇게 이야기했다.

"이분이 누군지 알아? 볼셰비키의 야전 사령관이야. 저기 있는 저 사람들이 나를 죽이려고 하는 것을 이분이 구해 준 거야." 그리고 드바노프는 므라친스키를 가리켰다. "저 사람은 무정부주의에 대해서 이야기하지만, 내 생명을 지속시키는 것은 두려워했어."

드바노프는 지나간 일에 대해서 화를 내지 않고 웃어넘겼다.

"저런 악당 놈을 나는 최초의 전투까지만 참아 줄 수 있다오." 코푠킨은 므라친스키에 대해서 이렇게 선언했다. "알겠소. 벌거벗고 상처 입은 사샤 드바노프를 어느 촌락에서 발견했는데 말이오, 거기서 이 부엉이 같은 놈들이 부대원들과 닭을 훔치고 있었소! 알고 봤더니 이놈들이 찾고 있는 것은 무권력이었지! 뭐냐? 내가 물었소. 그랬더니 답하더군. 무정부주의라고. 아이고, 역병에 걸려 뒈질 놈들! 아무도 권력을 가지고 있지 않은데 제 놈들은 총을 들고 있단 말이지! 말도 안 되는 헛소리요! 내겐 다섯 명의 병사밖에 없었고, 이놈들은 서른 명이었지만, 내가 이놈들을 진압했소. 이놈들은 마을 집집을 돌아다니는 좀도둑놈들이지, 전사가 아니오. 므라친스키와 니키타만 포로로 잡고 나머지 놈들은 열심히 살겠다는 약속을 받고 놓아 주었지. 그리고 이놈이 강도들에게 덤벼드는 것을 보았지. 사샤한테 한 것처럼 말이오. 조금 덜하긴 했지만. 그래서 내가 이놈을 잡아서 제거하려고 한 거요."

므라친스키는 나뭇조각으로 손톱을 손질했다. 그는 부당하게 패배한 자의 수줍음을 간직하고 있었다.

"코푠킨 동지의 나머지 부대원들은 어디에 있어?" 소냐는 드바노프에게 물었다.

"이틀 동안 아내를 방문하라고 병사들을 보내 줬어. 그는 전투의 패배가 병사들이 아내를 잃어버리기 때문에 일어난다고 생각해. 그는 가족 부대를 이끌었으면 하고 생각하고 있어."

니키타는 맥주병에 꿀을 담아서 들고 왔으며, 수위는 사모바르를 들고 왔다. 꿀에서는 석유 냄새가 났지만, 그래도 모두 그것을 깨끗이 먹어 치웠다.

"기계공인가, 개새끼 같으니!" 코푠킨은 니키타에게 화를 냈다.

"꿀을 병에 담아 훔쳤군. 주변에 흘린 게 더 많았겠다. 단지를 못 찾았나 보군!"

그러고 나서 코푠킨은 갑자기 생기 있게 변했다. 그는 차가 든 찻잔을 들고 모두에게 이렇게 말했다.

"동지들! 이 지상에 존재하는 모든 아이를 보호할 힘을 모으고, 아름다운 처녀 로자 룩셈부르크를 기억하기 위해 드디어 잔을 듭시다! 맹세컨대, 내 이 손으로 그녀를 살해하고 괴롭힌 모든 자들을 그녀의 무덤 위에 던져 놓을 겁니다!"

"멋져요!" 므라친스키가 말했다.

"모두 죽여 버립시다!" 니키타가 동의하면서 잔에 담긴 것을 받침 접시에 부었다. "여자를 죽도록 다치게 하다니, 용서할 수 없어."

소냐는 매우 놀라서 앉아 있었다.

차를 다 마시고 나서 코푠킨은 찻잔을 뒤집어서 손가락으로 찻잔을 두드렸다. 여기서 그는 므라친스키를 주목했고, 그가 마음에 들지 않는다는 사실을 기억해 냈다.

"넌 이제 부엌으로 가. 그리고 한 시간 후에 말들에게 먹이를 줘……. 페트루슈카." 코푠킨이 수위에게 소리를 질렀다. "저놈들을 감시해! 너도 저리로 가." 그는 니키타에게 말했다. "뜨거운 물을 다 마시지 말고, 또 필요할 수도 있어. 뭐야, 이놈, 지금 더운 나라에라도 있다는 말이야?"

니키타는 곧바로 물을 한 모금 마셔, 더 이상 목마르지 않게 되었다. 코푠킨은 우울하게 생각에 잠겼다. 그의 국제적인 얼굴은 지금 분명한 감정을 드러내지 않았고, 게다가 그가 어떤 계급 출신인지도 상상할 수 없었다. 날품팔이 농부 출신인지, 교수 출신인지, 그의 개성이 지니는 특성들은 이미 혁명에 마모되었던 것이다. 그리고 그의 시선은 금방 영감으로 뒤덮였는데, 그는 인간에게 단지 동지에 대한 애정만이 남도록 지상에 있는 모든 부동산을 단호하게 불 질러 버릴 수도 있다는 생각에 사로잡혔던 것이다.

하지만 코푠킨은 다시금 회상에 잠겨 꼼짝도 하지 않았다. 가끔씩 그는 소냐를 바라보았으며, 그럴수록 더 많이 로자 룩셈부르크를 사랑하게 되었다. 왜냐하면 두 여인 모두 머리카락이 검고, 둘 다 육체에 슬픔이 깃들어 있었던 것이다. 코푠킨은 이것을 볼 수 있었다. 그의 사랑은 회상이라는 길을 따라서 더 멀리 나아갔다.

로자 룩셈부르크에 대한 그의 감정이 그를 너무나 동요하게 해서, 애통한 눈물이 가득한 눈동자로 그는 슬퍼했다. 그는 끊임없이 걸어 다녔고, 자기의 신부를 살해한 것에 대해 영국과 독일의 부르주아와 강도들에게 위협을 가했다.

"이제 나의 사랑은 나의 가련한 심장이 아니라, 칼과 총에서 빛나고 있다!" 코푠킨은 이렇게 선언하고 칼을 꺼내 들었다. "로자와 가난한 자들, 그리고 여성의 적들을 잡초처럼 베어 버릴 테다!"

니키타가 우유 단지를 들고 왔다. 코푠킨은 칼을 휘두르고 있었다.

"우리는 낮에 즐길 게 없는데, 저 인간은 작년의 파리 새끼만 위협하고 있구먼." 조용하게, 하지만 불만스럽게 니키타는 그를 비난했다. 그러고 나서 큰 목소리로 말을 이었다. "코푠킨 동지, 제가 식사하시라고 걸쭉한 수프를 가져왔습니다. 뭘 가져다 드리든, 꾸지람만 하시겠지만요. 여기 방앗간 주인이 어제 양을 잡았습니다. 병사들 몫을 좀 징발할 수 있도록 허락해 주세요! 우리는 지금 행군 규율에 따라 배급량을 받도록 되어 있습니다."

"받도록 되어 있다고?" 코푠킨은 물었다. "그럼 세 명분만 전쟁 배급용으로 징발하도록 해. 하지만 반드시 저울로 재서. 배급량 이상 징발하면 안 돼!"

"그러면 반혁명이지요." 니키타는 자기 목소리에 공명정대함을 담아서 이렇게 확언했다. "나는 공무용 규율에 따른 적당량을 알고 있어요. 뼈는 징발하지 않을 겁니다."

"주민들을 깨우지 말고, 식량은 내일 징발하게." 코폰킨은 말했다.

"내일이 되면, 코폰킨 동지, 그놈들이 모두 숨겨 버릴 겁니다." 니키타는 이렇게 예상했지만 말을 더 이어 나가지는 않았다. 왜냐하면 코폰킨은 논의하는 것을 좋아하지 않았으며, 돌발 행동을 할 수도 있었기 때문이다.

이미 늦은 시간이었다. 코폰킨은 소냐에게 잘 자라는 인사를 하면서 경례를 했다. 그리고 그들 네 명은 모두 부엌에 있는 표트르에게 자러 갔다. 다섯 명은 일렬로 짚단 위에 누웠다. 드바노프는 곧 잠이 들어 얼굴이 창백해졌고, 머리를 코폰킨의 배에 파묻고 조용히 잤다. 하지만 칼을 차고, 완전 군장을 한 채 잠이 든 코폰킨은 드바노프를 보호하기 위해 그에게 손을 올려놓고 있었다.

모두 잠들기를 기다렸다가, 니키타는 슬며시 일어나서 코폰킨을 살폈다.

"이봐, 코를 골고 있군. 악마 놈! 아니, 사실은 좋은 놈이겠지!"

그러고 나서 그는 아침 식사로 먹을 닭을 잡으러 갔다. 드바노프는 불안함에 몸부림을 쳤다. 그는 심장이 멈추는 것 같아 잠을 자면서 심하게 놀랐다. 그러고는 잠에서 깨어나 마루에 앉았다.

"사회주의는 도대체 어디에 있는 것일까?" 드바노프는 이를 생각해 내고 자기 물건을 찾으면서 방의 어둠 속을 응시했다. 그는 자신이 이미 사회주의를 찾았지만, 이 낯선 사람들과 잠들면서 꿈속에서 그것을 잃어버린 것은 아닐까하는 생각이 들었다. 미래에 받을 형벌에 놀란 드바노프는 모자도 쓰지 않고 양말만 신은 채 밖으로 나가서, 위험하고도 대답 없는 밤을 지켜보았으며, 시골 마을을 지나서 자신만의 머나먼 곳을 향해 달려갔다.

그렇게 그는 새벽이 밝아오는 회색의 대지를 따라서, 아침이 오고 스텝의 역에 정차한 기관차의 증기가 보일 때까지 달려갔다. 그곳에는 시간표에 따라 출발하기 직전의 기차가 정차해 있었다.

드바노프는 자신도 모르게 플랫폼을 지나 그를 숨 막히게 하는 사람들 무리 속으로 파고 들어갔다. 그의 뒤에는 역시 열차에 오르기를 간절히 원하는 한 사람이 서 있었다. 그 사람은 입은 옷이 사람들 틈에서 찢어질 정도로 군중 속으로 열심히 밀고 들어갔다. 그래서 그의 앞에 있는 모든 사람은, 드바노프도 그들 중 하나였지만, 어쩔 수 없이 화물칸의 브레이크 장치가 있는 곳까지 밀려갔다. 그 사람은 자기가 기차에 타려면 자기 앞에 있는 사람들이 기차에 탈 수 있도록 밀어야 했던 것이다. 이제 그는 자기의 성공에 기뻐하면서 그곳 벽에 있는 작은 플래카드를 소리 내어 읽었다.

'소비에트의 교통 수단, 이것은 역사의 기관차를 위한 길이다.'

그는 이 플래카드에 전적으로 동의했다. 그는 앞에 별이 달려 있고 어디로 가는지 모르는 레일을 따라서 빈 채로 달려가는 좋은 기관차를 상상해 보았다. 싼값으로는 중고 기관차들만 다닐 뿐 역사의 기관차는 아닌 것이다. 이 플래카드는 지금 달리는 기관차와는 상관없는 것이다.

드바노프는 이 모든 광경을 보지 않으려고, 그리고 이전 여정에서 본 것을 잊어버리거나 잃어버릴 정도까지 길을 무의미하게 체험하려고 눈을 감았다.

이틀이 지나서야 알렉산드르는 자신이 왜 살고 있으며, 어디로 보내졌는지를 기억해 냈다. 하지만 인간의 내부에는 또 다른 작은 관찰자가 살고 있다. 그는 행위에도, 고통에도 참여하지 않는다. 그는 항상 냉담하며 고독한 것이다. 그의 임무는 보고하고, 증인이 되는 것이지만, 그는 인간의 삶에서 자신의 목소리를 낼 권리를 지니고 있지 않으며, 그가 왜 홀로 존재하는지는 알려지지 않았다. 인간 의식의 이러한 한구석은 흡사 커다란 저택에서 문지기의 방이 그러하듯 밤이고 낮이고 불을 밝히고 있었다. 이 잠들지 않는 문지기는 인간의 출입구에 하루 종일 앉아 있으며, 자신이 살고 있는 저택의 모든 거주자를 알고 있다. 하지만 그 어떤 거주자도 자신의 일에 대해 문지기와 상의하지 않는다. 거주자들은 들어오고 나가지만, 관찰자인 문지기는 그들을 눈으로만 배웅한다. 자신의 보잘것없는 지식 때문에 그는 가끔씩 슬퍼 보이지만, 항상 정중하며, 고독하고, 다른 건물에 자기 거주지를 가지고 있다. 불이 날 경우 문지기는 소방관에게 전화를 하고 밖에서 사건의 진행 상황을 관찰한다.

드바노프가 망각 속에서 기차를 타고 가고 또 걸어가는 동안, 그의 안에 존재하는 이 관찰자는 한 번도 경고를 하거나 도와주지는 못했지만, 모든 것을 보고 있었다. 그는 드바노프와 나란히 살고 있었지만 드바노프는 아니었던 것이다.

그는 마치 인간의 죽어 버린 형제처럼 존재했다. 그의 안에서 모든 인간적인 것은 그 자리에 존재하고 있었지만, 무엇인가 작고도 중요한 어떤 것이 결여되어 있었다. 인간은 결코 그를 기억하지 못하지만, 항상 신뢰했다. 흡사 저택의 거주자가 아내를 남겨 두고 집을 떠나면서도, 그녀에 대해 문지기를 결코 질투하지 않는 것과 마찬가지로.

이것은 바로 인간 영혼의 고자였다. 바로 그래서 그는 증인이 될 수 있는 것이었다.

처음에 드바노프는 말없이 기차를 타고 갔다. 대중이 있는 곳에는 곧바로 우두머리가 등장하기 마련이다. 대중은 우두머리를 통해 그들의 헛된 희망을 보장해 두는 것이며, 우두머리는 대중에게서 필연적인 어떤 것을 뽑아내는 것이다. 기관차 브레이크 장치 앞의 남는 공간에 스무 명 정도의 사람이 자리를 잡고 있었는데, 이곳에서는 자기가 열차에 타려고 앞에 있는 사람들을 기차로 마구 밀어 넣었던, 바로 그 사람이 우두머리로 인정되고 있었다. 이 우두머리는 스스로는 아무것도 모르고 있었지만, 모든 것에 대해 사람들에게 알려 주고 있었다. 그렇기에 사람들은 그를 믿었다. 사람들은 어딘가에서 1푸드씩의 밀가루를 얻고 싶었는데, 지금의 고통을 견뎌 낼 힘을 얻기 위해서는, 그들이 밀가루를 얻을 수 있을 것인지 미리 확신해야만 했다. 우두머리는 모두 반드시 밀가루를 교환할 수 있을 거라고 말했다. 지금 기차를 타고 이들이 가고 있는 곳에 그는 이전에 가 본 적이 있기 때문이다. 그는 그 부유한 촌락을 잘 알고 있는데, 그곳에서는 농부들이 닭을 먹고 밀가루로 만든 흰 빵을 먹는다는 것이다. 그곳에서는 곧 있을 교회 성자들의 제일(祭日)에 모든 걸인을 반드시 대접한다는 것이다.

"집 안은 마치 한증탕에 들어가 있는 것처럼 따스하다오." 우두머리는 희망을 북돋웠다. "양고기 비계를 실컷 먹고 나면, 누워서 잠을 자는 거지! 내가 거기 갔을 때, 나는 매일 아침 크바스*를 한 단지씩 마셨소. 그래서 지금도 내 배 속에 회충이라고는 없소. 점심으로는 땀을 뻘뻘 흘리면서 보르시*를 먹지. 그러고 나면 고기를 뜯기 시작하는 거야. 나중에는 죽을 먹고, 그러고 나서 또 턱뼈에 경련이 올 때까지 팬케이크를 먹을 수 있는 곳이야. 음식이 목구멍까지 꽉 차올라 오는 거야. 그러면 돼지비계를 숟가락에 얹어서 좀 발라 줘야 돼. 음식이 밖으로 넘쳐나지 않도록 말이야. 그러면 금방 잠이 올 거야. 좋은 곳이야."

사람들은 그 위험한 쾌락에 깜짝 놀라면서 우두머리의 말을 경청했다.

"하느님, 정말로 그 옛 시절이 언젠가 다시 돌아올 것인가?" 마치 죽어 가는 아이의 엄마처럼 자신의 식량 부족 상태를 고통스럽고 열렬하게 느끼고 있던 한 여윈 노인이 거의 행복에 겨워하면서 말했다. "아니야, 다시 그런 시절처럼 살 수는 없을 거야! 아, 지금 한 잔의 보드카라도 마실 수 있다면, 차르의 모든 죄악을 용서했을 텐데!"

"뭐요, 영감님, 그렇게나 한잔 마시고 싶소?" 우두머리가 물었다.

"당연하지, 젊은 양반! 내가 뭔들 안 마셔 봤겠소? 바니시, 래커, 심지어 오드콜로뉴에도 큰돈을 지불했다니까. 하지만 모두 허사였어. 어지럽기만 하지, 영혼이 즐겁지 못하더군! 기억해? 옛날엔 말이야, 깨끗하게 제대로 만든 보드카가 있었어, 젠장! 투명하고, 마치 하늘의 공기처럼 깨끗했지. 찌꺼기도 냄새도 없이, 여인의 눈물 같았어. 병도 모두 일정하고, 상표도 제대로 붙어 있고, 제대로 만든 물건이었어! 백 그램만 마시면, 그럼 평등과 박애가 금세 이루어진 것 같았다니까. 그게 인생이었어!"

듣고 있던 사람들은 모두 사라져 버린 것과 멈추지 않는 것들에 대해 진심 어린 유감을 지닌 채 한숨을 내쉬었다. 들판은 아침 하늘로 밝아졌고, 스텝의 우울한 풍경이 영혼으로 밀려 들어왔지만, 이를 들어오지 못하게 한 채 뒤로 시선을 주지 않고 달려가는 기차에 의해 이 모든 풍경은 그 자리에서 소진돼 버렸다.

사람들은 불평도 하고 상상도 하면서 점차 망각되어 가는 아침을 달려가고 있었다. 그리고 그들은 한 젊은이가 그들 가운데 선 채로 잠들어 있다는 사실을 알아차리지 못했다. 그는 물건도 배낭도 없이 기차를 타고 갔다. 아마도 다른 형태의 식기를 가지고 있거나, 단지 어딘가에 숨기고 있을지도 몰랐다. 우두머리는 습관적으로 그의 신분증을 검사하려 했으며, 그에게 어디로 가는지 물었다. 드바노프는 잠을 자고 있지 않았기에, 이제 한 역만 가면 내린다고 대답했다.

"이제 곧 자네가 내릴 역이야." 우두머리는 대답했다. "짧은 거리를 가면서 괜히 자리만 차지하고 있었구먼. 걸어서도 갈 수 있었을 텐데 말이야."

이미 낮이 되었지만, 역에는 석유등이 켜져 있고, 석유등 아래에는 역장의 당직 보조가 서 있었다. 승객들은 찻주전자를 들고 달려 나갔다. 그들은 이 역에 영원히 남게 될까 봐 두려워하면서 기차가 내는 작은 소리에도 놀라면서 불안해 했다. 하지만 그들은 그다지 서두르지 않아도 되었다. 기차는 낮 동안 이 역에 머무르고 또 밤을 지내기로 했던 것이다.

드바노프는 낮 동안 철도 근처에서 내내 눈을 붙이고, 밤이 되자 역 근처의 조금 넓은 오두막으로 갔다. 그곳은 돈을 얼마 내면 아무에게나 잠자리를 주는 곳이었다. 여인숙의 마루에는 사람들이 층층이 누워 있었다. 집 안은 페치카의 불빛으로 밝혀져 있고, 페치카 근처에는 죽어 버린 검은 수염을 지닌 한 남자가 앉아서 불꽃이 움직이는 것을 보고 있었다. 한숨과 코 고는 소리가 너무 심해서 이곳에서는 잠을 자는 것이 마치 일하는 것 같았다. 왜냐하면 이러한 걱정스러운 삶에서는 잠 역시 노동이기 때문이었다. 나무로 된 칸막이 뒤로는 조금 더 어둡고 작은 다른 방이 있었다. 그곳에는 러시아의 전통적인 페치카가 있었는데, 페치카 위에서 두 명의 벌거벗은 사람이 밤을 새워 자신들의 옷을 수선하고 있었다. 드바노프는 페치카 위에 자리가 있는 것을 보고 기뻐하며, 그곳으로 기어들었다. 옷을 벗은 사람들은 약간 움직여 주었다. 하지만 페치카 위는 마치 감자라도 구울 수 있을 정도로 뜨거웠다.

"젊은이, 여기서 잠을 자지는 못할 걸세." 한 사람이 말했다. "여기서는 이를 말리는 것만 가능하다네."

그래도 드바노프는 누웠다. 그에게는 마치 자신이 누군가와 함께 있는 것같이 여겨졌다. 그에게는 이 여인숙과 페치카 위에 누워 있는 자신이 동시에 보였다. 그는 자신의 동반자에게 자리를 내주기 위해서 옆으로 몸을 약간 움직였고, 그 사람을 안고 나서 망각 속으로 빠져들었다.

두 명의 벌거벗은 사내는 옷을 다 고쳤다. 그중 한 명이 말했다.

"늦었네. 여기는 이미 이 젊은이가 잠들어 버렸군."

두 사람은 자고 있는 육체들 사이에서 틈을 찾기 위해 마루로 기어 내려갔다. 검은 수염의 사나이 앞에 있는 페치카의 불이 꺼졌다. 그는 일어나서 팔을 펼치며 말했다.

"오, 나의 지루한 슬픔이여!"

그러고 나서 그는 밖으로 나가 다시는 돌아오지 않았다.

여인숙 안이 추워지기 시작했다. 고양이 한 마리가 들어와 여기저기 흩어진 수염들을 발바닥으로 경쾌하게 밟으면서 누워 있는 사람들 사이를 돌아다녔다.

누군가는 고양이라는 것을 알아차리지 못하고 잠결에 이렇게 말했다.

"아가씨, 지나가요, 지나가. 우리는 안 사 먹어."

뜯겨 나간 수염 타래를 움켜쥔 채, 퉁퉁 부은 한 젊은이가 갑자기 마루에 일어나 앉았다. "아이고 엄마, 엄마야! 잘린 내 수염 내놔, 늙은 마녀 같으니! 내 수염 달라고 말하잖아……. 저놈의 고양이를 솥을 뒤집어 씌워서 잡아야 돼!"

고양이는 등을 활처럼 구부린 채 그 젊은이의 위협에 대비했다.

옆에 누워 있던 노인은 잠들어 있었지만, 자면서도 그의 머리는 늙은 탓에 계속 움직이고 있었다.

"누워, 누우라고, 미친 녀석 같으니. 왜 사람들을 다 놀라게 하는가? 자, 어서 자라고."

젊은이는 의식도 없이 도로 쓰러졌다.

별이 빛나는 밤하늘은 낮의 마지막 온기를 지상으로부터 빨아들이고, 새벽을 앞둔 대기가 높은 곳으로 이끌리고 있었다. 창문으로는 흡사 달빛 어린 골짜기의 수풀처럼 빛을 바꾸는 이슬 젖은 풀이 보였다. 저 멀리 어떤 급행열차가 지치지도 않고 경적을 울렸고, 묵직한 공간이 기차를 압박했으며, 기차는 큰 소리를 내면서 황량한 공간의 틈 속으로 달려갔다.

누군가 잠든 생명의 날카로운 소리가 울려 퍼지자, 드바노프는 잠이 깼다. 그는 소냐를 위한 흰 빵이 들어 있던 여행 가방을 기억해 냈다. 그 가방 안에는 커다란 빵이 많이 들어 있었다. 하지만 페치카 위에는 그 가방이 보이지 않았다. 드바노프는 조심스럽게 바닥으로 내려가 아래쪽에서 그 가방을 찾기 시작했다. 그는 가방을 잃어버렸을지도 모른다는 생각에 놀라서 몸을 부들부들 떨었다. 그의 모든 영혼은 가방에 대한 슬픔으로 바뀌었다. 드바노프는 잠든 사람들이 몸 아래에 가방을 숨겼을지도 모른다고 생각하면서 엉금엉금 기어가며 그들을 더듬기 시작했다. 잠자고 있던 사람들은 몸을 뒤척였지만 그들 아래는 맨바닥일 뿐이었다. 가방은 어디에도 없었다. 드바노프는 자신이 가방을 잃어버렸다는 사실에 전율하며 분한 마음에 울기 시작했다. 그는 다시 잠자는 사람들 사이로 발소리를 죽여 가면서 살금살금 걸으며 그들의 가방을 건드려 보고 심지어는 난로 안까지 들여다보았다. 그는 많은 사람들의 다리를 밟고 또 어떤 사람에게는 구두 밑창으로 뺨에 상처를 내기도 하고 한 사람을 통째로 뒤집어 옆으로 굴리기도 했다. 일곱 명이 잠이 깨어 자리에 일어나 앉았다.

"뭐야? 도대체, 젠장, 뭘 찾는 거야?" 낮지만 엄중한 목소리로 한 점잖은 남자가 물었다. "뭘 여기저기 뿌리고 다니는 거야, 잠도 안 자는 악마 녀석이냐?"

"스테판, 자네 옆에 있는 장화를 저놈한테 던져 버려!" 모자를 쓰고 벽돌을 베고 자던 다른 사람이 제안했다.

"저 제 가방 못 보셨나요?" 드바노프는 자신을 위협하는 사람들에게 호소했다. "가방은 잠겨 있습니다. 어제 가져왔는데, 지금은 없어졌어요."

시력은 약하지만 대단히 민감한 한 사내가 자기 가방을 더듬어 보고는 말했다.

"바보 같은 소리 하지 마! 가아—바—앙이라고! 가방 같은 게 처음부터 있기나 했어? 네 녀석은 어제 짐도 없이 기차에 탔다고. 내가 똑똑히 눈을 뜨고 봤어. 그런데 지금 가방을 내놓으라니!"

"됐어, 그놈 한방 먹이라고, 스테판. 자네 손바닥이 내 손바닥보다 더 매우니까 말이야!" 모자를 쓴 사람이 말했다. "제발, 다른 사람 생각도 좀 해. 모든 시민을 깨울 생각이야, 개새끼! 이제 내일까지 입 닥치고 조용히 앉아 있어."

드바노프는 망연자실하여 사람들 가운데 선 채로 누군가의 도움을 기다렸다.

러시아식 페치카가 있던 구석방에서 누군가의 냉정한 목소리가 들렸다.

"이제 그놈을 마당으로 던져 버리시구려! 안 그러면 내가 나서겠소. 그럼 모두 다칠 거요. 제발 밤 시간 동안만이라도 소비에트 인민에게 평안을 좀 주시오."

“여기서 그놈하고 이야기할 필요가 뭐 있어요!” 문 옆에 있던 이마 넓은 젊은이가 고함을 지르고는 벌떡 일어났다. 그는 마치 누운 나무둥치를 끌듯 드바노프를 밖으로 질질 끌어냈다.

“여기서 머리 좀 식히라고!” 젊은이는 그렇게 말하고 나서 문을 쾅 닫고는 오두막의 따스함 속으로 사라졌다.

드바노프는 거리로 나갔다. 별들의 대오는 위에서 그를 엄호했다. 하늘은 그들로부터 세상의 저쪽 반대편을 비춰 주었고, 그 아래로는 서늘한 깨끗함이 놓여 있었다.

마을을 벗어나자, 드바노프는 달려가고 싶었지만 넘어지고 말았다. 그는 자신의 다리에 난 총상에 대해서 잊어버렸다. 그렇지만 그곳에서 계속 피가 흘러서 끈적끈적하게 엉겨 있었다. 상처에 난 구멍으로 육체와 의식의 힘이 계속 빠져나가고 있어서 드바노프는 잠을 자고 싶었다. 그제야 그는 자신의 연약함을 이해했으며, 웅덩이의 물로 상처를 씻어 내고 붕대를 감고는 앞으로 계속 걸어갔다. 그의 앞에는 새로운, 더 나은 날이 기다리고 있었다. 동쪽에서부터 밝아오는 빛은, 머나먼 높은 곳으로 엄청난 속도로 질주하듯 날아오르는 놀란 하얀 새 떼들을 쫓으면서 달려갔다.

드바노프가 가고 있는 길의 오른편에는 깨끗이 씻긴 함몰된 언덕에 시골의 묘지가 있었다. 비바람에 낡아 노후해진, 볼품없는 십자가들이었지만 제대로 꽂혀 있었다. 그 십자가들은 십자가 주위를 지나다니는 살아 있는 자들에게, 죽은 자들이 헛되이 살았으며, 부활하기를 원한다는 사실을 상기시켜 주었다. 드바노프는 무덤 속에 있는 죽은 자들에게 자신의 연민을 전하기 위해 십자가들 쪽으로 손을 뻗었다.

니키타는 볼로슈노 학교의 부엌에 앉아서 닭의 몸통을 먹고 있었고, 코푠킨과 다른 병사들은 바닥에 누워 잠들어 있었다. 제일 먼저 잠에서 깬 것은 소냐였다. 그녀는 문 쪽으로 다가가서 드바노프를 불렀다. 하지만 그녀에게 대답한 것은 니키타였다. 그는 드바노프가 여기서 잠을 자지 않았고, 공산주의자이므로 아마도 새로운 삶의 과업에 따라 남들보다 앞서서 출발한 것이 분명하다고 말했다. 그 말을 듣고 소냐는 수위인 표트르가 묵고 있는 곳으로 맨발로 뛰어 들어갔다.

"아직까지 여기 누워 잠만 주무시면 어떻게 해요." 그녀가 말을 이었다. "사샤가 없어졌어요!"

코푠킨은 한쪽 눈을 먼저 떴으며, 나중에 자리에서 일어나 모자를 쓰고 나자 다른 쪽 눈이 저절로 떠졌다.

"페트루샤." 그가 수위에게 부탁했다. "우선 모든 사람을 위해 물을 끓이도록 하시오. 나는 정오에 출발하겠소! 그런데 왜 밤에 내게 미리 말하지 않았소, 소냐 동지?" 코푠킨은 소냐를 책했다. "그는 아직 젊은 사람이오. 자유의 물질이라 들판에서 사그라질 것이오. 게다가 그는 상처를 입었소. 그가 지금 어딘가에서 걸어가고 있다면, 눈에서 얼굴로 바람이 눈물을 떨어뜨릴 것이오……."

코푠킨은 마당에 있는 자신의 말에게 다가갔다. 그의 말은 짐을 많이 실을 수 있도록 튼튼한 골격을 지니고 있었는데, 아마도 사람을 태우기보다는 목재를 싣고 나르는 것이 더 쉬웠을 것이다. 자기 주인과 내전에 익숙해진 말은, 낡지 않은 바자울과 지붕의 짚으로 끼니를 때우는 법을 배웠고, 작은 것에도 만족했다. 그렇지만 가끔 배부를 정도로 충분히 먹기 위해서 말은 어린 숲의 8분의 1 정도의 양을 혼자 먹어 치웠으며, 스텝의 작은 호수에서 양껏 물을 마셨다. 코푠킨은 자기 말을 존경했으며, 로자 룩셈부르크와 혁명에 이어 세 번째 순위로 말을 높게 평가했다.

"훌륭하다, 프롤레타리아의 힘이여!" 코폰킨은 거친 사료를 배부르게 먹고 콧김을 내쉬는 자신의 말에게 인사를 건넸다. "자, 이제 로자 룩셈부르크의 무덤으로 가자꾸나!"

코폰킨은 그의 삶의 모든 과업과 길들이 필연적으로 자신을 로자 룩셈부르크의 무덤으로 이끌기를 원했으며, 또 이끌 것이라 믿었다. 이 희망은 그의 심장을 덥혔고, 매일매일 혁명 전쟁에서 공훈을 세워야 할 필연성을 야기하는 것이었다. 매일 아침 코폰킨은 말에게 로자의 무덤으로 가자고 명령해, 말은 이미 '로자'라는 단어에 익숙해져서, 이 단어를 '이랴'라는 말과 같은 것으로 여기고 있었다. '로자'라는 소리를 듣기만 하면, 말은 그곳이 늪이든, 울창한 숲이든, 눈 더미가 쌓인 구렁텅이든 개의치 않고 바로 걸음을 옮기기 시작했다.

"로자, 로자!" 길을 가면서도 코폰킨은 때때로 이렇게 중얼거렸는데, 그 말을 들을 때마다 둔중한 말은 긴장했다.

"로자!" 코폰킨은 한숨을 내쉬며, 독일 쪽으로 흘러가는 구름조차 부러워했다. 저 구름들은 로자의 무덤 위를 지나갈 것이며, 그녀가 신발을 신고 밟으면서 지나다녔던 땅 위도 지나갈 것이다. 코폰킨에게 길과 바람의 모든 방향은 오직 독일로 이어진 것이었으며, 만약 독일로 이어지지 않는다고 하더라도 어쨌든 지구를 한 바퀴 돌아서 로자의 조국에 도착할 것이라고 생각했다.

길이 오랫동안 길게 이어지지만 적을 만나지 않는 경우, 코폰킨은 오히려 더 깊이, 진심으로 걱정했다.

뜨거운 슬픔이 그의 안에 쌓였지만, 코폰킨의 고독한 육체를 적셔 주기 위해 반드시 필요한 공훈을 세울 기회가 없었던 것이다.

"로자!" 코폰킨은 말을 놀라게 할 정도로 비통하게 소리를 질렀다. 그러고는 텅 빈 어떤 장소에서 굵은, 끊임없는 눈물을 뚝뚝 흘리면서 울었고, 나중에 이 눈물은 땀으로 말라붙었다.

프롤레타리아의 힘은 평소 길을 많이 걸어서가 아니라, 자기의 무거운 몸무게 때문에 쉬 피로해졌다. 이 말은 비튜크 강가 초원의 골짜기에서 자라났는데, 자기 고향의 달콤하고도 다양했던 풀들에 대한 기억으로 입맛을 다시면서 침을 뚝뚝 흘리기도 했다.

"너 또 뭔가 먹고 싶은 게로구나?" 안장에 앉은 코푠킨은 금방 이것을 알아차렸다. "내년에는 한 달 동안 풀밭으로 휴가를 보내주마. 그러고 나면 바로 로자의 무덤으로 가자꾸나……."

말은 고마움을 느꼈으며, 길가에 난 풀을 땅속으로, 그 뿌리 쪽으로 힘차게 밟아 밀어 넣었다. 길이 두 갈래로 나뉘는 경우에도 코푠킨은 특별히 자신이 의도한 어떤 방향으로 말을 몰지 않았다. 프롤레타리아의 힘이 독자적으로 두 길 중 하나를 선택했는데, 항상 코푠킨의 무장한 팔이 필요로 하는 바로 그쪽 길로 갔다. 코푠킨은 계획된 여정도 없이, 말이 가는 대로 무턱대고 아무 쪽으로나 갔다. 자신의 머리보다는 보편의 삶이 더 지혜롭다고 여겼기 때문이다.

강도 그로슈코프는 오랫동안 코푠킨을 잡으러 쫓아다녔지만 어떻게 해도 그와 마주칠 수 없었다. 왜냐하면 코푠킨 자신도 그가 어디로 가는지 알 수 없었으니, 그로슈코프로서는 더욱더 알 수 없었던 것이다.

볼로슈노 마을에서 5베르스타 정도 지나, 코푠킨은 다섯 가구가 살고 있는 마을에 도달했다. 그는 칼을 꺼내 마을의 모든 오두막을 칼끝으로 순서대로 두드렸다. 오두막에서는 오래전부터 죽음이 오면 죽으리라, 그렇게 준비하고 있던 여인네들이 허둥지둥 밖으로 뛰어나왔다.

"왜 그러시오? 여보시오, 백군들은 벌써 우리 마을에서 떠나 버렸고, 적군들은 아직 들어오지도 않았소!"

"가족을 다 데리고 밖으로 당장 나와, 바로 지금!" 걸걸한 목소리로 코푠킨이 명령했다.

결국 일곱 명의 여인네와 두 명의 노인이 밖으로 나왔다. 아이들은 데리고 나오지 않았으며 사내들은 헛간에다 숨긴 채였다.

코푠킨은 그들을 바라보며 이렇게 명령했다.

"각자 자기 집으로 해산하라! 그리고 평화로운 일에 종사하라!"

드바노프가 이 마을에 없다는 것이 밝혀졌던 것이다.

"로자에게로 좀 더 가까이 가자꾸나, 프롤레타리아의 힘이여!" 코푠킨은 다시 한 번 말에게 부탁했다.

프롤레타리아의 힘은 대지를 더 힘차게 박차고 멀리 달리기 시작했다.

"로자!" 코푠킨은 자신의 영혼을 다독거리면서, 의심스러운 눈으로 어떤 헐벗은 관목을 응시했다. 자기가 로자를 그리워하듯 저 관목도 그렇게 로자를 그리워하는지 의심스러웠기 때문이다. 만약 그렇지 않다면 관목 쪽으로 말을 몰아 칼로 그것을 베어 버릴 것이다. 만약에 로자가 너에게 필요치 않다면, 너는 다른 누군가를 위해서도 존재하지 마라. 로자보다 더 소중한 것은 아무것도 없다.

코푠킨의 모자에는 로자 룩셈부르크의 모습이 그려진 포스터가 수놓아져 있었다. 그녀는 포스터에 너무나 아름답게 그려져 있어서, 그 어떤 여인도 그녀와 비교가 되지 않을 정도였다. 코푠킨은 그 포스터의 정확성을 확신했으며, 너무 심하게 감동할까 봐 그 포스터를 따로 떼어 내 보는 것조차 두려워했다.

저녁때까지 코푠킨은 황무지를 지나가면서 길가의 작은 구덩이 하나까지 자세히 살펴보았다. 그 속에 지친 드바노프가 잠들어 있지 않나 해서였다. 하지만 고요하고 인적도 없을 따름이었다. 저녁 즈음에 코푠킨은 말로예라는 이름의 길쭉한 형태의 마을에 도착했다. 그리고 마을 주민들 가운데서 드바노프를 찾으며 집집마다 주민들을 검사하기 시작했다. 마을 끝까지 점검하고 나자 밤이 되어, 코푠킨은 협곡으로 들어가서 프롤레타리아의 힘의 걸음을 멈추게 했다. 그리고 사람과 말 모두 밤새도록 조용히 잠들었다.

아침에 코푠킨은 프롤레타리아의 힘이 실컷 풀을 뜯어 먹을 수 있게끔 시간을 준 뒤, 다시 말을 타고 그가 필요한 곳으로 출발했다. 길은 모래 퇴적물을 따라서 이어져 있었고, 코푠킨은 오랫동안 말을 멈추지 않았다.

힘든 여정 때문에 프롤레타리아의 힘에게서 땀이 거품처럼 나오기 시작했다. 정오 무렵이었으며, 집이 몇 채 없는 작은 마을 부근이었다. 코푠킨은 그 마을로 들어가서 말에게 휴식을 명했다.

우엉 잎 아래 그늘에 한 여자가 두툼한 외투를 입고 짧은 숄을 두른 채 누워 있었다.

"너는 누구냐?" 코푠킨은 그녀를 불러 세웠다.

"나 말이오? 나는 산파요."

"아니, 이런 곳에서도 정말 사람이 태어난단 말이냐?"

산파는 사교성이 좋았으며 남자들과 이야기 나누는 것을 좋아했다.

"아니, 태어나지 않을 것 같아요! 남자들이 전쟁터에서 파도처럼 밀려 들어오고, 여인네들은 파도 같은 열정을 지니고 있는데……."

"오, 그렇단 말이지. 그렇다면 아마도 모자 안 쓴 젊은이가 이리로 달려왔을 걸세. 그 사람 아내가 아무리 해도 아이를 낳을 수 없어서 말이야. 그 사람은 반드시 자넬 찾을 거야. 일단 집집마다 찾아다니면서 그가 여기 어디 있는지부터 알아봐. 그리고 내게 와서 말해 주면 돼. 알아들어?"

"약간 마른 그런 사람 말이오? 공단 셔츠를 입은?" 산파가 물었다.

코픈킨은 기억해 내고 또 기억해 내려 했으나 말할 수가 없었다. 그에게 모든 사람은 단지 두 가지 얼굴을 지니고 있을 따름이었다. 우리 편 얼굴과 적들의 얼굴. 우리 편 사람들은 푸른 눈을 가졌으나 적들은 대체로 검거나 갈색의 눈, 그리고 장교나 강도의 눈을 가졌다. 코픈킨은 그 이상 자세히는 살펴보지 않았다.

"그 사람이 맞소!" 코픈킨은 동의했다. "공단 셔츠와 바지를 입은."

"그럼, 내가 지금 바로 그 사람을 데려오겠수. 그 사람 지금 페클루샤네 집에 있다오. 그 여자가 감자를 삶아 주었다나."

"그를 내게 데려오게, 할멈. 그러면 내가 프롤레타리아식으로 감사를 전하지!" 코픈킨은 그렇게 약속하고 프롤레타리아의 힘을 쓰다듬었다. 말은 근육 묶음으로 뒤집어씌운, 거대하고 떨리는 기계와도 같이 서 있었다. 이런 말을 타고서는 처녀지를 경작하거나 나무를 뿌리째 뽑을 수도 있을 것이었다.

산파는 페클루샤에게로 갔다.

페클루샤는 튼튼한 장밋빛 팔을 드러낸 채, 과부의 옷을 세탁하고 있었다.

산파는 성호를 긋고 그녀에게 물었다.

"자네 집에 묵고 있는 젊은이는 어디에 있나? 저기 말 탄 양반이 그 사람을 찾고 있어."

"자고 있어요." 페클루샤가 말했다. "키도 작고, 겨우 겨우 숨만 붙어 있어요. 저는 안 깨울 거예요."

드바노프는 페치카에 누워 오른팔을 늘어뜨리고 있었는데, 팔을 따라 깊고도 드문 그의 호흡의 척도가 보이는 듯했다.

산파는 코푠킨에게 돌아가려 했는데, 코푠킨이 직접 그녀를 찾아왔다.

"손님을 깨워라!" 코푠킨은 단호하게 명령했다.

페클루샤는 드바노프의 팔을 잡아당겼다. 드바노프는 잠결에 놀라서 뭐라고 말하며 얼굴을 보였다.

"이제 가지, 드바노프 동지!" 코푠킨은 부탁했다. "저기 그 여선생이 자네를 데려다 달라고 부탁했다네."

드바노프는 잠이 깨어 뭔가를 기억하려 애썼다.

"아니, 나는 여기서 아무 데도 안 갈 겁니다. 돌아가세요."

"그럼 자네 마음대로 하게." 코푠킨은 그렇게 말했다. "일단 살아 있으니 다행이군."

코푠킨은 보다 가까운 길을 찾아가면서 어두워질 때까지 왔던 길로 말을 몰았다. 밤이 되었을 때 그는 물방앗간과 불이 밝혀진 학교의 창문을 발견했다.

수위 표트르와 므라친스키는 소냐의 방에서 장기를 두고 있었고, 여교사는 부엌의 탁자에 앉아서 손으로 머리를 괸 채 괴로워하고 있었다.

"그는 돌아오고 싶어 하지 않는다오." 코푠킨은 보고했다. "시골 마을 어떤 숨어 사는 여자네 집 페치카 위에 누워 있소."

"그럼, 그렇게 누워 있으라지요." 드바노프를 마음으로부터 파문시키면서 소냐는 말했다. "그는 아직도 내가 소녀라고만 생각하죠. 하지만 이제 왜 그런지 모르겠지만 나도 슬픔 같은 걸 느껴요."

코푠킨은 말들이 있는 곳으로 갔다. 그의 부대원들은 아직 아내들에게서 돌아오지 않았고, 므라친스키와 니키타는 민중의 음식을 축내면서 일없이 빈둥거리고 있었다.

'이렇게 하다가 우리는 전쟁 통에 전 시골 마을의 식량을 다 먹어 치우고 말겠어.' 코픈킨은 혼자서 이렇게 결론을 내렸다. '그 어떤 후방 기지도 남아나지 않겠군. 과연 이래서야 로자 룩셈부르크가 있는 곳까지 갈 수 있을까?'

코픈킨에게는 무슨 일이든 열심히 할 준비가 되어 있다고 말했지만, 니키타와 므라친스키는 마을의 어느 집에서 하릴없이 빈둥거리고 있었다. 므라친스키는 오래 묵은 거름 더미 위에서 발로 거름을 밟아서 다지고 있었다.

"헛간으로 가라!" 코픈킨은 천천히 생각하면서 그들에게 말했다. "내일 너희 두 놈을 풀어 주겠다. 내가 뭐 하러 너희 같은 허약한 놈들을 데리고 다니겠나? 너희는 적도 아니야, 밥벌레들이지! 이제 너희는 내가 있다는 사실을 알고 있을 거고, 그걸로 된 거야."

드바노프는 자신에게 연장된 그 삶의 시간에, 편안한 집 안에 앉아서 페치카 옆에 이어 놓은 삼노끈에 여주인이 빨래 너는 모습을 바라보았다. 시골풍의 순박한 그림에는 지옥의 불꽃에 말의 기름이 끓고 있는 솥이 보였다. 시골 사람들은 변두리의 버려진 장소들로 거리를 따라 걸어 다녔다. 내전은 그곳 민중의 소유물에 여러 가지 파편으로 흔적을 남겨 놓았다. 죽어 버린 말들과 짐마차, 강도들이 입고 있는 농부의 겉옷, 베개들 같은 것이었다. 베개는 강도들이 말안장 대신으로 사용해, 깃털이불 부대라는 강도 떼가 있을 정도였다. 여기에 대응하여 붉은 군대 사령관들은 질주하는 말을 타고 강도 떼를 뒤따라 달리면서 이렇게 소리 질렀다.

"베개를 여자들에게 돌려주라!"

스레드니예 볼타이 부락의 주민들은 밤마다 골짜기와 숲 지대로 나와 뭔가 생활에 유용한 물건을 찾을까 해서 지난 전투의 흔적들을 뒤지고 다녔다. 많은 사람들이 무엇인가를 발견했다. 내전의 흔적에서 뭔가를 선별해 내는 이 채집 작업은 꽤 돈이 되는 일이었다. 수거한 전쟁 장비들을 즉시 반환하라는 전시행정위원회의 명령문이 걸려 있었지만, 그다지 효력은 없었다. 전쟁 장비들은 부품별로 분해되고, 평화로운 일상의 작업들을 위한 기계들로 바뀌었다. 기관총을 녹여 물로 식힌 다음 주석을 얻어 내 밀주를 만드는 기구를 제작했고, 전시 행군용 식사 준비 도구들은 시골 마을의 사우나로 탈바꿈했으며, 3인치 포에서 나온 몇 가지 부품들은 방직공들이 가져갔다. 또한 대포의 격발기로는 방앗간의 제분기를 위한 제동 장치를 만들었다.

드바노프는 어느 집에서 영국 국기로 기워 놓은 여성용 셔츠를 보았다. 여자가 오래 입어서 낡아 이미 찢어진 곳들이 있는 이 셔츠는 러시아의 바람에 잘 마르고 있었다.

여주인인 페클라 스테파노브나는 일을 마쳤다.

"젊은이, 무슨 생각에 그리 잠겨 있소?" 그녀가 물었다. "뭘 먹고 싶소, 아니면 지루하시오?"

"그냥요." 드바노프가 대답했다. "여기, 당신네 오두막은 조용하네요. 저는 그냥 쉬고 있어요."

"푹 쉬시게. 딱히 어디로 서둘러서 갈 필요도 없지, 아직 젊으니까 말이야. 아직 인생이 많이 남아 있으니까."

페클라 스테파노브나는 커다란, 노동에 익숙해진 손으로 입을 가리면서 하품을 하기 시작했다.

"나야…… 이 한세상 다 살았고. 차르 전쟁에서 남편도 죽고 말았지. 입에 풀칠할 돈도 없었고. 잠자는 것만이 유일한 낙이었지."

페클라 스테파노브나는 자신이 그 누구에게도 필요치 않다는 것을 알고 있었기에 드바노프 앞에서 편하게 옷을 벗기 시작했다.

"페치카의 불을 좀 꺼 주시오. 안 그러면 내일 아침에 아무것도 남지 않을 거야."

드바노프는 힘껏 불어서 불을 껐고, 페클라 스테파노브나는 페치카 위로 기어 올라왔다.

"그리고, 젊은이도 이리로 와……. 지금은 그런 시대가 아니니까. 내 부끄러움을 보고 있지만은 말게나."

만약 오두막에 그녀가 없었더라면, 여기서 도망가 소냐에게로 다시 갔거나 더 빨리 사회주의를 찾아내기 위해 멀리로 떠났을 거라는 사실을 드바노프는 알고 있었다. 페클라 스테파노브나는 그가 기억도 못하는, 그리고 사랑할 수도 없었던 죽은 어머니의 여동생이라도 되는 양, 자신의 여성적 단순함으로 그를 편하게 함으로써 드바노프를 보호했다.

페클라 스테파노브나가 잠들자, 드바노프는 홀로 있기 힘들었다. 하루 종일 서로 거의 이야기를 나누지 않았지만, 드바노프는 고독을 느끼지 않았던 것이다. 페클라 스테파노브나는 어쨌든 그에 대해 생각했고, 드바노프도 그녀에 대한 감각으로 자신의 망각되어 가는 집중성에서 벗어나려 하면서, 끊임없이 그녀를 느끼고 있었기 때문이다. 그렇지만 지금 페클라 스테파노브나의 의식 안에 그는 없었으며, 드바노프 역시 스스로 모든 것을 잊어버리게 되는 때, 즉 자신에게 다가오는 잠의 고통을 느끼고 있었다. 그의 이성은 육체의 따스함에 의해 어딘가 외부로 밀려나게 될 것이고, 바로 그곳에서 이성은 고독하고도 슬픈 관찰자로 남게 될 것이다.

옛날의 신앙은 이 추방된 연약한 의식을 수호천사라고 불렀다. 드바노프는 이 의미를 아직도 기억할 수 있었으며, 살아 있는 인간 영혼의 어둠으로부터 추위로 떠나가 버린 수호천사를 가련하게 여겼다.

자신의 피로한 고요 속 어딘가에서 드바노프는 소냐를 그리워했으며, 무엇을 해야 할지 알지 못했다. 그는 다른, 더 나은 인상을 얻기 위하여 소냐를 안고, 신선하고 자유롭게 멀리 떠나기를 원했는지도 모른다. 창밖에는 빛이 스러졌고, 오두막 안의 공기는 바람이 통하지 않아 숨이 막혔다.

전쟁이 끝나, 이제 거리에는 일터에서 집으로 돌아가는 사람들이 땅 위를 걸으면서 바스락바스락 소리를 냈다. 가끔씩 그들은 힘이 들어 간신히 걸어가면서 풀이나 흙을 털어 냈다.

드바노프는 조용히 페치카에 올라갔다. 페클라 스테파노브나는 겨드랑이를 긁으면서 뒤척거렸다.

"자려고?" 잠에 취한 채 무심하게 그녀가 물었다. "그래, 더 뭘 하겠어. 자도록 해."

페치카 벽돌의 뜨거운 열기 때문에 드바노프는 더욱더 흥분했으며, 그 열기 때문에 완전히 지치고 의식이 흐릿해져서야 잠들 수 있었다. 작은 것들, 즉 상자들, 도자기 그릇, 장화, 스웨터 같은 것들이 무게가 있는 커다란 대상으로 바뀌면서 드바노프에게로 떨어져 내렸다. 그는 자기 안으로 그것들을 받아들여야만 했으며, 그것들은 빽빽하게 그의 안으로 들어가서 피부를 잡아당겼다. 무엇보다도 드바노프는 피부가 터질까 봐 두려웠다. 드바노프는 살아남지 못하고 질식한 물건들이 무엇보다 두려웠다. 피부가 터지고, 드바노프 자신은 피부 이음새 사이에 걸려 있는 건조하고 뜨거운 장화의 털 때문에 목이 막힐 수도 있기 때문이었다.

페클라 스테파노브나는 드바노프의 얼굴에 손을 올려놓았다. 드바노프에게는 흡사 시든 풀의 냄새가 느껴지는 것 같았다. 그는 울타리 옆에 서 있던, 가련하고 맨발이었던 어린 소녀와의 이별을 기억해 냈으며, 페클라 스테파노브나의 손을 꼭 잡았다. 편안해진 채, 그리고 슬픔을 감추면서 그는 손을 더 높이 잡고서 페클라 스테파노브나에게로 몸을 기댔다.

"왜 그래, 젊은이. 꿈을 꾸었소?" 그녀가 이를 감지했다. "잊어버리고, 잠이나 자게."

드바노프는 대답하지 않았다. 그의 심장은 흡사 딱딱해진 것처럼 쿵쿵 울리기 시작했으며, 자기 내부의 자유를 크게 기뻐했다. 드바노프 생명의 문지기는 자기 방에 앉아 기뻐하지도 슬퍼하지도 않았으며, 다만 필요한 업무를 행할 따름이었다.

드바노프는 이전에 배우기라도 한 것처럼, 노련한 손길로 페클라 스테파노브나를 쓰다듬었다. 그리고 마침내 그의 손은 놀람과 경악으로 얼어붙었다.

"왜 그러오?" 가까이에서, 커다란 목소리로 페클라 스테파노브나가 속삭였다. "이건, 모두 똑같은 거야."

"당신네들은 모두 자매로군요." 드바노프는 선명한 기억의 부드러움으로, 그리고 그 자매를 통해서 소냐에게 행복을 선사할 필연성을 지닌 채 이렇게 말했다. 드바노프 자신은 어떠한 기쁨도, 완전한 망각도 느끼지 못했다. 그는 자기 심장이 수행하는 고도의 정확한 작업을 계속해서 주의 깊게 듣고 있었다. 하지만 이제 심장은 잦아들었고, 점점 더 느리게 뛰었으며, 마침내 쾅 소리를 내면서 닫히고 말았지만, 이미 텅 비어 있었다. 심장은 너무나 넓게 펼쳐져 자신의 유일한 새를 뜻하지 않게 놓치고 말았던 것이다. 문지기인 관찰자는 넓게 펼쳐진 슬픈 날개 위에, 불분명할 정도로 가벼운 자신의 육체를 싣고 날아가 버린 새의 뒤를 따라 시선을 옮겼다. 그리고 문지기는 울었다. 삶에서 그가 운 것은 단 한 번뿐이었다. 그는 평정심을 잃고 단 한 번 연민을 느꼈던 것이다.

오두막 안에서, 드바노프는 밤의 균등한 창백함이 흐릿하게 보였으며, 그의 눈도 뿌옇게 덮였다. 물건들은 자기 자리에 그대로 작게 놓여 있었고, 드바노프는 아무것도 원치 않으면서 건강하게 잠들었다.

아침까지 쉬었지만 드바노프에게는 충분한 휴식이 아니었다. 그는 좀 더 늦게, 페클라 스테파노브나가 페치카에 불을 붙일 때에야 잠이 깨었지만, 또다시 잠들었다. 흡사 어제 완전히 힘을 소진할 만한 치명적인 상처를 입기라도 한 양, 그는 심한 피로를 느꼈다.

정오 즈음 농가의 창밖에 프롤레타리아의 힘이 도착했다. 코푠킨은 친구를 찾기 위해 두 번째로 이곳으로 와서 말에서 내렸다.

코푠킨은 칼집으로 유리창을 두드렸다.

"여주인, 손님을 좀 내보내시오."

페클라 스테파노브나는 드바노프의 머리를 흔들었다.

"젊은이, 일어나 봐. 저기 말 탄 사람이 댁을 찾고 있소."

드바노프는 겨우겨우 잠이 깨어 주변을 둘러싼 푸른 안개를 바라보았다.

코푠킨은 가죽 점퍼를 입고 모자를 쓴 채 오두막으로 들어왔다.

"뭐요, 드바노프 동지! 영원히 그 페치카 위에 올라앉아 있겠다는 건가? 자, 여기 여선생이 자네의 속옷과 이불을 보내왔네."

"나는 영원히 여기 남을 겁니다." 드바노프는 이렇게 말했다.

코푠킨은 자신을 도와줄 그 어떤 생각도 지니지 못한 머리를 숙이면서 인사의 말을 했다.

"그럼 나는 가겠소. 안녕히, 드바노프 동지."

드바노프는 코푠킨이 평원의 깊은 곳으로, 저 머나먼 곳으로 어떻게 떠나가는지 창문 위쪽을 통해 바라보았다. 프롤레타리아의 힘은 나이 든 전사를 태우고 공산주의의 살아 있는 적들이 살고 있는 곳으로 갔다. 가난하고, 멀고, 행복한 코푠킨은 그렇게 점점 더 드바노프로부터 멀어져 갔다.

드바노프는 페치카에서 뛰어내렸다. 그러나 거리로 달려 나가고 나서야 상처 입은 다리를 조심해야 한다는 생각을 떠올렸다. 하지만 뭐 참아 내면 될 것이다.

“뭐 하러 그렇게 뛰어오는가?” 말을 타고 천천히 가던 코푠킨이 그에게 물었다. “나는 곧 죽을 거고, 그러면 어차피 자네 혼자 말을 타고 남을 텐데……!”

그리고 그는 드바노프를 번쩍 들어 올려 프롤레타리아의 힘의 엉덩이에 앉혔다.

“두 팔로 나를 안고 꽉 잡게. 함께 달려가고 함께 존재하도록 하지.”

프롤레타리아의 힘은 저녁이 될 때까지 앞으로 나아갔으며, 저녁이 되자 드바노프와 코푠킨은 숲과 스텝의 경계지에 있는 숲지기의 집에서 숙영하기로 했다.

“온갖 사람들 중 자네 집에 머문 사람은 아무도 없는가?” 코푠킨이 숲지기에게 이렇게 물었다.

길을 가는 많은 사람들이 그의 처소에서 숙박했기에 숲지기는 이렇게 대답했다.

“사실 식량을 구하러 다니는 사람들이 적다고 말할 수는 없지요. 그러니 어떻게 모두를 기억하겠어요! 나는 공인과 같은 사람이라, 모든 사람 얼굴을 기억하는 건 힘들지요!”

“그런데 자네 집 마당에서 탄내가 나는 것 같은데?” 코푠킨은 마당의 공기를 기억하면서 이렇게 말했다.

숲지기와 코푠킨은 마당으로 나갔다.

"들리죠?" 숲지기가 주의 깊게 말했다. "풀들이 희미하게 소리를 내고 있지, 바람은 없어요."

"바람은 없군." 코픈킨은 그의 말을 경청했다.

"이건요, 지나가는 사람들이 말해 줬는데, 백군의 부르주아들이 무선으로 신호를 보내는 거라더군요. 느껴져요? 또 어떤 탄 냄새 같은 것이 나죠?"

"잘 모르겠는걸." 코픈킨은 냄새를 맡았다.

"당신 코가 막혔군요. 그 무선 신호 때문에 공기에 탄 냄새가 나는 겁니다."

"막대기를 휘둘러!" 코픈킨은 순간적으로 이렇게 명령을 내렸다. "그놈들의 소음을 방해해야 돼, 그놈들이 아무것도 이해하지 못하도록 말이야."

코픈킨은 칼을 꺼내 휘둘러 대며 그의 숙련된 팔이 어깨 관절에서 쥐가 날 때까지 이 해로운 공기를 베러 들었다.

"이 정도면 충분해." 코픈킨이 중단하고서 말했다. "아마도 이제 그놈들은 신호를 흐릿하게 받을 거야."

이 승리 이후 코픈킨은 만족했다. 그는 혁명을 로자 룩셈부르크 육체의 마지막 잔해라고 여겼으며, 가장 작은 것 속에서도 혁명을 보존했다. 말 없는 숲지기는 코픈킨과 드바노프에게 질 좋은 흰 빵조각들을 건네고 멀찌감치 앉았다. 코픈킨은 빵 맛에 심취하지 않았다. 그는 맛을 느끼지 않으면서 먹고, 꿈을 두려워하지 않으면서 잠을 자고, 자신의 육체에 집중하지 않으면서 가까운 방향을 따라 살았다.

"왜 우리를 먹여 주시는 거죠? 우리가 해로운 사람일 수도 있는데 말입니다." 드바노프가 숲지기에게 물었다.

"자넨 그럼 먹지 말던가!" 코픈킨은 드바노프를 나무랐다. "밀이야 땅에서 저절로 생겨나는 것이고, 여인네들이 젖소 젖통을 다루듯이, 사내들은 쟁기로 땅을 살살 간질이기만 하면 되는데 말이야. 이건 온전한 노동이 아니란 말이야. 내 말이 맞지, 주인장?"

"네, 필시 그렇겠지요." 그들을 배불리 먹여 준 사람은 이렇게 동의했다. "당신네들의 권력이니, 당신네들이 더 잘 알겠지요."

"이 바보 같은 놈, 부농 사촌쯤 되는가." 순간적으로 코푠킨은 버럭 화를 냈다. "우리의 권력은 공포가 아니라 민중적인 숙고라고."

숲지기는 지금 권력이 숙고라는 사실에 동의했다. 잠들기 전에 드바노프와 코푠킨은 내일에 대해서 이야기를 나누었다.

"어떻게 생각하세요?" 드바노프가 질문했다. "우리가 곧 시골 마을들을 소비에트식으로 새로 건설할 수 있을까요?"

코푠킨은 그 어떠한 적도 복종시킬 수 있다는 사실을 혁명에 의해 영원토록 확신했다.

"그렇지만 너무 오래 걸려! 우리는 단숨에 바로 그렇게 해야 해. 그렇지 않으면, 강이 없는 골짜기 쪽의 땅을 우크라이나 놈들에게 줘 버린다고 말하면 될 거야……. 아니면 무력을 사용해서 건물 이전 작업을 노동 부역으로 실시하라고 명령하면 되지. 일단 '이곳이 사회주의다'라고 말했다면 반드시 그렇게 되어야 한다네."

"우선 스텝들에 물을 대야만 합니다." 드바노프는 말했다. "이쪽 지역은 온통 건조한 곳뿐이에요. 우리의 이쪽 분수령은 카스피 해 동쪽 사막 황무지가 계속 이어지고 있는 셈이죠."

"그럼 일단 그쪽에다 물을 대도록 하지." 코푠킨은 동지를 재빨리 위로했다. "분수도 만들고, 가뭄이 드는 해에는 분수로 땅을 적시고, 여인네들은 거위를 치고, 그러면 모두 깃털과 솜털을 풍부하게 생산할 거야. 사업이 번성하겠군!"

이 부분에서 드바노프는 벌써 잠들어 버렸다. 코푠킨은 짓이긴 풀을 드바노프의 다친 다리 아래에 놓아 준 다음, 자신도 아침까지 잠을 잤다.

아침에 그들은 숲지기의 집을 뒤로하고, 스텝 쪽으로 방향을 잡아 떠났다.

그들 맞은편으로 어떤 사람이 길을 따라 걸어왔다. 하지만 때때로 그는 눕고, 누운 채로 구르기도 하고, 그러고는 또 일어서서 다리로 걸었다.

"이봐, 문둥이, 뭘 하고 있나?" 행인이 그들에게 가까이 다가오자 코푠킨은 그를 멈춰 세웠다.

"나는 말이오, 형씨, 고양이처럼 굴러가고 있소이다." 행인은 그들에게 설명했다. "다리가 벌써 피곤하단 말이오. 그래서 다리는 쉬도록 두고, 나 스스로 더 멀리 움직여 가는 거요."

코푠킨은 무엇인가 의혹을 품었다.

"이제부터는 정상적으로, 똑바로 걸어가도록 해."

"나는 바투미에서부터 걸어오고 있소. 2년이나 가족을 못 보았단 말이오. 쉬려고 하면 슬픔이 밀려오지만, 굴러가면 말이오, 비록 천천히 가기는 하지만, 어쨌든 집에 더 가까이 가고 있는 듯 여겨지오……."

"저기 마을 뒤로 보이는 게 뭔가?" 코푠킨이 물었다.

"저기 말이오?" 순례자는 죽어 가는 것 같은 얼굴을 돌렸다. 그는 평생 동안 달까지 이르는 거리만큼 가야만 한다는 사실을 몰랐다. "저기에는 아마도 한스키예 드보리키 마을이 있을 거요. 누가 알겠소. 스텝 곳곳에 마을들이 있는데 말이오."

코푠킨은 이 인간을 더 깊이 알아보려고 했다.

"아마도 자네는 아내를 사랑하고 있는 모양이군……."

행인은 먼 길 때문에 흐려진 눈으로 기사를 쳐다보았다.

"물론 아내를 존경하죠. 그녀가 출산할 때, 나도 고통스러워 심지어 지붕에 기어 올라갔죠……."

한스키예 드보리키에서는 음식 냄새가 났다. 하지만 이것은 빵으로 밀주를 양조하는 냄새였다. 이 비밀스러운 생산물 때문에 거리에서는 어떤 방종한 여인네가 망을 보며 다니고 있었다. 그녀는 집집마다 뛰어 들어갔다가 또 금방 뛰어나왔다.

"군인들이 돌아오고 있어요!" 그녀는 농부들에게 이렇게 경고했지만 자기 자신은 드바노프와 코푠킨의 무장한 모습을 빤히 바라보았다.

농민들은 물을 부어서 불을 껐다. 집집마다 탄내가 났다. 그들은 밀주 혼합물을 재빨리 돼지 여물통으로 옮겨 부었으며, 이 혼합물을 실컷 먹어 치운 돼지들은 술에 취해 몽롱해져서 마을을 어슬렁거렸다.

"어이 정직한 시민, 마을 소비에트 사무실이 어디에 있소?" 코푠킨은 다리를 저는 한 시민에게 이렇게 물었다.

절름발이 시민은 천천히 위엄 있는 걸음걸이로, 알 수 없는 품위를 지닌 채 걷기 시작했다.

"당신, 내게 정직한 사람이라고 말했소? 내 다리를 빼앗아 가고 이제 와서 나를 정직한 사람이라고 부른단 말이지? 이곳에는 마을 소비에트 사무실이 없소. 바로 내가 혁명위원회 전권 위원이자 빈농 징벌권을 가진 사람이지. 내가 절름발이라는 건 염두에 두지 마시오. 나는 이곳에서 제일 지혜로운 사람이오. 모든 것을 할 수 있단 말이지!"

"내 말을 들어 보게, 전권 위원 동지!" 코푠킨은 위협하는 목소리로 말했다. "자네 앞에 있는 이 사람은 현의 혁명위원회에서 출장 온 중요한 사람이네!" 드바노프는 말에서 내려 전권 위원에게 손을 내밀었다. “이 사람은 혁명적 양심과 노동 부역이라는 전시 상황에서도 현청 소재지에서 사회주의를 만들고 있는 중이라오. 당신 마을에는 무엇이 있는가?”

하지만 전권 위원은 전혀 놀라지 않았다.

“우리 마을에 지혜는 충만하지만, 식량은 없소.”

드바노프는 그의 말꼬리를 잡았다.

“그 대신에 지주들한테 빼앗은 토지에서 밀주가 만들어지고 있고요.”

전권 위원은 진심으로 화가 났다.

“이보게, 동지, 헛소리 하지 말게! 내가 어제 공식 지령서에 서명을 했네. 오늘 우리 마을에서는 차르 통치에서 벗어난 기념으로 마을 공식 기도회가 열렸다네. 내가 인민에게 하루의 자유를 준 것이지. 그러니 오늘은 무엇이든 할 수 있단 말이야. 나는 아무런 저지 행동도 하지 않았어. 그래서 혁명은 쉬고 있단 말이지…… 느끼고 있나?”

“네놈이 그렇게 제멋대로 할 권리를 도대체 누가 주었는가?” 코폰킨은 말을 탄 채 얼굴을 찡그렸다.

“여기서는 내가 바로 레닌과 같다!” 절름발이는 분명한 사실을 해명했다. “지금 부농들은 내 허가증을 가지고 빈농을 대접하고, 나는 그게 잘 실행되고 있는지 검사하지.”

“다 검사하셨나요?” 드바노프가 물었다.

“집집마다 하기도 하고, 선택해서 하기도 한다네. 모든 것이 직책에 따라 이루어지지. 나름의 농노제가 전쟁 전보다 더 잘 이루어지고 있지. 말이 없는 농민들은 만족하고 있다네.”

“그런데 아까 그 여편네는 왜 놀라서 뛰어다니는가?” 코폰킨은 좋지 않은 일에 대해서 이렇게 물어보았다.

절름발이는 이 질문에 진지하게 당황했다.

"그들에겐 소비에트적인 의식성이 아직 없어. 손님이나 동지들을 맞이하기를 두려워하고, 우엉 잎에다 재물은 다 쏟아 버리고는, 국가적으로 가난한 척하는 것이 더 낫다고 생각하고 있다네. 나야 뭐 그들 장례식에도 다 가 보았고, 그들 삶의 의미도 모두 알고 있지……."

절름발이의 이름은 표도르 도스토옙스키라고 했다. 그는 특별 명령서를 직접 작성해서 자기 이름을 개명했는데, 거기에는 혁명위원회 전권 위원이자 소비에트 국민인 이그나티 모숀코프가 유명한 작가인 표도르 도스토옙스키를 기리기 위해 개명을 신청하는 신청서를 직접 접수했고, 위원회에서 이를 결정했으며, 내일부터 그리고 앞으로 영원히 개명될 것이라고 적혀 있었다. 또한 그는 모든 다른 시민도 미리 자신의 별명을 한번 살펴볼 것을 제안했는데, 새로운 이름과 유사성을 가질 필연성을 염두에 두고서 그들이 이 별명을 만족시킬 만한 사람들인지 아닌지 생각해야만 한다는 것이었다. 표도르 도스토옙스키는 시민들의 자기완성을 목적으로 이 캠페인을 생각해 낸 것이었다. 예를 들어, 리프크네히트라고 불리는 사람은 리프크네히트와 유사하게 살아야 될 것이며, 만약에 그렇지 않다면 영광스러운 이름을 다시 몰수해야만 하는 것이었다. 호적에 따르면, 두 명의 시민이 그런 식으로 개명하기 위해서 왔다. 스테판 체체르는 크리스토퍼 콜럼버스가 되었고, 우물 파는 사람인 표트르 그루딘은 프란츠 메링이 되었지만, 보통은 메링이라고만 불렀다. 표도르 도스토옙스키는 이 이름들이 임시적인 것이며, 아직 논쟁의 여지가 있는 것이라고 서류에 기록했다. 그리고 그는 콜럼버스와 메링이 그들의 이름을 앞으로의 삶을 위한 전범으로 선택할 수 있을 만큼 존경할 만한 사람들이었는지, 그렇지 않으면 콜럼버스와 메링이 혁명을 위해서는 침묵했던 인간이었는지 묻는 질문서를 군의 혁명위원회로 보냈다. 혁명위원회에서는 아직 회신이 없었다. 그래서 스테판 체체르와 표트르 그루딘은 거의 이름 없이 살다시피 했다.

"일단 그렇게 불리면 뭔가 훌륭한 일을 하도록 하게나." 그들에게 도스토옙스키가 말했다.

"그렇게 하겠습니다." 두 사람 모두 그렇게 대답했다. "다만 개명을 확정하고 증명서를 발급해 주십시오."

"일단 구두로는 새 이름을 부르도록 하고, 서류상으로는 옛날 이름을 사용하도록 하지."

"일단 구두로라도 부를 수 있다면 좋겠어요." 신청인들은 그렇게 말했다.

코푼킨과 드바노프가 도스토옙스키를 만났을 때, 그는 삶의 새로운 완벽함에 대해서 사유하며 지내고 있었다. 도스토옙스키는 동지애적인 결혼에 대해서, 그리고 삶의 소비에트적인 의미에 대해서, 수확을 보다 더 좋게 하기 위해 밤을 박멸할 수 있는지에 대해서, 그리고 일상적인 노동의 행복을 조직하는 것에 대해서, 영혼이라는 것이 무엇인지, 이것이 슬픈 심장인지 아니면 머릿속의 지혜인지에 대해서, 그런 많은 다른 것들에 대해서, 가족들마저 밤마다 불편해 할 정도로 그렇게 도스토옙스키는 고민하고 있었다.

도스토옙스키의 집에는 서재가 있었는데, 그는 이미 그 책들을 전부 암기해 그 내용을 알고 있었다. 책들은 도스토옙스키를 위로하지 않아 그는 개인적으로 직접 생각했다.

도스토옙스키의 오두막에서 귀리죽을 먹고 나서 드바노프와 코푼킨은 이듬해 여름까지 사회주의를 건설해야만 하는 필연성에 대한 시급한 담화를 나누었다. 드바노프는 이렇게 서둘러야 하는 이유를 레닌이 이미 직접 증명했다고 말했다.

드바노프는 도스토옙스키를 설득했다. "소비에트 러시아는 자본주의라는 염소가 덤벼들고 있는 어린 자작나무를 닮았답니다." 그는 심지어 다음과 같은 신문의 슬로건을 인용했다.

어린 자작나무를 더 빨리 자라게 하라,
그렇지 않으면 유럽이라는 염소가 너를 먹어 치우리!

도스토옙스키는 피할 길 없는 자본주의의 위험에 대한 집중된 상상 때문에 얼굴이 창백해졌다. 정말이다. 그는 생각하기를, 러시아에서 흰 염소들이 어린 나무껍질을 다 먹어 치우면, 전 혁명은 벌거벗겨진 채 노출될 것이고, 추워 죽을 정도로 꽁꽁 얼어붙게 될 것이다.

"그렇다면 누가 일을 해야만 하겠나, 동지들?" 고양된 목소리로 도스토옙스키는 소리를 질렀다. "그러니, 바로 지금 시작하지. 새해가 되기 전에 사회주의를 완성시킬 수 있을 걸세! 여름이 오면 흰 염소들이 뛰어다니겠지만, 그때는 이미 이 소비에트의 자작나무에 나무껍질이 딱딱하게 굳어 있을 테니까."

도스토옙스키는 사회주의를 좋은 사람들의 모임 같은 것이라고만 생각하고 있었다. 그렇기에 그는 필요한 물건이나 건물 등에 대해서는 알지 못했다. 드바노프는 그의 상태를 금방 이해했다.

"아닙니다, 도스토옙스키 동지. 사회주의는 태양을 닮아서 여름에 떠오릅니다. 사회주의는 높은 스텝 지대의 비옥한 토지에 건설해야만 합니다. 이 마을에는 농가가 몇 호나 있습니까?"

"우리 마을에는 농가가 많다네. 340호 되지. 그리고 마을 변두리에도 열다섯 가구가 살고 있고." 도스토옙스키가 이렇게 말했다.

"그거 좋군요. 당신은 우선 협동조합을 대여섯 개로 나누어야 합니다." 드바노프가 제안했다. "즉시 자발적인 노동 부역을 공지하도록 하세요. 그리고 우선 휴경지에다 우물을 파도록 하고요. 봄부터 짐마차를 이용해서 건설을 시작하도록 하세요. 우물 파는 사람 정도야 당신 마을에 있겠지요?"

도스토엡스키는 드바노프의 말을 천천히 흡수하기 시작했고, 그의 말들을 눈에 보이는 상황으로 바꾸어 보았다. 그는 진리를 생각할 재능을 가지지 못해, 어떤 사상을 자기 지역의 사건으로 맞추어 상상해 보고 나서야 진리를 이해할 수 있었다. 하지만 그에게 이 과정은 오래 걸리는 것이었다. 예를 들어, 그는 우선 자기가 알고 있는 장소에 텅 빈 스텝을 머릿속으로 상상해 본 다음 그곳으로 자기 마을의 농가들을 하나하나 옮겨 놓는 것을 상상해 보고 그것이 어떤 식으로 이루어질 것인지 살펴보아야만 했던 것이다.

"우물 파는 사람들이야 있지." 도스토엡스키가 말했다. "예를 들어, 프란츠 메링이 있군. 그는 발로 밟으면서 물이 있는 곳을 느낄 수 있다네. 협곡을 따라 걸어 다니다가, 지층을 가늠해 보고는 이렇게 말하지. '이보게들, 바로 이곳을 6사젠 깊이로 파 보게.' 그러면 그곳에서 물이 펑펑 터져 나오곤 했어. 그 사람 어미와 아비도 그렇게 물을 잘 찾아냈는데."

드바노프는 도스토엡스키가 마을 공동의 택지와 토지를 가지고 있는, 소수의 농업협동조합 마을로 사회주의를 상상할 수 있도록 도와주었다. 도스토엡스키는 이미 모든 것을 받아들였지만, 미래의 상상이 사랑과 온기가 되도록 하기 위해서, 실제로 사회주의가 임시로 부재하는 그런 상황에서 양심과 초조가 그의 몸 안에서 어떤 힘으로 떠오르도록 하기 위해서 필요한 모든 곡식 창고에 대한 어떠한 공동의 기쁨이 부족했던 것이다.

코폰킨은 계속해서 듣다가 마침내 화를 냈다.

"도대체 뭐 이런 더러운 놈이 다 있어. 방금 현의 혁명위원회에서 여름까지 사회주의를 끝마치라고 네놈에게 명령했단 말이다! 그러면 공산주의의 칼을 꺼내 들란 말이야. 우리에게는 철의 규율이 있다. 어떻게 감히 너 같은 놈이 이곳의 레닌이라고 말하는가. 너는 소비에트의 문지기야. 파괴 속도를 더하고만 있군. 해로운 놈 같으니!"

드바노프는 도스토옙스키를 더욱더 미혹시켰다.

"다른 행성들에서 보면 인공적으로 재배된 토지가 더 분명하고 선명해 보일 겁니다. 또 수증기의 대류 작용이 강화되면 하늘은 더 푸르고 투명해질 거고요!"

도스토옙스키는 기뻐했다. 그는 마침내 사회주의를 볼 수 있게 된 것이다. 이것은 꼴풀의 호흡으로 살아가는, 푸르른, 그리고 약간은 축축한 하늘이다. 바람은 부속 농경지 주변의 배부른 호수들을 휘젓고, 삶은 잡음이 없을 정도로 행복한 것이다. 단지 소비에트적인 삶의 의미만 규정하면 되는 것이다. 바로 이 일을 위해서 만장일치로 도스토옙스키를 선출할 것이다. 그리고 이제, 그는 40일 동안 잠도 자지 않고 자아를 잊을 정도의 명상에 잠긴 채 앉아 있는 것이다. 순결하고 아름다운 처녀들이 그에게 보르시와 돼지고기 같은 맛있는 음식을 가져오지만, 그 음식들은 손도 대지 않은 채 돌려보낸다. 도스토옙스키는 자신의 의무로부터 벗어날 수 없는 것이다.

처녀들은 도스토옙스키에게 사랑에 빠지지만, 그녀들 한 사람 한 사람은 모두 공산당원이라, 규율 때문에 사랑을 고백할 수 없어서, 의식의 질서 속에서 조용히 괴로워한다.

도스토엡스키는 마치 시대를 두 개로 경계 짓듯이 손톱으로 탁자를 그었다.

"내가 사회주의를 이룩하겠네! 아직 호밀도 다 익지 않았을 때, 사회주의는 이미 완성되어 있을 것이다! …… 그리고 나는 지금에야 알았네. 도대체 내가 무엇을 그리워했던가? 나는 바로 사회주의를 그리워했던 거야."

"사회주의를 그리워했겠지!" 확신을 지니고 코푠킨이 말했다. "모두 로자를 사랑하고 싶어 하니 말이야."

도스토엡스키는 로자라는 말에 주목했지만, 완전히 이해할 수는 없었다. 다만 로자가 아마도 혁명이라는 단어의 줄임말이거나 그가 잘 모르는 다른 슬로건이라고 추측할 따름이었다.

"전적으로 옳소, 동지!" 도스토엡스키는 만족스럽게 말했다. 근본적인 행복은 이미 그에게 열려 있었기 때문이다. "어쨌든 우리 지역에서 혁명을 주도하다 보니 나는 많이 여위었네."

"이해하네. 자네는 이곳의 모든 현안을 결정하는 사람이니 말이야." 코푠킨은 도스토엡스키의 업적을 치하했다.

하지만 표도르 미하일로비치는 그날 밤 편안하게 잠들 수 없었다. 그는 이리저리 뒤척이면서 자기의 사소한 생각들을 중얼거렸다.

"자네 왜 그러나?" 잠들지 못하고 있던 코푠킨이 도스토엡스키의 말소리를 들었다. "왜, 심심해서 턱뼈가 빠질 지경인가? 내전 희생자들을 생각해 보게나. 그럼 슬퍼져서 잠이 올 걸세."

한밤중이 되자 도스토엡스키는 잠든 사람들을 깨웠다. 잠이 덜 깬 코푠킨은 갑자기 자신들을 침입한 적을 물리치기 위해서 칼을 빼 들었다.

"나는 소비에트 권력을 위해 자네를 깨웠네!" 도스토엡스키가 설명했다.

"그럼 왜 더 일찍 깨우지 않았나?" 코픈킨은 엄중하게 질문했다.

"우리 마을에는 가축들이 없다네." 도스토엡스키는 바로 말하기 시작했다. 그는 한밤중까지 사회주의의 과업을 삶 자체에 이르기까지 마저 다 생각해 냈던 것이다. "만약 가축들이 없다면 도대체 어떤 시민이 비옥한 스텝으로 옮겨 가려 하겠나? 그리고 건설에 필요한 짐들은 어떻게 끌고 가고? …… 나는 이 생각 때문에 걱정이 되어 고민을 했다네."

코픈킨은 흡사 목 안을 파내듯이 자신의 여위고 날카로운 목젖을 긁었다.

"사샤!" 그는 드바노프에게 말했다. "자네, 쓸데없이 잠만 자지 말고, 이 반동분자가 소비에트의 법칙이라고는 전혀 모르고 있다고 이야기해 주게."

그러고 나서 코픈킨은 음울하게 도스토엡스키를 바라보았다.

"네놈은 백위군의 지원군이지, 이 지역의 레닌이 아니다! 도대체 무슨 생각을 하는 거야. 어느 놈에게라도 가축이 남아 있다면, 내일 마을의 살아 있는 모든 가축을 몰아내. 그리고 그것을 사람 수에 따라, 혁명의 감각에 따라 나누도록 해. 준비됐나!"

그러고 나서 코픈킨은 다시 잠들었다. 그는 정신적 의심이라는 것을 이해하지도 못했을뿐더러, 그것을 혁명의 적으로 여겨 그 어떠한 정신적 의심도 가지지 않았다. 로자 룩셈부르크가 미리, 그리고 모든 사람을 위하여 모든 것을 생각해 둔 것이다. 이제 남은 것은 보이는, 그리고 보이지 않는 모든 적을 파괴하기 위해 무력으로 공훈을 세우는 것뿐이다.

아침이 되자 도스토엡스키는 어떠한 예외 조항도 없이 가축을 혁명적으로 분배하는 것에 대한 군청 혁명위원회와 현청 혁명실

행위원회의 공동 명령을 집집마다 전달하면서 한스키예 드보리키 마을을 한 바퀴 돌았다.

가축을 소유한 인민들은 슬피 울면서 광장에 있는 교회로 가축을 몰고 왔다. 그런데 빈농들 역시 슬퍼하는 가축 주인들과 불쌍한 노파들을 보면서 고통스러워했으며, 심지어 몇몇 빈농들은 새로운 몫의 자기 가축이 생길 것임에도 불구하고 함께 울었다.

여자들은 젖소에게 키스를 했고, 남자들은 마치 아들을 전쟁터에라도 보내듯 자신의 말을 부드럽고 느슨하게 잡고 울어야 할지, 그냥 보내야 할지 생각했다.

작고 헐벗은 얼굴과 처녀 같은 목소리를 지닌, 길고 여윈 키의 한 남자는 그 어떤 불평도 없이, 심지어 슬퍼하는 모든 마을 사람들을 위로하면서 자신의 준마를 한 마리 데리고 왔다.

"미트리 아저씨, 왜 그러세요?" 그는 슬퍼하는 한 노인에게 이렇게 말했다. "다 가져가라지요. 아무것도 남기지 않고, 인생이라도 하직하는 것 같아요? 아이고, 뭘 그리 슬퍼하세요. 말을 가져가라지요. 악마도 같이 가져가라고 해요. 말이야 또 기르면 되잖아요. 슬픔을 거두세요!"

도스토옙스키는 이 농부를 잘 알고 있었는데, 그는 늙은 탈영병이었다. 아직 젊었을 때, 신분을 증명할 만한 아무런 서류도 증명서도 없이 그는 이곳으로 흘러 들어왔다. 그렇기에 그 어떤 전쟁에도 그는 징집되지 않았다. 공식적인 출생 연도도 이름도 가지지 못했으며, 결국은 공식적으로, 서류 상으로는 전혀 존재하지 않는 인물이었던 것이다. 일상적인 편의를 위해서 그를 어떻게 해서든 규정지으려고 이웃들은 그 늙은 탈영병을 '네도델란니'*라고 불렀지만, 옛날 마을 소비에트 사무실의 거주민 등록 명부에는 그의 이름이 없었다. 한번은 어떤 서기가 명부의 목록 맨 아래 칸에

다음과 같이 쓴 적이 있다. '기타 — 1명, 성별: 의심스러움.' 하지만 다음에 온 서기는 이 메모를 이해하지 못했으며, 이 한 명을 가축 명부로 옮겨 가축 한 두를 덧붙인 다음, '기타'를 인명부에서 완전히 지워 버렸다. 네도델란니는 그렇게 사회적 누락자로서, 또는 마차에서 땅으로 떨어진 한 알의 수수처럼 그렇게 살아갔다.

하지만 얼마 전 도스토엡스키는 '개인적으로 획득된 성이 없이, 중농 경향이 있는 사람'이라는 명칭으로 그의 이름을 주민 명부에 잉크로 써넣었다. 이로써 그의 존재는 굳건히 확립되었다. 흡사 소비에트의 이익을 위해 네도델란니가 태어난 것 같았다.

옛날부터 스텝에서의 생활은 가축들의 이동을 따라 이루어졌기 때문에, 가축이 없으면 굶어 죽을지도 모른다는 공포가 민중에게 여전히 남아 있었고, 사람들은 상실에 대한 공포보다 그와 같은 불길한 예감에 더 슬프게 울었다.

도스토엡스키가 빈농들에게 가축을 분배해 주기 시작할 무렵, 드바노프와 코푠킨이 도착했다.

코푠킨은 그를 시험해 보았다.

"실수하지 마라. 지금 네 안에 혁명적 감각이 가득 차 있는가?"

권력 덕분에 자랑스러운 도스토엡스키는 이를 증명하기 위해 자기 배에서 목까지를 손으로 가리켰다. 그는 단순하고 분명한 분배 방법을 고안해 냈다. 가장 가난한 자들이 제일 좋은 말과 소를 받았다. 그런데 가축의 수가 그다지 많지 않아, 중농들에게는 돌아갈 것이 거의 없었고, 단지 몇몇 중농에게만 양이 한 마리씩 돌아갔다.

마침내 일이 별 탈 없이 마무리되어 갈 즈음, 그 네도델란니가 쉰 목소리로 이렇게 말했다.

"표도르 미하일리치 도스토엡스키 동지, 우리의 과업은 당연히,

불합리한 일입니다. 하지만 동지, 제가 말하는 것에 화내지 마시고, 화만 내지 말아 주십시오!"

"말하게, 시민 네도델란니. 솔직하게, 그리고 두려워 말고!" 열린 자세로, 그리고 교훈적으로 도스토옙스키는 모든 사람을 위해서 허락했다.

네도델란니는 슬퍼하는 민중 쪽으로 돌아섰다. 자신들에게 주어진 말의 고삐를 놀란 채 쥐고 있던 빈농들조차 슬퍼하고 있었으며, 그들 중 많은 사람은 가축들을 원래 주인에게 몰래 넘겨주기까지 했다.

"일단, 그건 그렇고, 모든 군중은 내 말을 들으시오! 좀 바보 같지만 내가 한번 물어보겠습니다. 예를 들어서, 페디카 리조프가 내 경주마를 가지고 도대체 뭘 할 수 있겠소? 그에게 사료라고는 초가지붕을 엮은 짚밖에 없고, 심지어 말을 묶을 말뚝도 마당에 없소. 게다가 3일째 감자 반 알만 배 속에서 소화시키고 있을 정도로 가난하단 말이오. 그다음엔, 일단 화는 내지 마시고, 표도르 미하일리치, 당신의 과업이 혁명이라는 것은 우리가 다 알고 있소. 그런데 두 번째로 말이오, 만약에 가축들이 새끼를 낳으면 어쩔 거요? 이제는 우리가 빈농이 되었소. 그런데 지금 말을 받은 자들이 과연 우리를 위해 말이 새끼를 낳도록 노력하겠느냐는 말이오? 한번 물어나 보시오, 표도르 미하일리치. 말을 받은 빈농들이 말이나 소가 새끼를 낳도록 해서, 송아지가 우리한테 돌아오도록 하겠소?"

민중은 너무나 사리에 맞는 이야기에 제자리에 얼어붙은 듯했다.

네도델란니는 잠시 침묵을 지키고 나서 다시 말을 이어 갔다.

"내 생각에는, 5년이 지나고 나면, 닭을 제외하고 다른 가축들은 이미 아무에게도 없을 것 같소. 도대체 누가 이웃을 위해 암소가 새끼를 낳도록 애쓰겠소? 그리고 오늘 우리가 여기 가지고 나온 가축도 제 수명을 다 못 살고 죽을 거요. 저기 페디카가 가져가는 내 말이 제일 먼저 죽을 거요. 저 사람은 말이라고는 태어나서 한 번도 본 적이 없고, 게다가 울타리 말뚝 말고는 사료도 하나 없소! 자, 이제 나를 위로해 주시오. 표도르 미하일리치, 다만 나한테 화는 내지 마시오!"

도스토옙스키는 곧바로 그를 위안해 주었다.

"자네 말이 옳군, 네도델란니. 분배할 필요가 없을 것 같네!"

코푠킨은 사람들 가운데의 빈 공간으로 뛰어 들어갔다.

"아니, 어떻게 분배할 필요가 없단 말이냐? 넌 뭐야, 강도들 편을 들겠단 말이야? 그럼 내가 네놈을 이 자리에서 끝장내겠다! 시민들이여!" 위협적이고 무시무시한 목소리로 코푠킨이 모두에게 말했다. "지금 저 덜떨어진 부농이 말한 것과 같은 일은 절대로 없을 것이다. 사회주의는 순식간에 도래할 것이며, 모든 것은 잘될 거다. 아직 아무것도 태어나지 않았지만, 너무나 잘될 것이다! 일단 리조프가 저 경주마를 거절했으니, 저 말을 현청 혁명위원회의 전권을 위임받은 드바노프 동지에게 줄 것을 제안하노라! 자, 이제, 모두 해산하라, 빈농 동지들이여, 파멸과 투쟁하기 위하여!"

빈농들은 그다지 확신을 가지지 못한 채, 다루는 법을 잊어버린지 오래인 소며 말을 몰고 움직이기 시작했다.

네도델란니는 멍청히 서서 코푠킨을 바라보았다. 이제 그를 괴롭히는 것은 경주마를 빼앗긴 사실이 아니라 호기심이었다.

"현에서 나온 동지, 한마디만 더 물어보도록 허락해 주시겠습니까?" 어린아이 같은 목소리로 네도델란니가 용기를 내어 질문했다.

"권력은 주어지지 않았지만, 물어보라!" 코푠킨은 그를 가엾게 여겼다.

네도델란니는 주의 깊고 예의 바르게 물어보았다.

"도대체 사회주의라는 게 뭔가요? 거기에 무엇이 있을 거며, 재물은 대체 어디로부터 와서 거기에 더해지는 겁니까?"

코푠킨은 큰 어려움 없이 설명해 줄 수 있었다.

"만약 네가 빈농이었다면, 너 스스로 그게 뭔지 알았을 테지만, 네놈은 부농이기에 아무것도 이해하지 못할 것이다."

저녁이 되자 드바노프와 코푠킨은 떠나기를 원했지만, 도스토엡스키는 스텝에서 사회주의를 무엇부터 시작하고, 무엇으로 끝낼지 확실히 알기 위해 그들에게 아침까지 머물러 줄 것을 부탁했다.

하지만 코푠킨은 오래 머물러 지루해, 밤에 떠나기로 결정했다.

"벌써 네게 모두 말했다." 그는 도스토엡스키에게 교시했다. "여기에 가축이 있다. 계급적인 인민대중은 두 다리로 굳건히 서 있다. 이제 노동 부역을 선언하라. 스텝에 우물과 연못을 파고, 봄부터는 건설을 시작하라. 여름이 다가올 무렵에는 사회주의가 풀밭에서 보이도록 말이야! 그때 내가 다시 너희 마을을 방문하겠다!"

"그렇다면 단지 빈농들만 일하게 되겠군. 이제 말과 가축이 그들에게 있으니까. 그럼 부유한 놈들은 또 아무 쓸모도 없이 살게 되겠네!" 다시금 도스토엡스키는 의문을 품었다.

"그래서 뭐가 어떻단 말인가?" 코푠킨은 놀라지 않았다. "사회주의는 반드시 순수한 빈농들의 손으로 이루어져야만 하는 것이다. 부농들은 투쟁 과정에서 죽게 되지."

"그 말이 맞아." 이제야 도스토엡스키는 만족했다.

밤에 드바노프와 코푠킨은 사회주의 건설의 기한과 관련해서 다시 한 번 도스토엡스키에게 엄하게 상기시켜 준 다음 길을 떠났다.

네도델란니의 경주마는 프롤레타리아의 힘과 나란히 걸음을 옮졌다. 두 사람의 기수는 인구 밀집 지역에서 벗어나 먼 곳으로 그들을 이끄는 길을 느끼게 되었을 때, 마음이 더 편안해졌다. 그들은 어딘가에 단 하루만 머물게 되더라도 심장에 슬픔의 힘이 축적되었다. 그래서 드바노프와 코푠킨은 농가의 천장을 두려워했고, 그들의 심장으로부터 남아도는 피를 빨아들이는 길을 지향했던 것이다.

말을 타고 스텝으로 급히 달려가는 두 사람 앞에 넓은 분기 도로가 나타났다.

그들 위로는 이미 오래전에 져 버린 태양 때문에 반쯤 어둑어둑해 보이는 밤의 구름이 있었고, 낮의 바람 때문에 황폐해진 공기는 더 이상 움직이지 않았다. 고개 숙인 공간의 신선함과 침묵 때문에 허약해진 드바노프는 지쳐서 말 위에서 잠들었다.

코푠킨은 검은 밤의 침묵과 편안함으로 광활한 대지에 놓여 있는 저 먼 곳의 숲 지역을 가리켰다.

"저기 아마도 숲 감시원이 있을 걸세."

빽빽이 우거진 나무들이 무성한 숲으로 들어가고 나서야, 그들은 인간의 고립된 집의 어둠 속에서 숲 감시관의 개가 지루한 듯 짖는 소리를 들었다.

숲을 과학에 대한 사랑으로부터 지켜 내는 숲지기는 이 시간에 오래된 책들 앞에 앉아 있었다. 그는 향후 혁명의 고통스러운 운명을 알아내고, 자기 가족이 구원될 출구를 찾기 위해 소비에트 시대와 유사한 시대를 과거의 시간 속에서 찾고 있었다.

역시 감시원이었던 그의 아버지는 최근에 출판되었지만 사람들이 읽지 않아서 잊혀 버린, 값싼 책들로 이루어진 서가를 그에게 남겼다. 그는 삶을 해결해 주는 진리는 버려진 책들 속에 비밀스럽게 존재한다고 아들에게 말했다.

숲 감시원의 아버지는 어머니의 무릎으로도 스며들지 못한, 이 세계의 거칠음에 너무나 연약한 자기 육체가 맞지 않기 때문에, 어미의 자궁 속에서 죽어 버린, 태어나지도 못한 아이들에 나쁜 책들을 비유했다.

"만약에 그런 아이들 열 명이 살아날 수 있었더라면, 그 아이들은 인간을 자랑스럽고 고귀한 존재로 만들 수 있었을지도 모른단다." 아버지는 아들에게 그렇게 유언했다. "하지만 날카로운 자연의 대기와 날 음식을 위한 투쟁을 견뎌 낼 수 있도록 하는, 가장 불명료한 것은 머릿속에서 생기고, 가장 둔감한 것은 심장에서 생겨난단다."

숲지기는 오늘 1868년에 출판된 니콜라이 아르사코프*의 책을 읽고 있었다. 이 책은 '이급 인간'이라는 제목이었고, 숲지기는 건조한 단어의 지루함을 통해 그에게 필요한 것을 찾고 있었다. 숲지기는 만약 독자가 책 속에서 삶의 의미를 찾고자 한다면, 지루하거나 의미 없는 책이란 있을 수 없다고 생각했다. 지루한 책들은 지루한 독자에게서 나오는 것이다. 왜냐하면 책 속에는 작가의 숙련된 기술이 아니라, 독자의 찾아내고자 하는 애수가 작용하기 때문이다.

'그대들은 어디에서 왔는가?' 숲지기는 볼셰비키들에 대해서 생각했다. '당신들은 아마, 언젠가 이미 존재했을 것이다. 유사한 어떤 것을 닮지 않고서, 존재했던 것을 훔치지 않고서는, 그 어떤 일도 일어날 수 없다.'

두 명의 작은 아이들과 살찐 그의 아내는 평온하고도 걱정 없이 잠들어 있었다. 그들을 바라보면서 숲지기는 이 세 사람의 소중한 존재를 위하여, 그들을 보호할 수 있도록 자기의 사유를 발전시켰다. 적시에 미래를 이해할 수 있고, 가장 가까운 가족들이 죽지 않도록 하기 위해 그는 미래를 열어 보기를 원했던 것이다.

이급 인간만이 느린 유용함을 만들 수 있다고 아르사코프는 썼다. 너무 큰 지혜는 결코 아무 데도 소용이 없다. 그것은 마치 비옥한 토양에 자라는 잡초와 같은 것으로, 익을 때까지 버려져 있다가 풀베기 때도 제때 베어지지 못하는 것이다. 저 높은 지혜의 사람들이 삶을 가속화하는 것은 삶을 지치게 할 따름으로, 그렇게 하면 삶은 이전에 가졌던 것을 잃게 된다.

'인간들은, 아주 조금밖에 이해하지 못하면서도, 매우 일찍 행동하기 시작했다. 만약 가능하다면, 영혼의 관조적 절반에 자유를 부여하기 위해, 자신의 행위는 억제해야만 한다. 관조, 이것은 낯선 사건들로부터 오는 자기 학습이다. 자기 행위를 더 늦게 시작하도록 하기 위하여, 하지만 더 실수 없이, 그리고 성숙한 경험이라는 무기를 손에 든 채, 더 강하게 자기 행위를 시작하도록 하기 위해, 사람들이 자연의 상황들을 될 수 있는 한 더 많이 배우도록 하라. 사회생활의 모든 죄악은 인간의 미숙한 지혜가 사회 속으로 섞여 들어감으로써 증가하는 것이다. 아무런 노력도 없이 모든 인간이 황홀한 행복을 맛보기 위해서는 역사를 50년 정도 손대지 않고 편안히 놓아두는 것만으로 충분하다.' 아르사코프는 이렇게 가르쳤다.

개들이 경계하는 목소리로 짖어, 숲 감시원은 총을 들고 늦게 온 손님들을 맞으러 밖으로 나갔다.

충직한 개들과 씩씩한 강아지 떼들 사이로 숲 감시원은 드바노프와 코푠킨이 탄 말을 끌고 들어왔다.

30분 뒤 세 사람은 통나무로 된, 생의 온기로 따스하게 된 집 안에서 등불을 둘러싸고 섰다. 숲지기는 손님들에게 빵과 우유를 대접했다.

그는 열심히 경계를 섰으며, 밤에 나타나는 사람들이 행할 수 있는 모든 나쁜 일에 대해서 미리 대비하고 있었다. 하지만 드바노프의 보편적 얼굴과 자주 멈추는 그의 눈동자는 숲지기를 편하게 해 주었다.

다 먹고 난 코폰킨은 펼쳐진 책을 집어 들고 아르사코프가 쓴 것을 열심히 읽었다.

"자네는 어떻게 생각하는가?" 코폰킨은 드바노프에게 책을 건넸다.

드바노프가 책을 다 읽고 나서 말했다.

"자본주의 이론이군요, 찍소리 말고 살라는."

"나도 그렇게 생각했다네!" 불경한 책을 저 멀리 치워 버리면서 코폰킨은 이렇게 말했다. "말해 보게. 사회주의에서 숲으로 무엇을 할 수 있을까?" 화가 나서 생각에 잠긴 코폰킨은 한숨을 쉬면서 이렇게 물었다.

"말씀 좀 해 주시죠. 동지, 1데샤티나당 숲은 얼마만큼 소득을 얻을 수 있나요?" 드바노프는 숲지기에게 물었다.

"상황에 따라 다르지요." 숲지기는 어렵게 말했다. "나무가 어떤지, 수령과 상황이 어떤지도 살펴봐야 하고, 그 외에도 여러 가지 요인이 있지요……."

"그래도 평균적으로요?"

"평균적이라…… 10루블 정도, 아니 15루블은 되겠군요."

"겨우? 그럼 호밀을 심는 편이 더 낫겠군요?"

숲지기는 놀라, 말하는 데 실수하지 않으려 노력했다.

"호밀이 훨씬 낫죠……. 1데샤티나당 20~30루블은 순수익을 올릴 수 있죠. 제 생각에 그보다 더 적지는 않을 겁니다."

코폰킨의 얼굴에는 속임을 당한 인간의 노여움이 바로 나타났다.

"그렇다면 즉각 숲을 베어 버리고, 그 땅을 경작하도록 하라! 이 나무들이 가을밀의 자리를 빼앗고 있었구나……."

숲지기는 흥분한 코픈킨을 민감한 눈동자로 뒤쫓았다. 드바노프는 연필로 아르사코프의 책에다 삼림 경영에서 발생하는 손해를 계산했다. 그는 감시관에게 삼림청에 몇 데샤티나의 숲이 있는지 물어보고 나서 통계를 내 보았다.

"1년에 1만 명의 농민이 이 숲 때문에 손해를 보고 있습니다." 드바노프는 평온한 목소리로 알려 주었다. "아마도 호밀이 더 이득이 되겠군요."

"물론, 더 이득이 되지!" 코픈킨은 고함을 질렀다. "숲지기가 자기 입으로 말하지 않았나. 이 밀림 전체를 완전히 밀어 버리고 호밀을 파종해야 한다. 드바노프 동지, 명령서를 작성하게!"

드바노프는 그가 오랫동안 슈밀린과 문서를 주고받지 않았다는 사실을 기억해 냈다. 슈밀린이 자기 허락도 없이 드바노프가 직접 행동했다는 것을 알게 될지라도, 이것이 명백히 혁명의 이익을 위해서라면, 아마도 질책하지는 않을 것이다. 숲 감시관은 약간이나마 반대할 용기를 냈다.

"사실 최근에 무단 벌목이 너무 심해져서, 더 이상 이토록 큰 나무를 베는 일은 없어야 할 것 같습니다."

"그것 봐, 더욱 우리의 뜻에 맞는군." 코픈킨은 적대적으로 대응했다. "우리는 민중이 간 길을 뒤따라가지, 민중보다 앞서 가지 않는다. 민중은, 말하자면 호밀이 나무보다 더 유용하다는 것을 스스로 느끼고 벌목한 것이다. 사샤, 숲을 베어 내도록 명령서를 작성하게."

드바노프는 베르흐네 모틴스카야 볼로스티 지역의 모든 빈농을 위해서 긴 명령서 겸 공고문을 작성했다. 현청의 혁명위원회 이름으로 작성된 명령서에는 빈농의 재산 상황에 대한 증명서를 발급받은 다음, 즉시 비테르마노프 산림청 산하의 숲을 베어 내도록 하라고 되어 있었다. 이로 인하여 사회주의에 이르는 두 가지 길이 즉시 생겼다고 명령서에 적었다. 한편으로 빈농들은 높은 스텝 지역에 새로운 소비에트의 도시를 건설하기 위한 숲 부지를 받을 것이고, 다른 한편으로 오랫동안 자라야 하는 나무들보다는 훨씬 이득이 되는 호밀이나 다른 곡물의 파종을 위한 땅을 얻게 되는 것이다.

코픈킨은 명령서를 읽었다.

"훌륭하군!" 그는 평가했다. "이제 더 무시무시하게 보이도록 이 서류 아래에 내가 직접 서명을 하겠다. 여기서는 많은 사람이 나를 기억하고 있다. 나는 전사니까 말이야."

코픈킨은 자신의 공식 직함을 정식으로 쓰고 서명했다.

'베르흐네 모틴스키 지역, 로자 룩셈부르크 볼셰비키 지원군 부대 대장, 스테판 예피모비치 코픈킨.'

"내일 가까운 시골 마을들로 직접 전달해. 그러면 다른 마을에서는 저절로 알게 될 것이다." 코픈킨은 명령서 종이를 숲 감시원에게 전달했다.

"숲이 베어지고 나면 저는 뭘 해야 합니까?" 해고된 숲지기가 자신의 처신에 대해서 물었다.

코픈킨은 그에게 이렇게 지시했다.

"너도 마찬가지로, 땅을 파고 농사를 지어 먹고살도록 해라! 아마도 일 년 동안 마을 하나를 먹여 살릴 정도로 많은 월급을 받았을 것 아닌가! 이제, 너도 인민대중처럼 살란 말이다!"

이미 밤이 깊었다. 깊은 혁명의 밤이 곧 멸망할 운명의 숲 위로 드리워져 있었다. 혁명이 발발하기 전까지 코픈킨은 그 무엇도 주의 깊게 느끼고자 하지 않았다. 숲도, 인간도, 바람 때문에 고통받는 공간도 그는 걱정하지 않았으며, 그 역시 그들에게 참견하지 않았다. 하지만 지금은 변화가 생겼다. 코푠킨은 겨울밤의 고른 신음 소리를 들을 수 있었고, 소비에트의 대지 위로 겨울밤이 순탄하게 흘러가기만을 바랐다.

코푠킨의 심장에 살해당한 로자에 대한 사랑 하나만 존재하는 것은 아니었다. 그 사랑은 이제 자신의 따스한 둥지 속에 놓여 있었는데, 이 둥지는 소비에트 시민에 대한 관심과 가난 때문에 무너져 내린 모든 자들에 대한 힘겨운 연민과 매 순간 마주치는 빈자의 적들에 대항하여 세우는 광포한 무훈이라는 풀로 엮인 것이었다.

밤은 비터마노프 삼림 지대 위에서 자신의 마지막 시간을 노래하고 있었다. 드바노프와 코푠킨은 말을 타고 와 피로해진 다리를 쭉 펴고 마루에서 잠들었다.

드바노프는 다른 아이들이 어머니의 젖을 물고 있는 것을 보았던 것처럼, 그 자신도 아이의 기쁨으로 어머니의 젖을 물고 있는 꿈을 꾸었지만, 눈을 들어 그녀의 얼굴을 보기가 두려워, 감히 그러지 못하였다. 그는 자신의 공포를 분명히 의식하지 못했고, 어미의 목 위로, 그토록 사랑하지만, 친어머니는 아닌 다른 사람의 얼굴을 볼까 봐 두려웠던 것이다.

코푠킨은 아무런 꿈도 꾸지 않았다. 그에게는 모든 일이 현실에서 실제로 이루어졌기 때문이다.

바로 이 시간에는 아마도, 행복 자체도 행복한 자들을 찾고 있을지 모른다. 그렇지만 행복한 자들은 행복이 그토록 자신들과 유사하다는 것을 알지 못한 채, 낮에 있었던 사회적 걱정거리들 때문에 휴식하고 있었다.

이튿날 태양이 떠오르는 새벽녘, 드바노프와 코푠킨은 먼 곳을 향해 출발해, 정오가 지나서 노보셀롭스키 교차로 남쪽에 있는 '빈농들의 우정'이라는 코뮌 지도부의 회의장에 도착했다. 코뮌은 카랴킨이라는 옛 이름을 그대로 유지하고 있었으며, 지금은 코뮌의 구성원인 일곱 가구의 요구에 따라 건설에 관한 문제들을 논의하고 있었다. 회의가 끝나 갈 무렵, 지도부는 코푠킨의 제안을 받아들였다. 코뮌에 가장 필수적인 것, 즉 집 한 채와 헛간, 곡물 창고만 남기고, 남은 두 채의 집과 다른 자산들은 선택하도록 이웃 마을에 증여하는 것이었다. 이는 코뮌에 남아도는 잉여 재산으로 주변 농민들을 억압하지 않도록 하기 위한 것이었다.

이후 코뮌의 서기는 각각의 지령서마다 손으로 '전 세계의 프롤레타리아여, 단결하라'라는 슬로건을 써넣으면서, 저녁 식사에 대한 지령서를 쓰기 시작했다.

코뮌의 전체 성인 구성원은 일곱 명의 남자와 다섯 명의 여자, 그리고 네 명의 처녀였는데, 그들은 모두 코뮌에서 일정한 관직을 차지하고 있었다.

직책과 이름을 적은 목록이 벽에 걸려 있었다. 이 목록과 지시문에 따르면 모든 사람은 하루 종일 자기 자신에게 복무하도록 되어 있었다. 관직의 명칭은 그들의 작업에 대한 존경심을 나타내는 경향으로 바뀌었다. 코뮌의 식사 담당 책임자, 가축 관련 책임자, 농기구와 건설, 재산 관련 감시관(대장장이, 목수 등을 담당하는 것도 바로 이 사람이었을 것이다)을 겸임한 철도 기술자, 코뮌의 경비와 독립 책임자, 아직 조직화되지 않은 다른 마을에 공산주의를 선전하기 위한 지도자, 후속 세대를 위한 코뮌의 여성 교육자와 같은 것이었고, 그 외 다른 관직들도 있었다.

코폰킨은 오랫동안 서류를 읽고 뭔가 생각에 잠기더니, 저녁 식사에 대한 지령서에 서명하고 있는 의장에게 질문을 했다.

"그렇다면 당신들 농사는 어떻게 짓고 있나?"

의장은 서명을 계속하면서 대답했다.

"올해는 농사를 안 지었소."

"왜 그렇게 되었나?"

"내부의 질서를 위반하면 안 되기 때문이오. 농사를 지으려면 모든 사람으로부터 직책을 박탈해야 하는데, 그러면 우리 코뮌이 남아나기나 했겠소? 그렇게 겨우 문제 해결을 했고, 사실 또 다른 이유는 아직 밀이 좀 남아 있기 때문이오……."

"그래, 식량이 있다면, 그래도 상관없지." 코폰킨은 더 이상 의심하지 않았다.

"식량이 있었지요, 있었어." 의장이 말을 이었다. "우리는 계산해서 바로 밀을 나눠 가졌어요. 사회의 풍요를 위해서 말이오."

"동지, 일을 아주 잘 처리했군."

"의심의 여지가 없지요. 우리 코뮌에는 거주민들이 모두 등록되어 있고, 인구당 식량이 특별히 확보되어 있어요. 각자에게 얼마만큼의 식량이 필요할지, 편견 없이 규준을 정하기 위해 의사를 불렀소. 이곳에서는 어떤 일이든지 큰 회의를 소집하오. 코뮌은 위대한 과업입니다! 삶의 복잡화지요!"

코폰킨은 여기에 대해서도 동의했다. 사람들을 방해하지만 않는다면, 그들은 스스로 공정하게 통치할 수 있다고 코폰킨은 믿었다. 그의 과업은 사회주의로 가는 길을 깨끗하게 유지하는 것이었다. 이를 위하여 그는 무력을 적용했으며, 권위 있는 명령도 적용했다. 다만 코폰킨을 당황하게 한 것은 의장이 언급한 '삶의 복잡화'라는 말이었다. 복잡한 삶에서는 누가 누구를 억압하는지 정확히 알아내기가 불가능하기 때문에, 차라리 '빈농들의 우정'이라는 이 코뮌을 즉시 제거해 버리는 것이 낫지 않을까 생각한 코푠킨은 드바노프에게 충고를 구하기까지 했다. 하지만 드바노프는 그를 말렸다. 이들은 재미 때문에, 지적인 작업에 열중하는 것이 즐겁기 때문에 일을 복잡하게 만들고 있는 것이며, 이전에는 맨손으로만 일했고, 머리에는 아무런 의미도 담아 두지 못했던 사람들이어서, 지금은 자기들이 지혜롭다는 사실에 즐거워하도록 놓아두라고 말했던 것이다.

"그렇다면, 좋아." 코푠킨도 이해했다. "그렇다면, 그들이 더 복잡하게 만들도록 하는 게 낫겠어. 전적으로 도와주어야겠어. 자네도 그들을 위해 뭔가 생각해 두게……. 불분명한 것들 말일세."

드바노프와 코푠킨은 오랜 여정을 위하여 말들이 사료를 실컷 먹도록 꼬박 하루 동안 그 코뮌에 남아 있었다.

신선하고 화창한 다음 날 아침부터 코뮌의 일상적인 공동 회합이 시작되었다. 이 회합은 현안들을 제때에 논의할 수 있도록 하루 걸러 한 번씩 개최하기로 예정되어 있었다. 그날의 안건은 두 개의 항으로 나뉘어 있었다. '현재'와 '현안'이었다. 회합에 앞서 코푠킨은 연설을 하겠다고 요청했고, 그들은 기뻐하면서 심지어 시간에 구애받지 말고 연설을 해 달라고 코푠킨에게 부탁했다.

"시간제한 없이 편하게 말씀하세요. 저녁까지 시간은 많으니까요." 의장은 코푠킨에게 이렇게 말했다. 하지만 코푠킨은 2분 이상 유창하게 말을 할 수 없었다. 그의 머릿속으로 여러 가지 다른 생각들이 기어 들어와서, 어떤 한 생각이 다른 생각을 표현할 수 없을 정도로 변형시켰기 때문이다. 그러면 그는 하던 말을 멈추고 자기 머릿속에서 발생한 소음에 흥미롭게 귀를 기울였다.

지금 코푠킨은 자신만의 접근법으로 생각하기 시작했다. 즉 '빈

자들의 우정'이라는 코뮌의 현재 목적은 과업을 혼돈스럽게 하여, 숨어 버린 부농들을 그 모든 복잡성으로 격퇴할 목적으로 삶을 복잡화하는 것이라는 관점에서 접근하기 시작한 것이다. 모든 것이 복잡해지고, 협소해지며, 이해되지 않을 때, 그때 노동은 정직한 지혜로 나아갈 것이며, 나머지 요소들은 복잡함이라는 그 협소한 곳으로 끼어 들어가지 못할 것이라고 코퓬킨은 설명했다. 구체적인 문장을 잊어버리지 않기 위해서 코퓬킨은 서둘러 말을 마쳤다. "그렇기에, 나는 코뮌의 공동 회합을 하루 걸러 한 번이 아니라 매일, 심지어 하루에 두 번씩 소집할 것을 제안하오. 이것은 첫 번째로 공동의 삶을 복잡화하기 위한 것이며, 두 번째로 현안들이 그 어떤 주목도 받지 못하고 어디론가 헛되이 새어 나가지 못하도록 하기 위함이오. 만약에 하루 동안 무슨 일이라도 발생하면, 여러분은 흡사 잡초 속에 파묻혀 있는 것처럼 망각 속에 남게 될 것이오……."

코퓬킨은 곤경에 빠진 것처럼 말라 버린 언어의 흐름 속에서 말을 멈추었고, 모든 말을 잊어버린 채 칼자루에 손을 얹었다. 모든 사람은 두려움과 존경심을 지닌 채 그를 바라보았다.

"의회의 간부들은 귀하의 의견을 만장일치로 가결하겠습니다." 의장은 능숙한 목소리로 결론을 지었다.

"훌륭합니다." 코뮌의 모든 구성원 앞에 서 있던 사람이 대답했다. 그는 낯선 사람들의 지혜를 믿고 있던 가축 관련 책임자였다. 모두, 자신들의 훌륭한 습관을 보여 주기라도 하듯이 동시에, 그리고 수직으로 손을 들어 올렸다.

"바로 이런 행동은, 별로 쓸모가 없소!" 코퓬킨은 크게 선언했다.

"왜 그러십니까?" 의장은 걱정스레 물었다.

코퓬킨은 의회 회원들을 향해서 성난 듯 손을 저었다.

"저기 아가씨 한 명이라도 항상 반대하는 쪽으로 손을 들도록 하시오……."

"뭘 위해서 말입니까, 코푼킨 동지?"

"머저리들! 바로 그 복잡화를 위해서요……."

"알겠습니다, 그 말이 맞습니다!" 의장은 기뻐했으며, 가금류와 호밀 책임자인 말라니야 오트베르슈코바가 앞으로 모든 사안에 항상 반대하도록 하자고 회의 참석자들에게 제안했다.

다음에는 드바노프가 현재 순간에 대해서 보고했다. 그는 여기저기 출몰하는 강도들 때문에 인적도 드물며 적대적인 스텝에 뿔뿔이 흩어져 있는 코뮌들을 위협하는 치명적인 위험에 주목했다.

"이 사람들은 말입니다." 드바노프는 강도들에 대해서 이야기를 시작했다. "새벽의 여명을 꺼 버리고 싶어 합니다. 하지만 여명은 촛불이 아니라 위대한 하늘이며, 그곳에는 인류 후예들의 행복하고도 막강한 미래가 저 머나먼 비밀스러운 별들 속에 숨겨져 있습니다. 의심할 여지없이, 지구를 정복하고 나면 모든 우주에 운명의 시간이 도래할 것이고, 전 우주에 대한 인간의 무시무시한 심판의 순간이 도래할 것이기 때문이지요……."

"아주 인상적으로 말씀하시는군요." 가축 관련 책임자가 드바노프를 칭찬했다.

"조용히 집중해서 듣도록 하게." 의장이 그에게 조용히 충고했다.

"당신들의 코뮌은 말입니다." 드바노프는 말을 계속 이어 나갔다. "당신들이 이곳에 있다는 사실을 강도들이 알아차리지 못하도록 그놈들을 속여야 합니다. 그렇기에 공산주의가 비록 일목요연함에도 불구하고, 당신들은 공산주의의 그 어떤 선명함도 드러나 보이지 않도록, 과업들을 지혜롭고도 복잡하게 상정해야 합니다. 예를 들어, 강도들이 권총을 들고 코뮌의 영토로 들어와서는 그놈들이 무엇을 끌고 가며 누구를 죽일지 살펴본다고 칩시다. 하지만 바로 이때 서기관이 배급표를 들고 나타나서, 그놈에게 이렇게 말하는 겁니다. '시민이여, 당신에게 뭔가 필요하다면, 우선 여기 배급표를 받으시고, 창고로 가십시오. 만약 당신이 빈농이라면 당신의 배급량을 공짜로 가져가시고, 만약 당신이 기타 계급이라면 우리 코뮌에서 하루 동안, 예를 들어 늑대 사냥 책임자 정도의 직책을 맡아서 복무하십시오'라는 식으로 말하는 거죠. 확신하건대, 시민 여러분, 이렇게 한다면 그 어떤 강도도 갑자기 당신들에게 손을 대지는 않을 겁니다. 왜냐하면 그들은 우선 당신 말을 바로 이해할 수 없기 때문이죠. 그러고 나서 나중에 당신들은 강도의 숫자가 당신들보다 많을 경우, 몸값을 치르고 풀려나거나, 그놈들이 당신 말에 놀라고 이해하지 못해서 코뮌 영토 안을 무기도 들지 않고 돌아다니기 시작하면 그놈들을 포로로 잡으면 됩니다. 제 말이 옳지 않습니까?"

"네, 거의 그런 것 같군요." 역시 그 말 많은 가축 담당 책임자가 동의했다.

"그럼, 만장일치로, 아니 반대표 한 표는 있지만, 통과시킵니까?" 의장이 공포했다. 하지만 기대보다 더 복잡한 결과가 나왔다. 말라니야 오트베르슈코바는 물론 반대쪽으로 투표했지만, 그녀 말고도 토양 비옥화 책임자인, 붉은 머리의 단조롭고 대중적인 얼굴을 지닌 코뮌의 구성원이 기권을 선택했다.

"자네는 왜 그러는가?" 의장이 질문했다.

"저는 복잡화를 지지하기 위해서 기권했습니다!" 그는 이렇게 말했다.

그러자 의장의 제안에 따라서 이 사람은 앞으로 항상 기권하도록 결정되었다.

저녁이 되자 드바노프와 코푠킨은 저 멀리, 초르나야 칼리트바 강의 골짜기로 떠나기를 원했다. 그곳의 두 마을에는 그 지역 소비에트 권력의 전 구성원을 주도면밀하게 살해하면서, 공공연하게 활보하는 강도들이 있었던 것이다. 하지만 혁명의 기념비를 함께 고안하기 위해서, 저녁 회합에도 그들이 참석해 주었으면 한다고 코뮌의 의장이 부탁했다. 서기는 이 기념비를 마당 가운데 세우라고 충고했지만, 말라니야 오트베르슈코바는 반대로 정원에 세웠으면 했다. 토지 비옥화 책임자는 역시 기권했으며 아무 말도 하지 않았다.

"자네는 아무 데도 세우지 말았으면 하는 것인가?" 의장은 기권자에게 이렇게 질문했다.

"내 의견을 말하는 것조차 기권하겠소." 토지 비옥화 책임자는 이렇게 대답했다.

"하지만 다수가 찬성이니, 기념비를 세워야 하겠군." 의장은 걱정스러워하면서 이렇게 판단했다. "중요한 것은 기념비의 형상을 생각해 내는 것이야."

드바노프는 종이에 형상을 그렸다.

"여기 이렇게 누워 있는 8자 모양은 시간의 영원성을 의미합니다. 그리고 서 있는 화살표는 공간의 무한함을 의미하죠."

의장은 회의에 참석한 자들 모두에게 드바노프가 그린 형상을 보여 주었다.

"여기에는 영원함도 무한함도 함께 있군요. 요컨대 모든 것이 있다는 말이죠. 이것보다 더 지혜로운 형상을 생각해 내기란 불가능할 것 같소. 의결하기로 제안합니다."

역시 한 표의 반대와 한 표의 기권으로 의결되었다. 기념비는 혁명을 긴 세월 동안 기다려 왔던, 택지 가운데 오래된 물레방아에다 세우기로 했다. 기념비는 철골을 사용해서 만들도록 철물 장인에게 부탁하기로 했다.

"우리는 이곳을 아주 잘 조직화한 것 같군요." 아침이 되자 드바노프가 코푠킨에게 말했다. 그들은 한여름의 구름 아래서 진흙탕이 된 길을 따라 저 먼 초르나야 칼리트바 강의 골짜기를 향해 가고 있었다. "이제 그들은 더 강화된 복잡화 체제로 나갈 것이고, 복잡화를 위해서 봄에는 반드시 땅을 경작하기 시작할 것이며, 소유 자산의 잔여분으로만 먹고살기를 그칠 것입니다."

"그래, 아주 분명하게 고안되었지." 코푠킨은 행복하게 말을 이었다.

"물론, 분명하죠. 복잡함을 위해서 아픈 척하는 건강한 사람에게는, 그가 그렇게 심하게 아프지 않다고 말하고, 그에게 이를 확신시키는 것만으로 충분할 때가 가끔 있어요. 그러면 그는 자기 스스로 건강을 회복하죠."

"알겠어. 그렇게 되면 건강은 그에게 신선한 복잡함이 되고, 놓쳐 버린 드문 행복한 기회로 여겨지겠군." 코푠킨은 정확하게 판단했으며, 이 복잡화라는 말이 흘러가는 순간이라는 말과 마찬가지로 얼마나 훌륭하고 불분명한 단어인가 혼자서 생각했다. 순간이지만, 흘러간다. 생각도 못할 일이다.

"이해할 수 없는 그런 단어들을 뭐라고 부르는가?" 코푠킨은 수줍게 물었다. "전문 영어인가 뭐 그런 말이 아닌가?"

"전문 용어죠."* 드바노프는 짧게 대답했다. 그는 기질적으로 교양보다는 무지를 오히려 더 좋아했다. 무지몽매함은 텅 빈 깨끗한 들판과도 같은 것이어서, 그곳에다는 모든 지식의 식물을 키울 수 있는 것이다. 하지만 교양이라는 것은 이미 풀이 무성하게 자라난 들판으로, 그곳의 토양은 식물들로 가득해 더 이상 아무것도 자라날 수 없는 것이다. 그런 이유로 드바노프는 러시아에서, 드물지만 교양이 있었던 잡초로 덮인 풀숲을 바로 혁명이 깨끗하게 뽑아 버리고, 민중은 이전에도 그랬듯이 여전히 깨끗한 들판으로, 즉 논밭이 아니라, 아무것도 없지만 비옥한 장소로 남아 있도록 했다는 사실에 만족했다. 그리고 드바노프는 아직 아무것도 파종하려 서두르지 않았다. 만약 전쟁의 바람이 서유럽에서 자본주의라는 잡초의 씨앗을 실어 오지만 않는다면, 좋은 토양이라는 것이 오랫동안 그냥 내버려져 있지만은 않을 것이고, 아마도 스스로 무엇인가 이전에 없었던 소중한 것을 생산해 내리라 생각했다.

그는 고르게 펼쳐진 스텝의 한가운데에서 어디론가 헤매고 있는, 먼 곳의 사람들 무리를 발견한 적이 있었다. 그들의 모습을 보자 흡사 그가 저 닿을 수 없는 사람들과 공통의 관심사를 지니기라도 한 것처럼, 드바노프의 내부에서는 기쁨의 힘이 솟아올랐다.

코폰킨은 로자 룩셈부르크에 대한 변함없는 기억으로 고개를 숙인 채 말을 타고 갔다. 갑자기 그의 내부에서 자신의 위로받을 수 없는 슬픔의 비밀이 우연히 밝혀지려고 했다. 하지만 지금 계속되는 삶의 무의미함은 자신의 따스함으로 그의 갑작스러운 지혜를 뒤덮어 버렸다. 그리고 그는 로자가 있는 그 다른 나라에 곧 도달할 것이며, 그곳에서 그녀 가족들이 보존하고 있는 로자의 부드러운 옷자락에 키스할 것이고, 로자를 무덤에서 파내어 자신에게로, 혁명에게로 데리고 올 것이라고 다시금 예견했다. 코폰킨은 로자의 옷자락 냄새도 느낄 수 있었다. 그것은 삶의 남아 있는 부분들의 숨겨진 온기와 결합된, 죽어 가는 풀의 냄새였다. 드바노프의 기억 속에서 소냐 만드로바가 로자에게서 나는 것과 유사한 향기로 기억된다는 사실을 그는 알지 못했다.

코폰킨은 한번은 어떤 읍의 혁명위원회 사무실 앞에 걸린 로자 룩셈부르크의 초상화 앞에 아주 오랫동안 서 있었다. 그는 로자의 머리카락을 바라보며 그것이 비밀스러운 정원과 같다고 생각했다. 그러고 나서 그는 그녀의 장밋빛 뺨을 응시했다. 그리고 바로 그 아래에서 뺨과 그녀의 생각에 잠긴 듯한, 하지만 미래로 뛰어가고 있는 듯한 얼굴을 씻어 주는 불꽃같은 혁명의 피에 대해서 생각했다.

코픈킨은 눈에 보이지 않는 자신의 흥분이 눈물이 되어 거칠게 터져 나올 때까지 그 초상화 앞에 서 있었다. 바로 그날 밤, 코픈킨은 한 달 전 농부들로 하여금 농산물 징발 요원을 죽이고 그 배를 찢은 다음, 그 안에 수수를 채워 넣도록 교사했던 한 부농을 격정적으로 참살해 버렸다. 그 징발 요원의 시체는 닭들이 그의 배에서 수수 알갱이를 다 쪼아 먹어 버릴 때까지 오랫동안 교회 앞 광장에서 굴러다녔다.

그때 처음으로 코픈킨은 광포하게 분노하여 부농을 베어 버렸다. 보통, 그는 자신이 살아가는 것처럼 격정적으로 사람을 죽이지는 않았으며, 냉담하게, 하지만 그의 안에 계산적이고 경제적인 인력이 작용하고 있는 것처럼 치명적으로 죽였던 것이다. 코픈킨은 백위군들과 강도들을 자신의 개인적 노여움을 표명할 정도로 중요한 의미를 지닌 적이라고 생각하지 않아, 마치 여인네들이 수수를 뽑아내는 것과 같을 정도의 일상적 주의력만 지닌 채 그들을 죽였다. 그는 미래의 희망과 운동을 위한 자신의 감각을 무의식적으로 보존하면서, 정확하게, 그렇지만 서둘러서, 걸어가거나 말 위에서 전투를 했던 것이다.

위대한 러시아의 수줍은 하늘은, 흡사 소비에트가 예로부터 존재해 왔으며, 하늘은 소비에트에 완전히 상응하기라도 했던 것처럼, 그토록 일상적으로, 그리고 똑같이 소비에트의 하늘 위에서 빛났다. 혁명 전까지는 하늘도, 그리고 다른 공간들조차 달랐을 것이며, 이토록 사랑스럽지 않았을 것이라는 순결한 확신이 드바노프에게 이미 생겨났다.

세계의 끝으로서 하늘이 지상을 만지고, 인간이 인간을 접촉하는 멀고도 고요한 지평선이 떠올랐다. 말을 탄 두 여행자는 조국의 머나먼 오지로 말을 몰았다. 가끔씩 길은 협곡의 정상을 돌아갔는데, 그러면 저 아래 저지대에 불행한 시골 마을이 보였다. 잘 모르는 고독한 거주지에 대한 연민이 드바노프에게 생겨났으며, 그는 상호 간의 삶의 행복을 즉시 시작하기 위해 그곳으로 달려가고 싶었지만, 코폰킨은 동의하지 않았다. 무엇보다도 먼저 초르나야 칼리트바에서 일을 해결하고 나서 이곳으로 돌아오자고 그는 말했던 것이다.

하루는 음울하고 인적 없이 지속되었고, 한 명의 강도도 무장한 우리의 기사들 앞에 나타나지 않았다.

"숨어 버렸군!" 코폰킨은 강도들에 대해 이렇게 일갈하며, 자신을 누르는 중압감을 몸속에서 느꼈다. "우리는 공동의 안전을 위해서 놈들을 싹 쓸어 버릴 수 있었을 텐데. 놈들은 아마도 움막마다 숨어 들어가서 쇠고기나 게걸스럽게 뜯고 있을 거야……."

아직 완전히 베어 버리지는 않았지만, 농부들이 이미 듬성듬성 베어 버린 자작나무 가로수가 길 쪽으로 이어졌다. 아마도 이 가로수 길은 길 옆에 위치한 영지와 이어진 것 같았다.

가로수 길은 두 개의 돌로 만든 교각에서 끝났다. 한쪽 교각에는 손으로 써서 작성한 신문이 걸려 있었고, 다른 쪽에는 공기의 침전물에 반쯤 씻겨 나간, 다음과 같은 글귀가 새겨진 양철로 된 간판이 걸려 있었다.

'파신체프 동지 소유 전 세계 공산주의 혁명의 보호 영지. 친구에게는 출입을, 적들에게는 죽음을!'

수기로 된 신문은 누구인지 모를 적대자의 손에 의해 반쯤 찢겨 나가 계속 바람에 노출되어 흔들렸다. 드바노프는 신문을 손에 들고 코퓬킨이 들을 수 있도록 소리 내어 읽었다.

신문은 '빈농의 복지'라는 제목이었으며, 포쇼샨스카야 읍의 남동부 지역 안전을 보장하기 위한 마을 소비에트와 지역 혁명위원회 기관지의 이름이기도 했다.

신문에는 '전 세계 혁명의 과제들'에 관한 기사만이 남아 있었고, 기사의 절반은 '들판의 눈을 그대로 보존해 노동 수확의 생산성을 증대'하라는 권고였다. 그런데 기사의 중간 부분은 그 원래 의미에서 벗어났다. '눈을 경작하시오, 그러면 우리는 미쳐 날뛰는 수천의 크론슈타트가 두렵지 않을 것입니다*'라고 적혀 있었다.

어떤 '미쳐 날뛰는 크론슈타트'란 말인가? 드바노프는 이에 대해 걱정하면서 고민하기 시작했다.

"공포를 조장하고 대중을 억압하기 위해서만 써 대고 있군." 무슨 말인지 제대로 이해도 못하면서 코퓬킨은 그렇게 말했다. "문자 기호 역시 삶의 복잡화를 위해서 고안된 것들이야. 글을 아는 자들은 지혜로 술책을 부리지만, 글을 모르는 사람들은 그자들을 위해 손으로 일을 하고 있지."

"어이없는 말씀이군요, 코퓬킨 동지. 혁명이 바로 민중을 위한 글자 독본이랍니다."

"나를 헛갈리게 하지 마, 드바노프 동지. 우리는 말이야, 항상 다수의 의견에 따라 모든 것을 결정하지. 그런데 거의 대다수가 글을 모른단 말이야. 하지만 모두의 평등을 위하여 글을 모르는 사람들이 유식한 사람들로 하여금 글자를 포기하게 만들 때가 언젠가 올 거야……. 게다가 몇 안 되는 유식한 사람들이 배운 글을 잊어버리는 것이, 모든 사람들이 처음부터 새로 모든 것을 배우는 것보다 훨씬 쉬우니까. 아무도, 심지어 악마조차 우리 국민을 가르치지는 못할 거야. 자네가 한번 가르쳐 봐. 그들은 금방 모든 것을 잊어버릴 테니까…….”

“일단, 파신체프 동지 집으로 들어가 보죠.” 드바노프는 생각에 잠겼다. “저는 현청으로 보고서를 보내야 되니 말이죠. 현청에서는 오랫동안 일이 어떻게 돌아가는지 아무것도 모르고 있을 겁니다.”

“알아야 할 일도 없지 않은가? 혁명은 스스로의 행보로 진행되고 있으니 말이야…….”

그들은 가로수 길을 따라 1.5베르스타 정도 걸어갔다. 그러자 높은 지대에, 거의 폐허처럼 보일 정도로 사람의 흔적이 없는, 위풍당당한 흰색의 대저택이 그들 앞에 펼쳐졌다. 본채의 기둥들은 살아 있는 여자의 다리 형상을 그대로 모방한 것으로, 하늘 하나만 받치고 있는 횡목을 굳건히 지탱하고 서 있었다. 저택은 그 안으로 몇 사젠 정도 움푹 들어가서 있었는데, 고개를 숙이고, 끊임없이 노동하는 거인들 형상을 하고 있는 특별한 형태의 주랑을 지니고 있었다. 코픈킨은 하나로 결합된 기둥들의 의미를 이해할 수 없어, 그것들을 부동산 재산을 혁명적으로 강제 몰수한 잔여물이라고 여겼다.

어떤 기둥에는 지주인 건축가의 이름과 그의 프로필이 흰색의 판화로 새겨져 있었다. 판화 아래에는 기둥에 라틴어로 된 시가 돋을새김으로 새겨져 있었다.

우주는 달려가고 있는 여인이다
그녀의 다리는 지구를 돌리고
그녀의 몸은 고공에서 흔들리고
그리고 그녀의 눈동자에서 별들은 시작된다.

드바노프는 봉건제의 고요 속에서 슬프게 한숨을 내쉬면서, 다시 한 번 주랑을 살펴보았다. 그것은 순결한 세 여인의 균형 잡힌 여섯 개의 다리였다. 먼 곳에 있지만, 불가피한 예술 작품을 볼 때 늘 느꼈던 평온함과 희망의 감정이 그에게 생겨났다.

그는 젊음의 긴장으로 가득한 이 다리들이 낯설다는 사실 하나는 유감이었지만, 이 다리를 가졌던 젊은 여인이 번식이 아니라 매혹에 자신의 생명을 집중했다는 사실이 마음에 들었다. 그녀가 비록 생명을 지니고 있었지만, 생명은 그녀에게 재료였지 의미가 아니었던 것이다. 그리고 이 재료는 무언가 다른 것으로 가공되었는데, 거기에서 추하고 살아 있는 것은 아름답고 무감각한 것으로 바뀌어 있었다.

코푠킨 역시 주랑 앞에서 심각하게 서 있었다. 그는 무엇인가가 무의미하고 아름다울 경우, 그 장엄한 것을 존경했다. 하지만 예를 들어 큰 기계와 같이, 단지 그 크기에만 의미가 있는 경우에는 그것을 대중 억압의 수단이라고 여겼으며, 영혼의 잔혹함마저 지닌 채 그것을 경멸했다. 그런데 코푠킨은 이 주랑처럼 의미 없는 것 앞에서는 자신에 대한 연민과 차리즘에 대한 증오를 지닌 채 서 있을 따름이었다. 코푠킨은 지금 이 여자의 거대한 다리 앞에서 스스로는 동요하지 않으면서, 차리즘은 유죄라 생각하고 있었다. 그러다가 드바노프의 슬픈 얼굴을 보고 나서야 자기도 슬퍼해야 한다는 것을 알았다.

"우리도 그 모든 문제를 피해서 말이죠, 무엇인가 전 세계적이고 의미 있는 것을 건설한다면 좋을 텐데요!" 슬픔 어린 목소리로 드바노프가 말했다.

"그걸 금방 건설할 수는 없을 거야." 코푠킨은 의혹을 품었다. "부르주아들이 전 세계를 우리로부터 차단하고 있으니 말이야. 우리는 이제 더 높게, 더 훌륭하게 기둥을 세우도록 하지. 저렇게 부끄러운 매춘부 다리 같은 것 말고 말이야."

왼쪽으로는 흡사 시골 마을 공동묘지의 무덤들처럼, 작은 집들과 헛간 같은 것들이 풀과 관목이 무성한 숲 속에 숨어 있었다. 기둥들은 텅 비어 버린 저세상을 지켜 주고 있었다. 장식적이고 고상한 나무들은 이 균등한 파멸의 분위기에서 자신들의 가늘고 연약한 몸을 유지하고 있었다.

"하지만 우리는 더 좋게 만들어 버리죠. 그것도 이런 식으로 어떤 쓸쓸한 인적 드문 골목길이 아니라, 세계의 모든 광장에다가 말이에요!" 드바노프는 손으로 모든 것을 가리켰지만, 자신의 심연에서 무언가 불안함을 느꼈다. "보세요!" 스스로를 보호하지 않는, 청렴한 어떤 것이 그의 내부에서 경고했다.

"물론 건설해야지. 이건 사실이면서 또 슬로건이기도 해." 코푠킨은 희망으로 고양된 채 이렇게 확신했다. "우리의 과업은 지치지 않아."

코푠킨은 엄청난 크기의 사람 발자국을 우연히 발견하고는 그 흔적을 따라서 말을 몰았다.

"도대체 여기 사는 놈은 뭘 신고 다니는 거야?" 코푠킨은 적잖이 놀라서 검을 뽑아 들었다. 자신의 오랜 거주지를 지키고 있는 수호자인 거인이 갑자기 나타날지도 모를 일이었다. 이곳의 지주 저택에는 잘 먹여 살이 찐 거대한 사내들이 살고 있어서, 그자들이 성큼성큼 다가와 아무런 예고도 없이 손바닥으로 내려치면, 아마 힘줄이 터질지도 모르는 일이었다.

코푠킨은 힘줄을 좋아하고, 힘줄이 어떤 올가미의 밧줄 같은 것이라고 생각해 그것이 끊어질까 두려워했다.

마침내 두 기사는 무너져 가는 집의 반지하로 이어지는, 크고도 둔중한 영원의 문 앞에 도달했다. 인간의 것 같지 않은 발자국은 바로 이곳으로 이어져 있었다. 심지어는 어떤 거대한 조상이 지표가 벗겨져 나갈 정도로 땅을 밟아 대면서 이 문 앞에서 서성거렸음을 금방 알아차릴 수 있을 정도였다.

"여기 있는 자는 도대체 누구일까?" 코푠킨은 경악했다. "잔혹한 인간임이 틀림없어. 곧 우리를 불시에 공격해 올 거야. 공격에 대비하시오, 드바노프 동지!"

사실 코푠킨은 점점 즐거워지기까지 했다. 그는 아이들이 밤의 숲에서 느끼는 것과 같은 두려운 희열을 느꼈다. 아이들의 두려움은 곧 밝혀질 호기심과 늘 반반을 이루었다.

드바노프는 소리를 질렀다.

"파신체프 동지! 여기 누가 있습니까?"

아무도 없었다. 심지어 바람이 없으니 풀조차 침묵했으며, 날은 이미 저물어 어스름했다.

"파신체프 동지!"

"어험!" 저 먼 곳으로부터, 그리고 장대하게, 흡사 지구의 공명하는 핵으로부터 나오는 것처럼 소리가 울려 퍼졌다.

"이리로 나오라, 동향인이여!" 코푠킨이 큰 소리로 명령했다.

"어험!" 음울하고도 울리는 목소리로 지하실의 내부에서 대답이 울렸다. 하지만 이 소리에는 공포도, 밖으로 나오려는 희망도 담기지 않았다. 대답한 사람은 아마도 누워서 소리를 지른 것 같았다.

코푠킨과 드바노프는 기다리다가 나중에는 화가 났다.

"빨리 나오라고 네게 명령한다!" 코푠킨이 호통을 쳤다.

"싫다." 알 수 없는 인간이 천천히 말했다. "본채로 들어가 봐. 그곳 부엌에 빵과 밀주가 있다."

코푠킨은 말에서 내려 칼로 문을 내려치기 시작했다.

"나오라, 그렇지 않으면 유탄을 던지겠다!"

그 사람은 침묵했다. 아마도 유탄의 공격과 그다음에 어떤 일이 일어날지 흥미롭게 기대하고 있는 것 같았다. 하지만 곧 대답했다.

"장난하고 있군, 던져. 나한테도 유탄이 창고 가득 있어. 그걸 던지면 네놈은 어미 배 속으로 다시 기어 들어가게 될 거야!"

그리고 또다시 침묵이 이어졌다. 사실 코푠킨은 유탄을 가지고 있지 않았다.

"던지라니까, 더러운 놈들!" 그 낯선 자는 편안한 음성으로 저 심연으로부터 요구했다. "내가 대포를 한번 시험해 보게 해 줘. 요즘 내 폭탄들은 녹슬고 눅눅해지고 있어서 아마 폭발 안 할 테니 말이야. 악마 녀석들!"

"보— 오오!" 코푠킨은 이상한 소리를 질렀다. "그렇다면, 밖으로 나와서 트로츠키 동지가 보내는 봉투를 받으라."

그 사람은 침묵하고서 생각에 잠겼다.

"트로츠키가 어떻게 내 동지인가? 그자는 모든 사람 위에서 군림하는데 말이지! 나에게 혁명 사령관들은 동지가 아니야. 차라리 폭탄이나 던져 봐, 그게 더 재미있을 거니까!"

코푠킨은 땅바닥에 튀어 나온 벽돌을 하나 발로 파내서 그것을 문으로 휘둘러 던졌다. 문은 큰 소리를 냈지만 금방 다시 잠잠해졌다.

"이런, 폭발하지 않았군, 젠장. 폭탄의 화약이 다됐나 보군!" 코푠킨은 폭탄의 결함을 이렇게 규정지었다.

"그래, 내 폭탄들도 아직은 침묵하고 있지!" 그 알 수 없는 사람이 진지하게 대답했다. "자네 안전핀이나 제대로 뽑았나? 내가 가서 폭탄 상표나 한번 봐 줘야겠군."

금속이 쩔렁거리는 소리가 규칙적으로 울려 퍼지더니, 실제로 누군가가 철의 걸음걸이로 다가왔다. 코푠킨은 칼을 도로 칼집에 꽂고 그를 기다렸다. 그의 호기심이 조심성을 이겼던 것이다. 드바노프는 아직 자기 말에서 내리지 않은 채였다.

낯선 자는 가까이에서 발소리를 냈지만, 분명히 자기 힘의 무게를 극복하면서 점차 걸음걸이의 속도를 늦추었다.

문은 그들 앞에서 바로 열렸다. 알고 보니 잠겨 있지 않았다.

코푠킨은 자기 앞에 펼쳐진 광경에 입을 다물고 두 걸음 뒤로 물러났다. 그는 끔찍한 그 무엇, 또는 순간적으로 폭로될 비밀을 기대하고 있었지만, 그의 앞에 나타난 사람은 여전히 자신의 비밀을 유지하고 있었다.

활짝 열린 문에서 그다지 키가 크지 않은 한 사람이 나왔다. 그는 갑옷과 투구로 몸을 두르고, 무거운 칼을 들고 있었으며, 풀들을 짓이겨 버릴 정도로 짓밟아 버리는, 한 짝이 세 개의 청동 파이프로 결합된 거대한 금속 장화를 신고 있었다.

그 사람의 얼굴, 특히 이마와 턱은 투구로 보호되고 있었으며, 그 위로 그물망 형태의 철망이 덧씌워져 있었다. 이 모든 것은 전사를 적의 어떤 공격으로부터도 보호해 주는 장치였다.

하지만 그 사람 자체는 키도 작고, 그다지 무시무시한 인간이 아니었다.

"어디에 너의 유탄이 있는가?" 목쉰 가는 목소리로 그들 앞에 나타난 사람이 물었다. 그의 목소리는 금속 물질들과 그의 텅 빈 거주지에 반사되어 멀리에서만 크게 울렸지 실제로는 오히려 연민을 불러일으키는 소리로 여겨졌다.

"오, 이런 비열한 놈!" 코푠킨은 그다지 악의는 없이, 하지만 존경의 마음도 없이, 이 기사에게 큰 흥미를 느끼면서 이렇게 소리를 질렀다.

드바노프는 대놓고 웃기 시작했다. 그는 이 사람이 누구의 터무니없는 의상을 입었는지 금방 알 수 있었다. 하지만 그가 웃기 시작한 것은 낡은 투구에다 볼트 위에 너트로 꽉 죄어 놓은 적위군의 별 때문이었다.

"뭐가 그리 즐거운가, 이 악당 놈들아!" 결함 있는 폭탄을 찾지 못한 기사는 냉담하게 물었다. 기사는 아무래도 고개를 숙일 수가 없었고, 갑옷의 무게와 끊임없이 씨름하느라 칼로는 풀을 약하게 건드릴 수 있을 따름이었다.

"문제가 될 일은 찾지도 마라, 이 바보 놈아!" 평정심을 회복한 코푠킨이 진지하게 말했다. "숙박할 곳으로 안내하라. 네 집에 방이 있는가?"

기사의 거주지는 저택의 반지하층에 위치하고 있었다. 그곳에는 작은 석유등의 침침한 빛으로 밝혀진 홀이 하나 있었다. 멀리 한쪽 구석에는 기사의 갑옷이나 칼 같은 무기들이 산더미처럼 쌓여 있었고, 다른 구석의 중간쯤에는 수류탄이 피라미드처럼 쌓여 있었다. 홀에는 탁자가 하나 놓이고 탁자 앞에 등받이 없는 의자가 하나 있었다. 탁자 위에는 이름을 알 수 없는 음료수 병이 놓여 있었는데, 독이 들어 있을지도 모를 일이었다. 그 병 위에는 다음과 같은 슬로건을 펜으로 써놓은 종이가 밀가루풀로 붙여 있었다.

부르주아들에게 죽음을!

"밤 동안 내 무장을 좀 해제시켜 주게!" 기사가 이렇게 부탁했다.

코푠킨은 그의 갑옷에 과연 지혜로운 부분이 있는지 오랫동안 생각에 잠긴 채, 그에게서 불멸의 옷을 벗겨 냈다. 마침내 기사는 옷을 다 벗었다. 그러자 청동의 껍질로부터 평범한 파신체프 동지가 눈앞에 나타났다. 그는 서른일곱 살 먹은 갈색의 인간이었는데, 타협하기 힘들어 보이는 한쪽 눈을 잃어버렸지만, 다른 쪽 눈은 더 주의 깊은 모습으로 남아 있었다.

"보드카 한잔씩들 합시다." 파신체프는 이렇게 말했다.

하지만 코푠킨은 혁명 이전에도 보드카를 마시지 않았다. 그는 보드카를 감정을 위한 목적 없는 음료라고 여기며 의식적으로 마시지 않았던 것이다.

드바노프 역시 술을 잘 이해하지 못했기에 파신체프 혼자 술을 마셨다. 그는 '부르주아들에게 죽음을!'이라는 문구가 적힌 병을 들고 목으로 바로 술을 쏟아부었다.

"독이야!" 그는 술병을 비우고는 이렇게 말하면서 약간 선량해 보이는 얼굴을 하고 자리에 앉았다.

"비트 액으로 담근 거야." 파신체프는 이렇게 설명했다. "시집도 안 간 한 처녀가 정결한 손으로 끓여 만든 거지. 순결한 음료야, 아주 향기롭단 말이지. 이 사람아……."

"그런데 네놈은 뭐 하는 인간인가?" 약간 노기를 띠고 코푠킨이 흥미로운 듯 물었다.

"나는 개인적인 인간이지." 파신체프는 코푠킨에게 알려 주었다. "나는 스스로 혁명을 견뎌 냈어. 1919년 우리에겐 모든 것이 끝났어. 그리고 군대와, 권력과 질서가 왔지. 하지만 민중은 다시금 대오를 정비하고, 월요일부터 또 일을 시작해……. 그래, 네가 누구든……."

코푠킨은 모든 흘러가는 순간을 짤막하게 손으로 공식화했다.

드바노프는 생각을 멈추고 천천히 그의 말을 경청했다.

"자네는 1918년과 1919년을 기억하는가?" 기쁨의 눈물을 머금고 파신체프는 이렇게 말했다. 영원히 잃어버린 시간은 그에게서 광포한 기억들을 불러일으켰다. 이야기 도중 그는 탁자 위를 주먹으로 내려치면서 지하실 주변의 모든 것을 위협했다. “이제는 더 이상 아무것도 없을 거야.” 증오심을 품은 채 파신체프는, 눈을 깜박이고 있는 코푠킨을 설득했다. “모든 것이 끝났어. 법은 집행되었고, 사람들 사이에 차이가 나타났지. 흡사 어떤 악마가 저울에 다 인간을 달아 본 것처럼 말이야…….* 나를 한번 예로 들어 보면 말이야, 과연 태어나면서부터 여기 무엇이 숨 쉬는지 자네는 알 수 있겠는가?” 파신체프는 지혜를 담고 있는 뇌가 압축되어 있음에 틀림없는 자기의 뒤통수 아래쪽을 때렸다. “자, 여기서는 말일세, 형제여, 모든 공간에 자리를 찾아내야 되는 거지. 이건 누구에게나 마찬가지야. 그런데도 사람들은 나를 지배하길 원하고 있어! 자네는 이 모든 것을 완전무결하게 이해할 수 있나? 말해 봐, 이게 속임수인가 아닌가?”

“속임수지.” 코푠킨은 순순히 동의했다.

“맞아!” 파신체프가 만족스럽게 말을 맺었다. “그래서 나는 이제 그 전체의 모닥불에서 벗어나 혼자 불타고 있지!”

파신체프는 자신이 그러했듯이 지구의 고아 감각을 코푠킨에게서 느낄 수 있어, 그가 영원히 자신과 함께 남아 주기를 진심에서 우러난 말들로 부탁했다.

“자네에게 무엇이 필요한가?” 다정한 인간임을 느낄 수 있는 기쁨에 자기 자신을 망각할 지경에 이른 파신체프가 이렇게 말했다. “여기서 살게. 먹고 마시면서 말이야. 나는 사과를 다섯 통이나 절여 놨고, 가지도 두 자루나 말려 놨어. 우리 이 나무들 사이에서 친구로 살아가세. 풀밭에서 노래를 부르세. 민중이 수천 명이나 내게로 왔었네. 모든 빈자가 내 코뮌에서는 기뻐하고 있다네. 다른 곳의 민중에겐 가벼운 은신처가 없지 않은가. 마을에서는 소비에트가 그들을 감시하고, 사령관이나 경비대가 그들을 지켜보고 있지. 그리고 식량 징발대는 배 속에 들어간 빵조차 찾아내려 하지. 하지만 내 코뮌에서는 관리라곤 아무도 나타나지 않아."

"자네를 두려워하는가 보군." 코픈킨은 이렇게 결론을 내렸다. "자네는 온통 철갑을 휘두르며 다니고, 폭탄 위에서 잠을 자니 말이야……."

"분명히 두려워하고 있지." 파신체프도 동의했다. "내게 와서 영지를 몰수하려 했지만 내가 갑옷을 정식으로 차려입고 전권 위원에게 가서, 폭탄을 겨눴다네. '내 코뮌을 다오!' 그런데 그 다음에는 공물 할당량을 거두러 왔더란 말이지. 그래서 이번에도 내가 전권 위원에게 말했지. '마음껏 마시고 먹으라고, 개자식. 하지만 여분의 것을 가져가기만 해 봐, 네놈을 박살 내 줄 테다.' 전권 위원은 밀주를 한 잔 마시고는 떠났어. 그놈은 '고맙소, 파신체프 동지'라고 하더군. 내가 그놈에게 해바라기 씨를 한 줌 주고, 저기 주석 작대기로 그놈 등을 밀어서 자기네 정권이 있는 동네로 보냈다네."

"그러면 지금은 어떤가?" 코픈킨이 물었다.

"특별할 것도 없어. 어떤 지도부도 없이 살지만, 나는 훌륭하게 살고 있지. 권력이 곁눈질하지 못하도록 이곳을 혁명의 보호 구역이라고 선언했네. 그리고 아무도 건드리지 않은 영웅적 카테고리에서 혁명을 보호하고 있다네……."

드바노프는 떨리는, 많이 써 보지 않은 손으로 쓰인 벽의 비문을 훑어보았다. 드바노프는 석유램프를 들고 혁명의 보호 구역 벽면의 비문을 읽었다.

"읽어 봐, 읽어 보라고." 파신체프는 아주 열성적으로 그에게 권했다. "어떨 땐 침묵하고 또 침묵해서, 더 이상 침묵할 수 없을 때가 되면 벽에다 대고 말하기 시작할 걸세. 오랫동안 사람을 못 보면 나는 멍청해지지…….”

드바노프는 벽의 시를 읽었다.

부르주아는 없다. 그렇게 노동도 사라질 것이다.
다시 농부들의 목에는 멍에가 걸리고
믿으라, 노동 농민들이여,
들판의 꽃들도 기름진 삶을 살 것이다!
그래, 씨 뿌리고, 쟁기질하고, 농사짓기를 그만두라.
토지가 스스로 생산토록 하라.
그대는 살아라, 그리고 즐기라 —
삶은 두 번 존재하지 않는다.
모든 신성한 코뮌과 더불어
정직한 손이여
모두의 귀에 울리도록 하라.
슬프고도 가난히 사는 것은 이걸로 충분하다.
이제 우리 모두 기름지게 살찔 때이다.
지상의 가난한 노동이여 사라지리라.
토지는 우리에게 공짜로 음식을 줄 터이니.

그때 누군가가 조심스럽게 지속적으로 문을 두드렸다.

“에헤!” 이미 밀주를 다 증발시켜 버려서, 목이 잠긴 파신체프는 이렇게 대답했다.

“막심 스테파니치!” 밖에서 목소리가 들렸다. “저기 숲 언저리에서 수레 채를 만들 긴 바지랑대를 찾아봐도 될까요? 겨울은 날 줄 알았더니 길을 가다 부서졌습죠…….”

"안 돼!" 파신체프는 거절했다. "내가 언제까지 너희를 가르쳐야 되겠나! 내가 창고에다 명령문을 붙여 놓았지 않았는가. 땅은 이제 스스로 만들어진 것이라, 그 누구의 것도 아니라고. 만약에 네가 물어보지 않고 바지랑대를 찾아갔다면, 차라리 나는 허락했을 것이다……."

밖에 있는 사람은 기뻐서 소리를 냈다.

"그럼, 감사합니다. 바지랑대는 건드리지도 않겠습니다. 그건 일단 요청한 물건이니까요. 그럼 뭔가 다른 것을 가져가죠 뭐."

파신체프는 자유롭게 말했다.

"결코 아무것도 물어보지 마라. 그건 노예의 심리야. 무엇이든 스스로 가져가라. 너는 네 의지로 태어난 것이 아니라 저절로 태어나지 않았는가. 그러니 역시 계산하지 말고 살도록 하라."

"그 말이 정확합니다요. 막심 스테파니치." 문밖의 사람은 진지하게 동의했다. "자유롭게 가져가는 걸로, 그걸로 살고 있습지요. 만약에 이곳 영지가 아니라면 우리 마을 사람의 절반은 벌써 죽었을 겁니다. 5년째 여기서 적선만 받고 있습지요. 볼셰비키들은 공정한 사람들입니다! 고맙습니다. 막심 스테파니치!"

파신체프는 금방 화를 냈다.

"네 이놈, 또 고맙다고 말하는구나! 아무것도 가져가지 마라, 이 회색 악마야!"

"아이고, 또 왜 그러세요, 막심 스테파니치! 그럼 내가 3년이나 열심히 일한 게 뭐가 되겠습니까? 저는 대부하고 같이 양철통을 하나 얻으러 왔습니다. 그런데 안 된다고 말씀하시니……"

"이게 우리 조국이지!" 파신체프는 자신과 코픈킨에게 이렇게 말하고서 다시 문 쪽을 보면서 말을 이었다. "네놈은 긴 바지랑대를 얻으러 왔다고 하지 않았느냐? 그런데 지금은 양철통을 내놓으라고!"

"아니, 뭐라도 말이지요……. 다른 때는 닭을 한 마리 가져가려고 왔는데, 말하자면 길가에 쇠 굴대가 버려져 있단 말이지요. 그게 보기 싫게 굴러다닌단 말이지요. 바로 그것 때문에 우리 농사를 다 망치고 있어요……."

"네놈들 둘이 왔으면, 그럼 저기 여자 다리 모양 흰 기둥이나 뽑아 가도록 해라. 아마 농사지을 때 필요할지도 모르니."

"좋죠." 그 사람은 만족했다. "우리 두 사람이면 아마 힘들이지 않고 쉽게 뽑아낼 수 있을 겁니다. 그걸로 타일을 만들 수 있을 겁니다."

그 남자는 더 쉽게 기둥을 가져가기 위해 미리 한번 살펴보려고 가 버렸다.

밤이 찾아오자 드바노프는 영지를 더 잘 운영하도록 파신체프에게 제안했다. 즉, 영지의 물건을 마을로 자꾸 이동시킬 것이 아니라, 아예 마을을 이곳 영지로 이주시키면 어떤가 하고 말이다.

"아마 그게 덜 힘들 겁니다." 드바노프는 이렇게 말했다. "게다가 영지는 높은 곳에 위치하고 있고, 이곳 토양이 더 비옥하니 말이죠."

파신체프는 이 말에 동의할 수 없었다.

"봄이 되면 이곳으로 현의 모든 부랑자가 모여들 거야. 그들이야말로 가장 순수한 프롤레타리아지. 그러면 어디로 그들을 보내야 하나? 아니, 나는 이곳으로 부농의 권력이 들어오는 것을 허락하지 않을 걸세!"

정말로, 농민들이 부랑자들과 함께 살 수는 없을 것이라고 드바노프는 생각했다. 그런데 다른 한편으로 보면 비옥한 토지는 쓸모없어질 것이다. 왜냐하면 혁명 보호 구역의 주민이 될 부랑자들은 아무것도 파종하지 않을 것이고, 정원의 과일들과 자연에서 저절로 나는 것들만 먹고살 것이기 때문이다. 결국, 명아주와 쐐기풀로 수프를 끓여 먹는 지경에 이를 것이다.

"그럼, 이렇게 하죠." 드바노프는 스스로도 예기치 못했던 말을 했다. "당신이 마을과 영지를 바꾼다면 어떨까요? 영지는 농부들에게 줘 버리고, 마을에다가 혁명 보호 구역을 만드는 거지요. 당신이야 어차피 마찬가지 아닙니까? 중요한 것은 사람이지 장소가 아니란 말이죠. 민중은 협곡에서 괴로워하고 있는데, 당신은 혼자 언덕 위에 있지 않습니까!"

파신체프는 행복하고도 놀라운 시선으로 드바노프를 바라보았다.

"이것 정말 멋지군! 그렇게 하지. 내일 바로 마을로 가서 농부들을 이곳으로 불러들여야겠어."

"그들이 올까?" 코푠킨이 물었다.

"하루 만에 모두 이쪽으로 올 걸세!" 파신체프는 분명하게 확신하면서 소리를 질렀고, 심지어 조바심에 몸을 떨었다.

"아니, 지금 바로 가야겠네!" 파신체프는 생각을 바꾸었다. 이제 그는 드바노프까지도 좋아하게 되었다. 처음에 드바노프는 전혀 그의 마음에 들지 않았다. 가만히 앉아서 아무 말도 하지 않았던 것이다. 아마도 저놈은 모든 강령과 규칙, 테제 들을 전부 외워서 알고 있을 거야. 그런 똑똑한 인간들을 파신체프는 좋아하지 않았다. 실제 삶에서는 어리석고 불행한 인간들이 똑똑한 인간들보다 더 선하다는 사실과 자신의 삶을 행복과 자유로 더 잘 변용시킬 수 있다는 사실을 그는 알고 있었던 것이다. 노동자와 농민들은 학자나 부르주아보다 어리석지만, 그래도 그들은 더 진실하고, 그렇기에 그들의 운명이 더 행복하다는 것을 파신체프는 비밀스럽게 믿고 있었다.

어쨌든, 승리는 그들의 것으로 보장되었으니, 서두를 필요 없다고 말하면서 파신체프를 안정시킨 것은 코푠킨이었다.

파신체프는 이에 동의하고, 잡초에 대해 이야기하기 시작했다. 불행했던 어린 시절에 그는 연약하고 멸망할 운명의 풀들이 수수밭에서 자라나는 모습이 보기 좋았다. 날씨가 좋아지면, 고랑을 따라 자라난 그 야생의 풀들, 수레국화, 전동싸리와 같은 풀들을 아낙네들이 가차 없이 뽑아 버릴 것이라는 사실을 그는 알고 있었다. 이 풀들은 볼품없이 생긴 밀보다 훨씬 아름다웠다. 그 풀꽃들은 슬픈, 죽음을 예감하는 아이의 눈동자를 닮았고, 땀에 젖은 여인네들이 자신들을 뽑아 버릴 것이라는 것을 그들도 알고 있었다. 하지만 그 풀들은 보드라운 밀보다 더 생생하고 참을성이 있었다. 여인네들이 한 차례 지나간 후, 그들은 헤아릴 수 없을 정도의, 불멸의 숫자로 다시 태어났던 것이다.

"빈농도 바로 그와 같아!" '부르주아에게 죽음을!'이라는 보드카를 모두 마셔 버린 것을 유감스럽게 생각하면서 파신체프는 이렇게 비교하기 시작했다. "우리에게는 더 큰 힘이 있고, 우리는 다른 요소의 인간들보다 더 열성적이라고……."

이날 밤 파신체프는 어떻게도 자신을 진정시킬 수가 없었다. 그래서 그는 셔츠 위에 갑옷을 걸쳐 입고, 영지 어딘가로 나갔다. 그곳에서 그를 맞이한 것은 밤의 냉기였지만, 그는 차갑게 식지 않았다. 반대로, 별이 빛나는 하늘과 그 하늘 아래에서 자신의 작은 키에 대한 의식이 더 큰 감정과 지체 없이 공훈을 이루리라는 기대로 그를 매혹했다. 파신체프는 거대한 밤의 세계의 세력 앞에서 부끄러움을 느꼈고, 깊이 생각해 보지도 않은 채 자신의 가치를 더 고양시키고 싶어 했다.

어디에도 숙소가 없고, 또 그 어디에도 등록되지 않은 사람들이 본채에 살고 있었다. 그곳 네 개의 창문은 타고 있는 페치카의 불빛에 깜박깜박 빛났으며, 난로에서는 음식을 끓이고 있었다. 파신체프는 거주자들의 평온을 생각지도 않고 주먹으로 창문을 두드렸다.

높다란 장화를 신은 헝클어진 머리칼의 한 처녀가 밖으로 나왔다.

"왜 그러세요, 막심 스테파니치? 불안하게 밤에 왜 이러시죠?"

파신체프는 그녀에게 다가가 영감에 가득 찬 공감이라는 자신의 감정으로, 분명하게 드러나 보이는 그녀의 단점들을 보완하여 채웠다.

"그루냐." 그는 말했다. "네게 키스 한번 해 보자, 사랑스러운 처녀야! 내 폭탄들은 말라서 폭발하지 않을 거야. 지금 폭탄으로 기둥들을 다 무너뜨리고 싶은데, 그럴 폭탄이 없단다. 그러니 우선 동지처럼 한번 안아 보자꾸나."

그루냐는 허락했다.

"무슨 일이 있으신가요? 진지한 분이셨잖아요……. 일단 철갑옷이나 벗어요. 제 살을 다 찌르잖아요……."

하지만 파신체프는 그녀 입술의 검고 건조한 껍질에 짧게 키스하고는 뒤돌아서 가 버렸다. 그는 마음이 좀 더 가벼워졌고, 펼쳐진 전지전능한 하늘 아래에서 더 이상 그렇게 분한 마음이 들지 않았다. 부피가 너무 크거나 질이 너무 좋은 것들은 모두 파신체프에게서 관조적 쾌락이 아니라 전사적 감각을 일깨웠다. 힘과 중요함에서 그 크고 멋진 것들을 능가하려는 노력을 깨웠던 것이다.

"뭐 하고 있소?" 아무런 근거도 없이, 자신의 만족감을 소진시키기 위해 파신체프는 자기 집의 두 손님에게 이렇게 물었다.

"잘 때가 되었다." 코푠킨은 하품을 했다. "자네는 우리 규칙을 잘 기록해 뒀지. 넓은 땅으로 농부들을 데려와서 심으란 말이야. 자네 우리를 대접한 게 헛되지 않았지?"

"농부들은 내일 데려오겠네. 그 어떤 사보타주도 없을 거야!" 파신체프는 이렇게 결정했다. "그리고 우리 관계를 더 강화하기 위해서 자네들 두 사람은 앞으로 여기 묵도록 하게! 내일은 그룬카가 당신들에게 점심을 만들어 줄 거야……. 여기 내 영지에 있는 것들은 어디서도 찾아보지 못할 거야. 어떻게 해서라도 레닌을 이리로 한번 불러와야겠어. 어쨌든 수령님이니 말이야!"

코푠킨은 파신체프를 바라보았다. 이 인간은 레닌을 원한다. 그리고 그에게 다시 상기시켰다.

"자네가 없을 때 폭탄들을 모두 살펴보았네. 전부 못 쓰는 것들이더군. 그런데 자네는 어떻게 이곳을 지배할 수 있겠는가?"

파신체프는 부정하지 않았다.

"물론 다 망가진 것들이지. 그건 내가 스스로 신관을 전부 제거해 버렸기 때문이야. 하지만 민중은 어차피 알지 못한다네. 나는 계략의 하나로 폭탄을 가지고 있는 거야. 철갑옷을 입고 다니고, 폭탄 위에서 잠을 자면서 말이야……. 작은 힘으로 적들을 피해 갈 수 있는 책략을 이해하겠나? 나중에 어디 가서 내 이야기를 하게 되더라도, 이런 이야기는 하지 말게나."

석유램프의 불이 꺼졌다. 파신체프는 상황을 설명했다.

"여러분, 이제 누워서 잠잘 시간이네. 아무것도 보이지 않고, 게다가 우리 집에는 침대도 없다네. 나는 사람들에게 슬픈 구성원이지……."

"자넨 변덕스러운 구성원이지, 슬픈 구성원은 아니네." 어떻게든 편히 누우려고 애쓰면서 코푠킨이 더 정확하게 말했다.

파신체프는 화를 내지 않고 이렇게 대답했다.

"이곳은 말이야, 형제여, 새로운 삶의 코뮌이지, 여인네들의 도시가 아니라네. 깃털 이불은 없어."

아침이 시작되기 전, 세계는 별의 숫자가 줄어들었고, 회색빛이 별이 빛나던 아름다움을 대신했다. 흡사 빛나던 기병대처럼 밤은 떠나 버렸고, 힘든 일상의 보병대가 지상으로 나타났다.

파신체프가 구운 양고기를 아침 식사로 가져온 것을 보고 코푠킨은 놀라고 말았다. 그리고 두 명의 기사는 혁명의 보호 구역으로부터 남쪽으로 난 길을 따라서 초르나야 칼리트바 골짜기로 떠났다. 파신체프는 흰색 주랑 아래 기사의 성장을 하고 서서 자기와 같은 생각을 가진 동지들을 눈으로 배웅했다.

그리고 다시금 두 사람은 말을 타고 달리기 시작했으며, 태양은 가난한 땅 위로 떠올랐다.

드바노프는 머리를 숙이고 있었는데, 평평한 장소를 따라 걸어가는 단조로운 움직임 때문에 그의 의식은 축소되었다. 드바노프는 지금 자기 심장이, 부풀어 오른 감각의 호수의 압력으로 끊임없이 전율하는 둑과 같다고 느끼고 있었다. 감각은 심장에 의해 높이 올라갔다가, 이미 완화된 사유의 흐름으로 변하고 난 후, 심장의 다른 면을 따라서 흘러내렸다. 하지만 둑의 위로는, 인간에게 관여하지는 않지만 인간 안에서 값싼 급여에 선잠을 자곤 하는 바로 그 문지기의 경비 불꽃이 항상 타오르고 있었다. 이 불꽃 덕분에 가끔씩 드바노프는 부풀어 오른 감각의 따스한 호수와, 그 둑 너머, 자기 속도 때문에 식어 버린 사유의 긴 흐름이라는 두 공간을 모두 볼 수 있었다. 그러자 드바노프는 자신의 의식을 살찌우지만, 또 제동을 걸기도 하는 심장의 작업을 따라잡을 수 있었으며, 행복해질 수 있었다.

"코푠킨 동지, 빨리 달려 봐요!" 드바노프는 이 길 너머에서 자신을 기다리고 있을 미래에 대한 조바심으로 가득 차서 말했다. 벽에다 못을 박아 넣고, 의자로 배를 만들며, 그 속에 무엇이 들어 있는지 보기 위해 자명종 시계를 해체해 보는 아이들과 같은 기쁨이 그의 안에서 떠올랐다. 여름의 숨 막히는 밤마다 들판에서 발생하는, 순간적으로 위협하는 것 같은 바로 그 빛이 그의 심장 위에서 떨렸다. 아마도 이것은 육체의 일부분으로 변화된 젊음의 추상적인 사랑이, 또는 탄생의 계속되는 힘이 그의 안에 살고 있기 때문일 것이다. 하지만 바로 그 덕분에, 흔적도 없이 감각의 호수에서 헤엄치고 있던 분명치 않은 현상을 드바노프는 추가적으로, 또 예기치 않게 볼 수 있었다. 그는 로자 룩셈부르크가 인류의 우정의 힘 덕분에 살아날 것이며, 또 살아 있는 시민이 될, 저 사회주의라는 머나먼 여름의 나라로 편안한 호흡과 변함없는 믿음을 지닌 채 달려가는 코푠킨을 바라보았다.

길은 몇 베르스타나 계속되는 경사면으로 이어졌다. 만약 그 경사면을 따라서 말을 달리기 시작하면, 길을 벗어나 날아오를 수도 있을 것 같았다. 멀리서 어둡고 우울한 골짜기 위로 때 이른 황혼이 잦아들었다.

"칼리트바!" 코푠킨이 그쪽을 가리켰다. 그리고 흡사 그곳에 이미 도착이라도 한 것처럼 기뻐했다. 두 기사는 오래전부터 목이 말라, 허옇고 반쯤 건조한 침을 길바닥에 내뱉었다.

드바노프는 앞에 펼쳐진 초라한 풍경을 바라보았다. 땅과 하늘은 피로에 지친 것처럼 불행했다. 사람들은 흡사 모닥불에 들어가지 못한 장작이 따로 타듯이, 개별적으로 살았고, 행동하지도 않았다.

"바로, 이것들이 사회주의를 위한 원재료야!" 드바노프는 이 지역을 연구하면서 이렇게 말했다. "그 어떤 건축물도 없고, 고아인 자연의 애수만이 있을 따름이군!"

초르나야 칼리트바 마을이 보이는 곳에서 두 기사를 맞이한 것은 자루를 멘 어떤 사람이었다. 그는 모자를 벗고 모든 사람은 형제라는 옛 기억에 따라 말을 탄 기사에게 절을 했다. 드바노프와 코푠킨도 고개를 숙여 답례했으며, 세 사람은 모두 기분이 좋아졌다.

'이 동지들은 또 강도 짓 하러 오셨구먼. 놈들은 어차피 큰 차이 없어.' 그들과 충분히 멀어지자 자루를 멘 사람은 혼자 그렇게 결론을 내렸다.

마을 초입의 경계에는 농부 두 사람이 경비를 서고 있었다. 하나는 권총을 들고 있었고, 다른 한 사람은 바자울에서 뽑아 낸 막대기를 들고 있었다.

"당신들은 뉘시오?" 가까이 다가온 드바노프와 코푠킨에게 그들이 사무적으로 물었다.

"우리는 국제적인 사람들이다!" 로자 룩셈부르크를 부르던 '국제적인 혁명가'라는 명칭을 기억해 내고 코푠킨이 이렇게 말했다.

초소를 지키던 자들은 생각에 잠겼다.

"유대인이란 말인가?"

코푠킨이 냉혹하게 칼을 꺼내 들었다. 하지만 너무나 천천히 꺼내 들어, 경비하는 사내들은 그것이 위협이라는 사실을 믿지 않았다.

"감히 그따위 말을 하다니, 이 자리에서 당장 네놈을 끝장내 버리겠다." 코푠킨은 이렇게 말했다. "네놈은 내가 누군지나 알고 그러는가? 서류상 나로 말할 것 같으면……."

코푠킨은 주머니에 손을 넣었지만, 그는 그 어떤 증명 서류도 가진 적이 없었다. 단지 빵부스러기와 몇 가지 쓰레기만 손에 잡힐 따름이었다.

"부관!" 코폰킨은 드바노프를 이렇게 불렀다. "경비병에게 우리 증명서를 보여 주라……."

드바노프는 무엇이 들어 있는지도 잘 모르지만, 어디를 가든 3년 동안 소지하고 다니던 봉투를 꺼내 경비병들에게 던져 주었다. 경비하던 사람들은 본분을 수행할 수 있는 드문 기회에 아주 기뻐하면서 탐욕스레 봉투를 잡아챘다.

코폰킨은 몸을 조금 굽혀 거장다운 자유로운 움직임으로 칼을 사용해 경비하던 자를 조금도 다치게 않게 하면서, 그가 가지고 있던 권총을 바닥으로 떨어뜨렸다. 코폰킨은 혁명의 재능을 가지고 있었던 것이다. 경비하던 자는 고통스러운 팔을 흔들었다.

"뭐 하는 짓인가? 나쁜 놈, 우리 역시 적위군은 아니다……."

코폰킨의 태도가 바뀌었다.

"네놈들 군인이 많은가? 뭐 하는 자들인가?"

사내들은 이리저리 생각해 보고 정직하게 대답했다.

"백 명 정도. 무기는 스무 자루 정도요. 우리 대장인 티모페이 플로트니코프는 이스포드니예 후토르에서 묵고 있소. 어제 식량 징발 부대가 왔지만 우리에게 져서 후퇴해 갔소……."

코폰킨은 자신이 걸어온 길을 그들에게 가리켰다.

"저리로 행군해 가다가, 부대를 만나면 그들을 나에게 데려오라. 그리고 플로트니코프의 본부는 어디에 있나?"

"교회 옆에, 촌장 집입니다." 농부들은 그렇게 말하고 별 사건이 없기를 바라면서, 자신들이 태어난 마을을 슬픈 시선으로 바라보았다.

"자, 씩씩하게 가거라!" 코폰킨은 이렇게 명령하고 말을 칼 등으로 내려쳤다.

바자울 뒤로 이미 죽을 준비가 된 것 같은 한 여인네가 낮게 몸을 구부리고 앉아 있었다. 그녀가 밖으로 나온 이유를 알아보려고 코픈킨은 가던 길을 멈췄다.

"소변보시오, 할멈?" 코픈킨이 그녀에게 물었다.

그 여인네는 노파가 아니라 그런대로 얼굴이 반반한 초로의 여자였다.

"그래, 네놈은 벌써 오줌을 다 싸 버렸구나, 이 더러운 바보 같은 놈!" 머리끝까지 성이 나서 펼쳐진 치마를 수습하면서, 아낙네가 화난 얼굴로 일어섰다.

코픈킨의 말이 제 몸무게를 버티지 못하고 앞발을 들어 올리면서 갑자기 빠른 속도로 달리기 시작했다.

"드바노프 동지, 잘 보고 나를 따라오게. 그리고 멈추지 마!" 코픈킨은 이미 준비된 칼을 허공에 휘둘러 번쩍이면서 이렇게 소리를 질렀다.

프롤레타리아의 힘은 둔중하게 땅을 박차고 달려 나갔다. 드바노프는 마을 오두막에서 유리창이 덜거덕거리는 소리를 들을 수 있었다. 하지만 거리에는 아무도 없었고, 개들조차 두 기수에게 덤벼들지 않았다.

큰 마을의 거리와 교차로들을 지나가면서 코픈킨은 교회 쪽으로 방향을 잡았다. 하지만 칼리트바는 4백 년 동안이나 여러 이주민들이 정착한 곳이었다. 어떤 길은 갑자기 오두막들로 가로막혀 있기도 하고, 또 다른 거리들은 빈틈없는 새로운 집들로 막혀 있다시피 했으며, 여름에만 사용하는 좁은 통로가 갑자기 들판으로 향해 있기도 했다.

코픈킨과 드바노프는 인적 없는 쓸쓸한 골목길에서 궁지에 몰려, 같은 자리를 쳇바퀴 돌듯 맴돌기 시작했다. 그때 코픈킨이 어떤 대문을 활짝 열어젖히고, 그 곡식 창고에서 거리로 통하는 우회로로 재빨리 말을 몰기 시작했다. 마을 개들은 처음에는 조심스럽게 한 마리만 짖었지만, 나중에는 차례차례 짖는 소리를 주고받았으며, 마침내 많은 개들이 자신들의 숫자에 흥분해서, 마을 울타리 이 끝에서 저 끝까지 울리도록 요란하게 한꺼번에 짖어 댔다.

코퓬킨이 고함을 질렀다.

"드바노프 동지, 끝까지 나를 엄호하게……." 드바노프는 마을을 통과해서 저쪽의 스텝으로 달려 나가야 한다는 말로 이해했다. 하지만 그가 잘못 이해한 것이었다. 넓은 거리가 있는 쪽으로 나오자 코퓬킨은 그 거리를 가로질러 마을의 중심부로 곧바로 달려 들어갔다.

대장간은 굳게 잠겨 있었으며, 마치 버려진 것처럼 농가들은 잠잠했다. 바자울 옆에서 뭔가 하려던 한 노인이 보였을 따름이다. 그는 그 어떤 소동에도 이미 익숙해진 듯 그들 쪽을 돌아보지도 않았다.

드바노프는 약하게 울리는 소리를 들었다. 사람들이 금속으로 살짝 건드려 교회 종을 치고 있는 소리라고 드바노프는 생각했다.

길이 굽어지면서, 옛날에 공용 포도주를 팔던 가게들이 자리 잡았던 것 같은, 벽돌로 된 더러운 건물 앞에 사람들이 모여 있는 것이 보였다.

사람들은 똑같이 무겁고 슬픈 목소리로 소란스럽게 떠들었지만 드바노프에게 다다른 것은 다만 소리 없는 울림뿐이었다.

코퓬킨은 수척해진 여윈 얼굴로 뒤돌아보았다.

"총을 쏘게, 드바노프! 이제 모두 우리 것이다!"

드바노프는 교회 쪽에 대고 두 번 총을 쏘았다. 칼을 휘두르며 흥분한 코퓬킨의 뒤를 따라가면서, 그는 자기도 고함을 지르고 있음을 느꼈다. 그러자 농민들 무리는 일정한 흐름으로 흔들리기 시작했다. 뒤를 돌아보는 낯선 얼굴들로 무리가 잠시 밝아졌다가, 도망가는 사람들의 흐름으로 이어지기 시작했다. 어떤 사람들은 이웃의 도움을 바라면서 제자리에서 우왕좌왕하며 발을 굴렀다. 이 허둥대는 사람들은 도망가는 사람들보다 더 위험했다. 그들은 공포를 좁은 장소 안에 가두어 두고, 용감한 자들이 앞으로 나가는 것을 방해하는 자들이었다.

짚이 타는 냄새나 데운 우유 냄새 같은 시골의 평화로운 공기를 드바노프는 깊이 들이마셨다. 이 냄새 때문에 드바노프는 배가 아프기 시작했다. 지금 이 순간 그는 한 줌의 소금조차 먹을 수 없었을 것이다. 그는 시골 마을의 크고 따스한 품 안에서 죽을까 봐, 분노로서가 아니라 인해전술로 적을 이겨 낸 평화로운 사람들의, 양가죽 냄새가 나는 공기 속에서 숨이 막혀 죽을까 봐 경악했던 것이다.

하지만 코폰킨은 그 사람들의 무리를 보고 왠 그런지 기뻐하며, 자신의 승리를 예감했다.

사람들이 허둥거리며 맴돌던 오두막 창문에서 갑자기 다양한 구경의 소총으로 일제 사격이 가해졌는데, 총소리들도 서로 달랐다.

코폰킨은 생명의 감각을 어두운 장소에 가둬 버려, 치명적인 죽음의 과업에 그 감각이 관여하지 않도록 해 주는 자기 망각의 상태에 도달했다. 그는 농가의 유리 창문을 부수면서 왼손으로 오두막을 향해 연발총을 쏘기 시작했다.

정신을 차려 보니 드바노프는 오두막 문턱에 서 있었다. 그가 할 수 있는 일은 말에서 내려 집 안으로 달려가는 것뿐이었다. 그는 문 쪽으로 총을 쏘았으며, 총탄의 충격으로 천천히 문이 열리자 안쪽으로 달려 들어갔다. 농가 안에서는 약 냄새가 났고, 또한 보호받지 못한 어떤 인간의 슬픔의 냄새가 났다. 헛간에는 이전 전투에서 상처를 입은 농민이 누워 있었다. 드바노프는 그가 있는 것을 알아차리지 못하고 부엌을 통해 살림방으로 바로 달려 들어갔다. 방에는 붉은 머리의 사내가 성한 오른팔은 머리 위로 들고, 연발단총을 든 왼손은 아래로 내린 채 서 있었다. 비가 오고 나서 나뭇잎에서 물방울이 떨어지듯, 그의 왼팔에서는 핏방울이 똑똑 떨어졌다.

살림방의 창문은 깨져 있었지만 코픈킨은 그곳에 없었다.

"무기를 버려!" 드바노프는 소리쳤다.

강도는 놀라서 무언가 중얼거렸다.

"어서!" 드바노프는 사납게 말했다. "안 그러면 손에 총을 쏴서 총을 떨어뜨리겠다."

농민은 권총을 던지고 아래를 바라보았다. 그는 피로 흠뻑 젖은 권총을 넘겨준 것을 후회했다. 만약 마른 채로 무기를 건네줬다면 그를 더 빨리 용서했을지도 모른다고 생각했기 때문이다.

드바노프는 이 부상당한 포로를 어떻게 할지, 그리고 코픈킨이 어디에 있는지 알 수가 없어 호흡을 가다듬고 솜이 채워진 부농의 안락의자에 앉았다. 사내는 아래로 늘어뜨린 손을 어떻게도 하지 못한 채 그의 앞에 섰다. 드바노프는 이 사내가 강도처럼 보이지 않고, 평범한 농부이며, 그다지 부자로 보이지도 않는 것에 놀랐다.

"앉아!" 드바노프가 그에게 말했다. 그 농부는 앉지 않았다. "너는 부농인가?"

"아닙니다. 우리는 여기 남은 마지막 사람들일 뿐입니다." 그 농부는 알기 쉽게 진실을 말해 주었다. "부농들은 싸우지 않아요. 그들은 곡식이 많으니까, 아무리 몰수해도 다 가져가기 힘들 정도로 많으니까…….”

드바노프는 이 말을 믿었고, 또한 놀랐다. 왜냐하면 그는 슬프고 창백한 민중으로 이루어진, 자기가 지나온 마을들이 떠올랐던 것이다.

“너는 오른손으로 나를 쏘아 죽일 수도 있었을 텐데. 왼손만 상처를 입었으니까.”

강도는 드바노프를 바라보면서 천천히 생각에 잠겼다. 자기 목숨을 구하기 위해서가 아니라 모든 진리를 기억해 내기 위해서였다.

“나는 왼손잡이요. 제때 도망가지 못했소. 사람들이 군부대가 공격해 온다고 말했는데, 나 혼자 죽기는 왠지 분한 마음이 들었어요.”

드바노프는 동요하기 시작했다. 그는 그 어떤 상황에 대해서도 생각을 할 수 있었다. 이 농부는 드바노프의 젊은 지혜보다도 더 위에 존재하는 혁명의 공허함과 비애를 암시하고 있었던 것이다. 드바노프는 가난한 시골 마을의 불안을 이미 이해할 수 있었지만, 그것을 글로 쓰라면 쓸 수 없었을 것이다.

‘어리석은 일이야!’ 드바노프는 말없이 갈등했다. ‘코푠킨이 오면 이놈을 총살하자. 잡초가 자라나면, 어쨌든 땅을 망치니까. 혁명은 강제적인 것이고, 자연의 힘이야……. 네놈은 나쁜 놈이다!’ 하지만 금방, 그리고 개연성도 없이 드바노프의 의식은 변화했다.

“집으로 돌아가!” 그는 강도에게 명령했다. 홀린 듯 굳어진 눈동자로 드바노프의 손에 있는 연발총을 바라보면서, 농부는 등을 돌리고 문 쪽으로 걸어갔다. 드바노프는 그의 행동을 예측하고는, 그가 움직이거나 놀라지 않도록 일부러 권총을 숨기지 않았다.

“정지!” 드바노프는 다시 소리를 질렀다. 농부는 순순히 제자리에 멈춰 섰다. “당신들 마을에 백군 장교들이 왔었나? 플로트니코프라는 자가 누군가?"

강도는 힘을 잃었으나, 평정을 유지하려고 고통스럽게 노력했다.

"아니, 그런 사람은 없었소." 거짓말하지 않으려 노력하면서 농부는 조용히 대답했다. "용서하시오, 고마운 분. 우리 마을에 플로트니코프라는 사람은 아무도 없소……."

드바노프는 강도가 두려움에 거짓말을 하지는 않는다는 것을 알 수 있었다.

"두려워하지 마! 이제 마당으로 천천히 나가라."

강도는 드바노프의 말을 믿고 밖으로 나갔다.

창문에 남아 있는 깨진 유리 조각들이 덜그럭거리기 시작했다. 마치 스텝을 달려오듯 코푠킨의 말 프롤레타리아의 힘이 그곳으로 달려 들어왔다.

"어디로 가느냐? 네놈은 도대체 누구냐?"

드바노프는 코푠킨의 목소리를 들었다. 대답을 듣지도 않고 코푠킨은 포로가 된 강도를 헛간에 가두었다.

"드바노프 동지, 알겠나? 플로트니코프라는 놈을 못 잡았다네." 가슴까지 숨이 차오른 코푠킨은 드바노프에게 이렇게 말했다. "그 죽일 놈 두 놈이 도망가 버렸어. 어쩌겠나, 그놈들 말을 아주 잘 달리더군! 내 말로는 밭이나 갈 수 있는데, 내가 이걸 가지고 싸우려 들다니……. 뭐, 그래도 이 말을 타면 행복하지만 말이야. 계급의식이 있는 동물이지! 이제 집회를 소집해야겠군……."

코푠킨은 종루로 직접 가서 종을 울렸다. 드바노프는 농민들이 모이기를 기대하면서 현관으로 나갔다. 멀리서 거리 가운데로 아이들이 뛰어오다가, 드바노프 쪽을 보고는 오던 길로 다시 도망가 버렸다. 코푠킨의 무게 있고 조속한 부름에는 아무도 나타나지 않았다.

종은 침묵하고 환호하기를 반복하면서 커다란 마을 위로 음울하게 울려 퍼졌다. 드바노프는 종의 의미를 잊어버린 채 정신없이 그 소리를 듣고 있었다. 그는 종의 선율로부터 불안함과 믿음, 그리고 의혹을 들었던 것이다. 혁명에도 이러한 열정들이 작동했다. 사람들은 하나로 녹아든 믿음으로만 움직이는 것이 아니라, 덜컥대는 의심으로도 움직이는 것이다.

앞치마를 두르고 모자를 쓰지 않은 검은 머리 사내가 현관 쪽으로 다가왔는데, 아마도 대장장이인 것 같았다.

"당신들, 왜 여기서 사람들을 불안하게 하는 거요?" 그는 직접 대놓고 물었다. "당신들 사는 곳으로, 친구와 동지들에게로 멀리 가 버리시오. 우리 마을에는 바보들만 열 명이 있소. 그게 여기서 당신들을 지지할 버팀목의 전부요……."

그가 무엇 때문에 소비에트 정권에 화를 내는지 드바노프는 직접적으로 물어보았다.

"당신들이 항상 이런 식으로 모든 것을 끝장내기 때문이오. 우선 총부터 쏘고, 나중에야 물어보지 않소." 대장장이가 적개심을 숨기지 않고 대답했다. "아주 지혜로운 일이오. 땅을 나눠 주고는 나중에 마지막 한 톨까지 곡식을 공출해 가지 않았소. 그렇게 땅으로 우리 숨통을 조이지 않았소. 땅에서 남은 거라곤 이제 지평선밖에 없소. 도대체 누굴 그렇게 속이고 있는 거요?"

드바노프는 공출 할당량은 혁명의 피의 대가로 나가는 것이며, 혁명의 미래 힘의 양식을 위해 나가는 것이라고 설명했다.

"그럼, 당신들이나 그렇게 남기시구려!" 통달한 듯 대장장이는 이렇게 거절했다. "민중들 열 명 중 한 명은 바보거나 부랑자거나 개새끼요. 이런 자들은 누가 권력자가 되더라도, 태생적으로 농부처럼은 일을 못하는 인간들이오. 황제가 통치한대도, 우리 중에 그를 위한 세포 분자를 찾아낼 수 있었을 거요. 당신들 공산당에도 그렇게 쓸모없는 사람들이 있지 않소……. 당신은 혁명을 위한 빵이라고 말했소! 바보 아니오? 민중은 죽어 가는데, 도대체 당신들의 혁명은 누구에게 남아 있겠소? 게다가 전쟁은 다 끝났다고들 하지만……."

대장장이는 그의 앞에 있는 사람이 모든 공산주의자들처럼 이상한 사람일 것이라 생각하고 말을 멈추었다. 그럭저럭 좋은 사람처럼 보이지만, 단순한 민중에 반대하여 행동하는 것이었다.

드바노프는 대장장이의 생각을 듣고 무심코 미소를 지었다. 민중 속에는 그것이 혁명이든, 순례하러 수도원으로 가든 그 어떤 상황에서도 잘 살아갈 수 있는 대략 10퍼센트의 괴짜들이 있는 것이다.

코푠킨이 다가와 대장장이의 모든 비난에 분명하게 대답했다.

"악당이구나, 네놈은! 우리는 이제 모두 평등하게 살고 있는데, 네놈은 남은 곡식으로 밀주를 만들려고, 노동자들은 먹지도 말았으면 하고 바라는구나!"

"다 같이 평등할지는 모르지만, 그렇게 쉽지는 않소!" 대장장이는 이렇게 응대했다. "당신은 평등한 인생을 눈곱만큼도 이해 못 하고 있소! 나는 결혼하고 나서부터 이 일에 대해서 생각해 왔소. 이상하게도 괴짜들이 늘 우리 위에서 명령하고 있단 말이지. 그런데 민중 자신은 결코 권력을 받아들이지 않았소. 민중에게는 말이오, 형씨, 보다 더 심각한 일이 있었거든. 바로 바보들을 공짜로 먹여 살려야 되는 일이오……."

대장장이는 현명한 목소리로 크게 웃고는 담배를 말았다.

"그럼 만약 공출 할당을 취소하면요?" 드바노프가 질문을 던졌다.

대장장이는 즐거워했지만 다시금 얼굴을 찌푸렸다.

"그럴 리가 있겠소! 아마 당신들은 더 나쁜 뭔가를 또 생각해 낼 거요. 오래된 이 불행이 계속되도록 그냥 놔두시오. 어쨌든 이제 농부들도 어떻게든 곡식을 파묻어 두는 것을 익혔으니 말이오……."

"이런 놈은 아무것도 어떻게 해 줄 필요가 없다. 악당 놈, 나쁜 인간 같으니라고!" 코푠킨은 이렇게 상대방을 평가했다.

집으로 사람들이 모여들기 시작했다. 여덟 명이 와서 옆쪽으로 앉자 드바노프는 그들에게 다가갔다. 이들이 칼리트바 세포들 중 살아남은 일원이었다.

"이제 연설을 시작해 보시지!" 대장장이는 비웃었다. "괴짜들이 다 모였으니 부족함이 없군……."

대장장이는 잠시 침묵했지만 금방 다시 술술 말하기 시작했다.

"내 말 한번 들어 보시오. 우리 마을에 5천 명이 있소. 아이도 있고 어른도 있지. 일단 이걸 기억해 두라고. 한번 추측을 해 보시오. 성인 남자 중 10퍼센트만 데려오고, 세포들 숫자가 그만큼 되면, 모든 혁명이 끝나고 말 거요."

"어떻게요?" 드바노프는 그의 계산 방식을 이해할 수 없었다.

대장장이는 자기 방식으로 설명했다.

"그러면 괴짜란 괴짜들은 모두 권력으로 가 버릴 것이고, 민중은 자기 스스로 알아서 살 거요. 양쪽 모두 만족하는 거지……."

플로트니코프가 살아 있는 새로운 강도단을 모으기 전에 그를 뒤쫓아 가서 제거하기 위해, 코푠킨은 지체 없이 회의를 제안했다. 플로트니코프가 칼리트바에서 징집령을 선언하려 했지만, 성공하지 못했다는 것을 드바노프는 마을 공산주의자들로부터 알아냈다. 그 집회는 이틀이나 지속되었으며, 거기서 플로트니코프는 모든 사람이 자원해서 전쟁에 나갈 것을 설득했다. 그리고 오늘 드바노프와 코픈킨이 그들 마을을 공격했던 때에도, 이와 같은 집회가 진행되고 있었던 것이다.

플로트니코프 자신은 너무나 정확하게 농민들을 알고 있었다. 대담하고, 그러면서도 자기와 같은 마을 사람들에게 신의를 지키는 사람이었지만, 바로 그 때문에 마을을 제외한 나머지 세상에는 적대적인 인간이었던 것이다. 농부들은 죽은 사제 대신 그를 존경했다.

집회가 한창 진행될 때 한 아낙네가 뛰어와서 소리를 질렀다.

"여러분, 적위군들이 마을에 나타났어요. 말을 탄 부대가 이리로 달려오고 있어요!"

그래서 코픈킨과 드바노프가 거리에 나타났을 때, 마을 사람들은 모두 이들이 부대라고 생각했던 것이다.

"가지, 드바노프!" 그들의 이야기에 싫증이 나서 코픈킨은 이렇게 말했다. "저 길은 어디로 이어지는가? 누가 우리와 함께 가겠나?"

공산주의자들은 당황했다.

"저 길은 체르놉카 마을로 이어집니다……. 그런데 동지, 우리에게는 말이 없습니다."

코픈킨은 거부하는 손짓으로 그들에게 손을 흔들었다.

대장장이가 주의 깊게 코픈킨을 바라보고는 직접 그에게 다가갔다.

"그럼, 잘 가시오!" 그러고는 커다란 손을 그에게 내밀었다.

"너나 잘 있으라지." 코픈킨은 손바닥을 내밀어 대답했다. "내 말 잘 기억해. 꼼짝하기만 해 봐라. 되돌아와서, 네놈을 바로 죽여 버릴 테다."

대장장이는 두려워하지 않았다.

"댁이나 잘 기억하시오, 내 성은 소티흐요. 여기서 이런 인간은 나뿐이지. 만약 일이 제대로만 진행되면, 내가 직접 말을 타고 갈 것이오. 말은 내가 직접 찾아보도록 하지. 안 그러면, 여기 이 사람들은 당신이 보다시피 말도 하나 없는, 개자식들 아니오?"

칼리트바 마을은 골짜기로 이어진 스텝의 경사면에 위치하고 있었다. 초르나야 칼리트바 강의 골짜기는 늪지대의 빽빽한 숲으로 이루어져 있었다.

사람들이 자기들끼리 논쟁하고, 서로 간의 차이를 고르게 다지는 와중에도 자연의 영원한 일은 진행되었다. 강은 늙어 가기 시작했고, 강의 골짜기를 덮고 있던 처녀림과 수풀은 치명적인 늪의 물로 덮였으며, 늪지의 물을 따라서 갈대숲의 거친 잡초들이 뜯겨 나갔다.

골짜기의 모든 죽어 버린 것들은 이제 바람의 무심한 노래만 들을 수 있을 따름이었다. 여름이 끝날 때쯤 이곳에서는 항상, 약해진 강의 흐름과 그 미세한 부스러기로 머나먼 바다와 강을 영원히 분리해 버리려는 협곡의 모래 침전물들 사이에 힘겨운 투쟁이 일어났다.

"드바노프 동지, 왼쪽을 한번 보게." 코픈킨은 물가 저지대의 푸르스름한 곳을 가리켰다. "아직 어린아이였을 때, 아버지와 함께 여기에 오곤 했지. 잊지 못할 곳이었다네. 풀이 썩어 가는 좋은 냄새가 1베르스타나 나곤 했는데, 지금 이곳에는 물도 썩고 있군……."

스텝에서 골짜기가 그토록 길게 이어지는 비밀스러운 지역을 드바노프는 별로 본 적이 없었다. 무엇 때문에 강은 죽어 가면서, 자기의 물을 멈춰 세워, 풀이 무성한 강변의 표면들을 지나다닐 수 없는 소택지로 덮고 있는 걸까? 아마도 골짜기 옆의 모든 지역은 강이 죽어 가서 가난해질 것이다. 코픈킨은 이전에 강이 신선하고도 살아 있을 때, 이곳 농민들이 얼마나 많은 가축과 닭을 소유하고 있었는지 드바노프에게 말해 주었다.

황혼이 지는 저녁의 길이 죽어 버린 골짜기 주변을 따라 이어졌다. 칼리트바에서 체르놉카까지는 6베르스타에 불과했지만, 두 기사는 누군가의 곡식 창고로 들어서고 나서야 그들이 이미 체르놉카에 도착했음을 알아차렸다. 그 당시 러시아는 모든 민중에게 이르는 길을 밝히는 조명에 돈을 썼지만, 농가에서는 자신들을 위하여 불을 켜 두지 않았다.

코푠킨은 어떤 권력이 마을을 장악하고 있는지 알아보러 가고, 드바노프는 말들과 함께 마을 입구에 혼자 남았다.

흐리고 몽롱한 밤이 왔다. 악몽이 무엇인지 처음 알게 된 아이들이 두려워하는 바로 그런 밤이었다. 아이들은 잠들지 못했고, 자신들과 더불어 어머니도 잠들지 않고 끔찍한 일에서 그들을 구해 주기를 바라면서, 그녀들의 뒤를 쫓아다녔다.

하지만 어른들과 고아들, 그리고 드바노프는 오늘, 녹아드는 스텝의 밤과 자기 위로 펼쳐진 차가운 하늘의 호수를 관찰하면서 적대적인 마을 입구에서 홀로 서 있었다.

그는 어둠의 소리를 듣고 느린 시간을 헤아리면서 잠시 걷다가 다시 제자리로 돌아왔다.

"겨우 자네를 찾아냈군." 얼굴은 보이지 않았지만 멀리서 코푠킨의 목소리가 들렸다. "지루했나? 여기 우유나 좀 마시게."

코푠킨은 아무것도 알아낸 것이 없었다. 누가 마을에서 권력을 잡고 있는지, 플로트니코프가 이곳에 있는지도 알아내지 못했던 것이다. 하지만 어딘가에서 우유 단지와 빵 조각을 구해 왔다.

어느 정도 먹고 나서야 드바노프와 코푠킨은 마을 소비에트 사무실로 갔다. 코푠킨은 소비에트 간판이 걸려 있는 농가를 찾아냈지만, 그곳은 텅 비어 있고, 오래되고 낡았으며, 잉크병은 텅 빈 채로 놓여 있었다. 코푼킨은 이곳에서 지역 권력이 기능을 하고 있는지 검사하려고 잉크병에 손가락을 집어넣었다.

아침이 되자 네 명의 나이 든 농부가 와서 불만을 토로하기 시작했다. 모든 권력이 그들을 버려 살기가 너무 힘들다는 것이었다.

"우리 마을에 아무나, 누구라도 있었으면 좋겠소." 농부들이 부탁했다. "안 그러면 우리는 여기 뚝 떨어져 살면서 이웃들을 서로서로 죽이게 될 거요. 권력 없이 어떻게 살 수 있겠소? 근원지 없이는 바람도 불어올 수 없는데, 우리는 원인도 없이 살고 있소."

체르놉카에는 여러 관계 기관이 있었지만 모두 흩어져 버렸다. 소비에트 권력 역시 스스로 무너졌다. 의장으로 선출된 농민은 활동을 하지 않았다. 그가 말하기를, 아무도 자기를 존경하지 않는다는 것이었다. 모두 그를 알고 있었기 때문인데, 존경심 없이는 권력이 존재할 수 없다는 것이었다. 그러고 나서 그는 마을 소비에트로 업무를 수행하러 오지 않았다. 체르놉카 사람들은 자신들과 안면이 없어서 존경할 수 있는 그런 사람을 의장으로 삼기 위해 칼리트바를 다녀왔다. 하지만 헛수고였다. 칼리트바에는 타지로 소비에트 의장이 옮겨 가는 것에 대한 당의 지침서가 없기 때문에, 그들 마을 주민 가운데 괜찮은 사람을 선택하라고 말했던 것이다.

"그런데 우리 마을에는 의장을 할 만한 인물이 없단 말입니다!" 체르놉카 사람들은 슬퍼했다. "우리는 모두 똑같이 기준 이하의 인간들입니다. 한 사람은 도둑이고, 한 사람은 건달이며, 또 한 사람은 남자들 바지를 훔쳐다가 숨기는 사악한 아낙네란 말이죠."

"살기 지루하오?" 드바노프는 그들에게 연민을 느끼면서 이렇게 물었다.

"완전히 막혀 있어요! 여행자들이 말하기론 전 러시아에서 이제 문화적 공백이 다 지나가 버렸다는데, 우리는 건들지도 않고 지나갔단 말이오. 우리를 모욕했어요!"

소비에트의 창밖에서는 거름의 습기와 경작된 토지의 온기로 가득한 냄새가 났다. 시골 마을의 이 오랜 대기는 평온과 번식을 상기시켰으며, 말하는 사람들은 점차 말을 멈추었다. 드바노프는 말을 살펴보기 위해 밖으로 나갔다. 그곳에서 그는 양분이 많은 말똥 더미에서 부리로 뭔가를 찾고 있는 바싹 마른 참새를 보고 기뻐했다. 드바노프는 이미 반년 동안이나 참새를 보지 못했으며, 참새들이 세상 어디에 둥지를 틀고 있는지 기억도 하지 못할 정도였다. 많은 좋은 것들이 드바노프의 빈약하고도 협소한 두뇌를 스쳐 지나갔으며, 심지어 그의 삶 자체도 마치 강물이 바위를 돌아 흘러가듯이 종종 그의 이성을 스쳐 지나가 버렸다. 참새는 바자울로 날아갔다.

소비에트 사무실에서 권력의 부재에 대해 슬퍼했던 농민들이 밖으로 나왔다. 참새는 바자울에서 날아오르면서 잠시 동안 자기의 가난한 노래를 불렀다.

농민 중 한 사람이 드바노프에게 다가왔다. 그는 곰보였으며, 굶주린 사람이었는데, 자기가 무엇을 필요로 하는지 결코 바로 말하거나 요구하지 않지만, 대화 상대방이 허락해 줄지 아닐지, 집중해서 상대의 성격을 알아보면서, 멀리서부터 자기가 필요한 곳으로 대화를 옮겨 가는 그런 사람들 중 한 명이었다. 그와 함께 밤새도록 이 지상에 정교의 위기가 왔다는 것에 대해 이야기할 수 있지만, 실제로 그에게 필요한 것은 건설용 목재인 것이다. 이전 국유림에서 필요한 나무둥치들을 이미 다 잘라냈지만, 이 이전 행동에 대해 자기에게 어떤 일이 일어날지 넌지시 알아보기 위해, 목재를 베어 내는 것이 어떤지 다시 한 번 부탁해 보는 그런 종류의 인간이었다.

드바노프에게 다가온 사내는 왜 그런지 얼굴도 행동도 날아오른 참새를 닮아 있었다. 그는 자기 삶을 흡사 범죄 행위처럼 바라보면서, 매 순간 자신을 벌하는 권력을 기다리는 것 같았다.

농부가 무엇을 필요로 하는지 즉시, 숨김없이 말해 달라고 드바노프는 부탁했다. 그렇지만 창문을 통해 드바노프의 말을 들은 코푠킨은, 그 사내가 결국 아무것도 이야기하지 않을 거라고 경고했다. "자네는, 드바노프 동지, 한 걸음씩 나가면서 이야기를 진행시키게." 코푠킨이 말했다.

농부들은 웃기 시작했다. 그들 앞에 있는 사람들은 그다지 위험하지도 않고 필요하지도 않은 그런 자들이라는 것을 알았던 것이다.

곰보가 말하기 시작했다. 그는 은자였으며, 사회적 계약에 의해서 타자의 이익을 돌봐야만 했다.

이야기는 체르놉카와 칼리트바 경계 지역의 농지에 대한 것이었다. 그들은 항상 분쟁이 되는 삼림지에 대해서 이야기했으며, 마침내 권력에 대한 이야기에서 말을 멈추었다.

"우리에게 어쨌든 정부만 있다면 좋겠소. 비록 필요 없다고 하더라도 말이오." 곰보가 양쪽으로 설명했다. "중간에서 바라보면 양 끝을 볼 수 없고, 끝에서부터 시작하자면 오래 걸리죠. 여기서 한 번 생각해 보시오……."

드바노프는 서둘렀다.

"만약 당신에게 적이 있다면, 소비에트 정부가 필요할 겁니다."

그렇지만 곰보는 문제가 무엇인지 알고 있었다.

"비록 지금은 적들이 없지만, 사방이 이렇게 넓은데, 어딘가에서 달려들 거요. 도둑들이란 남 가진 1코페이카를 자기 돈 1루블보다 더 탐내는 법이니까요……. 결국 모든 것이 똑같아요. 풀은 자랄 것이고, 날씨는 변하고, 그런데 어쨌든 우리를 휩싸는 것은 질투란 말입니다. 갑자기 어떤 감세 혜택이라도 이루어지면, 정부가 없어서 우리는 그걸 놓칠 수 있단 말이지요! 예를 들어, 지금 공출을 더 이상 거둬 가지 않는다고 하지만 우리는 어쨌든 농사짓기가 두렵단 말이지요……. 그리고 다른 편리한 것들이 사람들을 다 지나가고, 이제 또 모두에게 뭔가를 나눠 주더라도, 우리한테는 오지도 않을 겁니다."

드바노프는 고개를 들었다. 어떻게 공출을 더 이상 거둬 가지 않는다는 사실을 알고 있는가? 누가 말했을까? 하지만 곰보 자신도 그가 실제로 이이야기를 들었는지, 아니면 마음대로 무심코 생각해 낸 것인지조차 몰랐다. 그는 일반적으로 그렇다고 설명했다. 신분증도 없는 어떤 탈영병이 지나가다 곰보네 집에서 죽을 얻어먹고 나서, 지금은 그 어떤 공출도 없다고 이야기했다. 농부들이 크렘린 탑에 있는 레닌에게 다녀왔는데, 그곳에서 사흘 밤을 앉아 생각하면서 함께 관대한 대응 방안을 고안해 냈던 것이다.

드바노프는 금방 우울해져서 소비에트 사무실로 가 버렸으며, 다시 돌아오지 않았다. 무의미한 청원에 익숙해진 농부들은 각자 자기 집으로 돌아가 버렸다.

"제 말을 들어 보세요, 코폰킨 동지!" 드바노프는 걱정스럽게 이야기했다. 코폰킨은 타인의 불행을 무엇보다 두려워했으며, 아직 아이였을 때부터 모르는 농부의 장례식에서 그 미망인보다도 더 슬피 울었다. 그는 제때에 슬퍼했으며, 더 잘 듣기 위해서 입을 약간 벌렸다. "코폰킨 동지!" 드바노프는 말했다. "도시에 한번 다녀왔으면 합니다……. 여기서 저를 기다려 주세요. 곧 돌아올게요.

우선 덜 지루하도록 임시로 이곳 마을 소비에트 의장직을 수행하십시오. 아마 농민들도 동의할 겁니다. 그러면 그들이 어떤 사람들인지 알 수 있을 겁니다."

"그래, 여기서야 뭐 별일 있겠는가?" 코푠킨은 기뻐했다. "도시로 돌아가게. 일 년 내내 자네를 기다릴 수도 있어……. 의장은 맡도록 하지. 이 지역을 길들여야겠네."

코푠킨은 길의 가운데에서 키스를 했으며, 두 사람 다 의미도 없이 부끄러워졌다. 드바노프는 밤에 철도역으로 갔다.

코푠킨은 친구도 보이지 않는 거리에 오랫동안 서 있었다. 그러고 나서 마을 소비에트 사무실로 돌아와 텅 빈 건물 안에서 울기 시작했다. 밤새도록 그는 의지할 데 없는 마음으로 말없이, 잠도 자지 않고 누워 있었다. 주변 마을은 움직이지 않았으며 그 어떤 살아 있는 소리로도 자신의 존재를 알리지 않았고, 흡사 자신의 유감스러운, 간신히 걸어가는 운명을 영원히 거부하는 것 같았다. 저 멀리 벌거벗은 반짝 버들만이 시간을 봄으로 보내면서, 텅 빈 마을 소비에트 마당에서 가끔씩 바스락거리는 소리를 냈다.

코푠킨은 창밖에서 어둠이 어떻게 불안해 하는지 관찰했다. 가끔 어둠을 통해서 날것의 냄새, 인적 없는 지루한 새날의 냄새가 나는 창백하고 시든 빛이 뛰어다녔다. 아마도 아침이 왔을 수도 있고, 아니면 방황하는 죽은 달빛일지도 몰랐다.

밤의 긴 침묵 속에서 코푠킨은 흡사 고독으로 식어 가는 것처럼, 알아차리지 못하는 사이에 자신의 감정의 긴장을 잃어버렸다. 그의 의식에서는 점차 의혹과 자기 연민의 연약한 빛이 생겨났다. 그는 로자 룩셈부르크에 대한 기억을 되살렸지만, 산고에 시달린 산모를 닮은, 관 속에 누워 있는 죽어 버린 여윈 여인을 볼 수 있을 따름이었다. 희망이라는 투명하고 즐거운 힘을 심장에 부여했던 부드러운 동경은 이제 코푼킨 안에서 일어나지 않았다.

놀라고 또 우울한 코푼킨은 매혹적인 밤과 수년에 걸친 피로에 휩싸여 있었다. 꿈속에서 자신을 볼 수는 없었지만, 만약 자신을 볼 수 있었다면 그는 아마도 경악했을 것이다. 왜냐하면 낯선 얼굴에 깊은 고난의 주름이 가득한 사람이, 평생 자신에게는 그 어떤 좋은 일도 행하지 않은 사람이, 늙고 지친 모습으로 긴 의자에 누워 잠들어 있었던 것이다. 분명한 의식으로부터 꿈으로의 이동은 존재하지 않는다. 꿈속에서는 바로 그와 똑같은 삶이, 다만 발가벗겨진 채 계속되고 있는 것이다. 코푼킨은 오래전에 죽어 버린 자신의 어머니를 꿈속에서 두 번째로 보았다. 첫 번째로 어머니가 꿈에 나타난 것은 그가 결혼식을 앞두고 있을 때였다. 그때 어머니는 더러운 평원의 길을 따라 떠났다. 그녀의 등은 너무 여위어, 양배추 수프와 아이들 냄새에 전 더러운 스웨터를 통해서 갈비뼈와 등뼈가 밖으로 드러났다. 어머니는 아들에게 아무런 비난의 말도 하지 않으면서 몸을 구부정하게 숙인 채 떠났다. 코푼킨은 어머니가 떠나간 곳에는 아무것도 없다는 사실을 알고 있었기에, 어머니에게 움막이라도 지어 주기 위해 협곡을 따라 이어진 지름길로 달려갔다. 숲 근처 어딘가에는 따스한 시기가 되면 밭농사를 짓는 일꾼이나 화전민들이 살고 있었다. 코푼킨은 어머니가 다른 남편과 새로운 아들을 찾아낼 수 있도록 바로 그곳에다 오두막을 지어 주리라 생각했다.

오늘 어머니는 평상시의 슬퍼하는 얼굴로 코푼킨의 꿈에 나타났다. 그녀는 아들에게 눈물이 떨어지지 않도록 하려고, 주름진 얼굴의 눈물샘을 머릿수건 끄트머리로 닦아 내면서, 작고 바싹 마른 채로, 이제는 다 커 버린 아들 앞에서 말했다.

"또 창녀 같은 년을 찾아냈구나. 스테파누슈카. 또 어미를 혼자 남겨 두는구나. 남들이 욕하도록 말이야. 그래도 하느님이 너를 보호해 주시기를."

어머니는 이별을 고했다. 그녀 자신의 피에서 태어났지만 죄 많게도 어미로부터 떠나 버린 아들에 대해 어미로서의 효력을 상실했기 때문이다.

코푠킨은 어머니와 로자를 똑같이 사랑했다. 왜냐하면 어머니와 로자는 그에게 마치 과거와 미래가 하나의 생명 속에 살아 있는 것처럼, 똑같은 최고의 존재였기 때문이다. 어떻게 이것이 가능한지 그는 잘 이해할 수 없었지만, 로자가 자신의 어린 시절과 어머니의 연장선이지, 노파의 노여움의 대상이 아니라는 것을 느꼈다.

그래서 코푠킨은 어머니가 로자를 욕하는 것 때문에 심장이 멈추는 것 같았다.

"엄마, 그녀도 엄마처럼 이미 죽었어요." 코푠킨은 어머니의 사악함이 고립무원의 것임을 가엾게 여기면서 말했다.

노파는 손수건을 얼굴에서 치웠다. 그녀는 울고 있지도 않았다.

"아니, 뭐라고? 내 아들아, 사람들 말이나 좀 들어 보거라!" 어머니는 수다스럽게 말하기 시작했다. "그년은 곧 말도 할 거고, 돌아올 거야. 모든 게 잘 맞아서, 그년과 결혼하겠지만, 아마 같이 잠도 안 자 줄 게다. 피골은 상접하지, 목 위에 붙은 못생긴 낯짝 좀 보라지. 봐라 그년은, 네 애인 말이다, 창녀로 살 게야. 아이고, 더러운 년, 어린놈을 곁눈질하네……."

거리를 따라 로자가 걸어가고 있었다. 마을 소비에트 사무실의 그림에서 본 것처럼 작은 키의, 살아 있으며, 검고 슬픈 눈동자를 가진 진짜 로자가. 코푠킨은 어머니는 잊어버리고 로자를 더 잘 보기 위해서 유리창에 구멍을 냈다. 유리창 너머로는, 가뭄이 들고 더위가 몰려올 때 모든 시골 마을이 그렇듯, 텅 비고 지루한 여름 거리가 펼쳐져 있을 뿐, 로자는 없었다. 골목길에서 닭이 날아올라, 마차의 수레바퀴 자국을 따라 먼지투성이의 날개를 펼친 채 달려갔다. 닭 뒤로는 주위를 둘러보는 사람들이 걸어 나왔으며, 그 뒤로는 또 다른 사람들이 칠도 하지 않은 값싼 관을 들고 날랐는데, 보통 태생도 모르고 이름도 없는 사람들을 정부 기관에서 무료로 장례 치를 때 사용하는 그런 관이었다.

관 속에는 순산을 하지 못한 산모들에게서 자주 나타나는 누런 반점이 얼굴에 얼룩져 있는 로자가 누워 있었다. 그녀의 검은 머리카락에는 여인의 것이 아닌 흰 머리가 자리를 잡고 있었으며, 모든 살아 있는 것들을 피로하게 거부하는 이마 아래의 눈동자는 지친 채 닫혀 있었다. 그녀에게는 아무도 필요 없었고, 그녀를 나르는 사내들에게도 그녀는 사랑스럽지 않았다. 상여꾼들은 농가마다 순서를 정한 부역 의무 때문에 어쩔 수 없이 그 일을 하고 있었던 것이다.

코픈킨은 관을 들여다보았지만 믿을 수가 없었다. 관 속에는 시선과 속눈썹을 가졌던, 그가 알고 있던 그녀가 아닌 다른 사람이 누워 있었다. 농부들이 로자를 더 가까이 옮겨 올수록, 가까운 시골 마을과 가난 이외에는 아무것도 보지 못했던 그녀의 늙은 얼굴은 점점 더 검게 변했다.

"당신들은 내 어머니의 장례를 치르고 있소!" 코픈킨은 고함을 질렀다.

"아니요, 이 여자는 남편이 없는 과부요!" 그 어떤 슬픔도 없이 한 사내가 이렇게 말하면서 어깨에 걸친 수건을 매만졌다. "이 여자는, 보다시피 다른 마을에서는 죽을 수가 없었지. 정확하게 우리 마을에서 일생을 마쳤소. 어디서 죽든 상관이 아주 없지는 않았던 게야…….”

사내는 자신의 노동에 대한 대가를 셈하고 있었다. 코픈킨은 금방 이것을 알아차리고 노예근성을 지닌 그 사람들을 진정시켰다.

“이 여자를 묻고 나면 바로 내게 오시오. 내가 돈을 주겠소.”

“그러지요.” 아까의 농부가 그렇게 대답했다. “노자도 없이 장례를 치르는 건 죄악이야. 이제 그녀는 하느님의 노예지. 그렇지만 어차피 혼자서는 들어 올릴 수도 없을 테니, 어깨를 잘라 내는 것처럼 아플 걸세.”

코픈킨은 긴 의자에 누워서 그 사내들이 공동묘지에서 돌아오기를 기다렸다. 어디선가 냉기가 스며들었다. 코픈킨은 깨진 유리창의 구멍을 막기 위해 일어났다. 그리로 아침 바람이 들어왔던 것이다. 마당에는 오래전부터 아무것도 먹지 못한 그의 말 프롤레타리아의 힘이 울부짖고 있었다. 코픈킨은 옷차림을 추스르고, 하품을 하고 나서 밖으로 나갔다. 이웃집 우물가에서 학이 물을 마시려 하고 있었다. 울타리 너머에서는 젊은 아낙이 우유가 좀 더 잘 나오도록, 젖소를 쓰다듬어 주면서 상냥하고 낮은 목소리로 말했다.

“마슈카, 마센카, 서두르지도 말고, 피하지도 마라. 좋은 일은 척척 붙고, 나쁜 일은 저리 가라.”

왼편에서는 용변을 보고 나서 옷을 추스르며 맨발의 남자가 눈에 보이지 않는 자기 아들에게 고함을 질렀다.

“바시카, 암말에다 물 좀 먹여라!”

“아버지나 마셔요, 말은 벌써 물 다 마셨어요.”

“바시카, 그럼 가서 수수라도 좀 빻아라. 안 그러면 절구로 네놈 머리를 빻을 테다.”

"어제 다 빻았어요. 하나에서 열까지 다 바시카, 바시카, 직접 좀 빻아 보지 그래요!"

참새들이 마당을 날아다녔다. 이것들은 친숙한 텃새로, 제비들은 아무리 멋지더라도 가을이 되면 화려한 남쪽 나라로 날아가 버리지만, 참새들은 이곳에 남아 추위와 인간들의 가난을 함께 나누었다. 이들은 자신의 쓰디쓴 낱알을 부리로 쪼아 먹는 진정한 프롤레타리아의 새인 것이다. 길고 우울한 불행 때문에 지상의 모든 보드라운 창조물들은 파멸할 수도 있지만, 농부나 참새와 같은 그런 미천한 태생의 존재들은 따스한 날까지 살아남아 견뎌낼 것이다.

코푠킨은 무익하고 하잘것없는 삶에서도 커다란 약속을 찾아낼 줄 아는 참새에게 미소를 지었다. 차가운 아침에 참새는 곡식 알갱이에 의해서가 아니라, 사람들은 모르는 희망에 의해서 몸을 데울 것이다. 코푠킨 역시 빵이나 행복이 아니라, 설명할 수 없는 희망으로 살아갔다.

"그게 더 나을 거야." 그는 열심히 일하는 참새에게서 눈을 떼지 않으면서 말했다. "그래 너희는 작지만 얼마나 질긴 존재들인가……. 만약에 인간이 저런 존재였다면, 전 세계는 아마 오래전에 꽃피었을 텐데……."

어제의 곰보 농부가 아침부터 코푠킨을 찾아왔다. 코푠킨은 그와 대화를 나누고, 나중에 그의 집에 아침을 먹으러 갔는데, 식탁에서 그는 갑자기 질문을 던졌다.

"당신 마을에 플로트니코프라는 사내가 있소?"

곰보는 그 질문의 속내를 알아내려고 생각에 잠긴 눈으로 코푠킨에게 집중했다.

"플로트니코프는 바로 나요. 그런데 그게 당신과 무슨 상관이오? 우리 마을에는 세 성씨밖에 없소. 플로트니코프, 간누슈킨, 첼노프요. 어떤 플로트니코프를 찾고 있소이까?"

코픈킨은 말했다.

"날쌔고, 당당하고, 달릴 때는 거만해 보이는, 붉은색 종마를 가진 사람 말이오."

"아하, 그렇다면 바니카군요. 저는 표도르입니다! 저는 그 사람과 상관없어요. 그 사람 말은 사흘 동안 발을 절더군요……. 그 사람이 필요하단 말이죠? 그러면 제가 지금 가서 불러 오겠습니다."

곰보 표도르는 떠났다. 코픈킨은 단총을 꺼내어 탁자 위에 올려놓았다. 표도르의 아픈 아내는 두려움에 점점 더 자주 딸꾹질을 하면서, 꿀 먹은 벙어리처럼 페치카 위에 앉아 코픈킨을 바라보았다.

"그리 딸꾹질을 하는 걸 보니 누가 지금 댁 이야기를 하고 있나 보오?" 코픈킨은 다정하게 물었다.

아낙네는 손님에게 불쌍하게 보이려고 입을 일그러뜨리며 억지 미소를 지었지만, 아무런 말도 할 수 없었다.

표도르는 곧 플로트니코프를 데리고 왔다. 아침에 문턱에서 바시카에게 소리를 지르던 맨발의 사내가 바로 플로트니코프였다. 그는 지금 장화를 신고, 손에는 결혼식 전에 만들었던 오래된 모자를 정중하게 말아 쥐고 서 있었다. 플로트니코프는 그다지 특징 없는 외모를 지니고 있었다. 그런 비슷한 사람들 중에서 그가 어떤 사람인지 알기 위해서는 우선 이 사람과 한번 살아 볼 필요가 있었다. 눈의 색깔은 보기 드문 짙은 갈색이었는데, 이것은 도둑이나 음흉한 의도를 지닌 자들의 색깔이었다. 코픈킨은 음울하게 강도를 관찰했다. 플로트니코프는 겁내지 않았으며, 일부러 특별한 탈출구를 찾아냈다.

"뭘 그리 열심히 보고 계십니까? 동료를 찾고 있소?"

코푼킨은 그의 말을 바로 잘랐다.

"말하라. 앞으로도 민중을 괴롭힐 것이냐? 소비에트 권력에 대항해서 민중을 일으킬 것이냐? 말하라, 똑바로. 할 거냐, 안 할 거냐?"

플로트니코프는 코푼킨의 성격을 알아차리고는 복종심을 보여 주고, 불법적 행동에 대해 자발적으로 후회하고 있음을 분명하게 보여 주기 위해, 푹 숙인 얼굴을 일부러 더 찡그렸다.

"아닙니다. 앞으로는 절대로 안 그러겠습니다. 솔직하게 말씀드리겠습니다."

코푼킨은 준엄함을 보여 주기 위해서 잠시 침묵했다.

"그래, 나를 기억하라. 나는 재판도 없이 네놈을 직접 처형하겠다. 만약 네놈이 잘못한 것을 알게 되면 그 순간 뿌리째 뽑아 버릴 것이다. 네 어미의 어미 무덤까지 다 파낼 것이고, 그 자리에서 토막 내 버리겠다……. 집으로 가라. 그리고 이 세상에 내가 있다는 것을 기억하라."

플로트니코프가 떠나자 곰보는 한숨을 쉬고는 존경심으로 말을 우물쭈물하기 시작했다.

"바로 이것이, 바로 이것이 공평한 것입니다! 아마도, 당신이 권력이군요!"

코푼킨은 권력에 대한 곰보의 농부다운 염원 때문에 이미 그를 좋아하게 되었다. 게다가 드바노프는 소비에트의 정권이란 태생적으로 초라한 다수 인민의 왕국이라고 말하지 않았던가.

"어떤 권력이 너에게 필요한가?" 코푼킨이 말했다. "우리는 자연적 세력이다."

도시의 집들은 이제 드바노프에게 너무나 큰 것처럼 여겨졌다. 그의 시야는 오두막과 스텝에 익숙해져 있었던 것이다.

도시 위로는 여름이 빛나고, 제때에 번식한 새들은 건축물과 전신주 사이에서 노래를 불렀다. 드바노프가 떠날 때 도시는 엄격한 성채로 남아 있었다. 그곳에는 혁명의 규율화된 직무만이 존재하고, 바로 그 지점을 위해 매일매일 노동자와 농민과 적군 병사들이 살아가고 참았던 것이다. 밤이면 보초들만 존재했으며, 그들은 두려움에 떠는 한밤의 시민들을 검문했다. 이제 드바노프는 도시를 사람 없는 성스러움의 장소로서가 아니라, 여름빛으로 조명된 축제의 정착지로 보았다.

처음에 그는 혹여 백군이 도시를 점령한 것 아닌가 생각했다. 역의 간이식당에는 차례를 기다리는 줄도 없었고, 심지어 배급표도 없이 흰 빵을 팔고 있었다. 역 근처 현청 식량위원회 기지에는 질 나쁜 페인트를 사용해서 줄줄 흘러내리는 글씨로 쓴 축축한 플래카드가 걸려 있었다. 그 플래카드에는 짤막하게, 손으로 직접 쓴 것 같은 다음과 같은 글귀가 적혀 있었다.

'모든 시민에게 무엇이든 팝니다.

전쟁 이전의 빵, 전쟁 이전의 생선, 신선한 고기, 직접 절인 채소!'

플래카드 아래에는 작은 글자로 회사 이름이 기입되어 있었다.

'아르둘랸츠, 롬, 콜레스니코프와 K.'*

드바노프는 이것이 고의적인 술책일 것이라 생각하면서 가게 안으로 들어갔다. 그곳에서 그는 아주 어린 시절에 본 적이 있는, 이미 오래전에 잊어버렸던 일상적인 상업 도구들을 보았다. 유리로 된 진열대, 벽의 선반, 막대 용수철저울 대신 진짜 저울, 식량 기지나 경리부 요원 대신에 친절한 점원들, 살아 있는 구매자들의 무리와 풍요의 냄새를 풍기는 식품 저장물들 같은 것들이었다.

"여기는 당신네 현의 식품관리국과 다르지!" 판매를 관찰하고 있던 어떤 사람이 동정하듯이 말했다.

드바노프는 증오 어린 시선으로 그 사람을 쳐다보았다. 그 사람은 드바노프의 시선에도 당황하지 않았으며, 오히려 당당하게 미소를 지었다. 그는 뭘 살피느냐고 물었고, 나는 합법적 행위에 기뻐하고 있다고 말했던 것이다!

물건을 사는 사람들 말고도 한 무리의 사람들이 서 있었다. 이 사람들은 단순히 이 경사스러운 사건에 생생한 흥미를 느끼는 관찰자들일 따름이었다. 그들이 오히려 구매자들보다 훨씬 많았으며, 그들 역시 간접적으로 매매 행위에 참여하고 있었다. 어떤 이는 빵이 있는 쪽으로 다가가 빵 한 조각을 떼어 입에 넣었다. 판매원들은 별로 제재하지 않고 향후의 사태를 기대하고 있었다. 매매를 관찰하던 그 아마추어는 혀로 빵을 굴려 보고, 깊은 생각에 잠긴 채 오랫동안 빵 조각을 씹었다. 그리고 마침내 판매원에게 평가를 내놓았다.

"좀 쓴맛이 나는군! 뭐, 아주 약간! 반죽을 이스트로 부풀렸소?"

"누룩에다 반죽했습니다." 판매원이 말했다.

"아하, 그래서 그렇군. 그게 느껴지는군요. 그래도 밀가루도 배급용이 아니고, 빵도 속까지 아주 솜씨 있게 잘 구웠소. 더 이상 불평할 게 없군!"

그 사람은 이어서 고기 쪽으로 다가가서 부드럽게 고기를 쓰다듬고 오랫동안 냄새를 맡았다.

"뭐라도, 좀 잘라 드릴까요?" 판매원이 물었다.

"말고기가 아닌지 봐도 될까요?" 그 사람은 관찰하듯 이렇게 말했다.

"그런데 아니군. 힘줄도 적고, 표면에 거품도 보이지 않아. 아실지 모르지만 말고기에는 지방층 대신에 거품이 있지요. 저는 말고기라면 소화를 못 시켜요. 몸이 좀 아파서……."

판매원은 화를 억누르면서 고기를 확 잡아챘다.

"도대체 어디로 봐서 말고기요? 이 고기는 체르카스산 흰 쇠고기요, 게다가 살코기밖에 없어요. 얼마나 부드럽게 삶았는지 보세요. 이빨에 닿기만 하면 녹아내립니다. 부드러운 치즈처럼 날것으로 먹을 수 있을 정도요."

판매원의 대답에 만족한 그 사람은 구경하는 사람들 무리로 가서 자신이 본 것에 대해 자세히 보고하기 시작했다.

구경하던 사람들은 자리를 떠나지 않고, 매매의 모든 기능을 공감하며 살펴보았다. 그중 두 사람은 더 이상 참지 못하고 판매원들을 도와주러 갔다. 그들은 판매대 위의 먼지를 털어 내고, 더 정확하게 무게를 재기 위해서 저울 위도 깃털로 청소하고 털어 냈으며, 저울추를 정돈했다. 그들 자원자 중 한 명은 종이를 잘라 거기에 상품의 이름을 적고는 그 종잇조각에 철사를 붙여 만든 이름표를 상품에다 꽂아 넣었다. 각각의 상품 위에 조그마한 이름표가 붙은 셈이었으며, 덕분에 구매자들은 물건을 정확히 이해할 수 있게 되었다. 수수가 들어 있는 상자에는 '수수'라는 이름표를 찔러 넣고, 쇠고기에는 '신선한 쇠고기' 등의 방식으로 이름을 보다 제대로 이해하도록 했던 것이다.

그의 친구들은 그러한 배려를 즐겁게 지켜보았다. 이들은 자기 시대를 앞서갔던, 국가의 공무를 개량한 자들의 창시자라 할 수 있다. 구매자들은 안으로 들어와서 이름표를 읽어 보았고, 이름이 적혀 있는 상품들을 보다 더 신뢰하게 되었다.

한 노파가 가게에 들어와서 오랫동안 내부를 살펴보았다. 배고파서 더 심해진 노화 때문에 그녀의 머리는 떨리고, 중심을 잡기도 어렵고, 코와 눈에서는 조절할 수 없을 정도로 물기가 흘러내렸다. 노파는 판매원에게 다가가 찢긴 곳을 거친 실로 꿰맨 배급표를 내밀었다.

"필요 없어요, 할머니. 그냥 드릴게요." 판매원이 말했다. "자식들이 죽고 난 뒤로 뭘 먹고 사셨어요?"

"아이고, 내가 오늘을 기다리려고 살아 있었는가 보오?" 노파는 감동했다.

"마침내 좋은 날이 왔어요. 레닌이 가져갔지만, 이제 또 레닌이 우리에게 준 겁니다."

노파는 중얼거렸다.

"그분은 인민의 아버지예요." 그러고는 흡사 그런 행복한 삶을 앞으로 40년은 더 살 수 있을 것처럼 그렇게 많이 울었다.

판매원은 전시 공산주의의 죄악을 씻어 내기라도 하듯, 돌아가는 길에 먹으라고 잘 구운 빵 조각을 노파에게 주었다.

드바노프는 이것이 진지한 일이며, 혁명이 이제는 또 다른 표정을 지니게 되었음을 이해했다. 그의 집까지 가는 길에 더 이상 가게는 찾아볼 수 없었지만 파이와 빵은 골목마다 팔고 있었다. 사람들은 이것들을 사 먹었으며, 음식에 대해 이야기를 나누었다. 도시는 배부르게 연회를 즐기고 있었던 것이다. 밀은 힘들게 자라고, 식물도 사람처럼 복잡하고 부드럽게 살아가며, 태양 빛과 힘든 노동의 땀으로 토지를 적셔야 한다는 것을 이제 모든 사람이 알고 있었다. 사람들은 이제 날씨가 좋기를, 그리고 겨울같이 밀에 해롭지 않도록 눈이 빨리 녹기를, 들판에 물이 얼음 층으로 얼지 않기를 바라면서 하늘을 바라보았으며, 농사꾼들에게 공감하는 데 익숙해졌다. 사람들은 이전에는 알지 못했던 많은 것들을 배우게 되었다. 그들의 직업은 확장되었으며, 삶의 감각은 사회적인 것이 되었던 것이다. 사람들은 이제 빵을 통해 자신의 배부름을 채울 뿐만 아니라, 이름 없는 노동에 대한 존경심을 더 키워 가면서 빵을 맛보았다. 쾌락은 두 배가 되었던 것이다. 그렇기에 사람들은 떨어지는 빵 부스러기를 모으려고 턱 밑에 손을 대고 먹었고, 이 부스러기들도 나중에 다 먹어 치웠다.

가로수 길을 따라서, 그들 자신에게도 새로운 삶을 관찰하면서 군중이 걸어가고 있었다. 많은 사람들이 어제 고기를 먹었기 때문에, 익숙하지 않은 힘이 그들에게 솟아나는 것을 느꼈다. 일요일이었으며, 아주 더운 날이었다. 여름 하늘의 열기를 저 먼 평원에서 불어오는 바람이 식혀 줄 따름이었다.

가끔 건물 주변에 거지들이 앉아 있었는데, 비록 지나가는 사람들이 삶이 편해졌다는 징표로 가끔 돈을 주기는 했지만, 그래도 그들은 일부러 소비에트 정권을 욕했다. 최근 4년에 걸쳐 거지와 비둘기가 거리에서 사라지고 있었다.

드바노프는 사람들 무리에 당황해 하면서 네거리 광장을 건너갔다. 그는 이미 스텝의 공기와 같은 자유에 익숙해졌던 것이다. 그와 거의 나란히, 소냐를 닮은 처녀가 잠시 동안 걸어갔다. 여러 가지 인상 때문에 눈을 가늘게 뜬, 연약하고도 사랑스러운 얼굴을 가진 처녀였다. 하지만 이 처녀의 눈동자는 소냐보다 더 어두운 색깔이었으며, 느리게 움직였다. 해결되지 않은 걱정거리를 지니고 있음에 틀림없었다. 그래도 그 눈동자는 반쯤 감겨, 자신의 슬픔을 감추고 있었다. '사회주의 정권 하에서 이제 소냐는 소피야 알렉산드로브나*가 되겠지. 시간은 흘러가니까' 하고 드바노프는 생각했다.

자하르 파블로비치는 헛간에 앉아서 알렉산드르가 어린 시절에 신던 다 망가진 신발을 구두약으로 닦았다. 나중에 기억이라도 하기 위해 이 신발들이 더 오래 보존됐으면 하고 바랐기 때문이다. 그는 사샤를 안고 울기 시작했다. 양아들에 대한 그의 사랑은 시간이 갈수록 더 강해졌던 것이다. 그리고 드바노프는 자하르 파블로비치의 몸을 안고 생각에 잠겼다. 미래의 공산주의에서 아버지 어머니와 함께 우리는 무엇을 해야만 할 것인가?

저녁에 드바노프는 슈밀린에게 갔다. 그와 더불어 많은 사람들이 사랑하는 연인에게 가고 있었다. 사람들은 더 잘 먹고 잘 살게 되었으며, 자기 안에서 영혼을 느꼈던 것이다. 별들은 더 이상 모든 사람을 매혹시키지는 않았다. 주민들은 이제 크나큰 이념과 끝없는 공간에 싫증이 났던 것이다. 별들은 수수의 배급량으로 변할 수 있으며, 티푸스균이 이념을 예방할 수 있을 거라고 사람들은 확신했다.

슈밀린은 식사를 하고 있었는데, 드바노프에게 함께 식사하도록 자리를 내주었다.

식탁 위에서 자명종이 울리자, 슈밀린은 잠시 자명종을 질투했다. 왜냐하면 시계들은 항상 노동하고 있지만, 그는 잠잘 때 자기 삶을 멈추어야 했기 때문이다. 하지만 드바노프는 시간을 질투하지 않았다. 그는 축적된 자신의 삶을 느끼고, 자신이 시계의 속도를 앞지르리라는 것을 알고 있었기 때문이다.

"음식을 익혀 먹을 시간조차 없어." 슈밀린이 말했다. "당 회의에 갈 시간이군……. 자네, 이제 그 누구보다 더 똑똑해졌을 테니, 같이 가겠나?"

드바노프는 침묵했다. 지역 공산당 사무소로 가는 길에 드바노프는 현의 시골 마을들에서 자신이 행한 일들을 가능한 한 자세히 이야기했다. 하지만 그는 슈밀린이 거의 흥미 없어 한다는 것을 알았다.

"들었네, 들었어." 슈밀린이 말했다. "자네를 파견했지, 괴짜 같은 자네를 말이야. 그곳에서 일이 어떻게 진행되고 무엇을 하고 있는지 살펴보라고 말이야. 나야 여기서 서류만 보고 있으니, 그 어떤 문제도 알 수가 없었어. 자네는 젊고 신선한 시각을 지녔어. 그런데 말이야, 거기서 자네는 도대체 무슨 짓을 한 건가? 농부들이 비테르마노프 삼림을 베어 내도록 선동하지 않나? 자넨 개자식이야! 어떤 부랑자 같은 놈들을 한데 모아서 떠돌아다니지를 않나……."

드바노프는 분하기도 하고 부끄럽기도 해서 얼굴이 붉어졌다.

"그들은 부랑자가 아닙니다. 슈밀린 동지……. 필요하기만 하다면 그들은 말없이 세 번의 혁명을 더 이룰 수도 있을 겁니다……."

슈밀린은 더 이상 이야기하려 들지 않았다. 즉, 그의 서류가 인간보다 오히려 더 정확했던 것이다. 그렇게 서로를 불편해 하면서 그들은 말없이 걸어갔다.

당 회합이 열리는 도시 소비에트 강당의 문으로부터 마치 선풍기에서 불어오는 것처럼 바람이 불어왔다. 수리공인 고프네르는 공기를 느끼려 손을 내밀어 보고, 여기에 두 가지의 기압이 있다고 푸파예프 동지에게 말했다.

"만약에 모든 당원을 이 강당에 모을 수만 있다면, 전기 발전소를 용감하게 작동시킬 수도 있을 거야. 당원들의 호흡 하나만 이용해서 말이야. 젠장 맞을!" 고프네르는 이렇게 판단했다.

푸파예프는 음울하게 전기 조명을 바라보았다. 그는 회의 시작을 질질 끄는 것이 힘들게 느껴졌다. 키 작은 고프네르는 다른 어떤 기계적인 계산을 생각하며, 거기에 대해서 푸파예프에게 이야기를 해 주었다. 고프네르는 함께 이야기를 나눌 만한 사람이 집에 없었는지, 사람이 많이 모이자 아주 기뻐했다.

"자네는 걸어가면서 계속 생각하는군." 푸파예프는 평온하면서도 세심하게 말하고는 마치 뼈의 둔덕 같은 가슴으로 한숨을 내쉬었다. 그는 모든 셔츠가 이미 오래전에 찢어져서 늘 기운 셔츠를 입고 다녔다. "그런데 사실 이제 우리 모두는 조용히, 폭넓게 일할 때가 아닌가."

푸파예프가 무엇 때문에 두 개나 되는 붉은 깃발의 훈장을 받았는지 알게 되자 고프네르는 놀라고 말았다. 푸파예프는 과거보다 미래를 선호하는 사람이어서 이 사실에 대해 고프네르에게 결코 말한 적이 없었다. 그는 훈장을 가슴에 달지 않고 집의 궤짝에다 보관했으며, 과거를 영원히 파괴된 쓸모없는 어떤 것으로 여겼다. 고프네르는 푸파예프의 잘난 척하는 아내를 통해 훈장에 대해서 알게 되었는데, 그녀는 마치 자기가 남편을 낳기라도 한 것처럼 남편의 생활을 정확하게 알고 있었다.

하지만 무슨 일로 특별 배급을 받고 훈장을 받는지와 같은 것들에 대해서는 그녀도 알지 못했다. 남편은 그녀에게 이렇게 말했다. "근무 덕분이지, 폴랴. 당연히 그래야 되고말고." 그의 아내는 이 근무라는 것을 관청에서 문서 관리하는 것쯤으로 이해했다.

멀리서 바라보면 푸파예프는 흉포한 얼굴을 가진 사람이었지만, 가까이에서 보면 평온하고 상상력이 풍부한 눈동자를 지니고 있었다. 그의 커다란 머리는 자신의 머릿속에서 우울해 하고 있는 어떤 침묵하는 지혜의 태생적 힘을 분명하게 보여 주었다. 해체된 참모 본부의 목록에만 기록되어 있는 자신의 망각된 전쟁 공훈들에도 불구하고, 푸파예프는 시골의 농업과 전반적으로 조용한 생산적 노동을 좋아했다. 지금 그는 현청의 폐품을 관리하고 있었는데, 자신의 직책과 관련해서 항상 무엇인가 생각해 내야만 했다.

이것은 그에게 적합한 일임이 드러났다. 최근 그의 정책은 거름을 모으는 기지를 현 전체에 연결망으로 설치하는 것으로, 이를 통해서 말을 소유하지 못한 가난한 자들에게 땅을 비옥하게 하도록 비료를 순서대로 공급해 주었다. 이렇게 자신이 이룩한 여러 가지 성과들에 그는 머물지 않고, 국가적인 폐품 활용을 위해 어떤 잡동사니라도 더 발견하려고 거리를 살펴보고 건물에 들어가 보기도 하며, 보이는 거지들이나 가난한 사람들에게 이것저것 물어보기도 하면서 아침부터 이륜마차를 타고 온 도시를 돌아다녔다. 그는 폐품 재활용이라는 폭넓은 범주에서 고프네르와 마음이 맞았다. 푸파예프는 모든 사람에게 똑같이 이렇게 진지하게 물어봤다.

"동지, 우리 정부는 그렇게 부유하지 않소. 폐품 활용을 할 만한, 뭔가 쓸모없는 것이 없소이까?"

"뭐 말이오, 예를 들어서?" 어떤 동지든 그렇게 되물었다.

푸파예프는 힘들이지 않고 대답했다.

"뭐든 먹다 남은 거나, 원자재나, 수세미 같은 거나, 아니면 뭔지 알 수 없는 음식 같은 거라도……."

"푸파예프, 머리에 열이 있나 보군요!" 그 동지는 당황해 했다. "요새 수세미가 어디 있단 말이오? 사우나에서도 나뭇가지 묶은 것으로 때를 미는데 말이오……."

하지만 사람들은 가끔 사업적인 좋은 충고를 푸파예프에게 해 주기도 했다. 예를 들어, 혁명 이전의 고서들을 고아원의 연료로 쓰라고 하든지, 한적한 거리의 잡초들을 체계적으로 베어 내 사료로 보관하면 많은 양의 염소젖을 얻어 전쟁에서 불구가 된 사람들이나 빈자들에게 우유를 값싸게 공급할 수 있을 거라는 등의 이야기였다.

밤마다 푸파예프는 꿈속에서 추상적이고 거대한 형태로 나타나는 다양한 폐품들을 보았다. 그는 자신의 중대한 업무 때문에 공포에 질려 잠에서 깨곤 했는데, 이것은 그가 정직한 인간이기 때문이었다.

고프네르는 자기 능력 이상으로 너무 걱정하지는 말라고 그에게 제안했다. 그는 차라리 명령서를 하달해서 옛날 거주자들에게 집을 비우지 말고, 그것이 혁명에 필요할 경우 그들의 잡동사니를 지키도록 명령하는 것이 차라리 더 나을 거라고 했다. 그렇지만 과거의 잡동사니들은 필요치 않을 것이다. 새로운 세계는 결코 쓸모없는 물건으로 전락하지 않을 영원한 물질로 지어질 것이기 때문이었다.

이 말을 듣고 푸파예프는 어느 정도 편안해져, 이제 거대한 꿈이 그를 덜 괴롭히게 되었다.

슈밀린은 푸파예프와 고프네르를 알고 있었지만, 드바노프는 고프네르만 알았다.

"안녕하세요. 표도르 표도로비치." 드바노프는 고프네르에게 말했다. "어떻게 지내셨나요?"

"규칙적으로 지냈소." 고프네르는 대답했다. "다만 이제는 빵을 자유롭게 팔고 있더군요. 이런 젠장 맞을!"

슈밀린은 푸파예프와 이야기를 나누었다. 현의 위원회에서는 적군 부상병 지원위원회의 의장직을 푸파예프에게 맡길 예정이었다. 전쟁이 끝난 이후 새로 생긴 불명료한 관직을 맡는 것에 익숙해진 푸파예프는 동의했다. 많은 다른 지휘관들 역시 혁명의 운명에 무거운 하중을 지니지 않는 사회보장 분과, 노동조합, 보험 창구, 그리고 기타 여러 기구에 복무했던 것이다. 그런 기구들이 혁명의 꼬리에서 미적거린다고 비난받으면, 기구는 혁명의 꼬리에서 목으로 옮겨 가 그곳에다 자리를 잡았다. 군인들은 왜 그런지 몰라도 모든 사무 업무를 존경했으며, 철의 강령을 위해 과거에 사단을 지휘한 경험을 바탕으로 노동자 클럽이라도 관리할 준비가 되어 있었던 것이다.

고프네르의 불만족스러운 목소리를 들은 슈밀린은 그에게 몸을 돌렸다.

"왜 그러나, 배급량이 너무 많아서 불만인가? 아니면 자유롭게 사고파는 게 마음에 안 드는가?"

"아무것도 마음에 안 들어요." 곧바로, 그리고 진지하게 고프네르가 말했다. "혁명이 음식과 친해질 수 있다고 생각하시오? 태생적으로 맞지 않소, 그 둘은. 이런 젠장 맞을."

"배고픈 자에게 그 어떤 자유가 있을 수 있겠나?" 슈밀린은 지적 경멸을 담아서 미소를 지었다.

고프네르는 고양된 목소리 톤을 더 높여서 대답했다.

"그래서, 내가 말하지 않소. 우리 모두는 단지 동등한 가난 속에서만 동지일 수 있다고 말이오. 만약 빵과 재산이 생긴다면 인간다운 인간은 나타나지 않을 거요! 모든 다른 사람들 배 속에서는 빵이 소화되고 있는데, 당신은 그 사람 뒤를 마음으로만 쫓아야 한다면, 도대체 여기에 어떤 자유가 가능하다고 생각하시오! 사유는 가벼움과 가난을 좋아한다오……. 배부른 인간들이 자유롭게 산 적이 있기나 했소?"

"자네, 역사책을 읽어나 봤는가?" 슈밀린은 의혹을 품었다.

"그냥, 내가 추측해 본 거요!" 고프네르는 눈을 찡그렸다.

"도대체 자네는 뭘 추측한 건가?"

"빵과 모든 물질은 축적하는 게 아니라, 서로를 위해 파괴해야 한다는 거죠. 인간을 위해서 가장 나은 것을 할 수 없다면, 빵이라도 주라는 소립니다. 그렇지만 사실 우리는 가장 좋은 것을 주기를 원하죠…….”

홀에서 회합의 시작을 알리는 종이 울리기 시작했다.

“조금 토의해 보도록 하세.” 고프네르는 드바노프에게 말했다. “우리는 사실 지금 객체들이 아니라 주체란 말이지. 이런 젠장 맞을. 내가 말하고도 내가 이해를 못하겠군.”

그날의 안건은 한 가지였는데, 바로 신경제 정책이었다. 고프네르는 즉시 이에 대해 생각하기 시작했다. 그는 계산이라는 것은 기계에서나 편리한 것이지, 삶에서는 변수들과 단수들만 살고 있다고 여겨 정치도 경제도 좋아하지 않았다.

현청위원회의 서기관인 전직 철도 기술자는 회의에서 형식성을 발견하면서, 회의를 잘 이해하지 못했다. 왜냐하면 노동하는 인간은 빠른 말 속도에 맞춰 생각을 빨리 하지 못했기 때문이다. 말하자면 프롤레타리아에게 사유는 감각 속에서 작동하지, 머리털 밑에서 작동하는 것이 아니었다. 그래서 서기관은 종종 연설자의 말을 잘랐다.

“말을 좀 줄이시오, 줄여, 동지. 자네가 수다 떠는 동안 식량징발국은 밀을 다 공출하고도 남겠소. 이것만 기억하시오!”

그리고 가끔씩 회의 참석자들에게 단순히 물어보았다.

“동지들, 누구든 뭔가를 이해하기는 했소이까? 나는 아무것도 이해하지 못했소. 우리에게는 아는 것이 중요하오.” 이미 화가 난 듯 서기장은 딱 잘라 말했다. “여기서 문을 열고 나갈 때 우리가 무엇을 해야 할지 말이오. 그런데 저 사람은 뭔지 모를 객관적 조건들에 대해서 우리에게 징징대고 있소. 하지만 혁명만 있다면, 객관적 조건이라는 것은 없다고 나는 단언할 수 있소…….”

“옳소!”

그렇게 회합은 끝났다. 만약에 옳지 않았다고 하더라도, 사람들은 그렇게 자기 식으로 의견을 조율해야 할 것들을 여전히 많이 찾아낼 수 있었을 것이다.

현청위원회의 서기장은 이제 슬픈 얼굴로 앉아 있었다. 나이가 제법 든 그 사내는 자신을 어떤 도서실 같은 조그만 오두막을 관리하도록 파견 보내 주었으면 하고 은근히 바랐다. 그런 곳에서라면 사회주의를 손으로 건설하고 그것을 모든 사람이 볼 수 있도록 만들 수도 있을 것 같았다. 정보 보고서, 요약문, 회람, 이런 것들이 서기장의 건강을 해치기 시작했다. 그것들을 집에 들고 오면 그는 다시 일터로 들고 나가지 않았으며, 담당자에게는 나중에 이렇게 말했다. "모렐니코프 동지, 내가 잠든 동안 아들놈이 서류를 페치카에 태워 먹었소. 깨어나 보니 페치카에 재만 남아 있더군. 사본도 보내지 맙시다그려. 그로 인해 반혁명적인 사건이 있을지 없을지 한번 지켜볼까?"

"그러죠 뭐." 모렐니코프는 동의했다. "서류로는 분명히, 아무것도 만들지 못할 겁니다. 거기에는 개념들만 적혀 있단 말입니다. 그 개념들로 현을 다스린다는 것은, 꼬리만 쥐고 말을 다루려는 것과 같아요."

모렐니코프는 농부 출신이었는데, 현청위원회 사무실 마당에다 야채 밭을 만들어서 근무 시간에도 농사지으러 나갈 만큼 자신의 옛날 직업을 아주 그리워하고 있었다.

오늘 현청위원회 서기장은 어느 정도 만족했다. 왜냐하면 그는 신경제 정책을 프롤레타리아 자신들의 희망에 따라 저절로 앞서 나가는 혁명으로 표상했기 때문이다. 이전에 혁명은 기관과 기구들의 견인력에 의해 앞으로 나아갔으며, 실제로 정부 기구들은 사회주의 건설을 위한 기계와도 같았다. 서기장은 바로 이런 말로 연설을 시작했다.

드바노프는 고프네르와 푸파예프 사이에 앉았다. 그의 앞에서는 어떤 모르는 사람이 자신의 닫힌 이성에서 뭔가를 생각하면서, 말을 참지 못하고 쉴 새 없이 중얼거렸다. 혁명의 시기에 생각하는 법을 배운 사람은 항상 소리를 내어 말했으며, 사람들은 여기에 대해 불평하지 않았다.

당원들은 서로 전혀 닮지 않았다. 각각의 얼굴에는 무엇인가 자수성가한 것과 같은 것이 있었는데, 이 사람은 흡사 어디선가 자신의 고독한 힘으로 스스로를 얻은 것 같은 얼굴이었다. 천 명 가운데서도 그런 얼굴은 구별해 낼 수 있다. 노골적이고, 계속된 긴장으로 음울하며, 어느 정도는 사람을 신뢰하지 않는 그런 얼굴이었다. 백군들도 어느 한때 한 치의 실수도 없이 그와 같은 특수한 자생적 인간들을 구별해 낼 수 있었다. 백군들은 정상인 아이들이 장애인들과 동물들을 때리고 학대하는 것과 유사한 병적인 잔혹함으로 그들을 전멸시켰다.

호흡하면서 나온 가스가 흡사 지방의 탁한 하늘처럼 홀의 천장 아래로 형성되었다. 그곳에는 약한 전기등이 자기 힘 속에서 깜빡거리면서 빛나고 있었는데, 아마도 전기 발전소에는 발전기로 이어지는 온전한 전도 벨트가 없는 것 같았다. 그래서 전압을 바꿀 때, 도르래를 따라 돌아가는 낡고 닳아빠진 벨트가 봉합 부분에 자꾸 걸렸다. 거기 있는 사람들 반수 이상이 이 사실을 알고 있었다. 혁명이 더 멀리 나아갈수록 지친 기계와 물건들은 더욱더 혁명에 저항하였고, 그것들은 이미 수명을 소진해서 과도하게 일했으며, 수리공들과 기계공들이 내몰아 대는 기술 하나로만 유지되고 있었다.

드바노프가 알지 못하는 그 당원은 고개를 숙이고 연설자의 말을 듣지 않으면서, 앞에서도 들리게 중얼거렸다.

고프네르는 연설자의 말과 자신의 서두르는 의식의 상호 작용 때문에 두 배로 증가된 힘의 흐름으로 먼 곳을 별생각 없이 바라보았다. 드바노프는 인간을 가까이서 상상할 수 없을 때, 그래서 짧게나마 그의 삶을 살아 보지 못할 때 병적인 불편함을 체험했다. 그는 불편한 감정으로, 40년간의 노동으로 완전히 파괴된, 늙고 힘줄이 울퉁불퉁한 인간, 고프네르를 눈여겨보았다. 고프네르의 코와 광대뼈, 귓불의 피부에 너무 탄력이 없어서 쳐다보는 사람들은 신경이 근질거릴 지경이었다. 고프네르가 사우나에서 옷을 벗은 것을 보면 소년을 닮았는데, 실제로는 드물게 튼튼하고 강하며 참을성 많은 사람이었다. 오랜 노동이 고프네르의 육체를 탐욕스럽게 침식하고 또 침식해, 이제는 무덤에서도 오랫동안 남는 바로 그런 것들, 뼈와 머리카락만이 그의 육체에 남아 있었다. 노동이라는 다리미로 바싹 말려진 그의 생명은 모든 갈망을 상실했으며, 벌거벗은 지혜의 때늦은 열망으로 고프네르의 눈동자를 비추어 주는, 하나의 집중된 의식 속에 압축되어 있었다.

드바노프는 이전에 그와 만났던 것을 기억해 냈다. 언젠가 그들은 자기들 도시에 있는 폴니 아이다르 강의 수문에 대해서 많은 대화를 나누었고, 고프네르의 담배쌈지에서 담배를 꺼내 함께 피웠다. 그들은 사회 복지를 위해서뿐만 아니라, 다른 사람들은 이익이 된다고 여기지도 않는 자신들의 넘쳐 나는 영감 때문에 이야기를 나누었다.

연설자는 이제 사소하고도 단순한 단어들로 말하고 있었다. 그 단어들 각각의 소리에는 의미의 움직임이 있었다. 말하는 사람의 언설에는 인간에 대한 보이지 않는 존경과 그와 조우한 이성의 두려움이 배어 있어 청자들은 그 역시 지혜로운 사람이라고 여겼다.

드바노프 옆에 앉은 당원이 홀에 앉은 사람들에게 냉담하게 통

보했다.

"닦아 낼 걸레도 한 장 없으니, 우엉이나 준비합시다."

전깃불은 이제 붉은색이 되도록 어두워졌다. 관성에 의해 아직도 발전소에서 발전기가 돌아가고 있는 것이다. 사람들은 모두 위를 바라보았다. 전기는 조용히 꺼졌다.

"한 번에 나가 버렸군." 누군가 어둠 속에서 말했다.

침묵 속에서 다리 위를 지나가는 수레의 소리와 저 멀리 수위의 방에서 아이 우는 소리가 시끄럽게 들렸다.

푸파예프는 서기장이 보고한 내용, 즉 지역 자금 회전의 한도 내에서 농민들과의 물물 교환이 무엇을 의미하는지 드바노프에게 물어보았다. 하지만 드바노프도 알지 못했다. 고프네르 역시 알지 못했다. "기다려 봐." 그가 푸파예프에게 말했다. "만약에 발전소에서 벨트를 새로 잇는다면, 연설자가 자네에게 이야기해 줄 걸세."

전등불이 다시 들어왔다. 전기 발전소에서는 기계를 돌리는 내내 이런저런 고장을 수리하는 데 이미 익숙해져 있었다.

연설자가 말했다. "소비에트 정부에서 자유로운 매매 행위란, 어쨌든 우리의 내란이 발밑에 있는 손쉬운 먹이로 가장 부끄러운 장소에다 발라서 막아 놓은……."

"뭔 말인지 이해가 되나?" 푸파예프는 고프네르에게 조용한 목소리로 물었다. "부르주아들도 지역의 유통 대상으로 끌어들여야만 해. 그들도 폐기 대상이니까……."

"그래, 맞아!" 숨겨진 연약함으로 검어진 고프네르도 명확히 알아들었다.

연설자는 잠시 말을 멈추었다.

"거기 뭔가, 고프네르. 짐승처럼 씩씩대면서 서둘러 동의할 필요는 없어. 아직 나 자신에게조차 모두 명확하진 않다네. 나는 당신들을 설득하는 게 아니라, 당신들의 충고를 듣고자 하오. 내가 제일 똑똑한 사람은 아니니까…….”

“당신도 똑똑한 사람이오!” 크게, 하지만 호의적으로 고프네르가 단언했다. “다른 사람을 의장으로 앉혀 봤자, 우리보다도 더 바보일 거요. 이런 젠장 맞을!”

모인 사람들은 만족스럽게 웃기 시작했다. 그 시절에 뛰어난 인재들은 없었지만, 대신 저마다 자신의 고유한 이름과 의미를 느끼고 있었다.

“단어들을 일렬로 죽 늘어놓고는, ‘부결’이라는 단어로 끝내 버리시오.” 자리에서 일어나지 않고 고프네르는 연설자에게 다시 한 번 충고했다.

천장에서 더러운 것이 떨어져 내렸다. 지붕과 천장 사이에 난 작은 균열 때문에 탁한 물이 흘러내렸던 것이다. 푸파예프는 그의 아들이 티푸스로 죽은 것도 부질없는 일이고, 저지 부대가 빵이 도시로 들어오는 것을 막으면서 살찐 이를 퍼뜨린 것도 모두 부질없는 일이라고 생각했다.

고프네르가 갑자기 얼굴이 파랗게 질리면서 바싹 마르고 퉁퉁 부운 입술을 꽉 물고 의자에서 일어났다.

“사슈, 속이 좋지 않아!” 그는 이렇게 말하고는 손으로 입을 가리고 뛰어나갔다.

드바노프도 그를 따라 밖으로 나갔다. 고프네르는 밖에서 걸음을 멈추고 차가운 벽돌 벽에 머리를 기대고 서 있었다.

“사슈, 가던 길 가게.” 고프네르는 뭔가 부끄러워하면서 그렇게 말했다. “이제 괜찮아질 거야.”

드바노프는 그 자리에 서 있었다. 고프네르는 계속해서 무언가

시커먼 음식물을 토했지만, 양은 그다지 많지 않았다.

고프네르는 붉은 손수건으로 드문드문 난 수염을 닦았다.

"몇 년 동안이나 굶고 살았지. 아무것도 먹을 게 없었다네." 고프네르는 당황해서 말하기 시작했다. "그런데 오늘 비스킷을 세 개나 먹었더니 위장이 놀란 것 같군……."

그들은 건물의 문턱에 앉았다. 환기가 잘 되도록 강당의 창문이 활짝 열려 있어 모든 말이 다 들렸다. 단지 밤은 아무 말도 하지 않았고, 조심스럽게 자신의 피어나는 별들을 지상의 텅 비고 어두운 장소 위로 옮겨다 줄 따름이었다.

도시 소비에트 건물 맞은편에는 소방대의 마구간이 있었는데, 소방대의 망루는 2년 전에 타 버렸다. 당직 소방관은 지금 도시 소비에트 건물 지붕 위를 걸어 다니면서, 그 위에서 도시를 감시했다. 그곳에 있으면 지루해, 그는 노래를 부르면서 장화를 신고 양철 지붕 위를 소리 나도록 밟고 다녔다. 드바노프와 고프네르는 당직 소방관이 노래를 그쳤다는 걸 알았다. 아마도 강당의 연설이 그에게도 들린 것 같았다.

현청위원회의 서기장은 식량 징발 작업을 위해서 죽을 운명의 동지들을 파견했는데, 우리 붉은 깃발이 무엇보다도 관을 덮는 데 자주 쓰인다고 말했다.

소방관은 그의 말을 끝까지 듣지 않고, 다시 자기 노래를 부르기 시작했다.

짚신이 들판을 서성이네.
사람들은 빈손으로 그들을 배웅했네…….

"저기서 무슨 노래를 부르고 있는 거야? 젠장 맞을 놈!" 고프네르는 이렇게 말하면서 노래를 들었다. "무엇이든 노래하는군. 아무것도 생각하지 않으려고 말이야……. 어쨌든 수도관이 고장 났는데, 소방관이 왜 필요한지 모르겠어."

소방관은 이때 별들로만 조명이 되고 있는 도시를 바라보며 생각했다. 만약 도시 전체가 금방 타 버린다면 무슨 일이 일어날까? 도시에는 농부들이 농사지을 수 있는 맨땅만 남을 것이고, 소방대도 농촌 자치청년회쯤으로 바뀔 것인데, 청년회 일이 아마 더 편할지도 모른다.

드바노프는 자기 뒤에서 계단을 내려오는 사람의 느린 발소리를 들었다. 그 사람은 침묵하면서 생각할 줄 몰라 자기 생각을 혼자서 중얼거렸다. 그는 자유롭게 생각할 줄 몰랐다. 우선 그는 자신의 지적 흥분을 단어로 옮겨 담아야 했고, 그 단어를 듣고 나서야 그는 이것을 분명히 느낄 수 있었다. 아마도 그는 수수께끼 같은 죽어 버린 부호들을 소리 나는 물질로 바꾸어 주고, 이를 통해 그들을 느끼기 위해서 책도 소리 내어 읽었을 것이다.

"말 좀 해 보게!" 자기에게 이렇게 말하고 나서, 그는 또 주의 깊게 스스로 그 말을 들었다. "그 사람 없이는 몰랐지, 우리야. 매매와 교환에서 세금까지도! 그래, 정말 그랬어. 매매도 모든 부대를 통해서 진행되고, 농부들은 할당량을 스스로 낮추고도 세금을 부여받았지. 내 말이 맞나, 아니면 내가 바본가?"

그 사람은 가끔 계단에 걸음을 멈추어 서서 스스로의 말을 반박했다.

"아니야, 자네는 바보야! 설마 레닌이 자네보다 어리석다고 생각하는 것은 아니겠지, 말 좀 해 봐!"

그 사람은 명백히 괴로워하고 있었다. 지붕 위의 소방관은 자기 밑에서 무슨 일이 일어나는지 알지 못한 채 다시 노래를 부르기 시작했다.

"뭐가 신경제 정책이란 말이야!" 그 사람은 조용히, 놀란 목소리로 말했다. "공산주의에다 단지 새 별명을 지어 줬을 뿐이라고! 내가 체푸르니이라는 별명으로 불리듯이 말이야. 참아야 해!"

그 사람은 드바노프와 고프네르가 있는 곳까지 걸어와서 그들에게 물었다.

"말 좀 해 주게, 여기 우리의 공산주의는 자연적으로 썩어 가고 있어. 내가 정책으로 공산주의를 좀 멈출 필요가 있겠나, 없겠나?"

"그럴 필요 없습니다." 드바노프가 대답했다.

"그래, 그럴 필요가 없다면, 무엇에 대한 의혹이란 말인가?" 그 사람은 스스로를 위로하는 대답을 하고는, 주머니에서 담배 한 줌을 꺼냈다. 그는 키가 작고, 공산주의자의 작업복, 즉 차르 전쟁의 탈영병의 어깨에서 벗겨 낸 군용 외투를 입고 있었으며, 빈약한 코를 가진 사람이었다.

드바노프는 그가 회의실에서 자기 앞에 앉아 중얼거리던 그 사람이라는 것을 알아보았다.

"도대체 당신 같은 사람은 어디서 왔소?" 고프네르가 물었다.

"공산주의로부터 왔지. 그런 지명을 들은 적 있나?" 그 사람이 말했다.

"시골인가요? 미래를 기념하기 위해 그런 이름을 지었나요?"

그 사람은 뭔가 자기에게 이야기할 것이 있다는 사실에 기뻐했다.

"시골이라니? 당신은 공산당원이 아닌가 보군? 그런 지점이 있지. 군청 소재지야. 옛날 식으로 체벤구르라고 부른다네. 내가 그곳 혁명위원회 의장으로 있었지."

"체벤구르는 노보셀롭스크에서 가까운가요?" 드바노프가 물었다.

"물론 멀지 않다네. 다만 그곳에는 시끄러운 놈들만 살고 있고, 우리한테는 오지 않아. 우리에겐 모든 것이 종말이니까."

"뭐가 끝이란 말입니까?" 의심스럽다는 듯이 고프네르가 물었다.

"전 세계 모든 역사의 끝이란 말일세. 역사가 왜 우리에게 필요하단 말인가?"

고프네르도 드바노프도 더 이상은 물어보지 않았다. 소방관은 졸린 눈으로 도시를 둘러보면서 지붕의 경사면을 따라 규칙적인 소리를 내며 걸어 다녔다. 그는 노래를 그치더니 곧 아예 조용해졌다. 아마도 다락방으로 자러 간 것이리라. 그렇지만 바로 이날 밤 태만하게 근무한 소방관은 불시에 닥친 상부의 감찰에 발각되었다. 세 명이 이야기를 나누었던 곳 앞에 공식적 인간*이 멈추어 서서 지붕에 대고 소리를 지르기 시작했다.

"라스포로프! 보초! 여기 소방 감찰관이 당신을 부르고 있소. 거기 망루에 누구 없소?"

지붕 위에서는 완전한 고요만 흐를 따름이었다.

"라스포로프!"

감찰관은 단념하고 직접 지붕 위로 올라갔다.

밤은 젊은 나뭇잎들과 공기, 그리고 대지 위를 할퀴면서 자라난 풀들의 소리로 고요히 떨렸다. 드바노프는 눈을 감았다. 그러자 그에게는 어디선가 지하의 좁은 곳으로 떠나는 물이 균일하고 지속적으로 고통을 호소하는 것처럼 여겨졌다. 체벤구르 혁명위원회 의장은 코로 담배 연기를 빨아들였으며, 재채기를 참고 있었다. 회의는 왜 그런지 조용해졌다. 아마 거기 사람들도 생각에 잠긴 모양이었다.

"하늘에 재미있는 별들이 얼마나 많은지요. 하지만 어떻게 해도 그들에게 닿을 수가 없죠."

소방 감찰관은 당직 소방관을 데리고 지붕에서 내려왔다. 이미 잠에서 깬 그는 징벌을 받기 위해 고분고분 걸어 내려왔다.

"한 달 동안 강제 노역을 가야 하네!" 감찰관이 냉혹하게 말했다.

"가야 한다면 가겠습니다." 죄인은 그렇게 동의했다. "제겐 상관없습니다. 배급량도 어차피 같을 것이고, 강제 노동도 규칙적으로 한다고 하니까요."

고프네르는 집으로 돌아가기 위해서 일어섰다. 그는 온몸에 병이 있었다. 체벤구르의 의장은 마지막으로 담배 냄새를 맡고 노골적으로 선언했다.

"여러분, 지금의 체벤구르는 너무나 좋다네!"

드바노프는 저 멀리 스텝의 어둠 속에서 밤을 새우고 있는, 머나먼 동지 코푠킨을 그리워하기 시작했다.

그 시간 코푠킨은 체르놉스키 마을 소비에트 사무실의 현관에 서서 최근에 직접 쓴 로자에 대한 시를 조용히 읊고 있었다. 그의 머리 위로 쏟아질 듯 많은 별들이 매달려 있었으며, 마을 입구에 있는 마지막 울타리 뒤로는, 미래의 알 수 없는 민중의 고향인 사회주의의 대지가 펼쳐져 있었다. 프롤레타리아의 힘과 드바노프의 말은 남아 있는 모든 일에도 인간의 용기와 이성이 있기를 희망하면서, 부단히 건초를 씹었다.

드바노프 역시 자리에서 일어나 체벤구르의 의장에게 손을 내밀었다.

"성함이 어떻게 되십니까?"

체벤구르에서 온 사람은 스스로의 흥분된 사상 때문에 자기 성조차 곧바로 기억해 낼 수 없었다.

"동지, 내가 있는 곳으로 일하러 가세." 그는 말했다. "아, 지금 우리 체벤구르는 아주 좋아! 하늘에는 보름달이 떠 있고, 그 아래로는 거대한 노동 지대가 있지. 그리고 물고기가 호수 안에 있듯이, 모든 것은 공산주의 안에 있다오! 우리에게 없는 것은 오직 하나, 명예요…….”

고프네르는 자만하는 그 사람의 말을 멈추게 했다.

“보름달이라니? 이런 젠장 맞을, 일주일 전에는 하현달이었는데…….”

“내가 너무 열중해서 그렇게 말했네.” 체벤구르 사람은 고백했다. “우리 체벤구르는 보름달이 없으면 더 좋다네. 달이 없으면 우리는 램프를 밝히지. 램프 갓도 씌워서 말일세.”

집 앞 작은 정원에서 동쪽의 여명을 느낀 새의 걱정스러운 울음소리를 들으면서 세 사람은 함께 거리를 걷기 시작했다. 가끔 잠을 자지 않고 밤을 보내는 것도 좋은 일이었다. 그런 때 드바노프에게는 서늘하고 바람도 없는 이 세상의 보이지 않는 절반이 열리는 것 같았다.

드바노프는 체벤구르라는 단어가 마음에 들었다. 드바노프는 이전에도 이 작은 마을에 대해 들은 적이 있었는데, 왜 그런지 그 단어는 미지의 나라의 매혹적인 울림을 닮아 있었다. 체벤구르 사람이 칼리트바를 경유해서 돌아간다는 사실을 알고 드바노프는 체르놉카에 있는 코폰킨을 방문해, 코폰킨에게 자기를 기다리지 말고 갈 길을 계속 가라고 말해 줄 것을 부탁했다. 드바노프는 다시 공부를 시작해서 기술 전문 학교를 졸업하고 싶었다.

“거기 들르는 거야 어렵지 않지.” 체벤구르 사람은 동의했다. “공산주의가 발생하고 난 이후 여기저기 떨어져 사는 다양한 사람들을 살펴보는 게 재미있으니까 말일세.”

“아무도 모를 소리만 지껄이는군!” 고프네르는 격앙되었다. “여기저기 파괴밖에 없는데, 댁이 사는 그곳에서는 램프에도 갓을 씌

운단 말이지."

드바노프는 울타리에 종이를 대고 코픈킨에게 편지를 썼다.

'친애하는 코픈킨 동지! 별일 없습니다. 지금은 이전과 다른 정책이, 그렇지만 올바른 정책이 행해지고 있어요. 제가 타던 말을 빈농 아무에게나 주시고, 당신은 떠나세요…….'

드바노프는 편지 쓰기를 멈추었다. 코픈킨이 어디로 떠날 수 있으며, 어디에 오랫동안 머무를 수 있단 말인가?

"성함이 어떻게 되십니까?" 드바노프는 체벤구르 사람에게 물었다.

"나 말이오? 체푸르니요. 그냥, 일본 사람이라고 쓰시오. 마을 전체에서 일본 사람이라면 난 줄 아니까."

'일본 사람 마을로 떠나세요. 그들 마을에는 사회주의가 있다고 하더군요. 만약 그게 사실이라면, 내게 편지를 써 주세요. 비록 당신과 헤어지고 싶지는 않지만, 이제 돌아가지 않을 겁니다. 날 위해서 가장 좋은 게 어떤 건지 저도 아직 잘 모르겠어요. 당신도, 로자 룩셈부르크도 저는 잊지 않겠습니다. 당신의 동반자, 알렉산드르 드바노프 드림.'

체푸르니는 편지를 받아 그 자리에서 다 읽었다.

"뒤죽박죽 적어 놓았군." 그는 말을 이었다. "아마 자네는 지혜가 좀 부족한가 보군."

그리고 그들은 헤어져서 각자 자기 갈 길을 갔다. 고프네르와 드바노프는 도시의 변두리로, 체벤구르 사람은 여인숙으로 갔다.

"그래, 어땠니?" 집에서 자하르 파블로비치는 드바노프에게 물어보았다.

드바노프는 신경제 정책에 대해서 그에게 설명해 주었다.

"망할 일이구나!" 아버지는 침대에 누워서 이렇게 결론을 지었다. "제시간에 성공하지 못하는 일은 공연히 씨를 뿌린 거야……. 권력을 잡았을 때는 모든 지상에 내일의 행복을 약속하더니, 지금 네 말을 들으니, 객관적 조건이 우리가 전진하지 못하게 하는구나……. 엉덩이까지 전부 천국에 들어가려 하니 악마가 방해를 하는구나……."

고프네르는 아파트에 도착하자 아픔이 다 사라진 것 같았다.

'내가 원하는 건 뭘까?' 그는 생각에 잠겼다. '내 아버지는 하느님을 실제로 보고 싶어 했지. 그런데 나는 어떤 텅 빈 장소를 보고 싶어 한단 말이야. 이런 젠장 맞을. 자기 머리로 모든 것을 처음부터 행하기 위해서 말이야…….'

고프네르는 기쁨보다는 정확함을 더 원했던 것이다.

체푸르니는 그 무엇에 대해서도 슬퍼하지 않았다. 왜냐하면 그의 도시 체벤구르에는 삶의 행복과 진리의 정확함, 그리고 존재의 슬픔이 필요 정도에 따라 저절로 발생하기 때문이다. 여인숙에서 그는 말에게 풀을 먹이고 눈을 붙이려고 짐마차에 누웠다.

'그 코푠킨이라는 사람에게서 마차용 말을 얻어야겠다.' 그는 미리 결정했다. '뭐 하러 그 말을 가난한 아무나에게 준단 말인가, 지금 빈농들은 그렇게 큰 감면 혜택을 누리는데 말이야. 말 좀 해보라고!'

아침이 되자 여인숙은 시장에 나온 농민들의 짐마차로 북적거렸다. 누군가는 1푸드의 수수를, 또 다른 누군가는 다섯 단지의 우유를, 이런 식으로 그들은 식품을 조금씩만 가지고 나왔는데, 혹시 몰수당하더라도 아깝지 않도록 하기 위해서였다. 하지만 그들은 검문소에서 저지 부대를 보지 못했다. 그래서 도시에 포위망이 기다리고 있을 것이라 생각했다. 어쩐 일인지 단속 포위망도 나타나지 않자, 농민들은 조금밖에 가져오지 않은 자신들의 물건에 대해 아쉬워하면서 앉아 있었다.

"이제는 몰수하지 않는가 보군?" 체푸르니가 농부들에게 물었다.

"왜 그런지 건드리지 않는군요. 좋아할 것도 슬퍼할 것도 없소."

"왜 그렇지?"

"만약에 더 나쁜 일이 아직 안 일어났으면, 차라리 몰수해 가라지요. 이 정권은 어떻게든 우리를 편하게 살도록 놔두지 않을 거요."

'바보 같은 소리를 하는군. 이놈과 이웃 놈들 모두를 소지주로 선언하고 맨발로 방출시켜서, 농민 부르주아의 이런 병균들을 말살시켜야 되는데!'

"담배 한 대 주시오!" 그 나이 든 농민이 부탁했다.

체푸르니는 낯선 눈으로 그를 천천히 바라보았다.

"자기는 저택 소유자면서, 무산자에게 구걸하는가……."

농민은 그의 말을 이해했지만, 노여움을 감추었다.

"아이고, 동지, 전부 공출해 가고 몰수해 갔소. 만약에 공출만 없었더라도, 내가 댁한테 자루 가득 담배를 부어 줬을 거요."

"가득 부어 준다고!" 체푸르니는 의심스러워했다. "아마 내 자루를 쏟아 버렸겠지."

농민은 마차에서 떨어져 나와 굴러다니는 쐐기 못을 보고는 그것을 슬쩍 주워 장화 목에 챙겨 넣었다.

"상황에 따라 다르겠지요." 평온한 목소리로 그가 말했다. "레닌 동지는 신문에다 계산을 좋아한다고 썼소이다. 아마도 나쁜 손들이 땅에다 쏟아 버렸다면 자루에다 다시 모을 수 있다고 생각한 거겠죠."

"자네도 자루로 살아가는가?"* 체푸르니는 솔직하게 물었다.

"달리 수가 없소. 먹고는 입을 꿰매야지. 그래도 제 손으로 어떻게든 먹고, 아무도 구걸은 하지 않소. 우리는, 친구, 그래도 나름대로 고상한 사람들이오. 왜 사람을 괜히 모욕하시오?"

체벤구르에서 큰 지혜를 배운 체푸르니는 침묵했다. 비록 혁명 위원회 의장이라는 직함이 있지만, 그는 이를 이용하지 않았다. 가끔씩 그는 사무실에 앉아 있을 때마다 삶을 어떻게 이어 나가야 하는지도 모르는 서로 닮은 사람들을 이 시골 마을에 손대지 않고 그대로 둔다면 그들은 죽을 것이라는 슬픈 생각을 했다. 그래서 군 지역에는 그의 지혜로운 배려가 필요한 것이었다. 군청의 광장을 지나다니면서 그는 각 시민의 개인적 지혜를 확신했으며, 이미 오래전에 군민들에 대한 행정적 도움을 폐지했다. 살아 있는 인간은 자신의 운명을 어머니의 배 속에서부터 이미 배워 가지고 나왔다. 체푸르니가 감독이 필요하지 않다는 단순한 생각을 다시 한 번 확신하게 된 것은 바로 이 나이 든 대화 상대자인 농부 때문이었다.

체푸르니가 여인숙을 떠나려고 하자 여인숙 주인의 조수가 막으면서 숙박비를 요구했다. 그에게는 돈이 없었으며, 있을 수도 없었다. 체벤구르에는 예산이 없었다. 군 지역에는 독립 채산제라는 건전한 기반에 의해 생활이 이어지기 때문이었다. 거주민들은 오래전부터 살아 있는 인간의 동지적 희생만 요구하는 모든 노동이나 건설, 상호 계산 같은 것보다는, 행복한 삶을 선호했다.

숙박료로 낼 것이 아무것도 없었다.

"자네가 원하는 것을 가져가게." 체벤구르 사람은 조수에게 이렇게 말했다. "나는 벌거벗은 공산주의자네."

체벤구르 사람과 반대 생각을 지닌 그 농부가 이 대화를 듣고 가까이 다가왔다.

"공정 가격으로 이 사람 앞으로 얼마를 내면 됩니까?"

"만약 방에서 잔 게 아니라면 백만 루블이오." 조수는 그렇게 말했다.

농부는 뒤로 돌아서서 셔츠 밑으로 목에 걸고 있던 가죽 돈주머니를 꺼냈다.

"받게, 젊은이. 그리고 이 사람을 보내 주게." 체푸르니의 대화 상대는 돈을 주었다.

"이게 내 일이다 보니 그렇게 됐소." 조수는 사과했다. "무슨 일이 있어도, 여인숙에서 돈을 안 받고는 아무도 내보낼 수가 없어요."

"이해한다네." 농부는 평온하게 동의했다. "여기는 허허벌판이 아니라, 건물이니까 말일세. 사람에게도 가축에게도 똑같은 편안함을 줘야 하니까."

도시를 벗어나자 체푸르니는 자신이 좀 더 자유롭고 똑똑한 사람인 것처럼 여겨졌다. 다시 한 번 그의 앞에는 편안한 공간이 펼쳐졌다. 숲이나 언덕, 그리고 건물들을 체푸르니는 좋아하지 않았다. 그는 보행자의 무게 때문에 움츠러들고, 바람을 흡입하고 있는, 하늘 맞은편에 위치한 평평하고 비탈진 대지의 배가 더 마음에 들었다.

혁명위원회의 서기장이 그에게 회람 공문과 표, 그리고 계획을 작성하기 위한 질문들과 그 외 현청 정부 자료들을 큰 소리로 읽어 주는 것을 들으면, 체푸르니는 항상 한 가지, 정치라는 말만 반복했으며, 비밀이긴 하지만 아무것도 이해하지 못한 채, 생각에 잠겨 미소를 지었다. 곧 서기장은 체푸르니의 지도 없이 모든 일을 처리하면서 더 이상 그에게 서류들을 읽어 주지 않게 되었다.

체푸르니는 누구 것이었는지 모르는 흰색 배를 가진 검은 말을 타고 갔다. 도시의 광장에서 체푸르니는 처음으로 이 말을 보았다. 그곳에서 공원을 만들려고 심어 놓은 풀과 나무들을 마구 먹어 대던 그놈을 잡아서 마차에 매달아 타고 온 것이었다. 말이 누구의 소유도 아니었기에 그 말은 체푸르니에게 더 소중하고 사랑스러웠다. 그가 누구든 시민들 말고 그 말을 돌볼 사람은 없었다. 그렇기에 오히려 체벤구르에서는 모든 가축이 배부르고 보기 좋은 모습을 지녔으며, 통통하게 살진 몸집을 하고 있었다.

길은 체푸르니를 오랫동안 끌고 갔다. 그는 기억하는 모든 노래를 불러 버렸고, 어떤 것이든 생각해 보고 싶었지만, 생각할 것이 아무것도 없었다. 왜냐하면 모든 것이 너무나 분명했고, 오직 행동만이 남아 있었던 것이다. 어떻게든 자신의 삶이 너무나 훌륭한 것이 되지 않도록 그 행복한 삶을 회전하고, 또 지치게 만들어야 했지만, 마차를 타고 가면서 지치기란 힘든 일이었다. 체푸르니는 마차에서 뛰어내려, 지친 호흡으로 힘들어하는 말과 나란히 달려가기 시작했다. 달리기에 지치자, 이번에는 말 등에 올라타, 마차는 뒤에서 텅 빈 채로 덜컹거렸다. 체푸르니는 마차를 살펴보았다. 그 마차는 얼기설기, 제대로 만들어지지도 않고 달리기에 너무 무거웠다.

"워워." 그는 말에게 명령하고 나서 재빨리 마차에서 말을 풀었다. "말의 살아 있는 생명을 죽어 있는 짐에다 낭비하고 있었구나. 말 좀 해 보라고!" 그리고 그는 마구와 마차를 버려 둔 채 자유로워진 말에 올라타고 달려갔다. 마차는 버려진 채로, 처음으로 그곳을 지나가는 농부의 손에 걸리기를 기다렸다.

'나에게도, 말에게도 이제는 피가 돌고 있다!' 자신이 노력할 필요 없이 달려가면서, 체푸르니는 목적 없이 생각하기 시작했다. '코푠킨의 말을 데려갈 구실을 생각해 내야겠군. 이제 마차도 없는데 마차에다 곁말을 달아야 한다고 말할 수는 없으니까 말이지.'

저녁 즈음 그는 어떤 조그만 스텝 마을에 도달했다. 흡사 여기에다 사람들이 오래전에 자신의 뼈를 묻어 버린 것처럼 사람이 너무나 없는 그런 마을이었다. 저녁 하늘은 스텝의 연속인 것처럼 보였으며, 말은 체푸르니 아래에서 자신의 지친 다리의 끔찍한 운명을 바라보기라도 하듯이 끝없는 지평선을 바라보았다.

체푸르니는 누군가의 조용한 오두막 문을 두드렸다. 뒷마당에서 어떤 노인이 나와 바자울 너머로 밖을 내다보았다.

"문을 좀 열어 주시오." 체푸르니가 말했다. "댁에 빵과 건초가 있소?"

노인은 두려워하지 않고 날카롭고 익숙한 눈동자로 기사를 관찰하면서 침묵했다. 체푸르니는 직접 바자울을 넘어가서 문을 열었다. 배고픈 말은 밤이 되어 고요해진 풀들을 헛간 근처에서 곧바로 먹어 치우기 시작했다. 노인은, 손님이 제멋대로 하자 포기한 듯, 넘어져 있는 참나무에 이방인처럼 걸터앉았다. 오두막 안에서 체푸르니는 아무도 보지 못했다. 그곳에서는 이미 땀도 흘리지 않고 흥분된 육체적 흔적의 물질도 나오지 않는 건조한 늙음에서 나오는 청결한 냄새가 났다. 그는 선반에서 수수 껍질과 작은 풀들을 넣어서 구운 빵조각을 발견하고는 노인을 위해 반을 남겨 두고 나머지를 게걸스럽게 먹어 치웠다.

밤이 되자 노인은 농가 안으로 들어왔다. 체푸르니는 잠들 때까지 지루해 하지 않으려고 주머니 안에 들어 있는 코담배 부스러기를 긁어모았다.

"저기 밖에서 자네 말이 날뛰고 있어." 노인이 말했다. "그래서 내가 조금 남은 건초를 줬지. 작년 풀이 한 아름 정도 남아서 말일세. 좀 먹도록 두지."

노인은 생각하지 않는, 갈라진 목소리로 말했는데, 흡사 그의 영혼도 지쳐 있는 것 같았다. 체푸르니는 경각심을 높였다.

"영감님, 여기서 칼리트바까지는 멉니까?"

"멀긴 뭐가 멀어." 노인은 대답했다. "여기 묵는 것보다 거기까지 가는 게 더 가까울 거야……."

체푸르니는 오두막을 재빨리 훑어보았는데, 페치카 옆에 있는 부젓가락이 눈에 들어왔다. 그는 혁명이 이제 잠잠해졌다고 여겨 권총을 가지고 다니지 않았다.

"여기, 이 집에 댁 말고 누가 또 있소? 강도 같은 놈 말입니다!"

"토끼 두 마리도 죽을 궁지에 몰리면 늑대한테 덤벼든다네. 친절한 젊은이! 불쌍한 인민들이 떠나갔지. 우리 마을은 길가에 있소. 그러니 강도당하기 십상이란 말이지……. 이곳 농부들은 가족을 데리고 골짜기나 저 멀리 황무지에 들어가서 살고 있다네. 그러다 보니 여기 나타나는 사람은 목숨을 내놓고 오는 거지……."

밤은 구름으로 덮인 출구 없는 하늘을 나지막이 내려놓았다. 체푸르니는 마을을 떠나 스텝의 안전한 어둠 속으로 출발했다. 말은 길 냄새를 맡으며 저 멀리 달려갔다. 두꺼운 구름 때문에 비옥한 온기는 대지에서 증발하고 말았으며, 충분히 숨을 들이마신 체푸르니는 달려가는 말의 목을 끌어안고 잠들었다.

체푸르니가 지금 찾아가는 바로 그 사람은 이날 밤 체르놉카 마을 소비에트 사무실 탁자에 앉아 있었다. 탁자 위에는 창밖의 거대한 어둠을 밝혀 주는 등불이 타고 있었다. 코픈킨은 사회주의라는 것은, 좋은 토질의 땅이 쓸모없이 놀고 있는 고지대 스텝의 물과 같은 것이라고 세 명의 사내와 이야기하고 있었다.

"우리도 어린 시절부터 그건 잘 알고 있습니다, 스테판 예피모비치." 농민들은 동의했다. 그들은 잠이 안 와서 이렇게 잡담하는 것이 즐거웠다. "여기 분도 아니면서 우리에게 필요한 걸 잘 알고 계시는군요, 누가 당신에게 언질이라도 해 줬습니까? 소비에트 권력을 위해 우리가 한번 공짜로 사회주의를 준비해 보면 어떤 일이 생길까요? 사실 그러려면 해야 할 일이 많지 않겠습니까, 한마디 해 주시죠?"

코폰킨은 드바노프가 없다는 사실이 슬펐다. 그가 있었다면 아마도 이 사람들에게 사회주의를 천천히 증명해서 보여 주었을 것이다.

"어떤 일이 생기냐고?" 코폰킨은 독자적으로 설명하려 애썼다. "자네의 영혼에 난생처음 영원한 평안이 올 것이네. 그런데 지금 거기엔 무엇이 있는가?"

"이곳 말인가요?" 상대는 말을 멈추고 그의 내부에 무엇이 있는지 들여다보려고 애쓰면서 자기 가슴을 살펴보았다. "내 그곳에는 말입니다, 스테판 예피모비치, 슬픔과 검은 공간이……."

"그것 보게, 자네 스스로도 알고 있잖아." 코폰킨은 말했다.

"작년에 나는 콜레라로 죽은 마누라를 묻었어요." 슬퍼하는 시민이 말을 맺었다. "게다가 올봄에는 식량징발대가 내 암소를 먹어 치웠죠……. 2주 동안이나 병사들이 내 오두막에서 살았죠. 우물에 있는 물은 다 마셔 버렸고요. 저 농부들은 이걸 다 기억하고 있을 겁니다."

"물론 기억하지!" 두 명의 증인이 확언했다.

코폰킨의 말, 프롤레타리아의 힘은 지난 몇 주 동안 행군하지 않고 편히 쉬었으며, 많이 먹어서 몸이 불었다. 밤마다 말은 제자리에 멈춘 힘과 스텝에 대한 그리움 때문에 울었다. 낮에 마을 소비에트 마당으로 농부들이 와서 몇 번이나 프롤레타리아의 힘을 길들여 보고자 했다. 프롤레타리아의 힘은 관객들을 언짢게 바라보고는 머리를 들고 음울하게 풀을 씹었다. 농부들은 슬퍼하는 말 앞에서 존경심을 품고 주춤주춤 뒷걸음쳤으며, 나중에 코폰킨에게 이렇게 말했다.

"스테판 예피모비치, 당신 말도 대단합니다! 이 말은 가치를 매길 수가 없어요. 이건 드라반 이바니치*예요!"

이미 오래전부터 코푠킨은 자기 말의 가치를 잘 알고 있었다.

"계급적 동물이지. 의식적으로 보면 내 말이 그대들보다 더 혁명적이다!"

가끔 프롤레타리아의 힘은 아무 일도 하지 않고 자신이 갇혀 있는 헛간을 부수기도 했다. 그러면 코푠킨이 현관으로 나와서 짧게 명령했다.

"그만둬, 이 방랑자 녀석아!"

그러면 말은 조용해졌다.

드바노프의 말은 프롤레타리아의 힘과 가까이 있으면서 온몸에 옴이 옮았으며, 긴 털이 자라났고, 갑작스레 제비가 날아오르기만 해도 몸을 덜덜 떨었다.

"이 말도 주인의 손길을 기다리는군." 마을 소비에트를 방문하는 사람들은 이렇게 판단했다. "안 그러면, 제 발길에 심하게 다치겠구먼."

마을 소비에트의 위원장으로서의 직접적 의무는 코푠킨에게 그다지 많지 않았다. 매일 농부들이 마을 소비에트로 이야기를 나누러 왔다. 코푠킨은 그들의 대화를 들었지만, 그들에게 대답은 거의 하지 않았다. 그는 강도들의 습격으로부터 이 혁명적 마을을 지키려고 이곳에 머물러 있었지만, 강도들은 흡사 잠든 것처럼 조용했다.

한번은 집회에서 그가 이렇게 선언했다.

"그대들에게 소비에트 정권은 행복을 주었다. 그 행복을 적들에게 남겨 두지 말고 사용하라. 그대들은 스스로 인간이자 동지이다. 게다가 나는 그대들보다 더 똑똑한 사람도 아니다. 집안의 나쁜 일을 마음에 품고 소비에트 사무실로 나오지 말도록 하라. 나의 과업은 무엇이든 짧게 만드는 것으로, 모든 나쁜 의도를 뿌리부터 근절하는 것이니까…….”

날이 갈수록 농민들은 코푠킨을 더 존경하게 되었다. 그는 공출 할당이나 노역의 의무에 대해 언급하지 않았고, 읍의 혁명위원회에서 오는 서류들은 드바노프가 도착할 때까지 서류 더미로 쌓아 두고만 있었기 때문이다. 글을 아는 농부들은 이 서류들을 읽어 보고 코푠킨에게 그 서류들을 갖고 아무런 조처도 취하지 말고 폐기해 버리라고 충고했다. 이제 정권은 어디서든 조직될 수 있고, 그런다고 아무도 비난하지 않을 것이다, 그들은 이렇게 말하면서 코푠킨에게 질문을 던졌다. “스테판 예피모비치, 새로운 법을 읽었습니까?”

“아니, 무슨 법인가?” 코푠킨은 이렇게 대답했다.

“무슨 법이라니요? 레닌이 직접 이렇게 선포했답니다! 권력은 이제 지역의 세력이지, 위로부터 내려오는 힘이 아니라고요!”

“그렇다면 읍도 우리에게 영향력을 미치지 못한다는 말이군.” 코푠킨은 이렇게 결론을 내렸다. “그러면 새로운 법에 따라 이 서류들을 내버려야겠군.”

“아주 적법합니다!” 배석한 사람들이 맞장구를 쳤다. “그러면, 그 서류 종이를 담배 마는 종이로 다들 나눠 가집시다.”

코푠킨은 새로운 법이 마음에 들었으며, 소비에트 정권이 건물도 없이 열린 장소에서 이루어질 수 있는지에 대해 흥미를 느꼈다.

“가능합니다.” 그 일에 대해 함께 생각하던 사람들이 이렇게 대답했다. “빈농이 좀 더 가까이에 있기만 하다면 말이죠, 그리고 백위군은 어딘가 좀 더 멀리 있다면 말이죠…….”

코푠킨은 그 말을 듣고 안심했다. 그날 밤의 대화는 자정이 되어서야 끝났다. 등불의 석유가 다 타들어 갔다.

"읍에서 석유를 너무 조금 주는군." 충분히 이야기를 나누지 못한 사내들이 집으로 가면서 유감을 표시했다. "정부가 제대로 일을 안 해요. 잉크도 저기, 거품만 가득한 걸 보냈고. 아니, 사실 잉크야 필요도 없는 것 아닌가. 석유나 기름을 좀 더 보내 주면 좋았을걸."

코프킨은 마당으로 나가서 밤을 바라보았다. 그는 밤이라는 이 자연 현상을 좋아해서 잠자기 전에 항상 바라보곤 했다. 프롤레타리아의 힘은 친구의 존재를 느끼고는 조용히 콧김을 내뿜었다. 말이 내는 소리를 듣자, 코프킨은 키 작은 여인이 돌이킬 수 없는 연민의 대상으로 다시 떠올랐다.

지금 그녀는 봄밤의 어두운 흥분 아래에서, 어디선가 고독하게 홀로 누워 있다. 그리고 헛간에는 그녀가 아직 따스하고 살아 있을 때 신고 다녔던 빈 신발만이 굴러다니지.

"로자!" 코프킨은 작은 목소리로 말했다.

말은 흡사 눈앞에서 길을 보기라도 한 것처럼 헛간에서 울부짖으며, 발로 헛간 빗장의 횡목을 차기 시작했다. 말은 길도 없는 봄의 평야를 달려 나가고, 코프킨의 더 나은 땅, 독일의 묘지로 지상을 가로질러 달려 나갈 준비가 되어 있었다. 코프킨의 내부에서 마을 소비에트에 대한 걱정과 드바노프에 대한 동지애에 억눌려 지친 그 짓눌린 불안감이 이제 고요히 밖으로 나오기 시작했다. 말은 코프킨이 가까이 있다는 것을 알아차리자, 흡사 코프킨이 아니라 자신이 로자 룩셈부르크를 사랑하기라도 한 것처럼 크나큰 감정의 무게를 벽과 빗장으로 내던지며 헛간에서 날뛰었다.

코프킨은 그만 질투에 휩싸이고 말았다.

"그만둬, 방랑자야." 그는 자기 안에서 따스한 수치심의 물결을 느끼면서 말에게 말했다.

말은 자기 열정을 가슴속의 울음소리로 바꾸며, 잠시 울다가 조용해졌다.

하늘에는 먼 곳에서 내린 소낙비의 잔재인 찢어진 검은 구름들이 무섭게 떠다녔다. 그 위로는 음울한 밤의 회오리가 있을 것이고, 그 아래로는 평안하고 소음 없이 조용해서, 심지어 이웃집 닭들이 움직이는 소리와 작고 해롭지 않은 파충류들의 움직임 때문에 바자울이 삐걱대는 소리까지 들렸다.

코픈킨은 짚을 섞은 점토로 바른 벽에 손을 기대고 있었는데, 굳건한 의지를 잃어버린 채, 그의 안에서 심장이 내려앉는 것 같았다.

"로자! 나의 로자, 로자!" 그는 말이 자기 소리를 듣지 못하도록 속삭이듯 중얼거렸다.

하지만 말은 마구간의 틈을 통해 한 눈으로 그를 바라보며 너무나 건조하고 뜨거운 숨을 나무판자에다 내쉬어 대 나무가 갈라질 지경이었다. 고개를 숙인 힘없는 코픈킨을 알아차리고 말은 대가리와 가슴으로 말뚝의 지지대를 밀고 나와 헛간의 구조물을 엉덩이로 막고 섰다. 예상치 못한 신경질적인 공포에 프롤레타리아의 힘은 자신을 압박하는 헛간의 모든 구조물을 허리를 들어 올리면서 밀며, 낙타처럼 울기 시작했다. 입에 거품을 물고 공기를 들이마시며 질주해, 보이지 않는 길들을 느낄 준비가 된 채로 코픈킨에게로 뛰어나왔다.

코픈킨의 얼굴은 금방 건조해졌으며, 그의 가슴으로 바람이 들어왔다. 마구를 제대로 갖추지도 않은 채, 그는 말 위로 뛰어올라 기뻐했다. 프롤레타리아의 힘은 맹렬한 기세로 시골 마을을 벗어나 질주하기 시작했다. 몸무게 때문에 장애물을 뛰어넘지는 못하고 앞발로 건초로 된 바자울과 울타리를 무너뜨린 채 울타리를 넘어 자신들의 방향으로 나아가기 시작했다. 코푼킨은 로자 룩셈부르크와의 만남이 하루밖에 남지 않은 것처럼 즐거워했다.

"달리는 건 정말로 멋지구나!" 늦은 밤의 습기를 호흡하면서, 그리고 땅을 찢고 나오는 풀들의 냄새를 맡으면서 코푼킨은 큰 소리로 이렇게 말했다.

말은 자기 힘의 온기를 말발굽 자국에 남긴 채 열린 공간을 향해 서둘러 나아갔다. 속도 때문에 자기 심장이 가벼워지면서 목으로 떠오르고 있음을 코푼킨은 느낄 수 있었다. 조금만 더 빨리 갈 수 있었다면, 코푼킨은 자신의 가벼워진 행복 때문에 노래를 불렀을지도 모른다. 하지만 오랫동안 달리기에는 너무 많은 장비를 갖추고 있어서, 프롤레타리아의 힘은 곧 일상적인 큰 보폭으로 걸어가기 시작했다.

달리는 말의 밑으로 길이 있는지 없는지도 보이지 않았다. 다만 저 멀리 땅끝이 빛으로 밝아지기 시작했고, 프롤레타리아의 힘은 코푼킨이 그리로 가야만 할 것이라고 생각해, 한시라도 빨리 그곳으로 가기를 원했다. 스텝은 어디에서도 끝나지 않았으며, 다만 낮게 내려앉은 하늘 아래 그 어떤 말도 끝까지 정복하지 못했던, 평탄하고 길게 이어지는 경사면이 계속되고 있었던 것이다. 먼 협곡으로부터 축축하고 차가운 김이 올라오고, 역시 그곳으로부터 굶주린 시골 마을 페치카의 연기가 조용한 기둥처럼 피어났다. 코푼킨은 김도, 연기도, 그리고 자기가 잘 알지도 못하는 숙면을 푹 취한 사람들도 좋아했다.

"삶의 위안이야!" 그는 스스로에게 말했지만, 그의 목 뒤로 마치 거슬리는 빵부스러기처럼 추위가 스며들었다.

저 멀리 땅 위에서 어떤 사람이 서서 손으로 머리를 긁고 있는 모습이 또렷이 보였다.

"잘도 머리 긁을 장소를 찾아냈구나!" 코픈킨은 그를 이렇게 평가했다. "아마도 이 새벽에 평원에 서서 잠도 자지 않고 있으니, 뭔가 볼일이 있음에 틀림없어. 가서 신분증 검사를 하고 뭐 하는 놈인지 물어봐야겠군. 좀 놀라게 해 줘야지!"

하지만 코픈킨을 기다린 것은 실망이었다. 새벽녘에 머리를 긁어 대던 사람의 옷에는 주머니도 없었고, 필수적인 신분증을 보관할 수 있는 그 어떤 꿰맨 자국도 옷에 없었던 것이다. 코픈킨은 반 시간이 걸려 그에게 도착했는데, 그때는 이미 태양 빛이 온 세상을 비추고 있었다. 그 사람은 바싹 마른 언덕 위에 앉아서 흡사 목욕할 물이라고는 이 세상에 없는 것처럼 손톱으로 온몸 구석구석의 때를 긁어 내고 있었다.

'저런 악마 놈을 좀 조직화해야 되는데!' 코픈킨은 혼자서 이렇게 생각했지만, 자신도 모자에 수놓아진 로자 룩셈부르크의 초상화 이외에는 아무런 서류도 가지고 있지 않다는 것을 기억해 내고는, 그 사람의 신분증을 검사하지 않기로 했다.

멀리서, 호흡하는 대지의 떨리는 안개 속에서 어떤 말 한 마리가 제자리에 움직이지 않고 서 있었다. 살아 있는 진짜 말이라고 믿기에는 말의 다리가 너무 짧았는데, 그 말의 목에 어떤 키 작은 사람이 힘없이 매달려 있었다. 용맹함으로 근질거리는 환희의 감정으로 코픈킨은 고함을 질렀다. "로자!" 그러자 프롤레타리아의 힘은 가볍게, 재빨리 자신의 둔중한 몸을 진흙탕 길을 따라 옮겨 가기 시작했다. 다리 짧은 말이 움직이지도 않고 서 있는 그곳은 한때 물이 많았지만 지금은 사라져 버린 연못이었으며, 말은 진흙 충적토의 늪에 다리가 빠져 버린 것이었다. 그 말을 타고 있는 사람은, 흡사 충실하고 감각적인 여자 친구의 몸을 껴안듯이 말의 목을 걱정 없이 껴안고 깊이 잠들어 있었다. 말은 정말로 잠든 것은 아니었고, 자신에게 더 나쁜 일은 없을 것이라 생각하면서 신뢰를 담아 코푠킨을 바라보았다.

잠든 사람은 고르지 않게 숨을 쉬었으며 목 깊은 곳에서 기쁘게 웃기도 했다. 아마도 그는 지금 행복한 꿈에 직접 참여하고 있는 것 같았다. 코푠킨은 그 사람을 자세히 바라보았지만, 그에게서 적의를 느끼지는 못했다. 그의 외투는 너무나 길고, 얼굴은 심지어 꿈속에서도 혁명의 무훈과 세계 공영의 다정함을 준비하고 있는 것 같았다. 잠든 사람의 개성은 어떤 특별한 아름다움도 지니지 않았지만, 여윈 목의 힘줄을 통해 보이는 맥동은 그가 선하며 무산자이고 가련한 인간이라고 생각하도록 해 주었다. 코푠킨은 잠든 사람에게서 모자를 벗겨 내 모자 안쪽을 살펴보았다. 그곳에는 땀에 절고 오래된, 'G. G. 브레이어-로드즈'라고 쓰인 이름표가 기워져 있었다.

코푠킨은 자기가 어떤 자본가의 제품을 쓰고 있는지도 모르는 잠자는 사람의 머리에다 모자를 다시 씌워 주었다.

"어이." 이제는 미소를 짓지도 않고, 더 심각한 표정을 짓고 있는 잠자는 사람에게 코푠킨이 말을 걸었다. "왜 부르주아의 모자를 바꾸지 않고 그대로 쓰고 있는가?"

그 사람은 그의 고향 마을 근처 협곡이 나온 그 매혹적인 꿈을 서둘러 마무리 지으면서, 차츰 잠에서 깨어났다. 그 협곡에서는, 좁고도 행복한 장소에 그가 알고 있는 사람들이 살아가고 또 노동의 가난 속에서 죽어 갔다.

"체벤구르에서는 어떤 모자든 바로 만들어 주지." 잠에서 깬 사람이 말했다. "끈으로 머리 치수나 재 두게."

"넌 누구냐?" 인민대중에 이미 익숙해진 코푠킨은 냉담하고 무관심하게 물었다.

"나는 지금 여기서 가까운 곳에 살고 있지. 체벤구르의 일본인이며, 공산당원일세. 코푠킨 동지를 만나기 위해 이리로 잠시 들렀지. 말을 받아 가려고 말이야. 그런데 오던 길에 말도 굶기고, 오는 중에 또 잠이 들었지."

"젠장, 네놈이 무슨 공산당원이란 말이냐!" 코푠킨은 말했다. "네놈에게 다른 사람의 말이 필요하다면, 그건 공산주의가 아니다."

"아니, 그렇지 않아, 동지." 체푸르니는 화를 냈다. "감히 공산주의보다 앞서서 말을 가져갈 수 있겠나? 우리 마을에 공산주의는 이미 있지만, 말은 적단 말이야."

코푠킨은 떠오르는 태양을 바라보았다. 그토록 커다랗고 뜨거운 원이, 저렇게 가볍게 정오에 떠오를 수 있다는 것은, 말하자면 삶에서 모든 게 그렇게 어려운 것은 아니며, 그렇게 비참한 것은 아니라는 뜻이었다.

"즉, 너희는 벌써 공산주의를 이루었다는 거냐?"

"오호, 어디 이제 한 말씀 해 보게!" 모욕당한 체푸르니이 소리쳤다.

"즉, 너의 마을에는 모자와 말만 부족하단 말이지. 나머지는 남아돌고?"

체푸르니는 체벤구르에 대한 자신의 격렬한 사랑을 감출 수가 없었다. 그는 모자를 벗어서 진흙탕에 던져 버리고, 말을 건네주라는 드바노프의 쪽지를 꺼내서 네 조각으로 찢어 버렸다.

"아니야, 동지, 체벤구르에서는 재산을 모으지 않고, 재산을 파괴하지. 그곳에는 공통적이고 뛰어난 사람이 살고 있어. 알아차렸겠지만, 방 안에 장롱 하나 없이도 충분히 멋지게 서로를 위하면서 잘 살고 있단 말이야. 말에 관해서라면, 이렇게 된 일일세. 내가 도시에 갔는데, 도시 소비에트 사무실에서는 편견만 얻고, 여인숙에서는 이만 옮았다네. 그런데 자넨 여기서 뭘 하고 있나? 말 좀 해 보게!"

"그렇다면, 내게 체벤구르를 보여 다오." 코폰킨이 말했다. "그곳에 로자 룩셈부르크의 기념비가 있는가? 아마도 그런 건 세울 생각도 못했겠지, 이 비열한 놈아?"

"어떻게 없을 수 있겠나, 있어. 마을의 어느 지점에 자연적으로 생긴 돌이 하나 서 있다네. 그곳에 리프크네히트* 동지가 대중에게 연설하는 모습을 실물 크기로 새겨 뒀어. 순서에 상관없이 우리는 바로 그들을 생각해 냈다네. 만약에 또 누군가가 죽는다면 역시 놓치지 않을 거야!

"자네는 어떻게 생각하는가?" 코폰킨이 묻기 시작했다. "리프크네히트 동지가 로자에게 이성적인 존재였는가, 아니면 단지 그런 생각이 들 따름인가?"

"자네에게 그냥 그렇게 여겨질 뿐이야." 체푸르니는 코폰킨을 안심시켰다. "그들은 의식적 인간이니까! 그들에겐 아마도 시간이 없었을 거야. 사람이 생각을 하게 되면, 사랑을 하지 않아. 자, 이건 나인가, 아니면 당신인가? 말 좀 해 봐! 뭐 이런 식이 되지."

그 말을 듣자 코폰킨에게 로자는 더욱더 사랑스러워졌고, 그의 심장은 사회주의에 대한 지치지 않는 이끌림으로 두근거렸다.

"자네가 말하는 체벤구르에는 뭐가 있는지 이야기해 보게. 사회주의가 분수령 위에 있다는 말인가, 아니면 단순히 사회주의로 가는 단계에 있는가?" 코폰킨은 이제 다른 목소리로 물어보았다. 이것은 흡사 말없이 집을 떠났다가 5년 넘어서 만난 형에게 그의 어머니가 아직 살아 있는지 물어보지만, 이미 노파는 죽었을 것이라 믿고 있는 그런 아들의 목소리와 같았다.

체푸르니는 사회주의 체제에서 살아가면서, 이미 오래전에 의지할 데 없는, 사랑하는 사람에 대한 비참한 걱정으로부터 벗어났다. 그는 차르 부대와 동시에 체벤구르에서 전시 체제를 해제했는데, 그것은 아무도 자기 몸을 공통의, 보이지 않는 복지에 소비하기를 원치 않고, 저마다 자기 삶을 가까운 동지들로부터 돌려받은 것으로 보고 싶어 했기 때문이다.

체푸르니는 처음에는 편안히 담배 냄새를 맡고 있다가 나중에 화를 냈다.

"왜 분수령 때문에 나를 비난하나? 협곡이 누구에게 속한다고 생각하나? 자네 생각에는 지주들 것 같아? 우리 체벤구르에는 사회주의뿐이야. 그 어떤 흙더미 하나도 국제적 자산이지! 우리에게는 고도의, 우월한 삶이 존재해!"

"가축은 누구의 소유인가?" 로자에게로 향하는 밝은 세상을 건설한 것이 자신과 드바노프가 아니라, 바로 이 키 작은 사람이라는 사실을 몸에 축적된 모든 힘으로 애석해 하면서 코프킨은 물었다.

"우리는 가축들도 곧 자연에 풀어 줄 거야." 체푸르니가 대답했다. "가축도 거의 사람과 같으니까. 단지 수 세기에 걸친 억압으로 가축들이 인간보다 뒤처졌을 따름이지. 동물들도 사람이 되고 싶어 하지 않겠나!"

코프킨은 프롤레타리아의 힘과 자신을 평등하게 느끼면서 말을 쓰다듬어 주었다. 그는 그전에도 이 사실을 알고 있었지만, 단지 그에게는 이 체푸르니와 같은 사유력이 없었을 뿐이다. 그렇기에 코프킨에게 많은 감정들은 말하지 않은 채로 남아 있었고, 그것들은 피로함으로 바뀌었다.

스텝의 분기점으로부터 하늘과 땅이 만나는 곳에는 마차들이 보였다. 작은 시골 사람들을 실어 나르는 이 마차들은 코프킨의 시선을 가로질러 지나갔다. 마차들은 먼지를 내뿜었다. 이는 곧 마차가 달려가는 저곳에는 비가 오지 않았다는 뜻이었다.

"그렇다면 자네 마을로 가세!" 코푠킨은 말했다. "사실이 어떤지 한번 보도록 하지!"

"가지!" 체푸르니는 동의했다. "나도 내 클라브듀샤가 그리웠네!"

"그게 누군가? 자네 아내인가?"

"우리에겐 아내가 없네. 오직 여성 동지들만 남았다네."

제3부

체벤구르

태양의 날카로운 시선 앞에서 안개는 마치 꿈처럼 죽어 갔다. 이제 밤이 두려운 그곳에는 빛을 밝힌 가련하고도 단순한 공간들이 놓여 있었다. 덮고 있던 이불이 벗겨진 어머니와 마찬가지로, 대지는 벌거벗고 괴로워하면서 잠들었다. 방랑하는 사람들이 물을 마시곤 하는 스텝의 강을 따라서 흐릿한 안개가 아직도 걸려 있고, 물고기는 빛을 기다리면서 부릅뜬 눈으로 물의 표면을 따라 헤엄치고 있었다.

여기서 체벤구르까지는 아직도 5베르스타가 남아 있었지만, 이미 체벤구르의 경작되지 않은 농지와 그 읍의 작은 강의 습기, 그곳 사람들이 살고 있는 슬프고도 낮은 모든 장소의 전경이 눈앞에 펼쳐졌다. 축축한 협곡을 따라 거지 피르스가 걸어가고 있었다. 그는 모든 방랑자가 살고 있고, 자신들의 음식으로 모두를 먹여 준다는 자유로운 장소가 스텝에서 발견되었다는 소문을 마지막으로 묵었던 곳에서 들었다. 평생 동안 피르스는 물을 따라서, 아니면 축축한 땅을 따라서 걸어 다녔다. 그는 흐르는 물을 좋아했다. 물은 그를 흥분시키거나 그로부터 무엇인가를 요구했기 때문이다. 하지만 피르스는 물에게 무엇이 필요한지, 그리고 물이 왜 자신에게 필요한지는 알지 못했다. 다만 그는 물이 땅과 함께 더 빽빽한 그런 장소를 찾아, 거기서 신발을 적셨으며, 손가락으로 물을 맛보고 물의 연약한 흐름을 다시 한 번 느껴 보기 위해, 숙소에서 오랫동안 각반의 물을 짜냈다. 시냇물이나 작은 폭포 가까이 앉아서, 완전히 편안해지고 스스로 물속에 누워서 평원의 이름 없는 시냇물에 동화될 준비가 된 채로, 그는 살아 있는 물의 흐름을 들었다. 오늘 그는 강변에서 숙영했으며, 밤새도록 노래하는 물소리를 들었다. 그리고 아침에는 체벤구르보다 오히려 자신의 평온함에 먼저 도달한 채, 강 아래로 기어 내려가 매혹적인 물 위로 몸을 숙였다.

피르스보다 조금 더 멀리, 아침의 투명한 순수함 속에서 고요한 평원 한가운데 작은 도시가 보였다. 살을 파고들 정도로 맑은 공기와 맞은편에 떠 있는 태양 때문에 도시를 바라보는 나이 든 남자의 선한 눈에서는 눈물이 흘러내렸다. 선한 것은 눈동자만이 아니었다. 그의 얼굴은 태어나면서부터 부드럽고 따스하고 순결했다. 이미 나이가 들었지만, 대부분의 노인들 수염에 있는 서캐조차 슬지 않은 깨끗한 흰 수염을 지닌 그는, 중간 정도의 보폭으로 자기 인생의 유익한 목적을 향해 걸어갔다. 이 노인과 같이 걸어가는 사람은 누구든지 그가 얼마나 향기롭고 사랑스러운지, 그와 솔직하고 담백한 대화를 나누는 것이 얼마나 즐거운지 알게 되었다. 그의 아내는 그를 사제님이라고 불렀으며, 늘 속삭이듯이 말했고, 고상하고 평화로운 단초가 결코 그들 부부 사이를 넘어서지는 않았다. 아마도 그래서 그들에게 아이가 생기지 않고, 집에는 영원히 바싹 마른 침묵만 존재했는지도 모른다. 집에서는 아내의 사랑스러운 목소리만 가끔 들렸다.

"알렉세이 알렉세예비치, 우리 사제님. 가서 하느님의 선물을 드세요, 절 괴롭히지 마시고.”

알렉세이 알렉세예비치는 쉰 살이 될 때까지 이빨도 상하지 않고 입에서 구취도 나지 않고 따스한 입김만 나올 정도로 깔끔하게 음식을 먹었다. 젊은 시절 그의 동년배들이 그 젊음의 잠들지 않는 힘으로 여자를 안고, 밤마다 마을 주변 숲의 나무뿌리를 뽑아 대면서 다닐 때, 알렉세이 알렉세예비치는 개인적인 노력으로 음식은 가능한 한 오래 씹어야 한다는 사실을 알아냈으며, 이미 그때부터 입에서 완전히 녹을 때까지 음식을 씹곤 했는데, 평생 동안 낮 시간의 4분의 1이 그 일을 위해 흘러갈 정도다. 혁명 전에 알렉세이 알렉세예비치는 신용동지회 회원이었으며, 군청 소재지 시의회 의원이었다.

지금 알렉세이 알렉세예비치는 체벤구르로 걸어가면서 주변의 높은 곳에서 읍의 중심부를 관찰했다. 그 자신도 깨끗한 육체의 표면에서 끊임없이 나고 있는, 체로 내린 신선한 곡물의 냄새를 느꼈으며, 자신이 여전히 삶에 머물고 있다는 조용한 기쁨에 침을 잘 씹어서 넘겼다.

이른 시간임에도 불구하고 오래된 도시는 이미 불안해 보였다. 도시 주변의 삼림과 관목 숲을 따라서, 둘씩 또 누군가는 홀로, 보따리도 재산도 없이 헤매고 다니는 사람들이 보였다. 체벤구르의 열 개나 되는 종각 그 어디에서도 종을 치지 않았고, 고요한 태양 아래에서 평야 거주자들의 걱정만이 들렸다. 그와 함께 도시에서는, 이곳에서 보이지는 않았지만, 사람들이 집을 번쩍 들고 끌고 가기라도 하는 것처럼 집들이 통째로 움직이기 시작했다. 크지 않은 나무가 알렉세이 알렉세예비치의 눈앞에서 갑자기 기울어지더니 저 멀리 움직여 가 버렸다. 정원수도 더 나은 장소로 뿌리째 이주시켜 간 것이었다.

체벤구르와 1백 사젠 거리에서 알렉세이 알렉세예비치는 도시로 입성하기에 앞서 세수를 하기 위해 웅크리고 앉았다. 그는 소비에트 삶의 과학성을 이해하지 못했으며, 그의 흥미를 끄는 것은 단지 한 부분, 그가 신문 「빈농 계급」에서 읽었던 협동조합밖에 없었다. 지금까지 그는 어떤 일에도 마음이 끌리지 않아서, 침묵으로 살아와 정신적 평온을 잃어버렸다. 그렇기에 종종 갑작스러운 분노가 일어 알렉세이 알렉세예비치는 자기 집의 아름다운 구석* 성상 앞에 놓인 등불을 꺼 버렸으며, 그것 때문에 아내는 깃털 이불에 누워 소리를 내면서 울었다. 협동조합에 대해 읽고 나서야, 알렉세이 알렉세예비치는 니콜라이 미를리키스키의 성상에 다가가 보드라운 밀가루 같은 손으로 다시 불을 밝혔다. 이제야 그는 자신의 성스러운 소명과 앞으로의 삶에서 깨끗한 길을 찾아냈다. 그는 레닌을 마치 자신의 죽어 버린 아버지처럼 느꼈다. 언젠가 아직 어린 알렉세이 알렉세예비치가 먼 곳에서 난 불에 놀랐을 때, 또 무서운 사건을 이해하지 못했을 때, 아버지는 아들에게 "오, 알료샤, 내게 좀 더 가까이 오렴!"이라고 말했었다. 알료샤는 역시 희미한 곡물 냄새가 나는 아버지에게 가까이 몸을 붙이자 마음이 놓여, 잠이 오는 듯 미소를 지었다. "봐라, 두려워할 게 뭐 있담!" 알료샤는 아버지를 꼭 붙든 채 잠들었으며, 아침이 되자 양배추 파이를 구우려고 엄마가 페치카에 피워 놓은 불이 보였다.

협동조합에 대한 기사를 연구하고 나서, 알렉세이 알렉세예비치는 마음으로부터 소비에트 정권에 더 가까이 다가갔으며, 소비에트 정권을 따스한 민중적 복지로 받아들였다. 그 앞에 지상에서의 만족과 협동이라는, 신의 왕국으로 나 있는 성스러운 큰길이 열린 듯했다. 알렉세이 알렉세예비치는 이때까지 사회주의를 두려워했지만, 사회주의가 협동조합으로 불리는 지금은 사회주의를 진심으로 사랑하게 되었다. 어린 시절 그는 사바오프*를 두려워하면서 오랫동안 신을 좋아하지 않았다. 그런데 어느 날 어머니가 그에게 이렇게 말했던 것이다. "아들아, 죽고 나면 내가 어디로 가겠니?" 그러자 알료샤는 어머니가 죽고 나서 신이 어머니를 보호할 수 있도록 하려고 신을 사랑하게 되었는데, 그것은 신을 아버지의 대리자로 인정했기 때문이다.

알렉세이 알렉세예비치는 빈곤과 서로의 정신적 무자비함으로부터 사람들을 구원해 주는 협동조합을 찾기 위해 체벤구르로 왔다.

체벤구르에는, 가까운 장소에서 보였던 것처럼, 인간 이성의 알 수 없는 힘이 작동하고 있었다. 알렉세이 알렉세예비치는 인간과 인간들 사이의 사업적 사랑을 협동조합적으로 통합하기 위해 움직였기에 그 이성을 미리 용서했다. 그는 우선 협동조합의 규칙을 손에 넣고 나서 읍의 혁명위원회로 가 의장 체푸르니 동지와 협동조합망을 조직하는 것에 대해 친밀하게 이야기를 나누고 싶었다.

하지만 그는 혁명의 손해 보는 지출에 처한 체벤구르에 대해 미리 생각해 보았다. 여름 먼지는 부지런한 지상으로부터 저 높은 폭염 위로 날아올랐다. 하늘은 정원과 읍의 조그만 사원들과, 도시의 움직이지 않는 소유물들 위에서 알렉세이 알렉세예비치의 감동적인 회상에 의해 평안에 잠겨 있었는데, 그것이 어떤 회상인지 모든 사람이 알 수는 없는 것이었다. 알렉세이 알렉세예비치는 어린 시절이나 어머니의 피부처럼 하늘의 따스함을 느끼면서, 지금 자기 자신의 완벽한 의식 안에 서 있었다. 그리고 이미 매장되어 버린 영원한 기억 속으로 사라져 버린 것처럼, 흡사 어머니의 탯줄에서 피가 흐르듯이 태양이 빛나는 하늘 가운데서 모든 사람에게 먹을 것이 흘러내렸으면 하고 바랐다.

이 태양은 오랫동안 체벤구르의 행복을 비출 것이었다. 체벤구르의 사과 과수원, 주민들이 그 아래서 아이들을 먹이고 키우는 양철 지붕, 나무 그늘로부터 영원한 공허함으로 조심스럽게 인간을 부르는 교회의 깨끗한 돔들을 비출 것임에 틀림없었다.

나무는 체벤구르의 거의 모든 거리에서 자라고, 체벤구르에서 숙박하지 않고 바로 떠나가는 순례자들에게 지팡이로 쓰라는 듯 나뭇가지를 내주었다. 집집의 마당에서 자라나는 많은 풀은 대기의 낮은 곳에 살고 있는 곤충들 구덩이에 먹이와 삶의 의미를 부여해 주었다. 즉, 사람들은 부분적으로만 체벤구르에 거주하고, 그 안에는 작고 두려움에 떨고 있는 존재들이 더 밀도 높게 살고 있었던 것이다. 하지만 이곳에서 오래 살아온 체벤구르 사람들은 이를 그다지 염두에 두지 않았다.

그들이 염두에 두고 있는 것은 보다 큰 사건들, 예를 들어 여름의 더위, 폭풍우, 그리고 하느님의 재림과 같은 것들이었다. 만약 여름에 더우면 체벤구르 사람들은 겨울이 오지 않을 것이고, 곧 집들이 저절로 타 버릴 것이라고 이웃 간에 서로 경고했다. 아버지의 명령에 따라 남자아이들은 화재를 예방하기 위해 우물에서 물을 떠다 집 주변에 뿌렸다. 무더위가 가고 밤이 되면 종종 비가 왔다. "무덥다가 비가 오다가, 전에는 이런 일이 없었는데!" 체벤구르 사람들은 놀랐다. 그들은 만약 겨울에 눈보라가 치면 내일은 굴뚝을 통해 기어 나가야 하리라는 것을 알고 있었다. 비록 그들은 모두 집 안에 삽을 가지고 있었지만 말이다. "아이고, 이 눈을 삽으로 어떻게 다 파내지!" 어딘가 방 안에서 노인이 근심스럽게 말했다. "눈보라가 울부짖는 걸 봐. 우리 지역에 이런 일이 있어서는 안 되는데. 니카노르 아저씨는 나보다 나이가 훨씬 많아. 80이 되어서야 담배를 피우기 시작했는데, 이런 끔찍한 겨울은 기억도 못한다고 하더군! 이제 뭔가 무시무시한 일이 일어날 거야!" 가을밤에 폭풍이 오면 체벤구르 사람들은 더 안정되고 좀 더 땅과 무덤에 가까워지기 위해 바닥에 누워서 잤다. 각각의 체벤구르 사람들은 시작된 폭풍이나 무더위가 하느님의 두 번째 강림으로 변화될지도 모른다고 은밀히 믿고 있었지만, 누구도 자기 집을 남겨 두고 정해진 수명보다 먼저 죽기를 원하지는 않았던 것이다. 그래서 체벤구르 사람들은 더위와 폭풍우, 그리고 강추위가 지나가고 나면 휴식을 취하면서 차를 마셨다.

"끝났어, 아이고 하느님 감사합니다!" 체벤구르 사람들은 사건이 잠잠해지고 나면 행복한 손으로 성호를 그었다. "우리는 예수 그리스도를 기다렸는데, 우리를 지나가 버렸다오. 모든 사람에게 주의 성스러운 의지가 함께하기를!"

노인들이 체벤구르에서 정신 없이 살았다면, 나머지 사람들은 어떻게 살아가야 할지조차 전혀 이해하지 못했다. 매 순간 예수 재림이 언제 올지도 모르는 데다가, 사람들은 두 종류로 나뉘어 헐벗고 가난한 영혼들만 살아남는다는데, 도대체 어떻게 살아가야 한단 말인가.

알렉세이 알렉세예비치는 언젠가 체벤구르에서 산 적이 있어 체벤구르의 불안한 정신적 숙명을 잘 알고 있었다. 체푸르니가 역에서 70베르스타를 걸어서 도시와 읍을 다스리러 처음 도착했을 때, 그는 체벤구르 사람들이 강도짓을 해서 살아가고 있다고 생각했다. 왜냐하면 아무도, 아무 일도 하지 않았지만 모두 빵을 먹고 차를 마셨던 것이다. 그래서 그는 하나의 질문이 쓰인 질문지를 주민들에게 나누어 주었다. 거기에는 이런 질문이 있었다. '당신은 무엇을 위해서, 어떤 물건을 생산해서 이 노동자의 국가에서 살아가고 있습니까?'

거의 모든 체벤구르 주민들은 똑같은 답을 썼다. 첫 번째로 대답을 생각해 낸 사람은 교회의 합창자인 로보치힌이었으며, 다음은 그의 이웃이 베껴 썼고, 나머지는 입에서 입으로 전달되었다.

'나 자신을 위해서가 아니라 하느님을 위해서 살고 있습니다.' 체벤구르 사람들은 이렇게 답을 적었던 것이다.

하느님을 위한 삶이라는 것을 분명하게 이해할 수 없었던 체푸르니는 마을 집집마다의 하루 생활을 자세히 조사하기 위하여, 즉시 40명으로 이루어진 위원회를 결성했다. 좀 더 분명히 의미를 표현한 설문지도 있었는데, 그 설문지에는 시민들의 직업명이 기재되어 있었다. 예를 들어, 감옥 열쇠 관리 업무, 삶의 진실을 기다리는 업무, 하느님을 참을 수 없이 기다리는 업무, 죽음과도 같은 고행, 순례자들에게 책 읽어 주는 업무, 소비에트 권력에 대해 공감하는 일 등이었다. 체푸르니는 이 설문지들을 연구했으며, 주민들의 직업이 복잡해 이해하기 힘들었지만, 바로 때맞춰 '국가를 다스리는 것은 끔찍하게 힘든 일이다'라는 레닌의 슬로건을 생각해 내자, 마음이 아주 편안해졌다. 아침 일찍 그에게 40명의 사람이 도착했다. 멀리서부터 걸어온 그들은 현관방에서 물부터 마시고 나서 이렇게 선언했다.

"체푸르니 동지, 주민들은 거짓말을 하고 있소. 그들은 아무 일도 하지 않고, 다만 누워서 잠만 잘 뿐입니다."

체푸르니는 이해했다.

"바보 같은 사람들아, 밤이었으니 당연하지 않나! 그럼 이제 그 사람들의 이데올로기에 대해서 뭔가 말 좀 해 보게!"

"그들은 이데올로기가 없어요." 위원회 의장이 말했다. "그들은 세상의 종말을 기다리고 있을 뿐이오……."

"그러면 세상의 끝이라는 것이 지금은 반혁명적 움직임일 수 있다는 것을 그들에게 이야기해 주지 않았는가?" 모든 정책을 혁명과 미리 비교해 보는 것에 익숙해진 체푸르니가 물었다.

의장은 놀라서 대답했다.

"아닙니다, 체푸르니 동지! 나는 신의 재림이 그들에게도 이롭고, 우리에게도 좋을 것이라고……."

"어떻게 그럴 수 있는가?" 체푸르니는 엄격한 목소리로 그를 시험해 보았다.

"오, 분명히, 이롭습니다. 그건 우리에게 아무런 영향도 미치지 않겠지만, 예수 재림 이후 프티 부르주아는 반드시 없어지게 될 겁니다……."

"네 말이 맞다, 개자식!" 그제야 이해한 체푸르니는 이렇게 소리를 질렀다. "왜 나는 스스로 이걸 알아내지 못했을까, 내가 너보다 더 지혜로운데 말이야!"

그때 40명 중 한 사람이 수줍게 앞으로 나와서 질문했다.

"체푸르니 동지, 질문 하나 해도 될까요?"

"자넨 누군가?" 체푸르니는 나머지 모든 사람들 얼굴은 기억하고 있었지만 이 사람은 체벤구르에서 본 적이 없었다.

"체푸르니 동지, 저는 구 체벤구르 읍의 지방자치회 청산위원회의 의장입니다. 제 성은 폴류베지예프고요. 제 소위원회가 이번 위원회에 포함되었습니다. 저는 소위원회 회의 운영 명령서 사본을 가지고 있습니다."

알렉세이 알렉세예비치 폴류베지예프는 고개를 숙이고 체푸르니에게 손을 내밀었다.

"그런 위원회가 있었는가?" 알렉세이 알렉세예비치의 손을 느끼지도 못하고 체푸르니는 놀라서 물었다.

"있습니다!" 위원회 회원 중 한 명이 대답했다.

"이제 순서대로 다 폐지해 버려야겠어! 제국주의의 잔재 중에 또 남아 있는 게 없는지 살펴봐야겠어. 있으면 오늘 없애 버리겠소!" 체푸르니는 일을 이렇게 처리하고 폴류베지예프에게 몸을 돌렸다. "이야기하라, 시민이여!"

알렉세이 알렉세예비치는 도시의 물건 생산에 대해 정확하고 세심하게 설명했으며, 비록 순서대로는 아니라도 이는 좋은 기억력을 지닌 체푸르니의 선명한 머릿속으로 들어왔다. 그는 삶을 파편적으로 흡수했으며, 그의 머리에는 마치 고요한 호수처럼 언젠가 보았던 세상과 겪었던 사건의 파편들이 헤엄쳐 다니고 있었다. 하지만 이 파편들은 체푸르니를 위해 어떤 연관성도, 그 어떤 살아 있는 의미도 지니지 않은 채, 하나의 전체로 절대로 결합되지 않았다. 그는 탐보프 현의 바자울과 빈자들의 이름과 얼굴, 전선의 포화 색깔을 기억했으며, 레닌의 가르침을 문자 그대로 알고 있었지만, 이 모든 분명한 기억들은 그의 머릿속에서 자연스럽게 헤엄쳐 다니면서, 그 어떤 이로운 개념도 새롭게 형성하지 않았던 것이다. 평원의 스텝이 있고 자신의 존재를 저 먼 곳에서 찾는 사람들이 스텝을 따라 걸어가고 있다고 알렉세이 알렉세예비치는 말했다. 갈 길은 멀지만, 그들은 자신의 육체 외에는 집에서 아무것도 가져오지 않았다. 그래서 그들은 노동하는 몸을 음식으로 바꾸었으며, 그 때문에 오랜 세월이 흐르는 동안 체벤구르가 생겨나게 된 것이다. 즉, 체벤구르에 그런 사람들이 모여 살기 시작했던 것이다. 그 이후 체벤구르를 스쳐 지나가던 노동자들은 떠나 버렸지만, 도시는 여전히 하느님을 기다리면서 남아 있었다.

"그렇다면 자네도 노동하는 육체를 허접한 음식 따위와 바꾸었는가?" 체푸르니가 물었다.

"아닙니다." 알렉세이 알렉세예비치가 말했다. "저는 공무를 보는 사람입니다. 제 업무는 서류에 대해서 생각하는 것이지요."

"방금 아주 멋진 생각이 떠올랐어." 체푸르니는 그렇게 말했다. "여기는 내가 하는 말을 바로바로 기록할 수 있는 비서가 없군! 무엇보다 우선, 노동하지 않는 인민 요소들의 몸을 청산할 필요가 있겠어!"

그때부터 알렉세이 알렉세예비치는 체푸르니를 보지 못했으며, 체벤구르에서 무슨 일이 일어났는지도 알지 못했다. 지방 의회의 위원회는 그 즉시 영원히 해산돼, 위원들은 친척들 집으로 각자 흩어져 갔다. 그런데 지금 폴류베지예프는 다른 주제로 이야기하기 위해서 체푸르니와 만나기를 원했던 것이다. 그는 레닌이 선언한 협동조합 덕분에 사회주의 안에서 생생한 신성함을 느껴, 소비에트 정권이 잘되기를 바랐다. 그렇지만 알렉세이 알렉세예비치는 단 한 사람의 지인도 체벤구르에서 볼 수 없었다. 몇몇 여윈 사람들이 걸어 다니면서 뭔가 미래에 대해 생각하고 있을 따름이었다. 체벤구르 경계의 가장 끝에서 스무 명 정도 되는 사람들이 조용히 목조 집을 끌고 가고, 두 명의 말 탄 사람이 즐겁게 그들의 작업을 관찰하고 있었다.

그중 한 명의 기수를 폴류베지예프는 알아보았다.

"체푸르니 동지! 잠깐만 저와 말씀을 나눠 주십시오!"

"폴류베지예프!" 모든 구체적인 것을 기억하는 체푸르니는 알렉세이 알렉세예비치를 알아보았다. "무슨 말을 하고 싶은가? 말하게!"

"저는 협동조합에 대해 짤막하게 말씀드리고 싶습니다……. 체푸르니 동지, 저는 「빈농 계급」이라는 착취당한 자들의 신문에서 사회주의로 가는 도덕적 길에 대해서 읽었습니다."

체푸르니는 아무것도 읽지 않았다.

"협동조합이라니? 우리가 사회주의에 이미 도달했는데, 도대체 또 무슨 길이 필요한가? 친애하는 시민이여, 왜 그러는가! 여기 노동자의 길에서 하느님을 위해서 살았던 것은 자네들이야. 하지만 이제, 형제여, 길은 더 이상 없네. 사람들은 도달했다네."

"어디로요?" 마음속에서 협동조합에 대한 희망을 상실한 채, 알렉세이 알렉세예비치는 공손하게 물었다.

"어디냐고? 삶의 공산주의에 도착했지. 카를 마르크스를 읽었는가?"

"아닙니다, 체푸르니 동지."

"그래, 그럼 읽어야 해, 친애하는 동지. 역사는 이미 끝나 버렸는데, 자네는 그걸 알아차리지도 못하고 있으니까."

알렉세이 알렉세예비치는 더 이상 질문하지 않고 침묵한 채, 오래된 풀들이 자라나고 이전의 사람들이 살고 있으며, 노파가 된 아내들이 남편을 기다리고 있는 그 먼 곳으로 떠났다. 그곳에서는, 아마도 슬프고 힘들게 살게 될 것이다. 하지만 알렉세이 알렉세예비치는 그곳에서 태어나고 자랐으며, 젊은 날 가끔은 울기도 했었다. 그는 자기 집의 가구와 오래된 마당, 아내를 기억하고는 그들 역시 카를 마르크스를 모르고, 그렇기에 자신의 남편이나 주인과 헤어지지는 않을 것이라는 사실에 기뻐했다.

코푠킨은 카를 마르크스를 읽은 적이 없어서, 체푸르니의 학식 앞에서 당황했다.

"이게 뭔가?" 코푠킨이 물었다. "당신들 마을에선 카를 마르크스를 반드시 읽어야 되는가?"

체푸르니가 코푠킨의 걱정을 잠재웠다.

"아니, 저 사람을 좀 놀라게 한 거야. 태어나서 카를 마르크스를 읽은 적은 한 번도 없네. 언젠가 집회에서 주워들은 적이 있어서,

한번 선동해 봤지. 사실 읽을 필요도 없어. 이전에는 사람들이 읽기도 하고 쓰기도 했지. 그런데 지금은 살아야 된단 말이야. 그런데 사는 건, 제대로 살지는 않고 모두 다른 사람들을 위한 길을 찾기만 하고 있네."

"이 도시에서는 왜 지금 집을 옮기고, 정원의 나무들을 운반해 가고 있는가?" 코푠킨이 궁금해 했다.

"오늘은 무급 집단 노동을 하는 날일세." 체푸르니가 설명했다.

"사람들은 걸어서 체벤구르에 도착했고, 밀착된 동지애 속에서 살기 위해 열심히 노력하고 있다네."

체푸르니도 다른 모든 체벤구르 사람들처럼 정해진 거주지가 없었다. 덕분에 체푸르니와 코푠킨은 집단 노동에 참여하는 사람들이 옮겨 갈 수 없었던, 벽돌로 된 건물에 머물렀다. 부엌에는 순례자를 닮은 두 사내가 침낭에 들어가 잠들어 있었으며, 또 다른 한 사람은 기름 대신 차가운 주전자에서 따른 물을 사용해 솜씨 있게 감자를 볶고 있었다.

"피유샤 동지!" 체푸르니가 이 사람을 불렀다.

"왜 그러시오?"

"지금 프로코피 동지가 어디 있는지 알고 있나?"

피유샤는 그런 시시한 질문에 서둘러 대답하지 않고, 타고 있는 감자와 계속 씨름했다.

"당신 마누라랑 어딘가에 같이 있을 거요." 그는 대답했다.

"여기 잠시 있게." 코푠킨에게 체푸르니가 말했다. "나는 클라브듀샤를 찾으러 가 보겠네. 사랑스러운 여자니까 말이야!"

코푠킨은 옷을 벗어 마루에 깔고, 반쯤 벌거벗은 채 그 위에 누웠으며, 몸에서 한시도 떼놓지 않던 무기를 옆에 나란히, 한 데 쌓아 놓았다. 비록 체벤구르는 따스하고 동지애적인 혼이 느껴졌지만 코픈킨은 피곤해서인지 슬픈 감정이 일었으며, 그의 심장은 어디론가 더 멀리 향하고 있었다. 그는 아직 체벤구르에서 분명하고도 명백한 사회주의를 발견하지 못했다. 또한 두 번째의 작은 로자 룩셈부르크가 자연 속에서 태어날 수도 있고, 독일 부르주아의 땅에서 죽어 버린 첫 번째 로자가 부활할 수도 있는 감동적이지만 굳건하며, 또 윤리적인 아름다움을 발견하지 못했던 것이다. 코픈킨은 체벤구르에서 무엇을 해야 할지 체푸르니에게 물어보았었다. 그러자 그는 이렇게 대답했다. "아무것도 할 필요가 없어. 우리에게는 필요한 것도, 해야 할 업무도 없으니까. 그냥 자기 안에서 살기만 하면 될 걸세! 우리 체벤구르는 살기 좋다네. 우리는 영원히 노동하도록 태양을 징집하고, 의회는 영원히 해산시켰지!"

코픈킨은 자신이 체푸르니보다 어리석다는 것을 알고 있었기에, 대꾸하지 않고 침묵했다. 길을 오면서 그는 이미 조심스레 흥미를 보였다. 그들에게 로자 룩셈부르크는 어떤 사람인가? 체푸르니는 여기에 대해 특별한 대답을 하지는 않았지만 이렇게 말했다. "자 이제 체벤구르로 가서 우리의 프로코피에게 한번 물어보지. 그는 모든 걸 분명하게 표현할 수 있다네. 나는 다만 지도적인 혁명의 예감만 그에게 부여할 따름이지! 내가 나 자신의 언어로 자네와 이야기를 나눈다고 생각하는가? 아니야, 나를 가르친 건 프로코피야!"

마침내 피유샤는 물로 감자를 다 익히고, 두 명의 잠자던 순례자를 깨웠다. 코픈킨도 음식을 먹고 배부른 상태로 빨리 잠들어 더 이상 슬퍼하지 않으려고, 약간이라도 먹기 위해 자리에서 일어났다.

"정말, 체벤구르는 그토록 살기가 좋은가?" 그는 피유샤에게 물었다.

"불평은 안 하더군요!" 서두르지 않고 그 사람은 대답했다.

"그런데 여기 어디에 사회주의가 있는가?"

"새로운 눈으로 보면 더 잘 보일 거요." 그다지 탐탁지 않게 피유샤는 설명했다. "체푸르니가 우리는 익숙하기 때문에 자유도 행복도 보지 못한다고 하더군요. 결국 우리는 여기 사람이니까 말이오. 벌써 2년이나 여기서 살고 있소."

"이전에는 누가 여기서 살았나?"

"이전에는 부르주아들이 살았소. 우리가 체푸르니와 함께 그놈들에게 하느님의 재림을 조직해 줬죠."

"아니, 지금은 과학 시대인데, 과연 그런 게 가능한가?"

"그럼 불가능할 것 같소?"

"어떻게 그럴 수가 있지? 더 제대로 말해 봐!"

"아이고, 내가 뭐 소설가나 된단 말이오? 그냥 풍속위원회의 명령에 따른 돌발 상황이었소."

"비상 상황 말인가?"

"아, 그렇소."

"오호." 코푠킨은 막연하게나마 이해했다. "그래, 충분히 옳은 일이야."

마당에서 바자울 울타리에 묶여 있던 프롤레타리아의 힘은 자신을 둘러싼 사람들에게 조용히 으르렁거렸다. 많은 사람들이 이 낯선 거대한 말에 안장을 얹어서 그 말을 타고 체벤구르 경계 지역을 돌아다니고 싶어 했던 것이다. 하지만 프롤레타리아의 힘은 음울하게, 이빨로, 얼굴로, 다리로 그들을 다가오지 못하게 막았다.

"이제 너도 인민의 가축이다!" 어떤 여윈 체벤구르인이 부드러운 목소리로 말을 달랬다. "왜 그렇게 날뛰느냐?"

코푠킨은 자기 말의 슬픈 울음소리를 듣고 밖으로 나왔다.

"비켜라!" 그가 모든 자유로운 사람들에게 말했다. "안 보이는가, 바보 같은 놈들, 내 말은 자신의 심장을 가지고 있다!"

"보입니다." 한 명의 체벤구르인이 그렇게 대답했다. "우리는 동지로 살고 있지만, 당신 말은 부르주아요!"

코푠킨은 이곳의 억압받는 자들에 대한 존경심을 잊고, 자기 말의 프롤레타리아로서의 명예를 옹호했다.

"거짓말을 하는구나, 나쁜 놈. 혁명은 5년 동안이나 내 말을 타고 달렸다. 그런데 네놈은 혁명 위에 앉아 있구나!"

코푠킨은 자신의 낙담한 마음을 더 이상 어떻게 표현해야 할지 몰랐다. 그는 이 사람들이 자기보다 훨씬 똑똑하다는 것을 희미하게나마 느꼈고, 그런 타인의 지혜를 느낄 때면 왜 그런지 고독해졌다. 그는 지혜와 이익보다 앞서서 삶을 살아가는 드바노프를 기억해 냈으며, 그가 보고 싶어졌다.

체벤구르의 푸른 대기는 높은 애수로 덮여 있었으며, 친구에게 가는 길은 말의 힘으로 달릴 수 있는 거리를 벗어나 멀리 놓여 있었다.

슬픔과 의심, 그리고 불안한 분노에 사로잡힌 코푠킨은 이제 이 축축한 장소에서 체벤구르의 혁명을 확인해 보기로 결정했다. '강도 잔당들이 숨어 있는 곳이 여기 아닐까?' 코푠킨은 질투에 사로잡혔다. '내가 이제 이놈들, 은신처에 숨어 있는 더러운 놈들에게 공산주의가 뭔지 확실히 보여 주겠다!'

코푠킨은 부엌에서 물을 마시고, 완전 무장을 했다. '이런, 비열한 놈들, 심지어 말조차 저놈들에게 대항해서 흥분하고 있다!' 코푠킨은 격노했다. '그들은 공산주의가 지혜고 이익이라고 생각하고 있다. 그렇지만 저놈들의 공산주의에는 육체가 없어. 단지 시시한 것과 정복만이 있을 뿐이야!'

코픈킨의 말은 항상 긴급한 전투에 나설 준비가 되어 있었으며, 축적된 힘의 울려 퍼지는 열정을 안은 채, 자신의 널찍한 동지적 등에 코픈킨을 태웠다.

"나보다 앞서 달려가서, 소비에트가 어디에 있는지 내게 가르쳐 다오!" 코픈킨은 거리를 지나가는 낯모르는 행인에게 위협을 가했다. 그 사람은 자기 상황을 설명하려 했지만, 코픈킨이 칼을 뽑아 들자 프롤레타리아의 힘과 나란히 같은 속도로 달리기 시작했다. 가끔 그 안내자는 고개를 돌리고, 체벤구르에서 인간은 노동도 하지 않고 달려가지도 않으며, 모든 세금과 부역은 태양만이 부담한다고 코픈킨을 질책하듯 외쳤다.

'아마도 여기에는 회복기의 병사들만 살고 있는 게 아닐까?' 코픈킨은 말없이 의심을 품었다. '아니면 차르 전쟁 때, 야전 병원이 있던 곳일지도 몰라!'

"그럼 태양이 내 말 앞을 달려가면서 길을 가르쳐 주고, 네놈은 누워서 자러 가야 한단 말이냐?" 코픈킨은 달려가는 사람에게 외쳤다.

체푸르니는 가쁜 호흡을 가다듬고, 대답하기 위해서 등자를 잡았다.

"동지, 우리 도시엔 평온함이 인간에게 있습니다. 부르주아들이나 서둘렀지요. 먹어야 하고 억압해야 하니까요. 그런데 우리는 먹기는 하지만 사이좋게 지내지요. 저기가 소비에트 사무실입니다."

코픈킨은 교회 공동묘지의 정문 위에 걸린 붉은색 현수막을 천천히 읽었다.

'체벤구르 해방구 사회주의 인류 소비에트.'

소비에트 사무실은 교회 안에 위치하고 있었다. 코픈킨은 교회 공동묘지의 길을 따라 교회 입구까지 달려갔다.

'고생하며 무거운 짐을 지고 허덕이는 사람은 다 나에게로 오너라, 내가 편히 쉬게 하리라.'*

교회로 들어가는 입구 위에 아치형으로 이렇게 쓰여 있었다. 코폰킨은 그 말에 감동했다. 비록 그는 이것이 누구의 슬로건인지 알고 있었지만 말이다.

'나의 휴식은 어디에 있는가?' 그는 자신의 심장에서 피로함을 보았다. '아니야, 당신은 결코 인간을 쉬게 해 줄 수 없어. 당신은 어떤 계급이 아니라 개인이니까. 만약 오늘날이었으면, 당신은 사회혁명 당원이었을 거고, 나는 당신을 파괴했을지도 몰라.'

프롤레타리아의 힘은 몸을 숙이지도 않고 서늘한 교회 건물 안으로 그대로 들어갔다. 코폰킨은 마치 어린 시절로 돌아간 듯, 흡사 고향 할머니 집의 헛간에서 잠을 깨기라도 한 것처럼, 놀라서 교회로 들어갔다. 코폰킨은 이전에도 자기가 살고 방랑하며, 전쟁했던 그런 읍들에서 어린 시절의 잊어버린 장소들을 본 적이 있었다. 언젠가 그는 자기 마을에 있는 이런 교회에서 기도를 올렸지만, 교회에서 나와 금방 어머니의 가깝고도 좁은 품으로, 집으로 돌아갔다. 교회나 새들의 목소리, 이제는 죽어 버린 어린 시절의 동갑내기 여자애들, 신비한 키예프로 가기 위하여 여름에 순례를 떠나는 무서운 늙은이들, 어린 시절은 아마 이런 것들이 아니라, 어머니가 살아 있고, 여름 대기가 어머니의 옷자락 냄새를 풍길 때, 아이가 흥분하는 그때가 바로 어린 시절인 것이다. 그 시절 그에게 모든 노인들은 정말로 수수께끼 같은 존재였다. 그들은 어머니가 죽었는데도 살아가고 울지도 않았기 때문이다.

코폰킨이 교회로 들어간 바로 그날, 혁명은 종교보다도 더 가난해 성화가 눈에 보이지 않도록 덮어씌울 붉은 천도 없었다. 돔 지붕 바로 아래에 그려진 신, 사바오프의 형상은 혁명위원회의 회의가 열리는 제단을 노골적으로 내려다보고 있었다. 지금 제단에는 생생한 붉은색 탁자 뒤에 세 사람이 앉아 있었다. 체벤구르 읍 혁명위원회 의장인 체푸르니, 한 젊은이, 그리고 흡사 미래의 공산주의자이기라도 한 것처럼 즐겁게 집중하는 표정의 어떤 여자였다. 젊은이는 탁자 위에 옙투셉스키의 수학 문제집을 가지고 있었는데, 그는 태양력이 모든 사람이 쓸 만큼 충분하며, 태양이 지구보다 스무 배나 더 크다는 것을 증명해 주었다.

"프로코피, 자네는 생각하지 말게. 생각은 내가 할 걸세. 자네는 공식화해서 정리하게!" 체푸르니가 젊은이에게 지시했다.

"체푸르니 동지, 직접 느껴 보시기 바랍니다. 인간이 직접 움직이는 것이 전혀 과학적이지 않은데, 도대체 왜 인간이 움직여야 한단 말입니까?" 젊은이는 쉬지 않고 설명했다. "만약 일격을 가하기 위해서 모든 사람을 모은다고 하더라도, 그들은 태양력에 비하면 전 협동조합이나 코뮌에 대항하는 가난한 일개 농민에 불과하단 말이지요! 결국 인간이 일하는 게 소용없단 말입니다, 제가 말씀드리는 것은!"

체푸르니는 집중하기 위해 눈을 감았다.

"자넨 뭔가 맞는 말을 한 것 같지만, 또 뭔가는 거짓말을 한 것 같아! 저기 교회 제단 뒤에서 클라브듀샤나 쓰다듬어 주라고. 내가 뭔가 직접 한번 예측해 봐야겠어. 자네 말이 맞는지 말이야."

코푠킨은 말의 둔중한 걸음을 멈추게 하고 자신의 의도를 밝혔다. 그것은 즉시, 전체 체벤구르를 조사해서 뭔가 숨겨진 반혁명적 근원지가 내부에 없는지 조사해 보는 것이었다.

"여기 네놈들은 매우 지혜롭더군." 코푠킨은 말을 맺었다. "그렇지만 네놈들의 머릿속에는 조용한 사람을 억압하기 위한 교활함이 끊임없이 자리 잡고 있어."

코폰킨은 즉시 그 청년을 착취자로 인식했다. 왜냐하면 그의 검고 불투명한 눈동자와 얼굴에 보이는 경제적 지혜, 그리고 얼굴 가운데 뭔가를 감지하는 듯한 수치스러운 들창코 때문이었다. 정직한 공산주의자들의 코는 나막신 같고, 신뢰 때문에 눈은 회색을 띠고 더 친밀한 법이었다.

"너, 키 작은 녀석, 넌 사기꾼이지!" 코폰킨은 진실을 밝혔다. "신분증을 내놓아라!"

"여기 있소, 동지!" 젊은이는 순순히 동의했다.

코폰킨은 그가 내놓은 수첩과 서류들을 집어 들었다. 그곳에는 그의 이름이 적혀 있었다. 프로코피 드바노프, 공산당원, 입당 1917년.

"사샤를 알고 있나?" 코폰킨은 그가 자기 친구와 같은 성을 지녔음을 보고, 그의 억압자적인 얼굴을 순간적으로 용서해 주면서 물었다.

"어렸을 때, 알았던 적이 있죠." 젊은이는 남아도는 지혜로 미소를 지으면서 이렇게 대답했다.

"그럼 체푸르니에게 종이를 한 장 달라고 해야겠군. 편지를 써서 사샤를 이리로 불러야겠어. 공산주의의 불꽃이 피어나도록 지성과 지성을 부딪치게 해야겠군."

"그런데 우리는 마을 우체국을 없앴네, 동지." 체푸르니는 이렇게 설명했다. "사람들이 모두 한데 모여 살고, 언제든 개인적으로 서로 볼 수 있기 때문일세. 그러니 우체국이 뭐가 필요하겠나! 말 좀 해 보게! 형제, 여기서 프롤레타리아들은 이미 굳게 결속되어 있네!"

코폰킨은 우체국이 없어진 것이 그다지 서운하지 않았다. 왜냐하면 평생 단 두 번 편지를 받아 보았으며, 그가 제국주의 전선에서 싸울 때 아내가 죽었고, 멀리서나마 친척들과 더불어 그녀에 대해서 슬퍼해야 한다는 것을 알았을 때, 단 한 번 편지를 썼다.

"걸어서 현청 소재지에 갈 사람이 없는가?" 코푠킨이 체푸르니에게 물었다.

"아주 잘 걷는 사람이 있네." 체푸르니는 한 사람을 기억해 냈다.

"그 사람이 누구예요, 체푸르니?" 체벤구르 사람인 체푸르니와 프로코피 두 사람 모두에게 사랑스러운 여인이 생기를 찾은 듯 물었다. 그녀는 정말로 사랑스러운 여자였다. 코푠킨조차 자신이 만약 청년이었다면 그런 여자를 안고, 오랫동안 움직이지 않았을 것이라 생각했다. 그 여자에게서는 느리고도 서늘한, 정신적 평온함이 풍겼다.

"미슈카 루이가 있지!" 체푸르니는 이름을 기억해 냈다. "그는 정말로 길에서 날아다녀! 현청 소재지까지 한번 보내면 벌써 모스크바에 가 있거나, 하리코프에 가 있기도 해. 그런데 일 년이 지나거나, 꽃이 피거나, 눈이 쌓여야 다시 돌아오지……."

"내 편지를 들고는 멀리 안 가도 될 거야. 일단 그에게 과제를 내리도록 하지." 코푠킨이 말했다.

"그럼 가라고 하겠네." 체푸르니가 허락했다. "그에게 길을 가는 것은 노동이 아니라 삶의 발전이니까!"

"체푸르니." 여자가 불렀다. "루이에게 밀가루를 줘서 짧은 숄 하나만 바꿔다 달라고 해 주세요."

"그러지, 클라브디야 파르페노브나. 꼭 그렇게 하도록 하지. 가는 김에 부탁하면 된다오." 프로코피는 그녀를 안심시켰다.

코푠킨은 사샤에게 인쇄체로 편지를 썼다.

'친애하는 동지이자 친구, 사샤! 이곳에는 공산주의가 있던지, 아니면 반대로 가고 있던지 하다네. 자네가 빨리 이곳에 왔으면 좋겠군. 여기서는 여름 태양 하나만 일하고, 사람들은 증오하면서 서로 사이좋게 지낸다네. 그런데 여자들은 남자들에게서 솥을 강탈하고 있군. 비록 여자들이 꽤 기분 좋은 존재이기는 하지만, 이걸 보면 분명히 해로운 것 같아. 자네의 형제인지 가족인지 어떤 사람이 한 명 있는데, 전혀 내 마음에 들지 않아. 나는 여기서 두체*로 살며, 뭔가 나 자신에 대한 것만 생각하고 있어. 왜냐하면 여기서는 나를 전혀 존경하지 않는군. 특별한 사건은 없다네. 이것이 뭐 과학이고 역사라나. 하지만 분명치는 않아. 혁명적 존경심을 품고, 코퓬킨 보냄. 공통의 이념성을 위해서 이곳으로 오게.'

"뭔가 계속 생각나고, 놀라기도 하고, 상상이 되기도 해. 그러니 심장이 별로 좋지 않아!" 어두운 교회 안의 공기 때문에 체푸르니는 힘들게 말을 내뱉었다. "우리 도시의 공산주의는 수정된 건지, 아니면 그렇지 않은 건지! 레닌이 모든 진실을 공식화해서 내게 정리해 줄 수 있도록, 내가 한 번 레닌 동지한테 다녀오는 것도 좋을 것 같아!"

"물론이죠, 체푸르니 동지!" 프로코피도 확신했다. "레닌 동지가 아마도 슬로건을 줄 겁니다. 그걸 가지고 오시면 되는 거죠.* 제 머리 하나로만 생각한다는 것은 상상도 하기 힘든 일이에요. 아방가르드 역시 지치기는 하니까요! 게다가 뭐 내가 특혜를 받는 것도 없고 말입니다!"

"자넨, 내 심장은 중요하게 여기지도 않는가? 사실대로 말해 보게!" 체푸르니는 화를 냈다.

자신의 이성적 능력을 높이 평가하고 있는 것처럼 보이는 프로코피는 평정심을 잃지 않았다.

"체푸르니 동지, 감정은요 대중적인 자연 현상입니다. 하지만 사유는 조직이죠. 심지어 레닌 동지가 직접 말하기를, 우리에게 무엇보다도 더 높이 존재하는 것은 조직이라고요……."
"그래 나는 고통스러워하고, 자네는 생각하고, 그럼 누가 더 힘든가?"
"체푸르니 동지, 나도 당신이랑 모스크바로 갈래요." 여자가 선언했다. "난 수도를 본 적이 없어요. 거긴 뭔가 놀라운 게 있다고들 말하던걸요!"
"화를 자초했군!" 코푠킨이 퉁명스레 말했다. "이봐, 체푸르니. 자네 이 여자를 바로 레닌 앞에 데려가 보지 그래. '자 여기 공산주의가 있기 이전에 만들어진 여자요!'라고 한번 말해 보라고. 나쁜 인간들 같으니!"
"그래서 뭐?" 체푸르니는 예민하게 반응했다. "자네 우리가 별로 마음에 안 드는가 보군?"
"그래, 마음에 안 들어!"
"아니, 어떻게 그럴 수 있나, 코푠킨 동지? 마음이 아프군."
"난들 어떻게 알아? 내 과업은 적대적 세력을 제거하는 거니까. 모든 자를 제거하고 나면 과업은 저절로 이루어지겠지."
프로코피는 담배를 피우면서, 이 조직화되지 않은 무인이 어떻게 혁명에 적응할 수 있었는지 생각하느라 코푠킨의 말에 한 번도 참견하지 않았다.
"클라브디야 파르페노브나, 우리는 좀 걷고 장난이나 치러 갈까요." 프로코피는 여자에게 아주 정중하게 제안했다. "안 그러면 몸이 약해질 겁니다!"
이 한 쌍이 교회 입구 쪽으로 나가고 나자, 코푠킨은 그들을 가리키면서 체푸르니에게 이렇게 말했다.
"저들은 부르주아야. 염두에 두고 있게."
"그런가?"

"분명하다니까!"

"지금 우리가 뭘 어떻게 할 수 있을까? 체벤구르에서 저들을 내쫓기라도 할까?"

"너무 당황하지는 말게! 공산주의를 이데아로부터 몸으로 내려오도록 하라고! 사샤가 오면, 어떻게 해야 할지 자네에게 이야기해 줄 걸세!"

"똑똑한 젊은이인가 보군?" 체푸르니는 좀 겁을 냈다.

"그는 말이지, 그 사람 머릿속에서는 피가 생각을 하지만, 자네의 프로코피는 뼈가 생각을 하고 있는 것 같아." 코푠킨이 자랑스럽게 설명했다. "단 한 번이라도 제대로 이해가 되는가? 여기 이 편지를 루이 동지가 가는 편에 좀 부치도록 하게."

체푸르니는 긴장되어 아무것도 제대로 생각해 낼 수가 없었다. 그는 그 어떤 진리의 감각도 주지 않는, 잊어버렸던 쓸모없는 사건들만 기억해 냈다. 그의 머릿속에서는 차르 전쟁 때 행군하면서 지나갔던 숲 속의 폴란드 교회당이 보이기도 했고, 고아 소녀가 도랑에 앉아서 전호(前胡)*를 먹고 있는 모습이 보이기도 했다. 하지만 쓸모없이 체푸르니의 영혼에 보존되어 있던 이 소녀가 실제로 만난 적 있는 사람인지는 이제 영원히 알 수 없는 일이 되었다. 그녀가 살아 있는지조차 말할 수 없었다. 어쩌면 그 소녀가 클라브듀샤일지도 모른다. 그녀는 정말 너무나 아름다워서, 그녀와 헤어지는 것은 슬픈 일이었다.

"왜 그리 아픈 사람처럼 쳐다보고 있나?" 코푠킨이 물었다.

"그냥 그래, 코푠킨 동지." 슬프고 지친 목소리로 체푸르니가 말했다. "내 안에서 나의 전 생애가 구름처럼 떠다니고 있네!"

"삶이 먹구름 떼로 흘러가도록 해야지. 내가 보기엔, 그래서 자네 몸이 좋지 않은 게야." 코푠킨은 한편으로 그를 동정하면서 질책했다. "일단 여기서 나가 선선한 곳으로 가세. 여기는 축축한 신의 냄새 같은 게 나는 것 같아."

"가지. 자네 말을 가져가세." 좀 마음이 가벼워진 일본인*이 말했다. "열린 장소에선 좀 더 힘이 날 것 같군."

밖으로 나오자 코픈킨은 혁명위원회가 있는 교회 입구에 새겨진 문장을 일본인에게 보여 주었다.

'고생하며 무거운 짐을 지고 허덕이는 사람은 다 나에게로 오너라, 내가 편히 쉬게 하리라.'

"소비에트 방식으로 위에다 새로 덧붙여 쓰도록 하게!"

"그런데 문장을 생각해 낼 사람이 없다네, 코픈킨 동지."

"프로코피가 하도록 하지!"

"그는 그렇게까지 깊이 공부한 사람이 아닐세. 제대로 못할 거야. 주어를 쓰고 나면, 술어를 잊어버리는 그런 식이지. 차라리 동지가 말하는 드바노프를 비서로 삼고, 프로코피는 제멋대로 떠들도록 둬 버리지 뭐……. 그런데 저 문장이 왜 마음에 안 드는가? 내가 보기엔 자본주의에 완전히 반대하고 있는데……."

코픈킨은 심하게 얼굴을 찡그렸다.

"자네는 개인 경영*을 하는 신이 모든 인민대중을 위로해 줄 수 있다고 생각하는가? 이건 부르주아적 접근법일세, 체푸르니 동지. 혁명적 인민대중은 궐기하여 스스로를 위로할 수 있다네!"

체푸르니는 그의 이데아를 포용하고 있는 체벤구르를 바라보았다. 조용한 바람이 불기 시작했는데, 그 바람은 체푸르니의 정신적 의심과, 사유에 의해 소진되지도 잠잠해지지도 않는 그의 예감과 닮아 있었다. 체푸르니는 보편적 진리나 삶의 의미라는 것이 존재하는지 몰랐다. 유일한 하나의 법칙을 따라서만 살아, 그는 너무나 많은 다양한 사람들을 보았던 것이다. 언젠가 프로코피는 체벤구르에 과학과 계몽을 도입해야 한다고 체푸르니에게 제언한 적이 있었다. 하지만 체푸르니는 그 어떤 희망도 없다고 생각해 그의 제안을 단박에 거절해 버렸다. "뭔 소린가, 자네? 혹시 뭘 모르고 하는 말인가? 도대체 무슨 과학을 도입한단 말이야? 과학은 모든 부르주아가 반혁명으로 돌아갈 길을 열어 줄 걸세. 그 어떤 자본주의자도 학자가 될 수 있고, 무슨 분말로 또 인체 기관을 소독한다고 나설 걸세. 자네는 이걸 한번 생각해 보란 말이야! 또 과학은 발전만 하고 있지, 도대체 어떻게 끝날지는 아무도 모른단 말이야."

이전에 체푸르니는 전쟁터에서 심하게 아픈 적이 있어 의학을 공부했었다. 그래서 병이 나은 후 중대 의사의 조수가 되기 위한 시험을 본 적이 있지만, 의사들을 정신적 착취자라고 여겼다.

"어떻게 생각하는가?" 그는 코푠킨에게 물었다. "자네의 드바노프는 우리에게 과학을 들여오지 않을까?"

"드바노프는 과학 이야기를 한 적이 없다네. 그의 과업은 오직 공산주의뿐이지."

"그렇지만 나는 좀 두렵군." 체푸르니는 생각해 내려고 애쓰면서 고백했다. 그는 적시에 과학에 대한 자신의 의심을 정확하게 설명했던 프로슈카를 기억해 냈다. "프로코피는 내 지도 하에 이렇게 공식화해서 정리한 적이 있지. 지혜라는 것도 집과 마찬가지로 소유 자산이며, 그렇다면 결국 지혜도 비과학적이며 연약해진 자들을 억압할 수 있는 것이라고……."

"그렇다면 자네가 바보들을 무장시키게." 코푠킨은 해결책을 찾아냈다. "그러면 지혜로운 자들이 그들에게 분말을 뿌리러 기어들어갈 거야! 나를 봐, 자네 내가 누구라고 생각하는가? 형제여, 나도 바보란 말이야. 하지만 나는 완전히 자유롭게 살고 있어."

체벤구르의 거리를 사람들이 지나다녔다. 그들 중 몇몇은 오늘

집을 옮겼으며, 또 다른 몇몇은 정원의 나무들을 옮겼다. 그래서 그들은 지금 휴식하러 가고, 이야기하며, 동지들과 모임을 가지면서 나머지 날을 살아가기를 원하는 것이다. 내일이 되면 그들에게는 노동도 과업도 없을 것이다. 왜냐하면 체벤구르에서는 모든 사람을 위하여, 그리고 개인을 위하여, 전 세계적 프롤레타리아로 선언된 태양만이 일하기 때문이다. 사람들은 꼭 일을 해야만 하는 것은 아니다.

체푸르니의 사주를 받아 프로코피는 노동에 특수한 해석을 부여했는데, 이 해석에 의하면 노동은 탐욕의 유물이며, 착취적이고 동물적인 색욕이라고 언젠가 선언된 이후 영원히 그렇게 선언되었다. 왜냐하면 노동이 바로 사유 재산의 근원이 되며, 재산은 억압의 근원이 되기 때문이다. 하지만 태양은 사람들에게 생활에 충분할 정도의 배급량을 부여하는데, 만약 사람들이 노동을 통해 일부러 그 배급량을 증가시킨다면, 이것이 다시 계급 전쟁을 불러일으키는 모닥불이 될 것이며, 잉여의 또 다른 해로운 대상들이 만들어질 것이기 때문이다. 그렇지만 삶의 태양에 따른 시스템을 제대로 이해하지 못한 코푠킨은 매주 토요일 체벤구르 사람들이 일한다는 사실에 놀랐다.

"이건 노동이 아니라, 집단 무급 노동*이라네." 체푸르니가 설명했다. "프로코피는 이 점에서 나를 정확히 이해했고, 아주 위대한 문장을 만들었지."

"그놈이 도대체 뭔가? 자네의 수수께끼를 해결해 주는 놈인가?" 프로코피를 신용하지 않으면서도 코푠킨은 흥미를 보였다.

"아이고, 아니야. 그자는 그냥 나의 위대한 감각들을 자신의 좁은 사유를 통해서 약화시킬 따름일세. 하지만 배운 젊은이라서, 그 청년이 없었다면 나는 벙어리 같은 고통 속에서 살았을지도 모르지……. 그런데 우리는 집단 무급 노동을 통해 그 어떤 사유 재산도 생산하지 않아. 내가 그걸 간과할 것 같나? 그건 그냥 자발적으로 프티 부르주아들의 유산을 파괴하는 것에 불과하지. 도대체 여기에 무슨 억압이 있단 말인가? 말 좀 해 보게."

"없군!" 코푠킨은 진심으로 동감했다.

체푸르니와 코푠킨은 거리의 중간까지 옮겨다 놓은 헛간에서 숙박하기로 결정했다.

"자네는 클라브듀샤에게 가서 자는 게 낫지 않겠나? 여자를 슬프게 하는군!"

"프로코피가 그녀를 어딘가로 데려갔네. 좀 즐기라지. 우리는 모두 같은 프롤레타리아 아닌가. 프로코피가 설명하길, 내가 자기보다 더 나은 게 없다고 하더군."

"자네는 위대한 감각을 가지고 있다고 자네 입으로 말하지 않았나. 그런 사람이 여자에겐 더 단단한 법이지!"

체푸르니는 좀 당황했다. 사실이 그랬던 것이다. 하지만 오늘은 심장이 아파, 그는 생각을 할 수 있었다.

"코푠킨 동지, 내 위대한 감각이 하체의 젊음의 장소들이 아니라, 심장에서 아프게 뛰고 있다네."

"오호." 코푠킨은 말을 이었다. "그럼 나와 같이 휴식하도록 하지. 나도 심장이 그다지 좋지 않아."

프롤레타리아의 힘은 코푠킨이 도시 광장에서 베어다 준 풀을 씹어 먹고, 한밤중이 되자 역시 헛간 바닥에 누웠다. 말은 몇몇 아이들이 그러듯이 반쯤 뜬, 잠이 오는 온순한 눈으로, 이제는 의식도 없이, 슬프고 어두워진 망각의 감각으로 신음하는 코푠킨을 바라보았다

체벤구르의 공산주의는 이 스텝의 어두운 시간들 속에서 보호

받지 못했다. 왜냐하면 사람들은 꿈의 힘으로 낮의 내적인 삶의 피로를 치료하고, 그동안 자신의 신념을 중단하기 때문이었다.

체벤구르는 느지막이 잠에서 깨어났다. 체벤구르의 거주자들은 수 세기 동안의 억압으로부터 휴식을 취하고 있어, 아무리 잠을 자도 충분하지 않았다. 혁명은 체벤구르 읍에 잠을 쟁취해 주었으며, 영혼을 그들의 가장 중요한 직업으로 만들어 주었다.

체벤구르의 보행자 루이는 드바노프에게 보내는 편지를 가지고 전속력으로 현청 소재지로 가고 있었다. 편지 외에 말린 빵과 자작나무로 만든 물통을 가져갔다. 그러나 물통을 몸에 계속 지니고 있어서 물이 따뜻해졌다. 그는 개미나 닭들만이 잠에서 깨어나고, 태양이 하늘 가장자리 부분을 아직 밝혀 주지도 않은 무렵에 길을 나섰다. 걸음과 매혹적인 대기의 신선함 때문에 루이는 사유와 열망의 모든 의혹을 잊어버렸다. 길은 그를 소진하게 만들었으며, 남아도는 해로운 삶으로부터 그를 자유롭게 했다. 아직 소년이었을 때, 그는 어떻게 돌이 하늘을 날 수 있는지 스스로의 힘으로 생각해 냈다. 돌은 운동의 기쁨으로 공기보다 가벼워져서 날 수 있는 것이었다. 글자도 책도 몰랐지만, 공산주의가 인간을 저 먼 지상으로 옮겨 주는 지속적인 운동이 되어야 한다고 루이는 생각했다. 그는 공산주의를 방랑이라고 선포해야 하며, 체벤구르를 영원한 정착지에서 벗어나도록 해야 한다고 몇 번이나 체푸르니에게 제안했다.

"인간은 누구를 닮았습니까? 말을 닮았소, 아니면 나무를 닮았소, 소신껏 이야기해 주시겠습니까?" 거리의 길들이 짧아진 것에 서운해 하면서, 혁명위원회에서 루이는 이렇게 질문을 던졌다.

"더 높은 것을 닮았죠!" 프로코피는 이렇게 대답을 생각해 냈다. "친애하는 동지, 대양을 닮았고, 도식의 하모니를 닮았소!"

루이는 강과 호수 외에 다른 종류의 물은 본 적이 없으며, 하모니라고는 두 줄짜리 건반의 아코디언만 알고 있을 뿐이었다.

"아마도, 인간은 말을 좀 더 닮았을 게야." 자기가 알고 있는 말들을 기억해 내고, 체푸르니는 이렇게 선언했다.

"이해합니다." 체푸르니의 감정을 이어 나가면서 프로코피가 말했다. "말은 심장이 있는 가슴도 있고, 눈이 있는 선량한 얼굴도 가지고 있어요. 하지만 나무는 그런 게 없지요!"

"바로 그걸세, 프로슈!" 체푸르니는 기뻐했다.

"제가 바로 그 말씀을 드린 겁니다!" 프로코피는 확신했다.

"전적으로 옳소이다." 이렇게 말을 맺으면서 체푸르니는 찬성했다.

루이는 만족했으며, 즉시 체벤구르를 먼 곳으로 옮길 것을 혁명위원회에 제안했다. "사람들에게 바람을 쐬도록 해야겠죠." 루이는 이렇게 확신했다. "안 그러면 또다시 인간은 약자를 억압하는 일을 시작할 겁니다. 왜냐하면 인간 스스로 모두 말라 가고, 심심해지고 있어요. 아시겠어요? 하지만 길을 가다 보면 그 누구도 우정을 피해 갈 수 없어요. 그리고 공산주의도 할 일이 많아질 겁니다!"

체푸르니는 루이의 제안을 정확하게 메모해 두라고 프로코피에게 명령했다. 그리고 나중에 이 제안은 혁명위원회 회의에서 안건으로 상정되었다. 체푸르니는 근본적으로 루이의 말이 옳다고 느꼈지만, 프로코피에게 이러한 자신의 예감을 이야기하지는 않았으며, 회의는 하루 종일 힘들게 계속되었다. 그러자 프로코피는 루이의 안건을 공식적으로 기각할 것을 제안했다.

"전쟁과 혁명의 미래 시대를 눈앞에 두고, 우리는 인간의 운동을 공산주의의 절박한 징후라고 여기고 있다. 그들에게 완전히 위기가 닥쳤을 때, 읍의 모든 거주민이 자본주의로 몸을 내던지고, 모든 지상의 길에서 동지애의 감각을 느끼면서 사람들을 담금질하며 앞으로 나아가는 승리의 길을 멈추지 않는 것이다. 하지만 우리가 지배할 그 무엇을 위해, 아직은 공산주의를 부르주아들로부터 획득한 광장으로 제한해야만 한다."

"그렇지 않소, 동지!" 신중한 루이는 프로코피에게 동의하지 않았다. "정착지에서는 공산주의가 결코 성립될 수 없소. 왜냐하면 그곳에는 적도 기쁨도 없기 때문이오!"

프로코피는 체푸르니의 동요하는 감정을 추측하지 못하고, 루이의 말을 주의 깊게 경청하는 체푸르니를 관찰했다.

"체푸르니 동지!" 프로코피는 스스로 해결하려고 시도해 보았다. "사실 노동자를 해방하는 과업은 바로 노동자 자신들이 해야 할 일입니다! 그러니 루이 혼자 이곳을 떠나서 스스로 해방되도록 해 줍시다! 여기서 왜 우리가 같이 움직여야 합니까?"

"옳소!" 체푸르니는 날카롭게 결론을 지었다. "떠나게 루이. 운동은 인민대중의 과업이며, 우리는 대중의 발밑을 방해하지 않겠네!"

"그래요, 감사합니다." 루이는 고개 숙여 혁명위원회에 인사하고는 체벤구르에서 어디론가 떠나야 하는 필연성을 찾기 위해 밖으로 나왔다.

루이는 살찐 그의 말에 타고 있는 코푠킨을 한번 보고 나서 금방 부끄러운 생각이 들었다. 왜냐하면 코푠킨은 어디론가 가고 있지만 루이 자신은 움직이지 않는 장소에 머물러 살고 있었던 것이다. 그래서 루이는 더 많이, 그리고 더 멀리 떠나고 싶어졌다. 그는 떠나기에 앞서 코푠킨에게 무언가 자신이 공감하고 있음을 표현할 방법을 찾으려 했지만 그럴 수가 없었다. 체벤구르에는 선물할 물건이 없었던 것이다. 단지 코푠킨의 말에게 먹이를 주는 정도가 가능했지만, 코푠킨은 낯선 사람이 자기 말에게 가까이 가는 것을 엄격히 금지했고, 말에게 직접 먹이를 주어 이것도 불가능했다. 루이는 이 세상에 집과 물건들은 많지만, 인간의 우호를 나타낼 수 있는 것이 부족하다는 사실에 아쉬워했다.

현청 소재지에 도착하자, 루이는 체벤구르로 돌아가지 않고 페트로그라드*까지 가서 해군에 입대한 다음, 항해를 떠나기로 결정 내렸다. 그렇다면 그는 온갖 곳에서 자신의 우호적 영혼의 끊임없는 식량으로서 육지와 바다와 인간을 관찰하면서 살 수 있을 것이다. 체벤구르 골짜기가 보이는 분수령에서 루이는 도시와 아침의 빛을 바라보았다.

"공산주의여, 동지들이여, 안녕! 나는 살아 있을 것이고, 당신들 모두를 기억하겠소!"

코푠킨은 체벤구르의 경계를 넘어서서 프롤레타리아의 힘을 쓰다듬어 주다가 높은 장소에 서 있는 루이를 발견했다.

"저, 방랑자 녀석, 보나마나 하리코프 쪽으로 방향을 틀겠군." 코푠킨은 혼자서 단정 지었다. "나는 저런 녀석들과 함께 혁명의 황금 세월을 놓쳐 버리는구나!" 그리고 그는 바로 오늘, 전체 공산주의를 점검하고 어떤 조치를 내리기 위해서 말을 몰아 체벤구르로 들어갔다.

집들을 옮겨 갔기 때문에 체벤구르에서 길거리가 사라져 버렸다. 모든 건축물은 자기 자리에 있지 않았고, 움직여 가는 중이었다. 똑바로 나 있는 길에 익숙해진 프롤레타리아의 힘은 자주 나타나는 길모퉁이에 당황해 하면서 땀을 흘렸다.

비틀어지고 길을 잃은 것 같은 어떤 창고 주변에서 한 청년과 처녀가 한몸이 되어 누워 있었다. 몸매로 판단해 보건대, 여자는 클라브듀샤였다. 코푠킨은 잠든 사람들 주변으로 조심스럽게 말을 몰았다. 그는 젊음에 대해 수줍어했으며, 위대한 미래의 왕국으로서 젊음을 존경했다. 여자에 대한 냉담함으로 채색되었던 바로 그 젊음 대신에, 그는 언젠가부터 혁명의 길로 함께 가는 동반자인 알렉산드르 드바노프를 존경을 담아 사랑했던 것이다.

집들이 밀집해 있는 곳 어디선가 한 사람이 휘파람을 길게 불었다. 코푠킨은 예민하게 주의를 기울였다. 그때 휘파람 소리가 멈추었다.

"코푠킨! 코푠킨 동지, 헤엄이나 치러 가지!" 멀지 않은 곳에서 체푸르니가 큰 소리로 그를 불렀다.

"휘파람을 불어 보게. 나는 자네 휘파람 소리를 뒤따라가겠네." 낮지만 귀를 먹먹하게 할 만한 큰 소리로 코푠킨이 대답했다.

체푸르니는 열중해서 휘파람을 불기 시작했으며, 코푠킨은 그 소리를 따라 혼잡한 도시의 협곡에서 말을 타고 체푸르니 쪽으로 천천히 걸어갔다. 체푸르니는 벌거벗은 몸에 맨발로 외투만 걸친 채 어떤 헛간의 문간에 서 있었다. 그는 휘파람을 더 세게 불기 위해서 손가락 두 개를 입에 대고, 눈동자는 열기가 고조되고 있는 저 높은 태양의 빛을 쳐다보고 있었다.

프롤레타리아의 힘을 헛간에 넣어 두고 나서 코푠킨은 맨발로 걸어가는 체푸르니의 뒤를 따라갔다. 오늘 체푸르니는 마치 모든 사람과 마침내 형제의 인연을 맺은 사람처럼 행복해 했다. 강으로 가는 길에, 잠이 깬 많은 체벤구르 사람들과 마주쳤는데, 그들은 어디에서나 볼 수 있는 평범한 사람이었지만 외관은 남루했으며, 얼굴은 여기 사람들이 아니었다.

"여름엔 낮이 긴데, 저들은 뭘 할까?" 코푠킨이 물었다.

"그들이 뭐에 열심인지 물어보는 건가?" 체푸르니는 질문을 정확히 이해하지 못했다.

"뭐, 그거라도 말이야."

"인간의 영혼인가 뭔가 하는 것 말이야, 그게 바로 가장 근본적인 직업이지. 그리고 영혼의 산물이 우정과 동지애라네! 동지는 왜 이것이 직업이 아니라고 생각하는가, 말 좀 해 보게!"

코푠킨은 이전의 억압받던 삶에 대해서 잠시 생각해 보았다.

"그래, 문제는 자네들의 체벤구르가 너무 좋다는 거야." 그는 슬프게 말을 이었다. "만약 슬픔을 조직화하지 않아도 된다면 어떻게 될까. 공산주의는 자극적이어야 하고, 약간의 독성이 있어야만 해. 왜? 이것이 더 맛을 좋게 하니까."

체푸르니는 입속에서 신선한 소금의 맛을 느꼈다. 그러자 코푠킨의 말이 바로 이해되었다.

"아마도 동지의 말이 맞을 것 같군. 그럼 이제 일부러라도 슬픔을 좀 조직해야겠군. 내일부터 이 일을 당장 시작하세, 코푠킨 동지!"

"아니, 나는 하지 않겠네. 내 과업은 다른 것이야. 드바노프 동지가 빨리 도착하도록 해야겠군. 그가 자네에게 모든 것을 도와줄 거야."

"그러면 우리 이 일을 프로코피에게 맡기면 어떨까?"

"자네, 그 프로코피 소리 좀 그만 하게! 그놈은 자네의 클라브듀샤하고 번식이나 하기를 원하는데도, 자네는 그자를 끌어들이고 싶어 하는군!"

"그것도 그렇군. 그러면 자네의 동반자를 기다려 보도록 하지!"

체벤구르카 강둑으로 지치지 않은 물결이 요동쳤다. 물에서는 흥분과 자유의 냄새를 머금은 공기가 올라왔다. 두 명의 동지는 물을 보자 옷을 벗기 시작했다. 체푸르니는 금방 외투를 벗어 던지고 벌거벗은 가련한 몸을 드러냈다. 그의 몸에서는 코푠킨이 가까스로 기억하는, 오래전에 자라난, 응결된 모성으로부터 나오는 어떤 따스한 냄새가 났다.

태양은 끊임없이 몸을 가렵게 하는 눈에 보이지도 않는 미생물체를 자신의 열기로 다 죽여 버리기라도 하려는 듯, 체푸르느이의 모든 땀구멍과 피부의 상처로 스며들면서, 특별히 개별적인 주의를 기울여 체푸르느이의 여윈 등을 비추어 주었다. 코푠킨은 존경심을 담아 태양을 바라보았다. 왜냐하면 바로 그 태양이 몇 년 전에는 로자 룩셈부르크를 따스하게 비춰 주었을 것이고, 이제는 그녀 무덤에 자라는 풀이 살아가도록 도와주고 있었기 때문이다.

코푠킨은 오래전부터 강에 헤엄치러 온 적이 없어, 꽤 오랫동안 추위로 떨고 난 뒤에야 익숙해졌다. 체푸르느이는 용감하게 헤엄쳤으며, 물속에서 눈을 뜨고는 강 밑바닥에서 여러 종류의 뼈다귀와 큰 돌과 말대가리 같은 것들을 주워 왔다. 수영에 서투른 코푠킨이 다다를 수 없는 강의 한가운데에서 체푸르느이는 고래고래 소리를 지르며 노래를 불렀으며, 점점 더 말이 많아졌다. 코푠킨은 깊지 않은 장소에서 강에 들어가 물을 만져 보면서 생각에 잠겼다. 물도 자기가 좋아하는 곳, 그 어딘가로 흘러가고 있구나!

체푸르느이는 아주 기분이 좋아지고 행복해져서 돌아왔다.

"이보게, 코푠킨 동지, 물속에 있을 때는 말이야, 내가 흡사 진실을 정확히 알고 있는 것 같다네……. 그런데 혁명위원회에 가기만 하면, 모든 것이 의심스럽고 상상만 된단 말이지……."

"그럼 강가에서 업무를 보면 되겠군."

"그러면 비가 현청의 의제들을 다 적시고 말 거야. 멍청한 사람처럼 왜 이러나!"

코푠킨은 의제라는 것이 무엇인지 몰랐다. 어디선가 이 단어를 들은 기억은 났지만, 아무런 느낌이 없었다.

"일단 비가 오고 나면 나중에 햇빛이 비칠 테니, 의제를 너무 불쌍히 여기지는 말게." 위로하듯 코푠킨이 말했다. "어쨌든 그래야 밀이 자라나니까 말이야."

체푸르니는 머릿속으로 열심히 계산을 하고, 손가락을 사용해 머리가 계산하는 것을 도왔다.

"그러면, 자넨 세 개의 의제를 선언할 텐가?"

"하나도 필요 없어." 코푠킨은 거부했다. "종이에 쓰는 건 노랫말을 기억하려고 쓰는 것만으로 족하네."

"어떻게 그럴 수가 있나? 태양, 이것이 첫 번째 의제요, 물이 두 번째고, 흙은 세 번째 의제지."

"자네, 바람은 잊었나?"

"그럼 바람까지 네 개의 의제군. 이게 전부야. 아마도 이게 맞을 거야. 그런데 만약 현청의 의제에 대답하지 않는다면, 우리야 모두 좋겠지만, 아마도 현청에선 우리 공산주의를 모두 제거해 버릴 걸세."

"결코 그럴 리 없어." 코푠킨은 그런 예견을 부인했다. "그곳에도 우리와 같은 사람들이 있으니까!"

"우리 같은 사람들이야 맞지만, 단지 이해가 안 되게 모든 것을 쓰고 있네. 예를 들어, '더욱더 많이 헤아리고, 더욱더 굳건히 이끌어 달라'고 부탁하지. 그런데 체벤구르에서 뭘 헤아리고, 도대체 어떤 장소로 사람들을 이끌어 가야 한단 말인가?"*

"그렇지, 그럼 우리는 또 어디에 있어야 된단 말인가?" 코푠킨도 놀랐다. "나쁜 놈들이 기어들도록 우리가 허락할까! 우리 뒤에는 레닌이 엄연히 살아 있는데 말이야!"

체푸르니는 느긋하게 갈대숲으로 들어가 창백한, 밤에 피는 색이 연한 꽃을 꺾기 시작했다. 그녀를 온전히 소유하지도 못하지만,

그녀에 대해 염려하는 부드러운 마음만은 점점 더 커져 가는 클라브듀샤를 위해 체푸르니는 꽃을 꺾었다.

꽃을 꺾고 난 뒤 체푸르니와 코푠킨은 옷을 입고 축축한 풀 위를 밟으면서 강변을 따라 걷기 시작했다. 이곳에서 보면 체벤구르는 따스한 지역 같았다. 머리에 아무것도 쓰지 않은 채, 공기와 자유를 즐기는 맨발의 사람들이 햇빛을 받고 있었다.

"지금은 좋아." 체푸르니는 추상적으로 말했다. "인간의 모든 따스함이 밖에 나와 있으니까!" 그러고는 손으로 도시와 도시 안의 모든 사람을 가리켰다. 조금 있다가 체푸르니는 두 개의 손가락을 입안에 넣고 휘파람을 분 뒤, 자기 내부의 뜨거운 삶으로 의식이 흐릿해진 채, 외투도 벗지 않고 다시 물속으로 들어갔다. 남아도는 육체의 어떤 검은 기쁨 같은 것이 그를 지치게 했다. 그는 갈대숲을 지나서 깨끗한 강물 속으로 뛰어들었는데, 자신의 불분명한, 슬퍼하는 열정을 그곳에서 씻어내 버리기 위해서였다.

'그는 전 세계가 공산주의의 자유를 향해 나아가야 한다고 생각하는군. 저렇게 기뻐하다니, 룸펜 같으니!' 코푠킨은 체푸르니의 행동을 이렇게 판단했다. '그런데 여기선 아무것도 보이지 않아!'

갈대숲에 걸려서 멈춰 선 보트에 어떤 남자가 벌거벗은 채 말없이 앉아 있었다. 그는 보트를 타고 그쪽으로 갈 수 있음에도 불구하고 가만히 생각에 잠겨 강의 저쪽 둑을 바라보았다. 코푠킨은 그의 연약하고 늑골이 튀어나온 몸과 슬퍼하는 눈을 바라보았다.

"거기, 파신체프 아닌가?" 코푠킨이 물었다.

"그래, 달리 누구라고 생각했나!" 그 사람은 즉시 대답했다.

"아니, 혁명 보호 구역의 초소는 어떻게 하고 떠났는가?"

파신체프는 풀죽은 고개를 우울하게 숙였다.

"나는 그곳에서 멀리 아래쪽으로 추방되었다네, 동지!"

"그럼 그 폭탄들로 어떻게든……."

"결국, 내가 너무 일찍 그 폭탄의 신관을 제거해 버린 셈이 되었지. 덕분에 지금은 그 어떤 존경도 받지 못한 채, 비극적인 정신병자처럼 여기저기 떠돌아다니고 있지."

코푠킨은 혁명의 보호 구역을 없애 버린, 먼 곳에 있는 백군 후레자식들에게 경멸을 느끼며, 그에 상응하는 용맹의 위력을 자기 안에서 동시에 감각했다.

"슬퍼하지 말게, 파신체프 동지. 우리는 말이야, 말에서 내리지도 않고 백군 놈들을 다 베어 버리도록 하지. 그리고 혁명의 보호 구역은 새로운 장소에 옮겨 심으세. 지금 자네에게 뭐가 남아 있는가?"

파신체프는 보트 밑바닥에서 갑옷의 가슴가리개를 들어 올렸다.

"많지 않군." 코푠킨이 말했다. "가슴 하나만 보호할 수 있겠어."

"머리는, 머리는 쓸모없어." 파신체프는 머리를 높게 평가하지 않았다. "내겐 가슴이 무엇보다 소중하니까……. 머리나 손에도 뭔가 있기야 하겠지." 파신체프는 약간의 갑옷 도구들을 더 보여 주었다. 영원토록 붉은 별을 새겨 넣어 나사로 박은 이마 보호 투구와 신관이 제거된 마지막 수류탄이었다.

"뭐 그것만 있으면 충분하겠군." 코푠킨이 말했다. "그런데 말 좀 해 봐. 자네의 혁명 보호 구역이 어디로 사라진 거야? 농부들이 혁명 보호 구역을 제멋대로 부농화시킬 정도로, 정말 그 정도로 자네가 약해진 건가?"

파신체프는 울적한 기분이 들어, 비통함에 겨우겨우 말을 이었다.

"그래. 말하자면, 그곳에다 아주 거대한 솝호즈*를 조직하라는 명령이 내려왔다네. 아니, 그런데 자네는 왜 그리 내 알몸을 뚫어져라 쳐다보는가?"

코픈킨은 다시 한 번 파신체프의 벗은 몸을 바라보았다.

"그러면, 옷을 입게. 우선 나와 함께 체벤구르로 가서 이 도시를 좀 조사해 보도록 하세. 사실 여기도 뭔가 좀 부족한데, 사람들은 잠만 자고 있단 말이야."

하지만 파신체프는 코픈킨의 동반자가 될 수 없었다. 그에게는 가슴을 가리는 갑옷과 투구 외에는 아무런 옷도 없었던 것이다.

"그냥 그렇게 가도록 하지." 코픈킨은 그를 격려했다. "사람들이 살아 있는 사람의 벗은 몸을 본 적이 없다고 생각하는가? 괜찮아. 아주 멋져. 바로 그런 상태로 관에 넣지 않는가 말이야!"

"아닐세, 도대체 어떤 악의 뿌리들이 생겼는지 자네는 모를 거야." 파신체프는 자기의 금속 갑옷들을 챙기기 시작했다. "혁명 보호 구역에서 쫓겨날 때는 말이야, 그래도 말끔하게 해서 보내 줬다네. 비록 위험한 상황이었지만, 나는 살아 있었고, 옷도 입고 있었단 말이야. 그런데 내 마을에서 말일세, 농부들이 내가 걸어가는 것을 보았단 말이지. 저기 어떤 옛날 사람이 한 명 걸어가고 있군, 이렇게 생각했겠지. 그런데 그 옛날 사람은, 중요한 것은 말일세, 군인들에게 패해서 다쳤단 말이야. 그런 사람을 보고는 광분해서 미친 듯이 달려들어, 내 몸에서 옷을 전부 벗겨 갔다네. 그나마 새벽에 몸이라도 덥히라고 가슴막이 갑옷과 투구, 이렇게 두 점을 던져 주더군. 수류탄은 내가 몸에 지니고 있던 거야."

"뭐, 한 부대가 자넬 공격했단 말인가?" 코픈킨은 놀랐다.

"당연하지, 그럼 어떻게 했겠나? 백 명이나 되는 기병들이 한 사람을 상대하러 왔단 말이야. 심지어 바로 뒤에는 예비 부대가 준비하고 있었어. 그래도 나는 하루 밤낮을 항복하지 않았지. 신관도 없는 폭탄으로 전 군대를 위협했어. 그런데 거기 있던 그룬카라는 계집애가 내 폭탄에 신관이 없다는 걸 일러바친 거야. 개 같은 계집."

"오호." 코푠킨은 그의 말을 믿었다. "자, 가세. 내가 갑옷을 들어 주겠네."

파신체프는 배에서 기어 나와 강가 모래 위로 나 있는 코푠킨의 정확한 발자국을 따라서 걷기 시작했다.

"자네, 두려워하지 말게." 코푠킨은 벌거벗은 파신체프를 안심시켰다. "자네가 옷을 스스로 벗어 던진 게 아니라, 그 반쯤은 백군이 다 된 놈들이 자넬 모욕한 걸세."

파신체프는 빈농들과 공산주의를 위해서 신발도 신지 않고 옷도 입지 않은 채 가고 있다고 생각해, 어떤 여자들과 마주친다고 해도 부끄럽지 않을 것 같았다.

그와 첫 번째로 마주친 여자는 클라브듀샤였다. 재빨리 파신체프의 몸을 훑어보고 나서 그녀는 흡사 타타르 여인처럼 머릿수건으로 눈을 가렸다.

'정말 끔찍하게도 시들어 버린 남자군.' 그녀는 그를 보며 생각했다. '게다가 점투성이에, 그래도 깨끗하고, 거친 면은 없네!' 그러고는 소리 내어 말했다.

"여기는 말이에요, 시민 여러분, 전선이 아니랍니다. 벌거벗고 다니는 건 전혀 예의에 맞지 않아요."

코푠킨은 저런 두꺼비 같은 여자의 말에 신경 쓸 필요 없다고 파신체프에게 말했다. 그녀는 부르주아며, 끝도 없이 뭔가를 바라고 있다고. 어떨 때는 짧은 솔이 필요하다고 했다가, 또 모스크바에 가고 싶다고 했다가, 그런데 이제 그녀 때문에 헐벗은 프롤레타리아에게 통로조차 없다니. 그래도 파신체프는 자신이 어느 정도 부끄럽게 여겨져, 몸 대부분은 노출되어 있었지만, 가슴막이 갑옷을 입고 투구를 썼다.

"이렇게 하는 게 더 낫겠어." 그는 단언했다. "아마도 새로운 정부 정책을 위한 유니폼이라고 생각할지도 몰라."

"무슨 소리야?" 코푠킨은 그를 바라보았다. "자넨 이제 옷을 거의 다 입고 있는 거나 마찬가지야. 그런데 철로 된 갑옷이라 좀 추울지도 모르겠군!"

"체온으로 따뜻하게 덥혀질 걸세. 안에는 피가 흐르고 있지 않은가!"

"그래, 내 안에도 흐르고 있지!" 코푠킨도 이것을 느꼈다.

갑옷의 쇠붙이는 파신체프의 몸을 차갑게 식히지 않았다. 체벤구르는 따뜻했기 때문이다. 그리고 사람들이 골목마다, 옮겨진 집들 사이에 줄지어 앉아서 서로서로 크지 않은 목소리로 이야기를 나누고 있었으며, 햇빛뿐만 아니라 그 사람들에게서도 따스함과 호흡이 흘러나왔기 때문이다. 파신체프와 코푠킨은 계속되는 무더위 속을 지나갔다. 밀집한 집들과 태양의 열기, 그리고 사람들의 흥분된 냄새는 뭔가 그들의 삶을 솜이불 아래의 노곤한 잠과도 유사하게 만들어 주었다.

"왜 그런지 잠이 오는군. 자네는 어때?" 코푠킨이 파신체프에게 물었다.

"나는 그냥 그렇군!" 자기 상태가 어떤지 이해하지 못하고 파신체프가 대답했다.

처음 코푠킨이 이곳에 왔을 때 묵었던, 벽돌로 된 움직이지 않는 건물 근처에 피유샤가 홀로 외롭게 앉아서 모든 사람을 막연하게 바라보았다.

"말 좀 들어 보게, 피유샤 동지!" 코푠킨이 그에게 말을 건넸다. "지금 체벤구르 전체를 정찰하러 가야겠네. 자네가 우리에게 길을 좀 안내해 주게!"

"그럽시다." 자리에서 일어나지도 않은 채 피유샤는 동의했다.

파신체프는 건물 안으로 들어가 오래된 군복 외투를 바닥에서 집어 들었는데, 1914년식 외투였다. 그 외투는 키 큰 사람을 위한 것으로, 파신체프의 몸 전체를 금방 감싸 주었다.

"이제, 자네는 일반 시민하고 똑같이 옷을 입고 있군!" 코푠킨이 평가를 내렸다. "그 대신 이젠 진짜 자네 같지 않아."

세 사람은 체벤구르 건축물들의 따스함 사이로, 먼 곳을 향해 출발했다. 길의 중간에, 그리고 텅 빈 장소들에는 시들어 가는 나무들이 슬프게 서 있었다. 벌써 몇 번이나 그것들을 어깨에 져 나르고 장소를 옮겨 심어, 태양과 비가 충분한데도 나무들은 약해져 있었다.

"자네, 이게 바로 이곳의 현실이야!" 코푠킨은 시들어 가는 나무들을 가리켰다. "악마들, 자기들에겐 공산주의를 건설해 놓고, 나무들에겐 공산주의를 줄 필요가 없다고 생각했단 말이지!"

공터에 가끔씩 보이는, 그곳 출신이 아닌 아이들은 공기와 자유 덕분에, 그리고 매일의 훈육이 없기 때문에 살이 쪄 있었다. 하지만 어른들이 체벤구르에서 어떻게 사는지는 불분명했다. 왜냐하면 코푠킨은 그들에게서 그 어떤 새로운 감정도 느낄 수 없었기 때문이다. 멀리서 보면 그들은 제국주의로부터 휴가 나온 사람들 같았다. 하지만 그들의 안에 무엇이 있고, 그들 사이에 무엇이 존재하는지에 대해서, 바로 거기에 대해서 코푠킨은 그 어떤 사실도 알지 못했다. 좋은 기분이라는 것은 딱히 공산주의를 의미하지는 않는, 인간 육체에서 피의 따스한 증발일 따름이라고 코푠킨은 여겼다.

혁명위원회가 위치하고 있는 교회 공동묘지 근처에는 땅이 내려

앉아 길게 움푹 파인 곳이 있었다.

"저기 부르주아들이 누워 있소." 피유샤가 말했다. "일본 사람과 나는 부르주아들을 영혼까지 다 죽여 버렸지."

코푠킨은 무덤의 움푹 파인 흙을 만족스럽게 발로 밟아 보았다.

"그럼, 자네는 당연히 그렇게 해야만 했지!" 그가 말했다.

"이 일은 피해 갈 수 없었지요." 피유샤는 그 사실을 정당화했다. "우리에게는 살아야 하는 필연성이 도래했으니까요……."

파신체프는 무덤을 제대로 다지지 않은 것에 마음이 상했다. 무덤을 다져서 평평하게 만들고, 오래된 정원의 나무들을 이리로 옮겨 와서 심어 주었더라면, 나무들은 자본주의의 잔재를 땅으로부터 빨아들여, 그것을 사회주의의 푸름으로 바꾸어 주었을지도 모른다. 피유샤도 무덤을 다져 주는 것이 보다 중요한 조치라 생각했지만, 일을 완수하지 못한 이유는 긴급상황위원회 의장 자리에서 그를 즉시 경질시키라는 명령이 현청에서 떨어졌기 때문이다. 그는 이 일을 별로 기분 나빠하지 않았다. 소비에트 관청에서 근무하기 위해서는 자기 같은 사람이 아니라, 교육받은 사람들이 필요하며, 그곳에는 부르주아라도 유용하리라는 사실을 알고 있었다. 그런 의식 덕분에 피유샤는 혁명의 직위에서 해제되고 나서도 혁명을 자신보다 더 지혜로운 것으로 영원히 인식하고 있었으며, 체벤구르 인민 대중의 무리에서 조용히 살아가고 있었다. 무엇보다도 피유샤를 놀라게 한 것은 사무실과 뭔가 많이 적혀 있는 서류들이었다. 그것들을 보면 그는 곧바로 말을 멈추었으며, 우울하게 몸 전체가 연약해지면서 사유의 검은 마법과 문자의 막강한 힘을 느꼈다. 피유샤가 의장으로 있었을 때 체벤구르 긴급상황위원회는 도시의 녹지에 위치하고 있었다. 그는 자본가들을 제재하는 데 서류 대신 모든 민중이 눈으로 볼 수 있도록 명확한 조치를 도입했다. 그는 체포된 지주들을 소작농들 스스로 죽이도록 제안했으며, 곧바로 그렇게 실행되었다. 이제, 체벤구르에 공산주의가 이미 결정적으로 발전된 상태에서는, 체푸르니의 개인적 결론에 의하면, 긴급상황위원회는 영원히 폐쇄되어야 하며, 위원회가 있던 녹지로 집들을 옮겨 오는 것이 더 나으리라는 것이었다.

코푠킨은 나무도 없고, 봉분도 없으며, 기억도 없는 부르주아들의 공동묘지 위에서 생각에 잠겼다. 먼 곳에 있는 로자 룩셈부르크의 무덤이 나무도, 봉분도, 그리고 영원한 기억도 가지도록 하기 위해서 이 모든 일이 행해진 것이라고 어렴풋이 여겨졌다. 그렇지만 부르주아들의 무덤이 완전히 평평하게 평지로 다져지지 않은 것 하나는 전혀 코푠킨의 마음에 들지 않았다.

"자네는 부르주아들의 영혼까지 다 죽여 버렸다고 말했지?" 코푠킨은 의심스레 물었다. "긴급상황위원회에서 바로 그것 때문에 자네를 해고한 걸세. 자네들이 부르주아들을 처음 제거할 때, 전부, 완전히 죽을 때까지 때리지 않았다는 뜻이니까! 게다가 여기 무덤도 제대로 다져 넣지 않았군!"

하지만 이것은 분명 코푠킨이 잘못 알고 있는 것이었다. 체벤구르에서는 부르주아들을 완전히, 정확하게 학살했으며, 심지어 관 속에서의 삶조차 안온하지 못할 정도로, 육신을 총살하고 나서 부르주아의 영혼까지 총살하도록 했던 것이다.

체벤구르에서의 짧은 생활 이후, 체푸르니는 이 도시에 프티부르주아들이 빽빽이 존재한다는 사실에 심장이 아프기 시작했다. 그러자 그는 온몸으로 고뇌했다. 체벤구르에 공산주의를 위한 대지는 너무나 협소했으며, 또 사유 재산과 그 재산을 소유한 사람들이 더럽혔던 것이다. 살아 있는 근거지로 즉시 공산주의를 옮길 필요가 있었지만, 예로부터 내려오던 거주지는 밀랍 냄새를 풍기는 이상한 자들이 차지하고 있었다. 체푸르니는 일부러 들판으로 나가서 신선한 열린 장소를 바라보았다. 차라리 바로 저기서 공산주의를 시작하는 것이 옳지 않을까? 하지만 그렇게 할 수 없었다. 그러면 억압받은 노동자들의 손으로 만들어진 체벤구르의 건물들과 세간들이 프롤레타리아와 빈농들에게서 사라져야 하기 때문이었다. 그는 하느님의 재림이 체벤구르의 부르주아들을 얼마나 지치게 하는지 알았고 또 보았기에, 개인적으로 그에 반대할 어떤 근거도 갖고 있지 않았다. 체푸르니는 두 달 동안 혁명위원회 의장직을 수행하면서, 부르주아들은 살아가고 있는데 공산주의는 존재하지 않는다는 사실에 대해서 생각하기 시작했다. 그리고 현청의 공람 문서에서 말하는 것처럼, 일련의 순차적이고 점진적인 단계들이 미래로 나아가고 있다고 하지만, 체푸르니는 바로 이것이 인민대중을 기만하는 것 아닌가 의심했다.

우선 그는 위원회를 소집했는데, 위원회는 체푸르니에게 하느님의 '재림'의 필연성에 대해서 이야기했다. 체푸르니는 일단 그때 침묵했지만, 이 부르주아의 잔재를 남겨 두기로 비밀스럽게 결정했다. 이는 전 세계적 혁명이 해야 할 일이 뭐라도 남아 있어야 하기 때문이었다. 하지만 체푸르니는 결국 그들을 깨끗이 제거하기를 원해, 비상위원회 의장인 피유샤를 소환했다.

"저 억압적 요소들로부터 도시를 깨끗이 청소해 주게나!" 체푸르니는 이렇게 명령했다.

"알겠습니다." 피유사는 그 말에 동의했다. 그는 체벤구르의 모든 거주자를 죽여 버리기를 원했으며, 체푸르니는 안심해서 그 말에 동의했다.

"자네는 아마 이해하겠지. 이렇게 하는 게 그들에게도 더 좋은 일이야!" 그는 피유샤를 설득했다. "그렇지 않으면 이 전환기에 전

민중이 죽게 될 거야. 그리고 또 하나는, 부르주아들은 어차피 지금 인간이 아닌 거야. 인간이 어떻게 원숭이에게서 생겨났는지 전에 읽은 적이 있어. 그러니 그들을 죽이는 것은 원숭이를 죽이는 것과 같은 거야. 또 이걸 기억하게, 일단 지금 말일세. 프롤레타리아들이 존재하는데, 도대체 왜 부르주아가 있는가 말이야? 이건 정말 아름답지 않아."

피유샤는 마을 부르주아들과 개인적으로 아는 사이였다. 그는 체벤구르의 거리들과 집주인들의 외모를 분명하게 기억했다. 셰코토프, 코마긴, 피흘레르, 즈노빌린, 샤포프, 자빈 두바일로, 페레크루트첸코, 슈슈칼로프, 그리고 그들의 모든 이웃들이었다. 게다가 피유샤는 그들의 생활 방식과 생계를 꾸려 가는 방식을 알고 있었으며, 무기를 쓰지 않고 맨손으로 그들 중 누구라도 죽이는 것에 동의했다. 비상위원회 의장으로 임명받은 그날부터 피유샤는 정신적 평온을 유지하지 못하고 항상 초조해 했다. 왜냐하면 프티부르주아들은 소비에트의 빵을 먹고, 소비에트의 집에서 살며(피유샤는 이전에 20년 동안 벽돌공으로 일했다), 말 없는 창녀처럼 혁명을 가로질러 누워 있었던 것이다. 그 부르주아들의 나이 든 얽은 얼굴이 참을성 많은 피유샤를 거리의 전사로 변화시켰다. 샤포프, 즈노빌린, 자빈 두바일로와 만났을 때 피유샤는 그들을 주먹으로 여러 번 후려갈겼다. 그들은 입을 꾹 다물고 모욕을 참아 내고, 화를 견디며, 앞으로는 괜찮아질 것이라는 희망을 가졌다. 다른 부르주아들은 피유샤의 눈에 띄지 않았는데, 피유샤는 일부러 그들의 집을 일일이 찾아가기를 원치 않았다. 왜냐하면 너무나 자주 초조하고 흥분해서 그의 영혼이 뜨거워졌기 때문이다.

하지만 읍 혁명위원회 서기 프로코피 드바노프*는 집집마다 찾아다니면서 출두하는 순서대로 부르주아들을 박멸하는 것에 동의하지 않았다. 그는 좀 더 이론적으로 정확히 일처리를 해야 한다고 말했다.

"그러면, 어떻게 하자는 말인가. 일단 공식화시켜서 정리해 보게!" 체푸르니가 드바노프에게 제안했다.

프로코피는 생각에 잠겨 사회혁명 당원적으로 숙고하는 자신의 머리카락을 뒤로 넘겼다.

"그들의 선입견에 근거하여!" 점차적으로 프로코피는 정리하기 시작했다.

"음, 느껴지는군!" 이해하지는 못하면서 체푸르니도 생각하려 애썼다.

"그리고 재림에 근거하여!" 프로코피는 정확하게 표현했다. "그들은 재림을 스스로 원하고 있어요. 그러니 이제 재림을 겪으라지요. 그러면 우리는 잘못이 없지요."

체푸르니는 그 말에 반대하며 비난하기 시작했다.

"어떻게 잘못이 없단 말인지, 말 좀 해 보게! 일단 우리가 혁명이라면, 전적으로 우리 잘못이란 말이지! 만약에 자네가 자신의 죄를 사하기 위해 그런 식으로 정리하려면 자네도 꺼져 버리게!"

프로코피는 모든 지혜로운 사람들이 그렇듯 냉혹했다.

"체푸르니 동지, 공식적으로 재림을 선언해야만 하는 필연성이 있습니다. 그리고 이러한 기초 위에 프롤레타리아 정착을 위한 도시 정화가 필수적이고요."

"글쎄, 그런데 여기서 우리가 재림을 행사해야 된단 말인가?" 체푸르니가 물었다.

"전체적으로 보자면, 그렇습니다! 다만 나중에 그들의 사유 재산을 분배해야지요. 사유 재산이 더 이상 우리를 억압하지 않도록 말입니다."

"재산은 자네가 가지게." 체푸르니가 지시했다. "프롤레타리아들이야 멀쩡한 손을 가지고 있는데, 이런 시기에 뭐 하러 부르주아들의 상자를 뒤지겠는가, 말 좀 해 보게! 자, 명령서를 쓰게나."

프로코피는 체벤구르의 부르주아를 위한 미래를 공식화했으며, 작성된 서류를 피유샤에게 넘겨주었다. 피유샤는 기억을 더듬어서 이 명령서에 자산가들의 성명 목록을 부기했다.

소비에트 권력은 부르주아들이 영원한 행복을 조직할 수 있는 장소로 별들과 천체로 설비된 끝없는 하늘을 제공한다고 적혀 있는 서류를 체푸르니가 읽었다. 지상에 관해서는, 즉 기본적인 건물들과 가정용 농기구 같은 것들은 아래에 남아서(이건 하늘과 교환하는 것으로) 프롤레타리아와 노동자 농민의 손에 온전히 남게 될 것이라고 기재되었다.

명령서 끝에는 조직화된 무통증적 순서에 따라 부르주아를 내세의 삶으로 인도해 줄 재림의 기한이 지정되어 있었다.

부르주아들이 교회 광장에 출두하는 시간은 목요일 자정으로 결정되었으며, 그렇게 명령한 근거는 현청 사무소의 기상 관련 보고서에 따른 것이었다.

프로코피는 오래전부터 현청 서류들의 거대하고 어두운 복잡함에 매혹을 느껴, 음탕한 미소를 지으면서 그 문구를 읍의 척도에 맞도록 바꿔 쓰고 있었다.

피유샤는 명령서에서 아무것도 이해하지 못했고, 체푸르니는 코담배 냄새를 맡으면서 프로코피가 재림을 바로 오늘, 월요일이 아니라 왜 목요일로 결정했는지, 그 한 가지에만 흥미를 느끼고 있었다.

"수요일은 금식일이니까요. 부르주아들이 더 조용히 준비할 겁니다!" 프로코피가 설명했다. "게다가 오늘과 내일은 흐린 날씨가 예상됩니다. 날씨에 대한 총괄 보고서가 제게 있거든요!"

"괜히 그놈들에게 특혜를 주는 거야." 체푸르니는 질책했지만, 재림을 앞당기도록 특별히 고집을 세우지는 않았다.

프로코피는 곧바로 클라브듀샤와 함께 재산이 있는 모든 시민의 집을 찾아다니면서, 그참에 부피가 작고 손에 쏙 들어오는 물건들을 몰수했다. 팔찌, 실크 스카프, 황제의 황금 메달, 여자들이 쓰는 가루분 같은 것들이었다. 클라브듀샤는 물건을 자기 가방에 쑤셔 넣었으며, 프로코피는 이런 식으로라도 소비에트 공화국의 수입이 더 늘어나기만 한다면, 앞으로 그들 생명이 더 연장될 것이라고 부르주아들에게 구두로 약속했다. 부르주아들은 마루에 서서 순종적으로 감사를 표했다. 목요일 밤까지 이 일로 너무 바빠, 프로코피는 재림을 토요일 밤으로 정하지 않은 것을 후회했다.

체푸르니는 프로코피에게 갑자기 많은 재물이 생긴 사실을 두려워하지 않았다. 재물은 프롤레타리아에게 달라붙을 수 없는 것으로, 스카프나 가루분 같은 것들은 의식을 위해 머리 위에서 흔적도 없이 소진되어 버릴 것이기 때문이었다.

목요일 밤, 교회 광장에는 벌써 어제부터 도착하기 시작한 체벤구르의 부르주아들이 자리를 잡고 있었다. 피유샤는 광장 부근을 붉은 군대 병사들로 포위하고, 부르주아들 사이사이에 몸집이 여윈 체키스트*들을 끼워 넣었다. 그가 작성한 목록에 따르면, 세 명의 부르주아만이 나타나지 않았다. 그들 중 두 명은 자기 집에 깔려 죽었으며, 세 번째 부르주아는 고령으로 죽었다. 피유샤는 즉시 체키스트 두 명을 보내 왜 집이 무너졌는지 조사했으며, 자신은 부르주아들을 엄격하게 정렬시켰다. 부르주아들은 비누와 수건, 속옷, 흰 빵, 가족 명부 등이 들어 있는 보따리와 상자를 챙겨서 들고 왔다. 피유샤는 특히 가족 명부에 집중적인 관심을 기울이면서, 한 사람씩 그들이 가져온 물건들을 자세히 살펴보았다.
"읽어 보게!" 그가 한 체키스트에게 부탁했다.
그 체키스트가 읽었다.
"하느님의 종인 예브도키야, 마르파, 피르스, 폴리트카르프, 바실리, 콘스탄틴, 마카르, 그리고 모든 친척의 영면에 대하여, 아그라피나, 마리야, 코시마, 이그나티, 표트르, 이이오안, 아나스타샤, 그리고 자제들을 포함한 모든 친척과 병든 안드레이의 건강에 대하여."
"자제들을 포함하여?" 피유샤가 다시 물었다.
"네, 그들도 포함해서요!" 체키스트가 확인했다.
붉은 군대가 만든 경계선 밖에는 부르주아의 아내들이 밤공기 속에 서서 흐느꼈다.
"이 앞잡이 같은 년들부터 치워 버려!" 피유샤가 명령했다. "이곳에 '자제들 포함'*은 필요 없다."
"그놈들도 죽여 버리는 게 낫겠습니다, 피유샤 동지!" 한 체키스트가 충고했다.
"뭐 하러, 이 사람아? 그들 중 중요 요인들은 벌써 다 처형했다네!"
무너진 집을 조사하러 갔던 두 명의 체키스트가 돌아와서 상황을 설명했다. 집은 천장에서부터 무너져 내렸는데, 다락방에다 소금과 밀가루 등을 너무 많이 숨겨 놓아 그런 것이었다. 밀가루와 소금은 재림이 닥쳤을 때 먹기 위해서, 좀 더 편안하게 재림을 기다리고, 살아남기 위해 부르주아들이 예비로 비축해 놓은 것이었다.
"아이고, 그러셨군!" 피유샤는 이렇게 말하고 자정을 기다리지도 않고 체키스트들을 정렬시켰다. "자, 이제 저놈들을 끝장내 버리게나, 여러분!" 그리고 가까이 있는 부르주아, 자빈 두바일로의 머리통에 직접 연발 권총을 발사했다. 그 부르주아의 머리에서는 조용히 김이 나기 시작했고, 그다음에는 머리카락 밖으로 촛농을 닮은, 원초적인 날것의 물질들이 쏟아져 나왔다. 하지만 두바일로는 쓰러지지 않고, 자기 보따리 위에 주저앉았다.

"여보, 내 목 좀 기저귀 끈으로 꽁꽁 묶어 주오!" 자빈 두바일로는 참을성 있게 겨우 말을 이었다. "거기서, 내 온 영혼이 흘러나오고 있소!" 그러고는 넓게 벌린 두 팔과 다리로 마치 남편이 아내를 안는 것처럼 보따리를 꼭 끌어안고 땅바닥으로 쓰러졌다.

체키스트들은 말 없는, 어제의 부르주아였던 자들을 연발 권총으로 쏘아 대기 시작했다. 그러자 부르주아들은 척추에 무리를 줄 정도로 뒤룩뒤룩 살찐 목을 비틀어 꼬아 대면서, 거북한 몸놀림으로 비스듬히 쓰러졌다. 그들은 우연한 장소에 총알이 박히고 그곳에 새살이 돋아나도록 하기 위해, 통증을 느끼기도 전에 벌써 다리에 힘을 잃고 주저앉았다.

부상당한 상인 샤포프는 빈곤해진 육신으로 땅 위에 누워, 자기 위로 고개를 숙인 체키스트에게 부탁했다.

"착한 양반, 나를 숨 좀 쉬게 해 주시오. 괴롭히지는 말고. 제발 마지막 작별이라도 하도록 내 아내를 좀 불러 주시오! 아니면, 당신 손이라도 좀 주오. 제발 멀리 가지 말고, 혼자 죽기 끔찍해!"

체키스트는 그에게 손을 내밀려고 했다.

"잡아. 네놈은 마지막 말을 했군!"

그러나 샤포프는 그의 손을 기다리지 못하고 자신의 못다 한 생명을 우엉 잎에 전해 주려는 것처럼, 그것을 힘껏 쥐었다. 그는 영원한 작별의 말을 전하고자 했던, 아내에 대한 자신의 슬픔을 완전히 상실할 때까지도 식물을 놓지 않았다. 그런 후 그의 두 손은 더 이상의 우정을 필요로 하지 않고 땅바닥으로 떨어졌다. 체키스트는 이를 이해하고, 흥분하기 시작했다. 부르주아들은 몸속에 총알을 품고 있을 때는 마치 프롤레타리아처럼 동지애를 원하지만, 총알이 없을 때면 사유 재산만 사랑하는 족속들인 것이다.

피유샤는 자빈 두바일로를 밀쳤다.

"어디서 네 영혼이 흘러내리는가? 목에서? 그러면 그 영혼조차 지금 없애 버리겠다!"

피유샤는 두바일로의 목을 왼손으로 잡고, 좀 더 편하게 목을 틀어 쥔 다음, 목덜미 아래에 총구를 대고 눌렀다. 하지만 두바일로는 목이 계속 가려운지 나사 천으로 된 재킷 깃으로 목을 긁어 댔다.

"긁지 마라, 바보 같은 놈! 기다려, 내가 마구 긁어 주마!"

두바일로는 아직 살아 있었으며, 그를 두려워하지 않았다.

"내 머리를 자네 다리 사이에다 끼워서 꽉 좀 조여 주게. 내가 비명이라도 지르도록 말이야. 안 그러면 저기 마누라가 내 목소리도 못 들을 것 아닌가!"

피유샤는 이 부르주아의 육체를 마지막으로 느껴 보기 위해 그의 뺨에 주먹을 한 방 날렸다. 그러자 두바일로는 가련한 목소리로 비명을 질렀다.

"마셴카, 놈들이 때리고 있소!"

피유샤는 두바일로가 말을 길게 늘여 완전히 단어를 말할 때까지 기다렸다. 그 이후 그의 목에 총을 두 번 쏘고는, 뜨거워지고 건조한 자기 잇몸의 긴장을 풀었다.

프로코피는 이런 단독 살해 현장을 멀리서 살펴보면서 피유샤를 질책했다.

"공산주의자는 뒤에서 죽이지 않는 법이오, 피유샤 동지!"

피유샤는 모욕감에 금방 정신을 차렸다.

"드바노프 동지, 우리에겐 공산주의가 필요하지, 장교들의 영웅심리가 필요한 것이 아냐! 입 닥쳐, 안 그러면 네놈도 똑같이 하늘로 날려 버릴 테니! 온갖 더러운 놈들이 붉은 깃발로 입을 틀어막혀 봐야지. 그래야 텅 빈 곳이 금방 명예로 채워질 테니 말이야……. 내가 붉은 깃발 속에서 네놈 몸속 총알을 찾아 주마!"

그 자리에 나타난 체푸르니가 그들의 대화를 중지시켰다.

"대체 무슨 일인가, 말 좀 해 봐? 부르주아들이 아직도 지상에서 숨 쉬고 있는데, 자네들은 말로만 공산주의를 찾고 있는가!"

체푸르니와 피유샤는 죽은 부르주아들을 개별적으로 검사하기 위해 함께 갔다. 죽은 자들은 셋씩, 다섯씩, 또는 더 많이 무더기로 쌓여 쓰러져 있었다. 아마도 비록 육신의 일부나마 마지막 헤어지는 순간 서로 가까워지고자 한 것 같았다.

체푸르니는 흡사 기계공들이 베어링 온도를 재 보듯이, 손등으로 부르주아들의 목을 검사했다. 그는 모든 부르주아가 아직도 살아 있는 것처럼 여겨졌다.

"두바일로 놈의 목에서 영혼까지 추가로 제거해 버렸소!" 피유샤가 말했다.

"잘했네. 영혼은 바로 목에 있지 않는가!" 체푸르니는 기억해 냈다. "자네 왜 카데트* 놈들이 우리를 목매달아 죽이는지 아는가? 바로 같은 이유야. 영혼을 밧줄과 함께 태워 버리는 거지. 그래야 정말로, 완전히 죽는다니까! 안 그러면 죽지 않고 꾸물거리거든. 사실, 사람을 죽이는 건 어려운 일이지!"

피유샤와 체푸르니는 모든 부르주아를 살펴봤지만, 그들의 최종적 죽음에 대해서는 확신할 수 없었다. 그들 중 몇은 흡사 숨을 쉬고 있는 듯 여겨졌으며, 또 다른 몇 명은 밤중에 기어 나와 피유샤나 다른 프롤레타리아들의 덕으로 계속 살아가기 위해, 약간 눈만 감고 죽은 척하고 있는 듯 보이기도 했다. 체푸르니와 피유샤는 부르주아들의 생명이 지속되는 것을 추가로 차단해 버리기로 했다. 그들은 연발 권총을 장전하고 나서, 쓰러져 있는 각각의 유산자들에게, 총알이 옆구리에서 목으로 순간적으로 관통하도록 다시 총을 쏘았다.

"이제야 우리 과업이 편안해졌군!" 일을 마치자 체푸르니가 말했다. "어쨌든 죽은 자보다 더 불쌍한 프롤레타리아는 세상에 없을 테니까."

"이제 확실히 그렇소." 피유샤는 만족했다. "이제 붉은 군대를 해산시키러 가야겠군요."

붉은 군대 병사들은 귀대했지만, 체키스트들은 체벤구르 과거 주민인 부르주아들을 위한 공동 무덤을 만들어 주기 위해 남았다. 아침 여명이 밝아 올 즈음 체키스트들은 일을 마치고 모든 죽은 자들을 그들의 보따리와 함께 구덩이로 집어 던졌다. 죽은 자들의 아내들은 가까이 다가오지 못하고, 저 멀리서 땅 파는 작업이 끝나기만을 기다렸다. 체키스트들이 봉분을 만들지 않으려고, 여명이 밝아 오는 텅 빈 광장에 남은 흙을 흩뿌리고 나서, 삽을 꽂아 두고 담배를 피우기 시작했을 때에야, 죽은 부르주아들의 아내들은 체벤구르의 거리 여기저기에서 그들을 향해 뛰어나왔다.

"곡을 하시오!" 체키스트들은 그들에게 이렇게 말하고, 지쳐서 잠을 자러 떠났다.

아내들은 평평하고 흔적도 없는 무덤의 흙덩어리 위에 몸을 던져 슬퍼하려 했다. 하지만 아내들은 밤이 지나는 동안 냉담해졌고, 슬픔을 이미 견뎌 내 더 이상 울 수 없었다.

체벤구르에서 어떤 일이 있었는지 알고 난 후, 코폰킨은 당분간 아무도 벌하지 않고 알렉산드르 드바노프가 올 때까지 기다리기로 결심했다. 게다가 루이는 지금 편지를 가지고 열심히 길을 가고 있을 것이다.

루이는 정말로 많은 지역을 걸어갔으며, 자신은 온전하고 배부르며 행복한 사람이라고 느끼고 있었다. 배가 고파지면 그는 오두막에 들어가 여주인에게 이렇게 말했다. "아줌마, 닭이나 한 마리 잡아 주슈. 난 좀 피곤한 사람이외다." 만약에 여주인이 닭을 아까워하면 루이는 그녀와 이별하고, 인간의 가련한 노동에 의해서가 아니라, 태양에 의해 자라나는 전호(前胡)를 뜯어 먹으면서 스텝을 따라 자기 길을 갔다. 루이는 결코 구걸하거나 훔치는 법이 없었다. 오랫동안 아무것도 먹을 수 없는 경우가 지속되더라도, 그는 언젠가 어떻게든 마음껏 먹을 날이 오리라는 것을 알고 있었으며, 배고픔 때문에 아프지도 않았다.

오늘 루이는 벽돌로 된 어느 헛간의 구덩이에서 밤을 보냈다. 현청 소재지까지는 잘 포장된 길로 40베르스타만 남았다. 루이는 이 정도는 별것 아니라고 여겨 잠이 깨고 나서도 오랫동안 꾸물거렸다. 그는 담배를 어떻게 피울지 누운 채로 생각에 잠겼다. 담배는 있지만, 종이가 없었던 것이다. 공문서들은 이미 오래전에 담배를 말아 피워 버려 남아 있는 종이라고는 코픈킨이 드바노프에게 보내는 편지 한 장뿐이었다. 루이는 편지를 꺼내 손으로 편 다음, 다 외워서 기억해 두기 위해 편지를 두 번 읽고는 편지 종이를 잘라서 담배 마는 종이를 열 장이나 만들었다.

"내 목소리로 편지 내용을 이야기해 주지 뭐. 그렇게 하는 게 더 매끄러울 거야!" 루이는 스스로를 논리적으로 설복했다. "물론 그렇겠지! 안 그럼 어떡하겠어?"

담배를 다 피우고 난 루이는 큰 도로로 나가 포장도로 옆의 부드러운 흙을 따라 걸으면서 도시 쪽으로 걸어가기 시작했다. 높은 곳에서, 먼 곳의 흐릿한 구름 속에서, 두 개의 깨끗한 강 사이의 분수령으로부터 오래된 도시가 보였다. 도시에는 탑이 있고, 발코니, 교회, 학교와 재판소, 관공서의 길쭉한 건물들이 있었다. 바로 이 도시에서는 오래전부터 사람들이 살았으며, 다른 사람들이 사는 것을 방해해 왔다는 것을 루이는 알고 있었다. 도시의 옆, 그 변두리에는 태양이 밀을 생산하는 데 도움을 줄 수 있도록, 농기계와 농구를 만드는 공장의 굴뚝 네 개가 연기를 내뿜고 있었다. 루이는 굴뚝의 먼 연기와 조용한 풀들을 낳아 주는 들판 깊은 곳으로 달려가는 기관차의 경적 소리가 마음에 들었다.

만약 이 현청 소재지가 페트로그라드와 발틱 해변으로 가는 길 가운데 위치하지 않았더라면 그는 아마도 이곳을 그냥 지나쳤을 것이며, 편지도 전하지 않았을지 모른다. 바로 그 발틱의 해변으로부터, 혁명의 텅 빈 평원의 추위로부터, 따스한 부르주아 나라들을 점령하기 위해 바다의 어둠 속으로 배들이 떠나갔던 것이다.

바로 그 시각, 고프네르는 도시 언덕에서 내려와 폴니 아이다르 강으로 가 스텝을 통해 식량을 생산하는 마을들을 서로 이어 주는 포장도로를 바라보았다. 바로 그 길을 따라서, 여기서는 보이지 않지만 루이가 오며, 차가운 바다에서의 발틱 함대를 꿈꾸고 있었던 것이다. 고프네르는 다리를 건너가서 낚시를 하기 위해 다른 쪽 강변에 자리를 잡고 앉았다. 그는 괴로워하는 산 지렁이를 낚싯바늘에 끼운 다음, 낚싯대를 강으로 던져 넣고 흘러가는 강의 고요한 흔들림을 바라보기 시작했다. 물의 냉기와 축축한 풀의 냄새는 고프네르의 호흡과 사유를 자극했다. 그는 강의 이야기를 들었으며, 평화로운 삶과, 강은 흘러가고 있지만 자신은 갈 수 없는 저 지평선 너머 땅의 행복에 대해서 생각했다. 그러자 사색적인 고요가 점차 잠으로 옮겨 가면서, 그는 점점 건조한 머리를 축축한 풀에 대고 잠들기 시작했다. 낚싯바늘에 작은 물고기가, 아직 어린 물고기가 걸렸다. 네 시간 동안 물고기는 깊고 자유로운 물속으로 돌아가려 했다. 그러자 낚싯바늘이 꽂힌 아가미의 피가 지렁이 피가 흐르는 체액과 뒤섞였다. 물고기는 움직이기에 지쳐 힘을 내기 위해 지렁이 조각을 삼켰으며, 그 후 입술 연골에 꽂힌 낚싯바늘을 뱉어 내기 위해 자기를 찌르는 날카로운 철심과 다시 사투를 벌였다.

포장된 제방 높은 곳 강변에 어떤 여위고 지친 사람이 잠들어 있고, 그의 다리 옆에서 낚싯대가 저절로 흔들리는 것을 루이는 보았다. 루이는 다가가 낚싯바늘에서 물고기를 빼냈다. 물고기는 루이의 손에서 조용해졌으며, 아가미를 벌리고 피로와 사투 때문에 죽어 가기 시작했다.

“동지!” 루이는 잠든 사람에게 말을 걸었다. “물고기 받으시오! 완전히 잠이 들었군!”

고프네르는 핏발 선 눈을 번쩍 뜨고는 자기 앞에 나타난 사람이 누군지 생각해 내려 했다. 행인은 담배를 피우려 잠시 자리에 앉아서 맞은편에 보이는 도시의 건축물을 바라보았다.

“꿈속에서 뭔가 본 것 같은데, 끝이 안 난 것 같아.” 고프네르가 말했다. “잠을 깨 보니 마치 꿈이 현실이 된 것처럼 자네가 내 앞에 서 있었다네…….”

고프네르는 자신의 수염이 자라난 배고픈 목을 긁고 나서 뭔지 모를 우울함을 느꼈다. 꿈속에서 그의 훌륭한 사유가 죽어 버렸으며, 심지어 강조차 그것이 무엇인지 기억하지 못했던 것이다.

“자네가 날 깨우다니, 아이고 젠장.” 고프네르는 화를 냈다. “또 지루해지겠군!”

“강물이 흐르고, 바람이 불고, 물고기는 헤엄을 치는데…….” 말을 길게 끌면서, 루이는 평온하게 말하기 시작했다. "그런데 당신은 앉아서 슬픔 때문에 녹슬고 있구려! 당신도 움직여 어디론가 떠나시오. 그러면 당신 안에서 바람이 생각을 깨워 줄 거고, 뭔가 알게 될 거요."

고프네르는 대답하지 않았다. 뭣 때문에 지나가는 행인들에게마다 자기가 공산주의에 대해 뭘 이해하는지 대답해 줘야 한단 말인가?

"그런데 알렉산드르 드바노프 동지가 어디 사는지 들어 본 적 없소?" 루이는 자신의 일을 잊지 않고 그에게 물어보았다.

고프네르는 루이가 준 물고기를 받아서 다시 물에 던져 넣었다. "아마도, 다시 숨을 쉬게 될지도 몰라!" 그가 설명했다.

"이제 더 이상 살지 못할 거요." 루이는 의혹을 품었다. "나는 그 동지를 직접 만나 봐야 되는데……."

"난 지금 그 사람을 보러 가긴 하지만, 자넨 왜 그 동지를 만나야 되는가?" 고프네르는 불분명하게 말을 이었다. "그 사람을 존경하기라도 하는가?"

"이름 하나로 존경하지는 않소, 그의 위업들을 나는 모르오! 우리 동지들이 말하기를, 그 사람이 체벤구르에 시급히 필요하다고……."

"그곳에서 무슨 일로 말인가?"

"코픈킨 동지가 쓰기를, 그곳에는 공산주의와 그리고 반대로……."

고프네르는 뭔가 대수선이 필요한 기계를 바라보듯이 탐색하는 눈길로 루이를 응시했다. 그는 자본주의라는 것이 루이 같은 사람들의 지혜를 허약하게 만들었음을 알았다.

"도대체 자네들은 자격 증명이나 의식이라는 것이 전혀 없군, 이런 젠장!" 고프네르는 말을 이었다. "도대체 어떤 공산주의가 만들어질 수 있는가?"

"우리에겐 아무것도 없소이다." 루이는 변명했다. "우리에게 남은 건 사람들뿐이라오. 그래서 우리는 동지애를 가지고 있소."

고프네르는 충분히 쉬고 난 후, 자기 안에 힘이 충만함을 느꼈으며, 짧게 생각하고 나서 말했다.

"그건 지혜로운 일이야, 젠장 맞을. 하지만 견고한 것은 아니지. 왜냐하면 절단할 때, 어떠한 예비분도 없이 만들었으니 말이야! 자네 내 말을 이해하는가? 아니면 자네 지금 공산주의로부터 도망쳐 나오는 중인가?"

루이는 체벤구르 주변에는 공산주의가 없으며, 단지 과도적 단계만이 있다는 것을 알고 있었다. 그는 도시를 단계로서의 언덕으로 보았다.

"당신은 단계에 살고 있군요." 그가 고프네르에게 말했다. "그래서 내가 달려가는 것처럼 보이는 거요. 하지만 나는 걸어가는 중이오. 그리고 나중에는 함대에 소속되어 부르주아 국가들로 항해해 갈 거요. 그들도 미래를 준비하도록 해야겠지. 공산주의는 사실 지금 내 몸속에 있소. 그래서 공산주의로부터 도망칠 수가 없소."

고프네르는 루이의 손을 더듬어, 그 손을 햇빛에 비춰 보았다. 손은 크고, 힘줄투성이였으며, 과거의 노동 때문에 아직 아물지 않은 상처들로, 모든 억압받은 자들의 모반(母斑)으로 덮여 있었다.

'아마도 진실일지 모른다!' 고프네르는 체벤구르에 대해 생각했다. '공기보다도 더 무거운 비행선이 날아다닐 수 있지 않은가, 젠장!'

루이는 드바노프가 지체하지 말고 체벤구르로 오도록, 그에게 코푠킨의 구두 편지를 전달해야 한다고 다시 한 번 말했다. 그렇지 않으면 그곳에서 공산주의는 약화될지 모르기 때문이었다. 고프네르는 그에게 희망을 주면서 자기가 살고 있는 거리를 가리켰다.

"저기 내 마누라한테 가 보게나. 일단 자네를 좀 먹고 마시게 해 줄 걸세. 나는 지금 신발을 좀 벗고 모래톱으로 가서 잉어라도 잡아 봐야겠어. 그 젠장 맞을 것들은, 저녁이 되어야 딱정벌레를 따라 나타나지……."

루이는 사람들과 빨리 헤어지는 것에 이미 익숙했다. 왜냐하면 끊임없이 다른 사람들, 그리고 더 나은 사람들을 만났기 때문이다. 어디서든 그는 자기 위로 보이는 하지나 동지의 빛을 알아차렸다. 그 빛으로부터 대지는 식량이 될 수 있는 풀들에게 영양을 주었으며, 동지애를 위한 사람들을 낳았다.

고프네르는 정원의 나무를 닮은 보행자 루이의 흔적을 따라가기로 결심했다. 루이의 몸에는 실제로 구성과 조직의 통일성이 없었으며, 여기저기 뻗은 가지나 목재의 끈적끈적한 재질을 지닌 채 그의 내부에서 자라난 몸의 각 부분과 수족들은 어딘지 모르게 일치하지 않았던 것이다.

루이는 다리에서 어디론가 사라졌으며, 고프네르는 좀 더 휴식을 취하기 위해 그곳에 누웠다. 그는 휴가 중이었으며, 일 년에 단 한 번 삶을 즐기는 중이었다. 하지만 곧 바람이 불기 시작해, 그날은 잉어가 더 이상 잡히지 않았다. 도시의 탑들로부터 구름 떼가 몰려오는 것이 보여, 고프네르는 집으로 돌아가야 했다. 하지만 아내와 한방에 앉아만 있는 것이 지루해서 그는 동지들 집으로 놀러 가기를 좋아했는데, 누구보다도 사샤와 자하르 파블로비치의 집에 가는 것을 좋아했다. 오늘도 그는 집으로 가는 도중에 그들의 목조 집에 들렀다.

자하르 파블로비치는 누워 있었으며, 사샤는 사람들로부터 낮설어진 자신의 건조한 손을 책 위에 꼭 올려놓은 채 책을 읽고 있었다.

"소문 들었소?" 고프네르는 자기가 일없이 놀러 온 것은 아니라는 것을 밝히듯 그들에게 서둘러 말했다. "체벤구르에 완전한 공산주의가 조직되었답니다!"

자하르 파블로비치는 규칙적으로 코 골던 소리를 멈추었다. 그는 잠을 늦추고 이야기에 귀를 기울였다. 알렉산드르는 신뢰를 담은 흥분으로, 말없이 고프네르를 바라보았다.

"뭘 그리 이상하게 쳐다보는가?" 고프네르는 말했다. "비행선도 날아다닌단 말이야, 젠장 맞을. 그게 공기보다 더 무거운데도 말이야! 그러니 공산주의라고 조직이 안 될 이유가 없지 않아?"

"양배추를 갉아 먹듯 항상 가장자리부터 혁명을 갉아 먹어 버리는 그 양을 그럼 어디로 보냈단 말인가?" 드바노프의 아버지가 물었다.

"이건 객관적인 조건들이에요." 알렉산드르가 설명했다. "아버지는 죄를 사하는 속죄양에 대해서 이야기하고 있는 겁니다."

"체벤구르에서는 그 속죄양을 잡아먹어 버렸소!" 흡사 목격자라도 되는 듯 고프네르가 알려 주었다. "이제 그들 스스로 자기 삶에서 죄인이 될 거요."

몇 센티미터밖에 안 되는 벽 뒤에서는 눈물을 흘뿌리면서 점점 더 크게 우는 한 남자가 있었다. 그가 모욕당한 머리로 탁자를 쿵쿵 치자, 맥주잔이 탁자 위에서 흔들렸다. 그곳에는 더 높은 직책을 얻지 못한 채, 철도 차고에서 계속 화부로만 일했던 어느 고독한 콤소몰*이 살고 있었다. 콤소몰은 어느 정도 흐느끼더니 나중에는 울음을 멈추고 코를 풀었다.

"악당 같은 놈들은 전부 자동차를 타고 다니고, 통통한 여배우들하고 결혼하는데, 왜 나는 혼자서 이렇게 살아야 한단 말이야!" 콤소몰은 자신의 우울한 분노를 내뱉었다. "내일 지역 공산당 위원회로 가서 사무소에서 일하게 해 달라고 해야겠다. 정치 상식도 다 알고, 심지어 전체적인 지도도 할 수 있는 사람이란 말이야! 그런데 나를 기관차 화부로 일하게 만들다니, 게다가 4급이 뭐야……. 나쁜 놈들, 사람 볼 줄을 몰라……."

자하르 파블로비치는 바람도 좀 쐬고 비가 내리는 것을 보기 위해 마당으로 나왔다. 지나가는 구름인지, 아니면 길게 내릴 비구름인지 확인하려는 것이었다. 길게 내릴 비였다. 밤새, 또는 최소한 하루는 계속될 비였다. 바람과 비에 흔들리는 마당의 나무들이 소리를 냈고, 울타리 너머 집들에서 집 지키는 개들이 짖어 댔다.

"바람 부는 것 좀 봐, 비도 오는군!" 자하르 파블로비치가 말했다. "그리고 아들은 또다시 내 곁을 떠나겠구나."

고프네르는 방에서 알렉산드르에게 체벤구르로 함께 가자고 권했다.

"우리는 그곳에서 전 공산주의를 한번 계측해 보도록 하지. 공산주의의 정확한 설계도를 만들어서, 이곳으로 돌아오면 어떨까. 그러면 지구의 6대주 어디서라도 공산주의를 쉽게 만들 수 있을 걸세. 일단 우리가 체벤구르에서 틀을 손에 넣을 수 있다면 말이야."

드바노프는 말없이 코픈킨과 그의 구두 편지에 대해서 생각에 잠겼다. '공산주의와 그리고 반대로'라니.

자하르 파블로비치는 이야기를 듣고 또 듣다가 이렇게 말했다.

"이것들 보게나. 노동하는 인간은 아주 연약한 바보라네. 그런데 공산주의는 결코 시시한 일이 아니야. 자네들의 체벤구르에서는 인간들의 완전한 관계가 필요하네. 과연 그곳에서 이 문제를 한 번에 해결할 수 있었을까?"

"못할 이유는 뭔가요?" 고프네르는 확신에 차서 반박했다. "지방에서도 권력이 뭔가 우연히, 아주 지혜로운 것을 생각해 낼 수 있단 말이죠. 그게 그런 식으로 체벤구르에서 이루어진 거죠, 젠장 맞을! 이게 뭐 그리 특별한 일이라도 되오?"

자하르 파블로비치는 그래도 적잖이 의심을 품었다.

"그렇다면 그렇겠지. 그래도 사람은 그렇게 만만한 물질이 아니란 말이야. 바보가 기관차를 달리게 할 수는 없어. 우리는 차르 시절도 살아 봤잖아. 자네 내 말이 무슨 소린지 알겠는가?"

"당연히 이해는 하지요, 이해해요." 고프네르는 인정했다. "하지만 그래도 뭐 그렇게 특별히 이상한 건 보이지 않는데요."

"자네에겐 안 보이지만, 나는 볼 수 있다네." 자하르 파블로비치는 의혹을 더 펼쳤다. "쇠붙이로는 뭐라도 내가 자네에게 만들어 줄 수 있다네. 그런데 사람으로 공산주의자를 만드는 것은, 어떻게도 힘든 일이야!"

"거기서 누가 공산주의자를 만들었답니까, 젠장. 그 사람들이 스스로 만들어진 거지요!" 고프네르는 자하르 파블로비치의 의견에 반대했다.

자하르 파블로비치는 이 말에 동의했다.

"그래, 그건 다른 문제야! 난 그냥 지방 권력이 거기서는 별 상관이 없단 말을 하고 싶었어. 물건에 대해서야 오히려 더 똑똑해질 수 있겠지만, 정부 권력에는 벌써 제일 똑똑한 인간들이 자릴 잡고 있지. 그래서 오히려 지혜에서 멀어진단 말일세! 인간이 만약 불행을 견디지 못하고 무쇠주전자처럼 금방 깨져 버린다면, 정부 권력이라는 것도 훌륭한 것이었을지 모르지!"

"그랬더라면 아버지, 아마 정부도 없었을 거예요." 알렉산드르가 말했다.

"그랬을 수도 있을 게다!" 자하르 파블로비치도 단언했다.

벽 뒤의 콤소몰이 자신의 분노를 완전히 가라앉히지 못한 채, 얼마나 고통스럽게 잠들었는지 들리는 듯했다. '나쁜 놈들.' 그는 이미 한풀 꺾인 채 한숨을 쉬면서, 말없이 무언가 중요한 것을 꿈속으로 보내 버린 듯했다. '네놈들은 쌍쌍이 침대에서 자고, 나는 혼자 벽돌 침대에서 자란 말인가! 포근한 잠자리에 누울 수 있도록 해 달란 말이야, 서기장 동지. 안 그러면 나는 이 험한 일만 하다가 자살할 것 같아……. 몇 년이나 세금을 내고 있는데, 내 몫도 좀 받아 보자고! 뭐가 문제야!'

밤은 차가워진 비 때문에 웅성거렸다. 알렉산드르는 거리의 물웅덩이와 시냇물을 때리는 무거운 빗방울 소리를 들었다. 자연의 이러한 은신처도 없는 습기에서 그를 위로해 준 한 가지는 물거품과 짚, 그리고 나막신에 관한 옛날이야기에 대한 기억이었다. 물거품과 짚 나막신은 언젠가 셋이서 이렇게 희망도 없고 출구도 없는 자연을 무사히 통과하고, 또 극복했던 것이다.

'주인공은 사실 물거품이지. 게다가 다른 하나는 여자도 아니고 심지어 짚이었지. 그리고 그들의 동지는 바로 버려진 나막신이었어. 그렇지만 그들은 사이좋게 논밭과 물구덩이를 지나갔지.' 어린 시절의 행복한 마음으로 무명의 나막신을 자신의 처지에 비유하면서, 드바노프는 자기 스스로에 대해 상상했다. '나에게도 물방울 동지와 짚 동지가 있었지. 그런데 왜 나는 그들을 버렸을까. 나는 나막신보다 못하구나.'

밤은 머나먼 스텝 목초지의 냄새가 났다. 거리 맞은편에는 관청 건물이 서 있었다. 그곳은 지금 혁명의 과업으로 지쳐 가고, 낮에는 병역 의무자의 점호가 시행되고 있었다. 고프네르는 신발을 벗고 드바노프의 집에서 그날 밤을 보내려고 남았지만, 아침이 되면 아내가 자신을 찾아다니리라는 것을 알았다. "어디서, 잠을 잔 거야, 어디 더 젊은 년이라도 찾았소?" 그러고는 장작으로 쇄골을 내리칠 것이다. 과연 여편네들이 동지애라는 것을 이해할 수나 있을까. 여자들은 아마 나무 자르는 톱으로 전 공산주의를 프티부르주아라는 조각조각으로 잘라 버릴 것이다!

"아이고, 젠장 맞을, 남자들이 필요로 하는 게 얼마나 많은지 아는가!" 고프네르는 한숨을 쉬었다. "한시도 편안히 있을 수가 없으니!"

"뭘 그리 투덜대나?" 자하르 파블로비치가 물었다.

"내 가정에 대해서 말하는 거요. 내 마누라로 말할 것 같으면 살아 있는 고기 1푸드, 그리고 프티부르주아 이데올로기 5푸드로 이루어져 있다오. 바로 그런 저항추가 내 집 안에 걸려 있단 말이오."

거리에는 비가 그쳐 가고, 물거품도 잦아들고, 땅에서는 깨끗이 씻긴 풀들과 차가운 물의 순수함, 열린 길의 신선한 냄새가 났다. 드바노프는 유감스러워하며 잠자리에 들었다. 그는 오늘을 헛되이 산 것 같은 느낌이 들었으며, 갑자기 찾아든 이 삶의 지루함 앞에서 부끄러운 생각이 들었다. 어제는 훨씬 나았다. 물론 어제 시골에서 올라온 소냐가 그의 집을 다녀갔기 때문이기도 했다. 그녀는 옛집에 남아 있던 자신의 물건들을 보따리에 싸 들고 어딘지 모르는 곳으로 떠나 버렸다. 그녀는 사샤의 방 창문을 두드리고, 손을 흔들어 안녕을 고했다. 그가 거리로 뛰어 나갔을 때 이미 그녀는 어디에도 보이지 않았다. 그래서 사샤는 어제 저녁때까지 그녀에 대해 생각하며, 그 생각 하나만으로 존재했지만, 지금은 왜 살아야 하는지를 잊어버려 잠들 수도 없었다.

고프네르는 이미 잠들었지만, 잠든 그의 호흡은 너무나 약하고 가련해, 드바노프는 그에게 가까이 다가가 보았다. 이 사람 안에서 생명이 끝나지 않을까 두려워질 정도였다. 드바노프는 아무렇게나 축 늘어진 고프네르의 손을 그의 가슴 위로 올려 주고, 다시 한 번 잠든 사람의 복잡하고도 부드러운 생명의 소리에 귀를 기울였다. 이 사람이 얼마나 연약하며, 보호받지 못하고, 또 다른 사람을 얼마나 잘 믿는지가 엿보였다. 하지만 그럼에도 불구하고 누군가 그를 때리고 괴롭히며, 속이고, 미워했을 것이다. 그래서 그는 이렇게 겨우겨우 살아 있는 것 같았으며, 그의 호흡은 꿈속에서 흡사 꺼져 드는 것 같았다. 아무도 잠든 사람을 쳐다보지 않는다. 하지만 잠든 사람들에게서만 진정한 사랑받는 얼굴이 나타날 수 있다. 현실에서는 인간의 얼굴이 기억이나 감각, 필요에 의해 왜곡되어 있다.

드바노프는 아무렇게나 놓여 있는 고프네르의 손을 편하게 고쳐 주고, 가까이에서, 상냥한 호기심을 지닌 채 역시 잠에 빠진 자하르 파블로비치를 바라보았다. 그러고는 잦아드는 바람 소리를 들으면서 내일이 올 때까지 잠자리에 누워 있었다. 아버지는 낮에도 그러하듯, 잠이 들어서도 건강하고 이성적으로 보였으며, 그렇기에 그의 얼굴은 밤에도 많이 변하지 않았다. 만약 그가 꿈을 꾸고 있다면 그것은 유익하거나 잠이 깨어 있을 때와 유사한 꿈이었지, 그 때문에 나중에 부끄럽거나 지루해지는 그런 꿈이 아니었다.

드바노프는 자기 몸을 완전히 느낄 때까지 몸을 움츠렸으며, 조용해졌다. 그러자 점차적으로 사라져 가는 피로처럼 드바노프 앞에 그의 어린 날이 나타났다. 무성하게 자라난 나날의 심연에서가 아니라, 침묵하는, 힘든, 자기 자신을 괴롭히는 육체의 심연에서였다. 어둑한 가을날 저녁, 흡사 간간이 떨어지는 눈물처럼 고향의 공동묘지에 비가 떨어졌다. 교회의 종지기가 종루에 올라가지 않고서도 종을 쳐서 시간을 알려 줄 수 있도록, 종에 길게 연결된 밧줄이 흔들거렸다. 나무들 위로 나지막이, 흡사 출산을 하고 난 시골의 여인네들을 닮은, 지치고 주름진 구름이 지나갔다. 아직 어린 사샤는 생부의 무덤 위로 소란스레 사각거리는 마지막 나뭇잎들 아래 서 있었다. 흙 봉분은 비 때문에 무너져 내렸으나, 행인들도 봉분을 다져 주지 않았고, 그 위로 흡사 매장된 아버지처럼, 역시 죽어 버린 나뭇잎들이 떨어져 내렸다. 사샤는 프로호르 아브라모비치가 먼 길 간다고 만들어 준 텅 빈 자루와 지팡이를 들고 서 있었다.

하지만 아버지와의 이별을 이해하지 못한 채, 언젠가 죽은 아버지의 수의 셔츠를 쓰다듬었던 것처럼, 소년은 무덤의 흙을 만져 보았다. 그러자 흡사 비에서 땀 냄새가, 무테보 호숫가에서 아버지의 따스한 품속에서 느꼈던 익숙한 생명의 냄새가 나는 것 같았다. 그 생명, 영원히 약속된 생명은 이제 되돌릴 수 없었으며, 소년은 이것이 농담인지, 아니면 울어야 할지 알지 못했다. 어린 사샤는 자기를 대신해서 아버지에게 지팡이를 남겨 주었다. 그는 지팡이를 무덤의 봉분 안에다 파묻었으며, 그 위로 얼마 전에 죽은 나뭇잎들을 덮어 두었다. 사샤는 그가 혼자 가는 것이 얼마나 고독하며, 자신이 항상, 어디에 있든지 아버지와 지팡이를 찾아서 이곳으로 돌아오리라는 것을 아버지가 알았으면 했다.

드바노프는 고통스러워졌으며, 아직도 자기 지팡이를 아버지에게서 찾아오지 않았다는 사실에 꿈속에서 울기 시작했다. 하지만 아버지는 배를 타고 떠났으며, 너무 오래 기다린 아들이 놀라는 것을 보고 미소를 지었다. 그의 쪽배는 바람이든, 뱃사공의 숨결이든 그 무엇에도 흔들렸으며, 특히 항상 힘든 아버지의 얼굴은 세상의 절반에 대한 짧지만 강렬한 연민을 나타냈다. 아마도 세상의 나머지 절반을 그는 알지 못했거나, 그곳에 대해서 알려고 속으로만 노력했을 수도 있으며, 아마도 그곳을 미워했을 것이다. 배에서 내린 아버지는 잔잔한 물결을 어루만졌으며, 풀들에게 해를 끼치지 않으려고 풀 위를 가만히 잡으며, 소년을 안았다. 그리고 흡사 자기 친구나 누구에게도 보이지 않고, 자신에게만 보이는 유일한 적을 물리치기 위해 함께 전투에 나가 주는 전우를 바라보듯 주변 가까운 세계를 응시했다.

"꼬맹이, 왜 우는 거냐?" 아버지가 말했다. "네 지팡이는 나무로 자라서, 이제는 저렇게 크단다. 네가 뽑아 가지도 못할 거야!"

"그럼, 어떻게 내가 체벤구르로 갈 수 있어요?" 소년이 물었다. "그냥 가면 외로울 텐데……."

아버지는 풀 위에 앉아서 조용히 호수의 저편을 바라보았다. 이번에는 아들을 안아 주지 않았다.

"외로워하지 마." 아버지가 말했다. "그리고 얘야, 여기 누워 있으면 나도 적적하단다. 체벤구르에 가서 뭐라도 하렴. 왜 우리가 죽은 채로 여기 누워만 있어야 한단 말이니……."

사샤는 체벤구르로 떠나기 싫어 아버지에게 가까이 가서 그의 무릎을 베고 누웠다. 아버지도 이별 때문에 울기 시작했으며, 나중에는 소년이 자신을 영원히 고독하다고 느끼고 흐느낄 정도로, 슬픔에 잠겨 아들을 세게 끌어안았다. 사샤는 그러고도 오랫동안 아버지의 셔츠 자락을 쥐고 있었다. 이미 태양이 숲 위로 떠올랐으며, 숲 뒤로 저 멀리 낯선 체벤구르가 살고 있었다. 그리고 숲의 새들은 물을 마시러 호수로 날아왔으며, 아버지는 다시 떠오르는 또 다른 하루를 관찰하면서 여전히 앉아 있었고, 소년은 그의 무릎에서 잠들었다. 그러자 아버지는 아들이 흘린 눈물이 마르도록 소년의 얼굴을 태양 쪽으로 돌려 주었지만, 태양이 소년의 감긴 눈을 간질여서, 그는 잠이 깨고 말았다.

고프네르는 다리에 다 찢어진 각반을 채우고, 자하르 파블로비치는 일터로 갈 준비를 하면서 담배쌈지에 담배를 채워 넣었다. 집들 위로는 흡사 숲 위에서와 마찬가지로 태양이 떠올랐으며, 햇빛은 눈물 젖은 드바노프의 얼굴을 비추었다. 자하르 파블로비치는 담배를 말아 넣고, 빵 한 조각과 감자 두 개를 챙기고 나서 말했다. "자, 나는 이제 일하러 가네. 잘들 있어." 드바노프는 자하르 파블로비치의 무릎과, 흡사 숲 속의 새들처럼 날아다니는 파리를 바라보았다.

"자네, 어쩔 건가, 체벤구르로 가겠나?" 고프네르가 물었다.

"갈 겁니다. 당신은요?"

"내가 자네보다 못한 게 뭔가, 나도 갈 걸세."

"그럼 일은 어떻게 하시고요? 그만두실 겁니까?"

"그럼, 안 될 거 있나? 마지막 월급을 받기만 하면 끝이야. 지금은 공산주의가 노동 규율보다 더 소중하니까, 이런 젠장 맞을. 아니면, 자네 생각엔 내가 공산당원이 아니라는 건가?"

드바노프는 고프네르에게 그의 아내에 대해서 또 물어보았다. 그녀가 고프네르 없이 뭘 먹고 살아갈 수 있을까? 여기서 고프네르는 가볍고 짧게 생각했다.

'그녀는 해바라기 씨만 먹고도 살 수 있어. 뭐가 많이 필요한가? 나와 아내 사이에는 사랑이 없어. 그냥, 사실만 있지. 프롤레타리아들도 사랑에서가 아니라 사실에서 태어나는 거야.'

고프네르는 그가 체벤구르로 가는 데 가장 힘을 북돋아 주는 것이 무엇인지 말하지 않았다. 그는 아내가 해바라기 씨로 연명하도록 하기 위해서 가는 것이 아니라, 체벤구르의 예를 따라 현의 전 지역에 공산주의가 조직되었으면 하는 마음에서 가는 것이었다. 그러면 공산주의는 아마도 아내가 저 기타의 필요 없는 사람들과 더불어 노년에는 배부르게 먹고살 수 있도록 보장해 줄 것이다. 그리고 그때까지는 아마도 어떻게 해서든 견뎌 낼 수 있을 것이다. 만약에 영원토록 일만 해야 한다면, 이 일만 가지고는 끝도 없을 것이고, 더 나아지는 것도 없을 것이다. 고프네르는 이미 25년이나 거절하지 않고 열심히 일해 왔지만, 이것이 그의 생활을 나아지게 해 주지는 못했으며 똑같은 생활이 계속되고, 결국 헛되이 시간 낭비만 한 셈이 된 것이다. 음식도, 옷도, 정신적 행복도, 그 무엇도 더 증가하지 않았다는 것은, 즉 이제 사람들에게는 노동이 아니라 공산주의가 필요하다는 것을 의미했다. 게다가 아내는 아마도 자하르 파블로비치에게 도움을 청할 수 있을 것이며, 그는 프롤레타리아 여인에게 빵 한 조각 주는 것을 거절할 사람이 아니었다. 순종적인 노동자들 역시 필수적이다. 왜냐하면 공산주의가 아직 효력을 발휘하지 않았던 그때, 하지만 빵과 가정의 불행, 여자들의 추가적인 위안이 필요했던 그때에도 그들은 쉬지 않고 일했기 때문이다.

코푠킨은 하루 밤낮을 체벤구르에서 옷을 벗고 지냈는데, 나중에는 이 도시에서 공산주의를 느끼지 못해 여기에 머물러 있는 것이 피로해졌다. 알고 보니 체푸르니도 부르주아들을 다 파묻어 버리고 나자, 처음에는 행복하려면 어떻게 살아야 할지 알 수 없어서, 먼 곳에서, 살아 있는 풀과 고독 속에서 공산주의를 미리 느껴 보기 위해 먼 초원으로 떠났었다. 이틀 동안 사람 없는 초원에서 자연의 반혁명적 관용을 관조한 후 체푸르니는 우울하게 슬퍼했으며, 카를 마르크스의 지혜에 주목했다. 그의 저서는 거대한 책으로, 그 안에는 모든 것이 써 있을 것이라고 그는 생각했다. 그리고 체푸르니는 심지어 세계가 성기게 건설되어 있다는 사실에도 놀랐다. 집들이나 사람들보다는 스텝이 더 많았으며, 세계와 사람들에 대해서 생각된 말들이 그토록 많다는 것에도 놀랐다.

하지만 그는 이 책의 낭송회를 조직했다. 프로코피는 그에게 책을 읽어 주었고, 체푸르니는 머리를 숙이고, 때때로 프로코피가 목이 아프지 않도록 그에게 크바스를 부어 주면서, 주의 깊은 지혜로 그가 읽어 주는 것을 들었다. 책을 읽고 나서도 체푸르니는 아무것도 이해할 수 없었다. 하지만 그는 왠지 더 편안해졌다.

"공식화해서 정리해 보게, 프로슈." 그는 온화하게 말했다. "나는 지금 뭔가를 느끼고 있다네."

프로코피는 자신의 지혜를 뽐내면서 단순하게 정리했다.

"제가 추측하기에, 체푸르니 동지, 한 가지는……."

"자네는 추측하지 말게. 자네는 저 악당 계급의 잔재들을 제거하는 결정을 내려 주면 되네."

"제가 추측하기에 우선 첫 번째로, 카를 마르크스의 책에는 잔당 계급들에 대해서는 아무 말이 없습니다. 그러니, 그들은 있을 수 없는 것들이지요." 프로코피는 합리적으로 말을 뭉뚱그렸다.

"그런데 그들은 실제로 존재하지 않는가 말이야. 거리로 나가 보게. 과부든지, 점원이든지, 프롤레타리아의 십장이라든지 말이야……. 저놈들을 어떻게 해야 되는가, 말 좀 해 봐!"

"그렇지만 제가 추측하기에, 카를 마르크스에 따르자면, 그들이 있을 수 없기 때문에, 그들은 있어서는 안 되는 것이지요."

"그런데 그들은 살아 있고, 우리를 간접적으로 억압하고 있단 말이야. 어떻게 그럴 수가 있나?"

프로코피는 이제 단지 조직화된 형식을 찾으려 노력하면서, 다시금 익숙하게 머리를 긴장했다.

체푸르니는 그에게 과학에 의거해서 생각하지 말라고 경고했다. 왜냐하면 과학이라는 것은 아직 끝나지 않았으며, 단지 발전하고 있을 뿐이었다. 덜 익은 호밀을 베는 법은 없다.

"저는 사유하고, 그리고 추측합니다, 체푸르니 동지. 그런 순차적인 순서를 따라서 말이오." 프로코피는 그런 결론을 찾아냈다.

"그러면 빨리 사유해 보게나, 안 그러면 걱정이 되어서!"

"제 결론은 이겁니다. 일단 남은 주민들이 길을 잃어버리도록 가능한 한 체벤구르로부터 멀리 쫓아내는 겁니다."

"그건 그다지 분명치가 않아. 목동이 그들에게 길을 가르쳐 줄지도 몰라……."

프로코피는 말을 멈추지 않았다.

"공산주의의 기지로부터 추방된 모든 사람에게 일단 일주일분의 배급 식량을 주는 겁니다. 이것은 철수 지점의 척결위원회가 담당하고요."

"자네 내일 나에게 이야기 좀 해 주게. 그 척결위원회부터 감축해 버려야겠군."

"기억하도록 메모해 두겠습니다, 체푸르니 동지. 그다음, 부르주아의 중간적인 예비 잔재들에게는 사형을 선포합니다. 그리고 곧바로 그들을 사면하는 거죠……."

"왜 그렇게 하는 건가?"

"체벤구르로부터, 그리고 기타 공산주의의 기지로부터 영원한 추방이라는 약속 하에 사면되는 겁니다. 만약에 이 잔재들이 체벤구르에 다시 나타나면, 24시간 안에 새로 사형이 선포되는 거죠."

"프로슈, 이건 아주 괜찮은 것 같아! 서류 오른쪽에서부터 명령서를 쓰도록 하게."

체푸르니는 깊숙이 담배 냄새를 맡았으며, 계속 그 냄새를 느끼고 있었다. 이제 그는 기분이 좋아졌다. 남겨진 잔당들은 읍의 경계 밖으로 쫓겨날 것이고, 드디어 체벤구르에는 공산주의가 도래하는 것이다. 왜냐하면 그 외에 다른 것은 더 이상 도래할 것이 없기 때문이다. 체푸르니는 손에 카를 마르크스의 책을 들고 존경심을 담아서 빽빽하게 인쇄된 페이지들을 넘겨 보았다. 이 사람은 쓰고 또 썼구나. 체푸르니는 그를 불쌍하게 생각했다. 그런데 우리는 모든 것을 완수했단 말이지. 그러고 나서 나중에야 책을 읽었지. 차라리 안 쓰는 게 더 나았을 텐데!

책이 헛되이 읽히지 않았다는 것을 알리기 위해서, 체푸르니는 책 제목을 가로질러 흔적을 남겼다. '체벤구르에서는 부르주아 잔당 계급의 철수까지 다 완수되었다. 카를 마르크스는 여기에 대해 쓸 정도의 머리는 없었다. 하지만 앞으로 그들로부터의 위협은 피할 수 없는 것이다. 그래서 우리는 스스로 이를 처치했다.' 그리고 만족스럽게 체푸르니는 그 책을 과거의 과업으로 느끼면서, 조심스레 창턱 위에 올려놓았다.

프로코피는 명령서를 썼으며, 그들은 곧 헤어졌다. 프로코피는 클라브듀샤를 찾으러 갔고, 체푸르니는 공산주의가 도래하기 전에 도시를 미리 살펴보러 갔다. 집들 근처에, 폐허들과 쓰러진 참나무들과 여기저기 앉을 수 있는 곳들마다 낯선 사람들이 앉아서 몸을 녹이고 있었다. 노파들, 푸른 모자를 쓴 총살된 부르주아들의 마흔 살쯤 된 젊은 아들들, 편견에 의해 교육받은 아직 어린 소년들, 일이 없어져 고통 받는 공무원들, 한 계급의 기타 동조자들 등이었다. 어슬렁거리는 체푸르니를 보자, 앉아 있던 자들은 조용히 일어나 문소리조차 내지 않고, 더 깊숙이 숨어 버리려고 천천히 건물 안으로 사라졌다. 모든 대문에는 매년 주현절 전날 밤에 분필로 그려지는 묘지의 십자가들이 거의 일 년 내내 남아 있었다. 올해는 그 분필 십자가가 지워질 정도로 옆으로 후려치는 폭우가 내린 적이 아직 없었기 때문이다. '내일 젖은 걸레로 지우면서 한번 지나가야 되겠군.' 체푸르니는 마음에 새겼다. '이건 명백한 수치야.'

도시 변두리에는 넓고 깊은 스텝이 펼쳐져 있었다. 빽빽한 생명의 대기는 고요해진 저녁의 풀들을 편안하게 키워 주었는데, 불꺼진 저 머나먼 곳으로 어떤 불안해 보이는 사람이 수레를 타고 가면서 텅 빈 지평선에 먼지를 피웠다. 태양은 아직 지지 않아서 눈으로 볼 수 있을 정도였다. 저 지치지 않는 둥근 열기여. 태양의 붉은 힘은 영원한 공산주의를 가능케 할 것이며, 먹기 위한 치명적인 필연성을 뜻하는, 사람들 사이의 내분을 일으키는 그 헛소동을 완전히 멈추게 해 줄 것이다. 그러면 사람들을 제외하고 천체가 식량을 키우기 위해 일하게 될 것이다. 태양이 비춰 주는, 내분이 일어나는 이 장소를 우정의 물질로 가득 채우기 위해서는, 누군가 떠나는 수밖에 없다.

체푸르니는 태양과 초원, 그리고 체벤구르를 말없이 관찰했으며, 가까이 있는 공산주의의 흥분을 감각했다. 그는 충만한 힘으로 머리의 사유를 막아 버리고, 내적 체험을 어렵게 만들어 버릴지도 모를 자신의 고양된 기분이 두려웠다. 지금 프로코피를 찾으려면 너무 오래 걸릴 텐데, 그라면 아마도 이 기분을 공식화해서 정리할 수 있을 것이며, 그러면 영혼이 더 명료해질 수 있을지도 모른다.

'도대체 뭐가 힘든가? 공산주의가 도래하고 있는 것인데!' 자신의 동요하는 어둠 속에서 체푸르니는 고요히 생각했다.

태양은 지면서 공기 중에 풀들을 위한 습기를 만들어 주었다.

자연은 지친 삶의 공동의 동지애를 위한 태양의 시끄러운 작업들에서 벗어나자 더 푸르고 더 편안해졌다. 체푸르니의 발에 밟혀 꺾인 풀줄기는 죽어 가는 머리를 살아 있는 이웃의 이파리에 살며시 놓았다. 체푸르니는 발을 떼어 놓으면서 냄새를 들이마셨다. 저 멀리 스텝의 머나먼 곳에서, 머나먼 슬픔의 냄새가, 인적 드문 고독한 애수의 냄새가 났다.

체벤구르의 마지막 집 울타리에서부터 곧바로 경작되지 않는 스텝의 황무지로 이어지는 빽빽하고 울창한 밀림처럼 잡초들이 자라나기 시작했다. 다른, 아무렇게나 자라난 잡초들 사이에서 동지애를 지니고 함께 자라난, 먼지투성이 우엉 잎의 따스함 속에서 그의 다리는 편안함을 느꼈다. 잠들어 있는 잔혹함을 체푸르니가 느꼈던, 그런 스텝 속의 숨겨진 공간들로부터 잡초는 굳건한 보호막으로서 체벤구르를 에워싸고 있었다. 만약에 잡초가 없었더라면, 만약에 가난한 사람들을 닮은, 동지애를 가진 참을성 많은 풀들이 아니었다면, 스텝은 받아들이기 힘든 것이었을지도 모른다. 하지만 바람은 잡초가 피어나도록 그 씨앗을 나르고 인간은 심장에 아픔을 지닌 채, 풀 위를 따라서 공산주의를 향해 가고 있다. 체푸르니는 자기의 감정에서 벗어나 쉬기를 원했지만, 저 멀리서 풀을 따라 체벤구르로 오고 있는 인간을 기다렸다. 이 사람이 저 악당들의 잔재가 아니라 억압받은 사람이라는 것을 바로 알 수 있었다. 그는 길을 걸으며 무언가 중얼거렸으며, 체벤구르에 잠잘 곳이 있으리라 믿지 않으면서, 흡사 적에게로 돌진하듯 체벤구르로 향했다. 방랑자의 발걸음은 고르지 않았으며, 모든 삶의 피로로 다리는 제멋대로 이리저리 미끄러졌다. 그를 보며 체푸르니는 생각했다. '저기 한 동지가 오고 있다. 기다렸다가 내 슬픔으로부터 그를 안아 주어야겠다. 공산주의의 전야에 나 홀로 있는 것도 끔

찍한 일 아닌가!'

체푸르니는 우엉을 쓰다듬었다. 이것도 공산주의를 원하고 있다. 스텝에 피는 잡초 밭은 살아 있는 식물들의 우정이다. 하지만 꽃들과 정원과 화단에 피는 식물들은 분명히 악당의 모종들이다. 체벤구르에서 그것들을 모조리 베어 내서 영원히 밟아 뭉개 버리는 걸 잊어버려선 안 된다. 프롤레타리아처럼 삶의 더위와 눈의 죽음을 견뎌 낸, 버려진 풀들이 거리마다 자라도록 하라. 멀리 않은 곳에 잡초가 꺾여 있었고, 흡사 낯선 육체의 움직임 때문에 그렇듯 사각사각 소리를 냈다.

"난 당신을 사랑하오, 클라브듀샤. 당신을 먹어 버리고 싶소. 그렇지만 당신은 너무나 추상적이구려!" 체푸르니가 떠나가기를 채 기다리지도 않고 프로코피의 목소리가 괴롭게 말했다.

체푸르니는 그의 목소리를 들었지만 화를 내지는 않았다. 저기 멀리서 어떤 사람이 오고 있다. 그리고 그 사람에게도 클라브듀샤는 없는 것이다!

그 사람은 이미 가까이 다가왔는데, 검은 턱수염과 무언가에 충실한 눈동자를 가지고 있었다. 그는 땀 냄새가 날 것이 분명해 보이는 뜨거운, 먼지투성이의 장화를 신고 잡초들이 우거진 곳을 통과해 걸어왔다.

체푸르니는 애처롭게 바자울에 기대섰다. 그는 검은 수염의 사나이가 아주 사랑스럽고 소중하다는 사실에 놀라 그를 바라보았다. 만약 그가 지금 나타나지 않는다면 체푸르니는 텅 비고 음침한 체벤구르에서 슬픔에 잠겨 홀로 울었을지도 모른다. 그는 클라브듀샤가 밖으로 나가서 번식할 수 있는 열정을 가지고 있다는 사실을 마음속으로는 믿지 않았던 것이다. 체벤구르에 있는 모든 외로운 공산주의자들을 동지애를 가지고 위로해 주었기 때문에, 그는 그녀를 너무나 존경했다. 그런데 그녀는 프로코피를 데리고 스텝의 풀밭에 누워 있고, 도시 전체는 공산주의의 도래를 기다리며 숨죽이고 숨어 있어, 체푸르니는 자신의 슬픔을 위로해 줄 우정이 필요했던 것이다. 만약 그가 지금 당장 클라브듀샤를 안을 수 있다면, 아마도 그는 2~3일 더 공산주의를 기다릴 수 있을지도 모른다. 하지만 그는 더 이상 살 수가 없었다. 그의 동지애적 감정을 의탁할 사람이 아무도 없었던 것이다. 비록 삶의 굳건하고 영원한 의미를 공식화할 능력은 그 누구도 없지만, 우정 안에서, 그리고 헤어질 수 없는 동지가 존재하는 곳에서 살아갈 때, 그리고 삶의 불행이 서로를 안고 있는 고통 받는 자들 사이에서 평등하고 잘게 나뉘어 있을 때, 그 영원한 의미에 대해 잊게 되는 것이다.

지나가던 사람이 체푸르니 앞에서 걸음을 멈추었다.

"거기 서서 자기편을 기다리는가?"

"우리 편을 기다리지!" 체푸르니는 행복하게 동의했다.

"지금은 모두 낯선 적들뿐이야. 기다려 봐야 만나지 못할 거야! 아니면, 친척들을 찾고 있나?"

"아니, 동지들을 찾고 있네."

"그럼, 기다리게." 그는 이렇게 말하고 나서 식량이 들어 있는 자루를 고쳐 메기 시작했다. "이제 동지라고는 없어. 아무렇게나 살았던 모든 바보들이 이제는 괜찮게 살게 되었지. 다니면서 내 눈으로 직접 보니 그렇더군."

대장장이 소티흐는 실망하는 것에 이미 익숙해져 있었다. 칼리트바 마을에서도, 낯선 도시에서도 살아가는 것은 어디서든 고독했기에, 그는 여름 내내 마을에 있는 자기 대장간을 무관심하게 버려 두었으며, 건설 시즌에 맞추어 철근 조립공으로 일하러 떠났다. 철근 골조는 그에게 바자울과 닮아 익숙한 것이었기 때문이다.

"이봐, 자네." 자신도 이 사람을 만나서 기쁘다는 사실을 제대로 의식하지 못하면서 소티흐가 말을 이었다. "동지라는 자들은 좋은 사람들이야. 하지만 문제는 그들이 바보라는 것과 오래 살지는 못한다는 거지. 지금 어디서 동지들을 찾으려는가? 제일 좋은 동지들은 살해되어 무덤 속에 있지. 동지들은 빈자들을 위해 앞으로 나아가도록 노력했지. 그런데 아무것도 안 한 자들, 그자들만 지금 살아남아서 쓸데없이 다니고 있다네……. 잉여 요소들, 그놈들이 지금 모든 사람 위에서 권력의 안위를 쥐고 있어. 그자들이 나가기를 기다리는 것도 요원하지!"

소티흐는 자루를 고쳐 메고 앞으로 걸어가기 위해 걸음을 뗐다. 하지만 체푸르니는 그에게 조심스럽게 다가가, 자신의 보호받지 못하는 우정에 대한 흥분과 수치심 때문에 울기 시작했다.

처음에 대장장이는 체푸르니가 위선적이라 생각하고 침묵했지만, 나중에는 다른 사람과 자신을 갈라놓는 장벽을 스스로 거두고, 좀 더 편안하게 약해졌다.

"그렇다면, 자네도 그 훌륭한, 살해당한 동지들 뒤에 살아남은 사람이군. 이렇게 우는 걸 보니! 자, 함께 안고 잠자러 가도록 하세, 우리 함께 오랫동안 생각해 보지. 쓸데없이 울지는 말고. 사람들은 노래가 아니니까. 나는 노래를 들으면 항상 운다네. 내 결혼식에서도 울었지……."

체벤구르는 사람들이 잠든 사이에 위험을 느끼지 못하도록 일찍 문을 닫았다. 그리고 아무도, 심지어 예민한 청각을 지닌 체푸르니조차 몇몇 집에서 주민들의 조용한 대화가 이어지고 있다는 사실을 알지 못했다. 울타리 근처 우엉 잎으로 덮인 포근함 속에서 과거의 점원들, 감축된 공직자들이 하느님의 나날들과 그리스도의 천년 왕국에 대해, 그리고 고통으로 정화된 지상에서 이루어질 미래의 행복에 대해 소곤거리고 있었다. 그런 대화들은 공산주의라는 지옥에서 보내는 하루를 빨리 지나가도록 하는 데 필연적인 것이었다. 오랫동안 축적된 정신세계의 망각된 영혼은 체벤구르의 옛날 주민들이 남아 있는 삶을 인내와 희망을 지니고 살아갈 수 있도록 도와주었다. 하지만 이것은 체푸르니와 몇 안 되는 그의 동지들에게는 고난이었다. 그 어떤 책에도, 옛날이야기에도, 그 어디에도 위험할 때 위로가 되도록, 기억 가능한 그런 쉬운 노래로 공산주의에 대해 쓰여 있는 곳은 없었다. 카를 마르크스는 흡사 낯선 사바오프처럼 벽에서 그를 내려다보고, 그의 무시무시한 책들은 인간을 공산주의의 편안한 상상 속으로 데려가 줄 수 없었다. 모스크바나 현의 도시들에 걸린 현수막에는 반혁명의 히드라들이 그려져 있거나, 나사와 사라사를 싣고 협동농장이 있는 시골 마을로 달려가는 기차가 묘사되어 있었다. 하지만 히드라의 머리를 베고, 화물 열차가 달려가야만 하는 그 감동적인 미래에 대한 그림은 그 어디에도 없었다. 체푸르니는 이미 죽어 버린 부르주아들의 영혼마저 또 죽여 버리고, 길을 가는 대장장이를 안아주면서, 자신의 고양된 심장에만 기대하며, 그 심장의 힘겨운 노력으로 미래를 달성해야만 했다.

여명이 밝아올 때까지 사람이 살지 않는 헛간의 짚단에서 체푸르니와 소티흐는 공산주의의 지혜와 영혼을 찾아서 함께 누워 있었다. 체푸르니는 옳든 그르든, 또는 어떤 말을 하더라도, 아무나 프롤레타리아 인간을 보았다면 반가워했을 것이다. 잠들지 않고 오랫동안, 넘쳐나는 스스로의 힘으로 억눌린, 자기감정의 공식들을 들어 보는 것도 좋았다. 이 과정을 거치면 내적 평온이 도래하고 마침내 잠들게 되는 것이다. 소티흐도 바로 잠들지 않았으며, 계속 침묵하다가 마침내 졸기 시작했다. 이러한 짧은 잠은 그의 안에서 힘을 소생시켰고, 그는 잠이 깨어 짧게 몇 마디 하다가 또 지쳐서 다시금 반쯤 잊어버린 망각 속으로 굴러떨어졌다. 그가 조는 동안 체푸르니는 그가 더 잘 쉴 수 있도록 다리를 펴 주고, 팔을 편하게 바로잡아 주었다.

"날 쓰다듬지 말게. 사람 부끄럽게 하지 마." 따스한 헛간의 깊은 곳에서 소티흐가 말했다. "난 그냥 자네와 이렇게 있는 것만도, 왠지 모르지만 좋다네."

잠들기 바로 직전 헛간의 문틈으로 빛이 들어왔으며, 선선한 마당에서는 김이 피어오르는 거름 냄새가 났다. 소티흐는 몸을 일으켜 선잠으로 멍해진 눈으로 새로운 날을 바라보았다.

"왜 그러나? 오른쪽으로 누워 잠이나 자게." 이렇게 빨리 시간이 지나가 버린 게 아쉬워 체푸르니가 말했다.

"자네는 도대체 내가 잠들게 두질 않는군." 소티흐는 그를 질책했다. "우리 마을에 그런 활동 분자가 있었지. 사람을 쉬도록 두지 않더군. 자네 역시 활동 분자야, 이런 젠장 맞을!"

"그거야 내가 잠이 없어서 그렇지. 그럼 어떻게 해야겠나? 말 좀 해 봐!"

소티흐는 흡사 정돈된 모습으로 잠들어서 죽음을 맞이할 준비라도 하듯, 머리카락을 쓰다듬어 빗고 수염을 꼬았다.

"게을러서 잠이 없는 걸세. 혁명은 조금씩 흩어지고 있어. 자네, 내 옆에 더 가까이 누워서 자게. 그리고 아침에 붉은 군대의 남은 병사들을 모아서 진격하는 걸세. 안 그러면 또다시 민중은 어디론가 떠나게 될 테니까······."

"재빨리 모으도록 하겠네." 체푸르니는 스스로 정리했으며, 빨리 잠들어서 힘을 모으기 위해 소티흐의 편안한 등에 얼굴을 파묻었다. 하지만 소티흐는 이제 잠이 완전히 깨어 다시 잠들 수가 없었다. "벌써 날이 밝는군." 소티흐는 아침이 온 것을 보았다. "이제 가야 할 때가 됐어. 낮에 더워지면, 들판에서 낮잠을 좀 자는 게 나을 거야. 이봐, 자네, 잠들었군. 공산주의를 원해서 전 민중이 하나같이 자기 같을 거라고 여기고 있군."

소티흐는 체푸르니의 머리를 바로잡아 주고, 그의 여윈 몸을 외투로 덮어 주고 나서 일어나, 이곳을 영원히 떠나갔다.

"안녕, 헛간이여!" 문간에서 자신이 잠을 잤던 공간에 그는 인사를 고했다. "너도 살아남으렴, 타 버리지 말고!"

헛간 깊은 곳에서 강아지들과 잠들었던 암캐는 먹을 것을 찾으러 어딘가로 나갔으며, 강아지들은 어미를 찾아서 슬피 헤매 다녔다. 통통한 강아지 한 마리는 체푸르니의 목에 몸을 붙이고 그의 쇄골 부위를 탐욕스러운 어린 혀로 핥아 대기 시작했다. 강아지가 그를 간질이자 처음에 체푸르니는 미소를 지었지만, 나중엔 식어 가는 침 때문에 한기가 들어 잠이 깨었다.

길을 가던 어제의 동지는 없었다. 체푸르니는 충분히 휴식을 취하고 그를 그리워하지 않기로 했다. 우선 공산주의를 빨리 끝내야만 하는 것이다. 체푸르니는 스스로에게 희망을 주었다. 그러면 그 동지도 체벤구르로 돌아오리라.

한 시간 뒤, 그는 읍 혁명위원회에 체벤구르의 모든 볼셰비키, 열한 명을 소집시켰다. 그러고는 그들에게 항상 이야기했던 것을 한 번 더 강조했다. "여러분, 신속히 공산주의를 만들어야만 합니다. 그렇지 않으면, 역사적 순간이 공산주의를 지나쳐 버릴 것입니다. 프로코피가 우리에게 공식화해서 정리해 줄 겁니다!"

개인적으로 사용하기 위해 카를 마르크스의 모든 저작을 가지고 있던 프로코피는 전 혁명을 클라브듀샤의 기분에 따라, 또는 객관적 상황에 따라 자기가 원하는 대로 공식화해서 정리했다.

객관적 상황이라는 것과 사유의 브레이크는 프로코피에게는 흐릿하지만, 조리 있고 실수 없는 체푸르니의 감각 속에 귀결되었다. 프로코피가 혁명의 점진적인 속도 저하와 소비에트 권력의 오랜 평온을 증명하기 위해 마르크스의 저작을 암기해서 알려 주기만 하면, 체푸르니는 너무나 열중한 나머지 민감하게 여위었으며, 공산주의의 분할 불입을 근본적으로 거부했다.

"프로슈, 카를 마르크스보다 더 심하게 생각해 보지는 마. 그는 조심스럽다 보니 제일 나쁜 상황을 예견한 것이지만, 우리는 여기에다 바로 공산주의를 세울 수 있으니까. 마르크스에게도 그게 나을 거야."

"저는 마르크스에게서 벗어날 수 없습니다, 체푸르니 동지." 수줍은 정신적 예속성을 지닌 채 프로코피가 말했다. "일단 마르크스의 책에 어떤 내용이 써 있다면, 우리도 이론적으로, 문자 그대로 나아가야 하는 거지요."

피유샤는 자신의 무지몽매함에 조용히 한숨을 쉬었다. 다른 볼셰비키들 역시 프로코피와는 절대로 논쟁을 벌인 적이 없었다. 그들에게 모든 말은 어떤 한 인간의 헛소리였지, 인민대중의 과업이 아니었던 것이다.

"프로슈, 자네가 말한 것은 전부 아주 좋아." 전략적으로, 그리고 부드럽게 체푸르니는 그의 말을 거부했다. "하지만 말이야, 우리가 혁명성으로 가는 기나긴 여정 때문에 너무 지친 것은 아닐까? 어떻게 생각해? 아마도, 우선 내가 먼저 가난해지고, 또 권력에서 물러나야 하지 않을까? 사실, 다른 사람들보다 더 나은 상태로 오랫동안 있어서는 안 돼!"

"원하시는 대로 하시죠, 체푸르니 동지!" 짧고도 강하게 프로코피는 동의했다.

체푸르니는 뭔가 모호하게 이해했으며, 자기 안에서 거칠어지는 어떤 감각을 참아 냈다.

"아니, 내가 원하는 대로가 아니라, 드바노프 동지, 당신들 모두가 원하는 대로라네. 레닌이 원하는 대로, 그리고 밤낮으로 마르크스가 생각한 대로! 자, 이제 일을 수행하지. 체벤구르에서 부르주아 잔당들을 몰아내는 걸세……."

"훌륭합니다." 프로코피가 말했다. "필수 결의문 계획은 제가 이미 마련했습니다……."

"결의문이 아니라, 명령서야." 더 강하게 보이기 위해서 체푸르니가 그의 말을 고쳐 주었다. "결의는 나중에 하고, 지금은 실행해야 한다네."

"명령서로 인쇄하도록 합시다." 프로코피가 다시 동의했다. "안건을 채택하도록 하시죠, 체푸르니 동지."

"안 할 걸세." 체푸르니는 거절했다. "일단 구두로 말했으니, 그걸로 끝이야."

하지만 체벤구르의 부르주아 잔당들은 구두 명령에도, 또 밀가루 풀로 울타리와 덧문, 바자울에 붙여 놓은 명령문의 명령에도 따르지 않았다. 체벤구르의 원래 주민들은 이제 곧 모든 것이 끝나리라고 생각했다. 그 언젠가 한 번도 없었던 그런 일은 결코 오랫동안 계속될 수 없었던 것이다. 체푸르니는 부르주아 잔당들이 24시간 안에 떠나가도록 기다렸다가 피유샤와 함께 사람들을 집에서 쫓아내기 시작했다. 피유샤는 닥치는 대로 집에 들어가서 가장 나이 든 부르주아 남자를 찾아내 그의 턱을 말없이 갈겼다.

"명령서 읽었나?"

"읽었습니다, 동지." 부르주아가 온순하게 대답했다. "제 신분증을 검사해 보십시오. 저는 부르주아가 아니라 소비에트 공직에 있었습니다. 저는 최초의 필요에 따라 어떤 기관에 소속되어 있었…….”

체푸르니는 그의 신분증을 읽어 보았다.

‘본 서류는 프로코펜코 동지가 금일부로 철수 지점의 곡물 사료 공출 기지 담당관의 대리직에서 해고되며, 소비에트의 상황과 사유 형상의 운동에 따라 혁명적으로 사상이 견실한 요소에 속한다는 것을 증명한다. 철수 지점 대표 대리직 P. 드바노프.’

“거기 뭐라고 쓰여 있소?” 피유샤가 기대하며 물었다.

체푸르니는 그 서류를 찢었다.

“이놈을 추방시키게. 모든 부르주아에게 이런 신분증을 주었다네.”

“아니, 어떻게 이럴 수 있습니까, 동지?” 프로코펜코는 그들의 자비심에 호소했다. “신분증을 이렇게 가지고 있는데 말입니다. 저는 소비에트 공직자입니다. 심지어 백군들이 퇴거할 때도 그자들을 따라가지 않았어요. 다들 백군을 따라서 떠났는데 말입니다…….”

“네놈이 어딜 갈 수 있었단 말이냐, 네 집이 여기 있는데!” 피유샤는 프로코펜코에게 그가 이렇게 행동한 이유를 설명해 주고는 귀싸대기를 한 대 갈겼다.

“일단, 처리하게. 도시를 좀 비워 줘.” 체푸르니는 최종적으로 피유샤에게 이렇게 부탁하고는 더 이상 흥분하지 않고, 공산주의를 제시간에 준비하기 위해 떠났다. 하지만 피유샤는 부르주아들을 즉시 다 추방할 수 없었다. 그는 처음에 혼자서 이 일을 했다. 직접 유산자들의 잔당을 때리고, 부르주아 잔당이 길 떠날 때 가져갈 수 있도록 허락된 물건과 음식의 양을 직접 정해 주었다. 하지만 저녁이 되자 피유샤는 너무 피곤해져서 그들에게 직접 조용히 짐을 꾸려 주었다. '이러다간 내가 남아나지 않겠군!' 피유샤는 스스로 놀라서 도움을 청할 만한 친한 공산주의자를 찾으러 갔다.

하지만 볼셰비키 한 부대로도 24시간 안에 부르주아 잔당을 처리하기가 힘들었다. 몇몇 부르주아는 배급도 봉급도 필요 없으니, 소비에트 정부가 그들을 고용인으로 고용해 줄 것을 부탁했으며, 또 다른 자들은 비록 멀리서나마 소비에트 권력을 느끼기 위해서라고 말하면서, 옛날 교회 건물 안에서 살도록 허락해 달라고 간청했다.

"아니, 안 돼!" 피유샤는 거절했다. "너희는 이제 사람이 아니야. 그리고 이제는 자연도 모두 바뀌었다."

많은 중간 부르주아*들은 자신의 물건을 비롯해 남겨진 모든 것들과 이별하면서, 바닥에 앉아서 울음을 터뜨렸다. 베개는 침대 위에 마치 따스한 언덕처럼 쌓여 있고, 꽤 큰 상자들은 울고 있는 자본가들과 헤어질 수 없는 가족처럼 놓여 있었다. 그리고 밖으로 나가면서 모든 중간 부르주아들은 이미 오래전에 폐를 통해서 피로 스며들어 자기 육신의 일부가 되어 버린 그 살림살이들의 오랜 냄새를 함께 묻히고 갔다. 하지만 그들 모두는 이것이 물건의 먼지 냄새라는 것을 알고 있었으며, 숨을 쉬면서 이 냄새를 통해 자기 피를 더 신선하게 만들었다. 피유샤는 중간 부르주아들의 슬픔이 한자리에 오래 머물러 있도록 허락하지 않았다. 그는 생존에 꼭 필요한 정도의 물건이 들어 있는 보따리를 거리로 던졌으며, 그다음에는 인간의 종류를 선별하는, 장인다운 냉정함으로 슬퍼하는 사람들을 쥐어틀어서, 마치 마지막 은신처인 섬처럼 놓여 있는 보따리 위로 그들을 조용히 앉혔다. 중간 부르주아들은 바람 부는 거리에서는 더 이상 슬퍼하지 않았으며, 자기들에게 할당된 몫을 보따리에 다 넣어 주었는지 확인하기 위해 보따리를 만져 보았다. 늦은 저녁이 되어 남은 악당 계급의 잔재를 모두 추방하고 나자, 피유샤는 동지들과 담배를 피우려고 잠시 자리에 앉았다. 가늘고 자극적인 비가 내리기 시작했다. 바람은 지쳐서 잦아들어, 내리는 비 아래로 조용히 누웠다. 중간 부르주아들은 끝없는 긴 줄을 이루면서 보따리 위에 앉아, 뭔가 또 다른 사건을 기다렸다.

마침내 체푸르니가 나타나서 지금 즉시 체벤구르에서 영원히 떠나라고 그 참을성 없는 목소리로 명령했다. 공산주의는 더 이상 기다릴 시간이 없으며, 새로운 계급은 거주지와 자신의 공동 재산을 기다리느라 아무 일도 하지 못하고 있었기 때문이다. 자본주의의 잔당은 체푸르니의 말을 들었지만, 침묵을 지키면서 여전히 빗속에 앉아 있기만 했다.

"피유샤 동지." 체푸르니가 참을성 있게 말했다. "도대체 이 고집불통들은 뭐 하는 것들인가? 다 죽여 버리기 전에 빨리 꺼져 버리라고 하게. 저놈들 때문에 혁명을 내려놓을 곳이 없네……."

"네, 바로 그렇게 하겠습니다. 체푸르니 동지." 피유샤는 이 말을 구체적으로 이해하고 총을 꺼내 들었다.

"저리로 꺼져 버려!" 그는 가장 가까이 있는 중간 부르주아에게 말했다.

그 중간 부르주아는 자기의 불행한 팔 위로 몸을 숙인 채, 어떤 슬픈 이유도 없이 계속해서 울었다. 피유샤는 그의 보따리에 뜨거운 총알을 발사했다. 그러자 중간 부르주아는 금방 생생해진 다리로 총탄의 먼지 사이로 일어섰다. 피유샤는 왼손으로 보따리를 움켜쥐고 그것을 저 멀리 던져 버렸다.

"그래, 그렇게 가 버려." 그가 명령을 내렸다. "프롤레타리아가 네놈에게 물건을 선물했단 말이다. 즉, 그 물건을 가지고 도망가 버리라는 말이야. 안 그러면 도로 빼앗겠다."

피유샤의 동료들도 옛날 체벤구르 사람들의 보따리와 상자들에 서둘러서 총탄을 발사하기 시작했다. 그러자 중간 부르주아들은 천천히, 두려워하지도 않고, 체벤구르의 조용한 변두리 쪽으로 움직이기 시작했다.

도시에는 열한 명의 거주자가 남았으며, 그중 열 명은 잠이 들었고, 한 사람만 조용해진 거리를 따라 걸어 다니면서 괴로워하고 있었다. 열두 번째 거주자인 클라브듀샤는 공동의 기쁨의 재료로서, 위험한 대중적 생활과는 떨어져서 특별한 집에 머물고 있었다.

자정이 되자 비가 그쳐, 하늘은 피로에 지쳐서 잦아들었다. 구슬픈 여름날의 어둠이 조용하고 텅 빈, 그리고 비참한 체벤구르를 감쌌다. 체푸르니는 조심스러운 마음으로 자빈 두바일로가 살던 옛집의 활짝 열린 대문을 닫았으며, 이 도시에서 개들이 어디로 사라졌는지 생각에 잠겼다. 마당에는 예전부터 자라나던 우엉과 가련한 명아주만이 피어 있었고, 집 안에는 오랜 세월 동안 처음으로 아무도 잠든 사람이 없었다. 체푸르니는 이따금 안방으로 들어가, 자신을 위해 무엇이라도 조금 움직여 보고 소리가 나도록 잘 보관되어 있는 안락의자에 앉아도 보고 담배 냄새도 맡아 보았다. 찬장 안에는 집에서 만든 흰 빵이 겹겹이 쌓여 있었으며, 어떤 집에는 교회의 성찬용 포도주까지 한 병 보관되어 있었다. 체푸르니는 프롤레타리아들이 도착할 때까지 포도주가 맛을 잃어버리지 않도록 코르크 마개를 병 속으로 깊이 눌러 잘 막아 놓고, 흰 빵은 먼지가 앉지 않도록 행주로 잘 덮어 놓았다. 특히 어느 곳이든지 침구가 잘 완비되어 있었다. 이불은 깨끗하고 서늘하게 준비되어 있고, 베개는 누구에게나 편안한 잠을 약속하는 듯 보였다. 체푸르니는 어떤지 시험해 보기 위해 침대에 잠시 누워 보았지만, 그토록 편안하게 누워 있는 것이 너무나 부끄럽고 지루하게 여겨졌다. 마치 혁명의 불편한 영혼을 팔아서 그 대가로 침대를 얻은 것 같은 느낌이었다. 텅 빈 집들이 널려 있음에도 불구하고, 열 명의 체벤구르 볼셰비키 중 그 누구도 편안한 잠자리를 찾아가지 않았으며, 모두 이미 1917년 그때, 집 없는 혁명을 위해 건설된 공동 벽돌 건물의 마룻바닥에 누워 잠들었다. 체푸르니도 이 편리한 살림방이 아니라 그 벽돌 건물을 자신의 집이라 여겼다.

체벤구르 위로 의지할 데 없는 슬픔이 자리 잡고 있었다. 마치 얼마 전에 어머니의 관을 내간 아버지 집의 마당과 같았다. 흡사 고아가 된 소년처럼 울타리와 우엉들, 버려진 현관은 죽은 어머니를 그리워하고 있는 것이다. 이제 그 소년은 머리를 울타리에 대고 거친 판자를 손으로 쓰다듬으면서, 불 꺼진 세상의 어둠 속에서 울고 있는 것이다. 그리고 아버지는 눈물을 훔치고는, 괜찮아, 나중에는 다 좋아지고, 익숙해질 거야, 라고 말하는 것이다. 체푸르니는 단지 기억을 통해서만 자기의 감정을 정리할 수 있었으며, 혁명의 가장자리만을 느끼면서, 그리고 그것으로 자기의 길을 잃지 않으면서, 어두운, 뭔가를 기대하는 마음으로 미래로 나아갈 수 있었다. 하지만 오늘 밤 체푸르니는 그 어떤 기억의 도움으로도 체벤구르의 상황을 설명할 수 없었다. 집들은 불 꺼진 채로 서 있는데, 중간 부르주아뿐만 아니라 작은 동물들까지도 그 집을 영원히 떠나 버렸다. 심지어 그 어디에도 소조차 없었다. 생명은 이 장소를 버리고 스텝의 잡초 속에서 죽기 위해 떠나 버렸다. 그리고 죽어 버린 자신의 운명을 열한 명의 사람에게 준 것이다. 그들 중 열 명은 잠들었고, 한 사람은 불분명한 위험의 슬픔에 빠져 방황하고 있었다.

체푸르니는 바자울 옆 땅 위에 앉아, 자라나는 우엉을 손가락 두 개로 조심스럽게 만져 보았다. 이것 역시 살아 있고, 이제는 공산주의 치하에서 살게 될 것이다. 이미 새날이 올 때가 되었음에도 불구하고 어쩐지 오랫동안 해가 뜨지 않는 것 같았다. 체푸르니는 조용히 두려워지기 시작했다. 태양이 아침에 떠오를 것인지, 언젠가 아침이 오기는 할 것인지. 사실 옛 세상은 이미 없어지지 않았는가!

저녁의 구름은 연약하게, 지친 채 움직이지 않으면서, 한 장소에만 걸려 있었다. 구름의 모든 습윤한 힘은 스텝의 잡초들이 자라나고 번식하는 데 쓰였다. 체푸르니는 이토록 텅 비고 모든 것이 정지한 것 같은 어느 밤을 어린 시절 속에서 기억해 냈다. 육체 속에서 모든 것은 그토록 지루하고 갑갑했으며, 잠은 오지 않았는데, 아직 어린 그는 페치카 위에, 오두막의 뜨거운 고요 속에 눈을 뜨고 누워 있었다. 배에서 목에 이르기까지 그는 자기 안에서 어떤 건조하고 좁은 개울물 같은 것을 느꼈다. 그 개울물은 계속 그의 심장을 간질이고, 어린 마음에 생의 슬픔을 가져다주었다. 그 간지러운 불안함 때문에 어린 체푸르니는, 흡사 몸의 중앙을 관통해서 벌레가 간질이기라도 하는 듯 페치카 위에서 몸을 뒤척였고, 화를 냈으며, 울었다. 영원히 불 꺼진 세상과도 같은 이 체벤구르의 밤에, 어린 시절과 똑같이 덥고, 건조한 두려움이 체푸르니를 불안하게 했다.

"만약 태양이 떠오른다면, 내일은 정말 괜찮아질 거야." 체푸르니는 자신을 안심시켰다. "왜 부르주아처럼 공산주의 때문에 이렇게 슬퍼하고 있지!"

중간 부르주아들은 지금쯤 아마도 스텝 안에서 사라져 갔거나, 체벤구르에서 더 멀리 천천히 떠나가고 있을 것이다. 그들은 다른 모든 어른들처럼, 아이들이나 공산당원들이 가졌던 것과 같은 그 불확실성의 두려움을 인식하지 못했다. 중간 부르주아들에게 미래의 삶은 단지 불행한 것이었지, 위험하거나 수수께끼이거나 하지 않았다. 하지만 체푸르니는 앉아서 내일을 두려워하고 있었다. 왜냐하면 바로 이 첫째 날이 시집갈 때가 된 처녀들이 항상 느끼듯이 어쩐지 불편하고 끔찍했던 것인데, 내일은 모든 사람이 반드시 결혼해야 하는 것과 같았다.

체푸르니는 부끄러움 때문에 손으로 얼굴을 가렸으며 오랫동안 자신의 의미 없는 수치심을 참아 내면서 조용히 앉아 있었다.

체벤구르의 중심 어딘가에서 수탉이 길게 울었고, 체푸르니 옆으로 주인집 마당을 버리고 나온 개 한 마리가 조용히 지나갔다.

"주촉! 주촉!" 체푸르니는 기쁨에 차서 개를 불렀다. "이리로 와, 이리로!"

주촉은 순종적으로 그에게 다가가서 자신에게 내민 사람의 손 냄새를 맡았다. 손에서는 선량함과 볏짚 냄새가 났다.

"주촉, 넌 괜찮니? 나는 안 좋아!"

주촉의 털에는 우엉의 꽃술이 엉겨 붙고, 엉덩이는 거름 더미의 말똥으로 더러워져 있었다. 읍의 이 충실한 개는 러시아의 겨울과 밤을 지키는 파수꾼이며, 중간 재산을 지닌 집의 정착자인 것이다.

체푸르니는 개를 집 안으로 데리고 들어가 흰 빵을 먹였다. 개는 위험에 대한 불안한 예감으로 그 빵을 먹었다. 태어나서 처음으로 그런 종류의 음식을 먹어 보았기 때문이다. 체푸르니는 개가 놀란 것을 보고 계란이 든 파이 조각을 찾아 주었다. 하지만 개는 파이를 먹으려 들지 않았으며, 자기 삶에 던져진 선물을 신뢰하지 않고 냄새를 맡으면서 조심스럽게 파이 주변을 한 바퀴 돌았다. 체푸르니는 주촉이 파이를 돌아보고 나서 그것을 다 먹을 때까지 기다리다가, 나중엔 개에게 보여 주기 위해 자신이 먼저 한 조각

꿀꺽 삼켰다. 주축은 독이 든 것이 아니라는 사실에 기뻐하면서 꼬리를 흔들어 마루 위의 먼지를 쓸어 대기 시작했다.

"너도 부르주아의 개가 아니라 빈농의 개였구나!" 체푸르니는 주축이 좋았다. "너도 태어나서 최고급 밀가루는 먹어 본 적이 없구나! 자, 그러면 이제 체벤구르에서 살렴."

마당에서 또 두 마리의 수탉이 큰 소리로 울었다. "그러면, 총 세 마리의 닭이 있군." 체푸르니는 셈을 하기 시작했다. "그리고 가축도 한 마리 있는 셈이고."

방에서 나온 체푸르니는 새벽 공기 속에서 금방 추위를 느꼈다. 그는 어제와 또 다른 체벤구르를 보았다. 아직 멀리 있는 태양의 회색빛으로 비춰진, 열리고 서늘한 도시였다. 그 집들에서 사는 것도 무섭지 않고, 그 거리를 따라서 다닐 수도 있었다. 왜냐하면 풀들도 이전처럼 자라났고, 오솔길도 온전하게 남아 있었기 때문이다. 아침 햇빛은 공간 속에서 피어나, 냄새나는 오래된 구름들을 먹어 치우기 시작했다.

"그래, 태양은 우리 것이야!" 체푸르니는 열정적으로 동쪽을 가리켰다.

두 마리의 이름 없는 새가 일본 사람 위로 낮게 날아와 꽁지를 흔들면서 울타리 위에 앉았다.

"너희도 우리와 함께하겠니?" 체푸르니는 새들에게 인사를 건네고, 주머니에서 먼지와 담배 부스러기를 꺼내 그쪽으로 던졌다. "먹어 보렴!"

그제야 체푸르니는 잠을 자고 싶었으며, 그 무엇도 부끄럽지 않았다. 그는 열 명의 동지가 누워 있는 벽돌로 된 공동의 집으로 갔다. 네 마리의 참새가 그를 맞이하고는 조심스러움이라는 편견을 가지고 바자울 위로 날아가 버렸다.

"그래, 너희에게도 내가 기대를 했다!" 체푸르니는 참새들에게도 말을 걸었다. "너희야말로 우리와 피를 나눈 새가 아니냐. 이제 아무것도 두려워할 것 없어. 부르주아들이 없단 말이야. 이곳에서 살아도 돼!"

벽돌 건물에는 등불이 타고 있었다. 두 명은 잠을 자고, 여덟 명은 누워서 조용히 높은 곳을 바라보고 있었다. 그들의 얼굴은 음울했으며, 어두운 생각으로 덮여 있었다.

"왜들 안 자는 건가?" 그 여덟 명에게 체푸르니가 물었다. "내일이 우리에겐 첫날일세. 이미 태양이 떴고, 새들이 우리에게 날아왔어. 그런데 자네들은 누워서, 쓸데없이 두려워하는군……."

체푸르니는 짚단 위에 누워 자기 아래로 외투를 둘둘 만 다음 따스함과 망각 속으로 잠겨 들었다. 창밖으로는 이미 이슬이 체벤구르의 볼셰비키들을 배반하지 않고 그들 위로 떠오른 벌거벗은 태양을 맞이하고 있었다.

밤새도록 잠들지 못한 피유샤는 푹 쉰 심장을 지닌 채 일어나서, 공산주의의 첫날을 위해 열심히 세수를 하고 몸을 씻었다. 램프는 누런 저세상의 빛으로 빛났지만, 피유샤는 파괴의 만족감으로 램프를 끄고 나서, 체벤구르를 아무도 지키지 않는다는 사실을 기억해 냈다. 자본주의자들이 몰래 들어와서 살 수도 있고, 그러면 공산주의자들이 이곳에서 잠자지 않고 무장한 채로 있다는 것을 중간 부르주아에게 알리기 위해서라도 밤새도록 다시 불을 켤 수도 있는 것이다. 피유샤는 지붕으로 올라가 태양을 마주보면서, 끓어오르는 이슬의 선명한 빛으로부터 떨어져 지붕 위에 앉았다. 피유샤는 긍지와 가련한 소유물의 눈으로 태양을 바라보았다.

"이제 압박해 봐. 돌에서조차 싹이 자라날 수 있도록." 막연한 흥분으로 피유샤가 속삭였다. 큰 소리로 고함을 지를 만큼 그는 단어들을 충분히 많이 알지 못했다. 그는 자신의 지식을 신뢰하지 못했던 것이다. “압박하라!” 피유샤는 흙에, 돌에, 또 체벤구르에 태양 빛이 압박하는 데 도움을 주기 위해 기쁨에 차서 다시 한 번 자기 주먹을 불끈 쥐었다.

하지만 피유샤 없이도 태양은 건조하고 굳건하게 대지를 응시했다. 그러자 대지에서는 피로한 연약함 때문에 풀의 즙과 점토의 습기가 흘러나왔으며, 온통 늪으로 확장된 스텝은 동요하기 시작했다. 하지만 태양은 작열했고, 긴장되고 건조한 인내심 때문에 돌처럼 딱딱해졌다.

태양의 자극 때문에 피유샤는 잇몸이 근질거렸다. ‘이전에 태양이 이렇게 떠오른 적은 한 번도 없었어.’ 피유샤는 자기에게 유리하게 생각했다. ‘흡사 취주악을 들을 때처럼 지금 내 등에서 용기가 들썩들썩하는군.’

피유샤는 그 무엇이 태양의 길을 방해하지는 않는지, 태양이 가고 있는 저 먼 곳을 바라보았다. 그리고 비통한 마음에 한 걸음 물러섰다. 체벤구르 경계 가까이에 어제의 중간 부르주아 무리가 모닥불을 피우고 있었던 것이다. 그들 주변에서는 염소가 풀을 뜯어먹고, 여인네들은 빗물 웅덩이에서 옷을 빨고 있었다. 중간 부르주아들과 어딘가에서 감축된 놈들은 땅을 파고 있었는데, 아마도 토굴을 파고 있는 것 같았다. 그리고 점원 세 명은 신선한 공기 속에서 벌거벗은 채 일하면서, 홑이불과 침구로 천막 같은 것을 만들어 놓았다. 저놈들은 어딜 가든 살 곳과 재산을 만들기만 하는 것이다.

피유샤는 중간 부르주아들이 저토록 많은 직물을 어디서 얻었는지 생각해 보았다. 사실 아주 엄격한 기준에 따라 그들에게 짐을 챙겨서 보낸 것은 자신 아니던가!

피유샤는 흡사 빼앗긴 재산을 바라보듯 비통한 눈으로 태양을 바라보았다. 그러고는 손톱으로 목에 있는 여윈 힘줄을 긁으며, 존경을 담은 소심한 목소리로 태양에게 말했다.

"기다려, 다른 놈들에게 헛되이 힘을 낭비하지 마!"

아내나 누이, 깨끗함과 배부른 음식과는 거리가 먼 체벤구르의 볼셰비키들은 아무렇게나 살았다. 비누 대신 모래로 씻고, 소맷자락이나 우엉잎으로 얼굴을 닦으며, 직접 닭을 찾아다니고 헛간에서 달걀을 찾았다. 그리고 기본적으로 수프는, 용도도 모르는 철로 된 작은 통에다, 통이 걸려 있는 모닥불 주위를 지나다니는 사람이 아침부터 주변에서 자라나는 풀들, 쐐기풀, 딜, 엉겅퀴, 그리고 그 외에 먹을 수 있는 풀들을 마구 집어넣어서 만들었다. 어떨 때는 닭을 몇 마리 넣기도 하고, 송아지가 때맞춰 걸리면 송아지 엉덩짝을 넣기도 했다. 볼셰비키들이 음식을 섭취하기 위해 혁명으로부터 벗어날 때까지 수프 그릇에 딱정벌레나 나비, 모기 같은 것들이 빠질 때까지 수프는 밤새도록 그 자리에서 끓고 있었다. 볼셰비키들은 하루에 한 번만 먹고, 잠깐 휴식을 취했다.

피유샤는 이미 수프가 끓고 있는 통 주변을 지나갔지만 거기에 아무것도 넣지 않았다.

그는 헛간을 열고 기관총용 탄띠가 들어 있는 찌그러진 무거운 양동이를 들고 나왔다. 그는 날계란 하나를 다 마신 키레이 동지를 발견하자 기관총을 들고 자신을 따라오라고 했다. 키레이는 평화로운 날이면 기관총을 들고 호수로 사냥을 하러 다녔으며, 거의 항상 갈매기 한 마리, 아니면 황새라도 한 마리 잡아 왔다. 그는 물고기도 기관총으로 잡으려고 시도해 봤지만, 명중시키기 어려웠다. 키레이는 피유샤에게 어디 가느냐고 묻지도 않았다. 그는 살아 있는 프롤레타리아만 아니라면, 뭐든 닥치는 대로 쏘고 싶은 충동을 가지고 있었다.

"피유샤, 원하면 지금 하늘에 날고 있는 참새 한 마리를 바로 잡아 줄까?" 키레이가 물어보았다.

"내가 차라리 널 잡아 주마!" 화난 피유샤가 거절했다. "그저께 마당에 있는 닭을 총으로 쏴서 잡은 게 네놈이지?"

"뭐 다들 닭만 먹고 싶어 하니까……."

"그래, 그것만 먹고 싶어 하지. 하지만 닭은 목을 비틀어 잡으면 돼. 자네가 총알을 헛되이 쓰면, 부르주아 한 놈이 더 살아남게 되는 거라고……."

"그래, 피유샤, 더 이상 그런 짓 하지 않을게."

중간 부르주아들의 무리에서는 이미 모닥불이 꺼져 있었다. 그런즉, 아침은 이미 다 먹었다는 말이며, 그자들은 오늘 하루도 뜨거운 음식 없이 그냥 지나가지 않았다는 말이었다.

"자네, 저기 어제의 그놈들이 보이는가?" 피유샤는 불 꺼진 모닥불 주변으로 옹기종기 모여 있는 중간 부르주아들을 가리켰다.

"만세! 이제 저놈들이 내 손을 벗어나 어디로 도망가겠어?"

"그런데 쓸데없이 닭들에게 총탄을 쏘고 말이야! 빨리 총을 받침대 위에 올려놓게. 체푸르니가 깨기 전에 말이야. 체푸르니가 이 잔당을 보면 또 마음이 아파질 거야……."

키레이는 재빠른 손으로 기관총을 설치하고 탄창을 장착했다. 방아쇠를 잡고서 키레이는 속사로 발사되는 총알의 박자에 맞추어, 총을 쏘는 사이사이에 순간적으로 손을 놓고 흡사 반주를 하듯 자기 뺨이나 입, 무릎을 치기도 했다. 그런 순간 총알은 목적을 잃고, 흙먼지를 일으키며 풀을 흔들면서 가까운 아무 곳에나 꽂혔다.

"적들에게 제대로 조준하라고! 시야를 유지하란 말이야!" 하릴

없이 누워 피유샤가 소리쳤다. "서두르지 말고, 총신이 뜨거워지지 않게 해!"

하지만 기관총과 육체의 작업을 통일시키기 위해서 키레이는 손과 발로 박자 맞추는 일을 하지 않을 수 없었다.

체푸르니는 벽돌집의 마루 위에서 몸을 뒤척이기 시작했다. 비록 아직 잠이 깨지는 않았지만, 그의 심장은 멀지 않은 곳에서 들리는 기관총 소리에 규칙적으로 박동하는 호흡의 정확성을 잃어버리고 있었다. 그와 나란히 잠든 동지 제예프 역시 기관총 소리를 들었지만, 일어나려 하지는 않았다. 왜냐하면 아마도 키레이가 어디 가까운 곳에서 수프에 넣을 닭을 잡고 있는 거라고 여겼기 때문이다. 제예프는 자기와 체푸르니의 머리를 외투로 덮어서 기관총 소리가 들리지 않도록 했다. 체푸르니는 외투 아래에서 답답해 외투를 완전히 벗어 던질 때까지 더 많이 뒤척거렸다. 그리고 호흡이 자유로워지자 그는 잠에서 깨었다. 뭔가 너무 조용하고 위험하다는 느낌이 들었기 때문이다.

태양은 이미 떠올랐으며, 체벤구르에는 반드시, 오늘 아침부터 공산주의가 도래해야만 한다.

키레이가 방으로 들어와서는 마루 위에 텅 빈 탄피가 가득 든 양동이를 내려놓았다.

"양동이를 헛간으로 가져가!" 창고에 기관총을 넣어 둔 피유샤가 밖에서 말했다. "왜 그리로 가서 시끄럽게 사람들을 깨우고 그래!"

"양동이가 이젠 가벼워졌어요, 피유샤 동지!" 키레이는 이렇게 말하고 나서 양동이를 늘 있던 헛간으로 가져다 놓았다.

체벤구르에 있는 건물들은, 감정과 이익에 너무나 충실하여 집을 돌보는 것 때문에 지치고, 사유 재산을 축적하는 것 때문에 늙어 갔던 그곳 사람의 삶의 양식에 따라 오랜 세월이 흐르는 동안에도 버텨 낼 수 있는 견고함을 지니고 있었다.

결과적으로 프롤레타리아들이 그토록 튼튼하고 잘 정비된 건물들을 수작업으로 이전하는 것은 힘들었다. 왜냐하면 이전 거주자들이 집을 지을 때 기초 토공사를 하지 않고, 지하에 땅을 파고 아래로 통나무들을 박아 넣어, 이것들이 땅속 깊이 뿌리를 내리고 있었기 때문이다.

그래서 사회주의 치하에서 체푸르니의 명령에 따라 집들을 옮겨 놓고 난 후 도시의 광장들은 흡사 경작지를 닮아 있었다. 프롤레타리아들은 나무로 만든 집을 뿌리째 뽑았으며, 그 뿌리들에 주의를 기울이지도 않고 질질 끌고 왔다. 그리고 체푸르니는 자원 노동을 하는 그 힘든 나날이 계속되자 부르주아 잔당 계급을 근절시켜서 쫓아내 버린 것을 후회했다. 그들이라면, 그 악당 놈들이라면, 이렇게 고생했던 프롤레타리아 계급을 대신해서, 뿌리가 내리고 싹이 튼 집들도 옮길 수 있었을 것이다. 하지만 체벤구르에서 사회주의 최초의 나날들에 종속적인 허드렛일을 할 노동력이 프롤레타리아에게 필요하리라고는 체푸르니도 예상치 못했던 것이다.

사회주의의 바로 그 첫째 날, 체푸르니는 자기보다 일찍 깨어난 태양에 의해, 그리고 완전히 준비된 체벤구르의 모습을 보고 너무나 희망에 차서 지금 당장 어디론가 가서 체벤구르로 가난한 자들을 데려오라고 프로코피에게 부탁했다.

"프로슈, 가게나." 체푸르니가 조용히 말했다. "안 그러면 우리는 몇 명 안 되니까, 동지가 없어서 곧 쓸쓸해질 거야."

프로코피도 체푸르니의 의견에 동의했다.

"그렇습니다, 체푸르니 동지. 빈자들을 이곳으로 불러와야만 합니다. 사회주의는 대중적인 과업이니까요……. 그리고 또 그 외 다른 자들은 아무도 부르지 말까요?"

"기타 등등의 인간들을 불러오게."* 체푸르니가 지시를 마쳤다. "피유샤를 데리고 저 멀리로 빨리 떠나게. 일단 가난한 자들을 만나면 우리의 동지로 삼도록 데려오면 된다네."

"기타 등등의 인간요?" 프로코피가 물었다.

"그래, 기타 인간들도 데리고 오게. 사회주의는 우리에게 이제 현실이니까."

"모든 현실도 대중의 지지 없이는 견고하지 못한 법이지요, 체푸르니 동지."

체푸르니도 이 말을 이해했다.

"그래서 우리가 외로울 거라고 자네에게 말하지 않았는가! 이것은 사회주의가 아니야! 내가 이미 느끼고 있는데, 자넨 뭘 또 증명하려고 하는가!"

프로코피는 이 말에 반대하지 않았으며, 프롤레타리아를 찾으러 가기 위해 즉시 탈것을 찾아 나섰다. 정오 즈음 그는 주변 스텝에서 헤매고 있는 말을 한 마리 발견했으며, 피유샤의 도움을 받아 2인용 마차에 그 말을 매었다. 마차에 2주 분량의 필요한 물건을 싣고, 저녁이 되자 프로코피는 체벤구르의 경계를 넘어 남겨진 곳으로 떠나갔다. 그는 마차 안에 앉아서 어디로 가야 할지 계측 지도를 보고, 피유샤는 달리는 것을 낯설어하는 말을 다루고 있었다. 아홉 명의 볼셰비키는 마차를 뒤따라 걸으며, 그들이 어디로 가는지 보고 있었다. 이것은 사회주의 치하에서 처음으로 있는 일이라, 마차 바퀴가 말을 잘 안 들을 수도 있었기 때문이다.

"프로슈!" 체푸르니가 인사 말을 하려고 소리를 질렀다. "거기 가서 똑똑히 잘 살펴보고, 출신 성분이 명확한 요소들을 우리에게 데려오게. 우리는 도시를 지키고 있겠네."

"아이고!" 프로샤는 화를 냈다. "내가 뭐 프롤레타리아라곤 본 적도 없는 줄 알아요?"

내전 덕분에 살이 찐, 늙은 볼셰비키 제예프는 마차에 다가가서 프로코피의 건조한 입술에 키스를 했다.

"프로슈." 그가 말했다. "여자도 찾는 걸 잊지 말게! 혹시 여자 거지라도 있으면 좋겠네. 여자들은 말이야, 부드러움을 위해 우리에게 꼭 필요해, 여자들이 없으니, 이것 보게, 내가 심지어 자네에게 키스를 하지 않나."

"그 문제는 아직 좀 미루도록 하지." 체푸르니가 결정했다. "자네가 여자를 존중하는 것은 동지적인 부분이 아니라, 여자가 지닌 자연적인 징후들이니까……. 프로슈, 욕망에 따라서가 아니라 사회적·계급적 징표에 따라 여자들을 데려오게. 만약에 여자가 우리의 동지라면 데려오고, 그 반대라면 저 멀리 스텝으로 쫓아내 버려!"

제예프는 자신의 희망 사항을 더 이상 고집하지 않았다. 어쨌든 사회주의는 이루어졌으며, 비록 비밀스러운 동지라고 하더라도 사회주의 안에서 여자들을 찾을 수 있기 때문이었다. 하지만 체푸르니는 만약에 여자도 가난하고 또 동지라면, 최초의 사회주의를 위해 대체 어디에 여자들의 해악이 있는지 더 이상 이해할 수 없었다. 그가 알고 있는 것은 다만, 과거의 삶에도 여자에 대한 사랑과 그녀들로부터의 번식은 항상 있었던 일이지만, 그것은 뭔가 낯설고 원초적인 일이었지, 인간적이거나 공산주의적이지 않았다는 점이다. 인간적인 체벤구르의 삶을 위해 여자는, 공산주의의 일부분을 구성하지 않는 완벽한 아름다움 속에서가 아니라, 보다 건조한 인간의 형태로 수용 가능한 것이었다. 왜냐하면 산과 별, 기타 비

인간적 사건들이 존재했던 것처럼, 여성적 본성의 아름다움은 자본주의 시절에도 존재했기 때문이다. 이러한 예감에서 체푸르니는 가난의 슬픔과 노동의 노화로 침울해진 모든 여인을 체벤구르에서 환영해 줄 준비가 되어 있었다. 그런 여인들이어야만 동지애를 위해서 쓸모 있을 것이며, 그래야 그들은 억압당한 대중의 내부에서 그 어떤 차이도 만들어 내지 않을 것이고, 고독한 볼셰비키들을 분열시키는 사랑의 인식으로 이끌어 가지 않을 것이다. 체푸르니는 아직 여자의 애무가 아니라, 계급적 애무만을 인정했다. 체푸르니는 프롤레타리아적인 동질의 인간에 의한 가까운 매혹으로 계급적 애무를 느꼈다. 왜냐하면 자연은 언젠가 프롤레타리아나 볼셰비키의 힘을 제쳐 두고, 부르주아와 여자들의 여성적 특성을 창조했기 때문이다. 그렇기 때문에 소비에트 체벤구르가 완전무결하게 보존되도록 아직 제대로 고려하지 못한 체푸르니는, 체벤구르가 평평하고 가난한 스텝에 위치하고, 도시 위 하늘도 스텝과 비슷하여, 공산주의로부터, 또 서로에 대한 고립된 흥미로부터 사람을 유혹하는 아름다운 자연의 힘이 그 어디에서도 보이지 않는다는 바로 그 부차적 사실이 오히려 유익하다고 생각했던 것이다.

프로코피와 피유샤가 프롤레타리아들을 찾아서 떠난 바로 그날 저녁, 체푸르니와 제예프는 도시의 경계를 따라서 죽 걸어 보았다. 이제는 바자울조차 돌봐야 했기에 길을 걸어가면서 바자울의 말뚝을 바로잡아 세워 놓기도 했다. 그들은 깊은 한밤중에 레닌의 지혜에 대해 이야기를 나누었으며, 그것으로 그날 하루를 마쳤다. 잠자리에 들면서 제예프는 내일 도시에 어떤 상징물이라도 세우고, 곧 도착할 프롤레타리아들이 보기에 깨끗하도록 집집마다 마루라도 닦아 놓는 것이 어떻겠냐고 체푸르니에게 건의했다.

체푸르니는 집집마다 마루를 닦고 높은 나무 위에 상징물을 걸어 놓는 것에 동의했다. 그는 이렇게 할 일이 생겼다는 사실에 기뻐하기까지 했다. 왜냐하면 밤과 함께 그에게는 항상 정신적 동요가 찾아왔던 것이다. 아마도 이제는 전 세계가, 전 부르주아가 이 체벤구르에 공산주의가 출현했다는 것을 알 것이며, 심지어 지금은 주변의 위험이 더 가까이 존재하고 있을지도 모른다. 스텝과 협곡의 어둠 속에서는 아마도 적군들의 발소리와 맨발로 다니는 강도들의 조용한 속삭임이 들릴지도 모른다. 그러면 체푸르니는 더 이상 풀도, 체벤구르의 텅 빈 집들도 보지 못할 것이며, 지금 어디선가 사람들의 존경도 받지 못하고 자기 삶의 의미도 지니지 못한 채 떠돌고 있는, 누군지 모를 집 없는 프롤레타리아들을 깨끗한 마루와 신선한 공기로 기다릴 준비가 되어 있는, 이 최초의 도시 위를 비추는 동지적인 태양도 볼 수 없을 것이다. 프로코피가 지도를 보면서 설명해 주었듯이 모스크바 근처에, 또는 발다이 구릉에 크렘린이라 불리는 비밀스러운 장소가 있으며, 그곳에 레닌이 전등 아래 앉아 생각하면서, 잠도 자지 않고, 뭔가를 쓰고 있다는 그 한 가지 사실에 체푸르니는 안심하며, 한편으로는 흥분했다.

그는 지금 그곳에서 뭘 쓰고 있을까? 이미 체벤구르가 존재하고 있으니, 이제 레닌은 아무것도 쓰지 않아도 될 것이며, 거꾸로 프롤레타리아 속으로 들어와서 살면 되지 않을까? 체푸르니는 제예프에게서 좀 떨어져 체벤구르 어느 작은 골목의 편안한 풀 위에 누웠다. 그는 레닌이 지금 체벤구르와 체벤구르의 볼셰비키들에 대해서 생각하고 있다는 사실을 알고 있었다. 비록 체벤구르에 있는 동지들의 이름까지는 모르더라도 말이다. 레닌은 어쩌면 체푸르니에게 편지를 쓸지도 모른다. 체푸르니에게 잠들지 말고 체벤구르의 공산주의를 지키라고. 그리고 모든, 낮은 곳에 있는 이름 없는 민중의 삶과 감각을 스스로 느끼라고. 또한 아무것도 두려워하지 말라고. 역사의 오랜 시간들은 이미 끝났으며, 가난과 슬픔은 그들 이외에는 아무것도 남아 있지 않을 만큼 번식했다고. 또한 체벤구르에서 지상의 모든 순교자들을 포옹하고, 삶에서 불행의 움직임을 끝장내기 위해, 체푸르니와 그의 모든 동지에게 자신을, 즉 레닌을 그들에게로, 공산주의로 초대해 달라고 쓸지도 모른다. 그리고 레닌은 나중에 경의를 표하고 체벤구르에서 공산주의가 영원히 뿌리내리도록 명령을 내릴 것이다.

마음이 편안해지고 충분히 휴식을 취한 체푸르니는 여기까지 생각하고 자리에서 일어섰다. 다만 한 가지, 지금 당장 걸어서 체벤구르에서 크렘린으로 레닌에게 전보를 들고 갈 어떤 부르주아나 남아도는 전사가 없다는 사실만이 유감스러울 따름이었다.

"아마도 크렘린에는 이미 오래된 공산주의가 있을지도 몰라." 체푸르니는 부러워했다. "어쨌든 거기엔 레닌이 있으니……. 그런데 크렘린에서 나를 뜬금없이 일본 사람이라고 부르면 어쩌지. 부르주아들이 내게 그런 별명을 붙여 줬는데 말이야. 그건 그렇고, 지금 편지를 들려 보낼 사람이 아무도 없으니……."

벽돌 건물 안에서는 등불이 타고, 여덟 명의 볼셰비키는 무언가 위험한 일에 대비해 잠들지 않고 있었다. 체푸르니가 들어와서 그들에게 말했다.

"동지들, 뭐든지 우리 스스로 생각해야만 되네. 프로코피가 지금 여기 없단 말이야……. 도시는 무방비로 열려 있고, 이념은 그 어디에도 쓰여 있지 않아. 누가, 그리고 왜 여기서 살고 있는지, 지나가는 동지들이 보더라도 불분명할 걸세. 그리고 그것 말고도, 마루를 닦아야만 하네. 제예프가 이 문제를 정확히 지적했어. 집으로 바람이 들어와서 말일세. 한번 보게. 게다가 여기저기서 아직도 부르주아 냄새가 나고 있다고……. 동지들, 우리가 이제 생각해야 될 때라네. 그렇지 않다면 우리가 여기 있을 이유가 뭔가? 말들 좀 해 보게!"

체벤구르의 볼셰비키들은 모두 당황했으며, 스스로 생각하려고 노력했다. 키레이는 자기 머릿속의 소음을 듣기 시작했으며, 애쓰고 피가 몰려 귓속에서 귀지가 끓어오를 때까지 그곳에서 뭔가 생각이 나올 것이라 기대하면서 기다렸다. 귀지가 끓어오르자 키레이는 체푸르니에게 다가가 부끄러워하는 목소리로 알렸다.

"체푸르니 동지, 너무 생각을 많이 해서 귀에서 고름이 나올 지경입니다. 생각은 안 나오고 말이죠……."

체푸르니는 생각하는 대신 다른 어떤 직접적인 과업을 키레이에게 부여했다.

"그럼 자네는 일단 나가서 도시를 순찰하게. 무슨 소리가 들리는지 잘 들어 보고. 어쩌면 누군가 어슬렁거릴지도 몰라. 아니면 어딘가 서서 겁내고 있을 수도 있고. 일단 그런 자가 있더라도 당장 끝장을 내지 말고, 산 채로 데려오게. 여기서 우리가 함께 조사해 보세."

"그건 할 수 있습니다." 키레이가 동의했다. "밤은 길어요. 우리가 생각하는 동안 우리 도시를 통째로 훔쳐서 스텝으로 끌고 갈 수도 있어요……."

"그래, 그럴 수도 있겠군." 체푸르니도 걱정하기 시작했다. "이 도시가 없다면 우리에겐 생명도 없어. 그리고 또다시 이념과 전쟁뿐이야."

키레이는 공산주의를 지키기 위해 신선한 대기 속으로 나갔다. 그리고 남은 볼셰비키들은 앉아서 생각에 잠겨, 등불에 심지가 석유를 빨아들이는 소리를 듣고 있었다. 밖은 밤의 암흑과 획득된 사유 재산의 메아리치는 공허로 너무나 조용해, 순찰하는 키레이의 잦아드는 발걸음 소리도 오랫동안 길게 울려 퍼졌다.

제예프만이 헛되이 앉아 있지 않고 뭔가를 생각해 냈다. 그는 언젠가 스텝에서 열린 전쟁 집회에서 들은 적 있는 상징물을 생각해 냈다. 제예프는 깨끗한 천을 달라고 부탁했다. 지나가는 프롤레타리아들이 보고 기뻐하면서 체벤구르를 그냥 지나치지 않을 뭔가를 천에다 쓸 것이라고 말했다. 체푸르니가 직접 옛날 부르주아들이 살았던 집으로 가서 깨끗한 아마포를 가져왔다. 제예프는 천을 등불에 비춰 보고는 칭찬했다.

"아깝군." 제예프는 아마포에 대해서 말했다. "여기에 얼마나 많은 노력과 여자들의 깨끗한 손길이 닿았을까. 볼셰비키 여인네들도 이렇게 보드라운 걸 만들도록 배우기만 하면 좋겠군."

제예프는 배를 깔고 엎드린 후, 페치카의 석탄 조각으로 아마포에 뭔가 그리기 시작했다. 모두 제예프 주변을 둘러싸고 서서 그를 걱정했다. 제예프는 모든 사람이 편안해지도록 혁명을 표현해야만 했다.

동지들의 공통의 인내 때문에 서두른 제예프는, 자신의 기억을 열심히 더듬으면서 체벤구르의 상징 문구를 썼다.

'가난한 동지들이여, 여러분은 세상의 모든 편리한 것과 물건을 만들었지만, 지금은 그것을 파괴했으며, 더 나은 것을, 즉 서로서로를 원하고 있다. 바로 이를 위해 체벤구르는 지나가는 동지들을 획득하고 있다.'*

체푸르니가 제일 먼저 이 상징 문구를 칭찬했다.

"정확해." 그가 말했다. "나도 바로 이걸 느꼈어. 재산이라는 것은 흘러가는 이익에 불과하지만 동지라는 것은 필연성이지. 그들 없이는 아무것에도 승리할 수 없고, 우리도 동지가 없으면 매춘부 같은 인간이 될 걸세."

그리고 여덟 사람 모두 사람들이 나타날 수 있는, 행인이 많이 다니는 길에다 장대에 상징 문구를 달아 놓기 위해 아마포를 들고 텅 빈 도시를 지나 걸어갔다. 체푸르니는 서두르지 않았다. 그는 모두 잠들고 나면 혼자 남아서 이 두 번째 공산주의의 밤을 슬퍼하면서 불안해 할까 봐 두려웠다. 동지들 사이에 있으면 그의 영혼은 이런저런 일에 소진되고, 내부의 힘을 그런 식으로 소진하면 덜 두려웠던 것이다. 마땅한 장소를 두 군데 찾아서 깃발을 걸려고 시도해 보았지만, 한밤의 바람이 불어닥쳤다. 체푸르니는 오히려 기뻐했다. 부르주아들도 없는데, 바람이 옛날처럼 불고 장대가 흔들린다는 것은, 결국 부르주아들이 결정적인 자연력이 아니라는 것을 의미하기 때문이었다.

키레이는 쉬지 않고 도시 주변을 걸어 다녀야 했지만, 두려워하지 않았다. 밤바람을 맞으면서 여덟 명의 볼셰비키는 길가에 서서 스텝에서 나는 어떤 소음을 들었는데, 그들은 저 어둠 속에서 갑자기 나타날 수 있는 날카로운 밤의 위협에서 서로를 지켜 주기 위해 떨어지지 않고 있었다. 제예프는 적을 죽이지 않고, 그토록 오래 적을 기다릴 수 없었다. 그는 정찰하러 혼자 스텝으로 떠났다. 그리고 일곱 사람은 키레이에게만 도시를 맡긴 채 떠나지 않으려고 예비 병력으로 남아 제예프를 기다리기로 했다. 일곱 명의 볼셰비키는 보다 따뜻하게 하려고 땅 위에 누워, 어둠의 편안함 속에서 적들을 숨겨 놓고 있을지도 모를, 그들을 둘러싼 밤의 소리에 귀를 기울였다.

체푸르니가 처음으로 고요히 삐걱거리는 어떤 소리를 들었다. 가깝지도 않았고, 멀지도 않았다. 무엇인가가 움직이면서 체벤구르를 위협하고 있었다. 하지만 그 비밀스러운 물건의 움직임은 매우 느렸다. 아마도 무게나 중력 때문이거나, 아니면 변질되었거나 피로함 때문일지도 모른다.

체푸르니가 자리에서 일어나자 모두 그와 함께 일어섰다. 분노한, 억눌린 불꽃은 구름 덮인 알 수 없는 공간을 순간적으로 비추었는데, 흡사 누군가의 꿈속에서 노을이 스러지는 것 같았다. 그리고 죽어 가는 풀들 위로 바람이 총소리를 전해 주었다.

체푸르니와 여섯 명의 볼셰비키는 익숙한 대오로 달려 나갔다. 총성은 다시 반복되지 않았으며, 전쟁과 혁명을 다시 느낀 심장이 목까지 가득 부어오를 때까지 달려가고 나서야, 체푸르니는 두고 온 체벤구르를 돌아보았다. 체벤구르에는 불꽃이 타고 있었다.

"동지들, 모두 즉시 제자리에 멈추게!" 체푸르니는 소리를 질렀다. "적들이 우리를 지나가 버렸소……. 제예프, 케샤, 모두 이리로 오시오! 피유샤, 모두 맹목적으로 돌진하여 총을 쏘시오! 자넨 어디 갔었어? 지금 공산주의 때문에 내가 약해진 게 보이지 않는가……."

체푸르니는 자기의 모든 육체를 차지하고 있는 심장에서 흘러나오는 피의 무게 때문에 땅에서 일어날 수가 없었다. 그는 여위고 아파하면서 연발 권총을 들고 누워 있었다. 여섯 명의 볼셰비키는 그를 둘러싼 채 무기를 들고 서서, 스텝과 체벤구르를 살펴보면서 사라진 동지를 찾았다.

"흩어지지 맙시다!" 케샤가 말했다. "일본인을 데리고 일단 체벤구르 쪽으로 갑시다. 그곳에 우리의 정권이 있소. 도대체 무얼 위해 가족 없는 인간을 버린단 말이오……."

볼셰비키들은 체벤구르로 갔다. 그들은 체푸르니를 그다지 오래 나르지 않아도 됐다. 왜냐하면 그의 심장은 곧 가라앉아서 작은 자신의 장소 안에 자리를 잡았기 때문이다. 체벤구르에는 누군가의 평온한 집 안에서 불꽃이 타오를 뿐 스텝에서는 아무런 소리도 들리지 않았다. 볼셰비키들은 창밖으로 나오는 불빛에 풀이 비치고, 그 풀의 그림자가 지나온 거리 가운데 비칠 때까지, 내전 당시에 스텝을 다니던 걸음으로 조용히 움직여 갔다.

아무런 명령도 없었지만, 볼셰비키들은 자동적으로 불을 밝힌 적의 창문을 등지고 일렬로 서서 총을 들고 유리창을 통해 집 안으로 일제 사격을 가했다. 집 안의 불꽃이 꺼졌으며, 그 불 꺼진 집의 어둠 속에서 유리창 틀에 난 구멍을 통해 키레이의 밝은 얼굴이 나타났다. 그가 일곱 명을 쳐다보았다. 공산주의의 야경꾼인 자기 말고 도대체 체벤구르에서 총을 쏘는 이자들이 누군지 추측해 보고 있었던 것이다.

체푸르니는 그제야 정신을 차리고 키레이에게 소리를 질렀다.

"스텝에 강도들이 미친 듯이 날뛰는 이런 때에, 대체 자네는 왜 텅 빈 도시에서 석유등을 켜고 있나? 게다가 내일이면 프롤레타리아들이 이리로 행진해서 올 텐데, 왜 도시를 고아처럼 혼자 버려 두고 있는가? 말 좀 해 보게!"

키레이는 잠시 생각하고 나서 대답했다.

"저는 말입니다, 체푸르니 동지, 잠이 들었는데 꿈을 꿨죠. 마치 나무 위에서 보는 것처럼 체벤구르가 전부 보였어요. 여기저기 헐벗고, 게다가 도시에는 사람도 없어요. 걸어 다녀도 보이는 것이 별로 없고, 바람만 강도처럼 귀에다 대고 말하더군요. 그놈에게 총을 쏘려고 해도, 바람이란 놈은 육체가 없으니……."

"왜 가스 불을 켰느냐고 묻지 않았나, 머리가 모자라나?" 체푸르니가 물었다. "프롤레타리아들이 오면 뭘로 불을 켜란 말이야? 프롤레타리아들은 독서를 좋아한단 말이야. 공산당의 영혼을 가졌다는 자네가 프롤레타리아의 석유로 불을 켜다니, 이게 무슨 짓인가!"

"저는 어둠 속에서 음악 소리 없이는 잠들 수가 없어요, 체푸르니 동지." 키레이는 이유를 밝혔다. "저는 불을 밝힌 즐거운 장소에서 잠들길 좋아한단 말입니다……. 파리 새끼라도 윙윙거리면 좋겠어요……."

"잠자지 말고 저기 도시 경계 쪽이나 지키러 가!" 체푸르니가 말했다. "우리는 제예프를 구출하러 가야겠군……. 자네의 이 신호 때문에 멀쩡한 동지를 버리고 왔네……."

체벤구르 끝까지 가자 일곱 명의 동지는 다시 스텝에 누워 먼 곳에서 뭔가 바스락거리지는 않는지, 제예프가 다시 돌아오지는 않는지, 아니면 그가 이미 죽은 채로 아침까지 쓰러져 있는 것은 아닌지 귀를 기울였다. 키레이는 나중에 이곳까지 와서 누워 있는 모든 사람에게 이렇게 말했다.

"여러분은 저기 사람이 죽어 가는데도 여기 누워 있군요. 나라면 직접 그의 뒤를 따라 달려가고, 도시를 수호할 겁니다……."

케샤는 프롤레타리아 계급 전체를 제예프 하나와 바꿀 수는 없다고 키레이에게 소리쳤다. 제예프 한 사람을 구하러 모두 가 버리면 강도들이 도시 전체에 불지를 수도 있다는 것이었다.

"도시의 불은 내가 끄겠소." 키레이가 약속했다. "여기에는 우물이 있으니까. 그런데 제예프는 어쩌면 벌써 영혼도 없이 쓰러져 죽었을 수도 있소. 아직 프롤레타리아들은 오지도 않았는데, 뭐 하러 그들을 기다립니까. 하지만 제예프는 우리와 함께 있었지 않소."

체푸르니와 케샤는 이 말을 듣자, 체벤구르에 대한 아쉬움도 없이 튀어 올라서 스텝의 계속되는 밤을 향해 몸을 던졌으며, 나머지 다섯 명의 동지도 그들에게서 멀어지지 않고 함께 달려갔다.

키레이는 바자울 아래로 들어가서 머리 밑에 우엉 잎을 깔고는 적의 소리를 듣기 위해 아침이 올 때까지 그대로 누워 있었다.

구름이 땅끝으로 약간 내려앉아 있어, 하늘 가운데가 밝았다. 키레이는 지루하지 않도록 별을 바라보고, 별은 그를 바라보았다. 모든 볼셰비키는 체벤구르에서 떠났지만 흡사 제국에 둘러싸인 것처럼, 스텝으로 둘러싸인 채 키레이 혼자 누워서 생각에 잠겼다. '나는 살아 있고, 또 살아 있다. 하지만 무엇 때문에 살아가는가? 아마 모든 것이 정말 좋아지려는지 몰라. 전 혁명이 나를 보살피고, 그래서 무조건 기분이 좋아지기 위해서 말이야……. 지금은 나쁘기만 해. 사실 프로슈카가, 이것은 어디론가 나아가는 진보가 끝나지 않아서 그런 것이고, 나중에는 공허 속에서 금방 행복이 열릴 거라고 했지. 그런데 별은 왜 빛나고 또 빛나는 걸까? 별도 뭔가 필요한가? 별이 지면 볼거리라도 있을 텐데. 아니야, 별은 떨어지지 않을 거야. 그곳에는 하느님 대신 과학이 지배하고 있을 테니……. 아침이 빨리 왔으면 좋겠다. 여기 혼자 누워 전 공산주의를 지키고 있다니. 내가 지금 체벤구르에서 나간다면, 공산주의도 여기를 떠나게 될 거고, 어딘가 알 수 없는 곳에 홀로 남게 되겠지……. 이 공산주의는 집들도 아니고, 볼셰비키들의 무리도 아니야.'

키레이의 목으로 뭔가 물방울 같은 것이 떨어졌지만 금방 말라 버렸다.

"빗방울이 떨어지는데." 키레이는 이것을 느꼈다. "구름도 없는데 어디서 빗방울이 떨어지지? 뭔가 저기 모여서 어디론가 되는대로 가는가 보군. 그래, 입으로 떨어져라." 그리고 키레이는 입을 크게 벌렸지만 더 이상은 빗방울이 떨어지지 않았다. "그럼 주변에라도 떨어지든지." 키레이는 옆에 있는 우엉에게 하늘을 가리키면서 말했다. "나를 건드리지 말고, 좀 가만히 둬. 오늘은 삶 때문에 좀 지쳤어……."

키레이는 적이 어딘가에 반드시 있다는 것을 알고 있었지만, 이 가난한, 경작되지 않은 스텝에서, 더구나 깨끗이 정화된 프롤레타리아의 도시에서는 적을 느끼지 못했다. 그래서 그는 굳건한 승리자의 편안한 마음으로 잠이 들었다.

체푸르니는 그와 반대로 이 최초의 프롤레타리아의 밤에 잠들기가 두려워, 이제 적들에게 진격하고 있다는 사실에 차라리 기뻐했다. 다가오는 공산주의 앞에서 부끄러움과 두려움으로 괴로워하지 않고, 모든 동지와 함께 계속 행동할 수만 있다면 좋은 것이다. 그리고 체푸르니는 피로하고 집 없는 적들을 따라잡아서, 바람에 식은 그자의 육신에 남아 있는 마지막 온기를 빼앗기 위해서, 자신의 의식 없는 심장 때문에 약해진 채로, 밤의 스텝을 따라 고독한 공간 깊숙이 달려갔다.

"이런 공동의 고요 속에서 총을 쏘다니, 더러운 놈들!" 체푸르니는 중얼거리면서 화를 냈다. "새 생활을 시작하도록 도와주질 않는군!"

내전이 진행되는 동안 한밤중의 어둠에 익숙해진 볼셰비키들의 눈은 저 멀리서 커다랗고 낯선 물건을 발견했다. 그것은 흡사 길고, 광택 있는 돌이나 석판이 땅 위에 놓여 있는 것 같았다. 이곳의 스텝은 흡사 호수의 수면처럼 잔잔해 그 낯선 물건은 이 땅에 속하지 않는 것이었다. 체푸르니와 함께 걸어가던 볼셰비키들은 저기 있는 움직이지 않는 낯선 대상까지의 거리를 마음속으로 재면서 걸음을 멈추었다. 하지만 거리는 측정할 수 없었다. 그 검은 물건은 흡사 절벽 너머에 있는 것 같기도 했다. 밤의 잡초들은 어둠을 흔들리는 물결처럼 바꾸어 놓아 그들 시야의 정확성이 사라졌던 것이다. 그러자 볼셰비키들은 손에 권총을 꼭 쥐고 앞으로 달려 나갔다.

검고 정확한 그 물체는 삐걱거리기 시작했다. 소리를 들어 보면 그것이 가까이 있다는 것을 알 수 있었다. 왜냐하면 자잘한 돌멩이들이 그 근처에서 부서지고, 지표의 윗부분이 바스락거렸기 때문이다. 볼셰비키들은 호기심 때문에 제자리에 멈춰 서서 총을 내렸다.

"별똥별이 떨어진 걸세. 이제 분명해졌어!" 계속 빠르게 행군해와 심장의 아픔을 느끼지 못한 채, 체푸르니가 말했다. "이제 별들도 우리에게 날아오는군. 동지들도 이곳으로 올 거고, 새들도 발랄한 아이들처럼 노래하기 시작했어. 공산주의는 장난이 아니야. 공산주의는 세상의 종말이라니까!"

체푸르니는 땅 위에 누워서 밤과 위험과 텅 빈 체벤구르를 잊어버리고, 그가 한 번도 기억하지 못했던 것, 바로 자신의 아내를 기억해 냈다. 하지만 그의 아래로는 아내가 아니라 스텝이 있었기에 체푸르니는 그 자리에서 일어났다.

"아마도 이것은 어떤 조력이거나, 인터내셔널의 기계일지도 몰라요." 케샤가 말했다. "아니면, 부르주아들을 자동으로 뭉개 버릴 수 있는, 주철로 만든 통일지도 모르지……. 우리가 여기서 이렇게 싸우고 있으니, 아마 인터내셔널도 우리에 대해서 기억하고 있는 거겠죠."

가장 나이 든 볼셰비키 표트르 바르폴로메예비치 베코보이는 밀짚모자를 벗고 그 미지의 물체를 선명히 바라보았지만, 도대체 이 물건이 무엇인지 기억할 수가 없었다. 지난날 목동으로 살아, 그는 밤에 날아가는 새들도 알아볼 수 있고, 몇 베르스타 떨어진 곳의 나무 종류도 알아낼 수 있었다. 그의 감각은 흡사 그의 육체보다 앞에 존재하는 것 같았으며, 가까이 접근하지 않고서도 모든 사건에 대해 알 수 있도록 해 주었다.

"설탕 공장에서 나온 통 같군." 아직까지 그다지 확신하지 못하고 베코보이가 말했다. "통은 통이야. 통 때문에 돌멩이가 바스러지면서 소리를 냈다고. 아마도 크루토보의 사내들이 이 통을 끌고 왔을 거야. 그런데 끝까지 끌고 가지 못한 거지……. 그자들이 욕심낸 것보다 통 무게가 더 나갔던 게지. 이 통은 굴려서 움직여야 될 정도로 무거운데, 그자들은 이걸 그냥 질질 끌고 온 거야."

땅은 다시 바스락 소리를 내기 시작했다. 통은 조용히 움직이면서 볼셰비키 쪽으로 굴러 왔다. 속았다고 생각한 체푸르니가 제일 먼저 움직였다. 그는 접근해 오는 통 쪽으로 달려가 열 걸음쯤 떨어진 곳에 서서 통을 향해 총을 쏘았다. 그 때문에 쇠로 만든 통의 녹이 그의 얼굴에 튀었다. 하지만 통은 체푸르니와 다른 사람들 쪽으로 계속 굴러와 볼셰비키들은 느린 걸음으로 통에서 멀찍이 떨어졌다. 어떻게 통이 움직였는지는 알 수 없었다. 왜냐하면 통이 건조한 대지를 따라서 자기 무게 때문에 계속 바스락 소리를 내고 있어, 체푸르니는 통에 집중해서 그것이 어떻게 움직이는지 추측할 여유도 없었던 것이다. 아침으로 다가가는 밤은 하늘의 별들에서 드물게 나오던 그 마지막 빛의 연약함마저 스텝에서 빼앗아 버렸다.

통은 천천히 속도가 줄어들어, 땅 위 어떤 작은 언덕에 걸려 제자리에서 헛돌더니, 잠시 후 완전히 조용해졌다. 체푸르니는 아무것도 생각나지 않았다. 뭔가 말하고 싶었지만, 피곤하고 지친 여자의 목소리가 부르는 노랫소리를 듣고는 말을 시작할 틈을 찾지 못했다.

나는 호수의 작은 물고기를 꿈꾸었네.
나는 작은 물고기였다네…….
나는 멀리멀리 헤엄쳐 갔지,

나는 살아 있었고, 또 아주 작았다네.

노래는 거기서 끝났다. 볼셰비키들은 노래를 더 듣기를 원해, 목소리와 노래를 탐욕스레 기다리면서 움직이지도 않고 오랫동안 제자리에 서 있었지만 말이다. 어느 순간 노래는 지속되지 않았고, 통은 더 이상 움직이지 않았다. 아마도, 쇠로 만든 통 안에서 노래를 부르는 그 존재는 피로에 지쳐 노래 가사와 음률을 잊어버린 채 통 바닥에 누워 버린 것인지도 모른다.

"듣고 있소?" 이 통 때문에 그들 눈앞에 아직 보이지도 않는 제예프가 저 멀리서 물었다. 만약 그가 말하지 않았더라면, 갑작스럽게 나타난 적이라고 오해해서 그를 죽여 버렸을 수도 있을 것이다.

"듣고 있네." 체푸르니가 대답했다. "그녀가 또 노래를 부를까?"

"아니요." 제예프가 대답했다. "벌써 세 번이나 노래를 불렀소. 벌써 얼마나 오래 그 노래를 들으면서, 여길 지키고 있는지 모르겠소. 안쪽에서 누군가 굴리니까, 통이 움직이는 거요. 그러니 통에다 총을 쏴도 소용없는 일이라오."

"도대체 그 안에 누가 있는가?" 케샤가 물었다.

"알 수 없소." 제예프가 대답했다. "어떤 덜떨어진 부르주아 여자가 남동생하고 같이 있는 것 같소. 당신들이 오기 전까지 그들은 저 안에서 키스를 했는데, 왠지 모르지만 남동생이 갑자기 죽어 버렸다오. 그래서 저 여자가 혼자 노래를 부르기 시작한 거요……."

"여자는 뭐 물고기가 되고 싶은가 보군." 체푸르니가 추측했다. "아마도 우선 살고 싶을지도 모르지! 말 좀 해 보게!"

"그거야 당연하죠." 제예프가 확언했다.

"그럼 이제 어떻게 하지?" 체푸르니는 동지들과 상의했다. "저 여자 목소리는 감동적이고, 체벤구르에는 예술이 없으니……. 살아날 수 있도록 여자를 밖으로 꺼내 주는 게 어떨까?"

"안 돼요!" 제예프가 거절했다. "그녀는 지금 너무 힘이 빠져 있고, 게다가 좀 모자라요……. 여자를 먹일 음식도 없고, 또 부르주아 여자란 말이오. 뭐 아무 동네 아낙이라면 어떻게든 되겠지만, 저 여자는 버려진 잔재의 호흡일 따름이오……. 그리고 우리에게 필요한 건 예술이 아니라 공감이오."

"그럼 어떻게 하지?" 체푸르니가 모든 사람에게 물어보았다.

부르주아 여자를 데려갈지, 아니면 그녀를 버릴지에 대해서 모두 침묵했다. 왜냐하면 눈에 보이는 어떤 유용한 차이도 없었기 때문이다.

"그러면 골짜기로 통을 도로 굴려 버립시다. 그리고 마루를 닦으러 갑시다." 체푸르니가 문제를 해결했다. "프로코피가 저 멀리 프롤레타리아를 찾아서 떠났지 않소. 내일은 어쩌면 프롤레타리아들이 나타날지도 모르오."

여덟 명의 볼셰비키는 통을 저 멀리, 체벤구르와 반대 방향으로 밀고 갔다. 그곳에서 1베르스타 정도 지나면 협곡의 절벽이 끝나면서 땅이 움푹 꺼진 부분이 시작되었다. 통을 움직이는 동안 통 안에서 어떤 보드라운 속 내용물이 움직였지만, 볼셰비키들은 서둘러서 통이 더 빨리 구르도록 했고, 그 모자라는 부르주아 여자의 잦아드는 목소리에 귀를 기울이지 않았다. 곧 통은 자기 갈 길로 갔다. 협곡으로 이어지는 스텝의 경사면이 시작되자, 볼셰비키들은 작업을 멈추었다.

"이건 설탕 공장에서 나온 솥이야." 베코보이는 자기 기억을 정당화했다. "그런데 이게 무슨 기계나 되는 줄 알았단 말이야."

"음." 체푸르니가 말했다. "그래, 이게 솥이라면 굴러가도록 놔두지. 이 솥 없이도 우리는 잘 해 나갈 수 있어……."

"난 이게 무슨 죽은 통나무 목재라고 생각했어." 케샤가 말했다. "알고 보니 솥이었군!"

"그래, 솥이야." 베코보이가 말했다. "주물이지."

솥은 아직도 스텝을 따라서 굴러갔다. 멀리 떨어져서도 조용해지지 않았을 뿐만 아니라, 더 크게 바스락거리면서 소음을 냈다. 왜냐하면 솥의 속도는 지나쳐 온 공간보다도 더 빨리 가속되었기 때문이다. 체푸르니는 솥의 최후에 귀를 기울이면서 땅 위에 앉았다. 솥 구르는 소리는 어느 순간 갑자기 들리지 않았다. 그것은 협곡의 절벽 끝에서 공중으로 날아올라, 약 30초 후 침묵하는 협곡의 모래 속으로 평온하고 둔탁한 소리를 내면서 처박혔기 때문이다. 흡사 누군가 살아 있는 팔로 솥을 받아서 보호하고 있는 것 같았다.

체벤구르 사람들은 그제야 안심했으며, 이미 여명이 다가오고 있어서 희끗하게 밝아 오는 스텝을 따라 체벤구르로 돌아가기 시작했다.

키레이는 자기를 안아 줄 사람이 없어 자신의 목을 꼭 껴안은 채, 우엉 잎에 머리를 기대고 체벤구르의 마지막 바자울 옆에서 여전히 잠들어 있었다. 키레이 옆으로 사람들이 지나갔지만 어린 시절과 평안함의 따스한 빛이 육신으로 나오도록 해 주는, 자기 생명의 가장 깊은 곳에서 잠에 취한 키레이는 그들의 소리를 듣지 못했다.

체푸르니와 제예프는 도시 변두리에 있는 집들에 남아서 차가운 우물물을 길어 올려 마루를 닦기 시작했다. 다른 여섯 명의 체벤구르 사람들은 청소를 하기에 더 좋은 집들을 고르려고 계속 나아갔다. 살림방의 어둠 속에서 일하는 것은 쉽지 않았고, 사유 재산에서는 어떤 망각의, 잠 오는 냄새가 났다. 그리고 많은 침대들에는 자기들이 살던 집으로 돌아온 부르주아들의 고양이가 누워 있었다. 볼셰비키들은 고양이들을 저쪽으로 던져 버리고는, 피로한 사람에게는 필요도 없는 복잡한 이불과 침구에 놀라면서, 침구의 먼지를 깨끗이 털어 냈다.

아침이 밝아올 때까지 체벤구르 사람들은 겨우 여덟 집밖에 청소하지 못해, 체벤구르에는 청소할 집이 훨씬 많이 남아 있었다. 이후 그들은 담배를 피우려고 잠시 앉았다가는 침대나 서랍장에 머리를 기대거나, 깨끗이 닦은 마루에서 길게 자란 머리를 숙이고 앉은 채 그냥 잠들어 버렸다. 볼셰비키들은 이미 죽어 버린 계급적 적대자들의 집에서 처음으로 휴식을 취한 것이었지만, 그 사실에는 조금도 주목하지 않았다.

키레이는 체벤구르에서 홀로 잠이 깨었다. 밤에 동지들이 모두 돌아왔다는 사실을 그는 알지 못했다. 벽돌집에도 아무도 없는 것 같았다. 그렇다면 체푸르니는 강도를 쫓아서 저 멀리까지 갔거나, 같이 간 동료들과 함께 상처를 입어서 어딘지 알 수도 없는 풀밭에 죽어 있을지도 모를 일이었다.

키레이는 기관총을 장전하고 자기가 잠들었던 그 경계 지역으로 갔다. 태양은 이미 높이 떠서 텅 빈 스텝 전체를 밝혀 주었지만 그곳에는 어떠한 적도 보이지 않았다. 하지만 키레이는 자신이 체벤구르와 그 안의 모든 공산주의를 온전히 지키도록 위임받은 사실을 잘 알고 있었다. 이를 위해 그는 도시에 프롤레타리아 권력이 유지될 수 있도록 기관총을 장착한 뒤, 엎드려 주변을 살펴보기 시작했다. 자기가 할 수 있는 만큼 엎드려서 지키고 나자, 키레이는 어제 거리에서 본 닭을 잡아먹고 싶어졌다. 하지만 지키는 눈이 하나도 없는데 기관총을 두고 갈 수는 없었다. 이것 역시 적인 백군 놈들의 손에다 공산주의의 군사력을 갖다 바치는 꼴이었다. 그래서 키레이는 닭을 잡으러 갈 수 있도록, 체벤구르를 방어할 다른 방법을 생각해 내려고 얼마간 더 엎드려 있었다.

'닭이 제 발로 내게 온다면 얼마나 좋을까.' 키레이는 생각했다. '어차피 나는 그 닭을 먹어 치울 거니까……. 프로슈카가 말한 게 옳아. 그 어디에도 삶은 조직화되지 않았어. 비록 우리에겐 지금 공산주의가 있지만 말이야. 공산주의가 완수되었다면 닭이 직접 나에게 와야만 되는 거지…….'

키레이는 거리를 따라 닭이 오고 있지 않은지 훑어보았다. 닭은 오지 않고 개 한 마리가 어슬렁거렸다. 개는 지루해 했으며, 사람 없는 체벤구르에서 도대체 누구를 존경해야 할지 모르고 있었다. 사람들은 개가 재산을 보호해 준다고 생각했지만, 사람들이 집에서 떠나 버리자, 개도 사유 재산을 버렸다. 그리고 이제 개는 그 어떤 걱정거리도 없이, 그렇지만 또한 행복의 감정도 없이 저 멀리 어슬렁거리는 것이었다. 키레이는 개를 가까이 불러서 개털에 붙은 티끌을 떼어 주었다. 개는 비탄에 빠진 눈동자로 키레이를 응시하면서, 앞으로 다가올 자기 운명을 잠자코 기다렸다. 키레이는 개를 가죽 끈으로 기관총에 묶어 두고 편한 마음으로 닭을 잡으러 갔다. 체벤구르에서는 아직 그 어떤 소리도 없었으며, 만약 스텝에서 적들이나 어떤 낯선 사람이 나타난다면, 어디에 있든지 키레이는 개가 짖는 소리를 들을 수 있을 것이었다. 개는 기관총 옆에 앉아 자신의 충실한 경계심과 노력을 약속이라도 하듯 꼬리를 흔들었다.

키레이는 정오가 될 때까지 닭을 찾아 다녔으며, 개는 텅 빈 스텝 앞에서 계속 침묵하면서 지키고 있었다. 정오가 되자 가까이 있는 어떤 집에서 체푸르니가 나와 키레이가 닭을 잡아 올 때까지 기관총 옆의 개와 교대했다.

그러고도 이틀이나 더 체벤구르 사람들은 마루를 닦았으며, 마루가 마르고 부르주아들의 오래된 나쁜 공기가 스텝에서 불어오는 바람에 정화되도록 집집마다 창문과 문을 열어 두었다. 사흘째 되던 날 말쑥한 차림을 한 어떤 사람이 지팡이를 짚고 체벤구르에 도착했는데, 그가 키레이에게 바로 죽음을 당하지 않은 것은 다만 늙었기 때문이다. 그는 체푸르니에게 직책을 물었다.

"나는 볼셰비키 공산 당원이다." 체푸르니가 알려 주었다. "그리고 이곳에는 공산주의가 있지."

그 사람은 체벤구르를 바라보고 말을 이었다.

"그렇게 보이는군요. 저는 포체프 읍의 양계장 지도자입니다. 우리 포체프 읍에선 플리머스록 품종의 닭을 좀 키워 볼까 합니다. 그래서 제가 여기로 출장 온 겁니다. 그 혈통을 교배해서 번식시켜 보려는데, 이곳 닭 주인들이 수탉 한 마리와 암탉 두 마리 정도 우리에게 줄 수 없을까요……. 일상적인 업무 집행에 대한 공문이 여기 있습니다. 계란이 없으면, 우리 읍은 더 이상 발전할 수가 없어요……."

체푸르니는 이 사람에게 수탉과 암탉 두 마리를 주고 싶었다. 이건 결국 소비에트 정부가 부탁하는 것 아닌가. 하지만 체벤구르의 마당 그 어디에도 닭이 보이지 않아, 그는 체벤구르에 살아 있는 닭이 있는지 키레이에게 물어보았다.

"여기에 더 이상 닭은 없습니다." 키레이가 말했다. "최근에 한 마리가 남아 있었는데, 제가 다 먹어 치웠죠. 있기만 하다면야, 당연히 주겠지만……."

포체프에서 출장 온 사람은 잠시 생각에 잠겼다.

"그래요, 죄송합니다……. 그러면 이 명령서에다가 제가 출장을 완수했지만, 체벤구르에는 닭이 없었다고 좀 기재해 주시겠습니까?"

체푸르니는 서류를 벽돌 위에 놓고 증명서를 써 주었다. '이 사람은 여기 왔다가 떠났다. 닭은 없었다. 닭은 혁명 부대원들의 만족을 위해 전부 소비되었다. 체벤구르 혁명위원회 위원장 체푸르니.'

"날짜를 좀 적어 주시죠." 포체프에서 출장 온 사람이 말했다. "몇 월 며칠인지요. 시간과 날짜가 없으면 감시원들이 서류의 진위 여부를 의심할 겁니다."

하지만 체푸르니는 오늘이 몇 월 며칠인지 몰랐다. 체벤구르에서 그는 살아온 나날들을 잊어버리고 있었으며, 단지 여름이 지나가고, 공산주의를 선언한 지 닷새째라는 것만 알고 있었다. 그래서 그는 이렇게 써 주었다. '공산주의 5일째, 여름.'

"아하, 알겠습니다." 양계 지도자는 감사해 했다. "이걸로 충분합니다. 일단 기입된 게 중요하죠. 감사드립니다."

"이제 가 버려." 체푸르니가 말했다. "키레이, 이자가 여기 남지 않도록 저기 경계까지 데려다 주고 오게."

저녁이 되자 체푸르니는 토담에 앉아 일몰을 기다렸다. 프롤레타리아들이 도착할 때를 대비해서 오늘 마흔 채의 집을 청소한 체벤구르 사람들은 벽돌 건물로 돌아왔다. 무한한 삶을 희망하면서 자기 계급이 필요로 했던 것 이상을 만들었던 체벤구르의 과거 부르주아들이 요리해 놓은, 반년은 지난 파이와 절인 양배추를 체벤구르 사람들은 배부르게 먹었다. 체푸르니가 앉은 곳에서 멀지 않은 데서 평온함과 정착의 상징인 귀뚜라미가 삐걱대며 노래를 부르기 시작했다. 체벤구르카 강 위로는 저녁의 따스함이 떠올랐으며, 다가온 평온한 어둠 앞에서 노동하는 대지의 지치고 긴 한숨이 피어올랐다.

'이제 곧 인민대중이 이곳으로 올 거야.' 체푸르니는 조용히 생각에 잠겼다. '금방 오겠지. 그러면 체벤구르는 공산주의로 시끌벅적해질 것이고, 그때는 그 어떤 영혼이라도 여기서 공통의 상호성에서 위안을 찾을 수 있게 될 거야.'

제예프는 저녁 시간이 되면 항상 체벤구르의 채소밭과 초지를 따라 돌아다녔으며, 발아래에서 일어나는 모든 생명의 자잘한 일상을 관찰하고 그들을 가련하게 여기면서, 발아래 장소들을 살펴보았다. 잠들기 전에 제예프는 흥미로운 미래의 삶을 그려 보거나 자기들의 행복과 혁명을 기다리지 못한 채 이미 오래전에 죽어 버린 부모에 대해서 슬퍼했다. 스텝은 더 이상 보이지 않게 되었으며, 적들과 의심으로부터의 유일한 보호막으로서 벽돌집의 불꽃 하나만 타고 있었다. 제예프는 어둠 때문에 조용해지고 연약해진 풀들을 따라 그쪽으로 걸어갔으며, 토담 위에 잠도 들지 않고 앉아 있는 체푸르니를 보았다.

"여기 앉아 계시는군요." 제예프가 말했다. "나도 같이 좀 앉읍시다. 조용히 있겠소."

모든 볼셰비키, 체벤구르 사람들은 맨바닥의 짚 위에 누워서 기억도 없는 꿈속에서 잠꼬대를 하거나 미소를 지으며 잠들어 있었다. 케샤 혼자만 체벤구르 주변의 경비를 위해서 스텝을 걸어 다니면서 기침을 해 댔다.

"왜 그런지 몰라도 전쟁을 하거나 혁명을 겪을 때는 사람들이 항상 꿈을 꾸더군요." 제예프가 말했다. "그런데 평화로운 시기에는 꿈을 꾸지 않는단 말이죠. 흡사 나무 그루터기들처럼 조용히 잠들죠."

체푸르니는 스스로도 계속 꿈을 꾸고 있었는데, 도대체 꿈들이 어디에서 와서 그의 이성을 불안하게 하는지 알 수 없었다. 프로코피가 있었다면 설명해 줄 수 있겠지만 그는, 꼭 필요한 그 인간은 지금 여기 없는 것이다.

"내가 들은 적이 있는데 말이야, 새가 털갈이를 할 때는 잠자면서 노래를 부른다더군." 체푸르니는 뭔가를 기억해 냈다. "머리는 날개 아래로 쑤셔 넣고, 주위에는 온통 깃털이 날리지. 주변에는 아무것도 보이지 않고 평화로운 목소리만 전해지는 거야……."

"공산주의는 과연 뭘까요, 체푸르니 동지?" 제예프가 물었다. "키레이는 공산주의가 바다에 있는 어떤 섬에 있었다고 말했고, 케샤는 똑똑한 사람들이 공산주의를 고안해 냈다고 말했죠……."

체푸르니는 공산주의에 대해서 스스로 생각해 내기를 원했지만, 프로코피를 기다려서 그에게 물어보는 게 더 나을 것 같다고 생각했다. 하지만 체벤구르에는 이미 공산주의가 있다는 사실을 갑자기 기억해 내고, 그는 이렇게 말을 이었다.

"프롤레타리아들이 스스로 혼자서 살아갈 때, 공산주의는 그들에게서 직접 나타나는 걸세. 뭘 더 알고 싶은가? 말 좀 해 보게. 이미 우리가 있는 바로 이 자리에서 느끼고 발견해야만 하는 이때에 말이야! 공산주의는 인민대중의 상호 감각이야. 이제 프로코피가 가난한 자들을 데려오면, 우리의 공산주의는 더 강화될 것이고, 그러면 이제 자네도 공산주의를 직접 알아볼 수 있을 걸세."

"결국 확실히 잘 알려져 있지 않은 거죠?" 제예프는 자기가 알고자 하는 바를 한 번 더 물어보았다.

"내가 인민대중으로 보이나, 자네는?" 체푸르니는 화를 냈다. "레닌도 공산주의에 대해서 다 알지는 못해. 왜냐하면 이건 혼자 하는 일이 아니라, 전 프롤레타리아 계급의 과업이기 때문이지……. 혼자서 전체 프롤레타리아보다 더 똑똑해지기는 힘들 걸세……."

케샤는 스텝에서 더 이상 기침을 하지 않았다. 멀리서 어떤 목소리들이 낮게 웅얼거리면서 울리는 소리가 들리자 누가 지나가는지 정확히 알아보기 위해 그는 풀숲에 몸을 숨겼다. 하지만 그 소리는 곧 잦아들었다. 어떤 한 장소에서 사람들이 모두 맨발로 있는 것처럼, 발을 떼는 소리는 들리지 않고 흥분하여 떠드는 소리만 겨우 들리는 것 같았다. 케샤는 밀과 명아주, 엉겅퀴 등이 사이좋게 함께 자라나는 체벤구르의 초원을 지나서 저 멀리까지 나가 보았다. 하지만 곧 다시 돌아와 내일 날이 밝을 때까지 기다리기로 했다. 잡초가 핀 초원에는 풀과 이삭의 생명의 기운이 솟아올랐다. 그곳에는 호밀과 명아주 무리들이 서로서로에게 해를 끼치지 않고, 가까이에서 서로를 안아 주고 서로를 보호하면서 살고 있었다. 그 씨앗을 누군가 일부러 뿌린 것이 아니라서, 아무도 그들을 방해하지 않았던 것이다. 하지만 가을이 오면 프롤레타리아트는 양배추 수프에 엉겅퀴를 넣어 끓이고, 호밀은 밀과 명아주와 함께 겨울 식량으로 수확할 것이다. 스텝의 더 깊은 곳에서는 해바라기와 메밀, 수수가 저절로 자라나고, 체벤구르 근교에는 온갖 야채와 감자가 자라고 있었다. 체벤구르의 부르주아들은 세상의 종말을 예상하면서 이미 3년 동안이나 아무것도 뿌리지도 심지도 않았다. 하지만 식물들은 자기 조상들로부터 스스로 번식해 나갔으며, 밀과 엉겅퀴는 서로서로 특별한 평등함을 구축해 냈다. 밀의 이삭들마다 세 뿌리의 엉겅퀴가 같이 붙어 있었던 것이다.

잘 자라난 스텝을 관찰하면서 체푸르니는 스텝도 이제는 역시 곡물과 꽃의 인터내셔널이 되었다고 말했다. 그래서 노동과 착취의 개입 없이도 모든 빈농에게 풍부한 식량을 보장해 주었던 것이다. 그 덕분에 체벤구르 사람들은 자연이 노동으로 인간을 억압하기를 그쳤으며, 자연이 무산자들에게 직접 모든 식량과 필수적인 요소들을 선물하고 있다는 것을 알게 되었다. 언젠가 체벤구르 혁명위원회는 패배한 자연의 복종에 대해서 기록했으며, 공동의 태양 아래에서 가지가 많은 두 손으로 인간을 안고 있는, 야생의 토양에서 자라나는 나무의 형태로 기념비를 세우려고 결정한 적이 있었다.

케샤는 이삭을 하나 따서 촉촉한 겨와 그 안의 아직 덜 익은 곡식을 씹기 시작했다. 그리고 나중에는 그 맛을 잊어버리고 입에서 뱉어 냈다. 무성하게 풀이 자라난 체벤구르의 대로를 따라서 마차가 부드럽게 덜컹대는 소리를 냈으며, 피유샤의 목소리는 말에게 명령을 하고, 프로슈카의 목소리는 노래를 하고 있었다.

호수에는 파도가 치고,
호수 밑바닥엔 어부가 누워 있다네.
그리고 연약한 발걸음으로,
고아가 꿈속에서 걸어 다니네.

케샤는 프로코피의 마차까지 달려가서, 한 명의 프롤레타리아도 데려오지 않고 텅 빈 마차에 그들만 타고 오는 것을 보았다.

체푸르니는 그들 앞에 나타난 프롤레타리아트를 성대하게 맞이하고, 집회를 조직하기 위해 잠든 모든 볼셰비키들을 깨웠다. 그렇지만 프로코피는, 프롤레타리아트가 지금 너무나 지쳐서, 바람이 불지 않는 스텝의 분지에서 새벽이 올 때까지 잠들어 있다고 이야기했다.

"아니 도대체, 프롤레타리아가 자기들 우두머리와 오케스트라라도 연주하면서 이곳으로 오고 있단 말인가, 아니면 뭔가?" 체푸르니가 물었다.

"체푸르니 동지, 내일 그들 전부를 직접 보게 될 겁니다." 프로코피가 말했다. "그러니 더 이상 저를 힘들게 하지 마세요. 저랑 파슈카 피유샤는 1천 베르스타나 지나왔답니다. 스텝의 바다도 봤고, 철갑상어도 먹었지요……. 일단 나중에 전부 보고하고 정리하겠습니다."

"그러면 프로슈, 자네는 잠을 자도록 하게. 내가 직접 프롤레타리아트에게 가 봐야겠군." 체푸르니가 조심스럽게 말했다.

하지만 프로코피는 동의하지 않았다.

"그들을 건드리지 마세요. 그러잖아도 고통 받은 자들입니다. 곧 태양이 떠오르면, 그들이 협곡의 언덕에서 체벤구르로 올 겁니다……."

남은 밤 내내 체푸르니는 잠들지 못하고 뭔가 기대하면서 앉아 있었다. 그는 협곡에 잠들어 있는 프롤레타리아들을 석유등으로 방해하지 않으려고 등불도 끄고, 헛간에서 체벤구르 혁명위원회의 깃발을 꺼냈다. 그러고는 자기 모자에 달려 있는 별을 닦았으며, 이미 오래전부터 멈춰 있던 벽시계의 태엽을 감았다. 충분히 모든 것을 준비해 놓고 나서, 체푸르니는 팔에 머리를 묻고, 밤 시간이 빨리 지나가 버리도록 더 이상 생각을 하지 않으려 했다. 시간은 빨리 흘러갔다. 왜냐하면 시간이라는 것은 감정이 아니라 이성이고, 체푸르니는 이성 속에서는 아무것도 생각하지 않았기 때문이다. 체벤구르 사람들이 깔고 자던 짚은 차가운 이슬에 촉촉이 젖었으며, 이것은 아침을 향해 흩어졌다. 그러자 체푸르니는 그들에게 오게 될 프롤레타리아들이 잠들어 있는 협곡과 반대쪽에 위치한 체벤구르의 경계 지역으로 깃발을 들고 걸어갔다.

체푸르니는 두 시간 동안 새벽을 기다리면서, 그리고 프롤레타리아들이 잠에서 깨어나기를 기다리면서 바자울 옆에서 깃발을 들고 서 있었다. 그는 태양 빛이 지상 위의 구름과 안개를 어떻게 먹어 치우는지, 불어오는 바람과, 물에 씻기어 노출된 인색한 토양을 지닌 벌거벗은 언덕이 어떻게 밝아오는지 바라보았다. 그리고 평평한 평지에 홀로 돌출해, 자연이 사방에서 괴롭히는 이 별 볼일 없는 언덕과 닮은 하나의 망각된 광경을 체푸르니는 기억해 냈다. 언덕의 사면에는 민중이 누워서 처음 떠오르는 태양에 뼈를 녹이고 있었다. 사람들은 누군지 모를, 거대하고 이미 죽어 버린 생명의 산산이 흩어진 검고 오래된 뼈를 닮아 있었다. 어떤 프롤레타리아들은 앉아 있었고, 또 다른 프롤레타리아들은 빨리 몸을 녹이기 위해 자기 친척이나 이웃들을 가까이 잡아당겨 끌어안고 있었다. 한 여윈 노인은 바지 하나만 입고 서서 자기 갈비뼈를 긁고 있었고, 한 소년은 그의 발밑에 앉아, 자신이 영원히 숙박할 수 있는 집이 그곳에 준비되어 있다는 사실이 믿기지 않는 듯, 미동도 하지 않고 체벤구르를 관찰하고 있었다. 두 명의 갈색 인간은, 흡사 여자들처럼 서로서로 머리에서 뭔가를 찾아 주었다. 그렇지만 그들은 머리카락을 살펴보는 것이 아니라, 손으로 더듬어 주면서 이를 잡고 있었다. 왠지 몰라도 단 한 명의 프롤레타리아도 체벤구르 쪽으로 서둘러 가려 하지 않았다. 아마도 그곳에 공산주의와 평안과 공동의 재산이 이미 준비되어 있다는 사실을 모르기 때문일 것이었다. 사람들의 절반은 몸의 반 정도만 가리고, 또 다른 절반은 외투나 아마포 형태의 맨 위에 입는 덧옷만 입고 있을 따름이었다. 그리고 외투의 아마포 아래에는 기후와 방랑과 그 모든 가난을 견뎌 낸, 건조하고 낡아 버린 몸이 있을 것이었다.

프롤레타리아들은 체벤구르의 바로 그 언덕에 무심하게 존재하면서, 동지애의 깃발을 들고 도시 경계에 고독하게 서 있는 사람에게는 눈길 한 번 주지 않았다. 텅 비고 은신처 없는 스텝 위로 어제의 지친 태양이 떠올랐으며, 태양 빛은 흡사 사랑이나 친밀함 때문이 아니라, 옷이 부족하기 때문에 서로에게 바싹 붙어 있는, 언덕 위에 버려진 사람들 외엔 아무도 없는 낯설고 망각된 나라 위를 비추기라도 하듯 역시 텅 비어 있었다. 도움도, 우정도, 그 무엇도 기대하지 않으면서, 그리고 낯선 도시에서의 고통을 미리 감지하면서, 언덕 위의 프롤레타리아들은 자리에서 일어나지 않고 허약한 힘으로 겨우겨우 움직였다. 자고 있는 사람들에게 팔꿈치로 의지한, 가끔씩 보이는 어린아이들은 흡사 성숙한 어른들처럼 프롤레타리아트 가운데에 앉아 있었다. 어른들이 자거나 아프거나 하는 동안에도, 그들만은 늘 생각하고 있었다. 아까의 노인은 갈비뼈 긁는 행동을 멈추고, 차가워진 바람이 그의 피부와 뼈로 불어오지 않도록 한 소년을 자기 옆구리 쪽으로 바싹 당긴 다음, 허리를 깔고 다시 누웠다. 체푸르니는 한 사람만이 뭔가 먹고 있다는 사실을 눈치챘다. 그 사람은 주먹에서 입으로 뭔가 털어 넣더니 그것을 씹기 시작했고, 두통을 잊으려는 듯 주먹으로 자기 머리를 쳤다. '내가 바로 이런 사람들을 어디서 보았던가?' 체푸르니는 기억을 떠올려 보았다. 체푸르니가 흐릿한 꿈속에서 태양이 떠오르는 것을 처음으로 보았을 때, 그때도 스텝을 통해 바람은 불었고, 자연에 의해서 파괴된 시커먼 언덕에는 냉담하고 흡사 존재하지 않는 것 같은 사람들이 누워 있었다. 그들을 반드시 도와주어야만 했다. 왜냐하면 그들이 프롤레타리아트였기 때문이다. 그럼에도 불구하고 도와줄 수 없었던 것은, 이들이 서로서로에 대한 목적 없는 애착으로, 그 작고도 유일한 위안만으로 만족하고 있었기 때문이다. 이 애착 덕분에 프롤레타리아들은 지상을 돌아다녔고, 한 무리를 이루어 스텝에서 함께 잠들었다. 과거에 체푸르니도 돈을 벌기 위해 사람들과 무리를 이루어 함께 다녔으며, 동지들로 둘러싸여, 피할 수 없는 가난을 그들의 연민으로 보호하면서 헛간에서 산 적이 있었다. 하지만 그는 서로 헤어질 수 없는 그와 같은 삶에서 자신이 얻는 이익을 인식한 적이 한 번도 없었다. 태양과 스텝 사이에 있는 언덕 위에 프롤레타리아들은 있었고, 체푸르니는 태양과 스텝을 바라보고 있었다. 하지만 그 사람들은 태양도 토지도 영유하지 못하고 있다. 부르주아들이 스스로를 위해 획득했던 스텝이나 집들, 음식과 옷을 대신해서, 언덕 위에 있는 프롤레타리아들은 서로서로를 소유하고 있다는 것을 체푸르니는 느꼈다. 왜냐하면 인간이라는 것은 무엇이라도 하나는 소유해야 하기 때문이다. 사람들 사이에 사유 재산이 있다면, 그들은 그 재산을 보살피는 데 자연스럽게 힘을 소모한다. 하지만 사람들 사이에 아무것도 없을 때는 서로 헤어지려 하지 않고, 잠자면서 서로를 추위로부터 보호해 주는 것이다.

자기 삶의 훨씬 더 이른 시기에, 그게 일 년 전이었는지 어린 시절이었는지, 언제였는지 정확히 기억할 수는 없지만, 체푸르니는 이 언덕을 본 적이 있으며, 여기로 흘러 들어온 계급적 빈자들과 사람 없는 스텝을 위해서 전혀 일하지 않는 바로 저 냉담한 태양을 본 적이 있었다. 그것은 옛날에 있었던 일이어서, 그의 허약한 머리에서 언제였는지 알아내기란 불가능했다. 프로코피는 체푸르니의 기억을 추측해 낼 수 있을지도 모르지만, 사실 그것도 불가능했다. 왜냐하면 지금 보이는 이 모든 것을 체푸르니는 이미 오래전부터 알고 있긴 했지만, 혁명 자체가 얼마 전에 시작되어, 이와 같은 일은 이전에 있을 수 없었기 때문이다. 그래서 체푸르니는 프로코피를 대신해서 기억을 정리해 보려 했다. 그는 지금 저 언덕에 의지하고 있는 프롤레타리아들에 대한 불안과 흥분을 느끼며, 오늘이라는 날이 지나갈 것인지, 아니면 그날이 이미 언젠가 있었으며, 지나간 것인지에 대해서 점차 생각하기 시작했다. 결국, 지금 슬퍼하는 것은 쓸데없는 일이다. 왜냐하면 살아왔고 망각된 이전의 날들처럼 이날도 어쨌든 끝날 것이기 때문이다. '하지만 저런 언덕은, 게다가 여기저기 걸어 다니는 프롤레타리아들이 있는 저런 언덕은 혁명이 아니었다면 어디에서도 볼 수 없었을 텐데.' 체푸르니는 생각했다. '하긴 나는 어머니 장례도 두 번이나 치르지 않았던가. 관을 따라가면서 울었었지. 그리고 기억해 냈지. 내가 이미 이 관을 따라간 적이 있었고, 이 시들어 버린 죽은 여인의 입술에 키스를 한 적이 있다는 것을 말이야. 그러고도 살아남았고, 또 지금도 살아가고 있어. 그때도 똑같은 슬픔이었지만 두 번째는 훨씬 겪어 내기가 쉬웠던 것 같다. 이게 도대체 뭘까? 누가 말 좀 해 줘.'

'아마도 결코 일어나지 않았던 일을 네가 기억하는 것 같군.' 체푸르니는 프로코피가 없는 덕분에 스스로 멋지게 생각을 정리해 냈다. '어렵군, 그래도 내부에서 경건한 자연이 도와주고 있어. 괜찮아. 말하자면, 이 일이 이미 있었던 일이라면, 이제 앞으로는 죽지 않는다는 말이지. 자기 흔적을 따라서 한 발짝씩 걸어가면 되는 거야. 하지만 흔적이라고는 없고, 있을 수도 없다……. 항상 미리, 어둠 속에서 살게 되는 거지……. 그런데 왜 우리 조직에서는 아무도 나오지 않았지? 아마도, 그래서 프롤레타리아들은 언덕에서 일어나지 않는지도 몰라. 그들은 우리가 그들에 대한 존경심을 표현하길 기다리는 걸까?'

벽돌 건물에서 키레이가 밖으로 걸어 나왔다. 체푸르니는 모든 조직원을 이리로 불러오라고 키레이에게 소리 질렀다. 인민대중이 이미 이곳에 나타났고, 이제 때가 된 것이다. 키레이의 요구에 따라 조직원들은 잠에서 깨어나, 체푸르니가 있는 곳으로 왔다.

"자넨 우리에게 누구를 데려온 건가?" 체푸르니는 프로코피에게 물었다. "저기 언덕 위에 있는 사람들이 프롤레타리아트라면, 왜 그들은 자기들의 도시로 오지 않고 저기서 저러고 있는지 말 좀 해 보게?"

"저기 있는 자들은 프롤레타리아트와 기타 인간들입니다." 프로코피가 말했다.

체푸르니는 걱정되었다.

"기타 인간들이라니? 또 다른 악당의 잔재 계급들 아닌가?"

"도대체 나를 뭘로 보십니까? 내가 악당입니까, 아니면 공산당원입니까?" 여기서 프로코피는 벌써 화가 났다. "기타 인간이야 기타 인간이지 달리 누구겠습니까. 그들은 프롤레타리아 계급보다 훨씬 더 불쌍한 사람들입니다."

"그들은 뭐 하는 사람들인가? 계급을 대표할 만한 아버지가 그들에게 있었나? 누군지 말 좀 해 봐! 그들을 잡초밭에서 모은 게 아니라, 사회적 장소에서 모았겠지."

"그들은, 아버지가 없는 자들이지요." 프로코피가 설명했다. "그들은 어디에서도 정착해서 산 적이 없고, 떠돌아다니기만 했어요."

"어디를 떠돌았나?" 존경심을 지닌 채 체푸르니가 물었다. 모든 미지의 것과 위험한 것에 대해서 그는 존경할 만한 감정을 느꼈다. "어디로 떠돌아다니고 있었나? 아마도 그들의 진로를 단축시켜 줘야겠지?"

프로코피는 그토록 의식 없는 질문에 놀라고 말았다.

"어디로 떠돌고 있었느냐고요? 분명히 공산주의를 향해서 가고 있죠. 우리가 그들의 진로를 완전히 단축시켜 준 거죠."

"그러면 빨리 가서 그들을 이리로 불러들이게! 도시는 당신들의 것이고, 깨끗하게 청소되어 있다고 말하란 말이야. 그리고 바자울 옆에는 전위 부대가 서서 프롤레타리아트에게 행복을 기원하고 있다고 말해. 또…… 이것도…… 말해. 결국 전 세계도 그들 것이라고."

"만약 그들이 세계를 거절한다면 어떡하죠?" 프로코피가 미리 물어보았다. "아마 체벤구르 하나로도 우선은 그들에게 충분할 겁니다……."

"그러면 세계는 누구에게 가는가?" 체푸르니는 자기 이론 속에서 좀 혼돈되었다.

"세계는 우리 것이죠, 일종의 근거지로서 말입니다."

"자넨 나쁜 놈이야. 우리는 전위가 아닌가, 우리는 그들 것이지만, 그들은 우리 것이 아닐세……. 전위는 사람이 아니라, 살아 있는 육체에 있는 죽은 보호막이란 말이지. 하지만 프롤레타리아트, 그들은 자네에게 바로 인간이란 말일세! 빨리 가게, 나쁜 사람 같으니!"

프로코피는 언덕에 있는 프롤레타리아들과 기타 인간들을 재빨리 조직화할 수 있었다. 언덕 위에는 체푸르니가 본 것보다 훨씬 많은 사람들이 있는 것으로 판명되었다. 백 명, 아니면 2백 명일 수도 있었고, 외모는 모두 달랐지만 가장 필수적인 요소, 그들이 프롤레타리아트라는 점에서는 동일했다.

사람들은 벌거벗은 언덕을 떠나 체벤구르로 향하기 시작했다. 체푸르니는 언제나 감동적인 마음으로 프롤레타리아트를 느꼈으며, 부르주아 요원들을 먹여 살리도록 태양을 도와주는, 지치지 않는 우정의 힘으로써 프롤레타리아트가 세상에 존재한다는 것을 알고 있었다. 왜냐하면 태양은 탐욕을 위해서가 아니라, 배부르게 먹을 정도로만 충분했기 때문이다. 자신의 귀에까지 전해지는 텅 빈 공간에서 나는 그 소음은, 노동하는 프롤레타리아의 물질로부터 번식했던, 개인적인 적들의 음식과 재산, 그리고 평안을 얻기 위해서 밤이고 낮이고 앞으로 움직였던 전 세계 노동 계급의 억압받는 노동의 신음 소리라고 체푸르니는 추측했다. 프로코피의 도움으로 체푸르니는 노동자들에 대한 확실한 이론을 지닐 수 있었다. 노동자들은 조직되지 않은 자연에 비춰 볼 때, 맹수이거나 미래의 영웅이라는 이론이었다. 하지만 프로코피는 자신을 위해 한 가지 안심되는 비밀을 발견했는데, 그것은 프롤레타리아트가 자연 경관을 즐기지 않는다는 것이었다. 프롤레타리아트는 노동의 도움을 받아서 자연을 파괴하는데 부르주아들은 자연을 위해서 살며, 번식해 나가는 것이다. 하지만 노동하는 사람은 동지를 위해서 살아가며, 그렇기에 혁명을 만드는 것이다. 한 가지 불분명한 것은, 사회주의 하에서도 노동이 필요할까라는 점이었다. 아니면 먹고살기 위해서는 자연적인 방임으로도 충분할까? 여기서 체푸르니는 프로코피의 의견에 동의했다. 그에 따르면, 자본주의가 없어지기만 한다면, 태양계는 바로 독자적으로 공산주의에 생명력을 부여할 것이다. 왜냐하면 모든 노동이나 노력은 태양이 주는 생산물 위에 부당할 정도로 더 많은 이익을 취하려고 했던 착취자들에 의해서 고안된 것이었기 때문이다.

체푸르니는 미래의 영웅들이 서로 밀착해서 체벤구르를 향해 행군해 오기를 기대했지만, 걸음걸이의 보조를 맞추지도 않고, 자기 마음대로 걸어오는 사람들을 보았으며, 그가 한 번도 만난 적 없는 동지들을, 그 어떤 훌륭한 계급적 외형도 지니지 않고, 혁명적 가치도 없는 사람들을 보았을 따름이다. 이들은 그 어떤 의미도 없이, 긍지도 없이, 그리고 가까이 있는 전 세계적 승리감과도 별개로 살아가는 이름 없는 어떤 잡다한 인간들일 따름이었다. 심지어 기타 인간들은 그 나이조차 가늠할 수가 없었다. 한 가지 알 수 있는 사실은 그들이 가난한 사람들이며, 자기 의지와 상관없이 제멋대로 자라난 육체를 가지고 있고, 모든 사람에게 낯선 사람들이라는 것이다. 그래서 기타 인간들은 좁은 대열로 걸어가면서 체벤구르나 체벤구르의 공산당 전위를 바라보지도 않고, 오히려 서로서로를 더 자주 바라보았다.

기타 인간 중 한 명이 자기 앞에 가는 노인의 벌거벗은 등에 내려앉은 파리를 잡아 주었다. 그러고는 내려친 흔적이나 자국이 남지 않도록 노인의 등을 쓰다듬고 나서, 파리를 잔혹하게 땅 위로 던져서 죽였다. 이것을 보자 체푸르니는 놀라운 감정으로 기타 인간에 대한 태도가 희미하게나마 바뀌었다. 아마도, 이 프롤레타리아들과 기타 인간들은 유일한 재산이자 자산으로 서로서로를 도와주고 있는지도 모른다. 바로 그래서 그들은 체벤구르조차 알아챌 틈이 없이, 흡사 부르주아들이 자기 집과 가축을 보호한 것처럼, 동지를 파리로부터 보호해 주면서, 그토록 조심스럽게 서로서로를 바라보는 것이다.

언덕에서 내려온 그 사람들은 체벤구르에 거의 다 도착했다. 자신의 사상을 표현력 있게 정리하지 못한 체푸르니는 프로코피에게 이를 부탁했고, 프로코피는 도착한 프롤레타리아들에게 열정적으로 말했다.

"무산자 시민 동지 여러분! 체벤구르 시가 당신들에게 주어지기는 하지만, 이것은 가난한 자들의 야만적인 생활을 위해서가 아니라, 모든 획득된 사유 재산의 이익과 도시의 완전함을 위한 광범위한 동지적 가족 관계의 조직을 위한 것이오! 이제 우리 경제가 사회적으로 이 한곳에 통합되어, 우리는 필연적으로 형제가, 또 가족이 되었소. 그러니 여기서 혁명위원회의 지도 하에서 정직하게 사시길 바라오!"

체푸르니는 도시 반대쪽 경계에 상징으로 걸어 놓은 아마포에 써진 문구를 어떻게 생각해 냈는지 제예프에게 물어보았다.

"그건 내가 직접 생각해 낸 게 아니오." 제예프가 말했다. "내가 직접 한 게 아니라, 기억한 것을 추측해 냈을 뿐이오. 어디선가 그 말을 들었소. 사실 머리야 여러 가지 잡다한 것을 다 담고 있으니 말이오……."

"잠깐 기다리게!" 프로코피에게 이렇게 말하고 나서, 체푸르니는 체벤구르 사람들의 주변에 한꺼번에 무리를 이루어 서 있는 가난한 자들에게 연설을 하기 시작했다.

"동지들! 프로코피는 당신들을 형제와 가족이라고 명명했습니다만, 이것은 완전한 거짓말입니다. 왜냐하면 모든 형제에게는 아버지가 있기 때문이지요. 하지만 당신들 대부분은 생이 시작될 때부터 운명적으로 아버지가 없는 자들입니다. 우리는 형제가 아니라 동지입니다. 사실 우리에게 동산이나 부동산 같은 다른 예비 재산이 없는 한, 우리는 서로에게 상품이자 가치이기 때문이지요.* 게다가 당신들이 도시의 저쪽 끝을 통해서 걸어왔으면 더 좋았을 텐데요. 그쪽에는 우리의 상징 깃발이 걸려 있고, 거기엔 누가 말했는지 확실하지는 않지만, 그래도 우리가 그토록 원하는 것이 적혀 있소. 즉, 정돈된 모든 세상을 파괴하는 것이 더 나을 겁니다. 바로 그 결과로 우리는 벌거벗은 서로를 얻을 수 있는 것이오. 그러니 전 세계의 프롤레타리아들이여, 빨리 단결하시오! 이걸로 내 연설을 마치고 체벤구르 혁명위원회의 이름으로 당신들에게 인사를 전하오……."

언덕에서 걸어온 프롤레타리아트와 기타 인간들은 아무것도 표현하지 않고서, 그리고 자신들의 의식성을 발전시키기 위해 체푸르니의 연설을 이용하지도 않으면서, 말없이 도시 중심부로 움직여 나아갔다. 그들은 이 흘러가는 순간에 생존할 수 있을 정도로만 힘을 가지고 있어, 그 어떤 잉여의 행동도 없이 살고 있었던 것이다. 자연에서도 시간에서도 그들의 출생이나 그들의 행복을 위한 그 어떤 이유도 찾을 수 없었기 때문이다. 오히려 지나가는 행인에 의해, 또는 사라져 버린 그들의 아버지에 의해 우연히 임신한 그들의 어머니는 그들이 태어나자 처음에는 울었다. 태어난 이후에도 그들은 기타 인간으로, 또는 실수로 이 세상에 머물게 되었으며, 그들을 위해서는 그 무엇도 준비되어 있지 않았다. 심지어 자기 뿌리라도 가지고 있고 공동의 토양에서 머물 자리와 먹을거리라도 가지고 있는 작은 풀들보다도 그들은 더 가진 것이 없었던 것이다.

기타 인간들은 재능 없이 태어났다. 지혜도 감정의 관대함도 그들에게는 있을 수가 없었다. 왜냐하면 부모들은 육신의 힘이 남아돌아 그들을 잉태한 것이 아니라, 자신의 밤의 쓸쓸함과 슬픈 연약함에 의해 그들을 잉태했기 때문이다. 이것은 결국 세상으로부터 숨어 비밀스럽게 살아가는 두 인간의 상호 망각의 결과였던 것이다. 만약에 그들이 너무나 공공연하고 행복하게 살아갔더라면, 국가의 인구에 포함되고, 자기 집에서 잠을 자는, 그런 현실의 인간들이 그들을 제거해 버렸을지도 모른다. 기타 인간에게 지혜라는 것은 존재할 수 없는 것이었다. 지혜와 생생한 감각은 육신의 자유로운 여유분과 머리 위로 평안함의 온기를 지니고 있는 그런 사람들만이 가질 수 있는 것이다. 하지만 기타 인간의 부모들은 노동으로 닳아 버리고 날카로운 슬픔으로 부식된 육체의 잔여분일 따름이며, 지혜나 진심 어린 감각적인 슬픔과 같은 고상한 징후들도 휴식이 부족해, 아니면 부드럽고 영양가 있는 물질이 부족해 사라져 버렸다. 기타 인간들은 자기 어머니의 깊은 심연에서,

완전한 불행의 한가운데서 나타났다. 왜냐하면 그들의 어머니들은 자기 아이를 눈으로 보면, 무심코 그들을 영원히 사랑하게 될까 봐, 출산 후의 후유증에서 회복되어 걸을 수 있게 되자마자, 가능한 한 빨리 그들을 버려 두고 떠나 버렸기 때문이다. 남겨진 어린 기타 인간은 그 누구의 도움도 기대하지 않고, 자신의 따스한 내장 외에는 그 무엇도 느끼지 않으면서, 스스로 미래의 인간을 만들어 내야만 했다. 그의 주위는 오직 외부 세계뿐이었으며, 기타 인간인 아이는 그 세계의 가운데에 누워, 평생 동안 잊히지 않고 남게 될, 이 최초의 슬픔인 영원히 잃어버린 어머니의 온기에 저항하면서 울었다.

계급적 연대의 안락함 속에서, 육체적 습관의 안위 속에서, 그리고 축적된 평온함 속에서 살아가는 정착한, 안정적인 주민들은 어머니의 자궁과 유사한 것을 자기들 주변으로 창조해 냈으며, 흡사 떠나온 어린 시절에 살고 있는 것처럼, 그 안에서 자라나고 더 잘 살게 되었다. 하지만 기타 인간은 추위 속에서, 어머니의 흔적으로 젖은 풀 속에서, 그리고 그들을 계속해서 보호해 주는 어머니의 힘이 부재하는 그 고독 속에서 세상을 감각했던 것이다.

그들이 살아온, 습득해 온 삶에 상응하는 지상의 지나온 공간들과 같이, 그들의 이른 삶도 기타 인간들에게는 흡사 사라져 버린 어머니와 상관없는, 그리고 언젠가 그녀를 괴롭혔던 어떤 것처럼 기억되었다. 그렇다면 그들의 삶은 무엇이었을까? 그리고 그 형상 속에서 세계가 지속되던 인적 드문 길은 기타 인간의 의식 속에서 어떻게 존재했을까?

기타 인간 중 누구도 자기 아버지를 본 사람은 없었다. 그리고 그들은 잃어버린 평온에 대한 육체의 흐릿한 슬픔으로만, 그리고 좀 더 나이가 들어서는 텅 빈 슬픔으로 변화되었던 그 애수로만 어머니를 기억했다. 태어나고 나면 아이는 어머니에게서 아무것도 요구하지 않는 법이다. 아이는 어머니를 사랑하며, 고아였던 기타 인간들조차 바로 자기를 버리고 떠나서 다시 돌아오지 않는 어머니에게 결코 분노하지 않는다. 하지만 아이는 점점 자라나면서 아버지를 기다린다. 어머니의 자궁을 떠나자마자 곧바로 버려졌지만, 그럼에도 불구하고 아이는 이미 생의 끝까지 자연의 힘과 어머니의 감각으로 충만해 있다. 아이는 호기심 많은 얼굴로 세계를 바라보고 자연을 인간으로 바꾸고 싶어 한다. 그리고 어머니의 끈덕진 따스함 이후에, 그녀의 부드러운 손길에 의한 삶의 압박 이후에, 아버지가 그의 최초의 친구이자 동지가 되는 것이다.

소년이 되고 난 후, 그 어떤 기타 인간도 자기 아버지나 조력자를 찾아내지 못했다. 만약 어머니가 그를 낳아 주었다면, 아버지는 이미 태어나서 살아가는 그를 길에서조차 본 적이 없었던 것이다. 그렇기에 아버지는 어디에도 존재하지 않으면서, 운명을 짊어지고 가는 힘없는 아들에게 도움도 주지 않고, 또 그래서 성공도 주지 않으면서, 단지 삶의 위험으로만 몰아가는, 어머니의 적이나 증오의 대상으로 바뀌는 것이었다.

그래서 기타 인간들의 삶은 아버지가 없는 고아의 것이었으며, 죽고 나면 자기 대신 유산으로 남겨 둘 사람들에게 아이의 손을 이끌고 가 줄 그 최초의 동지도 없이, 그들의 삶은 텅 빈 지상에서 계속되었다. 기타 인간들에겐 이 밝은 세상에 단 하나, 아버지가 없었던 것이다. 그래서 언덕에서 갈비뼈를 긁고 있던 그 노인은 체벤구르에서 노래를 부르기 시작했으며, 스스로도 자기 노래 때문에 동요했다.

누가 나에게 문을 열어 주겠는가,

낯선 새들인가 짐승들인가…….
그리고 어디에 있는가? 당신은, 내 아버지여,
오호라, 나는 알 수가 없다네!……

체벤구르의 볼셰비키 조직이 환영한 사람들 중 거의 모든 자가, 비록 유산자들의 광포함과 가난한 죽음으로 둘러싸여 있었음에도 불구하고 자기 힘으로 성장했다. 말하자면 이들은 거의 자력으로 만들어진 사람들인 것이다. 사실 초원에서 자라나는 풀을 보면, 이것도 그다지 놀라운 일은 아니다. 풀은 많고, 견고한 자기 방어로 살아가며, 그들 아래의 장소는 축축이 젖어 있다. 그런 식으로 특별한 열정이나 필연성 없이도 살아남고 자라날 수 있는 것이다. 벌거벗은 진흙이나 방랑하는 모래 위로 바람 따라 움직이는 이름 없는 잡초의 씨가 날아오고, 그 씨앗들은 세상의 텅 빈 나라들로 둘러싸인 고독한 생명을, 돌들에서도 양분을 찾을 수 있는, 그런 생명을 주는 것이다.

다른 사람들은 자신의 소중한 생명을 더 강화하고 발전시키기 위해 완전무장한다. 하지만 기타 인간들은 지상에서 견뎌 내기 위한 단 하나의 무기만 가지고 있었는데, 이것은 유아일 때 그들의 몸에 남은 부모의 온기였다. 무사히 살아남기 위해서, 어른이 되기 위해서, 그리고 살아남아 자신의 미래로 나아가기 위해서 이름 없는 기타 인간들에게는 이것만으로도 충분했던 것이다. 그와 같은 과거의 삶은 체벤구르에 토착한 사람들의 힘을 소진시켰다. 그래서 체푸르니가 보기에 그들은 흡사 평생, 태양이 아니라 달빛에 몸을 녹이고 비추어 본 것처럼 힘없어 보이고, 프롤레타리아적인 요소도 아닌 것처럼 보였던 것이다. 하지만 뿌리를 찢어 내는 바람에 대항하여, 낯선 적대적 삶에 대항하여, 그 최초의 부모의 온기를 자기 안에 유지하기 위해 모든 힘을 소진하고 나서, 그리고 이름을 가진 진짜 인간들에게 가서 일한 벌이로 그 온기를 자기 안에 증가시키고 나서, 기타 인간들은 목적은 불분명하지만 어떤 자생적인 인간을 자신으로부터 만들어 냈던 것이다. 게다가 육체의 내적인 수단이나 인내로 그와 같은 훈련을 통해서 기타 인간들은 호기심과 의심으로 가득 찬 지혜를 창조해 냈으며, 영원한 행복을 자신과 동질의 동지로 바꿀 수 있는 재빠른 감각도 창조해 냈다. 왜냐하면 이 동지 역시, 아버지도, 재산도 가지고 있지 않았으며, 전자도 후자도 잊어버리게 해 줄 수 있었기 때문이다. 그러나 기타 인간들은 확실하고도 성공적인, 하지만 상실과도 비슷한 슬픈 희망도 가지고 있었다. 이 희망은 나름의 정확성을 가지고 있었다. 그것은 만약에 중요한 과업이 — 그들을 생생하고 온전하게 만들어 주는 — 이루어졌다면, 남아 있는 것들과 다른 것들은 그것이 어떤 것이라도, 비록 그것이 이루어지기 위해서는 전 세계를 그 마지막 무덤까지 가져가도록 요구된다 할지라도, 역시 이루어질 것이라는 점이었다. 그런데 이 중요한 과업이 수행되었으며, 또 다 체험해 냈다고 할지라도, 가장 필요한 것, 즉 행복이 아니라 필연성을 만나지 못했다면, 아직 살아 보지 못한 생의 남은 시간에도 그 잃어버린 것을 찾아낼 시간은 없을 것이라는 점이다. 또는 그 잃어버린 것은 아예 세상에서 사라져 버렸다는 것이다. 왜냐하면 많은 기타 인간들은 모든 열린, 그리고 필연적인 길을 다 지나왔지만, 아무것도 발견해 내지 못했기 때문이다.

외적으로 보이는 기타 인간들의 무기력은 그들의 힘의 냉담함이었으며, 너무 힘든 노동이나 삶의 고통은 그들의 얼굴을 러시아 인의 것이 아닌 어떤 것으로 만들어 버렸다. 프롤레타리아트와 기타 인간들이 흡사 도중에 만나게 될 여자나 밤의 추위를 전혀 두려워하지 않는 듯, 거의 옷을 걸치지 않고 있다는 것에는 전혀 주목하지도 않았는데, 체벤구르 사람들 중에서 체푸르니가 처음으로 이 사실을 알아차렸다. 도착한 계급이 체벤구르의 저택들로 서로 뿔뿔이 흩어져 들어가고 나서야 체푸르니는 의혹을 품기 시작했다.

"자네는 우리에게 어떤 프롤레타리아트를 데려왔는가? 말 좀 해 보게." 체푸르니가 프로코피에게 말했다. "여기에는 의혹밖에 없어. 게다가 그들은 러시아 인이 아니야."

프로코피는 체푸르니의 손에서 깃발을 받아 들고 거기에 쓰인 카를 마르크스의 시*를 웅얼거렸다.

"오호, 프롤레타리아트가 아니라고요!" 그는 말했다. "내가 데려온 자들은 일급 프롤레타리아 계급이에요. 일단 앞으로 한번 이끌고 가 보세요. 그들은 찍소리도 안 할 겁니다. 그들은 인터내셔널 프롤레타리아들이니까요. 보시죠, 그들은 러시아 인도, 아르메니아 인도, 타타르 인도 아니죠. 바로 그 누구도 아닙니다! 내가 지금 살아 있는 인터내셔널을 이리로 데려왔는데, 불평만 하고 있군요……."

체푸르니는 무언가 생각에 잠겨 느껴 보고는 조용히 얘기했다.

"우리에겐 프롤레타리아 부대의 철의 대오가 필요하다네. 여기에 대해 현청위원회가 공문을 보냈단 말이지. 그런데 자네는 기타 인간이나 데려오다니! 이 맨발로 다니는 부랑자들에게 어떤 대오가 가능하단 말인가?"

"괜찮아요." 프로코피가 체푸르니를 안심시켰다. "맨발로 다니지만, 그들의 발뒤꿈치는 이미 노동으로 너무나 단련되어 있어서, 드라이버로 나사를 박아 넣어도 될 정돕니다. 전 세계적 혁명의 시기를 그들은 맨발로 헤쳐 나갈 겁니다……."

프롤레타리아트와 기타 인간들은 마침내 체벤구르의 집집마다 숨어 들어가서 이전의 삶을 지속했다. 체푸르니는 기타 인간들 가운데 아까 보았던 여윈 노인을 찾으러 갔다. 많은 조직적 과업들이 밀려 있는 혁명위원회의 비정기 회의에 그를 초청하기 위해서였다. 프로코피는 여기에 동의했으며, 벽돌 건물 안에 앉아 결의안의 초안을 쓰기 시작했다.

여윈 노인은 과거 샤포프가 살던 집에서 깨끗이 닦인 바닥 위에 앉아 있었다. 그의 옆에는 스무 살에서 예순 살까지 어느 나이로도 볼 수 있는 한 사람이 앉아서 어린이용 바지 같은 것의 솔기를 뜯어내고 있었는데, 나중에 자기가 입을 요량이었다.

"동지." 체푸르니는 노인에게 말을 걸었다. "우리 혁명위원회가 있는 저 벽돌 건물로 함께 가 주었으면 하오. 당신이 꼭 필요하다오."

"가겠소." 노인이 약속했다. "내가 일어나기만 하면 바로, 당신들을 지나쳐서 가 버리진 않을 거요. 지금 장이 좀 아파서 그러니, 아픈 게 멎을 때까지 좀 기다리시오."

이때 프로코피는 환한 낮임에도 불구하고 등불을 켜 놓고 도시로부터 보내온 혁명적 서류들을 앞에 두고 앉아 있었다. 체벤구르 혁명위원회의 회의가 시작되기 전에 항상 등불이 밝혀졌고, 등불은 모든 현안을 의결할 때까지 타올랐는데, 프로코피의 의견에 따르면 바로 이런 것에 의해 현대적 상징이 창조되었다. 즉, 지상에서는 햇빛 같은 생명의 빛을 반드시 인간 지혜가 만든 인공적인 빛이 대치해야 한다는 것이었다.

혁명위원회 기념 회의에는 체벤구르의 모든 기본적인 볼셰비키 조직이 참여했으며, 그곳에 온 기타 인간들 중에서 몇몇은 자문 역할로 그 회의에 참여했다. 체푸르니는 프로코피와 나란히 앉아 있었으며, 대체로 만족했다. 어쨌든 혁명위원회는 프롤레타리아 인민대중이 이주해 올 때까지 도시를 지켜 냈으며, 그 덕분에 지금 체벤구르에서 공산주의는 영원히 자리 잡게 되었던 것이다. 외모로 봐서 가장 경험 많은 프롤레타리아트인 그 노인만 참석하지 않았는데, 그는 아직도 장이 아픈 모양이었다. 체푸르니는 노인을 데리러 제예프를 보냈다. 먼저 헛간 어디서든 진정용 약초 진액이라도 좀 찾아서, 그걸 노인에게 주고, 나중에 노인을 조심해서 데려오라고 했다.

반 시간이 흐르고 나서 제예프는 우엉 진액 덕분에, 그리고 자기가 등과 배를 잘 쓸어 준 덕분에 훨씬 생기가 돌아온 노인을 데리고 나타났다.

"앉으시오, 동지." 프로코피가 노인에게 말했다. "보다시피, 우리는 당신에 대해 사회적인 모든 배려를 아끼지 않았소. 공산주의 치하에서는 금방 죽지 않을 거요!"

"이제 시작하지." 체푸르니가 결정을 내렸다. "일단 공산주의가 도래했으니, 회의에서 그 무엇도 프롤레타리아트를 방해해서는 안 되오. 프로슈, 현청에서 온 회람 공문을 읽고, 거기에 우리 공식을 대입해 보도록 하지."

"종합적인 문제들을 위임하는 것에 대해서입니다." 프로코피가 시작했다. "우리가 회람해야 하는 공문은, 문서 번호 238101, ASCh로, 여기서는 각 지역에서 신경제 정책(NEP)를 발전시키는 것에 대해서, 그리고 신경제 정책의 실행과 관련해 적대적 계급 세력을 제거하는 단계와 속도에 대해서, 또한 적대적 세력에 대한 조치 방안에 대해서, 그들에 대항해 신경제 정책을 준엄한 발전의 도정으로 정착시키는 것에 대해서 논의해야 합니다……."

"그런데 여기서 그들에게 뭘 해 줘야 하는가?" 체푸르니가 프로코피에게 물었다.

"제가 일단 그들에게 표를 작성해 주고, 그 표에 모든 것을 제대로 정리할 생각입니다."

"그런데 사실 적대적 계급들을 우리가 직접 해결한 건 아니야. 그들이 직접 공산주의에서 사라져 간 거지." 체푸르니는 이렇게 말하면서 노인에게 말을 걸었다. "당신은 어떻게 생각하오, 한 말씀 해 보시오."

"그럼 참을 만할 거요." 노인은 이렇게 결론을 내렸다.

"그렇게 정리하게. 다른 계급들 없이도 참을 만하다고." 체푸르니는 프로코피에게 지시했다. "자, 이제 더 중요한 문제들로 넘어가도록 하지."

이어서 프로코피는 사적인 매매 행위의 강화 대신에, 소비협동조합을 긴급히 조직하는 것에 대한 지령을 읽었다. 인민대중이 사회주의로, 또는 그 이상으로도 나아갈 수 있는 자발적이고도 열린 길이 바로 협동조합이기 때문이었다.

"이건 우리와 상관없어. 이건 다른 읍들을 위해서야." 체푸르니는 이를 거부했다. 왜냐하면 체벤구르에는 이미 공산주의가 완수되어 있다는 생각을 그는 항상 지니고 있었기 때문이다. "그래, 당신이라면 이걸 어떻게 정리하겠소?" 체푸르니가 노인에게 물었다.

"참을 만하구려." 그 노인은 이렇게 정리했다.

하지만 프로코피는 뭔가 다르게 생각했다.

"체푸르니 동지." 그가 말했다. "이 협동조합을 만들기 위해, 우리도 먼저 상품들을 요구하면 어떨까요. 프롤레타리아들이 이렇게 많이 밀려들었는데, 그들을 위해 식료품을 저장해 둬야 할 겁니다."

체푸르니는 놀라서 당황했다.

"스텝의 풀들은 떨어지는 씨앗에 따라 스스로 자라났네. 가서 전호(前胡)나 밀을 뜯어 먹으라지! 태양은 빛나고, 대지는 숨을 쉬고, 비가 오는데, 여기에 뭐가 더 필요한가? 다시금 프롤레타리아트를 헛수고하게 내쫓고 싶은가? 우리는 이미 사회주의를 앞질렀다네. 우리 체벤구르가 사회주의보다 훨씬 낫단 말일세.”

“나도 그 의견에 동감입니다.” 프로코피가 동의했다. “우리 도시에 공산주의가 조직되었다는 것을 제가 잠깐 잊어버렸어요. 사실 제가 다른 곳을 다녀오지 않았습니까. 그곳들은 사회주의까지 가려면 아직 멀었어요. 그러니 협동조합이니 뭐니 그런 걸로 그 사람들은 고생하겠죠. 그리고 다음 항은 노동조합에 대한 공문입니다. 노동조합 현재 구성원들의 납부금에 대한 문제예요.”

“누구에게 말이오?” 제예프가 물었다.

“그들에게요.” 허락도 받지 않고, 생각도 하지 않은 채 키레이가 대답했다.

“그들이 누군가?” 체푸르니도 알지 못했다.

“적혀 있지 않아요.” 프로코피는 공문을 찾아보았다.

“누구에게, 그리고 왜 그 납부금이 필요한지 지시하라고 쓰게.” 체푸르니는 이미 정리하는 데 익숙해졌다. “아마도 이 공문들은 비공산당적인 서류일지도 몰라. 아마도 그곳에서 부유한 관직에 있는 자들이 이 납부금을 조직했을 거야. 그런데 관직이라는 것은 사유 재산보다 더 나쁜 것은 아니지만, 완전한 공산주의가 개인들의 영혼에 존재하고, 모두 공산주의를 보존하고 싶어 하는 지금은, 그들과 또 투쟁을 해야겠군. 남아 있는 악당들하고 말이야…….”

“이 문제는 제가 우선 머릿속에서 한번 가늠해 봐야겠어요. 여기에는 뭔가 계급적인 불명확성이 있는 것 같군요.” 프로코피가 결론을 내렸다.

“머릿속에다 집어넣으라고.” 제예프가 더 확실히 말을 이었다. “머릿속에는 항상 찌꺼기들만 남아 있어. 살아 있는 재료들은 다 소진되어 버려서, 머릿속에는 항상 그것들이 부족하지."

"좋습니다." 프로코피는 동의하고 계속 회의를 진행해 나갔다. "이제 계획위원회를 조직하자는 제안이 있습니다. 가장 마지막까지, 생명과 재산의 모든 수입과 지출에 대한 숫자와 날짜 등을 계획위원회에서 결정하도록 하기 위해서 말이지요."

"마지막이라니? 모든 세상의 종말 말인가, 아니면 단지 부르주아에게만 끝장이란 말인가?"

"기재되어 있지 않아요. 다만 '전체 복구 기간에서, 그 기간이 끝날 때까지의 수요, 비용, 가능성, 보조금'이라고 적혀 있군요. 그리고 또 이어서 적혀 있기를 '이를 위해서 어떤 일에 있어서든 전제하고, 동의하고, 규칙적이며 의식적인 모든 작업을 집중할 수 있는 계획을 조직한다. 이것은 자본주의 경제의 불협화음이라는 비조직적 환경으로부터, 통합적이고 고급한 단초와 이성적인 지표의 조화로운 화음을 얻기 위해서이다'라고 적혀 있어요. 모든 것이 아주 분명하게 적혀 있군요, 왜냐하면 이것은 과제이기……."

여기서 체벤구르 혁명위원회는 마치 한 사람처럼 동시에 고개를 떨어뜨렸다. 서류에서는 저 고급한 지혜의 모든 요소가 흘러나오는 듯했고, 미리 뭔가를 사유해 보는 것보다는 체험에 더 익숙해진 체벤구르 사람들은 그로 인해서 더 힘이 빠졌다. 체푸르니는 스스로의 각성을 위해 담배 냄새를 맡고 나서, 부드러운 목소리로 부탁했다.

"프로슈, 우리에게 참고할 만한 자료라도 좀 주게."

노인은 참을성 많은 눈으로 슬픔에 잠긴 체벤구르 민중을 응시하고, 잠시 혼자서 무언가에 대해 슬퍼했지만, 아무런 도움의 말도 청하지 않았다.

"일단 제가 결의안을 준비했습니다. 여기서는 참고 자료를 아무리 봐도 문제를 해결할 수 없을 겁니다." 프로코피는 이렇게 말하고 나서, 체벤구르의 볼셰비키들은 이미 다 잊어버린, 그 모든 것이 적혀 있는 서류 더미를 뒤지기 시작했다.

"그런데 이게 도대체 누구를 위해 필요한 거요? 그들을 위해서요, 아니면 여기 이 지방 사람들을 위해서요?" 노인이 말을 내뱉었다. "나는 저 서류 읽는 걸 이야기하는 겁니다. 그 문서에 누구의 근심 걱정이 적혀 있소? 우리에 대해서요, 아니면 그곳에 있는 그 사람들에 대해서요?"

"명백히, 우리를 위해서요." 프로코피가 설명했다. "이 공문은 우리가 잘 수행하라고 보낸 거지, 소리 내서 읽으라고만 보낸 것은 아니니까요."

체푸르니는 피로에서 회복되어 이제 결단성이 무르익은 자기 머리를 들었다.

"이보게 동지, 그들은 우선 최종적으로, 그리고 모두 죽어서 땅속에 눕게 될 때까지 영원히, 가장 지혜로운 사람들이 생의 흐름을 고안해 냈으면 하고 바라고 있소. 그렇지만 기타 인간들은 흐름에서 나와서는 안 되며, 넘쳐나는 잉여 속에서 참아 내야만 하오……."

"그런데 도대체 누굴 위해 그럴 필요가 있는 겁니까?" 노인은 이렇게 물으면서 아무런 상관도 없다는 듯, 지나온 세상에서 얻은 너무 강한 인상 때문에 망가져 버린 눈을 감았다.

"우리를 위해서지. 안 그러면 도대체 누구를 위해서인가? 말 좀 해 보게!" 체푸르니는 흥분했다.

"우리 자신은 그냥 우리끼리도 아주 잘 살고 있소이다." 노인이 설명했다. "그런 유식한 문자는 부자들한테나 필요하지, 우리에겐 아무 필요 없어요. 부자들이 살아 있었을 때는 우리가 부자들을 돌봤지요. 그런데 가난한 사람들에 대해서는 아무도 슬퍼할 필요가 없는 거요. 가난한 사람들은 텅 빈 장소에서 아무런 이유도 없이 자라났소. 가난한 사람들은 스스로 아주 똑똑한 인간들이라오. 가난한 사람은 아무런 욕망도 없이, 흡사 장난감을 주듯 다른 사람들에게 전 세계를 만들어 주었지요. 그렇지만 자기 자신은 잠잘 때만 보호하죠. 그것도 자기 자신을 위해서가 아니라, 다른 사람에게 하듯 말이죠. 하지만 모든 사람은 소중…….”

“노인네가 그래도 꽤 들어 줄 만하게 말하는군.” 체푸르니는 이렇게 결론을 내렸다. “자, 프로슈, 일단 정리 좀 해 보게. 프롤레타리아트와 기타 인간들은 그들의 대오에서 스스로 자신의 고유한 배려로 이 모든 살아 있는 세상을 조직화했다. 하지만 최초에 배려한 자들에 대해 나중에 배려하는 것은 부끄러움과 수치이고, 체벤구르에는 가장 지혜로운 후보자들이 없다. 이런 말이지요, 노인?”

“그 정도면 참아 줄 만하군요.” 노인은 이렇게 평가했다.

“서기가 목수에게 오두막을 지어 줄 수는 없는 법이지.” 제예프가 말을 내뱉었다.

“언제 우유를 마셔야 할지는 목동이 가장 잘 알고 있는 법이고.” 스스로 이해를 돕기 위해서 키레이도 말을 덧붙였다.

“인간이란 죽지 않는 다음에야, 어리석게 살게 마련이야.” 피유샤도 목소리를 더했다.

“그럼 거의 만장일치로 채택되었소.” 프로코피가 결산했다. “이제 현안으로 넘어갑시다. 8일 뒤면 현청 소재지에서 공산당 회의가 열리오. 우리 체벤구르 지역 정권 의장 역할을 할, 대표 위원을 파견해야 됩니다…….”

“그거야, 체푸르니 동지, 당신이 가야 되겠군요. 여기서 논의할 필요가 뭐 있소.” 제예프가 말했다.

“일단 그렇게 채택되었으니, 논의할 건 없군요.” 프로코피가 지시했다.

기타 인간 가운데 그 노인은 그날 회의 안건의 모든 순서를 무시하고 서류 더미 위에 걸터앉아 불분명하게 질문을 던졌다.

“그런데 당신들은 대체 뭐 하는 사람들이오?”

“우리는 혁명위원회요. 즉, 이 지역에서 혁명의 최고 기관이라 할 수 있소.” 프로코피가 정확하게 대답했다. “우리의 혁명적 양심의 한계 내에서 마음대로 행동할 수 있는 특수한 전권을 혁명 인민이 우리에게 위임했단 말이오.”

“그럼, 당신들도 가장 똑똑한 사람들이란 말이군. 서류를 죽을 정도로 미리 써 두는 그런 사람들 아니오?” 노인이 추측해서 말했다.

“뭐, 그럴 수도 있지.” 전권을 위임받은 품위를 유지한 채 프로코피가 대답했다.

“아하.” 감사하듯 노인은 말을 이었다. “그런데 여기서 내가 지켜보니, 당신들은 자발적으로 여기 회의에 앉아 있다고 느껴지는군요. 당신들에게 진지한 과업이 부여되지 않아서 말이오.”

“아니, 아니요.” 프로코피가 말했다. “우리는 여기서 모든 도시와 모든 지역을 끊임없이 지도하고, 혁명을 보호할 모든 임무가 우리에게 주어져 있소. 알아듣겠소, 노인네? 어떻게 당신 같은 사람이 체벤구르의 시민이 될 수 있었겠소? 그것은 바로 우리 덕분이라오.”

“당신들 덕분이라고?” 노인이 되물었다. “그러면 우리가 당신들께 감사 인사를 드려야겠군.”

“천만에.” 프로코피는 감사 인사를 거부했다. “혁명은 우리의 과업이며 의무요. 당신은 우리 지시를 듣기만 하면 되오. 그러면 살아남을 거고, 또 당신들 생활도 아주 좋아질 거요."

"잠깐만, 드바노프 동지, 나를 대신해서 자네의 임무를 너무 과장하지는 말게." 체푸르니가 진지하게 경고했다. "노인 동지는 권력에서 필연적인 수치심의 문제에 대해 우리에게 언급했는데, 자네는 문제의 본질을 흐리고 있군. 자, 말해 보시오, 기타 인간 동지!"

노인은 처음에는 침묵했다. 모든 기타 인간에게는 처음에는 생각이 아니라, 어떤 어두운 따스함의 압박 같은 것이 몰려왔다. 그리고 나중에 그것은 점차 유출되어 식으면서 어떤 식으로든 말로 발설되었다.

"내가 여기 서서 보니까 말이오." 노인은 자신이 본 것을 이야기했다. "당신들이 여기서 일하는 게 별것 아닌 것 같소. 그런데 사람들에게 당신들이 뭐 대단한 일이나 하는 양 말씀하는군요. 흡사 댁들은 언덕 위에 있고, 나머지는 저 바닥 아래에 있기나 한 듯 말이오. 당신들이 있는 여기 이 자리로는 과거의 기억으로나 겨우 여생을 살아갈 수 있는 그런 아픈 사람들을 데려와서 앉히는 게 낫소. 결국 당신들이 하는 그 경비 서는 일은 쉬운 일이오. 내가 보니 당신들은 더 강한 사람들이란 말이지. 당신들 정도면 더 힘들게 살아야 되는 것 아닌가요……."

"아니, 노인, 그러면 댁이 지역위원회 의장이라도 하고 싶단 말입니까?" 프로코피가 직접적으로 물었다.

"아이고, 하느님." 노인은 부끄러워했다. "나는 태어나서 야경꾼도 한 번 해 본 적이 없소. 내가 말하는 것은, 권력이라는 것은 서툴러도 할 수 있는 일이니까, 그 자리에는 제일 쓸모없는 사람들을 앉혀야 된다는 말이오. 그런데 당신들이야 모두 쓸모 있는 분들 아니오."

"그렇다면 쓸모 있는 사람은 뭘 해야 하나요?" 프로코피는 노인을 변증법으로 이끌어서 창피를 주려고 질문을 던졌다.

"음, 쓸모 있는 사람들이야 살아야겠지. 다른 세 번째 방법이 없지 않소."

"뭘 위해 살아야 하나요?" 프로코피는 유연하게 질문의 방향을 틀었다.

"뭘 위해서냐고?" 노인은 말을 멈추었다. 그는 그렇게 빨리 생각할 수 없었다. "그럼 살아 있는 몸에서 피부와 손발톱이 자라 나오도록 하기 위해서라고 해 둡시다."

"손발톱은 무엇을 위해서요?" 프로코피는 노인을 압박해 들어갔다.

"손발톱은 죽은 것들이지." 노인은 궁지에서 벗어났다. "사람들의 내부에 죽은 것이 남지 않도록 그것들은 안에서 자라 나온다오. 피부와 손발톱은 전 인간을 감싸서 보호해 주지."

"누구로부터 말입니까?" 프로코피는 다시 문제를 복잡화했다.

"물론, 부르주아로부터지." 논쟁의 추이를 따라가던 체푸르니가 말했다. "피부와 손발톱은 바로 소비에트 정부야. 자네는 어떻게 그걸 스스로 정리하지 못하는가?"

"그럼 머리카락은 뭔가요?" 키레이도 흥미를 내비쳤다.

"동물의 털하고 똑같은 거요." 노인이 말했다. "가위로 털을 잘라 내도 양은 아프지 않단 말이지."

"하지만 어쨌든 겨울이 되면 추워서 그 양은 죽을 겁니다." 키레이가 반대했다. "제가 아직 아이였을 때, 고양이털을 깎고 나서 눈 속에 고양이를 파묻은 적이 있었어요. 나는 고양이가 사람인지 아닌지 잘 몰라서, 그걸 알아내고 싶었지요. 나중에 고양이는 열이 나고 괴로워하다 죽었어요."

"이런 내용을 공식화해서 결의문으로 정리할 수는 없습니다." 프로코피가 선언했다. "우리는 아주 중요한 기관입니다. 그런데 사람도 드문드문 살던 인적 없던 곳에서 이 노인이 우리에게 온 것이죠. 게다가 노인은 아무것도 모르면서, 우리가 중요한 사람들이 아니라 어떤 야경꾼이고, 질 낮은 사람들이나 자리를 차지하면 되는, 그런 낮은 직급의 사람들이라고 말하는 겁니다. 좋은 사람들은 저기 언덕이나 텅 빈 지역들만 돌아다니라고 말하고 있지요. 이런 결의문을 서류에 쓸 수는 없어요. 왜냐하면 서류라는 것도 정권의 올바른 지도력 덕분에 노동자들이 만드는 것이니까요."

"젊은이, 화내지 말게나." 노인은 프로코피의 화를 가라앉히려고 말했다. "어떤 사람들은 그냥 살아가고 있지만, 또 다른 사람들은 가난해서 노동을 하고 있소. 그런데 자네는 방에 앉아서 생각만 하고 있지 않은가. 흡사 그런 가난한 사람들을 잘 알고나 있는 듯이, 아니면 그 사람들은 자기 머릿속에 감정도 없다는 듯이 말이야."

"아이고, 노인 양반." 프로코피는 마침내 노인의 말을 이해했다. "결국 당신에게 필요한 건 그런 거로군요. 세분화된 힘을 하나의 일정한 도정으로 결집할 조직이 필요하다는 사실을 어떻게 이해하지 못할 수 있소! 우리는 생각만 하려고 여기 앉아 있는 게 아니란 말입니다. 프롤레타리아의 힘을 모으고, 또 그것을 밀도 있게 조직화하기 위해 여기 앉아 있는 겁니다."

하지만 그 나이 든 프롤레타리아는 결코 설득되지 않았다.

"자네가 그렇게 프롤레타리아의 힘을 모았다는 것은, 아마도 그들이 스스로 모이기를 원했다는 사실을 뜻하는 걸세. 내가 자네에게 말하고 싶은 건, 자네가 하는 일은 올바른 일이지만, 여기서는 누구든지, 심지어 힘이 없는 사람조차 그 일을 할 수 있단 말일세. 심지어 밤 시간에도, 자네 일을 훔쳐 가는 사람은 없을 거라고……."

"노인장, 당신은 우리가 밤마다 일했으면 하는가?" 약간 부끄러워하면서 체푸르니가 물었다.

"뭐 밤에 일하고 싶다면, 밤마다 일해도 좋소." 기타 인간 노인이 허락했다. "낮에는 행인이 옆으로 지나가지 않소. 그 사람이야 자기 갈 길을 가는 것이니 괜찮소이다. 그런데 당신들은 그 사람을 보면 부끄러워지지 않겠소? 우리가 여기 이렇게 앉아서 살아 있는 사람들 대신 타인의 삶을 깊이 생각하고 있습니다, 라고 말하는데, 아, 바로 그 살아 있는 사람이 옆으로 지나간단 말이지요. 그 말을 들으면, 바로 그 사람은 우리에게 다시는 돌아오지 않을 수도 있어요……."

체푸르니는 고개를 숙이고 자기 안에서 수치심이 이는 것을 느꼈다. '직위상으로 볼 때, 내가 모든 프롤레타리아트보다 제일 똑똑하다는 사실을 어떻게 스스로 알지 못했을까?' 체푸르니는 막연히 괴로워했다. '부끄러움을 느끼고, 존경심으로 프롤레타리아트를 두려워하는데, 도대체 내가 지혜롭기는 한 건가!'

"자 이렇게 정리하세." 모든 혁명위원회의 침묵을 깨고 체푸르니가 프로코피에게 말했다. "앞으로 혁명위원회 회의를 밤마다 소집하는 걸로 하고, 벽돌 건물은 프롤레타리아트를 위해서 비우도록 하지."

프로코피는 탈출구를 모색했다.

"어떤 근거로 말입니까, 체푸르니 동지? 일단 그 이유를 문서에 적으려면 근거가 필요합니다."

"자네에게 근거가 필요하단 말이지? 그럼 이렇게 쓰게. 낮에는 살아가는 프롤레타리아트와 기타 인간들 앞에서 부끄러움과 수치를 느낀다고 말이야. 보기에 불쾌한 일들과 마찬가지로, 중요치 않은 하찮은 일들 역시 앞이 보이지 않는 시간에 끝내는 게 더 합리적이라고 말이지……."

"알겠습니다." 프로코피는 동의했다. "밤이 되면 인간은 더 잘 집중할 수 있으니까요. 그런데 혁명위원회를 어디로 옮겨 가야 할까요?"

"아무 헛간으로나 옮기게." 체푸르니가 결정했다. "제일 허름한 걸로 선택하게."

"저는, 체푸르니 동지, 교회로 옮겼으면 좋겠어요." 프로코피는 약간 수정된 안을 내놓았다. "그곳이라면 좀 더 모순적으로 되지 않겠어요. 게다가 교회 건물은 어쨌든 프롤레타리아트에겐 그다지 유쾌하지 않은 곳이니까요."

"아주 괜찮은 제안이군." 체푸르니가 결론을 내렸다. "그렇게 확정하도록 하지. 아직도 서류에 뭐 다른 게 남아 있나? 빨리 끝내도록 하지."

프로코피는 남은 의제들은 모두 개인적으로 해결하게 남겨 두고, 단지 한 가지, 가장 중요하지는 않지만, 바로 결정해야 하는 안건을 제안했다.

"한 가지 더 있습니다. 공동 노동 자원 봉사 형식으로 인민대중의 생산적 노동 조직을 만들어야 합니다. 노동 계급의 분란을 방지하고 빈곤을 해결하기 위해서지요. 이것은 인민대중이 전진하도록 독려해 줄 것이며, 위대한 시작을 의미하게 될 겁니다."

"뭐라고, 위대한 시작이라니?" 제예프는 그 말을 제대로 알아듣지 못해서 되물었다.

"알겠네, 공산주의의 시작이란 말이지." 체푸르니가 설명했다. "뒤로 처진 다른 지역들은 공산주의를 모든 방면에서 이제야 시작하고 있지만, 우리는 공산주의를 이미 다 끝냈지."

"이미 끝내 버렸으니, 우리는 지금 다시 시작하지 말도록 합시다." 키레이가 곧바로 제안했다.

“키류샤!” 프로코피가 그를 질책했다. “자네는 보결로 선출되었으니, 가만히 앉아 있게.”

기타 인간 노인은 탁자 위에 쌓여 있는 서류 더미를 계속 바라보았다. 말인즉슨, 많은 사람들이 서류를 작성한다는 것이었다. 사실 문자 하나하나를 천천히 그려 내고, 그 문자마다 지혜가 담긴 것이니까. 한 명의 인간이 저렇게 많은 종이를 망쳐 버리지는 못할 것이다. 만약에 한 사람만이 글을 쓸 수 있다면, 그를 쉽게 죽여 버릴 수도 있을 것이다. 그 말은 한 사람이 모든 사람을 위해 생각하는 게 아니라, 많은 사람들이 생각한다는 것이다. 그렇다면 아직은 그들에게 싼값을 치르고 존경해 주는 게 더 나을 것이다.

“우리는 싼값으로 노동을 제공하겠소.” 그다지 만족스럽지 않은 것처럼 노인이 말했다. “우리가 싼값으로 옮겨 놓겠소. 다만 더 이상 논의하지 마시오, 기분만 나쁠 뿐이니.”

“체푸르니 동지, 우리는 프롤레타리아트의 의지를 눈앞에서 보고 있소.” 노인의 말을 프로코피는 이렇게 결론지었다.

하지만 체푸르니는 놀랄 따름이었다.

“태양이 볼셰비키 없이도 돌아가는데, 결과가 뭐가 필요한가! 우리는 태양에 대한 올바른 관계를 의식해야 되는 거지, 노동에 대한 수요는 없다네. 우선 수요를 조직해야지.”

“뭘 할지 찾아봅시다.” 노인이 약속했다. “당신네 마을에는 사람이 별로 없소. 그런데 집들은 많더군. 그렇다면 서로 좀 더 가까이 살 수 있도록 우리가 집들을 옮겨 보겠소.”

“그럼 마당의 나무들도 뽑아서 옮겨 심으면 되겠군요. 나무가 더 가벼우니까요.” 키레이가 제안했다. “정원이 있으면 공기도 더 밀도 있어질 겁니다. 나무들은 양분이 많으니까요.”

프로코피는 서류에서 노인의 생각에 대한 증거를 찾았다. 서류의 끝에 알아보기 힘들게 서명되어 누군지는 모르지만, 가장 지혜로운 사람들에 의해 이미 모든 것이 고안되어 있었고, 그래서 단지 타인이 적어 놓은 의미에 따라 자기 삶을 수행해 나가기만 하면 되는 것이다.

"여기 제안서가 하나 있습니다." 프로코피가 서류를 자세히 살펴보았다. "이 서류에 의거해서 체벤구르를 완전히 재설비하고 정비해야 합니다. 그리고 그 결과 집들을 재배치해서 세우고, 정원의 나무들을 정비해서 신선한 공기를 공급하도록 해야 합니다."

"그러면 좋은 기관*에 따라서 그리 해야겠군." 노인도 동의했다.

갑자기 체벤구르 혁명위원회 전체가 흡사 제자리에 멈춘 것 같았다. 체벤구르 사람들은 더 이상 무엇을 생각해야 할지 알지 못해 무언가를 기다리면서 앉아 있었고, 그들의 안에서 생명은 저절로 흘러갔다.

"시작이 있는 곳에는 끝이 있게 마련이지, 동지들." 이 말 다음에 무슨 말을 이어야 할지 알지 못한 채 체푸르니가 말했다. "우리의 체벤구르에는 적들이 바로 코앞에 살았지만, 우리는 그들을 혁명위원회에서 몰아냈고, 지금은 적들 대신 프롤레타리아트가 왔다네. 우리가 프롤레타리아트도 몰아내든가, 아니면 혁명위원회도 필요치 않을 걸세."

체벤구르의 혁명위원회에서 말은 사람을 향하지 않고 아무렇게나 내뱉어졌으며, 연설은 단지 연설자의 개인적이고 자연스러운 필요에 의한 것이었다. 그리고 종종 언설은 질문도 문장도 지니지 못하면서, 의결을 위해서가 아니라 혁명위원회 참여자들의 걱정을 위한 재료가 될 뿐인, 하나의 놀랄 만한 의심으로 귀결됐다.

"우리는 과연 누구입니까?" 여기에 대해 체푸르니가 처음으로 입 밖에 내서 생각했다. "우리는 세상 모든 나라에서 억압받은 사람들의 동지에 다름 아니오! 그리고 우리는 전 계급의 따스한 흐름으로부터 벗어날 필요가 없으며, 계급이 원하는 대로 한 무리로 서 있을 필요도 없소. 계급은 이 완전한 세상을 만들었는데, 무엇 때문에 그를 위하여 괴로워하고 생각할 필요가 있겠소, 말들 좀 해 보시오. 그들이 우리를 악당의 잔당으로 포함시키는 것은 너무나 모욕적인 일이오! 자, 오늘은 이것으로 회의를 마치도록 하겠소. 이제 모든 게 이해되고, 모두의 영혼은 편안할 것이오!"

기타 인간 노인은 방귀 때문에 이따금 괴로워했다. 아마도 불규칙적인 식생활 때문이었을 것이다. 가끔씩은 아주 오랫동안 먹을 게 없을 때도 있었는데, 그러다가 처음으로 먹을 일이 생기면 저장용으로 넉넉히 먹어 두어야만 했던 것이다. 그래서 위장은 지쳐 갔고, 구토가 나서 고통스러워졌다. 그런 날들이면 노인은 모든 사람에게서 떨어져 나와 어딘가에서 홀로 살아갔다. 체벤구르에서 게걸스럽게 많이 먹은 이후라서 노인은 혁명위원회 회의가 끝날 때까지 힘들게 기다렸다가 회의가 끝나자마자 바로 초원으로 달려나가, 배를 깔고 드러누워서 보통 때 그에게 소중하고 사랑스러웠던 모든 것을 잊어버린 채 고통스러워하기 시작했다.

체푸르니는 프롤레타리아트를 찾으러 갈 때 타고 갔던 그 말을 타고서, 저녁에 현청 소재지로 떠났다. 체벤구르에서는 이미 오래전에 잊어버렸던 이 세상의 어둠 속으로 밤이 시작될 때, 그는 혼자서 떠나갔다. 도시 경계를 나서자마자, 체푸르니는 노인이 고통스러워하는 소리를 들었으며, 스텝에서 왜 그런 소리가 나는지, 원인을 알아내기 위해서 그를 찾아냈다. 그를 찾아내서 살펴본 다음, 아픈 사람은 냉담한 반혁명주의자일 따름이라고 확신한 체푸르니는 그대로 앞으로 나아갔다. 하지만 이것으로 충분한 것은 아니었다. 우선 공산주의 치하에서 그런 아픈 자들을 어디로 보내야 하는지도 해결해야 했던 것이다. 체푸르니는 공산주의 치하에서 아픈 모든 사람에 대해 생각에 잠겼지만, 나중에는 이제 지혜의 고통에서 해방되고, 미래의 진실을 보장받은 모든 프롤레타리아트도 스스로에 대해서 생각해야 한다는 사실을 떠올렸다. 체벤구르에서 지금 잠들어 있는 프롤레타리아를 약간은 그리워하면서, 체푸르니는 덜컹대는 마차에서 자기 생의 가벼운 감각으로 홀로 졸기 시작했다. '그리고 말들과, 소들, 참새들로는 무엇을 해야 하는가?' 잠이 든 채 체푸르니는 생각했다. 하지만 그는 이 수수께끼들을 곧바로 머릿속에서 지워 버렸다. 그것은 사유 재산과 세상에 있는 모든 제품들뿐만 아니라, 재산을 보호하기 위한 부르주아를 고안해 낼 줄 알았던 프롤레타리아 전체 계급이 지닌 지혜의 힘에 편안히 기대기 위해서였다. 또한 혁명을 고안했을 뿐만 아니라, 혁명을 공산주의에 이르기까지 보존하기 위해 공산당도 고안해 냈던 바로 그 전체 계급의 힘에 기대기 위해서였다.

마차가 앞으로 나아가자, 흡사 체벤구르로 돌아가기라도 하는 듯, 수레 옆의 풀들은 점점 뒤로 처졌다. 저 아주 높은 곳으로부터, 영원하지만 이미 도달해 버린 미래로부터, 서로를 잊지 않기 위해 너무 멀리 있지도 않고, 한곳으로 합쳐지거나 자신의 차이와 서로 간의 헛된 끌림을 잃지 않기 위해 너무 가까이 있지도 않은 동지처럼 움직이는 별들의 고요한 대오로부터, 자기 위에서 빛나는 별들을 보지도 못한 채 반쯤 잠든 사람은 앞으로 계속 나아갔다.

현청 소재지에서 돌아오는 길에 코푠킨은 파신체프를 따라잡아, 말을 타고 나란히 체벤구르에 도착했다.

코푠킨은 가슴속 조그마한 떨림의 장소 안에 고립된, 사적이고 고상한 이념으로서가 아니라, 따스한 평안함에 의해 체벤구르의 고요한 공산주의를 온몸으로 느끼면서, 흡사 잠들듯이 체벤구르로 빨려들어 갔다. 그렇기에 코푠킨은 로자 룩셈부르크가 공산주의를 사랑했고, 자기가 로자를 존경하는 만큼, 자기 안에서의 이 끌림을 깨우기 위해 공산주의를 완전히 조사하기를 원했다.

"룩셈부르크 동지는, 여성이었어!" 코푠킨은 파신체프에게 설명했다. "여기는 인간들이 사지를 쭉 펴고 배를 쭉 내밀고는 자빠져서 누워만 있단 말이야. 또 다른 자는 귀고리까지 걸고 있어. 내 생각에 룩셈부르크 동지에게 이건 불쾌한 일일 것 같아. 그녀였다면 여기서 수치스러워하면서, 뭔가 의심을 품었을 거야. 나처럼 말이지. 자넨 어떤가?"

파신체프는 체벤구르를 결코 조사해 본 적은 없지만, 벌써 그 이유를 알고 있었다.

"그녀가 수치스러워할 건 또 뭐 있어." 그는 말했다. "그녀 역시 총을 들고 있는 아낙네인데. 이곳도 내 영지처럼 혁명 보호 구역일 따름이야. 자네 지난번에 묵었을 때 내 영지를 본 적 있지 않나."

코푠킨은 파신체프의 마을을 기억해 냈으며, 지주의 집에서 잠들었던 말 없는 노숙자들을 떠올렸고, 자신과 함께 단순하고 더 훌륭한 민중 속에서 공산주의를 찾아다니던 친구이자 동지인 드바노프도 기억해 냈다.

"자네는 착취 속에서 길을 잃은 인간에게 주는 안식처를 하나 가지고 있었을 따름이지, 공산주의는 자네 영지에 없었다네. 그런데 이곳에서는 공산주의가 황폐함 속에서 자라났고, 생명 없이 여기저기 떠돌던 민중이 이리로 와서 움직이지 않고 살고 있단 말일세."

파신체프에게는 그다지 상관없는 일이었다. 체벤구르는 그의 마음에 들었고, 그는 이곳에서 힘을 모아 자기 혁명 보호 구역을 다시 쳐들어가서, 거기로 출장 온 공동 조직위원들로부터 혁명을 도로 뺏기 위한 부대를 모으려고 살았던 것이다. 무엇보다도 자주 파신체프는 밖에 누워서, 공기를 들이 마시면서, 망각된 체벤구르의 스텝에서 드물게 들려오는 소리에 귀를 기울였다.

코푠킨은 혼자서 체벤구르를 여기저기 돌아 보고 프롤레타리아들과 기타 인간들을 살펴보며 시간을 보냈는데, 이것은 그들에게도 로자 룩셈부르크가 부분적으로나마 소중한지 알아보기 위해서였다. 하지만 마치 로자의 죽음이 헛된 것이고, 그들을 위해 죽은 것도 아니라는 듯, 그들은 로자에 대해 전혀 들은 바가 없었다.

프롤레타리아들과 기타 인간들은 체벤구르로 오고 나서 부르주아들이 남긴 음식들을 빠른 속도로 모조리 먹어 치워, 코푠킨이 그곳에 도착했을 때는 이미 스텝에서 나는 풀로만 연명하고 있었다. 체푸르니가 없는 동안 프로코피는 모든 프롤레타리아에게 도시의 집과 정원의 나무들을 새롭게 배치하라는 명령을 내렸으며, 체벤구르에서 토요일의 자발적인 집단 노동을 조직했다. 하지만 기타 인간들은 노동을 위해서가 아니라, 체벤구르에서 누리는 평온함과 잠자리에 대한 대가로, 그리고 그 일을 함으로써 권력과 프로코피에게서 자유로워지기 위해 집들을 옮기고 나무들을 날랐다.

현청 소재지에서 돌아온 체푸르니는 프롤레타리아트를 간파하기 위해 프로코피의 명령을 그대로 수행하도록 두었다. 체푸르니는 프롤레타리아들이 작업을 해 나가면서, 자신들 억압의 흔적인 집들을 쓸모없는 조각들로 다 부수어서 허물어 버리고, 자신들의 살아 있는 육신으로만 서로를 데워 주면서 어떤 방어물도 없이 이 세상에서 살아가기를 희망했던 것이다.

체벤구르의 여름이 흘러갔다. 시간은 희망 없이 삶과 반대로 흘러갔으며, 체푸르니는 프롤레타리아트들, 기타 인간들과 더불어 여름의, 시간의 한가운데, 그리고 모든 흥분하는 자연 현상들의 한가운데에 머물러 있었다. 그는 삶의 결정적 행복이 그 누구에 의해서도 결코 불안해 하지 않는 프롤레타리아트 안에서 형성되기를 정당하게 기대하면서, 자기 기쁨이라는 안온함 속에서 살고 있었다. 이와 같은 삶의 행복은 이미 세상에 존재하는 것이었으나, 기타 인간들의 내부에 숨겨져 있을 따름이었다. 비록 내부에 존재하고 있었지만, 이 행복은 결국 사물이었으며, 사실이었고 필연성이었다.

코푠킨 혼자만이 행복도, 편안한 희망도 없이 체벤구르를 돌아다녔다. 만약에 체벤구르 전체를 종합적으로 평가해 보기 위해 알렉산드르 드바노프를 기다리지만 않았더라면, 그는 이미 오래전에 체벤구르의 질서를 자신의 무력으로 파괴해 버렸을 수도 있었다. 하지만 인내의 시간이 더 길어질수록, 체벤구르의 프롤레타리아 계급은 코푠킨의 고독한 감성을 더 자극했다. 가끔 코푠킨은 체벤구르의 프롤레타리아들이 자신보다 더 못하지만, 그들은 어쨌든 자신보다는 더 평화롭다고, 아니 어쩌면 비밀스럽게는 자기보다 더 강할지도 모른다고 여겼다. 코푠킨은 로자 룩셈부르크에게서 위안을 얻었지만, 새로 도착한 체벤구르 사람들에게는 앞으로 다가올 그 어떤 기쁨도 없었으며, 그들은 모든 무산자들이 자기들과 같은 다른 사람들과, 동반자들과, 지나온 길을 함께 걸어온 동지들과 상호적인 삶을 살고 있다는 사실에만 만족하면서, 앞으로 다가올 기쁨을 기다리지도 않았던 것이다.

코푠킨은 매일 저녁 자기 여자 친구에게 갔던 친형을 떠올렸다. 그러면 아직 어린 남동생들만 오두막에 남아서 형 없이 다들 외로워했던 것이다. 그때 코푠킨은 동생들을 위로했고 점차 동생들도 서로를 위로해 주었다. 그들에게는 위로가 꼭 필요했기 때문이다. 지금 코픈킨 역시 체벤구르에겐 냉담하고 자기 여자 친구인 로자 룩셈부르크에게 가고 싶어 하는 형과 같았다. 하지만 체벤구르 사람들은 여자 친구가 없었으며, 그들만 이곳에 남을 것이기에 서로 위로해야 했다.

기타 인간들은 흡사 자기들만 체벤구르에 남으리라는 것을 미리 알기라도 했던 것처럼 행동했다. 코픈킨이나, 이념과 명령을 하달받던 혁명위원회에 아무것도 요구하지 않았으며, 존재라는 하나의 필연성만 지니고 있었다. 낮이 되면 체벤구르 사람들은 스텝을 따라 어슬렁거렸으며, 풀을 뜯기도 하고 식용 뿌리들을 캐기도 하면서, 자연이 주는 설익은 음식들을 배부르게 먹었다. 그리고 밤이 되면 길거리 풀 위에 누워 조용히 잠들었다. 코픈킨 역시 덜 슬퍼하기 위해서, 그리고 더 빨리 시간을 보냈으면 하는 마음으로 사람들 사이에 누웠다. 가끔 그는 여윈 노인, 야코프 티티치와 이야기를 나누었는데, 노인은 다른 사람들이 생각만 하거나, 심지어 생각조차 못하는 그런 일들에 대해서도 모든 것을 알고 있었다. 코픈킨 역시 아무것도 정확하게 알지는 못했다. 왜냐하면 민감하고 기억력 좋은 의식으로 삶을 보호하지 못한 채, 자기 삶을 살아왔기 때문이다.

야코프 티티치는 저녁마다 풀 위에 누워 별들을 바라보면서 자기 사유를 부드럽게 어루만지기를 좋아했다. 저 멀리 천체가 있으며, 천체에는 인간의 것이 아니고 겪어 보지도 못한 삶이 있겠지만, 그에게 그 삶은 닿을 수 없는 것이며, 자기에게 운명 지어진 것도 아니었다. 야코프 티티치는 고개를 돌려 잠들어 있는 옆 사람들을 보았으며, 그들을 위해서 슬픔에 빠졌다. '당신들 역시 저곳에서 살 수는 없구려.' 그러고 나서 큰 소리로 모두를 축하해 주려고 슬며시 자리에서 일어났다. '그래, 저기서 살도록 운명 지어지지 않았다면 또 뭐 어떤가. 물질은 어차피 똑같아. 그것이 나든 별이든 똑같아. 인간도 쓰레기는 아니니까. 인간도 탐욕 때문이 아니라 필연성에 의해 무엇인가를 선택하니까.' 코푠킨도 누워서 야코프 티티치가 자기 영혼과 이야기하는 그 담소를 듣고 있었다. "다른 사람들은 항상 가련하지." 야코프 티티치는 이 사실에 자신의 생각을 집중하면서 말했다. "인간의 슬픈 육신을 보라고. 그 육신은 괴로워하다가 죽음을 맞이하고, 그러면 그와 곧 헤어져야 하지. 그런데 사람은 스스로를 불쌍히 여기지 않아. 다만 곧 죽으리라는 것을 알고 너의 죽음 앞에서 누군가 울 거라는 것만 기억하고, 그 울어 줄 사람들만 남겨 두고 가는 게 불쌍한 거지."

"노인, 어디서 그런 애매모호한 말들이 나오는 거요?" 코푠킨이 물었다. "노인은 계급적 인간을 알지도 못하는데, 여기 누워서 말을 하고 있으니 말이오……."

노인은 침묵했으며, 체벤구르 역시 침묵에 잠겼다.

사람들은 고개를 똑바로 한 자세로 자고, 그들 위로 힘들고 흐릿한 밤이 천천히 열리고 있었다. 흡사 하늘에서 가끔 말소리가 들리는 것 같고, 잠든 자들이 그 대답으로 한숨을 쉬어 주기라도 하는 것처럼 조용한 밤이었다.

"왜 어둠처럼 침묵하는 거요?" 코푠킨이 다시 질문을 던졌다. "별들에 대해 슬퍼하는 거요? 별도 금이나 은이지, 우리의 동전은 아니오."

야코프 티티치는 자기가 한 말을 부끄러워하지는 않았다.

"나는 말한 게 아니고 생각한 것이외다." 그는 말했다. "말로 이야기하지 않으면, 똑똑한 자가 되기는 힘들죠. 침묵 속에 지혜는 없는 법이지. 침묵 속에는 감정의 고통만 있을 뿐이오……."

“집회에서처럼 말하는 걸 보니 노인도 똑똑한 게 틀림없구려.”

“내가 똑똑한 건 그 때문이 아니오…….”

“그럼 무엇 때문이오? 동지답게 내게 좀 가르쳐 주시오.” 코푠킨이 부탁했다.

“부모도 없이, 그리고 다른 사람들 없이 나 스스로 인간이 되었기에 똑똑해진 거요. 얼마나 많은 생명과 재료들을 얻고 또 버렸는지, 당신도 머리로 한번 소리 내서 크게 생각해 보구려.”

“아마도 넘쳐났겠군!” 코푠킨도 소리를 내서 생각했다.

야코프 티티치는 처음에는 자신의 숨겨진 부끄러움 때문에 한숨을 쉬었지만, 곧 코푠킨에게 마음을 열었다.

“정말로, 넘쳐났다오. 노년이 되면 누워서 이렇게 생각해 보시오. 내가 죽은 후에도 지구와 사람들은 온전히 남을 것인가? 내가 얼마나 많은 일을 했으며, 얼마나 많은 음식을 먹었고, 얼마나 많은 고통을 겪어 냈으며, 얼마나 열심히 생각했는지. 흡사 전 세계가 마치 당신 손에서만 흘러간 것 같고, 다른 자들에게는 단지 내가 이미 씹어 버린 것만 남겨진 것 같단 말이지. 하지만 나중에는 다른 사람들도 다 나와 똑같다는 것을 알게 되었소. 다른 사람들도 어린 시절부터 자신의 수고로운 육신을 끌고 다니고, 모두 자기 육체를 견뎌 내야 하는 것이라오.”

“왜 어린 시절부터요?” 코푠킨은 이해를 못했다. “고아로 자라서 그런 거요, 아니면 아버지가 당신에게 의절을 선언했소?”

“아버지 없이…….” 노인은 말을 이었다. “아버지 대신에 낯선 사람들에게 익숙해져야 했고, 아무런 위안도 없이 혼자서 평생을 자라고 살아야 했지요…….”

“아버지도 없었다면서, 왜 인간을 별처럼 평가하시오?” 코푠킨은 놀라서 물었다. “당신에겐 사람들이 더 소중해야만 하지. 사람들이 없었다면 당신은 어디로도 숨을 곳이 없었을 거요. 당신 집은 사람들 사이에, 길 가는 중에 서 있소……. 만약 당신이 진정한 볼셰비키였다면, 그 모든 것을 알았겠지만, 그냥 결국 이렇게 늙은 천애고아에 불과하구려……."

도시 중심부에서 태초의 침묵으로부터 갑자기 아이의 신음 소리가 들려왔으며, 잠들지 못한 모든 자들은 그 소리를 들었다. 그 소리가 나기 전까지 밤은 지상에 고요히 자리 잡고 있었으며, 지구마저 그 밤의 장막 아래에서 흡사 존재하지 않는 것 같았다. 그리고 고통스러워하는 아이의 목소리를 따라 또 다른 두 목소리가 들려왔는데, 그것은 아이 엄마의 소리와 불안해 하는 프롤레타리아의 힘이 우는 소리였다. 코픈킨은 그 소리를 듣자마자 잠이 달아나 자리에서 일어났다. 불행에 이미 익숙해진 노인은 이렇게 말했다.

"어린것이 울고 있군. 사내아이도, 계집아이도 아닌 것이."

"어린것들은 울고, 늙은것들은 누워 있구려." 코픈킨은 화가 난 듯 노인을 이렇게 비난하고, 자기 말에게 먹이를 주고 울고 있는 아이를 달래 주기 위해 밖으로 나갔다.

기타 인간들과 별개로 혼자서 체벤구르에 나타난, 떠돌아다니는 여자 거지가 농가의 어두운 현관에 앉아서, 무릎 위에 자신의 아이를 안고, 어떻게든 아이를 도우려고 따스한 입김을 불어넣어 주었다.

아이는 자신을 뜨겁고 고독한 좁은 공간으로 몰아가는 병의 고통에도 놀라지 않고 조용히, 그리고 순종적으로 누워, 불평하는 것이 아니라 슬퍼하면서 가끔씩 신음을 토해 낼 뿐이었다.

"왜 그러니, 왜 그래, 내 귀여운 아가?" 어머니가 아이에게 말했다. "말해 봐, 어디가 아프니? 내가 거길 덥혀 주마. 내가 거기다 뽀뽀해 줄게."

아이는 말없이 반쯤 감긴, 그리고 어머니를 잊어 가는 눈동자로 자기 어머니를 바라보았다. 그리고 육체의 어둠 속에 고립된 그의 심장은 마치 아이와 별개의 존재라도 되는 양, 썩어 들어가는 죽음의 흐름을 자신의 뜨거운 삶의 속도로 바싹 말려 버린 아이의 친구라도 되는 양, 그토록 고집스럽고 광포하게, 그리고 희망을 담아 뛰었다. 그리고 어머니는 숨어 있는 고독한 그의 심장을 돕기를 원하면서, 그리고 지금 아이의 가느다란 실낱같은 생명이 울려 퍼지는 현이 멈추지도 쉬지도 않도록 달래 주기라도 하듯, 아이의 심장을 어루만져 주었다.

어머니 자신은 지금 민감하고 부드러웠을 뿐만 아니라, 지혜롭고 냉정했다. 그녀는 자신이 알고 있으며, 할 수 있는 모든 도움을 아이에게 주는 것을 잊어버릴까 봐, 아니면 그 도움이 늦기라도 할까 봐 두려워했다.

그녀는 자신의 전 생애와 자신이 보았던 타인들의 삶을 명민하게도 기억해 냈다. 지금 소년을 편안하게 해 주기 위해 필요한 모든 것을 바로 그것으로부터 선택하기 위해서였다. 그리고 사람들도 대야도 약도 이불도 없이, 우연히 도착한 이름 모르는 이 도시에서 거지 어머니는 부드럽게 아이를 치료하고 도울 수 있었던 것이다. 저녁에 그녀는 따스한 물로 아이의 위장을 씻어 주고, 그의 몸을 찜질해서 덥혀 주고, 영양을 보충하기 위해 설탕물도 먹이고, 소년이 아직 살아 있는 동안에는 절대로 잠들지 않으리라 결심했다.

하지만 아이는 계속해서 괴로워했고, 어머니의 손은 아이의 뜨거워진 몸 때문에 땀에 젖었다. 아이는 얼굴을 찡그렸으며, 자기는 이렇게 고통스러운데 어머니는 옆에 앉아 아무것도 주지 않는다는 사실에 화가 나서 더 괴로워했다. 그러자 어머니는 이미 여섯 살이나 된 아들에게 젖을 빨도록 내주었다. 아이는 빈약하고, 이미 오래전에 말라 버린 어미의 젖을 탐욕스럽게 빨아 대기 시작했다.

"자, 이제 뭐라도 말 좀 해 보렴." 어머니가 부탁했다. "뭐든 말하고 싶은 것 있으면 아무거나 말해 봐!"

아이는 희끄무레한, 노쇠한 눈을 뜨고는 젖을 실컷 빨 때까지 좀 더 기다렸다가, 있는 힘을 다해 말하기 시작했다.

"잠도 자고 싶고, 물속에서 수영도 하고 싶어. 난 사실 많이 아팠잖아. 그리고 지금은 정말 지쳤어. 엄마, 내가 죽지 않도록 내일 날 꼭 깨워 줘. 안 그러면 잊어버리고 죽을 거야."

"아냐, 내 아가." 어머니가 말했다. "내가 널 계속 지켜볼게. 그리고 내일은 쇠고기를 구해 줄게."

"엄마, 날 좀 잡고 있어, 거지들이 날 훔쳐 가지 않도록 말이야." 소년이 힘을 잃어 가면서 말했다. "거지들한테 아무것도 적선 안 하니까, 훔쳐 가기만 한다고……. 엄마하고만 있으니까 심심해. 엄마가 차라리 길을 잃어버렸으면 좋겠어."

어머니는 이미 정신을 잃어 가는 아들을 바라보며, 그를 불쌍히 여겼다.

"내 소중한 아가, 만약 네가 이 세상에 살아갈 운명이 아니라면……." 그녀는 속삭였다. "그럼, 잠자면서 죽는 게 더 나아. 다만 더 이상 고통스러워하지는 마. 네가 고통 받는 건 원치 않으니까. 난 네가 항상 서늘하고 편안하게 살았으면……."

소년은 처음에는 편안하고 서늘한 잠 속에서 정신을 잃었지만, 나중에 갑자기 소리를 지르면서 눈을 뜨고는, 부드러운 빵 사이에서 그토록 따스함을 느꼈던 자루에서 어머니가 자기 머리를 꺼낸 다음, 병과 땀 때문에 길게 자라난 털로 덮인 그의 연약한 몸을 조각조각 내어 벌거벗은 여자 거지들에게 주는 것을 보았다.

"엄마." 그가 어머니에게 말했다. "엄마는 바보, 거지야. 그러면 늙어서 누가 엄마를 먹여 살리겠어? 안 그래도 나는 이렇게 말랐는데, 어떻게 다른 사람들에게 나를 나눠 줄 수 있느냐 말이야!"

하지만 어머니는 그의 말을 듣지 못하고, 이미 강가의 죽어 버린 돌을 닮은 그의 눈동자를 쳐다보았다. 그리고 그녀는 소년이 아까보다 덜 고통스러워하고 있다는 것은 잊은 채, 그가 식어 가고 있다는 사실에 놀라 너무나 비통하게 소리를 지르기 시작했다.

"나는 내 아기를 치료했어요. 나는 내 아기를 보호했다고요. 난 죄가 없어." 어머니는 다가올 슬픔의 세월로부터 자신을 보호하기 위해서 이렇게 말했다.

체벤구르 사람들 중에서 체푸르니와 코푠킨이 제일 먼저 도착했다.

"무슨 일이오?" 체푸르니가 거지 여자에게 물었다.

"난 내 아기가 단 1분만이라도 더 살았으면 좋겠어요." 아이 엄마가 말했다.

코푠킨은 몸을 숙이고 아이를 쓰다듬어 보았다. 그는 죽은 자들을 사랑했다. 로자 룩셈부르크도 죽은 자들 가운데 있었기 때문이다.

"그 1분이 왜 필요한가?" 코푠킨이 물었다. "어차피 1분도 금방 지나가 버릴 것이고, 그러면 아이는 또 죽을 텐데. 그러면 댁은 또 울부짖을 게 아닌가?"

"아니요." 그 어머니는 약속했다. "그러면 안 울 거예요. 난, 아이가 살아 있을 때, 도대체 어땠는지를 기억할 수가 없어서 그래요."

"그건 가능하지." 체푸르니가 말했다. "나도 오랫동안 아픈 적이 있었어. 저 자본주의자들의 전쟁이 있었을 때 의사 조수로 일했었지."

“아이가 벌써 죽었는데, 자네는 왜 아이를 귀찮게 하는가?” 코푠킨이 물었다.

“그래서 뭐가 어때, 말 좀 해 보게?” 냉엄한 희망을 가지고 체푸르니는 말했다. “저렇게 어머니가 원한다면, 1분 정도는 살려 낼 수 있어. 그토록 살아왔고, 또 살아 있었는데, 지금은 잊어버렸다니! 만약 이미 체온이 다 식어 버리고, 벌써 구더기가 슬었다면 안 되겠지만, 아직 체온도 내려가지 않은 채 저기 누워 있지 않은가? 이 아이의 내부는 아직 살아 있어, 단지 바깥만 죽은 거야.”

“그만 하게, 그를 다시 조직하진 못할 걸세.” 코푠킨은 체푸르니에게 지시했다. “심장이 움직이지 않는다는 것은 인간이 이미 죽었다는 거야.”

하지만 체푸르니는 의학적 조치를 멈추지 않았다. 그는 소년의 심장을 마사지하고, 귀 아래의 뒷목을 만졌으며, 소년의 입에서 공기를 빨아들이기도 하면서 죽어 버린 자의 생명이 돌아오기를 기다렸다.

“여기서 심장이 무슨 상관인가?” 체푸르니가 자신의 노력과 의학적 믿음을 망각한 채 말했다. “여기서 심장이 왜 필요한가, 말 좀 해 봐? 영혼은 목에 있다네. 내가 자네에게 증명하지.”

“목에 있다고 쳐.” 코푠킨은 동의했다. “하지만 영혼은 이념일 따름이고, 생명을 지키진 못해, 영혼은 생명을 소비하지. 자네는 체벤구르에 살면서 아무런 노력도 하지 않으면서, 심장이 무슨 소용이냐는 말을 잘도 하는군. 심장은 모든 인간에게 고용된 노동자야. 심장은 노동하는 인간이라고. 그런데 당신들은 전부 착취자들이야. 여기는 공산주의가 없어!”

아이 어머니는 체푸르니의 치료에 도움을 주려고 뜨거운 물을 가져왔다.

"괴로워하지 마시오." 체푸르니는 그녀에게 말했다. "아이를 위해 이젠 체벤구르 전체가 괴로워할 테니까. 당신은 아주 조금만 슬퍼하면 된다오……."

"언제 아이가 다시 숨을 쉬게 될까요?" 아이 어머니가 물었다.

체푸르니는 소년을 팔에 안고 들어 올렸다. 그러고는 그를 자기 쪽으로 바짝 당겨 아이가 살아 있을 때처럼 다리로 서도록 자기 무릎 사이에다 아이를 세웠다.

"어떻게 아무 생각도 없이 이런 짓을 할 수가 있어요?" 아이 어머니는 화가 나서 그를 비난했다.

현관으로 프로코피와 제예프, 야코프 티티치가 들어왔다. 그들은 방해하지 않기 위해 옆에 가만히 서서 아무것도 묻지 않았다.

"내 사유는 여기서 아무런 작용도 하지 않고 있소." 체푸르니가 설명했다. "나는 기억에 따라 행동하오. 당신 아들은 내가 없었더라도 당신이 그토록 원하는 1분을 더 살 수 있소. 왜냐하면 여기에는 공산주의가 작동되고, 모든 자연도 겸해서 작동되기 때문이오. 만약 이곳이 아닌 다른 장소였다면, 당신 아들은 아마 어제 이미 죽었을 거요. 당신 아들은 체벤구르 덕분에 하루를 더 살게 된 거요!"

'충분히 그럴 수 있어, 가능해.' 코푠킨은 이렇게 생각하고 마당을 바라보았다. 그곳 대기 가운데, 체벤구르에, 아니면 체벤구르 위의 하늘에 죽은 자에 대한 어떠한 연민이 보이지 않는지 보기 위해서였다. 하지만 그곳에는 날씨만 바뀌고 있을 따름이었다. 바람은 잡초 위로 시끄럽게 불고, 프롤레타리아들은 다 식어 버린 대지에서 일어나 집으로 잠자러 돌아갔다.

'저곳은 제국주의 때와 똑같구나.' 코푠킨은 다시 생각했다. '날씨도 여전히 변덕스럽고 공산주의도 보이지 않아. 아마도 소년이

우연히라도 다시 한 번 숨을 쉴지 모르지. 그러면 괜찮을 텐데.'

"아이를 더 이상 괴롭히지 마세요." 체루프니가 아이의 순종적인 입안에 식용유 네 방울을 떨어뜨리고 있는데, 아이 어머니가 말했다. "이제 그냥 애가 쉬도록 해 주세요. 아이를 그만 만졌으면 좋겠어요. 애가 그랬어요, 너무 지쳤다고."

체푸르니는 이른 어린 시절이 이미 끝나 버렸기 때문에 벌써 어두운 색이 되어 버린, 죽은 소년의 이마에 붙은 머리카락을 빗어 주었다. 농가 지붕으로 재빨리, 위안하는 것 같은 빗방울이 떨어졌지만, 스텝 위로 불어오는 갑작스러운 바람은 지상으로부터 비를 빼앗아서 저 멀리 어둠 속으로 데려가 버렸다. 그리고 다시 마당은 고요해지고 축축해졌으며, 진흙 냄새가 나기 시작했다.

"지금 곧 다시 숨을 쉴 거고, 우리를 바라볼 거요." 체푸르니가 말했다.

다섯 명의 체벤구르 사람이 체벤구르에서 다시 반복될 아이의 생명을 곧바로 알아볼 수 있도록 하기 위해 아이의 소외된 육체 위로 몸을 숙였다. 왜냐하면 그 생명은 너무나 짧게 지속될 것이기 때문이었다. 소년은 조용히 체푸르니의 무릎 위에 앉아 있었고, 아이의 어머니는 따스한 양말을 벗겨 내 아이의 발에서 나는 땀 냄새를 맡았다. 어머니가 아이를 기억할 수 있고, 그로 인해 위안받을 수 있었던, 그러고는 다시 죽어야만 했던 1분이, 아이가 다시 살아날 수 있었던 그 1분이 지나가 버렸다. 하지만 소년은 두 번이나 죽도록 고통스러워하기를 원치 않은 모양이었다. 소년은 체푸르니의 팔에서 이전처럼 죽은 채로 고요히 누워 있었다. 그러자 어머니는 모든 것을 이해했다.

"이제 나는 아이가 1분이라도 다시 살기를 원하지 않아요." 그녀가 거부했다. "그러면 또다시 죽어야 할 거고, 또다시 고통 받아야 할 테니까요. 그냥 죽은 채로 두면 좋겠어요."
'이게 뭐가 공산주의인가?' 코픈킨은 다시 한 번 결정적으로 의심을 품고는 축축한 밤으로 뒤덮인 마당으로 걸어 나왔다. '아이는 공산주의로부터 한 번 더 숨을 쉴 수 없었고, 공산주의 치세에서 사람이 나타났지만 죽고 말았지. 이건 전염병이지 공산주의가 아니야. 코픈킨 동지, 이제 여기서 저 멀리 떠날 때라고.'
코픈킨은 자기 안에서 저 먼 곳과 희망의 동반자인 생기를 느꼈다. 거의 슬픔에 잠긴 채로 그는 체벤구르를 바라보았다. 체벤구르와도 영원히 헤어져야 할 때가 되었기 때문이다. 만났던 모든 사람들과 떠나온 마을들과 도시들에 코픈킨은 영원한 안녕을 고했다. 그의 이루어지지 않은 희망은 이별로만 용서되기 때문이었다. 밤마다 코픈킨은 인내심을 잃어버렸다. 어둠과, 사람들의 보호받지 못하는 잠은 항상 저 멀리 중요한 부르주아들의 국가로 깊숙이 정찰을 떠나도록 그를 유혹했다. 왜냐하면 그 국가들에도 어둠이 내려 있을 것이고, 자본주의자들은 벌거벗고 의식 없이 잠들어 있을 것이기 때문이다. 그러면 밤을 틈타 그들을 곧바로 죽여 버릴 수 있을 것이고, 밝아 오는 새벽녘에 공산주의를 선언할 수 있을 것이다.
코픈킨은 자기 말에게로 가서, 필요한 어느 순간에라도 타고 떠날 수 있는지 알아보기 위해 살펴보고 쓰다듬어 주었다. 그가 보기에는 떠날 수 있을 것 같았다. 프롤레타리아의 힘은 강했으며, 지난날 그 많은 길을 지나왔듯이 저 멀리, 저 먼 미래로 언제라도 떠날 수 있게 준비되어 있었다.
그런데 갑자기 체벤구르 경계에서 아코디언 소리가 들리기 시작했다. 어떤 기타 인간이 음악을 연주하고 있었던 것이다. 그는 잠이 오지 않는 불면의 고독을 음악으로 달래고 있었다.

코푠킨은 그런 음악을 한 번도 들어 본 적이 없었다. 음악은 마치 무언가 이야기를 하는 듯했지만, 이야기를 다 하지 못해 그 말은 실현되지 않은 슬픔으로 남았다.

"음악이 필요한 것을 뭐든지 다 이야기해 버리는 편이 더 나았을 텐데." 코푠킨은 동요했다. "소리를 들어 보면, 이 사람은 나를 부르고 있어. 그런데 한번 다가가 보라지. 그러면 그 사람은 어쨌든 음악만 계속 연주할 거라고."

하지만 코푠킨은 마지막까지 체벤구르 사람들을 살펴보기 위해서, 자신은 결코 느낄 수 없었던, 그 공산주의가 어떤 것인지 그들 속에서 찾아보기 위해서 밤의 음악 소리가 들리는 곳으로 다가갔다. 조직성이라고는 있을 수 없는 열린 들판에서도 코푠킨은 체벤구르에 있을 때보다 차라리 더 좋았다. 슬퍼지기 시작하면 그는 사샤 드바노프와 길을 떠났고, 드바노프 역시 슬퍼했다. 그들의 애수는 서로 만나기 위해 서로를 찾아갔고, 마침내 만나서 그 길의 한가운데 멈춰 섰던 것이다.

체벤구르에서는 함께 슬퍼할 만한 동지를 만날 수 없어, 슬픔은 스텝으로 이어졌으며, 그다음에는 어두운 대기의 텅 빈 공간으로 계속되었고, 마침내 그 고독한 세상에서 끝났다. 그 사람은 연주하고, 코푠킨은 그의 연주를 들었다. 이곳에 공산주의는 없다. 그는 다만 자신의 비통함 때문에 잠이 오지 않을 따름인 것이다. 공산주의 치하에서라면 그는 음악으로 모든 것을 이야기할 수 있었을 것이고, 음악은 그쳤을 것이며, 그 사람은 나에게 다가왔을 것이다. 그런데 음악이 모든 것을 이야기할 수 없으니 그 인간은 부끄러워하고 있는 것이다.

체벤구르로 들어가기도 어려웠지만 나오기도 어려웠다. 거리도 없이 집들은 무질서하고 좁게 서 있어, 흡사 거주지 때문에 사람들이 서로서로를 잡아당기는 것 같았다. 집들 사이의 좁은 틈에서는 사람들이 맨발로 다녀 잘 다져지지 않아서 잡초들이 자라났다. 잡초 사이로 네 사람의 머리가 쑥 올라오더니 코푠킨에게 말했다.

"조금만 기다리시오."

이들은 아이가 죽었을 때 체푸르니와 함께 있던 동지들이었다.

"기다려 주시오." 체푸르니가 부탁했다. "아마도 우리가 없으면 아이가 살아날지도 몰라."

코푠킨도 잡초 위에 앉았다. 음악은 멈추었고, 바람 소리가 들렸다. 야코프 티티치의 배에서 꼬르륵 소리가 나, 노인은 숨을 내쉬고 소리가 나지 않도록 견뎌야만 했다.

"왜 아이가 죽었나? 그 아이는 혁명 이후에 태어나지 않았는가?" 코푠킨이 물었다.

"그래, 그건 사실인데, 도대체 아이가 왜 죽었지, 프로슈?" 놀란 나머지 체푸르니는 다시 질문을 던졌다.

프로코피는 답을 알고 있었다.

"동지들, 모든 사람은 사회적 조건 때문에 태어나고, 살아가고, 죽어 갑니다. 다른 건 없어요."

코푠킨은 이 말을 듣자 자리에서 일어났다. 그에게는 모든 것이 분명해졌던 것이다. 체푸르니도 일어났다. 그는 아직 불행의 원인이 무엇인지 알지 못했지만, 슬프고 부끄러웠던 것이다.

"네놈의 그 공산주의 때문에 아이가 죽은 것 아닌가?" 코푠킨이 엄하게 물었다. "네놈에게는 공산주의가 사회적 조건이니까 말이야! 그래서 지금 아이가 이 세상에 없군. 네놈은 이제 모든 것에 책임을 져야 한다, 이 자본주의적 영혼아! 네놈은 혁명으로 향하는 노정에서 도시 전체를 빼앗아 버렸어……. 파신체프!" 코푠킨은 체벤구르 쪽으로 소리를 질렀다.

"왜 그러나!" 파신체프가 저 먼 곳에서 대답했다.
"어디 있나?"
"여기 있다네."
"이리로 와서 준비하게!"
"뭘 준비하란 말인가? 나는 준비 없이도 뭐든 할 태세가 되어 있다네."

체푸르니는 두려워하지 않고 그 자리에 서 있었다. 그는 체벤구르에서 가장 어린 아이가 공산주의 때문에 죽었다는 사실에 양심의 가책을 느꼈으며, 어떻게도 자기변명을 할 수 없었다.

"프로슈, 저 말이 맞나?" 체푸르니가 조용히 물었다.
"맞습니다, 체푸르니 동지." 프로코피가 대답했다.
"그럼 이제 뭘 해야 하나? 그렇다면 우리에게 자본주의가 있다는 말인가? 안 그러면, 아이가 이미 자기가 살아야 할 마지막 1분을 다 살아 버렸던 게 아닐까? 그런데 내가 직접 공산주의를 봤는데, 공산주의가 어디로 사라질 수 있단 말이지? 우리는 공산주의를 위해 장소까지 비워 놨는데 말이야……."

"너희는 밤마다 부르주아들이 있는 곳까지 움직여 가야만 한다." 코폰킨은 충고했다. "그리고 그들이 잠들었을 때 어둠 속에서 쳐부수어야 해."

"그런데 거기는 전깃불이 밝혀져 있습니다, 코폰킨 동지." 냉담하게 프로코피가 말했다. "부르주아들은 교대로 살아가지요. 낮이고 밤이고 말이죠. 그들에겐 잠들 시간이 없어요."

체푸르니는 아들을 잃은 여인에게 갔다. 혹여 죽어 버린 소년이 사회적 조건 때문에 살아나지 않았는지 알고 싶어서였다. 그 어머니는 소년을 살림방의 침대에 눕혀 놓고, 그를 안고 옆에 누워 잠들어 있었다. 체푸르니는 그들 두 사람을 내려다보고 서서, 여자를 깨워야 할지 말아야 할지 망설였다. 언젠가 프로코피가 그에게 말하기를, 가슴속에 슬픔이 있을 때는 뭔가 맛있는 음식을 먹거나 잠을 자야 한다고 했기 때문이다. 체벤구르에 맛있는 음식이라고는 하나도 없었기 때문에, 이 여인은 위안을 위해 잠을 선택한 것일까.

"자고 있소?" 체푸르니는 조용한 목소리로 여인에게 물었다. "뭔가 맛있는 음식이라도 찾아 줄까요? 아마 여기 지하 창고에 부르주아들이 남긴 음식이 좀 있을 거요."

여자는 조용히 잠을 자고 있었다. 그녀의 아들은 그녀에게 기대고 있었으며, 아이의 입은 흡사 코가 막혀서 입으로 숨을 쉬고 있는 것처럼 열려 있었다. 체푸르니는 아이의 이가 몇 개 빠져 있는 것을 보았다. 아이는 나름의 세월을 살아와서 유치를 다 사용해 버렸고, 영구치가 나도록 기다리기는 이미 늦어 버렸다.

"자고 있소?" 체푸르니는 몸을 구부렸다. "왜 계속 잠만 자는 거요?"

"아니요." 그 여인은 눈을 떴다. "그냥 누웠더니 졸려서 그래요."

"슬퍼서 그렇소, 아니면 그냥 잠이 온 거요?"

"그냥요." 잠이 온 나머지 여자는 아무렇게나 대답했다. 그녀는 오른손을 아들의 몸 아래로 둘러서 안고 있을 뿐, 아들을 보고 있지는 않았다. 왜냐하면 습관적으로 아직도 그가 따스하고 잠들어 있다고 느끼고 있었기 때문이다. 나중에 거지 여인은 자리에서 일어나, 앞으로 다시 아이를 낳을 경우 쓰일지도 모르는 여유로운 풍만함이 아직도 남아 있는 자신의 드러난 다리를 이불로 덮었다.

'이 여자도 예쁘구나.' 체푸르니는 여인을 살펴보았다. '누군가는 이 여자를 생각하면서 애를 태웠겠군.'

아이는 어머니에게 손을 맡기고 흡사 내전에서 죽어 버린 병사처럼 하늘을 바라보면서 슬픈 얼굴로 누워 있었다. 소년은 주어진 생을 찾아서 지상을 헤매 다니는 자기 계급의 가난하고도 한 장뿐인 셔츠를 입고 있었으며, 얼굴은 어쩐지 늙어 보였고, 의식이 있는 것처럼 보였다. 어머니는 자기 아이가 죽음을 예감하고 있었으며, 죽음에 대한 소년의 감각이 그녀의 슬픔이나 이별보다 더 힘든 것이었다는 사실을 알고 있었다. 하지만 소년은 아무에게도 불평하지 않았으며, 참을성 있고 평온하게 무덤 속에서 긴 겨울 동안 식어 갈 준비가 된 채 홀로 누워 있었던 것이다. 그들의 침대 옆에는 모르는 사람이 서서 자기 자신을 위해 뭔가를 기대하고 있었다.

"그래, 더 이상 호흡이 돌아오지는 않았소? 그럴 리가 없는데, 여기는 과거와 다른 곳인데!"

"아니요." 어머니가 대답했다. "꿈속에서 아들을 보았어요. 아이는 꿈속에서는 살아 있었고, 우리는 손을 잡고 넓은 들판을 걸어갔죠. 날씨는 따스했고, 우리는 배가 불렀어요. 내가 아이를 안고 가려니, 아이가 말하더군요. '아니야, 엄마. 내 발로 더 빨리 걸어갈 수 있어. 이제 우리도 생각 좀 해야 해. 안 그러면 우린 영영 거지로 살 거야.' 그런데 갈 데가 없었어요. 우리는 어떤 구덩이에 앉아서 울기 시작했죠……."

"울 필요 없소." 체푸르니가 위로했다. "우리는 당신 아이에게 체벤구르를 유산으로 남겨 줄 수 있었는데 아이가 거절했고, 죽어 버린 것이오."

"우리는 들판에 앉아서 울었어요. 아무것도 할 수 없는데, 왜 우리가 살아 있는지……. 그런데 아들이 내게 말하더군요. '엄마, 내가 죽는 게 낫겠어. 난 엄마랑 저 긴 길을 따라 다니는 게 지루해졌어.' 그러고는 내내 같은 말만 하더라고요. 그래서 내가 아이에게 말했죠. '그래, 죽어 버리렴. 그럼 난 널 잊어버릴 거야.' 아이는 내게 기대더니 눈을 감고는 숨을 쉬었죠. 그리고 더 이상 살아 있는 채로 누워 있지는 못했어요. 아이가 말했어요. '엄마, 난 어떻게도 안 돼.' '그래, 그럼 그럴 필요 없어. 어떻게도 할 수 없으면, 우리 천천히 조금씩 걸어 볼까? 아마도 우리가 쉴 수 있는 곳이 어딘가에 있을 거야.'"

"그래, 아들이 꿈속에서는 살아 있었소, 그때는? 이 침대에서 말이오?"

"여기서요? 아이는 내 무릎에 누워서 숨을 쉬고 있었어요. 그런데 죽지는 못했죠."

체푸르니는 약간 마음이 편해졌다.

"어떻게 아이가 체벤구르에서 죽을 수 있었나, 말 좀 해 보시오. 여기는 아이를 위한 모든 조건이 쟁취된 곳인데. 아이가 약간이나마 다시 살아날 걸 나는 알고 있었어. 당신은 그때 잠들어 있었던 것뿐이고."

아이 어머니는 고독한 눈으로 체푸르니를 바라보았다.

"이봐요, 당신에겐 뭔가 다른 게 필요한 것 같군요. 내 아이는 아까 죽은 그대로, 그렇게 죽은 거예요."

"아무것도 필요 없소." 체푸르니는 재빨리 대답했다. "내게 중요한 건 아이가 당신 꿈속에서라도 살아 있었다는 거요. 그건, 아이가 당신에게서도 체벤구르에서도 약간 더 살았다는 거니까……."

여자는 슬픔과 자기 생각에 빠져서 침묵했다.

"아니요." 그녀가 말했다. "당신에겐 내 아이가 소중한 게 아니라, 당신의 상상만이 필요한 거예요! 제발 저기 마당으로 가 버려요. 난 혼자 남는 게 익숙하니까. 아직 아침까지 꽤 오랫동안 내 아이와 함께 누워 있을 수 있다고요. 아이랑 있을 시간을 빼앗지 말아요!"

체푸르니는 아이가 꿈속에서나마, 아니면 어머니의 머릿속에서나마 자기 영혼의 나머지를 살았으며, 체벤구르에서 곧바로 영원히 죽지 않았다는 사실에 만족한 채, 여자가 묵고 있던 집에서 나왔다.

그 말은 체벤구르에 공산주의가 존재하고 있으며, 공산주의는 사람들과는 별개로 작동하고 있다는 뜻이었다. 그러면 공산주의는 지금 어디에 자리를 잡고 있는 것일까? 거지 여인 가족을 떠나온 체푸르니는 밤의 체벤구르에서 공산주의를 분명하게 감각할 수도 볼 수도 없었다. 비록 공산주의가 이미 공식적으로 존재하고 있음에도 불구하고 말이다. '하지만 사람들은 무엇에 의해서 비공식적으로 살고 있는가?' 체푸르니는 이런 생각에 놀랐다. '어둠 속에서 죽은 자들과 누워 있다니. 그리고 그게 좋단 말이지! 쓸데없는 일이야!'

"그래, 뭔 일이 있소? 어떻게 되었소?" 밖에 남아 있던 동지들이 체푸르니에게 물었다.

"꿈속에서 아이가 숨을 쉬었대. 그런데 나중에 다시 아이는 죽기를 원했다는군. 들판에서 죽고 싶었는데, 그럴 수가 없었다더군." 체푸르니가 대답했다.

"그래서 체벤구르에 도착하자마자 아이가 죽은 거로군요. 아마도 여기서 더 자유롭다고 느꼈을 테니 말이에요. 삶이든, 죽음이든, 큰 차이는 없지요."

"분명합니다!" 프로코피가 말했다. "만약에 아이가 안 죽었더라도, 아마도 그와 동시에 아이가 스스로 죽기를 원했을 거란 말이죠. 과연 이것이야말로 인민 대오의 자유라고 할 수 있지 않겠습니까?"

"그래, 이야기 좀 해 보게!" 모든 의혹을 풀어 버린 체푸르니는 의심을 거두지 않고 맞장구를 쳤다. 처음에 그는 이것이 뭘 의미하는지 이해할 수 없었지만 아이에게 일어난 사건에 대해 모두 만족하는 것을 보고는 자신도 기뻐했다. 오직 코푠킨 한 사람만이 여기서 희망의 빛을 보지 못했다.

"그렇다면 왜 저 여인네는 이리로, 당신들에게로 나오지 않고 아이와 함께 저기 숨어 있는가?" 코푠킨은 모든 체벤구르 사람들을 비난했다. "이건 저 여인이 당신들의 공산주의 안에 있는 것보다 저기가 더 좋다고 생각하기 때문이다."

야코프 티티치는 자신의 판단을 감각의 고요함 속에서 경험하면서 말없이 살아가는 데 익숙했다. 하지만 그 역시 화가 났을 때는 정확하게 이야기를 할 수 있었다.

"그 여자가 아이만 데리고 저기 남은 이유는, 그들 사이에 하나의 동일한 피와 당신들의 공산주의가 남아 있기 때문이지요. 만약에 여자가 죽은 아이를 떠나면 당신들에겐 아무 기반도 남지 않을 거요."

코푠킨은 기타 인간인 이 노인을 존경하기 시작했으며, 그의 정확한 말을 더 확실히 했다.

"당신들의 체벤구르에는 전체 공산주의가 지금 어두운 곳에 있다. 저 여인네와 아이 가까이에 있단 말이다. 내 안에 있는 공산주의는 어떻게 앞으로 움직이는가? 그건 나와 로자 룩셈부르크가 심오한 관련이 있기 때문이지. 비록 그녀가 백 퍼센트 죽은 몸이지만 말이야!"

프로코피는 죽음과 연관된 사건을 형식적이라고 여겼으며, 동시에 자신이 이전에 얼마나 많은 여자들을 알고 있었는지, 고등 교육, 초등 교육, 중등 교육을 받은 여자들을 계층별로 얼마나 많이 알고 있었는지 제예프에게 이야기했다. 제예프는 그 이야기를 들으면서 프로코피를 질투했다. 그가 아는 여자라고는 무지몽매하고, 교양은 없으면서 순종적인 그런 여자들뿐이었던 것이다.

"그녀는 매혹적이었지!" 프로코피는 뭔가를 증명하고자 했다. "그녀에겐 뭔가 독특한 개성의 예술이 있었다고나 할까. 그녀는 말이지, 이해할지 모르겠지만, 그야말로 여자였지. 늘 볼 수 있는 그런 여편네가 아니라. 뭔가…… 이해하겠어. 그런…… 흡사……."

"흡사 공산주의 같은." 제예프가 소심하게 말을 거들었다.

"뭐 비슷해. 심지어 내가 손해 보는 일이라도 그 여자를 위해선 하고 싶더란 말이지. 한번은 그녀가 빵과 옷을 부탁했어. 엄청나게 흉년이 든 해였는데 말이야. 그래도 나는 식량을 약간 구해서 식구들에게 가져가고 있었지. 아버지, 어머니, 그리고 남동생들이 시골집에서 날 기다리고 있었어. 그래서 생각했지. '어머니가 날 어떻게 낳았는데, 네년은 날 망치려 드는구나.' 그리고 맘 편하게 우리 집까지 갔지. 물론 그 여자가 그립기는 했지만 먹을 건 집으로 가져가서 다 우리 식구들을 먹였어."

"어떤 교육을 받은 여자였나?" 제예프가 물었다.

"최고 고등 교육을 받은 여자였지. 내게 증명서도 보여 주더군. 7년이나 교육학을 공부했더군. 학교에서 관료의 아이들을 가르치고 있었어."

코푠킨은 스텝에서 마차가 움직이는 것 같은 소리를 들었다. 어쩌면 사샤 드바노프가 오고 있는지도 모른다.

"체푸르니." 그가 말을 걸었다. "사샤가 도착하면, 프로슈카를 쫓아내게. 저놈은 완벽하게 성공한 악당이야."

체푸르니는 이전처럼 그의 말에 동의했다.

"난 그 어떤 좋은 것이라도 더 나은 것을 위해 자네에게 줄 수 있다네. 데려가게."

마차는 체벤구르에서 멀지 않은 어떤 곳에서 덜컹거렸지만, 체벤구르로 들어오지는 않았다. 아마 공산주의 없이도 어딘가에 사람들이 살고 있고, 심지어 어디론가 다니기도 하는 모양이었다.

한 시간이 지나자 가장 피로를 모르며, 가장 예민한 체벤구르 사람들조차 새롭고 신선한 날의 아침이 올 때까지 평안함에 몸을 맡겼다. 전날 정오부터 잠들었던 키레이가 제일 먼저 눈을 떴다. 그는 무거워진 아이를 안고 체벤구르를 떠나는 여인을 보았다. 키레이 자신도 체벤구르에서 떠나고 싶었다. 전쟁 없이는 늘 지루했기 때문이다. 전쟁이 없었기에 이미 정복한 것만을 가지고, 인간은 친척들과 더불어서 살아야만 했다. 하지만 키레이의 친척들은 저 멀리 극동 지방 태평양의 해변에, 완벽한 냉담함으로 자본주의와 공산주의를 뒤덮어 버리는 하늘이 시작되는 곳, 그 지상의 끝에 살고 있었다. 키레이는 소비에트 정부와 그의 이념을 위해 대지를 깨끗이 청소하면서, 블라디보스토크에서 페트로그라드까지 이르는 길을 걸어서 지나왔으며, 이제 체벤구르까지 와서 휴식하고 그곳을 그리워하며 잠들었던 것이다. 키레이는 밤마다 하늘을 바라보며, 흡사 태평양을 생각하듯 생각에 잠겼으며, 별들에 대해서는 자기 고향 해변을 지나 저 먼 서 쪽으로 항해해 가는 배의 등불이라고 생각했다. 야코프 티티치 역시 조용히 입을 다물고 있었다. 그는 체벤구르에서 찾아낸 나막신을 기워서 장화에 이어 붙였다. 그리고 거친 목소리로 침통한 노래를 불렀다. 자기 영혼에서 저 멀리 가고자 하는 움직임을 그 노래들로 바꾸면서, 그는 오직 자기 자신만을 위해 노래를 불렀다. 하지만 먼 곳으로 움직이기 위한 나막신이 이미 만들어졌으니, 삶을 위해서는 노래만으로 부족했다.

키레이는 노인의 노래를 들으면서 그에게 물어보았다. "뭘 그리 슬퍼하시오, 야코프 티티치? 이미 살 만큼 살지 않았소!"

야코프 티티치는 자신의 늙음을 거부했다. 그는 자기가 쉰 살이 아니라 스물다섯 살이라고 여겼다. 왜냐하면 잠을 자거나 아프거나 하면서 생의 절반을 보냈기 때문이다. 그래서 그 절반은 셈에 넣지 않았다. 그건 손해 본 것에 불과하니까.

"어디로 갈 거요, 노인네?" 키레이가 물었다. "여기는 지루할 거고, 또 저기 다른 곳에선 살기가 힘들 거요. 사면초가구려."

"난 그 가운데로 갈 걸세. 일단 길로 나가면, 내 영혼이 먼저 저기로 떠나겠지. 길을 가면서는 모든 사람이 타인이고, 필요치 않은 사람들이지. 내 안에 들어온 생명이 왔던 그곳으로 생명은 돌아가겠지."

"하지만 체벤구르에서 사는 것도 꽤 즐겁지 않소!"

"도시가 텅 비었어. 지나가는 사람들에게는 이곳이 편하겠지만. 게다가 여기는 집들이 쓸모없이 서 있고, 태양은 기댈 곳 없이 타고, 사람들은 또 무정하게 살아가더군. 누가 오든 누가 떠나든 사람들에게 인색함은 없지만 말이야. 재산과 음식이 싸서 그런가."

키레이는 노인의 말을 듣지 않았다. 그는 노인이 거짓말을 하고 있다는 것을 알았기 때문이다.

"체푸르니는 사람들을 존경하지만, 동지들은 절대적으로 사랑하고 있다오."

"그는 자기의 남아도는 감정 때문에 사랑하는 거지, 필요에 의해 사랑하는 게 아닐세. 그의 과업은 날아다니는 것이야. 내일은 또 없어질 수 있단 말이지."

키레이는 어디가 그에게 더 나은 장소인지 알 수 없었다. 체벤구르의 편안함과 텅 빈 자유 안에서 사는 것이 나은지, 아니면 저 멀리 더 힘들게 살아가는 다른 도시에서 사는 것이 더 나은지.

그 이후의 날들에도 체벤구르에서는 공산주의가 시작되었던 최초의 날과 똑같이 여전히 태양이 빛났으며, 밤에는 새로운 달이 떠올랐다. 아무도 달을 쳐다보지 않았고, 염두에 두지도 않았지만, 체푸르니는 공산주의에 달이 꼭 필요하기라도 하듯 혼자 달을 보고 기뻐했다. 아침에 체푸르니는 물놀이를 했으며, 낮에는 거리 가운데에서 누군가 잃어버리고 놓아둔 나무 위에 앉아 흡사 미래의 새벽을 바라보듯이, 또는 보편의 열망을 바라보듯이, 아니면 지적인 권력으로부터 자신의 해방을 바라보듯이, 사람과 도시들을 바라보았다. 유감스럽게도 체푸르니가 표현할 수는 없었지만 말이다.

체벤구르 주위로, 그리고 체벤구르 안에서도, 프롤레타리아들과 기타 인간들은 자연에 또는 이전 부르주아들의 저택에 준비된 식량을 찾으러 돌아다녔다. 그리고 아직까지 그들이 살아 있는 것을 보면, 뭔가 먹을 것을 발견한 것이었다. 가끔씩 기타 인간들은 체푸르니에게 다가와 이렇게 물었다.

"이제 우리는 뭘 해야 합니까?"

체푸르니는 이런 질문에 놀랐다.

"왜 나한테 묻는가? 자네의 의미는 반드시 자신에게서 독자적으로 나와야 하는 거야. 여긴 왕국이 아니라, 공산주의의 통치 하에 있으니까."

기타 인간은 그 자리에 멈춰 서서 자기가 무엇을 하면 좋을지 생각했다.

"내게선 아무것도 안 나와요." 그가 말했다. "실컷 숨을 불어 내봤지만 말이죠."

"그렇다면 살아가면서 안에다 뭔가를 좀 모아 봐." 체푸르니가 충고했다. "자네에게서도 뭔가 나올 걸세."

"제 안에는 뭔가를 집어넣을 만한 곳이 아무 데도 없어요." 기타 인간은 온순하게 말했다. "제가 물어본 건 말이죠, 왜 밖에도 아무것이 없는가 하는 겁니다. 뭐라도 할 일을 명령해 주면 좋을 텐데요!"

다른 기타 인간은 소비에트의 별이 흥미로워서 체푸르니에게로 다가왔다. '왜 소비에트에서는 십자가나 원이 아니라 별이 가장 중요한 상징이 되었는가?' 체푸르니는 이 질문을 한 사람을 프로코피에게 보냈다. 그러자 프로코피는 붉은 별은 하나의 지도부로 묶이고, 생명의 피로 채색된 지상의 다섯 대륙을 의미한다고 설명했다. 기타 인간은 그 말을 듣고 나서 그 설명이 정확한지 검사해 보기 위해 다시 체푸르니에게로 왔다. 체푸르니가 별을 손에 쥐고 보니, 별은 다른 사람을 안아 주기 위해서 팔과 다리를 벌린 사람처럼 보였지, 결코 건조한 대륙 따위가 아니었다. 기타 인간은 왜 인간들이 서로를 안아야 하는지 이해할 수 없었다. 그러자 체푸르니는, 이것은 인간이 잘못한 게 아니고, 단지 인간의 육체는 포옹을 위해서 만들어졌으며, 안 그러면 팔과 다리를 어디로 두어야 할지 모르기 때문이라고 설명해 주었다. '그렇다면 십자가도 인간인데.' 기타 인간은 기억해 냈다. '그런데 왜 십자가는 한 다리로 서 있지, 사람에게는 다리가 두 개인데?' 체푸르니는 여기에 대해서도 스스로 원인을 추측했다. "이전에 사람들은 팔로만 서로를 지탱해 주기를 원했어. 하지만 그것만으로는 지탱해 줄 수 없게 되었지. 그래서 다리를 둘로 떼어 내서 지탱하도록 준비를 해 준 거지." 기타 인간은 이 설명을 듣고 만족해 했다. "그런 것 같아요." 이렇게 말하고, 그는 살기 위해 돌아갔다.

저녁이 되자 비가 왔으며, 달은 비에 씻기기 시작했다. 구름 때문에 일찍 어두워졌다. 체푸르니는 휴식하고 또 집중하기 위해서 집 안으로 들어가 어둠 속에서 자리에 누웠다. 이후에 또 다른 기타 인간이 나타나 모두의 공통된 희망 사항을 체푸르니에게 이야기해 주었는데, 그것은 교회의 종루에서 종을 쳐서 음악을 연주해 줬으면 하는 것이었다. 도시 전체에서 혼자 아코디언을 가지고 있던 그 사람은 어디론지 알 수 없는 곳으로 떠나 버렸지만, 남겨진 사람들은 이미 음악에 익숙해져서 더 이상 기다릴 수가 없었던 것이다. 체푸르니는 종 치는 일은 음악을 하는 사람들의 일이지 자기 일이 아니라고 대답했다. 하지만 곧 체벤구르 하늘 위로 교회의 기도 종소리가 울리기 시작했다. 종소리는 내리는 비를 부드럽게 어루만졌으며, 숨도 쉬지 않고 노래하는 사람의 목소리를 닮아 있었다.

"무슨 일로 왔나?" 졸고 있던 체푸르니가 방으로 들어온 낯선 사람에게 물었다.

"누가 여기서 공산주의를 고안해 냈습니까?" 방에 들어온 어떤 사람이 나이 든 목소리로 이렇게 물었다. "우리에게 공산주의의 확고한 사례를 좀 보여 주시오."

"저기 가서 프로코피 드바노프나, 아니면 아무 기타 인간이나 부르게. 누구라도 자네에게 공산주의를 보여 줄 수 있을 걸세!"

그 사람은 밖으로 나갔고, 체푸르니는 잠이 들었다. 그는 이제 체벤구르에서도 잠이 잘 들었다.

"저기 가서 프로슈카를 찾으면 된다는군. 그 사람은 모든 것을 알고 있다더라고." 머리도 가리지 않고 비를 맞으며 밖에서 자신을 기다리고 있던 동지에게, 그 나이 든 사람이 말했다.

"그럼 찾으러 가죠. 난 20년이나 그를 보지 못했어요. 아마도 이제는 어른이 되었겠죠."

나이 든 사람은 열 걸음 정도 걷다가 생각을 바꾸었다.

"사슈, 내일 찾아보도록 하지. 우선 먹을 것과 잘 곳을 찾아보도록 하세."

"그렇게 하죠, 고프네르 동지." 사샤가 말했다.

그들은 먹을 것과 잠잘 곳을 찾았지만, 아무것도 스스로 찾아내지는 못했다. 그것들을 찾을 필요가 없었던 것이다. 알렉산드르 드바노프와 고프네르는 체벤구르에, 공산주의에 있었는데, 이곳에는 모든 문이 열려 있었다. 모든 집은 텅 비어 있고 모든 사람은 새로운 사람이 오는 것을 기뻐했으며, 체벤구르 사람들은 사유 재산 대신 오직 친구만 가질 수 있었기 때문이다.

종지기는 체벤구르 교회의 종으로 부활절 새벽 예배용 곡을 연주하기 시작했다. 그는 태생적으로 프롤레타리아였음에도 인터내셔널을 연주할 줄 몰랐다. 종지기라는 것은 과거에서 온 직업이었기 때문이다. 비가 다 왔는지 공기가 고요해졌다. 그리고 대지에서는 그 안에 축적된 지친 생명의 냄새가 났다. 종으로 연주하는 음악은 흡사 밤의 공기처럼 체벤구르 사람들이 자기 상태를 거부하고 앞으로 나가도록 흥분시켰다. 왜냐하면 사람들은 사유 재산이나 이상 대신에, 텅 빈 육신만을 가졌으며, 그들 앞에는 혁명만 있고, 종이 부르는 노래는 자비와 평화가 아니라 불안과 욕망으로 그들을 이끌었기 때문이다. 체푸르니가 한때 그리워했던 예술은 체벤구르에 없었지만, 그 어떤 멜로디든, 심지어 대답 없는 저 높은 곳의 별들을 향한 노래라도 혁명에 대한 기억으로, 자신과 계급의 이루어지지 못한 승리에 대한 수치심으로 자유롭게 변화되었던 것이다.

종지기는 피로해져서 종루 바닥에 누워 잠들었다. 하지만 코푠킨에게 생겨난 감정은 오랫동안, 심지어 몇 년 동안이나 지속될 수도 있었다. 그는 자신의 감정을 다른 사람에게 전해 줄 수 없고,

자기 안에서 생겨난 생명을 공명정대한 과업들에 의해 해소되는 슬픔으로 소모할 따름이었다. 종의 연주가 끝나고 나자, 코푠킨은 더 이상 다른 것을 기다리지 않기로 했다. 왜냐하면 그는 자신의 말, 프롤레타리아의 힘에 올라 앉아 더 큰 저항과 마주하지 못한 채 체벤구르 혁명위원회를 차지하고 있었기 때문이다. 혁명위원회는 종을 연주하는 바로 그 교회에 위치하고 있었다. 이것이 더 나았다. 코푠킨은 교회에서 새벽을 기다렸으며, 나중에는 혁명위원회의 모든 행정 서류를 몰수했다. 이를 위해 그는 사무 관련 서류들을 모두 한 무더기로 묶고 나서, 맨 위의 종이에다 '앞으로 모든 행동을 멈출 것. 앞으로 여기 도착하는 프롤레타리아가 이 서류를 읽어 보도록 전달할 것. 코푠킨'이라고 썼다.

정오까지는 아무도 혁명위원회에 나타나지 않았으며, 코푠킨의 말은 목말라서 힝힝댔다. 하지만 코푠킨은 체벤구르를 점령하기 위해 말이 괴로워하는 것도 아랑곳하지 않고 그대로 놓아두었다. 정오가 되자 프로코피가 교회에 나타났으며, 교회로 들어가는 입구에서 품속의 가방을 꺼내 제단에서 일하기 위해 가방을 들고 건물 안으로 들어왔다. 코푠킨은 제단에 서서 그를 기다렸다.

"도착했나?" 그는 프로코피에게 물어보았다. "제자리에 멈춰라, 그리고 나를 기다려라!"

프로코피는 그 말에 따랐다. 그는 체벤구르에 정당한 정권이 없다는 것을 잘 알고 있었고, 이성적인 사람은 오히려 뒤떨어진 계급에서 살아야 하며, 점차 그 자신의 출발점 아래로 내려가 짓밟히리라는 것을 알고 있었다.

코푠킨은 프로코피에게서 서류 가방과 여자용 권총 두 개를 압수했다. 그리고 프로코피를 체포하기 위해 교회 성단 입구로 그를 데려갔다.

"코퓬킨 동지, 당신이 과연 혁명을 수행할 수 있다고 생각하십니까?" 프로코피가 물었다.

"할 수 있지. 내가 지금 이렇게 혁명을 수행하는 걸 네놈이 보고 있지 않느냐?"

"그럼 공산당원 납부금은 지불했습니까? 당증이라도 좀 보여 주시죠!"

"못 보여 줘. 네놈에게 권력이 주어졌지만, 네놈은 공산주의로도 가난한 민중을 책임지지 못했어. 저기 성단으로 들어가서 앉아, 그리고 기다려."

코퓬킨의 말은 목이 말라 힝힝댔고, 프로코피는 코퓬킨에게서 물러나 성단 입구 쪽으로 갔다. 코퓬킨은 옆에 있던 장에서 꿀죽*이 들어 있는 성찬용 그릇을 발견하고는 프로코피가 그걸 먹도록 둔 채, 그를 그 안에 가두고 문의 걸쇠에 십자가를 걸어서 문을 잠갔다.

프로코피는 문의 당초무늬를 통해서 코퓬킨을 바라보았지만 아무 말도 하지 않았다.

"저기, 사샤가 당신을 찾아 온 도시를 헤매고 있어요." 갑자기 프로코피가 말했다.

코퓬킨은 기쁨에 겨워 뭔가를 먹고 싶었지만, 적의 면전이어서 힘겹게 평정을 유지했다.

"만약 사샤가 왔다면, 네놈은 이제 직접 밖으로 나와라. 아마 네놈을 어떻게 해야 할지 사샤는 잘 알고 있을 테니까. 이제 네놈 따위는 전혀 두렵지 않아."

코퓬킨은 문의 꺽쇠에서 십자가를 잡아 빼고 프롤레타리아의 힘에 올라탄 다음, 단숨에 교회의 입구와 계단을 지나 체벤구르로 말을 몰아 질주했다.

알렉산드르 드바노프는 거리를 따라 걸었지만 아직 아무것도 이해하지 못했다. 단지 체벤구르가 괜찮다고 여길 따름이었다. 태양은 불임의 하늘 가운데 유일한 한 송이 꽃처럼 도시와 스텝 위에서 빛났으며, 무르익은 힘의 떨리는 압박으로 자신의 만개한 환한 열과 빛을 압축해서 지상으로 보내 주었다. 체푸르니는 공산주의를 설명하려 노력하면서 드바노프와 동행했지만, 설명해 줄 수가 없었다. 마침내 그는 태양을 발견하고 드바노프에게 태양을 가리켰다.

"저기 우리의 기반이 불타고 있군. 아무리 타더라도, 다 타서 영원히 소진되지는 않을 거야."

"어디에 기반이 있다고요?" 드바노프는 그를 바라보았다.

"저기 말일세. 우리는 사람들을 괴롭히지 않고, 태양력의 남는 힘으로 살아가고 있다네."

"왜, 남는 힘인가요?"

"만약 그 태양력이 남아도는 게 아니라면, 태양이 힘을 아래로 내보내지 않았을 것 아닌가. 그랬으면 불타서 새까매졌을 거란 말일세. 그런데 남아돌아서 우리한테 그걸 보내 주었고, 우리는 서로 생활할 수 있게 되었다는 것이지. 내 말 이해하겠나?"

"제가 직접 보고 싶군요." 드바노프가 말했다. 그는 피로했으나 신뢰를 갖고 있었다. 체벤구르를 조사하기 위해서가 아니라, 체벤구르에서 이루어진 지역의 동지애를 더 느껴 보기 위해서 체벤구르를 자기 눈으로 보고 싶었다.

혁명은 마치 낮처럼 흘러갔다. 스텝에서도, 마을들에서도, 모든 러시아의 벽지에서도 오랫동안 총성이 멎었으며, 군대와 말과 모든 러시아의 볼셰비키 보행자들이 다녔던 길은 점차 무성한 잡초로 뒤덮였다. 들판과 평원의 공간들은 공허와 고요 속에 놓여 풀을 베어 낸 밭처럼 숨을 토하고 있었고, 늦게 떠오른 태양은 체벤구르 위에서, 잠이 오는 높은 곳에서 고독하게 지쳐 가고 있었다. 이제 전투마를 타고 스텝에 나타나는 사람은 아무도 없었다. 어떤 사람은 죽음을 당해서 시체도 찾을 수 없었고 그 이름도 잊혔을 것이며, 또 다른 사람은 말을 잘 달래서 가난한 자들을 앞질러 자기 고향 마을로, 스텝이 아니라 더 나은 미래로 달려갔을 것이다. 이제는 누군가가 스텝에 나타났다고 하더라도, 그를 제대로 살펴보지도 않았다. 이 사람은 볼일이 있어서 근처를 지나가는, 그다지 위험하지 않은, 평화로운 사람이 틀림없기 때문이었다. 드바노프는 고프네르와 더불어 체벤구르까지 오면서 자연에는 이제 이전의 불안함이 없음을 보았다. 비록 길 옆에 있는 시골 마을들에는 여전히 위험과 가난이 존재하고 있었지만 말이다. 혁명은 이 장소들을 피해 가면서, 평온한 우수에 젖은 들판을 해방시켰지만, 혁명 자신은 지나온 길에서 지쳐 버려, 인간 내부의 어둠 속에 숨어 버리기라도 한 것처럼 어디로 갔는지 모르게 사라져 버렸다. 세상은 흡사 저녁 같았으며, 드바노프는 자기에게도 그런 저녁이, 성숙함의 시간이, 행복 또는 유감의 시간이 오고 있음을 자각했다. 바로 그런, 자기 생의 저녁 같은 시기에, 예정보다 빨리 미래의 아침을 보기를 원하면서, 드바노프의 아버지는 무테보 호수의 밑바닥으로 영원히 몸을 숨기고 말았던 것이다.

이제 또 다른 저녁이 시작되었다. 어부였던 드바노프의 아버지가 보기를 원했던 그 아침의 나날은 이미 지나갔을지도 모르며, 이제는 그의 아들이 또다시 저녁을 느끼고 있는 것이다. 알렉산드르 드바노프는 자신의 개인적 삶을 위해 공산주의를 이루려고 할 정도로 스스로를 깊이 사랑하지는 않았다. 그렇지만 그는 모든 사람과 함께 앞장서서 걸어갔다. 모든 사람이 앞으로 나아가는데 자기 혼자만 뒤처지는 것이 두려웠기 때문이다. 그는 사람들과 함께 있고 싶었다. 왜냐하면 그에게는 아버지도, 가족도 없었기 때문이다. 하지만 그와 반대로 체푸르니는, 죽음 이후의 삶에 대한 비밀 때문에 드바노프의 아버지가 괴로워했던 것처럼, 공산주의 때문에 괴로워했다. 그래서 체푸르니는 시간의 비밀을 인내할 수 없었으며, 체벤구르에 공산주의를 고속으로 건설함으로써 역사의 긴 시간을 정지시켰던 것이다. 그것은 흡사 어부였던 드바노프의 아버지가 자신의 삶을 견뎌 내지 못하고, 저세상의 아름다움을 미리 체험해 보고자 자기 생을 죽음으로 바꿔 버린 것과 마찬가지였다. 하지만 아버지가 드바노프에게 소중했던 것은 그 호기심 때문이 아니었다. 그와 마찬가지로 드바노프는 체푸르니도 마음에 들어 했는데, 지체 없는 공산주의에 대한 그의 열정 때문에 좋아한 것은 아니었다. 아버지는 그 자체로, 잃어버린 최초의 친구로서 드바노프에게 필연적이었으며, 체푸르니는 공산주의 없이는 사람들을 수용하지 않는, 비혈연적 동지로서 필연적이었던 것이다. 드바노프는 아버지와 코푠킨, 체푸르니, 그리고 다른 많은 사람들을 사랑했다. 그들 모두가 아버지와 마찬가지로 생에 대한 성급함으로 죽어 버리고 자기 혼자만 낯선 자들 사이에 남을 것이기 때문이었다.

드바노프는 이제 늙어 버린, 그리고 힘겹게 겨우 살아 있는 자하르 파블로비치를 기억해 냈다. 그는 가끔 이렇게 말했다. "사샤, 이 세상에서 무슨 일이라도 하렴. 봐라, 사람들은 살아가고 또 죽어 간단다. 그러니 우리도 뭐든 조금씩 해야 하지 않겠니."

바로 그래서 드바노프는 공산주의가 있는지 알아보기 위해 체벤구르에 오기로 결심했던 것이다. 만약 공산주의가 있다면, 자하르 파블로비치와 힘겹게 살아가는 또 다른 사람들에게 도움을 주기 위해 다시 그곳으로 돌아가려고 이곳으로 온 것이었다. 하지만 체벤구르에서 공산주의는 밖으로 드러나 있지 않았다. 아마도 공산주의는 사람들 속에 숨어 있을지도 모른다. 드바노프는 어디에서도 공산주의를 보지 못했다. 스텝에도 사람이 없어 쓸쓸했고, 집들 가까이에는 가끔씩 졸린 것 같은 기타 인간들이 앉아 있을 뿐이었다. '나의 젊음이 끝나 가는구나.' 드바노프는 생각했다. '내 안은 고요하고, 모든 역사에도 저녁이 도래하고 있어.' 드바노프가 살아오면서 지나다녔던 그 러시아는 이제 텅 비었으며, 지쳐 있었다. 혁명은 이미 지나가 버렸으며, 혁명의 수확도 이미 거둬들였고, 이제 사람들은 혁명이 육체의 지속적인 살점이 되도록 익은 낟알을 조용히 먹고 있었다.

"역사는 슬픈 것입니다. 왜냐하면 역사는 시간이며, 사람들이 자기를 잊어버리리란 것을 알고 있기 때문이죠." 드바노프가 체푸르니에게 말했다.

"그 말이 맞아." 체푸르니는 이 말을 듣고 놀랐다. "왜 나는 그걸 알아차리지 못했을까! 그러니 저녁이면 새들은 지저귀지 않고 온통 귀뚜라미들만 울잖아. 그놈들이 어떻게 우는지 보게! 여기 우리 도시에는 귀뚜라미들만 계속 울고, 새들은 별로 없다네. 그건 우리 도시에서 역사가 끝나 버렸기 때문이군! 말 좀 해 보게, 우리가 왜 그 징조를 몰랐을까!"

코푠킨은 뒤에서 드바노프를 따라잡았다. 그는 드바노프에 대한 열렬한 우정으로 그를 바라보았으며, 말에서 내리는 것조차 잊어버렸다. 프롤레타리아의 힘이 먼저 드바노프를 알아보고 울부짖기 시작하자 코푠킨도 말 등에서 내려왔다. 드바노프는 우울한 얼굴로 서 있었다. 그는 코푠킨에 대한 자신의 넘쳐나는 감정 때문에 부끄러웠으며, 자기감정을 표현하는 것이 두려웠고, 또 그래서 실수할까 봐 두려웠다.

코푼킨 역시 동지들 사이의 비밀스러운 관계에 대한 수치심을 지니고 있었지만, 히힝거리면서 행복해 하는 자신의 말 때문에 용기를 얻었다.

"사샤!" 코푼킨이 말했다. "이제 도착한 건가? 더 이상 괴로워하지 않게 자네에게 키스를 하겠네."

드바노프와 키스를 하고 나자 코푼킨은 말 쪽으로 뒤돌아서서 조용히 자기 말에게 이야기하기 시작했다. 프롤레타리아의 힘은 교활하게, 의심하듯 코푼킨을 바라보았다. 말은 코푼킨이 뜬금없이 자기와 이야기하고 있다는 사실을 알았기에 그를 믿지 않았던 것이다.

"날 그렇게 이상하게 보지 마. 이놈, 내가 감격한 게 안 보이느냐!" 코푼킨은 말과 조용히 이야기를 나누었다. 하지만 말은 진지한 시선을 코푼킨에게서 떼지 않고 침묵했다. "네 녀석은 말이 아니라 바보야." 코푼킨이 말에게 말했다. "물 마시고 싶으냐? 뭘 가만히 있어?"

말은 숨을 내쉬었다. '이제 난 끝장이군.' 코푼킨은 생각했다. '이 교활한 놈의 말이 날 비웃고 한숨을 쉬는군!'

"사샤!" 코푼킨은 사샤에게 말을 걸었다. "룩셈부르크 동지가 죽고 나서 몇 년이나 흘렀는가? 내가 지금 그녀를 기억하고 있단 말이야. 그녀가 살아 있었던 것이 오래전이었나?"

"오래전입니다." 드바노프는 조용히 대답했다.

코푼킨은 겨우 그의 목소리를 들을 수 있었는데, 듣자마자 너무 놀라서 고개를 돌렸다. 드바노프는 손으로 얼굴을 가리지도 않은 채 조용히 울고 있었으며, 그의 눈물이 이따금 지상으로 떨어졌다. 체푸르니와 코푼킨으로부터 피할 곳은 어디에도 없었던 것이다.

"음, 이놈은 말이니 용서할 수 있지만 말이야." 코푠킨은 체푸르니를 비난했다. "자넨 어떻게 된 사람이 자리를 피해서 어디로 가 버릴 줄도 모르는가!"

하지만 코푠킨은 체푸르니에게 화를 낼 필요가 없었다. 체푸르니는 죄지은 사람처럼 서서, 어떻게 이 두 사람을 도울까 계속 생각하고 있었던 것이다. '공산주의 안에서도 저토록 슬퍼하다니, 저 사람들에게는 공산주의만으로 부족한 걸까?' 역시 마음이 슬퍼진 체푸르니는 이렇게 생각했다.

"자네 계속 그렇게 서 있으려나?" 코푠킨이 물었다. "나는 방금 자네의 혁명위원회를 몰수했네. 그런데 자네는 나를 관찰만 하고 있단 말이지!"

"혁명위원회는 가져가시오." 체푸르니는 존경심을 가지고 대답했다. "나는 내 손으로 혁명위원회를 닫아 버리려고 했소. 이런 사람들이 있는데, 우리가 권력을 가지면 뭐 하겠소!"

표도르 표도로비치 고프네르는 충분히 잠을 자고 나서 체벤구르 전체를 돌아보았다. 그런데 도시에 길이 없어, 이 작은 시골 도시에서 길을 잃고 말았다. 체푸르니의 혁명위원회 주소를 주민들 누구도 알지 못했지만, 어디에 위치하고 있는지는 다들 알고 있었다. 그들은 체푸르니와 드바노프가 있는 곳까지 고프네르를 데려다 주었다.

"사샤!" 고프네르가 말했다. "여기서는 그 어떤 직업도 보지 못했네. 그러면 노동하는 사람은 이곳에서 살아갈 의미가 없어."

체푸르니는 처음에 화를 냈으며, 그 말을 이해하지 못했지만, 나중에 체벤구르에서 사람들이 뭘 하면서 살아야 하는지 떠올리고는, 고프네르를 안심시키려고 노력했다.

"이곳에는 말이오, 고프네르 동지, 모두 하나의 직업만 가지고 있다오. 그것은 바로 영혼이오. 직업 대신에 우리는 삶을 지정했소. 어떻소이까, 그래도 괜찮지 않소?"

"다른 말 할 것 없이, 아주 역겹지." 코푠킨이 즉시 대답했다.

"괜찮다면 괜찮지." 고프네르가 말했다. "하지만 그러면 사람들은 서로서로를 어떻게 지탱해야 하는가, 이게 불분명하군. 침으로 사람들을 하나로 붙이겠나, 아니면 독재로 그들을 묶겠나?"

체푸르니는 솔직한 인간으로서, 이미 체벤구르 공산주의의 완벽성에 의심을 품기 시작했다. 자기의 이성에 따라, 그리고 체벤구르 사람들의 집단적 감각에 의거해서 모든 것을 행하였기에, 그는 분명히 옳아야 했지만 말이다.

"어리석은 인간은 건드리지도 말게." 코푠킨이 고프네르에게 말했다. "그는 이곳에서 선량함 대신 명예를 조직했지. 여기서 어린 아이가 저자의 공통적 사회 조건 때문에 죽어 버렸단 말일세."

"우리 위에는 태양이 빛나고 있소, 고프네르 동지." 조용한 목소리로 체푸르니가 말했다. "이전에는 착취자들이 자기 그늘로 태양을 가렸지만, 우리에게는 착취자가 없고 태양이 노동을 하고 있소."

"그래, 그럼 자네는 이 도시에 공산주의가 자리를 잡았다고 생각하는가?" 고프네르가 다시 물었다.

"공산주의 말고는 아무것도 없소, 고프네르 동지." 실수하지 않으려고 열심히 생각하면서 체푸르니는 슬픈 목소리로 해명했다.

"아직은 느껴지지 않는군."

체푸르니의 슬프고도 긴장된 대답을 들을 때, 흡사 자기 육체에서 아픔을 느끼는 것 같은 그런 연민의 감정을 지닌 채 드바노프는 체푸르니를 바라보았다. '저 사람도 힘들어하고, 잘 모르는구나.' 드바노프는 이 사실을 알고 있었다. '하지만 그는 자기가 할 수

있는 만큼 했으며, 가야 할 곳으로 가고 있다.'

"우리는 사실 공산주의가 뭔지 잘 모르고 있습니다." 드바노프가 말했다. "그렇기에 여기서 즉시 공산주의를 볼 수 없는 것이죠. 그러니 우리가 체푸르니 동지를 시험해 볼 필요는 없습니다. 우리가 저 사람보다 더 잘 알고 있는 건 아니니까요."

야코프 티티치가 이들의 대화를 들으려 다가왔다. 모두 그를 바라보며 당황해서 말을 멈추었다. 야코프 티티치가 화내지 않도록 하기 위해서였다. 모두들 야코프 티티치가 없는 자리에서 이야기하는 것은 그를 화나게 할 수 있다고 생각했다. 야코프 티티치는 한참 동안 그 자리에 서 있다가 마침내 말했다.

"불쌍한 인민대중이 죽도 못 끓여 먹을 지경이오. 어디에도 곡물은 없소이다……. 나는 이전에 대장장이였다오. 저기 저 멀리 큰길가로 대장간을 옮겨서, 지나다니는 사람들을 상대로 일하면 어떻겠소. 아마도 곡식 값 정도는 벌 수 있을 것이오."

"스텝 더 깊숙한 곳에는, 메밀이 저절로 자라고 있다오. 그걸 모아서 먹으면 될 거요." 체푸르니가 충고했다.

"더 멀리 가서, 더 많이 뜯어 오면, 그만큼 더 많이 먹기를 원하게 될 거요." 야코프 티티치는 의혹을 품었다. "아마도 대장간 일을 하는 게 더 이득이 될 겁니다만."

"그럼 대장간을 옮겨 가도록 하지. 사람들 일하는데 더 이상 방해하지 말고." 고프네르가 말을 마치자, 야코프 티티치는 집들 사이를 지나서 대장간으로 갔다.

대장간의 화로에는 이미 오래전부터 자란 우엉이 있고, 우엉 아래 달걀 하나가 떨어져 있었다. 아마도 마지막 암탉이 키레이를 피해 알을 낳기 위해서 이곳으로 숨어들었던 모양이다. 또 마지막 수탉은 어딘가 헛간의 어둠 속에서, 수컷의 슬픔 때문에 홀로 죽었을 것이다.

태양은 이미 정오를 훨씬 지나 지고 있었으며, 대지에서는 탄내가 났고, 다시 저녁의 슬픔이 밀려왔다. 이때 모든 고독한 인간은 친구에게 가기를 원하거나, 아니면 사색하거나 고요한 풀들 사이를 걸었으며, 낮 동안 망쳐 버린 자신의 삶을 위로하기 위해서 들판으로 가기를 원했다. 하지만 체벤구르의 기타 인간들은 어디로도 갈 곳이 없었으며, 그 누구도 기다릴 사람이 없었다. 그들은 헤어지지 않고 함께 살며, 낮에는 먹을 수 있는 풀들을 찾아서 주변의 모든 스텝 지역을 돌아다녔다. 그 누구에게도 고독을 느낄 장소조차 없었기 때문이다.

대장간에서 야코프 티티치는 어떤 피로에 휩싸였다. 지붕은 뜨거워지고, 여기저기 쳐진 거미줄에 많은 거미들이 죽어 있었다. 바싹 말라 가벼워진 죽은 거미들이 여기저기 보였는데, 결국 이 죽은 거미들은 땅 위로 떨어져서 알아볼 수 없는 먼지가 될 것이다. 야코프 티티치는 길이나 뒷마당에서 어떤 작은 물건들을 주워서 살펴보는 것을 좋아했다. 이것들은 이전에 무엇이었을까? 아마도 이것은 사람의 일부였을 수도 있고, 거미나 어떤 이름 없는 모기 종류였을 수도 있다. 그 무엇도 온전히 남아 있는 것은 없었다. 언젠가는 살아 있었던, 자기 아이들에게 사랑받았던 모든 생명체가, 그들 이후에 살아남아서 괴로워했던 자들이 울면서 그리워했던 그 온전한 생명체와는 닮지 않은 작은 부분들로 절멸되어 있었던 것이다. '모두 죽더라도 말이야…….' 야코프 티티치는 생각했다. '그래도 죽은 육신이라도 온전하게 남았으면 좋으련만. 간직하고 또 기억하기 위해서 말이야. 바람이 불고, 비에 씻겨 흘러가고, 그러면 모든 것이 사라지고 먼지로 부스러져 버리지. 이게 뭔가,

이건 파리에 불과하지, 삶이 아니야. 죽은 자는 괜히 죽어 버린 것이 되고, 이제는 언젠가 살아 있었던 사람을 아무도 찾지 못하게 되잖아. 그들 모두는 그냥 상실에 불과해.'

저녁에 프롤레타리아들과 기타 인간들은 좀 더 즐겁게 시간을 보내고, 다가올 밤에 함께 잠을 자기 위해 모두 한자리에 모였다. 기타 인간들은 아무도 가족이 없었다. 그들은 그동안 번식을 할 만한 육체적 힘이 남아 있지 않을 정도로 살았기 때문이다. 가족을 이루기 위해서는 정액과 사유 재산의 힘을 가져야 하지만, 이 사람들은 자기 육체의 생명을 유지하는 것만으로도 허약해졌다. 사랑하기 위해 꼭 필요한 시간마저 그들은 잠을 자는 데 써 버렸다. 하지만 체벤구르에서는 편안함을 느꼈으며, 음식도 충분했다. 그러나 동지로부터는 만족 대신에 슬픔을 느꼈다. 과거에 동지들은 슬픔 때문에 소중했고, 잠을 잘 때나 스텝에서 추위를 느낄 때 따스함을 위해서 필요했으며, 먹을 것을 찾아다닐 때, 누군가 한 사람이 찾아내지 못하면 다른 사람이 가져다주어 서로 보호하는 소중한 존재였다. 만약 아내나 재산을 결국 가지지 못하거나, 만족을 느낄 사람이 곁에 아무도 없거나, 축적된 영혼을 계속 사용하지 못하게 될 경우에 동지들이라도 항상 곁에 있었으면 했다. 체벤구르에는 재산이 있고, 스텝에서 자라나는 야생의 밀이 있고, 집 주위 밭에서는 대지에 남아 있던 지난해의 씨앗들에서 채소가 자라고 있었다. 음식이 부족해서 슬퍼하거나, 텅 빈 맨땅 위에다 잠자리를 마련하는 그런 고통이 없었기에 기타 인간들은 점차 지루해 하기 시작했다. 그들은 서로서로 궁핍해졌으며, 그다지 큰 관심 없이 상대를 바라보았다. 그들은 스스로에게조차 쓸모없어졌다. 그들에게는 이제 그 어떤 유용한 물질도 없었다. 그날 밤 카르피라는 별명으로 불리던 한 기타 인간이 모든 사람에게 말했다.

"나도 가족이 있었으면 좋겠어. 심지어 파충류들도 자기 씨를 뿌리고, 평화롭게 살아가는데 나는 의지할 데도 없이 우연히 태어난 것처럼 살아가다니. 도대체 내 밑에 있는 저 심연은 뭐란 말인가!"

늙은 여자 거지 아가프카 역시 비탄에 잠겼다.

"나를 데려가, 카르피." 그녀가 말했다. "난 아이도 낳을 수 있고, 빨래도 하고, 양배추 수프도 끓여 줄 수 있어. 아내가 된다는 건, 좀 이상하지만 좋은 일인 것 같아. 작은 마을에서처럼 서로 돌보면서 살아가면, 편안하게 살 수 있어. 그러면 슬픔도 눈에 보이지 않게 작아질 거야! 그런데 여기서는 말이지, 모두 자기가 자기 발 앞에서만 종종걸음 치고 있잖아!"

"넌 천한 여자야." 카르피는 아가프카를 거절했다. "난 멀리 있는 여자가 좋아."

"나랑 언젠가 한 번 몸을 녹인 적도 있는데, 기억을 못하는 거야?" 아가프카가 상기시켰다. "그때는 아마 나도 멀리 있는 여자였나 보네. 아픈 내 안으로 가깝게 기어들어왔었잖아!"

카르피는 진실을 부인하지 않고 그 사건이 일어났던 시간을 제대로 알려 주었다.

"그건 혁명 전의 일이었지."

야코프 티티치는 이제 체벤구르에 공산주의가 자리 잡고 있으며, 모두에게 마음대로 할 수 있는 권리가 주어졌다고 말했다. 이전에 보통의 인민대중은 자기 몸통 속에 아무것도 넣지 못했지만, 지금은 지상에서 자라나는 모든 것을 먹고 있는데, 더 이상 무엇을 바란단 말인가? 이제는 뭔가에 대해 생각하면서 살아갈 때인 것이다. 스텝에서는 수없이 많은 붉은 군대 병사들이 전쟁 때문에 죽어 갔다. 그들은 나중에 살아남을 미래의 사람들이 그들보다 더 나은 사람이라 생각해, 죽는 것에 동의했던 것이다. 그런데 우리, 미래의 사람들은 나쁜 인간들이다. 벌써 아내를 원하고, 벌써 지루해 하다니. 이제 체벤구르에도 노동과 직업을 시작해야 할 때인 것이다! 내일은 도시에서 대장간을 저 멀리 옮겨 가야겠다. 이리로는 아무도 지나가지 않는다.

기타 인간들은 각각 자기들도 뭔가 원하고 있음을 느끼면서, 하지만 무엇을 원하는지는 알지 못한 채, 누구의 말도 듣지 않고 뿔뿔이 흩어져서 헤매 다녔다. 체벤구르로 온 사람들 중에는 언젠가 잠시 결혼했던 사람들이 드물게나마 있었다. 그들은 그걸 기억해서, 가족이라는 것은 사랑스러운 일이라고 이야기 해 주었다. 가족이 있으면, 더 이상 아무것도 바라지 않게 되며, 영혼도 불안을 덜 느낀다는 것이었다. 그리고 자기를 위한 평안과 아이들을 위한 미래의 행복만 원하게 된다는 것이었다. 게다가 아이들은 가련하며, 아이들 때문에 더 선해지고 참을성 있어지며, 주변에서 일어나는 모든 생활에 대해서는 무관심하게 된다는 것이었다.

태양은 거대하고 붉었으며, 식어 가는 자신의 열기를 하늘에 남긴 채 저 먼 대지 뒤로 사라졌다. 대부분의 기타 인간은 이것은 어린 시절 그로부터 멀리 떠나간 아버지가 커다란 모닥불에 저녁 식사로 감자를 굽는 거라고 생각했다. 체벤구르의 유일한 근로자인 태양은 밤새 편안히 쉬고 있었다. 태양 대신에 공산주의와 따스함, 그리고 동지애의 천체가 존재했으며, 하늘에는 고독한 행성, 헛되이 떠도는 방랑자의 행성인 달이 점차 빛나기 시작했다. 달빛은 소심하게 스텝을 비추었으며, 공간들은 흡사 그들이 저 세상에 누워 있는 것처럼, 삶이 우울하며 창백하고 무감각한 그곳에, 희미하게 빛나는 고요 때문에 인간의 그림자가 풀에 닿아서 바스락거리는 바로 그런 세상에 누워 있는 것처럼 눈앞에 나타났다. 몇 사람이 아무에게도 알리지 않은 채, 찾아온 밤의 심연 속으로 공산주의를 떠나서 가 버렸다. 그들은 다 함께 체벤구르에 도착했지만 떠나갈 때는 고독하게 각자의 길로 헤어졌다. 몇몇 사람들은 체벤구르로 다시 돌아오기 위해 아내를 찾으러 떠났으며, 또 다른 사람들은 체벤구르의 식물성 음식에 바싹 여위어, 고기를 먹을 수 있는 다른 곳으로 갔다. 그날 밤에 떠나간 모든 사람 중에서 나이로 보아 아직 어린 한 소년은 이 세상 어딘가에서 자기 부모를 찾기 위해 떠나갔다.

야코프 티티치는 많은 사람들이 말없이 체벤구르에서 떠나는 것을 지켜보고 나서 프로코피에게로 갔다.

"민중에게 아내를 찾으러 가 주시오." 야코프 티티치가 말했다. "민중은 아내를 원하고 있소. 당신이 우리를 여기로 데려왔으니, 이제 여자들도 이리로 데려와 주시오. 여자들 없이는 더 이상 참고 살아가기 힘들다고 말하고들 있소."

프로코피는 아내들 또한 노동하는 사람들이기에 체벤구르에 사는 것이 금지되어 있지 않으며, 프롤레타리아들이 직접 사람들이 많이 사는 곳으로 가서 스스로 여자들 손을 잡고 이리로 데려오는 것이 어떠냐고 말하고 싶었다. 하지만 체푸르니는 상호적인 공산주의로부터 사람들이 벗어나지 않도록, 마르고 약해 빠진 여자들을 데려오길 원했다는 사실을 기억해 냈다. 그래서 프로코피는 야코프 티티치에게 이렇게 대답했다.

"이곳에서 가족을 만들고, 프티부르주아를 양산하려나 보군요."

"왜 프티부르주아를 두려워하는가? 프티는 그야말로 작은 부르주아가 아닌가!" 야코프 티티치는 약간 놀라서 이렇게 말했다. "프티라고 한다면, 그야말로 연약한 것을 상대하는 일 아닌가."

코푠킨은 드바노프와 함께 그곳으로 왔고, 고프네르와 체푸르니는 밖에 그대로 남아 있었다. 고프네르는 도시를 잘 살펴보고 싶었다. 도대체 무엇으로 만들어졌으며, 무엇이 그 도시 안에 있는지, 모든 것을 알아보고 싶었다.

"사샤!" 프로코피가 말했다. 그는 기뻐하고 싶었지만, 처음에는 기뻐할 수 없었다. "너 이곳으로, 우리 도시로 살러 온 거야? 난 널 꽤 오랫동안 기억했어. 하지만 점차 잊기 시작했지. 처음에는 기억했지만, 나중엔 기억하지 못했어. 네가 이미 죽었다고 생각했고, 또 잊고 있었어."

"그래, 난 널 기억했는데." 드바노프가 대답했다. "살면 살수록, 너를, 프로호르 아브라모비치를 더 많이 기억했지. 그리고 표트르 표도로비치 콘다예프도, 그 시골 마을 전체도 기억하고 있어. 다들 무사해?"

프로코피는 자기 가족을 사랑했지만, 그의 가족들은 이미 다 죽어 버려 더 이상 사랑할 사람이 없었다. 그는 많은 다른 이를 위해서 일하고 있었지만, 그 누구에게도 거의 사랑받지 못한 자기 머리를 숙였다.

"모두 죽었어. 사샤, 이제 미래가 도래할 거야……."

드바노프는 프로코피가 과거 어린 시절에 대한 부끄러운 수치심을 가지고 있음을 알아차렸다. 드바노프는 땀이 난 그의 떨리는 손을 잡고, 건조하고 슬픔에 잠긴 그의 입술에 키스했다.

"이제 함께 살자, 프로슈. 걱정하지 마. 코푠킨도 함께 있고, 곧 고프네르도 체푸르니와 같이 올 거야……. 여기 체벤구르는 좋구나. 조용하고, 모든 것으로부터 멀리 떨어져 있고, 온통 풀들이 자라나고 말이야. 난 한 번도 여기에 와 본 적이 없어."

코푠킨은 무슨 생각을 하고 어떤 말을 해야 할지 몰라 한숨을 내쉬었다.

야코프 티티치는 그 모든 것에 상관하지 않고 공통의 과업에 대해 다시 한 번 상기시켰다.

"어떻게 하실 겁니까? 각자 스스로 아내를 찾을지, 아니면 당신이 한꺼번에 아내들을 데려올 건지? 다른 사람들은 벌써 출발했소."

"가서 사람들을 한자리에 모아 보세요." 프로코피가 말했다. "저도 함께 가서 그곳에서 생각해 보죠."

야코프 티티치는 그 말을 듣고 밖으로 나갔으며, 그 순간 코푠킨은 자기가 무슨 말을 해야 할지 알게 되었다.

"프롤레타리아트를 위해서 네놈이 생각할 건 아무것도 없어. 프롤레타리아트도 스스로 생각할 줄 아니까……."

"사샤와 함께 그리로 가 보겠습니다." 프로코피가 말했다.

"사샤와 함께라고? 그럼 가 봐. 그리고 생각도 해 보도록 해." 코푠킨은 동의했다. "난 네가 혼자 갈 거라고 생각했다."

거리는 밝았으며, 스텝의 텅 빈 대지 위로 하늘의 황야 가운데에는, 꿈과 고요 때문에 흡사 노래하는 듯, 버려지고 정다운 빛으로 달이 빛났다. 더 부지런했던 시절을 비추는 듯 아직도 그을음이 남아 있는 낡은 문틈을 통해서 달빛이 체벤구르의 대장간으로 스며들었다. 대장간으로 사람들이 모여들었다. 야코프 티티치는 모든 사람을 한곳으로 모았으며, 흡사 박해받는 자들의 목자처럼 키가 크고 슬픔에 잠긴 야코프 티티치 자신은 그들 뒤에서 걸어갔다. 하늘을 향해 고개를 들었을 때, 그는 자기 심장에서 호흡이 약해져 가고 있음을 느꼈다. 흡사 위로 펼쳐진 밝고 가볍고 높은 하늘이 자신을 좀 더 가볍게 만들어 날아오를 수 있도록 하기 위해 그의 몸으로부터 공기를 빨아들이기라도 하는 것 같았다. '천사로 사는 것도 좋겠군.' 야코프 티티치는 생각했다. '천사가 있다면 말이야. 사람들끼리만 사는 건 가끔씩 지루하니까.'

대장간 문이 열리자 사람들은 안으로 들어갔으며, 들어가지 못한 많은 사람들은 밖에 남았다. "사샤." 프로코피가 드바노프에게 조용한 목소리로 말했다. "나는 이제 고향 마을에 집도 없어. 난 여기 체벤구르에 남고 싶어. 그리고 모든 사람과 함께 여기서 살아야만 해. 안 그러면 나를 공산당에서 제명시킬지도 몰라. 이제 네가 나를 도와줄 거지? 사실 너도 살 곳은 없잖아. 그러니 여기서 모든 사람을 하나의 소박한 가족으로 조직화하고, 도시 전체를 하나의 집으로 만들자."

드바노프는 프로코피가 지쳐 있는 것을 보고, 그에게 도움을 주겠다고 약속했다.

"아내들을 데려오시오!" 많은 기타 인간들이 프로코피에게 소리를 지르기 시작했다. "우리를 데려와서는 우리끼리 내버려 두기만 했소! 여자들도 이리로 데려와 주시오. 우리는 뭐 사람도 아닙니까! 우리끼리만 여기 사는 건 정말 끔찍하오. 사는 게 아니라, 생각만 하는 거요. 동지애에 대해서 말만 하고 있지 않소. 남자에게 여자야말로 피를 나눈 동지가 아니오. 왜 여자를 이 도시로 이주시키지 않는 거요?"

프로코피는 드바노프를 바라보고 공산주의가 그 한 사람의 고민이 아니라 모든 존재하는 프롤레타리아의 고민이라고 이야기하기 시작했다. 즉, 체벤구르 혁명위원회의 마지막 회의에서 결정된 것처럼 프롤레타리아들은 이제 스스로의 지혜에 따라 살아가야 한다는 것이다. 공산주의는 자생적으로 발생할 것이며, 만약 체벤구르에 프롤레타리아 말고 아무도 없다면, 그 외에는 다른 결과가 나올 수가 없는 것이다.

멀리 떨어져 서 있던 체푸르니는 프로코피의 말에 완전히 만족했다. 이것은 바로 그의 개인적 감정을 정확하게 정리한 것이었다.

"우리에게 지혜가 무슨 소용입니까?" 한 기타 인간이 소리를 질렀다. "우리는 욕망에 따라 살고 싶소!"

"그렇게 살도록 해 주겠소." 체푸르니는 곧바로 찬성했다. "프로코피, 내일 여자들을 모으러 떠나도록 하게!"

프로코피는 공산주의에 대해 약간 더 증명해 보여 주었다. 공산주의라는 것은 결국, 완전히 도래할 것이므로 고생하지 않으려면 차라리 공산주의를 미리 조직하는 것이 더 낫다는 것이었다. 그런데 여자들이 체벤구르에 오면, 하나의 큰 고아 가족이 서로 정들어 헤어지지 않으려고 매일매일 잠잘 곳을 바꾸어 이리저리 떠돌아다니는 체벤구르라는 하나의 큰 집 대신, 수없이 많은 각자의 집을 만들 것이다.

"공산주의가 결국 도래할 거라고 자넨 말하는군!" 야코프 티티치가 천천히 말을 이었다. "아마도 가장 짧게 도래할 걸세. 끝이 가까운 곳은 짧을 수밖에 없으니! 그럼 인생의 긴 시간들은 공산주의 없이 지나가게 될 건데, 왜 우리가 온몸으로 공산주의를 원해야만 하는 건가? 인생은 길고 진실은 짧다면 차라리 실수하면서 사는 게 더 낫지! 자넨 사람을 염두에 두고 이야기하게!"

달의 망각은 고독한 체벤구르로부터 가장 깊은 하늘 끝까지 펼쳐졌지만, 그곳 역시 아무것도 없었다. 그래서 달빛은 공허 속에서 그토록 슬퍼하고 있었던 것이다. 드바노프는 그곳을 바라보았다. 그러나 태양이 떠오르고, 세상이 다시금 좁고도 따스해질 내일이 되면 눈을 다시 뜨기 위해 지금은 눈을 감고 싶었다.

"프롤레타리아적 사유군!" 갑자기 체푸르니가 야코프 티티치의 말을 이렇게 정의했다. 프롤레타리아트가 이제 자기 머리로 스스로 생각하게 되었고, 그들에 대해 더 이상 생각할 필요도 염려할 필요도 없다는 사실에 체푸르니는 기뻐했다.

"사샤!" 프로코피가 당황한 듯 이야기를 시작하자 모든 사람이 그의 말에 귀를 기울였다. "노인네가 맞는 말을 하는군! 너 기억하니? 너와 나는 함께 구걸을 한 적이 있지. 너는 먹을 걸 부탁했지만, 아무도 네게 음식을 주지 않았지. 그런데 난 부탁하지 않고 거짓말하거나 강제로 빼앗았지만 항상 짭짤하게 먹었고, 담배도 얻어 피웠어."

프로코피는 조심성 때문에 잠깐 말을 멈추었다. 하지만 잠시 뒤 기타 인간들이 진심으로 집중해서 입을 벌리고 듣다는 것을 알아차리자, 체푸르니를 두려워하지 않고 계속해서 말하기 시작했다.

"왜 모든 게 그토록 좋은데도, 좀 불편한지 알아? 그건 저 동지가 정확히 말한 것처럼 모든 진실은 결국 조금밖에 없고, 그것도 가장 마지막에만 있기 때문이야. 그런데 우리는 진실을, 전 공산주의를 바로 지금 여기에 건설했어. 그래서 그 진실 때문에 그다지 유쾌하지 않은 거야! 우리에겐 모든 것이 올바르고, 부르주아도 없고, 우리 주위엔 온통 연대와 정의만 있단 말이야. 그런데도 프롤레타리아트는 슬퍼하고 결혼하고 싶어 하잖아?"

여기서 프로코피는 사유의 발전에 놀라서 침묵했다. 그의 뒤를 이어 드바노프가 이야기하기 시작했다.

"넌 동지들에게 진실을 희생하라고 충고하고 싶은 거야? 어쨌든 진실은 마지막에 약간만 살아 있으니까, 바로 그 진정한 진실에 이르기까지, 오랫동안 살아 있는 다른 행복을 누리는 게 더 낫단 말이지!"

"그렇다면 이 사실은 알고 있니?" 프로코피는 슬프게 말을 시작하더니 갑자기 흥분했다. "내가 내 가족과 우리 시골 마을에 있는 우리 집을 얼마나 사랑했는지 너는 잘 알고 있겠지! 우리 집에 대한 사랑 때문에 나는 너를, 부르주아처럼 죽으라고 내쫓았어. 지금 나는 여기 사는 데 익숙해지고 싶고, 이제 마치 내 가족들을 위해서처럼 가난한 사람들을 위해 뭔가 건설하고 싶고, 나도 그들 사이에서 편안히 살고 싶어. 그런데 어떻게도 할 수 없단 말이야……."

고프네르는 그들의 대화를 듣고 있었지만 아무것도 이해하지 못했다. 그는 코푠킨에게 물어보았지만 그 역시 아내 말고 여기서 누구에게 무엇이 필요한지 전혀 알지 못했다. '자, 이것 보라고.' 고프네르는 생각했다. '사람들이 행동하지 않으니, 남아도는 생각들만 많아지는군. 그건 우둔함보다 오히려 더 못한 거야.'

"프로슈, 나는 자네가 타고 갈 말을 좀 손질해 놓겠네." 체푸르니가 약속했다. "내일 날이 밝으면 출발하게. 프롤레타리아트는 사랑을 원하고 있네. 그건 체벤구르에서 프롤레타리아트가 모든 자연환경을 정복하고 싶어 한다는 말이야. 이건 멋진 과업이야!"

기타 인간들은 아내들을 기다리려고 각자 헤어져서 가 버렸다. 이제 그다지 오래 기다리지 않아도 되는 것이다. 한편 드바노프와 프로코피는 도시 변두리 쪽으로 함께 걸어 나갔다. 그들 위로는 흡사 저세상에서처럼, 이미 희미해져 가는 실체도 없는 달이 빛나고 있었다. 달은 별로 소용없는 존재였다. 달 때문에 식물이 자라는 것도 아니었으며, 달빛 아래에서는 사람들도 고요히 잠들기만 했다. 멀리서 지상으로 밤의 누이를 비추는 햇볕은 흐릿하고 뜨거운, 그리고 살아 있는 물질을 가지고 있었다. 하지만 이 빛은 죽어 버린 긴 공간을 지나서야 달에 도달했으며, 모든 흐릿하고 살아 있는 물질은 도중에 흩어져 버렸고, 오직 정말로 죽어 버린 빛만이 남아 있었던 것이다. 드바노프와 프로코피는 멀리까지 걸어갔다. 멀기도 했지만, 그들이 조용조용히 말해 그들의 목소리는 점차 잦아들었다. 코푠킨은 떠나가는 두 사람을 보았지만, 그들에게 다가

가기는 왜 그런지 망설여졌다. 그가 생각하기에 두 사람이 뭔가 슬픈 듯이 이야기하는데, 다가가기가 부끄러웠던 것이다.

탐욕 때문이 아니라, 자기 생명의 필연성 때문에 체벤구르의 대지를 뒤덮고 평화롭게 자라난 잡초는 드바노프와 프로코피의 발 아래로 길을 숨겨 버렸다. 두 사람은 이전의 마차 바퀴 자국을 따라 약간 떨어져서 걸어갔다. 그들은 각자 불분명하고 길을 잃은 자기 삶을 돕기 위해 상대방을 느끼고 싶어 했다. 하지만 서로 너무 소원해져서 그들은 불편했으며, 쑥스러워하지 않고 바로 말을 할 수도 없었다. 프로코피는 여자들과 프롤레타리아들과 기타 인간들의 재산으로 체벤구르를 내놓는 것이 어쩐지 아까웠다. 클라브듀샤에게는 무엇을 선물하든 아무것도 아깝지 않았는데, 그 이유는 알지 못했다. 그는 지금 도시 전체와 도시에 있는 모든 재산을 소비하고, 닳게 만들거나 파괴해 버릴 필요가 있지 않나 의심하고 있었다. 그것도 단지 언젠가 마지막 끝에, 짧은 시간 동안 손상된 진실이 다가오도록 하기 위해서만 말이다. 차라리 전 공산주의와 공산주의의 모든 행복을 조심스럽게 유지하다가, 가끔 계급적 필요성에 의해 그것을 부분적인 분량으로 인민대중에게 하사하는 것이 더 낫지 않을까? 막대한 재산과 행복을 보호하면서 말이다.

"그러면 그들도 만족할 거야." 확신에 차 기뻐하면서 프로코피가 말했다. "그들은 슬픔에 익숙해져 있어. 그들에게는 슬픔이 더 편하단 말이야. 그러니 그들에게 조금만 주더라도, 그들은 우리를 사랑하게 될 거야. 만약 체푸르니처럼 모든 걸 한꺼번에 줘 버리면, 나중에 그들은 모든 재산을 써 버리고는, 또 뭔가를 더 원할 거야. 그런데 그때 우리에게 더 이상 줄 게 없다면, 그들은 우리를 다른 것과 바꾸고 죽여 버리겠지. 혁명에 무엇이 얼마만큼 있는지 그들은 알지 못해. 도시의 모든 재산 목록은 내게만 있단 말이야. 그렇지만 체푸르니는 우리에게 아무것도 남기지 않기를 원하고, 종말이 도래하기를 바라지. 물론 그 종말이 공산주의라면 좋겠지만 말이야. 우리는 끝까지 모든 걸 내놓지는 말자고. 조금씩 행복을 나눠 주고, 또 그 사이사이에 그걸 축적한다면, 우리에게는 행복이 영원히 남아돌 거야. 사샤, 말 좀 해 봐, 그렇게 하는 게 맞지?”

드바노프는 그 말이 어느 정도 맞는지 아직 알지 못했지만, 왜 그의 말이 올바른지 자기 스스로 알아보기 위해, 프로코피의 열망을 완벽하게 느끼고 그의 육체와 그의 삶을 상상해 보기를 원했다. 드바노프는 프로코피를 건드리면서 말했다.

“내게 더 말해 봐, 나도 여기서 살고 싶으니까.”

프로코프는 밝은, 하지만 살아 있지는 않은 스텝과 체벤구르를 뒤쪽에서 바라보았다. 달은 창문 유리에 비치고, 창문 너머로는 고독한 기타 인간들이 잠들어 있었다. 그들 각각의 내부에는 육체라는 좁은 공간에서 밖으로 나와 낯선 행위로 바뀌지 않도록, 지금 필연적으로 돌봐야만 하는 생명이 놓여 있었다. 드바노프는 인간의 육체 안에 무엇이 보존되어 있는지 알지 못했지만, 프로코피는 거의 정확하게 알고 있었으며, 말 없는 인간을 아주 의심스럽게 생각했다.

드바노프는 많은 시골 마을과 도시들, 그리고 그곳에 살고 있는 수많은 사람들을 기억해 냈다. 프로코피는 드바노프의 기억에 맞춰서 러시아 시골 마을들에서 슬픔이라는 것은 사실 고뇌가 아니라 풍습일 따름이며, 아버지의 집에서 떨어져 나온 아들은 더 이상 아버지에게로 돌아가지 않고, 아버지를 그리워하지도 않으며, 아들과 아버지는 감정으로라기보다는 차라리 재산으로 연결되어 있을 따름이라고 이야기했다. 드물게 이상한 여자만이 가난 때문만이 아니라 남편과 함께 좀 더 자유롭게 살고 사랑하기 위해, 살아가는 동안 아이들 중 하나도 일부러 목 졸라 죽이지 않았다.

"사샤, 스스로 알 수 있을 거야." 프로코피는 확신을 가지고 이야기를 계속했다. "욕망을 만족시키면 그것은 또다시 반복되고, 뭔가 새로운 것을 또 원하게 돼. 그리고 모든 국민은 고통을 덜 느끼기 위해 더 빨리 자신의 오감을 충족하길 원하지. 하지만 그렇게 그들이 원하는 만큼 계속 충족시켜 줄 수가 없어. 오늘 그들에게 재산을 줘 보라고. 내일은 아내를, 또 나중에는 하루 종일 지속되는 행복을 달라고 할 거야. 이건 역사도 해결하지 못하는 일이야. 차라리 사람에게서 점점 뭔가를 줄여 나가 봐. 그러면 인간은 참게 마련이지. 왜냐하면 이렇든 저렇든 고통 받는 것은 어차피 똑같으니까."

"그럼 넌 뭘 하고 싶은 거야, 프로슈?"

"나는 기타 인간을 조직화해 보고 싶어. 조직이 있는 곳에는 항상 한 사람 이상이 생각하지는 않는다는 걸 알아냈어. 나머지 사람들은 아무 생각 없이 최초의 한 사람을 따라 살아가면 되는 거지. 조직이라는 건 가장 지혜로운 과업이야. 모두 자신을 알고 있지만, 아무도 자신을 소유하지는 못하기 때문이지. 그리고 단 한 명의 첫 번째 인간을 제외하고 모든 사람에게 좋은 일이야. 그 사람은 생각해야 되니까. 조직이 있는 곳에서는 남아도는 많은 것을 인간에게서 몰수할 수 있어."

"그게 왜 필요한 거야, 프로슈? 그럼 너는 아마 힘들 거야. 네가 가장 불행한 사람이 될 거고, 다른 사람들과 떨어져서 누구보다 가장 높은 곳에서 혼자 살아가는 것도 두려울 거야. 프롤레타리아트이는 서로서로에 의해 살아가는데, 너는 무엇에 의지해 살아갈 수 있을 것 같아?"

프로코피는 현실적인 눈으로 드바노프를 바라보았다. '그래, 이런 인간이었어, 헛된 존재야. 이놈은 볼셰비키도 아니야. 텅 빈 자루를 들고 구걸하는 거지야. 바로 이런 놈이 기타 인간이야. 차라리 야코프 티티치와 이야기하는 것이 더 낫겠다. 그래도 그 노인은 최소한 인간이 모든 걸 견뎌 낸다는 정도는 알고 있으니. 인간에게 새로운, 잘 모르는 고통이 주어지더라도 전혀 아프지 않아. 왜냐하면 인간은 단지 사회적 풍습에 따라 슬픔을 느끼지. 슬픔은 스스로 갑자기 생각해 낸 게 아니기 때문이야. 야코프 티티치라면 이 프로코피의 과업이 전혀 위험하지 않다는 것을 알았을 텐데, 드바노프는 쓸데없이 인간을 넘치도록 느끼기만 하지. 정확히 측정하지는 못하는군.'

그리고 두 사람의 목소리는 체벤구르에서 점점 멀어져 달빛이 비치는 거대한 스텝으로 잦아들었다. 코푠킨은 도시 경계에서 드바노프를 오랫동안 기다렸지만, 끝까지 기다리지 못하고 피로에 지쳐 근처 잡초 밭에 누워 잠들었다.

수레가 덜컹거리는 굉음을 듣고 새벽에 그는 잠을 깨었다. 체벤구르가 너무 고요했기 때문에 모든 소리는 굉음이나 불안함으로 바뀌었다. 이 소리는 여자를 찾으러 떠나도록 준비해 둔 짐마차를 타고 체푸르니가 프로코피를 찾으러 스텝으로 달려가는 소리였다. 프로코피는 전혀 멀지 않은 곳에 있었다. 그는 이미 오래전에 드바노프와 함께 도시로 돌아와 있었던 것이다.

"어떤 여자들을 데려오면 되나요?" 프로코피는 체푸르니에게 이렇게 물어보면서 짐마차에 자리를 잡고 앉았다.

"특별하지 않은 여자들!" 체푸르니가 지시를 내렸다. "여자들이긴 하지만, 알겠지, 겨우겨우 남자와 구별만 되는 그런 여자들이면 돼. 매력도 없고, 가공 안 된 자연 그대로의 여자를 데려오면 좋겠네.”

“알겠습니다.” 프로코피는 이렇게 말하고 나서 말을 출발시켰다.

“할 수 있겠나?” 체푸르니가 물었다.

프로코피는 지혜롭고 희망에 찬 얼굴로 뒤돌아보았다.

“신기한 일이군요! 그 누구를 원하든 데려오겠어요. 누구든 하나의 대중으로 다 녹여서 데려오겠습니다. 아무도 혼자 슬퍼하면서 고독하게 남지 않을 겁니다.”

그 말을 듣고 체푸르니는 안심했다. 이제 프롤레타리아트는 위안을 받을 것이다. 그는 갑자기 떠나가는 프로코피의 뒤를 쫓아가서, 짐마차 뒤에 달라붙어 부탁했다.

“그리고 프로슈, 내게도 여자를 데려다 줘. 왜 그런지 모르지만 나도 여자를 갖고 싶어. 나 역시 프롤레타리아라는 사실을 잊어버렸어! 요새 클라브듀샤도 보이지 않고 말이야!”

“읍에 살고 있는 숙모네 집에 갔어요.” 프로코피가 알려 주었다. “돌아오는 길에 제가 데려오죠.”

“아, 그걸 몰랐네.” 체푸르니는 이렇게 말하고 클라브듀샤와의 이별의 슬픔을 느끼는 대신 담배를 느끼기 위해서 코담배를 코에 집어넣었다.

표도르 표도로비치 고프네르는 충분히 잠을 잤다. 그리고 그는 이미 미래가 도래했으며, 공산주의가 깨끗이 수행되었다고 말하는 이 도시와 주변 지역을 교회 종루에 올라가서 관찰했다. 결국 이곳에서 살고 존재하는 일만 남아 있는 것이다. 언젠가, 젊은 날에 고프네르는 영국—인도 지선 전신국의 정비 부서에서 일한 적이 있는데, 그가 일했던 그 장소가 어쩐지 체벤구르의 스텝을 닮은 듯했다. 정말 옛날이었다. 그리고 영국—인도 지선의 전신국에서 돌아가는 길에 지나갔을지도 모르는, 그렇지만 길도 기억하지 못하는 공산주의 체제의 어느 용감한 도시에서 고프네르가 살게 되리라는 사실은 절대로 예상하지 못했을 것이다. 그건 유감스러운 일이었다. 비록 잘 모를 일이기는 해도 차라리 그때부터 미리 체벤구르에 영원히 남아 있었더라면 더 좋았을지도 모른다. 단순한 사람이 이곳에서 살기 좋다고 이야기하지만, 아직 고프네르는 그 사실을 느끼지 못했다.

드바노프와 코푠킨은 어디서 쉬어야 할지 잘 몰라 종루 아래를 걸어가서 곧 묘지의 울타리 옆에 자리를 잡고 앉았다.

"사슈!" 고프네르가 위에서 소리를 질렀다. "이곳은 영국—인도 전신국과 비슷해. 저 멀리까지 보이고, 아주 깨끗한 장소야!"

"영국—인도 전신국요?" 드바노프는 이렇게 물어보고는 그가 지나온 저 먼 공간과 비밀스러운 곳을 상상해 보았다.

"그래, 지선은 철로 된 전신주에 걸려 있고, 거기에는 표시가 되어 있단 말이야. 그리고 스텝과 산, 더운 나라들을 통과해서 전선이 연결되어 있어!"

드바노프는 배가 아프기 시작했다. 푸른 대양의 한가운데 산호초에 의지하여 서 있는 인도, 오세아니아, 타히티 섬, 엔소메덴 섬 같은 그토록 매혹적인, 노래하는 것 같은 이름의 멀리 닿을 수 없는 곳에 대해 생각할 때마다 이런 현상은 반복되었다.

야코프 티티치 역시 그날 아침 이곳으로 오고 있었다. 그는 매일 공동묘지에 나타났다. 묘지는 참나무 숲으로 이어졌는데, 야코프 티티치는 바람에 힘들어하는 나무들의 지루한 소리를 듣는 걸 좋아했다. 고프네르는 야코프 티티치가 마음에 들었다. 그는 여위고, 늙고, 귀의 피부는 고프네르의 귀와 마찬가지로 팽팽하게 당겨져 파랗게 되어 있었다.

"이곳에선 살기 좋습니까, 그저 그렇습니까?" 고프네르가 물었다. 그는 이미 종루에서 내려와 울타리 옆 사람들 틈에 앉아 있었다.

"견딜 만하네." 야코프 티티치가 말했다.

"부족한 것은 없습니까?"

"그럭저럭 지낼 수 있다네."

체벤구르의 모든 낮이 그러하듯, 길고 햇볕이 잘 드는 청명한 낮이 도래했다. 낮이 너무 길어 생명은 더 눈에 띄었다. 체푸르니는 혁명이 기타 인간에게 시간을 벌어 준 것이라고 추측했다.

"이제 우리는 뭘 해야 할까요?" 고프네르가 이렇게 질문을 던지자, 모든 사람이 불편해 했다. 오직 야코프 티티치만이 편하게 서 있었다.

"아무것도 신경 쓸 것이 없네." 그가 말했다. "뭔가를 기다리면 돼."

야코프 티티치는 초원으로 걸어 나가 몸을 녹이려고 태양을 마주보고 누웠다. 그는 최근 부르주아 쥬진이 살던 집에서 살고 있었는데, 그 집에 고독한 바퀴벌레가 한 마리 있어서 그곳을 좋아하게 되었다. 야코프 티티치는 바퀴벌레에게 먹을 것을 주고 있었다. 바퀴벌레는 그 어떤 희망도 없이, 아무도 모르게 존재했지만, 자신의 고통을 외부로 드러내 보이지 않으면서 인내하고 끈기 있게 살았는데, 바로 이것 때문에 야코프 티티치는 바퀴벌레를 소중히 대했으며, 심지어는 남몰래 바퀴벌레를 닮으려 하기도 했다. 하지만 그 집의 지붕과 천장은 낡고, 허물어져 야코프 티티치의 몸으로 밤이슬이 떨어져 내렸다.

야코프 티티치는 추위를 심하게 탔지만, 자신과 똑같이 바퀴벌레도 불쌍하게 여겨 은신처를 바꿀 수가 없었다. 야코프 티티치는 이전에는 아무것도 없는 장소에서, 즉 자기처럼 길 가는 동무를 제외하고는 익숙해지거나 정들 것이 아무것도 없는 그런 장소에서 살았다. 살아 있는 대상에 애착을 느끼는 것은 야코프 티티치에게 필연적이었다. 이는 살아 있는 대상에 대한 관심과 관대함 속에서 자기가 살아야 할 인내심을 찾아내고, 그를 관찰함으로써 어떻게 더 쉽고 더 잘 살아야 하는지 알아내기 위해서였다. 게다가 타자의 생을 관찰할 때면 그 대상에 대한 연민 때문에 야코프 티티치 자신의 삶도 소비되었다. 왜냐하면 그의 삶은 어디에도 갈 곳이 없었으며, 그는 지상 거주민들의 잔재로서 잉여 속에 존재하고 있었기 때문이다. 체벤구르에서 기타 인간들은 자신들이 이리로 나타난 것처럼, 그렇게 서로에 대한 동지애도 상실해 버렸다. 그들은 사유 재산과 많은 가재도구들을 획득했으며, 그것들을 종종 손으로 만져 보았지만 이 물건들이 어디서 나타났는지는 몰랐다. 사실 이것은 누군가에게 그냥 선물로 주기에는 너무나 비싼 것들이었기 때문이다. 기타 인간들은 흡사 그 물건들이 그들의 죽어버린 아버지의, 또는 스텝 어딘가에서 길을 잃어버린 형제들의 죽어 가는 희생된 생명이기라도 한 듯, 세심한 손길로 물건들을 만져 보았다. 새로 온 체벤구르 주민들은 언젠가 농가를 건설하고, 우물을 팠었다. 다만 이곳에서가 아니라 먼 곳, 시베리아의 저 식민지 땅에다, 언젠가 그들 순환하는 존재의 노정이 지나온 그곳에다 농가를 짓고 우물을 팠던 것이다.

야코프 티티치는 막 태어난 이후처럼 체벤구르에서 거의 혼자 남아 있었다. 그래서 사람들에게 먼저 정이 들고, 이제는 바퀴벌레를 소유하고 있었다. 엉성한 집에서 바퀴벌레를 위해 살아가고, 밤마다 지붕을 통해 떨어지는 서늘한 밤이슬 때문에 야코프 티티치는 잠이 깨곤 했다.

표도르 표도로비치 고프네르는 모든 기타 인간의 무리 속에서 야코프 티티치를 주목했다. 그에게 야코프 티티치는 저 멀리서 오직 출생의 관성 하나로만 살아가는 가장 무질서한 인간처럼 보였다. 하지만 야코프 티티치의 무질서는 그의 내부에서 이미 죽어 있었으며, 그는 무질서를 상황의 불편함으로 인식하지 않았고, 뭐든, 어떻게든 잊어버리기 위해 살아갔다. 체벤구르에 오기 전까지 그는 사람들과 함께 다녔으며, 여러 가지 공상을 하곤 했다. 어쩌면 그의 아버지와 어머니가 살아 있을지도 모르며, 그는 조용히 그들에게로 가고 있다고, 그리고 그들에게 도착하면 그는 너무나 행복할 거라는 그런 생각들이었다. 아니면 다른 생각을 하기도 했는데, 지금 나란히 함께 가고 있는 길동무가 자기와 친척이며, 그의 안에는 아직 야코프 티티치는 가질 수 없는 가장 소중하고 중요한 것이 있을지도 모른다는 생각이었다. 그런 생각들 덕분에 그는 안심하고 더 힘을 내서 멀리 나아갈 수 있었다. 지금 야코프 티티치는 바퀴벌레 덕분에 살아갈 수 있었다. 하지만 고프네르는 체벤구르에 오자 무엇을 해야 할지 알 수 없었다. 처음 이틀 동안 그는 여기저기 걸어 다니면서 토요일의 무급 자원 노동으로 집이나 나무들이 한곳에 무더기로 모여 있는 것을 보았다. 하지만 생명은 그의 안에 사소한 존재들로 해체되어 있었으며, 그 사소한 존재들은 자신을 지탱하기 위해 어떻게 하나로 뭉쳐져야 할지 알지 못했다. 고프네르는 체벤구르 안에 생명과 진보가 작동하도록 무엇을 해야 할지 스스로 생각해 낼 수가 없었다. 그래서 그는 드바노프에게 질문을 던졌다.

"사슈, 이제 우리가 뭔가 조직해야 할 때가 아닌가?"

"뭘 조직해야 하죠?" 드바노프가 물었다.

"뭐라니? 그러면 우리가 이곳으로 온 이유가 뭔가? 구체적인 전체 공산주의를 조직해야지."

드바노프는 서두르지 않고 그 자리에 가만히 서 있었다.

“이곳에는 말입니다, 표도르 표도로비치, 기계가 있는 게 아니라 사람들이 살고 있어요. 그들 스스로가 대오를 정비하기 전에는 그들을 조직할 수 없습니다. 나도 이전에는 혁명이 기관차와 같은 것이라고 생각했어요. 그런데 지금 보니 그건 아닙니다.”

고프네르는 이 말을 정확히 이해하고 싶었으며, 충분한 휴식으로 피부의 푸르스름한 자국이 사라진 자신의 귓바퀴를 긁었다. 그리고 기관차가 없다면, 어쨌든 각각의 인간은 자기 생명의 증기기관을 반드시 가져야만 하는 게 아닌가 생각했다.

“무엇을 위해 그렇단 말인가?” 고프네르가 많이 놀라서 질문했다.

“아마도, 더 강해지기 위해서겠죠.” 드바노프가 마지막으로 덧붙였다. “그렇지 않다면, 움직일 수 없겠지요.”

나무의 푸른 이파리가 드바노프 옆으로 가볍게 떨어져 내렸다. 나뭇잎의 가장자리는 이미 누렇게 변해 있었다. 자기 생을 다 살고 죽어 대지의 평안으로 돌아간 것이다. 늦여름이 끝나고 가을이 왔다. 진한 이슬과 황량한 스텝의 길이 시작되는 때다. 드바노프와 고프네르는 하늘을 바라보았다. 하늘을 구름 끼고 낮아 보이게 했던 태양의 흐릿한 힘이 사라져 버려 하늘은 더 높게 보였다. 드바노프는 지나간 시간에 애수를 느꼈다. 그 시간은 계속해서 길을 잃어버린 채 사라져 갔다. 그런데 인간은 같은 자리에 미래에 대한 희망을 품고 남아 있는 것이다. 드바노프는 왜 체푸르니와 체벤구르의 볼셰비키들이 그토록 공산주의를 원하는지 알 것 같았다. 공산주의는 바로 역사의 종말이며, 시간의 끝인 것이다. 시간은 자연에서만 흘러갈 따름이며, 인간에게는 슬픔만 남아 있기에.

갑자기 드바노프 옆으로 맨발의 기타 인간 한 사람이 흥분해서 뛰어갔다. 그 뒤로 키레이가 크지 않은 개 한 마리를 안고 뛰어갔다. 개가 키레이의 속도를 따라잡을 만큼 빨리 뛰지 못해, 그가 개를 안고 뛰는 것이었다. 그들 뒤로 자기들이 어디로 달려가는지도 모르는 다섯 명의 기타 인간이 뛰어갔다. 이 다섯 명은 나이 든 사람들이었지만, 마치 어린 시절처럼 행복감에 가득 차서 앞으로 달려가려고 애썼다. 마주 불어오는 바람은 길게 날리는 그들의 머리카락에 묻어 있는 침구의 먼지와 찌꺼기들을 날려 보냈다. 그들 뒤로 프롤레타리아의 힘에 올라탄 코푠킨이 드바노프를 향해 스텝을 보라고 손을 흔들면서 질주했다. 스텝의 지평선을 따라 키 큰 인간이 멀리서 흡사 슬픔을 따라가듯 걸어갔다. 그는 마치 몸통을 공기가 감싸고, 신발 밑창만 가볍게 지표면을 건드리는 것처럼 가볍게 걸어갔다. 그리고 체벤구르 사람들은 바로 그 사람을 향해 뛰어갔다. 하지만 그는 걸어가고 또 걸어가서 마침내 보이지 않는 저쪽으로 사라져 버려, 체벤구르 사람들은 스텝의 거의 절반을 달려 나갔지만, 결국 다시 돌아오기 시작했다.

체푸르니는 흥분하고 불안해 하면서 훨씬 나중에 그쪽으로 달려갔다.

"이봐, 뭔가, 말 좀 해 봐!" 슬프게 어슬렁거리는 기타 인간들에게 그가 물어보았다.

"저기 멀리 어떤 사람이 지나갔어요." 기타 인간들이 말했다. "그 사람이 우리에게 온다고 생각했는데, 사라져 버렸어요."

체푸르니도 그곳에 서 있었지만, 가까이에 많은 사람들과 동지들이 있어서, 저 멀리 있는 한 인간에게서 어떤 필연성을 보지는 못했다. 그래서 이런 이해할 수 없는 상황에 대해, 그는 코푠킨에게 물었다.

"자넨 내가 알 거라고 생각하나!" 말 등에 높이 앉은 채 코푠킨이 대답했다. "나는 저 사람들을 뒤따라가면서 계속 소리를 질렀다네. '이보시오, 시민 여러분, 동지들, 아니 이 바보들아, 어디로 달리는 거야, 멈춰 서라!' 그런데도 그들은 계속 달려갔어. 아마도 내가 그랬던 것처럼 인터내셔널을 원했을 수도 있지. 지구 상에서 오직 한 도시라는 건 너무 작으니 말이야!"

코푠킨은 체푸르니가 생각할 때까지 기다렸다가 또 한마디 덧붙였다.

"나 역시 곧 여기를 떠날 걸세. 인간은 스텝을 따라 어디론가 떠나가는데, 넌 여기 앉아서 존재하라니. 너의 공산주의가 있기만 하다면 그럴 수도 있겠지만, 여기엔 젠장 맞을 공산주의라곤 없어! 사샤에게 물어보라고, 사샤도 슬퍼하고 있으니까."

체푸르니는 여기서 이미 체벤구르의 프롤레타리아들이 인터내셔널을 원한다는 사실을 명확하게 느꼈다. 먼, 이국의, 다른 인종의 인간들을 원하는 것이다. 바로 그들과 하나가 되고, 전 지구의 다양한 색깔의 생명이 하나의 나무에서 자라나도록 하기 위해서였다. 옛날에는 체벤구르를 통과해서 집시들이나 어떤 불구자들이나 사기꾼들이 지나다녔다. 어디에서라도 그런 자들이 보이기만 한다면, 그들을 당장 체벤구르로 끌어들일 수 있을 텐데, 어찌 된 일인지 벌써 오랫동안 그런 사람들이 보이지 않았다. 결국 여자들을 데려오고 나면, 프로코피는 이제 남쪽 노예의 나라에서 억압받는 자들을 체벤구르로 데려오기 위해 떠나가야 하는 것이다. 연약함과 늙음 때문에 체벤구르까지 걸어서 오지 못할 프롤레타리아들에게는 재산을 보내 도움을 주거나 도시 전체를 통째로 보내 버려야 할 것이다. 만약 인터내셔널에 그것이 필요하다면 말이다. 그리고 우리 자신은 구덩이를 파거나 따스한 협곡에서 살아가면 될 것이다.

도시로 돌아온 기타 인간들은 가끔씩 건물의 지붕 위로 기어 올라가서 어디선가 누구라도 오지 않나, 아니면 프로슈카가 아내들을 데리고 오지 않나, 저 멀리서 무슨 일이 생기지 않았나 기대하며 먼 곳을 바라보았다. 하지만 초원 위로는 고요하고 텅 빈 대기만이 흐를 뿐이었으며, 풀이 길게 자라난 길을 따라서 은신처도 없이 바람에 날리는 씨앗들, 외로운 회전초만이 바람에 날려 체벤구르로 날아올 뿐이었다. 야코프 티티치의 집은 마침 길가의 이정표가 붙어 있던 곳에 가로놓여 있어서, 남동풍이 그에게 씨앗이 바람에 날리는 풀들을 한 무더기 가져다주었다. 야코프 티티치는 창문으로 빛이 들어와서 지나가는 나날들을 헤아릴 수 있도록, 가끔씩 이 풀 더미를 집에서 치워 버렸다. 이 일을 제외하고, 야코프 티티치는 낮에는 거의 밖으로 나가지 않았으며, 먹을 풀들은 밤이 되면 스텝에서 거두어들였다. 다시 그의 내부에 가스가 차기 시작했고, 그는 바퀴벌레와만 살았다. 바퀴벌레는 매일 아침 유리창으로 기어 내려와서 햇살이 비치는 따스한 평원을 바라보았다. 바퀴벌레의 수염은 흥분과 고독으로 가볍게 떨렸으며, 그들은 뜨거운 대지를 바라보고, 그 땅 위에 있는 배부른 양식 더미를 보았다. 그 양식 더미들 주위로는 너무 먹어 대 살이 오른 작은 존재들이 보였는데, 그들이 너무나 많아 바퀴벌레들은 각자 스스로를 느끼지 못했다.

체푸르니가 한번은 야코프 티티치에게 들렀다. 프로코피가 아직 체벤구르로 돌아오지 않아 체푸르니는 잃어버린, 꼭 필요한 친구에 대한 슬픔을 느끼고 있었으며, 너무나 오래 지속되는 기다림의 시간으로부터 어디로 숨어 버려야 할지 알지 못했던 것이다. 바퀴벌레는 여전히 창문 가까이 앉아 있었다. 커다란 공간 위로 따스하고 위대한 낮이 펼쳐졌다. 하지만 이미 대기는 여름보다 더 가벼워졌으며, 어쩐지 죽은 공기를 닮아 있었다. 바퀴벌레는 지친 채 그것을 바라보고 있었다.

"티티치!" 체푸르니가 말했다. "바퀴벌레를 햇볕으로 내보내는 게 어떻소! 바퀴벌레도 공산주의를 그리워하지만, 공산주의까지 가기가 멀다고 생각할 수도 있소."

"그럼 저놈 없이 나는 어떡하라고?" 야코프 티티치가 물었다.

"당신이야 사람들에게 가면 되지. 나도 이렇게 당신에게 오지 않았소."

"사람들에게 갈 순 없네." 야코프 티티치가 말했다. "나는 결점이 많은 인간이야. 내 결점이 주변으로 번져 갈 걸세."

체푸르니는 계급적 인간을 결코 판단할 수 없었다. 왜냐하면 자기 스스로가 계급적 인간을 닮아 있어 그 이상은 느낄 수 없었기 때문이다.

"당신에게 무슨 결점이 있는지 말해 주겠소? 공산주의 자체가 자본주의라는 결점에서 나온 것이오. 그러니 당신의 그런 고통 속에서도 뭔가 나올 거요. 참, 프로코피에 대해서 한번 생각해 보시오. 그 젊은이가 사라졌소이다."

"올 걸세." 야코프 티티치는 이렇게 말하고 나서 자기 안의 아픔을 견디다 못해 약해져 배를 깔고 누웠다. "엿새가 지났군. 여자들은 시간 끌기를 좋아하지. 여자는 늘 조심스럽다네."

체푸르니는 야코프 티티치의 집에서 나와 걸었다. 그는 환자를 위해서 뭔가 가벼운 음식을 찾고 싶었다. 언젠가 마차 바퀴를 올려놓고 펴서 다듬었을 대장간의 돌 위에 고프네르가 앉아 있고, 그 옆에 드바노프가 엎드려 누워 있었다. 그는 낮잠을 자면서 휴식을 취하고 있었던 것이다. 고프네르는 손에 감자를 쥐고 흡사 감자가 어떻게 만들어졌는지 연구라도 하듯 감자를 속속들이 만지고 주물렀다. 사실 고프네르는 지쳐 있었다. 우수에 젖었을 때는 항상, 필요한 것을 얻을 수 없다는 사실을 잊어버리기 위해 손에 처음으로 잡히는 물건을 쥐고 거기에 주목해서 시간을 보냈다. 체푸르니는 야코프 티티치가 병에 걸렸으며, 홀로 바퀴벌레와 더불어 괴로워하고 있다고 고프네르에게 이야기해 주었다.

"그러면 왜 노인을 혼자 두고 왔소?" 고프네르가 물었다. "일단 죽 같은 걸 좀 끓여 줘야 할 텐데! 곧 그를 찾아가 보겠소, 이런 젠장 맞을!"

체푸르니 역시 처음에는 뭔가 끓여 주기를 원했지만, 얼마 전에 벌써 체벤구르에 성냥이 떨어졌다는 사실을 알아차렸기에 어떻게 해야 할지 몰랐다. 어느 버려진 정원의 작은 우물 옆에 있는 나무 펌프를 물 없이 가동한다면, 불을 만드는 것이 가능할 수도 있다. 펌프는 이전에 사과나무 아래 땅을 적시기 위해 물을 뿜어 올렸으며, 풍차가 펌프를 돌렸다. 고프네르는 언젠가 이 동력 장치를 본 적이 있는데, 이제 이 펌프를 물기 없이 피스톤 마찰을 시켜서 불을 얻어 내야겠다고 생각했다. 고프네르는 펌프의 나무 실린더를 짚으로 싸고 풍차를 돌리라고 체푸르니에게 지시하고는, 짚에서 연기가 나면서 불이 붙을 때까지 기다리겠다고 말했다.

이 말을 들은 체푸르니는 기뻐하면서 자리를 떴으며, 고프네르는 사샤를 깨우기 시작했다.

"사샤, 빨리 일어나게. 걱정거리가 생겼어. 저 여윈 노인이 곧 죽을 것 같아. 우선 불이 필요해……. 사샤! 이렇게 지루한데, 자네는 자고 있다니."

드바노프는 움직이려고 열심히 노력했으며, 흡사 멀리서, 꿈속에서 말하는 것처럼 중얼거렸다.

"아빠, 곧 일어날게요. 자는 것도 지루해……. 나도 밖에서 살고 싶어, 여기는 너무 좁아……."

고프네르는 사샤가 땅으로부터가 아니라 공기로부터 숨 쉴 수 있도록 그를 바로 눕혀 주었다. 그리고 꿈속에서 심장이 제대로 뛰고 있는지, 사샤의 심장을 검사했다. 심장은 깊게, 서둘러서, 그리고 정확히 뛰고 있었다. 고프네르는 심장이 자신의 속도와 정확성을 참아 내지 못하고, 드바노프 안에서 이동하는 생명의 증기를 전송하는 밸브를 멈춰 버리지 않을까 두려웠다. 그 생명은 흡사 꿈속에서처럼 소리도 없었기 때문이다. 고프네르는 잠자는 사람 앞에서 생각에 잠겼다. 그의 심장에는 어떤 규칙적이고 보호하는 힘이 울리고 있는 걸까? 흡사 죽어 버린 드바노프의 아버지가 영원히, 아니면 오랫동안 자신의 희망으로 그의 심장을 충전시켜 둔 것 같았다. 하지만 희망은 이루어질 수 없는 것으로, 인간 안에서만 뛰고 있다. 만약에 희망이 이루어진다면, 인간은 죽을 것이기 때문이다. 희망이 이루어지지 않는다면 인간은 살아남을 것이지만, 괴로워할 것이며, 그때 심장도 인간의 가운데 자신의 출구 없는 장소에서 뛰게 될 것이다. '그래도 사는 게 나아.' 고프네르는 드바노프의 호흡을 바라보았다. '어떻게든 우리가 괴로워하지 않도록 해줄테니.' 드바노프는 체벤구르의 풀 위에 누워 있었다. 그의 삶이 어디로 흘러가든지 삶의 목적은 집들과 사람들 사이에 존재해야만 했다. 왜냐하면 사람 없는 공간에서 고개 숙인 풀을 제외하고는, 그리고 지상의 인간들의 고독한 고아성을 스스로의 냉담함으로 표시해 주는 하늘을 제외하고는, 더 이상 아무것도 없었기 때문이다. 아마도 심장이 뛰고 있는 것은 이 열린, 그리고 어디를 보아도 고독한 세상에서 혼자 남기를 두려워하기 때문인지도 모른다. 자신의 맥동으로 생명과 의미를 충전한 인류의 심연과 심장이 연결되어 있었기 때문에, 심장은 뛰고 있는지도 모른다. 심장의 의미는 멀거나 이해될 수 없는 것이 되어서는 안 된다. 심장이 뛰도록 하기 위해서는, 반드시 여기 가슴에서 멀지 않은 곳에 위치해야 한다. 그렇지 않으면 심장은 감각을 잃고 죽어 버릴 것이다.

고프네르는 인색한 눈으로 체벤구르를 바라보았다. 그래, 도시가 나쁘다고 치자. 체벤구르에 사람이 지나다닐 수도 없도록 집들이 한 덩어리로 있어도, 사람들은 말없이 살아가면서, 저 멀고 텅 빈 장소에서 살아가는 것보다는 여기서 살고 싶어 했다.

드바노프는 잠과 휴식으로 따스해진 몸을 쭉 펴고는 눈을 떴다. 고프네르는 진지하고 걱정스럽게 드바노프를 바라보았다. 그는 가끔 미소를 지었으며, 연민을 느낄 때면 더 우울해졌다. 그는 자신이 연민을 느끼는 대상을 잃어버릴까 봐 두려워했으며, 이러한 그의 두려움은 우울함으로 나타났다.

이 시간, 체푸르니는 이미 풍차와 펌프를 작동시켰다. 펌프의 피스톤은 건조한 나무 실린더를 마찰하면서 체벤구르 전체로 쉿소리를 내기 시작했지만, 그래도 야코프 티티치를 위한 불을 만들고 있는 것이다. 고프네르는 노동의 경제적 만족을 지닌 채 지쳐 가는 기계의 쉿소리를 듣고 있었으며, 야코프 티티치의 위장에 뜨겁고 영양가 있는 음식을 만들어 주어 그를 위해 선한 일을 한다는 예감으로 입속에 침이 고이기 시작했다.

지난 한 달간 체벤구르는 고요했는데, 드디어 처음으로 삐걱거리면서 노동하는 기계의 쉿소리가 들리기 시작한 것이다.

모든 체벤구르 사람이 기계 옆에 모여들어, 한 명의 고통 받는 인간을 위해 기계가 노력하는 것을 보았다. 연약한 한 노인을 위해 기계가 열심히 돌아가는 것을 보고 그들은 놀랐다.

"아, 여러분, 가난한 전사들이여!" 불안한 소리를 듣고 그게 뭔지 확인하기 위해 최초로 달려온 코푠킨이 말했다. "정말로 다른 누군가가 아니라, 바로 프롤레타리아가 또 다른 프롤레타리아를 위해 기계를 고안하고 설치했다! 동지에게 선물할 것이 아무것도 없어, 프롤레타리아는 송풍기와 이 자력 펌프를 만들었어.”

“아하!” 모든 기타 인간이 말했다. “이제 알겠어요.”

체푸르니는 펌프를 떠나지 않고, 열을 만들려고 노력했다. 실린더는 점점 더 달아올랐지만, 너무 느렸다. 그러자 체푸르니는 차가운 공기가 기계로 흘러 들어오지 못하게 체벤구르 사람들에게 기계 주위에 빙 둘러서 누우라고 지시했다. 그들은 바람이 완전히 잦아든 저녁때까지 그렇게 누워 있었다. 하지만 실린더는 불꽃을 만들지 못한 채 식어 버리고 말았다.

“손이 닿으면 뜨거워 참을 수 없을 정도로 온도가 올라가진 않는군.” 체푸르니가 펌프에 대해 말했다. “내일 아침부터 폭풍이 불면, 바로 불을 지필 수 있을 거야.”

저녁에 코푠킨은 드바노프를 찾아냈다. 그는 체벤구르에 무엇이 있는지, 공산주의인지, 아니면 그 반대가 있는지 오래전부터 드바노프에게 물어보고 싶었으며, 이곳에 남아야 할지, 아니면 떠나야 할지도 물어보고 싶었다. 그는 바로 물어보았다.

“공산주의는 있어요.” 드바노프가 대답했다.

“그런데 왜 난 어떻게 해도 공산주의를 볼 수 없는가? 공산주의가 아직 번성하지 않아서? 나는 슬픔과 행복을 느껴야만 해. 왜냐하면 내 심장은 곧 약해질 테니까. 나는 심지어 음악마저 두렵다네, 젊은이들이 아코디언을 연주하면, 나는 앉아서 눈물을 흘리며 우울해지지.”

“당신이 바로 공산주의자예요.” 드바노프가 말했다. “공산주의는 부르주아들 이후 공산주의자들로부터 발생하며, 공산주의자들 사이에 존재하지요. 대체 어디서 공산주의를 찾고 계신가요, 코푠킨 동지? 바로 당신 안에 간직하고 있으면서 말이죠. 체벤구르에선 그 무엇도 공산주의를 방해하지 않고, 그래서 공산주의가 스스로 태어난 겁니다."

코푠킨은 자기 말에게로 다가가서, 밤새 풀을 뜯어 먹도록 스텝에 말을 풀어 주었다. 코푠킨은 한 번도 이런 식으로 말을 자기 옆에 풀어 둔 적이 없었다.

흡사 이야기를 나누던 사람이 방을 나가 버린 것처럼 낮이 끝났으며, 드바노프는 다리에 서늘함을 느꼈다. 그는 혼자 황무지 가운데 서서 누군가 만나기를 원했다. 하지만 아무도 보이지 않았다. 기타 인간들은 일찍 잠자리에 들었다. 아내가 빨리 오기만 안절부절못하고 기다리고 있었기에, 빨리 잠들어서 시간을 소모하고 있었던 것이다. 드바노프는 도시 밖으로 나갔다. 그곳에서는 별들이 더 멀리서 더 고요하게 빛났다. 별들은 도시 위로 펼쳐진 것이 아니라 이미 스텝 위로, 황폐한 가을 위로 펼쳐져 있었기 때문이다. 도시의 마지막 집에서는 사람들이 이야기를 나누고 있었다. 그 집 한쪽은 풀로 뒤덮여 있었는데, 흡사 이제는 바람도 태양과 함께 체벤구르에서 일하기 시작해, 겨울 동안 풀로 집을 덮고, 따스하게 지내라는 듯, 여기로 풀을 날라다 준 것 같았다.

드바노프는 집 안으로 들어갔다. 마루에는 야코프 티티치가 배를 아래로 깔고 누운 채 앓고 있었다. 고프네르는 등받이 없는 의자에 앉아, 오늘 바람이 약하게 불어서 불을 만들지 못한 것을 미안해 하고 있었다. 내일 태풍이 불면, 태양이 먼 구름 뒤로 숨어 버리고 마지막 여름 번개가 치기를 기다리는 수밖에 없었다. 체푸르니는 자리에서 일어나 말없이 걱정하기 시작했다.

야코프 티티치는 고통스러워하는 만큼, 이제는 이미 그에게 사랑스럽지 않은 삶을 그리워하고 있었다. 삶이 아름답다는 것을 머리로는 알고 있었기에, 그는 조용히 삶을 그리워했던 것이다. 그는 자기 집에 온 사람들 앞에서 부끄러움을 느꼈다. 왜냐하면 그들에 대한 자신의 마음을 지금 느낄 수 없었기 때문이다. 그는 지금 이 사람들이 세상에 없더라도 아무 상관 없었던 것이다. 그리고 그의 바퀴벌레도 창문을 떠나 어디선가 물건들 사이에서 평안하게 살고 있었다. 바퀴벌레는 창밖의 저 햇살에 따스하게 데워진, 그렇지만 너무 넓어서 두려운 대지 대신 따스한 물건들 사이의 어둠 속에서 망각을 선택하는 게 더 낫다고 생각했던 것이다.

"야코프 티티치, 당신 괜히 바퀴벌레를 사랑한 것 같소." 체푸르니가 말했다. "그래서 병에 걸린 거요. 만약 사람들 사이에 살았더라면 사람들로부터 공산주의의 사회적 조건이 당신에게 작동했을 거요. 그런데 이렇게 혼자 있으니 병에 걸리게 된 거요. 왜냐하면 온갖 미생물 벌레들이 당신에게만 덤벼들었을 것 아니오. 안 그랬더라면 모든 사람에게 덤벼들었을 거고, 당신한테는 조금밖에 덤벼들지 않았을 텐데……."

"체푸르니 동지, 왜 바퀴벌레를 사랑하면 안 되는 겁니까?" 확신하지 못한 채 드바노프가 물었다. "아마 사랑해도 될 겁니다. 아마도, 바퀴벌레를 원치 않는 사람은 동지도 결코 원하는 법이 없을 겁니다."

체푸르니는 곧바로, 그리고 깊이 생각에 잠겼다. 이럴 때는 흡사 모든 감각이 멈춘 것 같았으며, 그러면 그는 더욱더 아무것도 제대로 이해하지 못했다.

"그러면 바퀴벌레에 열중하도록 놔두지." 그는 드바노프의 의견을 지지하기 위해 말했다. "그의 바퀴벌레도 체벤구르에서 살아가니까." 이런 식으로 위안하면서 체푸르니는 말을 맺었다.

야코프 티티치는 위장에 있는 어떤 막이 너무 심하게 당겨서 찢어질까 봐 두려워 미리 신음 소리를 냈다. 하지만 막은 다시 부드러워졌다. 야코프 티티치는 자기 몸과 자신을 둘러싸고 있는 사람들을 불쌍히 여기면서 한숨을 쉬었다. 지금 이토록 외롭고 아픈 때에 그의 몸통은 외롭게 홀로 바닥에 누워 있고, 사람들은 자기 가까이에 서 있는 것을 그는 보았다. 그들도 모두 자기 몸통을 가지고 있었으며, 야코프 티티치가 괴로워할 때 자신의 몸이 어디로 향해야 할지 모르고 있었다. 체푸르니는 다른 사람들보다 더 많이 부끄러움을 느꼈다. 그는 체벤구르에서 사유 재산은 이미 가치를 잃어버렸으며, 프롤레타리아트는 굳건히 결합되어 있다는 사실에 익숙해져 있었다. 하지만 각각의 몸통은 모두 개별적으로 살고, 도움을 받지 못해 고통스러워하며, 이 장소에서도 사람들은 결코 결합되어 있지 않았다. 그래서 코푠킨과 고프네르가 공산주의를 알아채지 못한 듯했다. '공산주의는 아직 프롤레타리아의 몸통들 사이의 매개적 물질이 되지 못해.' 여기서 체푸르니도 한숨을 쉬었다. 드바노프가 좀 도와주면 좋겠지만 체벤구르에 온 뒤로 그는 침묵만 하고 있다. '아니면, 이제 그 누구도 기댈 사람이 없으니, 프롤레타리아트 스스로 완전히 힘을 발휘하면 좋으련만.'

마당은 완전히 어두워졌으며, 밤은 점점 깊어 갔다. 야코프 티티치는 이제 곧 모두 잠잘 곳으로 떠나가서 자기 혼자 남아 괴로워하리라 생각했다.

하지만 드바노프는 이 여위고 약한 노인에게서 떠나갈 수가 없었다. 그는 마치 언젠가 어린 시절 아버지와 함께 누워 있었던 것처럼, 노인이 병을 앓는 동안 밤새도록 그와 함께 누워 있기를 원했다. 하지만 그는 같이 눕지 않았다. 부끄럽기도 했지만 입장을 바꿔서 자기가 아픈데 병과 고독한 밤을 함께 나누기 위해 누군가 옆에 눕는다면 얼마나 부끄러울까 싶었던 것이다. 어떻게 행동하면 좋을지 드바노프가 더 많이 생각하면 할수록, 야코프 티티치의 곁에 밤새 남고자 하는 자신의 열망은 어느새 잊히고 있었다. 흡사 이성이 드바노프의 감각적 생명을 삼켜 버린 것 같았다.

"야코프 티티치, 당신은 비조직적으로 살고 있소." 체푸르니는 병의 원인을 이렇게 진단했다.

"뭘 그런 거짓말을 하는 건가?" 야코프 티티치는 화를 냈다. "그럼 내 몸을 한번 조직해 보게. 자네들은 이곳에서 가구와 집들을 옮겨 두었지. 우리 몸통은 있었던 그대로 이렇게 고통 받고 있네……. 가서 쉬기나 하게. 이제 곧 이슬이 떨어져 내릴 테니."

"아이고 젠장 맞을, 내가 한번 손을 봐야겠군!" 고프네르는 우울한 목소리로 이렇게 말하고 마당으로 나갔다. 그는 병든 야코프 티티치를 한기가 들도록 하는, 빗물이 떨어지는 구멍을 살펴보기 위해 지붕으로 기어 올라갔다.

드바노프도 지붕으로 올라가 굴뚝을 잡고 그 위에 섰다. 달은 이미 차갑게 빛나고, 젖은 지붕은 황량한 이슬로 빛났다. 지금 스텝에 홀로 남은 사람은 아마도 우울하고 끔찍할 것이었다. 고프네르는 헛간에서 망치를 찾아내고 대장간에서 지붕 함석을 자르는 가위와 두 장의 낡은 철판을 가지고 와서 지붕을 수리하기 시작했다. 드바노프는 밑에서 철판을 자르고, 구부러진 못을 펴서 위로 올려 보냈다. 고프네르는 지붕에 앉아 체벤구르 전체가 쿵쿵 울리도록 망치질을 하기 시작했다. 공산주의가 이루어지고 나서 처음으로 체벤구르에 망치 소리가 울린 것이었으며, 태양 말고 처음으로 인간이 노동하기 시작한 것이었다. 프로코피가 오지 않는지 소리라도 들어 보려고 스텝으로 나갔던 체푸르니는 망치 소리가 들리는 곳으로 재빨리 돌아왔다. 다른 체벤구르 사람들도 호기심을 참지 못하고 왜 갑자기 사람이 일하며, 뭘 위한 것인지 놀라서 바라보았다.

"두려워하지 말게." 체푸르니가 모두에게 말했다. "저 사람이 이익을 보거나 부자가 되려고 망치질을 하는 게 아니야. 야코프 티티치에게 아무것도 줄 게 없어서 환자 머리 위에 있는 지붕에다 함석을 덧대서 수리하고 있는 걸세. 허용되는 거야!"

"허용되는 거죠!" 많은 사람이 이렇게 대답했다. 그들은 한밤중이 되어 고프네르가 지붕에서 내려와서 "이제는 물이 스며들지 않을 거야"라고 말할 때까지 그곳에 서 있었다. 그리고 모든 기타 인간은 이제 야코프 티티치에게 아무것도 스며들지 않을 것이며, 그가 편안하게 아플 수 있다는 사실에 만족스러운 안도의 한숨을 쉬었다. 야코프 티티치가 온전하기 위해서는 지붕 전체를 수선해야 했기에, 체벤구르 사람들은 곧바로 그에게 어떤 인색한 감정 같은 것을 느꼈기 때문이었다.

남아 있는 밤 시간 동안 체벤구르 사람들은 잠을 잤다. 그들의 잠은 편안하고도 위안으로 가득 차 있었다. 체벤구르 끝에는 바람에 씨앗이 날리는 회전초로 뒤덮인 무너져 가는 집이 있고, 그 집에는 이제 그들에게 다시 한 번 소중한 존재가 된 사람이 누워 있었다. 그리고 체벤구르 사람들은 꿈속에서 그를 그리워했다. 이런 일은 자신을 생의 행복으로 연결해 줄 장난감을 가지고 놀기 위해, 빨리 아침이 되어 잠이 깨려고 일찍 잠자리에 드는 아이들에게 장난감이 소중한 것과 유사한 감정이었다.

그날 밤 체벤구르에는 두 사람만이 잠들지 못했는데, 바로 키레이와 체푸르니였다. 두 사람은 모든 사람이 잠자리에서 깨어날 내일에 대해 열심히 생각했다. 고프네르는 펌프에서 불을 만들어 낼 것이며, 담배를 피우는 사람들은 말려서 빻은 우엉 잎을 담배 대신 피울 것이고, 그러면 다시 기분이 좋아질 것이다. 가족과 노동을 상실한 키레이와 체푸르니, 그리고 모든 잠든 체벤구르 사람들은 어떻게라도 번식하고 육체에 모아 둔 압착된 생명을 가볍게 하기 위해서 가까운 사람이나 대상을 고무해야만 했다. 오늘 그들은 야코프 티티치를 고무시켰으며, 그 덕분에 모두 마음이 가벼워졌고, 모두 흡사 피로에 지친 것처럼 야코프 티티치에 대한 인색한 연민으로 평화롭게 잠들었던 것이다. 밤이 끝나 갈 무렵 키레이도 조용히 잠들었으며, 체푸르니 역시 "야코프 티티치도 이미 잠들었는데, 나는 잠도 못 자다니"라고 낮게 중얼거리면서 약해진 머리를 기대고 바닥에 누웠다.

다음 날은 가랑비로 시작되었다. 태양은 체벤구르 위로 나타나지 않았다. 사람들은 잠에서 깨어났지만 집에서 나오지 않았다. 가을의 불안함이 자연에 도래했으며, 대지는 참을성 있는 비 아래에서 오랫동안 졸고 있었다.

고프네르는 비가 들어가지 않게 불을 만들기 위해 펌프를 덮을 상자를 만들었다. 네 명의 기타 인간이 고프네르 주변에 서서, 자기들 역시 고프네르의 노동에 참여하고 있다고 상상했다.

한편 코푠킨은 모자에서 로자 룩셈부르크의 초상화를 떼어 내 그 그림을 베끼려고 자리에 앉았다. 그는 로자 룩셈부르크의 초상을 드바노프에게 선물하고 싶었다. 어쩌면 드바노프도 로자를 사랑하게 될지 모른다. 코푠킨은 마분지를 찾아내서 식탁에 앉은 다음 난방용 석탄으로 그림을 그렸다. 그는 가볍게 떨리는 혀를 내밀고, 과거의 삶에서는 결코 느껴 본 적 없었던 특별하고 편안한 쾌락을 느꼈다. 로자를 바라보는 코푠킨의 시선은 매 순간 흥분되어 있었고, '사랑하는 동지, 나의 여인이여'라는 속삭임이 함께하고 있었다. 그리고 체벤구르 공산주의의 고요 속에서 그는 한숨을 내쉬었다. 창문 유리를 통해 빗방울이 흘러내렸으며, 가끔씩 바람이 불어 유리창을 곧바로 말려 버리기도 했다. 멀지 않은 곳에 바자울이 우울한 풍경으로 서 있었으며, 코폰킨은 계속 한숨을 쉬면서 더 숙련된 솜씨를 보여 주기 위해 손등을 혀로 적시면서, 로자의 입의 윤곽을 그려 나가기 시작했다. 드디어 그녀의 눈을 그릴 때는 완전히 감정이 북받쳐 올랐는데, 그의 슬픔은 고통스러운 것이 아니라 겨우 희망을 지니고 있는 심장의 연약함이었으며, 그 연약함은 코폰킨의 힘이 그림이라는 섬세한 예술로 소모되어 버렸기에 생겨난 것이었다. 지금이라면, 그는 프롤레타리아의 힘을 타고 질주할 수 없을지도 모르며, 가을비가 로자의 무덤 봉분을 씻어내 버리기 전에 무덤을 보기 위해 독일로, 로자 룩셈부르크의 무덤으로 스텝의 늪지대를 지나 달려갈 수 없을 것이다. 지금 코폰킨은 전쟁과 들판의 바람 때문에 피로한 자신의 눈을 외투 소매로 가끔씩 닦을 따름이었다. 그는 자신의 비애를 노동에 완전히 소진했다. 드바노프를 직접 포옹하고 사랑하게 되는 것이 부끄러워 드바노프가 로자 룩셈부르크의 아름다움에 자기도 모르게 이끌리게 하여, 그를 행복하게 해 주고 싶었다.

두 명의 기타 인간과 파신체프는 체벤구르 변두리에서 모래 더미를 따라가면서 버드나무를 베어 냈다. 비가 내리는데도 그들은 쉬지 않았다. 이미 적잖은 양의 흔들리는 가느다란 버드나무 가지들이 쌓여 있었다. 체푸르니는 저 멀리서 이 이상한 작업을 지켜보다가 기다랗고 마른 나뭇가지 때문에 사람들이 비에 젖고, 몸이 얼어 가는 것 같아서 도대체 무슨 일인지 알아보기 위해 그들에게 다가갔다.

"뭘 하고 있는가?" 그가 물었다. "뭣 때문에 나무를 자르고, 자네들은 감기에 걸리고 그러나?"

하지만 스스로에게 열중한 세 명의 일꾼은 도끼로 버드나무의 여윈 생명을 탐욕스레 끊어 놓고 있었다.

체푸르니는 축축한 모래에 앉았다.

"어이, 자네, 어이 자네!" 그는 파신체프에게 말했다. "베고, 자르고, 도대체 왜 그러나. 말 좀 해 봐?"

"땔감으로 쓰려고 그러네." 파신체프가 대답했다. "겨울을 미리 대비해야 하니까."

"아하, 겨울을 대비해야 된단 말이지!" 지혜의 교활함을 지닌 채 체푸르니는 이렇게 대답했다. "그럼 겨울에는 눈이 온다는 사실을 왜 염두에 두지 않나?"

"눈이 내릴 때가 있긴 하지." 파신체프는 동의했다.

"그럼 안 내릴 때는 어떻게 하나? 말 좀 해 보게." 점점 더 교활하게 체푸르니는 그를 비난했으며, 나중에는 직접적으로 이야기하기 시작했다. "눈이 체벤구르를 뒤덮으면, 눈 속에서 따스하게 살 수 있단 말일세. 그런데 도대체 왜 나뭇가지와 땔감이 필요한가? 어디 나를 한번 설득해 보게. 나는 도무지 이해할 수가 없어!"

"우리가 쓰려고 베는 게 아닐세." 파신체프는 그를 설득했다. "누가 될지는 몰라도, 누군가 필요로 하는 사람에게 줄 걸세. 나는 타고나길 열이 많은 사람이라, 더운 걸 못 견뎌. 난 오두막을 눈으로 덮고 거기서 살 거야."

"누군가 몰라도?" 의혹을 품은 채 체푸르니가 물었다. 그러고는 만족했다. "그럼 더 많이 베도록 하게. 자네들이 직접 사용하려고 베는 줄 알았어. 그런데 누군지 모르지만 누군가에게 주려고 벤다면, 그건 옳은 일이야. 이건 노동이 아니라 공짜로 도움을 주는 거니까. 그럼 베도록 하게! 그런데 왜 자네는 맨발인가? 내 반장화라도 신도록 해, 감기 걸리겠어!"

"내가 감기에 걸린다고?" 파신체프는 화를 냈다. "만약 내가 아픈 적이 한 번이라도 있었다면, 자넨 아마 옛날에 죽었을 걸세."

체푸르니는 실수로 이리저리 다니면서 관찰했다. 체벤구르에는 더 이상 혁명위원회가 존재하지 않으며, 그도 더 이상 의장이 아니라는 사실을 종종 잊어버렸기 때문이다. 체푸르니는 자기가 더 이상 소비에트 권력이 아니라는 사실을 기억해 내고는 버드나무를 베는 사람들에게 부끄러운 마음을 지닌 채 그 자리를 떠났다. 그는 파신체프와 두 명의 기타 인간이 자기를 이상하게 생각하지 않을까 두려웠다. '저기 제일 똑똑하고 훌륭한 인간이 가는군. 가난한 공산주의의 부유한 우두머리가 되길 원하는군!'이라며. 체푸르니는 사람들이 자신에 대해 곧 잊어버렸으면 했으며, 아무것도 생각할 틈이 없도록 가로놓인 어떤 바자울 뒤에 앉았다. 가까운 헛간에서는 뭔가 희미한, 서둘러 돌을 두드리는 소리가 들렸다. 체푸르니는 바자울에서 말뚝을 하나 꺼내 들고 헛간으로 갔다. 말뚝을 가지고 일꾼들의 작업을 도우려는 것이었다. 헛간에는 키레이와 제예프가 맷돌 위에 앉아서, 돌의 앞면을 따라 홈을 파내고 있었다. 키레이와 제예프는 풍차로 제분기를 돌려서 여러 종류의 곡식으로 보드라운 곡물 가루를 만들기를 원했다. 아픈 야코프 티티치를 위해 곡물 가루로 부드러운 당밀과자를 구웠으면 했던 것이다. 홈을 하나씩 파고 난 뒤 두 사람은 돌에다 눈금을 더 새겨야 할지, 아니면 새길 필요가 없을지 생각에 잠겼다. 하지만 끝까지 생각을 하지도 않고 두 사람은 또다시 눈금을 새기기 시작했다. 그들은 똑같은 의심에 사로잡혀 있었다. 맷돌을 만들기 위해서는 공급 호퍼가 필요한데 그걸 만들 줄 아는 사람은 체벤구르 전체에서 야코프 티티치밖에 없었다. 그는 옛날에 대장장이로 일했기 때문이다. 그런데 그가 공급 호퍼를 만들게 된다면, 그것은 그가 다 나았다는 의미이고, 그러면 당밀과자를 먹지 않아도 괜찮을 것이다. 그러니 그 말은 결국 지금 돌에 눈금을 새길 필요가 없다는 뜻이다. 그러니 야코프 티티치가 건강해져서 일어난다면, 당밀 과자는 맷돌과 공급 호퍼와 마찬가지로 필요 없는 것이었다. 그래서 키레이와 제예프는 이 문제를 해결하기 위해 가끔씩 작업을 멈추었으며, 나중에는 야코프 티티치를 걱정함으로써 스스로 만족을 느끼기 위해, 그리고 만약의 경우에 대비해서 일을 했다.

체푸르니는 그들을 바라보면서 역시 의혹에 잠겼다.

"괜히 홈을 파내느라 헛수고하고 있는 것 같군." 그는 조심스럽게 자신의 의견을 피력했다. "지금 자네들은 돌을 감각하고 있지 동지를 감각하고 있는 게 아니라네. 이제 프로코피가 오면 자네들이 다 알아들을 수 있게 쉬운 말로 설명해 줄 걸세. 노동이 어떻게 자본주의 같은 모순적 창녀를 낳을 수 있는지 말일세……. 마당에는 비가 오고, 스텝은 젖어드는데, 우리의 젊은 친구는 오지 않는군. 요즘은 계속 걸어 다니며 그 친구 생각만 하고 있다네."

"정말 헛수고하는 게 맞겠죠?" 키레이는 체푸르니의 말을 믿었다. "야코프 티티치는 그냥 둬도 병이 나을 겁니다. 당밀과자보다는 공산주의가 더 강할 테니까요. 차라리 탄약통에서 화약을 꺼내 고프네르에게 주는 게 나을 것 같아요. 그러면 금방 불을 피울 수 있을 테니까요."

"그는 화약 없이도 불을 만들 수 있을 걸세." 체푸르니는 키레이의 말을 잘랐다. "자연의 힘은 모든 사람에게 충분하지. 천체의 모든 별이 불타는데 설마 짚에 불 하나가 붙지 않을까? 비록 태양이 구름 뒤에 있기는 하지만 말일세. 그러니 자네들이 태양 대신에 노동을 하고 있지 않은가! 이제 더 합리적으로 살아야만 돼. 지금은 자본주의가 아니니까!"

하지만 키레이와 제예프는 왜 지금 그들이 노동을 했는지, 그 이유를 정확히 알 수 없었다. 야코프 티티치에 대한 그들의 염려를 맷돌에 남긴 채 일어섰을 때, 마당에서의 우울한 시간을 느꼈을 따름이다.

드바노프와 피유샤도 왜 자신들이 체벤구르카 강으로 갔는지 처음에는 알지 못했다. 스텝과 강의 골짜기 위로 내리는 비는 특별하고 슬픈 침묵을 자연에 만들어 주고 있었는데, 흡사 고독한 젖은 들판이 체벤구르로, 사람들에게로 다가오고 싶어 하는 것 같았다. 드바노프는 침묵하는 행복감으로 코푠킨과 체푸르니, 야코프 티티치와 지금 체벤구르에 살고 있는 모든 기타 인간에 대해 생각했다. 드바노프는 비와 스텝과 모든 낯선 세상의 회색빛으로 둘러싸인 유일한 사회주의의 일부분으로서 이 사람들을 생각했다.

"피유시, 당신은 무슨 생각이라도 하고 계신가요?" 드바노프가 물었다.

"생각하고 있지." 피유샤는 곧장 대답했지만 약간 당황해 했다. 그는 종종 생각하기를 잊어버렸으며, 사실 지금도 아무런 생각을 하지 않았다.

"나도 생각을 하고 있었어요." 드바노프가 만족스럽게 이야기했다.

생각이라는 말을 할 때, 드바노프는 사유가 아니라, 좋아하는 대상들을 계속 상상하는 것에서 나오는 쾌락을 염두에 두고 있었다. 지금 그에게 그런 좋아하는 대상은 체벤구르의 사람들이었다. 드바노프는 자신이 코푠킨과 함께 스텝에서 찾으러 다녔고, 그리고 지금은 찾아낸, 사회주의적 존재로서 그들의 가련한 벗은 몸통을 상상해 보았다. 드바노프는 영혼의 완벽한 충만을 체험했으며, 심지어 어제 아침부터는 먹고 싶지도 않았고 음식 생각도 나지 않았다. 그는 지금 평온한 정신적 충족감을 잃어버릴까 두려웠으며, 어떤 다른 2차적인 이념을 찾아내기를 원했다. 왜냐하면 2차적인 이념으로만 살아가고, 또 그것만을 소비하면서, 중요한 이념은 건드러지지 않은 장소에 예비로 남겨 두고 가끔씩 자신의 행복을 위해 그리로 한 번씩 돌아가 보기 위해서였다.

"피유시." 드바노프는 말을 걸었다. "체벤구르가 나와 당신의 정신적 재산이라는 것은 진실이겠지요? 체벤구르를 가능한 한 아껴서 소중하게 간직하고 매 순간 손대지는 않아야 하는 거죠!"

"그건 가능해!" 피유샤가 분명하게 확신했다. "누군가 건드리기만 해 봐, 그놈의 심장을 금방 저리로 던져 버릴 테니!"

"체벤구르에도 사람들이 살고 있는데, 그들도 살아야 하고 또 먹어야만 해요." 점점 더 안심이 되어서 드바노프는 계속 생각을 피력했다.

"물론 그래야만 하지." 피유샤도 동의했다. "게다가 공산주의가 시행되었는데도 이곳 사람들은 말라 있단 말이야! 야코프 티티치의 몸에서 과연 공산주의가 견뎌 내기나 하겠어, 그토록 몸이 빈약한데 말이야? 그 사람 자신도 겨우 자리를 잡고 있는데!"

그들은 오래전에 시들어서 황폐해진 협곡으로 다가갔다. 이 협곡은 체벤구르카 강물의 침수지로 흘러 들어가, 그곳에서 골짜기로 합류되었다. 협곡 상류의 깊은 심연에서, 그 살아 있는 원천의 샘물로 살찌워진 시냇물은 지금 이 넓은 협곡의 바닥을 따라 썩어 들어가고 있었다. 시냇물은 변함없는 물을 지니고, 물은 가장 건조한 해에도 온전히 남아 있어, 시냇가에는 신선한 풀들이 항상 자라고 있었다. 무엇보다도 드바노프는 체벤구르 사람들이 오랫동안, 그리고 해롭지 않게 이 세상에서 살아가고, 그들이 세상에 존재함으로써 그들의 영혼과 드바노프 자신의 정신에 불가침의 행복이라는 평안을 가져다주도록, 전체 체벤구르 사람을 위한 식량을 지금 확보하고 싶었다. 모든 육체는 체벤구르에서 굳건하게 살아야 한다. 왜냐하면 바로 이 육체에서만 공산주의가 물질적인 감각으로 살아가기 때문이다. 드바노프는 걱정이 되어 멈춰 섰다.
"피유시." 그가 말했다. "시냇물을 가로질러 제방을 만듭시다. 왜 아무 쓸모도 없이 사람들 옆으로 물이 흘러가 버리게 내버려 두죠?"
"그러지." 피유샤가 동의했다. "그럼 누가 물을 마시게 될까?"
"여름에, 대지가 물을 마시겠죠." 드바노프가 설명했다. 그는 협곡의 골짜기에 인공적인 관개 시설을 건설하기로 결정했다. 다가오는 여름에 혹시 가뭄이 들거나, 필요한 경우에 골짜기에 물을 댈 수 있도록, 그리고 영양가 있는 곡식과 풀들이 자라나도록 돕기 위해서였다.
"여기에 야채밭을 만든다면 괜찮을 거야." 피유샤가 가르쳐 주었다. "여기는 비옥한 장소야. 봄이 되면 스텝에서 이쪽으로 흑토가 밀려 들어오지. 여름엔 너무 더워서 쩍쩍 갈라져 말라죽은 거미밖에 없지만 말이야."
한 시간 후 드바노프와 피유샤는 삽을 들고 와서 시냇물에서 물을 빼내기 위해 도랑을 파기 시작했다. 건조한 장소에 제방을 건설할 수 있도록 하기 위해서였다. 비가 그치지 않아서 흠뻑 젖은 지표면을 삽으로 내기가 힘들었다.
"그래도 이 덕분에 사람들은 항상 배가 부르겠지요." 열심히 삽질을 하면서 드바노프가 말했다.
"당연하지!" 피유샤가 대답했다. "물은 위대한 과업이니까."
이제 드바노프는 자신의 주된 정신, 즉 체벤구르에서 인간을 보호하는 것에 대한 생각을 상실할까 봐, 아니면 그 생각이 손상될까 봐 더 이상 걱정하지 않았다. 그는 두 번째의, 부차적인 이념을 찾아냈던 것이다. 그것은 바로 협곡에 관개 시설을 만드는 것이었으며, 거기에 열중하고, 또 그 이념으로 자기 안의 첫 번째 이념이 온전하도록 도와주기 위한 것이었다. 드바노프는 공산주의의 인간들을 이용하는 것을 아직 두려워하고 더 조용하게 살기를 원했으며, 아무런 손상 없이 그 최초의 사람들의 형태로 공산주의를 보존하고 싶어 했다.

정오에 고프네르는 수력 펌프를 이용해 불을 얻었다. 체벤구르에서는 기쁨의 환호성이 터져 나왔고, 드바노프와 피유샤도 그리로 달려갔다. 체푸르니는 자신의 과업을 자랑스러워했으며, 체벤구르와 같은 원초적 장소에서 프롤레타리아가 불을 만들 수 있었다는 자긍심에 우쭐해 하면서, 벌써 모닥불을 피우고 그 위에 솥을 걸어 야코프 티티치를 위한 수프를 끓이고 있었다.

드바노프는 야채와 곡식이 더 잘 자라도록 시냇물에 관개용 제방을 만들려는 자신의 의도를 고프네르에게 이야기했다. 고프네르는 그 일은 방수벽 없이는 불가능하며, 체벤구르에서 잘 마른 나무를 찾아서 방수벽용 말뚝을 만들어야 한다는 사실을 알아차렸다. 자원 노동 봉사로 집들을 가까이 옮겨 놓아 도시가 조밀해졌기 때문에, 마치 도시 밖에 위치한 것 같은, 옛날 부르주아들의 공동묘지까지 가면서 드바노프와 고프네르는 저녁이 될 때까지 건조한 나무들을 찾았다. 공동묘지에는 망자의 무덤마다 높다란 참나무 십자가들이 세워져 있었으며, 십자가들은 흡사 망자들을 위한 나무로 만든 불멸의 상징처럼 수십 년 동안이나 묘지를 지키고 서 있었다. 이 십자가에서 가로로 있는 횡목과 예수의 머리 부분만 떼어 낸다면, 방수벽을 만드는 데 쓸모 있을 거라고 고프네르는 생각했다.

저녁 늦게 고프네르와 드바노프, 피유샤와 다른 다섯 명의 기타 인간은 십자가를 뽑으러 가기 위해 다시 모였다. 얼마 뒤 야코프 티티치에게 음식을 먹이고 나서, 체푸르니 역시 체벤구르의 풍요한 미래를 위해 십자가를 뽑고 있는 노동자들에게 도움을 주기로 결정했다.

일하는 소리가 나는 가운데 두 명의 집시 여인이 조용한 걸음으로 스텝에서 공동묘지로 걸어왔다. 체푸르니에게 다가가 그 앞에서 여인들이 멈춰 설 때까지 그들이 온 사실을 아무도 알아차리지 못했다. 체푸르니는 십자가의 뿌리를 파내다가, 체벤구르로부터 이미 바람이 다 싣고 떠나가 버린, 어떤 설익고 따스한 냄새가 난다는 사실을 불현듯 알아차렸다. 그는 그 알 수 없는 것이 무엇인가에 의해 스스로 드러나도록, 십자가 파내는 일을 잠시 멈추고 조용히 숨을 죽였다. 모든 것이 조용해졌는데, 냄새는 여전히 났다.

"당신들은 여기 무슨 일로 왔소?" 집시 여인들을 제대로 보지도 못하고, 체푸르니가 벌떡 일어났다.

"어떤 젊은이를 만났는데, 그가 우리를 이리로 보냈다오." 한 집시 여자가 말했다. "우리는 아내로 일하려고 여기 왔소."

"프로슈군!" 그를 기억해 내고, 체푸르니는 미소를 지었다. "지금 그는 어디 있소?"

"저어기 있소." 집시 여자가 대답했다. "우리에게 병이 없는지 직접 만져 보고 이리로 보낸 거요. 그래서 걷고 또 걸어서 여기까지 왔는데, 댁네들은 묘지나 파고 있군요. 당신네 마을엔 좋은 색시감이 없다던데……."

체푸르니는 자기 앞에 나타난 여인들을 당황스러운 눈으로 바라보았다. 한 여자는 젊었으며 말수가 적은 것 같았다. 그녀의 작고 검은 눈동자는 고통스러운 삶의 인내를 표현하고, 얼굴의 나머지 부분은 지치고 축축한 피부로 덮여 있었다. 이 집시 여자는 몸에 적위군 외투를 두르고, 머리에는 기병대의 모자를 쓰고 있었다. 그리고 그녀의 검고 신선한 머리카락은 그녀가 아직 젊고 나름대로 예쁘지만, 그녀 삶의 시간이 지금까지 힘겹고 헛되이 흘러갔음을 보여 주었다. 다른 집시 여자는 늙었고, 얽은 얼굴이었다. 하지만 그녀는 젊은 여인보다 더 명랑해 보였다. 아마도 오랫동안 슬픔에 익숙해져 삶이라는 것이 이제는 더 쉽고 행복하게 여겨지기 때문일 것이었다. 반복되는 그런 슬픔을 늙은 여인은 이미 더 이상 느끼지 않았다. 슬픔이 반복되면서 견디기가 훨씬 더 쉬워졌던 것이다.

반쯤 잊어버렸던 여인들의 부드러운 모습에 체푸르니는 감동받았다. 그는 드바노프가 그 여인들과 이야기를 나누었으면 좋겠다는 마음에 드바노프를 쳐다보았지만, 드바노프는 흥분의 눈물이 가득한 채 너무나 놀란 얼굴로 서 있었다.

"그런데 공산주의를 견뎌 낼 수 있겠소?" 여자들에게서 감명받은 체푸르니는 약해지고 긴장해서 집시 여자들에게 이런 질문을 던졌다. "여기가 바로 체벤구르요. 당신들도 한번 보시구려!"

"아이고, 잘생긴 양반, 놀라게 하진 마!" 늙은 집시 여자는 재빨리 사람들과 친해졌다. "우리는 그런 건 본 적이 없어. 그래도 여자로서의 뭔가는 아직 남아서 여기로 가져왔네. 그런데 뭘 또 요구하는가? 그 젊은이가 말하길, 살아 있는 여자는 모두 여기 오면 신부가 된다고 하던데, 우리보고 벌써 견뎌 내지 못할 거라니! 우리가 이미 겪었던 일을 여기서라고 못 견디겠나. 여기가 훨씬 나을 거야, 안 그래, 내 신랑!"

체푸르니는 그녀의 말을 듣고 사과의 말을 했다.

"물론, 견뎌 낼 거요! 그냥 시험 삼아 해 본 말이오. 자기 배 속에 자본주의를 담아 두고 있는 인간에게는 공산주의가 약점이니까."

고프네르는 마치 여자들이 체벤구르에 나타나지 않은 것처럼 지치지도 않고 열심히 십자가를 파냈다. 드바노프도 고프네르가 자기를 여자에게나 흥미를 가진 사람으로 볼까 봐, 몸을 숙인 채 일에 열중했다.

"자, 여성 여러분, 저기 시민들에게로 가시죠." 집시 여자들을 위해 체푸르니가 말했다. "저기 가서 사람들을 보살펴 주시오. 보다시피, 우리는 그들을 위해 지금 고생하고 있소."

집시 여자들은 체벤구르로, 남편들에게로 갔다.

기타 인간들은 집집마다, 현관마다, 헛간마다 앉아, 누구든 자기가 할 수 있는 일을 하고 있었다. 어떤 사람들은 판자에 대패질을 하고, 다른 사람들은 스텝에서 주운 이삭에서 낟알을 모아 담을 수 있도록 자루를 깁고 있고, 또 다른 사람들은 집집마다 다니면서 "구멍이 있나?"라고 물어보았다. 벽과 난로에 나 있는 구멍에서 그들은 빈대를 찾아내 그 자리에서 죽여 버렸다. 기타 인간들은 모두 자기 이익을 위해 일한 것이 아니었다. 기타 인간들은 고프네르가 야코프 티티치의 지붕을 고쳐 주는 걸 보고 난 후, 삶의 위안을 원하면서 다른 체벤구르 사람을 자기의 행복으로 여기기 시작했다. 그래서 그 다른 체벤구르 사람을 위해 곡식을 모으거나, 판자에 대패질을 하거나 했는데, 아마도 판자로는 어떤 선물이나 물건을 만들 수 있을 것이었다. 빈대를 잡아 죽이고 다니는 사람들은 정해진 어떤 인간에게서 유일한 행복을 찾은 것은 아니었다. 정신적 평온함을 얻을 수 있고, 오직 선택된 인간을 가난이란 불행으로부터 보호하기 위해 노동하길 원하는 바로 그 유일한 행복 말이다. 그들은 단지 그렇게라도 힘을 소모함으로써, 피로한 육체의 신선함을 느낄 수 있었던 것이다. 하지만 빈대가 사람들을 더 이상 물지 않게 되었다는 사실에 그들도 약간 위로받았다. 심지어 수력 펌프조차 야코프 티티치를 위해 불을 피우려고 서둘러 작동했다. 비록 바람과 기계는 사람이 아니었지만 말이다.

카르추크라는 이름의 기타 인간은 긴 상자를 마저 만들어 놓고 아주 만족해서 잠자리에 들었다. 카르추크가 자신의 정신적 필연성으로 느끼기 시작한 키레이에게 이 상자가 왜 필요한지는 알지 못했지만 말이다.

한편 키레이는 맷돌을 설치한 후 약간의 빈대를 잡기 시작했으며, 이 벌레들이 더 이상 불쌍한 사람들의 여윈 몸을 쇠약하게 하지 않으리라는 생각에 이제 그들이 훨씬 편해졌다고 결론 내린 뒤 쉬러 갔다. 키레이는 기타 인간들이 태양을 자주 바라보는 것을 알아차렸다. 기타 인간들은 태양이 자신들을 먹여 살린다고 여겨 태양 보는 걸 좋아했다. 하지만 오늘 모든 체벤구르 사람들은 바람에 작동되는 수력 펌프를 빙 둘러서서 바람과 목조 기계를 감상했다. 그러자 키레이에게 질투 섞인 질문이 떠올랐다. 왜 공산주의 치하에서도 사람들은 태양과 자연을 더 사랑하면서, 키레이 자신을 알아보지 못하는 걸까. 그래서 그는 자연이나 목조 기계 장치들보다 자기가 더 열심히 일하기 위해 저녁이 되자 다시 한 번 집집마다 빈대를 잡으러 돌아다녔다.

자기가 만든 상자에 대해 제대로 생각도 하지 못한 채 카르추크가 졸기 시작할 무렵, 두 명의 집시 여인이 집 안으로 들어왔다.

"안녕, 내 신랑!" 늙은 집시 여자가 말했다. "먹을 걸 좀 주게. 그다음에는 잠자리도 좀 마련해 주고. 빵은 같이 먹고, 사랑은 반씩 나누세."

"뭐요?" 반쯤 귀가 먹은 카르추크가 반문했다. "난 필요 없어. 그냥 지금대로가 좋아. 난 지금 동지에 대해 생각하는 중이야……."

"동지가 왜 필요하우?" 늙은 집시 여자는 질문을 던졌지만, 젊은 여자는 부끄러운 듯 말없이 서 있었다. "나와 몸을 나누게 되면, 물건도 아깝지 않을 거고, 동지도 잊어버리게 될 거야. 진짜로 말하는 거야!"

집시 여자는 스카프를 풀고 나서, 카르추크가 키레이를 위해 만들어 둔 상자 위에 걸터앉으려고 했다.

"상자를 건드리지 마!" 카르추크는 상자가 부서질까 두려워하면서 소리를 질렀다. "당신 주려고 만든 게 아니야!"

집시 여자는 스카프를 집어 들고 상자에서 일어서며 여자로서의 모욕감을 느꼈다.

"아이고, 이 덜떨어진 놈! 얼굴 찡그릴 줄도 모르는 놈한테 크랜베리가 웬 말이냐……."*

시몬 세르비노프는 모스크바 시내를 따라 도는 전차를 타고 있었다. 그는 유순하고 빠른 심장과 냉소적인 이성을 지닌, 피로에 지치고 불행한 인간이었다. 세르비노프는 전차표도 가지고 있지 않았으며, 사실은 거의 존재하기를 원치 않았던 것이나 다름없었다. 분명한 것은 그가 정말로, 그리고 심하게 분열된 나머지 끊임없이 공감을 불러일으키는 행복한 시대의 아들로 스스로를 여길 수 없었다는 것이다.* 그는 개인적 슬픔의 에너지만을 느낄 따름이었다. 그는 여자와 미래를 사랑했으며, 권력이라는 구유에 얼굴을 처박고 소위 책임 있는 자리라는 데 있는 것을 싫어했다. 얼마 전 세르비노프는 소비에트 조국의 저 멀리 열린 평야들에서 사회주의 건설이 어떻게 진행되는지 조사하고 돌아왔다. 그는 넉 달 동안 시골의 깊고도 자연적인 고요 속을 천천히 돌아다녔던 것이다. 세르비노프는 농부들의 삶을 그 뿌리부터 옮겨 가도록 지역 볼셰비키들에게 도움을 주면서 혁명위원회에 참석했으며, 시골 농가의 서가에서 글렙 우스펜스키의 저서를 소리 내어 읽어 주기도 했다. 농부들은 말없이 살아갔으며, 공산당을 위해 노동자들의 생활에 대한 정확한 진실을 얻으려고 세르비노프는 더 깊은 소비에트의 오지로 들어갔다. 몇몇 지쳐 버린 다른 혁명가들과 마찬가지로 세르비노프도 노동자나 시골 사람들을 좋아하지 않았다. 그는 대중 속에서 그들을 가지기를 원했지, 개별적으로 보는 것은 원치 않았다. 그렇기에 세르비노프는 문화적인 인간의 행복감을 지닌 채 고향 도시 모스크바의 거리를 다시 돌아다녔으며, 가게들마다 진열되어 있는 우아한 물건들을 바라보았고, 값비싼 자동차들이 소음도 내지 않고 돌아다니는 소리를 들었으며, 자동차가 내뿜는 배기가스를 마치 두근거리는 향수라도 되는 양 들이마셨다.

자기를 기다리는 숙녀가 있지만, 그녀는 저기 멀리 따스하고 젊은 군중 사이로 사라져 버려 자기에게 흥미를 가진 기사를 보지도 못한 그런 무도회장을 걷고 있는 것처럼, 세르비노프는 도시 구석구석을 여행했다. 그는 그녀에게까지 다가갈 수 없었는데, 이건 그가 객관적인 심장을 가지고 있으며, 도대체 어떻게 이 세상에 아이들이 태어날 수 있는지 이해할 수 없게 하는, 상냥함과 근접 불가능한 분위기를 지닌 다른 훌륭한 여자들을 만나고 있었기 때문이다. 하지만 세르비노프가 더 많은 여자들을 만날수록, 그것을 만들기 위해 장인이 자기 육체의 모든 저급하고 불결한 것을 멀리해야 하는 그런 물건들을 더 많이 보면 볼수록, 그는 더 슬퍼졌다. 비록 그 자신도 아직 젊었지만, 여자의 젊음에도 그는 기뻐하지 않았다. 그에게 필수적인 행복은 닿을 수 없는 것이라고 그는 이미 믿고 있었던 것이다. 어제 세르비노프는 관현악 콘서트를 보러 갔었다. 음악은 멋진 사람에 대해 노래하고, 잃어버린 가능성에 대해 이야기했다. 이런 것이 낯설어진 세르비노프는 동요하면서 아무도 모르게 눈을 닦아 내기 위해 휴식 시간마다 화장실을 다녀왔다.

생각에 잠겨 있는 동안 세르비노프는 아무것도 보지 못했으며, 전차를 타고 기계적으로 그저 지나갈 뿐이었다. 생각을 멈추자, 그는 아주 젊은 여자가 가까이에서 자신의 얼굴을 바라보고 있다는 사실을 알아차렸다. 세르비노프는 그녀의 시선에 당황하지 않고 그녀를 바라보았다. 여자는 누구든지 당황하지 않고 참아 낼 수 있는, 그런 너무나 단순하고도 감동적인 눈빛으로 그를 바라보았다.

여자는 질 좋은 여름 외투와 깨끗한 모직 원피스를 입고 있었는데, 옷은 그녀 육체의 미지의 편안한 생명을 감추고 있었다. 아마도 그 육체는 노동하는 육체일 것이다. 왜냐하면 여자는 살찌고 통통한 몸매를 지니지 않았으며, 심지어 우아했지만 일반적인 성적 매력을 전혀 가지지 않았던 것이다. 무엇보다도 세르비노프를 감동시킨 것은 여자가 어딘지 모르게 행복해 보였으며, 호의적이고 공감하는 눈으로 그와 자기 주변을 바라보았다는 점이다. 이것 때문에 세르비노프는 낯을 찡그렸다. 왜냐하면 행복한 인간들은 그에게 낯선 자들이었으며, 그는 행복한 사람들을 좋아하지 않고 심지어 두려워했기 때문이다. '아니면 내가 너무 분열되어 있는 것일까.' 세르비노프는 자기 자신에 대해 진심으로 추측해 보았다. '아니면 행복한 자들은 불행한 자들에게 무익하기 때문일까.'

그 이상하게 행복한 여자는 테아트랄나야 역*에서 내렸다. 그녀는 타인에 대한 자신의 신뢰 때문에 스스로가 고독하다는 것을 의식하지 못하는, 낯선 토양에서 자라나는 고독하고 견고한 식물을 닮아 있었다.

그녀가 전차에서 내리고 나자 세르비노프는 금방 우울해졌다. 다른 사람들의 더러운 옷 때문에 기름투성이가 되고 해진 옷을 입은 여차장이 검표 용지에다 승차권 번호를 기록하고 있었다. 시골에서 올라온 사람들은 자루를 짊어지고, 먼 길을 가기 위해 장

만한 음식을 씹어 먹으면서 카잔 역*으로 가고 있었다. 그리고 전기 모터는 금속으로 연결된 얇은 판 안에 여자 친구도 없이 혼자 갇힌 채 차갑게 신음하고 있었다. 세르비노프는 전차에서 뛰어내렸다. 몇 년이고 서로 만날 수도 없이 고독하게 살아갈 수밖에 없는, 사람들로 북적거리는 이 도시에서 그녀가 영원히 사라져 버릴까 봐 두려웠던 것이다. 하지만 행복한 사람들은 살아가는 속도를 늦추는 법이다. 그녀는 말리 극장* 옆에 서서 손을 내밀고 있었는데, 신문 파는 사람이 그녀에게 10코페이카짜리 동전들을 수북이 건네주었다.

세르비노프는 애수의 두려움을 용기로 바꾸기로 결심하고 그녀에게 다가갔다.

"이미 당신을 잃어버린 게 아닌가 생각했습니다." 그가 말했다. "내려서 계속 당신을 찾았어요."

"조금밖에 안 찾으셨나 봐요." 이렇게 대답하고 그녀는 거스름돈을 제대로 받았는지 헤아렸다.

세르비노프는 이것이 마음에 들었다. 그는 돈을 벌어들이는 자신의 노동도 타인의 노동도 존중하지 않았기에 결코 거스름돈을 헤아려 본 적이 없었다. 그런데 이 여자에게서 알 수 없는 정확성을 발견했던 것이다.

"저랑 같이 잠깐 걷는 게 어때요?" 여자가 물었다.

"저도 그걸 부탁드리고 싶었습니다." 아무 근거도 없이 세르비노프가 말했다.

사람을 잘 믿고 행복한 그 여자는 화를 내지도 않고 미소를 지었다.

"가끔 어떤 사람을 만났을 때 말이죠, 우연히 그가 좋은 사람일 수도 있어요." 여자가 말했다. "그런데 길을 가다 그를 잃어버리면,

그리워하다가 잊겠죠. 아마도 제가 좋은 사람처럼 보였나 봐요. 제 말이 맞나요?"

"맞습니다." 세르비노프는 그녀에게 완전히 동의했다. "만약 당신을 바로 잃어버렸다면, 저는 오랫동안 그리워했을 겁니다."

"그럼 이젠 별로 오랫동안 그리워하지 않으시겠네요, 제가 곧바로 사라지지 않았으니 말이죠."

이 여자의 걸어가는 습관이나 모든 행동에는 그 어떤 비굴한 신경증도, 다른 사람 앞에서 자신을 보호하고자 하는 것도 없었으며, 드물게 발현되는 열린 평온함의 자긍심이 있었다. 그녀는 자기 기분에 취해 웃고, 말을 하기도 하고, 침묵하기도 하고, 자기 생을 돌아보지 않으면서 편하게 행동했다. 그녀는 동반자의 공감에 자신을 적응시킬 줄 몰랐던 것이다. 세르비노프는 그녀의 마음에 들기 위해 여러 시도를 해 보았지만, 아무 결과도 얻지 못했다. 그녀는 그에게로 변화하지 않았던 것이다. 그러자 세르비노프는 희망을 버리고 복종하는 슬픔으로, 이제는 이 행복하고 어떤 생생한 삶을 가능하게 하는 여인과의 영원한 이별로 서둘러 다가가고 있는 시간에 대해 생각했다. 그녀를 사랑해서는 안 된다. 하지만 그녀와 헤어지는 것은 너무나 슬프다. 세르비노프는 헤아려 보지도 않았지만, 얼마나 많은 영원한 이별을 경험했는지 기억해 냈다. 많은 동지들에게, 또 사랑하는 사람들에게 언젠가 그는 경솔하게도 '안녕히'라고 말했었는데, 이 세상에서 그들을 결코 다시 보지 못했으며, 그리고 아마도 다시 보지 못할 것이다. 세르비노프는 이 여자에 대한 존경이라는 자기감정을 충족시키기 위해 뭘 해야 할지 몰랐다. 만약 그것을 알았더라면, 그녀와 이별하기가 더 쉬웠을지도 모른다.

"친구들 사이에는 잠시나마 냉담해질 정도로 욕망을 해소할 수단이 없어요.” 세르비노프가 말했다. “우정은 결혼이 아니니까요.”

“동지들을 위해서는 일할 수가 있죠.” 세르비노프의 동반자가 말했다. “피로에 몹시 지쳐 버리면, 마음이 더 가벼워지는 수도 있으니까요. 혼자서도 살 수는 있어요. 하지만 동지를 위해선 노동의 이익이 남아 있죠. 노동한다고 해서 자신을 동지들에게 주는 건 아니니까, 저는 온전한 채로 남아 있길 원해요…….”

세르비노프는 잠깐 동안의 여자 친구에게서 어떤 견고한, 너무나 독립적인 구조를 느꼈다. 마치 이 여자는 사람들에게 상처를 입지 않을 것 같고, 이미 죽어 버린, 그 세력이 이 세상에 작동하지 않는 미지의 사회 계급의 마지막 결과물인 것 같았다. 세르비노프는 그녀가 귀족 일가의 잔재일 것이라 생각했다. 만약 모든 귀족이 그녀와 같았더라면, 그들이 죽고 나서 역사는 아무것도 생산해 내지 못했을 것이며, 반대로 그들이 역사로부터 직접 그들에게 필요한 운명을 만들었을지도 모른다. 전 러시아는 죽어 버린, 또는 구원받으려는 사람들로 채워져 있었으며, 세르비노프는 이미 오래 전에 이것을 알아차렸다. 많은 러시아 인들은 진심 어린 열정으로 자기 안에 있는 삶의 능력과 재능을 파괴하는 일에 열중하고 있었다. 어떤 사람들은 보드카를 마셨고, 또 다른 사람들은 한 다스나 되는 자기 아이들 틈에 반쯤 죽어 버린 머리로 앉아 있었으며, 또 다른 사람들은 들판으로 떠나서 뭔가 환상에 빠져 쓸모없는 상상을 하고 있었다. 하지만 이 여자는 자신을 망치지 않았으며, 반대로 자신을 만들고 있었다. 아마도 그래서 그녀는 세르비노프의 감정을 건드렸을 것이다. 그는 자신을 만들 수도 없고, 음악이 약속했던 아름다운 인간도 보지 못한 채 죽어 갈 것이기 때문이다. 또는 이것은 단지 세르비노프의 애수일 뿐이며, 자신의 고유한, 이제는 닿을 수 없는 필연성에 대한 감각일 따름으로, 이 여자는 아마 그의 정부가 되고, 일주일만 지나면 그녀에게 질려 버리는 것 아닐까? 하지만 그렇다면 그의 앞에 있는, 스스로의 긍지로 보호되고 있는 이 감동적인 얼굴은 도대체 어디에서 온 것일까? 다른 사람을 이해하고 실수 없이 도울 수 있지만, 자기에게는 도움을 요구하지 않는 이 완성된 영혼의 완결성은 도대체 어디서 온 것일까?

더 이상의 산책은 의미가 없었다. 그녀의 존재는 여자 앞에서 세르비노프의 약점을 증명할 뿐이었기에, 그는 자신의 동반자가 그에 대해 좋은 기억을 간직하기를 바라면서 그녀에게 잘 가라고 말했다. 그녀 역시 잘 가라고 말하고는 덧붙였다. "만약 많이 심심하시면, 저에게 놀러 오세요. 또 만나요."

"당신도 심심할 때가 있나요?" 그녀와 헤어지는 걸 아쉬워하면서 세르비노프가 물었다.

"물론 있죠. 하지만 왜 심심한지 의식하고 있어서 힘들지는 않아요."

그녀는 어디에 살고 있는지 세르비노프에게 이야기해 주었으며, 세르비노프는 그녀와 헤어졌다. 그는 반대쪽으로 돌아가기 시작했다. 그는 거리의 빽빽한 군중 사이로 걸어가면서 흡사 낯선 사람들이 자기들의 조밀함으로 그를 보호해 주기라도 하듯 마음이 놓였다. 나중에 세르비노프는 영화를 보러 갔으며, 또다시 음악을 들었다. 그는 왜 그토록 슬프고 고통스러운지를 의식했다. 그에게 이성은 아무런 도움도 주지 않았다. 분명한 것은 그가 분열되었다는 것이다. 밤이 되자 세르비노프는 서늘한 호텔 방의 고요 속에 누워, 말없이 자기 이성의 행위를 뒤따랐다. 세르비노프는 자기의 분열에도 불구하고 이성이 진리를 구별할 수 있다는 사실에 놀랐다. 그래서 세르비노프는 자신이 만난 여인에 대한 기억을 자신의 슬픔으로 괴롭히지 않았다. 그의 앞에 여행의 부단한 흐름으로 소비에트 러시아가 지나가고 있었는데, 빈곤하고 스스로에게 무자비한, 오늘 만났던 귀족 여자를 약간 닮은 그의 조국이 지나가고 있었다. 세르비노프의 우울하고 아이러니한 이성은 가난하고 부적합한 사람들을, 사회주의를 평야와 협곡의 텅 빈 장소에 적용하려 했던 사람들을 천천히 상기시켜 주었다.

잊힌 러시아의 지루한 들판에는 이미 무언가가 자리를 잡고 있었다. 자기 농사를 지을 때는 호밀 빵을 얻기 위해 땅을 경작하길 좋아하지 않았던 사람들이 영원함을 위해, 그리고 미래에 스스로와 결별하지 않기 위해, 참을성 있는 노력으로 역사의 정원에 뭔가를 심고 있는 것이다. 하지만 화가나 가수들과 마찬가지로 정원사들 역시 굳건하고 유용한 지혜를 가지고 있지는 않으며, 어느 순간 그들의 연약한 심장은 갑자기 뛰기 시작한다. 그러면 그들은 겨우 꽃을 피운 식물들을 의혹에 차서 뽑아 던져 버리기도 하고, 관료주의라는 자잘한 곡식 씨앗을 대지에 뿌리기도 하는 것이다. 정원은 보살핌과 오랜 수확의 기다림을 필요로 하지만, 곡식은 금방 자라나고 그것을 재배하는 데 큰 노력도 필요 없으며, 인내심에 마음을 쓸 필요도 없는 것이다. 그렇기에 혁명의 정원이 옮겨진 후에, 그 평원은 모든 사람을 노동의 고통 없이 먹여 살릴 수 있도록 야생에 자생하는 곡식들로 덮인 것이다. 실제로 곡식들이 모든 사람을 거의 공짜로 먹여 주고 있어서, 사람들이 이제 일을 얼마나 적게 하는지 세르비노프는 자기 눈으로 보았다. 그리고 곡식이 모든 대지를 먹어 치우고, 사람들이 진흙과 돌밭에만 남을 때까지, 아니면 휴식을 취한 정원사들이 인적 드문 바람으로 궁핍해지고 건조해진 토양에 다시 한 번 서늘한 정원을 만들 때까지, 앞으로도 오랫동안 그런 현상은 지속될 것이다.

세르비노프는 평소와 같이 우울한 기분에 잠겨 답답하고 억눌린 가슴으로 잠들었다. 아침에 그는 공산당위원회에 참석해, 먼 지역으로 출장 가라는 명령을 받았다. 그곳에서 파종 면적이 20퍼센트나 감소했다는 사실을 조사하기 위해서였다. 그날의 남은 시간을 세르비노프는 가로수 길에 앉아 저녁을 기다리면서 보냈다. 세르비노프의 기다림은 피로한 노동이었다. 자기 여자를 가진다는 행복에 대한 어떤 희망도 없이 그의 심장은 평온하게 뛰고 있었지만 말이다.

저녁이 되면 그는 어제 만난 젊은 여인에게 가기로 마음먹었다. 그는 걸어서 그녀의 집으로 갔다. 불필요한 시간을 길에서 보내고 어떤 기대로부터 벗어나기 위해서였다.

그녀의 주소는 정확지 않은 것 같았다. 세르비노프는 옛날 건물들과 새 건물들이 반반씩 섞여 있는 어떤 지역에 도착했다. 그리고 자기가 아는 여자를 찾기 시작했다. 그는 많은 계단을 오르내리고, 네 개의 층을 올라갔다. 물에서 비누 냄새가 나고 벌거벗은 가난한 사람들이 오랫동안 살고 있는, 강변이 변소로 이어지는 모스크바 강의 변두리 지역이 거기서 보였다.

세르비노프는 낯선 아파트 집들의 초인종을 눌렀다. 그러면 무엇보다도 평온함을 필요로 하는 늙은 집주인들이 그에게 문을 열어 주었으며, 그곳에 살지도 않고 등록도 되어 있지 않은 어떤 사람을 보고 싶어 하는 세르비노프의 희망 사항을 듣고 놀라곤 했다. 세르비노프는 거리로 나와서 그날 저녁을 고독하게 혼자서 보내고 싶지 않은 마음에, 모든 건물을 우회하면서 계획적으로 차근차근 살펴보기 시작했다. 내일은 기분이 더 나아질 것이다. 이론적으로는 반드시 잡초가 자라고 있어야 하는 사라진 파종 면적이 있는 곳까지 그는 가야 할 것이다. 세르비노프는 자기가 찾던 여자를 우연히 발견했다. 그녀가 직접 계단을 내려오다가 두 사람이 갑자기 마주쳤던 것이다. 그렇지 않았다면 세르비노프는 그녀의 집까지 가는 데 스무 번 정도 책임감 있는 세입자들을 거쳐야만 했을 것이다. 여자는 세르비노프를 자기 방까지 데려다 주고 자기는 잠깐 방에서 나갔다. 방은 흡사 사람이 살지는 않고 생각만 하는 곳처럼 텅 비어 있었다. 침대 역할을 하는 것은 협동조합 상품이 담긴 세 개의 상자이고, 탁자 대신에 창턱을 사용하고, 옷은 벽의 못에 걸려 허름한 커튼 천으로 덮여 있었다. 창문으로는 여전히 흘러가는 모스크바 강이 보였으며, 강변에는 이 건물의 지루한 계단에서 세르비노프가 자신의 존재에 대해 기억할 때도 있었던 바로 그 벌거벗은 육체들이 여전히 생각에 잠겨 계속 앉아 있었다.

잠긴 문이 이웃방과 이 방을 나누어 주었다. 옆방에서는 어떤 노동자 예비대학 학생이 소리 내어 규칙적으로 읽어 가면서 정치학을 머릿속으로 빨아들이고 있었다. 이전이라면 아마 그곳에 신학교 학생이 살았을 수도 있을 것이며, 신학교 학생은 영혼의 변증법적 발전 법칙에 따라 결과적으로는 독신(瀆神)의 경지에 이르기 위해 모든 교회의 교리를 공부했을지도 모른다.

여자는 자기의 지인을 위해 먹을 것을 들고 왔다. 파이와 과자, 케이크 조각, 그리고 성찬식용 달콤한 빈산트 와인 반병이었다. 정말로 이렇게 순진한 여자란 말인가?

세르비노프는 여자의 손이 닿았던 부분에 입을 대면서, 이 여성적인 달콤한 식탁의 성찬을 조금씩 먹기 시작했다. 세르비노프는 조금씩 다 먹어 치우고 나서 만족해 했다. 여자는 자기 대신에 음식을 희생양으로 가져오기라도 한 것처럼 이야기도 하고 웃기도 했다. 하지만 그녀는 실수한 것이었다. 세르비노프는 그녀의 모습을 감상하면서 이 세상에 있는 우울한 인간의 애수를 느끼고 있었다. 그는 이제 편안하게 살기도 힘들 것이며, 고독하게 홀로 남지도 못할 것이고, 혼자서 삶에 만족하지 못할지도 모른다. 이 여자는 그의 안에서 슬픔과 부끄러움을 불러일으켰다. 만약에 그녀를 떠나서 밖으로, 모스크바의 흥분된 대기 속으로 나간다면, 차라리 그는 기분이 더 나아질지도 모른다. 살아가면서 처음으로 세르비노프는 맞은편에 앉아 있는 인간을 평가할 수 없었다. 그리고 그는 자유로워지고 이전의 고독한 인간이 될 수 있도록, 그 사람에 대해 비웃을 수도 없었다.

건물들 위로, 모스크바 강 위로, 그리고 도시의 모든 노후한 변두리 위로 달이 빛났다. 달 아래로 흡사 불 꺼진 태양 아래에서처럼 여자들과 아가씨들이 바스락 소리를 내며 돌아다녔는데, 이것은 사람들의 은신처 없는 사랑이었다. 모든 것이 사전에 잘 정비되어 있었다. 왜냐하면 사랑이란 완성되고 끝나기 위해서, 사실의 형태로, 일정하고 제한된 물질의 형태로 걸어가기 때문이었다. 세르비노프는 이념에서뿐만 아니라 감정에서도 사랑을 거부했다. 그는 사랑을 생각도 해서는 안 되는, 하나의 둥글게 된 육체라고만 여겼다. 왜냐하면 사랑하는 사람의 육체는 걱정과 감정을 망각하기 위해, 사랑의 말 없는 노동과 치명적인 피로를 위해 창조된 것이기 때문이었다. 피로는 사랑에 있어서 유일한 위안이다. 세르비노프는 계속 줄어들고 있어 결코 사용하면 안 되는, 생의 그 짧은 행복감을 간직한 채 앉아 있었다. 그리고 세르비노프는 아무것도 즐기려고 하지 않았다. 세르비노프는 전 세계 역사를 정밀한 노력으로 인간에게서 존재의 의미와 하중을 빼앗아 가 버리는 쓸모없는 관료주의 기관이라고 여겼다. 세르비노프는 삶에서 자신의 통상적인 패배를 알았으며, 여주인의 다리로 시선을 떨어뜨렸다. 여자는 스타킹을 신지 않았는데, 그녀의 벗은 장밋빛 다리는 따스한 피로 가득 차 있었다. 그리고 얇은 치마는 성숙하고도 억제된 삶의 긴장으로 이미 불타는 육체의 나머지 풍만함을 가려 주었다. '누가 당신을, 뜨거운 당신의 불을 꺼 줄 수 있을까?' 세르비노프는 생각에 잠겼다. '물론, 나는 아니다. 나는 당신을 얻을 자격이 없다. 내 영혼에는 흡사 시골 마을 같은 쓸쓸함과 공포만이 남아 있다.' 그는 다시 한 번 그녀의 떠오르는 다리를 쳐다보았는데, 아무것도 분명하게 이해할 수 없었다. 이 생생한 여자의 다리로부터 자신의 일상적인 혁명적 과업에 충실하고 믿을 만하게 되는 필연성까지 이르는 어떤 길이 있다. 하지만 그 길은 너무나 멀어, 세르비노프는 머리가 피곤해서 미리 하품을 했던 것이다.

"어떻게 지내셨나요?" 시몬이 물었다. "그리고 이름이 어떻게 되십니까?"

"제 이름은 소냐예요. 정식 이름은 소피야 알렉산드로브나고요. 잘 지내고 있어요. 일도 하고, 누군가를 기다리기도 하고……."

"만남에는 짧은 기쁨이 있기도 하죠." 자신을 위해 세르비노프는 이렇게 말했다. "하지만 거리로 나가서 외투의 마지막 단추를 채우고 나면, 모든 것이 헛되이 지나가 버리고, 이제는 자기 자신에만 몰두해야 된다는 사실에 한숨을 쉬고 후회하게 되죠."

"하지만 사람을 기다리는 것도 기쁨이에요." 소피야 알렉산드로브나가 말했다. "그리고 만나게 되면 기쁨은 더 긴 것이 되고요……. 나는 사람을 기다리는 걸 무엇보다 좋아해요. 난 거의 항상 누군가를 기다려요……."

그녀는 탁자 위에 손을 올리고는, 필요 없는 움직임이라는 사실을 인식하지 못한 채 다시 그 손을 성숙한 무릎 위로 옮겼다. 그녀의 생명은 흡사 소음처럼 주변으로 퍼져 갔다. 세르비노프는 낯선 소리와 냄새로 가득 찬 이 낯선 방에서 정신을 잃지 않으려고 눈을 감았다. 소피야 알렉산드로브나의 손은 여위었으며, 몸의 다른 부분에 비해 늙었고, 손가락도 세탁부들의 손가락처럼 주름이 잡혀 있었다. 그런데 이 불구처럼 보이는 손이 세르비노프에게 어느 정도 위안을 주었으며, 그녀가 다른 사람에게 갈 수도 있다는 사실에 대해서도 덜 질투하게 했다.

탁자 위에 놓인 음식은 이미 다 먹어 버렸다. 세르비노프는 음식을 빨리 먹어 버린 것을 후회했다. 이제는 떠나야 한다. 하지만 그는 떠나지 못했다. 그는 자기보다 더 나은 사람들이 있으리라는 사실에 두려웠고, 그래서 소피야 알렉산드로브나를 찾아온 것이었다. 전차 안에서 이미 세르비노프는 그녀에게 삶의 그러한 잉여의 재능이 있다는 사실을 알아차렸는데, 그것이 그를 흥분시키고 초조하게 했던 것이다.

"소피야 알렉산드로브나." 세르비노프가 그녀를 불렀다. "내일 멀리 떠난다는 걸 당신께 이야기하고 싶었소……."

"아니, 그게 무슨 말씀이세요!" 소피야 알렉산드로브나는 놀랐다. 그녀는 분명 사람들을 가련하게 여기고 있었다. 시몬은 결코 그렇게 할 줄 몰랐지만, 그녀는 분명 자신의 고유한 삶만으로도 살아갈 수 있었던 것이다.

그녀에게 다른 사람들은 무엇인가 자기에게 부족한 것을 얻기 위해서가 아니라, 자기의 남아도는 힘을 써 버리기 위해 필요했다. 세르비노프는 그녀가 누군지 아직 모르고 있었다. 아마도 부유한 부모의 불행한 딸일지도 모른다. 하지만 이 추측은 잘못이었음이 밝혀졌다. 소피야 알렉산드로브나는 트료흐고르나야 공장에서 기계 청소부로 일하고 있었으며, 태어나자마자 어머니로부터 버려졌던 것이다. 하지만 어쨌든 그녀는 누군가를 사랑했을지도 모르고, 아이를 낳았을지도 모른다. 세르비노프는 반 정도는 물어보고

반 정도는 스스로 추측해 보았다.

"사랑한 적은 있지만, 아이를 낳은 적은 없어요." 소피야 알렉산드로브나가 대답했다. "내 아이들 없이도 사람들은 충분히 많으니까요……. 만약에 제가 아이 대신 꽃을 낳아 기를 수 있었다면, 낳았을지도 모르지만."

"정말로 꽃을 그렇게 좋아하나요? 당신이 아이를 낳는 것도 기르는 것도 그만두었다면, 그건 사랑이 아니라 모욕이겠죠……."

"그럴 수도 있겠죠. 그런데 꽃이 있으면 나는 어디로도 떠나지 않고, 아무도 기다리지 않아요. 꽃들과 함께 있으면, 내가 꽃을 낳은 엄마였으면 하는 감정을 느껴요. 이런 것 없이는 어떻게도 사랑이 나오지 않죠……."

"그것 없이 사랑은 나오지 않습니다." 시몬도 동의했다. 그는 자신의 질투심을 식힐 수 있는 희망을 가지기 시작했다. 세르비노프는 결국 소피야 알렉산드로브나가 자신과 마찬가지로 생의 한가운데 멈춰 선 불행한 사람일 수도 있다고 기대했던 것이다. 그는 성공한 사람이나 행복한 사람들을 좋아하지 않았다. 왜냐하면 그들은 항상 삶의 생생하고 먼 장소로 떠나가면서, 자기의 가까운 사람들을 고독하게 버려 두기 때문이었다. 세르비노프는 이미 많은 친구들에게 버림받았고, 모든 사람의 후위에 홀로 남을지 모른다는 두려움 때문에 언젠가는 볼셰비키에도 참여했지만, 이것도 큰 도움이 되지는 못했다. 세르비노프의 친구들은 계속해서 그를 스쳐 가며 완전히 모든 것을 계속 소진했지만, 세르비노프는 자기를 위해 그들의 감정으로부터 아무것도 축적하지 못했다. 그들은 이미 그를 남겨 두고 자신들의 미래로 떠나가 버렸기 때문이다. 세르비노프는 그들을 비웃었으며, 그들의 생각이 부족하다고 비난했다. 그리고 그는, 역사가 이미 오래전에 끝났으며, 단지 인간들 사이를 균등하게 해 주는 단계가 진행되고 있다고 말했다. 그렇지만 이별의 슬픔으로 만신창이가 된 채, 어디서 그를 사랑하는지, 기다리는지도 알지 못한 채, 집에서 그는 열쇠로 문을 잠그고 벽에 등을 댄 채 침대에 가로로 앉았다. 세르비노프는 말없이 그렇게 앉아서 따스한 여름 가로수 길을 지나 사람들을 서로서로에게 데려다 주는 전차의 멋진 경적 소리를 듣고 있었다. 그러면 세르비노프는 점차 자신에 대한 연민의 눈물을 흘리고, 눈물이 그의 뺨에 있는 먼지를 씻어 내리는 것을 느끼면서 전등도 켜지 않고 그렇게 앉아 있었다.

더 늦게, 거리가 조용해지고 친구들과 연인들이 잠들 때가 되면 세르비노프는 안심했다. 왜냐하면 이 시간에는 이미 많은 사람들이 고독했으며, 누군가는 잠이 들었고, 누군가는 이야기나 사랑에 지쳐서 홀로 누워 있을 것이기에 세르비노프도 혼자 있는 것에 동의할 수 있었다. 가끔씩 그는 일기를 들고 와서 자기 생각이나 저주 같은 것을 순서대로 기입하기도 했다. '인간, 이것은 의미가 아니라, 열정적인 힘줄과 피가 흐르는 계곡, 언덕, 구멍, 쾌락, 망각으로 가득한 육체일 따름이다.' '"소 이상, 염과 화해"라는 말은 황소는 이상하지만 염소와 화해했다는 뜻이다.' '역사는, 현재를 이용하기 위해서 미래를 생각해 낸 비굴한 실패자에 의해 시작되었고, 그는 모든 사람을 자기 자리에서 떠나게 해, 자기 혼자 뒤에, 잘 갖추어진 정착지에, 사람들이 데워 놓은 주거지에 남았다.' '나는 내 어머니의 월경과 다를 바 없이, 그녀의 부차적 산물이다. 그렇기에 나는 그 무엇인가를 존경할 가능성을 지니지 못하고 있다.' '좋은 사람들이 두렵다. 그들이 나를, 이 나쁜 사람인 나를, 모든 사람들 뒤에서 홀로 얼어 죽도록 내버릴까 봐.' '나는 현재의 인간들을 저주한다. 그럼에도 그들과 사회를 이루고 일원이 되기를 원한

다!' '그리고 그 사회에서 나는 일원이 아니라 얼어 버린 가장자리에 불과하다.'

세르비노프는 의혹을 품은 질투심으로 혹여 어떤 사람이 자신보다 더 나은지 모든 사람을 살펴보았다. 만약에 그가 더 나은 사람이라면 그를 멈춰 세워야 한다. 그렇지 않으면 그 사람은 너를 앞지를 것이고 절대로 평등한 친구가 될 수 없다. 소피야 알렉산드로브나 역시 그에게는 자기보다 더 나아 보였으며, 그렇다면 잃어야만 하는 사람인 것이다. 세르비노프는 마치 돈이나 생활용품을 아껴 모으는 것처럼 사람들을 모으고 싶어 했다. 심지어 아는 사람들을 열심히 계산해 보기도 하고, 가계부에 항상 이익과 손해에 대한 특별 항목을 만들어 기입했다.

소피야 알렉산드로브나는 손실 부분에 기록해야 될 것이다. 하지만 시몬은 자기 손해를 좀 더 줄이고 싶었다. 그가 늘 적자를 면치 못했던 자신의 인간 경제학에 결코 적용해 본 적 없는 한 가지 방법이 있었다. 만약에 이 소피야 알렉산드로브나를 안고, 그녀와 결혼하고 싶어 하는 상냥하고 정신없는 인간과 비슷해진다면 어떻게 될까? 그러면 시몬은 아마도 자기 안에 열정을 키울 수 있고, 자기보다 우위에 있는 인간의 고집 센 육체를 제압할 수 있을지도 모르며, 또 그 인간 안에 자신의 흔적을 남길 수도 있을 것이고, 비록 짧게나마 자신과 인간들 사이의 견고한 유대감을 실현할 수 있을지도 모르며, 앞으로 더 성공적으로 사람들을 수확하는 작업을 계속하기 위해 편안한 마음으로, 희망적으로 밖으로 나갈 수 있을 것이다. 어딘가에서 전차가 지나가는 신경질적인 소리가 들렸다. 그 전차 안에는 세르비노프로부터 멀리 떠나가는 사람들이 타고 있었다. 시몬 세르비노프는 소피야 알렉산드로브나에게 다가가 그녀의 겨드랑이에 손을 넣어 그녀를 일으킨 다음, 자기 앞에 나란히 세웠다. 이렇게 해 보니 그녀는 꽤 무거웠다.

"왜 그러세요?" 놀라지는 않고, 주의 깊게 긴장해서 소피야 알렉산드로브나가 물었다.

닿을 수 없는, 우연히 만난 생명으로 따스해진 그녀의 낯선 육체가 가까이 있어 세르비노프의 심장은 큰 소리를 내면서 뛰기 시작했다. 지금 이 순간 세르비노프를 도끼로 내려찍어 죽인다 해도 아마 그는 고통을 느끼지 못할지 모른다. 그는 숨이 막히고, 목에서 무언가가 끓어올랐다. 그는 소피야 알렉산드로브나의 겨드랑이에서 희미한 땀 냄새를 느꼈으며, 땀으로 엉망이 된 그 뻣뻣한 털을 입으로 다 빨아 주고 싶었다.

"잠시 당신을 이렇게 잡고 싶군요." 시몬이 말했다. "허락해 주시죠, 곧 나가겠습니다."

괴로워하는 사람 앞에서 부끄러움을 느낀 소피야 알렉산드로브나는 세르비노프가 연약한 포옹 속에서 좀 더 편하게 그녀를 지탱할 수 있도록 자신의 팔을 들어 올렸다.

"이렇게 하면 정말 좀 나아지나요?" 그녀가 물었다. 그런데 그녀가 들어 올린 팔이 부어 있었다.

"당신은요?" 세르비노프는 여름 세상 가운데에서 노동과 평안함에 대해 노래하는 증기 기관차의 매혹적인 목소리를 들으면서 물었다.

"전 상관없어요."

"벌써 가야 될 때군요." 그는 냉담하게 말했다. "여기 화장실이 어디 있습니까? 제가 오늘 세수를 못해서요."

"들어오신 곳에서 오른쪽으로 보면 있어요. 비누는 있지만 수건은 없을 거예요. 오늘 세탁부에게 맡겨서요. 저는 침대 시트로 얼굴을 닦았어요."

"시트라도 주시겠어요." 세르비노프도 동의했다.

시트에서는 그녀의, 소피야 알렉산드로브나의 냄새가 났다. 잠 때문에 거칠어진 몸을 깨끗이 씻으면서 아침마다 그녀는 시트로 꼼꼼하게 몸을 닦은 것이 틀림없었다. 세르비노프는 피로에 지친 뜨거운 눈을 물로 씻었다. 그의 몸에서 항상 제일 빨리 피로해지는 것이 바로 눈이었다. 그는 얼굴을 씻지 않고, 시트를 편하게 작은 뭉치로 접어 화장실 맞은편 복도에 걸려 있던 자기 외투의 옆 주머니에 집어넣었다. 사람을 상실하면서 세르비노프는 그에 대한 명백한 증명서를 간직하기를 원했던 것이다.

"시트는 마르도록 라디에이터에 걸어 놓았습니다." 세르비노프가 말했다. "제가 사용해서 시트가 축축하게 다 젖어서요. 안녕히 계십시오. 난 이제 가겠어요……."

"안녕히 가세요." 소피야 알렉산드로브나가 작별을 고했지만, 그 어떤 말도 하지 않고 사람을 보낼 수는 없었다. "어디로 떠나시나요?" 그녀가 물어보았다. "내일 어디론가 멀리 떠나신다고 말씀하셨잖아요."

세르비노프는 파종 면적이 20퍼센트나 사라져 버린 어느 현에 대해 이야기해 주고는, 그것을 확인하러 떠난다고 말했다.

"난 평생을 그곳에서 살았어요." 소피야 알렉산드로브나가 말했다. "그곳에 정말 훌륭한 동지가 한 사람 있어요. 그를 보면 안부를 전해 주세요."

"그 사람은 뭐 하는 사람이죠?"

세르비노프는 자기 집으로 돌아가서 소피야 알렉산드로브나를 자기 영혼의 손실 명부에, 돌려받을 수 없는 재산 목록에 기입하리라 생각하고 있었다. 모스크바 위로 늦은 밤이 도래하고, 많은 그의 사랑하는 사람들이 잠자리에 들어 사회주의의 고요를 꿈속에서 보게 되는 그때, 세르비노프는 완벽한 이별의 행복감으로 그들을 기록하고, 잃어버린 친구들의 이름 위에 지출이라고 기록하게 될 것이다.

소피야 알렉산드로브나는 수첩에서 조그마한 사진을 한 장 꺼냈다.

"이 사람이 제 남편은 아니었어요." 그녀는 사진에 있는 사람에 대해 이야기했다. "제가 그를 사랑한 것도 아니었고요. 하지만 그 사람이 없으면 어쩐지 쓸쓸해지곤 했죠. 제가 이 사람과 같은 도시에 살았을 때, 저는 더 평온하게 지냈던 것 같아요……. 저는 항상 어떤 도시에 살면서도 다른 도시를 좋아하죠."

"저는 그 어떤 도시도 좋아하지 않아요." 세르비노프가 말했다. "거리에 항상 많은 사람이 있는 그런 곳을 좋아할 뿐입니다."

소피야 알렉산드로브나는 사진을 바라보았다. 그곳에는 쇠퇴한, 흡사 죽어 버린 것 같은 눈동자를 지닌, 피로한 문지기를 닮은 스물다섯 살 정도의 남자가 있었다. 눈을 제외한 그의 얼굴은 흡사 사진에서 시선을 떼고 고개를 들어 버리면 바로 기억할 수조차 없는 그런 얼굴이었다. 세르비노프가 보기에 이 사람은 두 가지 사유를 한꺼번에 생각할 수 있으며, 그 어느 쪽에서도 위안을 찾지 못할 그런 사람으로 보였다. 그렇기 때문에 이런 얼굴은 평안 속에서 멈추지 못하고, 기억될 수도 없는 것이다.

"그는 별로 재미있는 사람이 아니에요." 소피야 알렉산드로브나는 세르비노프의 냉담함을 알아차렸다. "그래도 그 사람과 함께 있으면 너무 편하죠! 그는 자기 신념을 가지고 있고, 다른 사람들은 그에게서 위안을 얻죠. 만약에 그런 사람이 세상에 많았더라면, 여자들이 결혼을 별로 안 했을지도 몰라요……."

"제가 어디서 이 사람을 만날 수 있을까요?" 세르비노프가 물었다. "벌써 죽었을 수도 있겠죠? 그런데 왜 여자들이 별로 결혼하지 않았을 거라 말씀하신 건가요?"

"왜 결혼을 하겠어요? 결혼이란 포옹, 질투, 피일 텐데. 저는 한 달 정도 결혼 생활을 한 적이 있어요. 당신도 그게 어떤 건지 아시겠죠? 그에겐 아무것도 필요 없었을 수도 있어요. 그냥 그에게 기대기만 하면 되었겠죠. 그냥 그랬다면 좋았을 거예요."

"만약 이런 사람을 만나면, 당신에게 엽서를 보내겠소." 세르비노프는 재빨리 외투를 입으러 나갔다. 그 안에 있는 시트를 자기 집으로 가져가기 위해서였다.

층계참에서 세르비노프는 모스크바의 밤을 보았다. 강변에는 이미 아무도 없었으며, 물은 흡사 죽은 물질처럼 흐르고 있었다. 시몬은 만약 소피야 알렉산드로브나가 불구가 된다면 그녀가 자신을 불러 줄지도 모르며, 자신도 이 계단을 좋아하게 될지 모른다고 길을 걸으며 중얼거렸다. 그렇다면 매일 저녁을 기다리는 것이 기뻤을지도 모른다. 그에게 자신의 더딘 인생을 무효화할 장소가 생기는 것이다. 다른 사람이 그의 맞은편에 앉아 있더라도 시몬은 그로부터 망각될 수 있을지 모르는 것이다.

소피야 알렉산드로브나는 아침 일을 나갈 때까지 홀로 남아 지루한 잠을 잤다. 아침 6시에 신문 배달 소년이 와서 문 아래로 「노동 신문」을 밀어 넣고 만약에 대비해서 문을 두드렸다. "소냐, 일어날 시간이에요! 오늘 벌써 열 번째 말해요. 30코페이카 받으러 올게요. 일어나서 사건들 좀 읽어 봐요!"

저녁에 교대하고 나서 소피야 알렉산드로브나는 다시 몸을 씻었으며, 이제는 베갯잇으로 몸을 닦고, 불이 꺼지고 있는 따스한 모스크바를 향해 창문을 열었다. 이 시간에 그녀는 항상 누군가를 기다렸지만, 아무도 그녀에게 오지 않았다. 어떤 사람들은 회의에 참석하고 있었고, 또 다른 사람들은 앉아 있는 것도 여자들과 키스를 하는 것도 지루하게 생각했다. 어두워지면 소피야 알렉산드로브나는 창턱에 배를 깔고 엎드려 누군가를 기다리면서 잠들었다. 길 아래로 수레와 자동차들이 지나다녔으며, 고아가 된 교회는 조용히 숨어서 종을 울렸다. 많은 행인이 소피야 알렉산드로브나의 눈앞을 지나갔다. 그녀는 기대감을 지닌 채 그들 모두를 눈으로 배웅했지만, 그들은 전부 그녀가 사는 건물의 대문을 지나서 가 버렸다.

어떤 한 사람이 출입구 앞에 서서 아직 불이 붙어 있는 담배를 버리고 건물 안으로 들어왔다. '내게 오는 건 아니야.' 소냐는 이렇게 결정을 내리고 조용히 숨을 죽였다. 이 건물의 몇 층인지 모를 어딘가 깊은 곳에서 확신 없이 그 사람은 걸어 다니고 있었으며, 쉬기도 하고 생각도 하려고 자주 멈춰 섰다. 그의 걸음은 소피야 알렉산드로브나의 문 앞에서 멈췄다. '더 높은 층으로 올라가.' 소냐는 이렇게 속삭였지만 그 사람은 그녀의 문을 두드렸다. 창문에서 문까지 이르는 길조차 기억하지 못한 채, 작은 복도를 지나서 소피야 알렉산드로브나는 문을 열었다. 세르비노프가 들어왔다.

"나는 떠날 수가 없었어요." 그가 말했다. "내 안에서 당신을 그리워했어요."

시몬은 이전처럼 미소를 지었지만, 지금이 이전보다 훨씬 슬퍼 보였다. 그는 이곳에 자신을 위한 행복이 예정되어 있지 않다는 사실을 알고 있었으며, 뒤로는 공허한 호텔 방이 남아 있고 그 방 안에는 잃어버린 동지들을 계산하는 공책이 있다는 사실을 알고 있었다.

"제 외투에 넣어 둔 당신 시트를 가져가세요." 세르비노프가 말했다. "이제 다 말랐어요. 더 이상 시트에서 당신 냄새가 나지 않아요. 제가 오늘 그걸 깔고 잤습니다. 용서하세요."

소피야 알렉산드로브나는 세르비노프가 피로하다는 사실을 알았으며, 손님에게 흥미 있는 것이 자신이라는 사실을 염두에 두지 않은 채, 자기가 먹으려던 저녁 식사거리로 그를 대접하기 위해 몇 가지를 챙겼다. 세르비노프는 의무적으로 그녀의 식사를 먹었다. 그런데 배부르게 먹고 나자 오히려 고독의 슬픔을 더 느꼈다. 그는 힘이 넘쳐났지만, 그 힘은 어디로 향해야 될지 방향을 잡지 못해 헛되이 그의 심장을 압박했다.

"왜 안 떠나셨나요?" 소피야 알렉산드로브나가 물었다. "어제부터 더 외로워진 건가요?"

"저는 어떤 현에서 초지를 찾아내기 위해 떠날 겁니다. 이전에는 이가 사회주의를 위협했는데, 이제는 잡초가 그러는군요. 나와 함께 떠나요!"

"안 돼요." 소피야 알렉산드로브나가 거절했다. "저는 어디로도 떠날 수가 없어요."

세르비노프는 여기서 잠들고 싶었다. 그 어디서도 더 이상 이런 평온함 속에서 잠들 수 없을 것이었다. 그는 자신의 등과 왼쪽 옆구리를 만져 보았다. 벌써 몇 달 동안이나, 이전에는 부드럽고 참을 수 있던 것이 지금은 딱딱하게 굳고 아프게 된 것 같았다. 아마도 젊음의 연골이 항구적인 뼈로 굳어 가면서 닳아서 그런 것 같았다.

그날 아침, 잊고 있던 그의 어머니가 죽었다. 시몬은 심지어 그녀가 어디에 살고 있는지도 몰랐는데, 그곳은 모스크바 마지막 경계의 바로 이웃집이라고 해도 좋을 정도로, 바로 그곳에서 읍이나 군과 같은 시골 마을이 시작되고 있었다. 키스를 할 때 충치가 없도록 세르비노프가 꼼꼼하게 칫솔질을 하고 있던 바로 그 시간,

또는 그가 햄을 먹고 있던 바로 그때 그의 어머니가 죽었다. 이제 시몬은 무엇을 위해 살아가야 하는지 알 수 없었다. 시몬의 죽음이 영원히 위로받을 수 없는 것이 되었을 그 마지막 사람, 바로 그 사람이 죽어 버린 것이다. 남아 있는 산 사람들 중에서 어머니 같은 사람은 시몬에게 아무도 없었다. 그는 그녀를 사랑하지 않았을 수도 있다. 그는 그녀의 주소조차 잊어버렸다. 하지만 그는 언젠가, 그리고 오랫동안 어머니 자신이 그를 필요로 했기에, 그를 필요로 하지 않는 다른 사람으로부터 시몬을 보호해 주었기 때문에 살았던 것이다. 이제 울타리가 무너졌다. 어딘가 모스크바의 변두리에, 아니 거의 시골 마을의 어느 관 속에 자기 대신 아들을 보호했던 한 노파가 누워 있는 것이다. 아마도 그녀의 바싹 말라 버린 몸보다 관의 목판에 더 많은 생명력이 남아 있을지도 모른다. 그리고 세르비노프는 자유와 남은 삶의 가벼움을 느꼈다. 그녀의 죽음은 그 누구에게도 슬픔을 불러일으키지 않았으며, 이제는 그가 죽어도 슬퍼서 죽는 이는 아무도 없을 것이다. 언젠가 그의 어머니가 만약 시몬을 앞세우게 된다면 자기도 죽을 것이라 약속했고, 심지어 그렇게 할 수도 있었던 것처럼 말이다. 자신에 대한 어머니의 연민을 느꼈기 때문에, 그리고 그녀의 평온을 세상에서 자신의 온전함으로 간직했기에 시몬이 이제껏 살아 있었다는 것이 판명되었다. 바로 그녀, 시몬의 어머니가 시몬을 보호했으며, 또 모든 낯선 사람들을 속여서 그를 숨기기도 했던 것이다. 어머니 덕분에 세계가 자신에게 공감하는 것이라고 그는 인식했다. 그런데 이제 어머니가 사라졌고, 그녀가 없으니 모든 것이 드러난 것이다. 살아 있는 사람들 중에서 시몬에게 죽도록 필연성을 지니는 사람은 아무도 없었으니, 살아가는 것이 필연적인 것도 아니다. 세르비노프는 그래서 여자와 함께 있으려고 소피야 알렉산드로브나에게 찾아갔던 것이다. 그의 어머니 역시 여자였기에.

잠시 자리에 앉아 있던 세르비노프는 소피야 알렉산드로브나가 자고 싶어 한다는 사실을 알아차리자, 그녀에게 작별을 고했다. 어머니의 죽음에 대해 세르비노프는 한마디도 하지 않았다. 그는 이 사실을 소피야 알렉산드로브나를 한 번 더 방문할 구실로 삼고 싶었던 것이다. 세르비노프는 집까지 6베르스타를 걸어서 갔다. 두 번이나 머리 위로 드문드문 비가 떨어지다가 그쳤다. 어떤 가로수 길에서 세르비노프는 지금 곧 울 것 같은 감정을 느꼈다. 눈물이 나오기를 기다리면서 그는 벤치에 앉아 고개를 숙였으며, 울 태세를 갖추었지만 울 수가 없었다. 나중에 그는 음악이 연주되고 사람들이 춤을 추는 밤의 맥주홀에서 울기 시작했다. 하지만 어머니 때문이 아니라, 아무리 노력해도 세르비노프가 도저히 닿을 수 없는 많은 여배우들과 사람들 때문이었다.

세르비노프가 세 번째로 소피야 알렉산드로브나를 찾은 것은 일요일이었다. 그녀가 아직 자고 있어서, 세르비노프는 그녀가 옷을 입을 동안 복도에서 기다렸다.

세르비노프는 어제 그의 어머니를 매장했으며, 세상이 끝날 때까지 어머니가 어디에 있을지 살펴보기 위해, 소피야 알렉산드로브나와 함께 공동묘지에 가려고 들렀다고 문밖에서 말했다. 그러자 옷도 챙겨 입지 않은 소피야 알렉산드로브나가 방문을 열어 주었으며, 세수도 하지 않고 그와 함께 묘지로 향했다. 그곳에는 이미 가을이 시작되었고, 사람들이 매장된 무덤 위로 죽은 나뭇잎들이 떨어져 내렸다. 길게 자란 풀들과 나무 오두막들 가운데, 죽은 사람을 포옹하기 위해 헛되이 팔을 벌리고 있는 사람을 닮은 영원한 기억의 숨겨진 십자가들이 서 있었다. 길에서 가까운 십자가에는 누군가의 소리 없는 슬픔이 새겨져 있었다.

나는 살아서 울고 있지만,
그녀는 죽어서 침묵하고 있다네.

새로운 흙으로 덮인 시몬 어머니의 무덤은 다른 무덤들 사이에 옹색하게, 오래된 봉분 사이에 홀로 자리 잡고 있었다. 세르비노프와 소피야 알렉산드로브나는 고목나무 아래에 섰다. 나뭇잎들은 계속 불어오는 바람 속에서 똑같은 소리를 냈다. 마치 시간이 가는 소리마저 들리고 그 소리가 그들 위로 흘러가는 것 같았다. 죽은 친척을 찾아온 사람들이 저 멀리서 지나다녔지만 가까운 곳에는 아무도 없었다. 시몬과 나란히 서서 소피야 알렉산드로브나는 고르게 숨을 쉬었다. 그녀는 무덤을 바라보았지만 죽음을 이해하지는 못했다. 그녀에게는 아무도 죽을 사람이 없었던 것이다. 그녀는 슬픔을 느껴 보고, 세르비노프를 가련하게 여기고 싶었지만, 흘러가는 바람의 긴 소음과 버려진 십자가들의 모습 때문에 조금 지루해졌다. 세르비노프는 흡사 도움을 받지 못하는 십자가처럼 그녀 앞에 서 있었다. 하지만 소피야 알렉산드로브나는 그가 괜찮아지도록 그의 의미 없는 슬픔을 어떻게 도와야 할지 알 수 없었다.

세르비노프 역시 수천 개의 무덤 앞에서 두려움에 사로잡혀 서 있었다. 무덤들 속에는 사후에 그들을 영원히 기억해 줄 것이며, 연민을 가질 것이라 믿었던 고인들이 누워 있었다. 하지만 사람들은 그들에 대해 잊어버렸던 것이다. 묘지에는 사람이 없었으며, 이리로 와서 그들을 기억하고 슬퍼해야 할 살아 있는 사람들을 십자가가 대신하고 있었다. 시몬이 죽고 나도 그렇게 될 것이다. 왜냐하면, 죽어 버린 그에게 와서 슬퍼할 수 있는 그 마지막 사람이 지금, 그의 발아래 관 속에 누워 있기 때문이다.

세르비노프는 헤어진 후에도 소피야 알렉산드로브나가 자신을 기억하도록 손으로 그녀의 어깨를 건드렸다. 소피야 알렉산드로브나는 그에게 전혀 반응을 하지 않았다. 그러자 시몬은 뒤에서 그녀를 안고 그녀의 어깨에 머리를 기댔다.

"여기선 사람들이 우릴 볼 거예요." 소피야 알렉산드로브나가 말했다. "다른 곳으로 가요."

그들은 오솔길을 걸어서 공동묘지 깊숙이 들어갔다. 이곳에도 사람들이 적기는 했지만 전혀 없지는 않았다. 명민한 눈초리의 어떤 노파들도 있었고, 풀이 무성하게 자라난 고요한 곳에서 묘지기가 삽을 들고 불쑥 나타나기도 했으며, 종루에서는 종지기가 고개를 숙이고 그들을 내려다보았다. 가끔 그들은 좀 더 편하고, 조용한 장소에 도달했는데, 그런 곳에서 세르비노프는 소피야 알렉산드로브나를 나무에 기대게 하거나, 거의 안아 올리다시피 해서 자기 몸 가까이 끌어당기기도 했다. 그러면 그녀는 원치 않는 눈길로 그를 바라보았으며, 기침을 하기도 했고, 또 발아래에서 자갈이 구르기도 해, 세르비노프는 소피야 알렉산드로브나를 데리고 다시 앞으로 걸어갔다.

그들은 큰 원을 그리면서 공동묘지를 한 바퀴 돌았지만 그 어디에도 은신처라고는 없어, 마침내 다시 시몬 어머니의 무덤으로 돌아왔다. 두 사람 다 이미 지쳤다. 시몬은 그의 심장이 기대감 때문에 얼마나 약해졌는지, 그리고 자신의 슬픔과 고독을 우정 어린 다른 육체에 넘겨주어야 할 필요가 있는지 느끼고 있었다. 그리고 소피야 알렉산드로브나에게서 소중한 무엇인가를 빼앗아서 그녀가 세르비노프 자신 안에 숨겨진 상실에 대해 영원히 슬퍼하고 자기를 기억하도록 하고 싶었다.

"지금 이게 왜 필요한가요?" 소피야 알렉산드로브나가 물었다.

"차라리 그냥 이야기나 해요."

그들은 땅으로 튀어나온 나무둥치에 앉아서 어머니 무덤의 봉분 쪽으로 다리를 뻗었다. 시몬은 침묵했다. 그는 자기 자신을 나누지 않고 어떻게 자신의 슬픔을 소피야 알렉산드로브나와 나눌 수 있는지 알지 못했다. 왜냐하면 가족에게 재산이란 것도 부부가 서로 사랑을 나눈 다음에야 공동의 것이 되기 때문이다. 세르비노프가 살아오는 동안 본 바로는 항상, 피와 살을 교환해야만 나중에 또 다른 생필품들을 나눌 수 있었다. 그 반대의 경우는 없었다. 왜냐하면 비싼 것만이 값싼 물건의 상실을 아깝게 여기지 않도록 해 주기 때문이다. 세르비노프는 자신의 분열된 이성이 그렇게 생각하고 있는 것에 동의했다.

"제가 무슨 말씀을 드릴 수 있겠습니까!" 그가 말했다. "저는 지금 힘들어요. 마치 어떤 물질처럼 슬픔이 제 안에 살고 있습니다. 우리의 말은 그 슬픔과 별개로 남을 텐데요."

소피야 알렉산드로브나는 흡사 고통을 두려워하기라도 하듯 갑자기 슬퍼진 얼굴을 시몬 쪽으로 돌렸다. 그녀는 아마도 이해했거나, 아무 생각도 하지 않았을 것이다. 시몬은 우울하게 그녀를 안았으며, 발아래로 풀을 밟으면서 어머니 무덤의 딱딱한 가장자리에서 부드러운 봉분 위로 그녀를 안고 갔다. 그는 공동묘지에 낯선 사람들이 있다는 사실을 잊어버렸다. 아니면, 그들은 이미 모두 가 버렸을 수도 있다. 소피야 알렉산드로브나는 말없이 흙덩이 쪽으로 고개를 돌렸다. 흙은 깊은 곳에서 삽으로 파낸 낯선 관들에서 나온 미세한 먼지를 포함하고 있었다.

얼마간 시간이 흐르고 세르비노프는 자기 주머니 깊숙한 곳에서 여윈 노파의 얼굴이 있는 작고 긴 초상 사진을 발견했다. 그는 어머니를 기억해 내지도 않고, 그녀 때문에 고통 받지도 않기 위해 부드럽게 다져진 무덤 어딘가에 그것을 숨겼다.

체벤구르에서는 고프네르가 야코프 티티치를 위해서 온실을 만들었다. 노인은 의지할 곳 없이 자라나는 꽃들을 사랑했으며, 꽃들로부터 자기 생의 고요함을 느낄 수 있었다. 하지만 이미 모든 세상의 위로, 그리고 체벤구르 위로 눈을 가늘게 뜬, 한창인 가을의 저녁 태양이 빛나고 있어, 야코프 티티치의 야생화들은 약해져 가는 호흡으로 겨우 흐릿한 향기를 내뿜고 있었다. 야코프 티티치는 기타 인간 중에서 가장 젊은 서른 살의 예고리를 불러 유리 지붕 아래서 꽃향기를 맡으며 앉아 있었다. 그는 체벤구르에서 죽기가 아까웠지만 죽어야만 했다. 왜냐하면 위장은 이미 음식을 거부하기 시작했고, 심지어 음식은 고통스러운 가스로 변화되었다. 하지만 병 때문이 아니라 자신에 대한 인내를 잃어 가는 것 때문에 야코프 티티치는 죽고 싶어 했다. 그는 이제 자신의 육체를 낯선, 두 번째의 다른 인간으로 감각하기 시작했다. 그 인간과 더불어 60년을 지루하게 살았으며, 이제 그 인간에 대해서 지치지 않는 악의를 가지기 시작한 것이었다. 그는 프롤레타리아의 힘이 밭을 갈고, 코프킨이 말의 뒤를 따라 걸어가는 들판을 바라보았다. 그러자 더욱더 자신을 잊어버리고, 혼자 있을 때 언제나 그를 따라다니는 우수로부터 숨어 버리고 싶었다. 그는 말이나 코프킨이 되거나, 그것도 아니면 무엇이든 소용이 되는 다른 물건이 되고 싶었다. 단지 오래된 상처의 딱지에 의해 무감각해지고 말라붙은 자신의 생명을 머리에서 지워 버릴 수 있다면 말이다. 손으로 예고리를 만지자, 그는 기분이 조금 나아졌다. 소년, 어쨌든 이것은 더 나은 삶이며, 만약에 그 삶을 살 수 없다면 가까이 두고 그에 대해 생각이라도 해야만 하는 것이다.

맨발의 코푠킨은 처녀지가 된 스텝을 전투마의 힘을 이용해서 경작했다. 자기가 먹을 식량을 얻기 위해서가 아니라 다른 인간의 미래의 행복을 위해서, 알렉산드르 드바노프를 위해서 경작한 것이다. 코푠킨은 체벤구르에서 드바노프가 여위어 가는 것을 보고, 예전의 헛간들을 뒤져서 헛간마다 남아 있던 호밀을 몇 주먹씩 모았다. 그렇게 친구를 먹이기 위해 그는 땅을 경작했으며, 겨울갈이 밀을 파종하기 위해 프롤레타리아의 힘에다 쟁기를 연결했다. 하지만 드바노프는 굶주림 때문에 여윈 것이 아니었다. 체벤구르에서 그는 배가 그다지 고프지 않았다. 그는 행복과 염려 때문에 여윈 것이었다. 그는 계속 체벤구르 사람들이 무엇인가 때문에 괴로워하고, 서로서로 견고하지 않게 살아가고 있다고 여겼다. 그래서 드바노프는 노동이라는 방법으로 자기 육체를 그들에게 나누어 주었던 것이다.

코푠킨과 함께 체벤구르에 오래 살기 위해 알렉산드르는 코푠킨에게 매일 자신의 상상으로 로자 룩셈부르크의 생애에 대한 이야기를 써 주었다. 그리고 자기 우정의 애수로 이제 자기 뒤를 따라다니고, 자기가 체벤구르에서 갑자기 사라질까 봐 매일 밤 그를 경호하는 키레이를 위해서, 드바노프는 크지 않은 검은 나무둥치를 강바닥에서 끌어내 주었다. 키레이는 그것으로 목각 무기를 만들기를 원했던 것이다.

체푸르니는 파신체프와 함께 계속해서 관목들을 베어 냈다. 그는 겨울에도 눈이 많이 오지 않는 경우가 있다는 것을 기억해 냈으며, 만약 그렇다면 눈이 집을 따스하게 보호해 주지 못할 것이고, 공산주의의 전 주민이 감기 들 수도 있고, 봄이 되면 죽을 수도 있다는 사실을 떠올렸던 것이다. 체푸르니도 밤마다 편안하지 못했다. 그는 이 도시에서 불이 꺼지지 않도록, 체벤구르 한가운데

맨땅에 누워 꺼지지 않은 장작불에 계속해서 나뭇가지를 던져 넣었다. 고프네르와 드바노프는 체벤구르에 곧 전기를 만들어 주겠다고 약속했다. 하지만 항상 다른 걱정스러운 일들 때문에 지쳐 버렸다. 전기를 기다리면서 체푸르니는 어둠이 내린 축축한 가을 하늘 아래 누워, 잠든 기타 인간들을 위해 자신의 졸린 정신으로 온기와 빛을 지키고 있었던 것이다. 기타 인간들은 아직 어두울 때 잠에서 깨었으며, 이와 같이 이른 그들의 기상은 때로 체푸르니에게 기쁨이었다. 왜냐하면 고요한 체벤구르에서 문을 여는 소리와 대문이 쿵쿵 울리는 소리, 휴식을 취한 맨발의 인간들이 집들 사이로 음식을 찾거나 동지들을 만나러 발걸음을 떼는 소리, 물통이 찰랑거리는 소리들이 들리면, 마침내 온 천지가 밝아 오기 때문이었다. 그때에야 체푸르니는 만족스럽게 잠들었고, 이제는 기타 인간들이 스스로 공동의 불을 돌보았다.

기타 인간들은 각자 스텝이나 강으로 가서 이삭을 따거나 먹을 수 있는 풀뿌리들을 캐냈으며, 강에서 막대기에 모자를 매달아 잔챙이들을 낚았다. 기타 인간들 스스로는 아주 가끔씩만 먹었다. 그들은 서로서로를 대접하기 위해 먹을 것을 찾았지만 먹을거리들은 이미 들판에서 점점 사라져 가고, 기타 인간들은 자신과 타인의 배고픔에 대한 슬픔에 잠겨서 저녁때까지 잡초들 사이를 돌아다녔다.

황혼이 시작되면 기타 인간들은 열린, 풀이 무성하게 자란 장소들로 모여 먹을 준비를 했다. 갑자기 카르추크가 자리에서 일어났다. 그는 하루 종일 뼈가 빠지게 노동했으며, 밤이 되면 단순한 인민대중 가운데 있기를 좋아했다.

“친애하는 시민, 친구 여러분.” 카르추크는 만족스러운 목소리로 말했다. “유슈카가 심장이 울릴 정도로 기침이 심하고, 문제가 좀 있는 것 같습니다. 유슈카에게 좀 더 부드러운 음식을 먹이도록 합시다. 내가 달콤한 풀을 수천 개 모으고, 거기에 꽃나무 뿌리 유액을 섞어 뒀는데, 유슈카에게 그걸 먹이도록 합시다…….”

유슈카는 감자 네 개를 가지고 우엉 잎 위에 앉아 있었다.

“그러면 나도 자네, 카르추크에게 내 원칙을 제기하겠네.” 유슈카가 대답했다. “어쩐지 나는 아침부터 이 구운 감자로 자네를 놀래 주고 싶었다네! 자네가 밤새 배부를 수 있도록 이걸 대접했으면 하네!”

그들 주변으로 밤의 두려움이 기어 올라왔다. 사람 없는 하늘은 별들을 밖으로 내놓지 않고 우울하게 차가워졌으며, 그 무엇도 그 어디에서도 기뻐하는 것이 없었다. 기타 인간은 그래도 먹었으며, 기분이 좋았다. 이 낯선 자연의 한가운데서, 기나긴 가을밤을 앞에 두고, 기타 인간은 최소한 한 명의 동지는 가지고 있었으며, 그를 자신의 소유물로 여겼다. 그는 이것을 단순한 소유물일 뿐만 아니라, 인간이 상상 속에서만 기댈 수 있고, 육체로는 가질 수 없는 그런 비밀스러운 축복이라고 여겼다. 그 다른, 꼭 필요한 인간이 이 세상에 온전히 존재하고 있다는 것만으로, 기타 인간에게 그는 진정한 평온과 인내의 원천이 되었으며, 가난의 고귀한 물질과 풍요가 되는 것이었다. 이 세상에 두 번째의, 자기만의 인간이 존재하기에, 체벤구르와 밤의 습기는 개개의 고독한 기타 인간들에 오히려 사람이 살 수 있는 편리한 조건이 되었다. ‘그래, 먹어야 해.’ 카르추크는 음식을 먹는 유슈카를 바라보면서 생각했다. ‘저렇게 먹다 보면 나중에 소화가 되느라 피가 돌 거고, 그러면 잠들기가 훨씬 나을 거야. 그리고 내일 잠에서 깨면 배도 부르고, 몸도 따뜻하겠지. 잘된 일이야!’

한편 유슈카는 마지막 한 모금을 마시고 사람들 사이에서 일어났다.

“동지들, 우리는 여기서 주민으로서 살고 있습니다. 그리고 자신의 존재 원칙을 가지고 있습니다……. 우리가 비록 낮은 인민대중이기는 하지만, 그래도 우리는 가장 붉은 찌꺼기들입니다. 그리고 우리에겐 누군가가 필요하고, 우리는 또 누군가를 기다리고 있지요!”

기타 인간들은 침묵하면서 음식과 서로서로에 대한 낮의 염려로 지쳐 버린 자신들의 낮은 육체로 고개를 숙였다.

“우리는 프로슈카를 잃었소.” 체푸르니가 슬프게 말했다. “사랑스러운 그 친구가, 체벤구르에 없소!”

“그러면 모닥불을 더 환하게 조직해야겠군요.” 키레이가 말했다. “밤에 프로슈카가 돌아왔는데, 어두우면 안 되니까요!”

“뭐로 모닥불을 조직한단 말이오?” 카르추크는 이해하지 못했다. “모닥불을 장대하게 피워야만 하는데! 버드나무 가지들이 제대로 자라지도 않았는데, 어떻게 모닥불을 조직한단 말이오! 그 나뭇가지들을 한번 태워 보라지. 아마도 연기만 조직되어 피어오를 거요…….”

여기까지 말하자 기타 인간들은 의식 없는 잠이 몰려와서 조용히 숨을 쉬기 시작했으며, 이미 카르추크의 말을 듣지도 않았다. 단지 코퓬킨만이 휴식을 원치 않았다. ‘헛소리야.’ 그는 모든 것에 대해 이렇게 생각했다. 그는 곧 말을 돌봐 주러 갔다. 드바노프와 파신체프는 서로를 데워 주려고 등을 돌리고 가까이 누웠는데, 아침까지 어떻게 정신없이 잤는지도 느끼지 못했다.

이틀이 지나고 셋째 날, 두 명의 여자 집시가 체벤구르에 도착했으며, 그들은 카르추크의 헛간에서 별 소득도 없이 밤을 보냈다. 낮에도 여자들은 체벤구르 사람들과 어울리려고 했지만, 그들은 마을 여기저기에서 일만 할 따름이었다. 노동하는 동지들 앞에서 일은 하지 않고 여자들과 노닥거리는 것이 부끄러웠던 것이다. 키레이는 체벤구르에 있는 모든 빈대를 이미 다 잡아 검은 나무둥치로 칼을 만들었다. 집시 여자들이 나타났을 때, 그는 고프네르를 위한 파이프를 만들기 위해서 나무 그루터기의 속을 파내고 있었다. 집시 여자들은 그의 옆을 지나서 어두운 공간 속으로 사라졌다. 키레이는 슬픔 때문에 육체의 허약함을 느끼고 있었는데, 흡사 자기 삶의 끝을 본 것 같았다. 하지만 땅을 파는 것으로 육체를 소모함으로써 점차, 이 고통을 극복했다. 한 시간이 지난 후 집시 여인들이 다시 그의 시야에 나타났다. 그런데 그들은 이미 저 멀리 스텝의 고지대에 있었으며, 마치 후퇴하는 대열의 후미처럼 곧바로 사라져 버렸다.

"인생의 미인들이야." 바자울마다 기타 인간들의 누더기를 빨아서 널고 있던 피유샤가 말했다.

"견고한 물질이지." 제예프는 집시 여인들을 이렇게 규정했다.

"다만 그들의 육체에서 혁명은 조금도 보이지 않았단 말이야." 코푠킨이 알려 주었다. 그는 사흘째 풀숲에서 그리고 말이 있던 모든 장소에서 편자를 찾았지만, 몸에 지니는 십자가나 삽 등 부르주아의 삶이 남긴 어떤 힘줄이나 쓰레기 같은 잡동사니들만 발견했을 뿐, 편자를 찾아내지는 못했다. "의식성이 없는 얼굴에 아름다움이 있을 수는 없는 법이지." 이번에는 혁명 전에 교회를 세우기 위한 헌금을 모아 두던 모금함을 발견한 코푠킨이 말했다. "혁명이 없는 여자는 반만 여자일 따름이지. 나는 그런 여자들은 전혀 그리워하지 않아……. 뭐 그런 여자 덕분에 잠들 수야 있겠지만, 그다음에는? 그런 여자는 전투적 물질이 아니야. 내 심장보다도 더 가벼워……."

드바노프는 나무로 된 구조물을 만들기 위해 주변에 있는 집들의 상자에 박혀 있는 못을 뽑고 있었다. 문을 통해서 그는 불행한 집시 여인들이 떠나는 것을 보았고, 그들을 불쌍히 여겼다. 그녀들이 체벤구르에서 아내나 어머니가 될 수 있었을지도 모르기 때문이었다. 이 사람들은 끔찍하고 의지할 곳 없는 지상에서 흩어지지 않기 위해, 우정으로 뭉치고 스텝에서의 노동으로 더 가까워졌다. 아마도 육체를 교환함으로써, 깊숙한 피의 제물의 견고함에 의해 더 강하게 결속되었을지도 모른다. 드바노프는 놀란 눈으로 집들과 바자울들을 바라보았다. 얼마나 많은 노동하는 손들의 열기가 숨겨져 있는가. 이 벽들과, 천장과 지붕들에서 만나야 할 사람에게 도달하지 못한 생명들이 얼마나 헛되이 식어 갔는가! 그래서 드바노프는 잠깐 동안 못을 찾는 작업을 중단했다. 그는 코푠킨을, 고프네르를, 그리고 바쁜 체벤구르를 떠나 스텝으로 가 버린 그 기타 여인이나 가난한 사람들을 위해 내부에 최상의 힘을 남겨두기 위해, 자신과 기타 인간들을 노동에 소진하지 않고 보호하고 싶었던 것이다. '집중해서 일해 사람들을 놓치는 것보다는, 슬퍼하는 편이 더 낫겠다.' 드바노프는 확신했다. '지금 이곳에서는 모두 너무 노동에 집중하고 있어. 그러니 살기는 어렵지 않게 되었지만, 결과적으로 행복은 항상 연기되고 있어…….'

가을의 투명한 더위는 체벤구르의 고요한 변두리들을 반쯤 죽어 버린 빛으로 비춰 주었다. 흡사 땅 위에는 공기가 없고, 가끔씩 얼굴로 지루한 거미줄이 달라붙는 것 같았다. 풀들은 더 이상 빛과 온기를 받아들이지 않으면서 이미 죽어 가는 먼지로 바뀌었다. 그들은 태양에 의해서뿐만 아니라, 시간에 의해서도 살았던 것이다. 스텝의 지평선으로는 새들이 날아올랐다가 더 풍요로운 장소를 향해 멀리 날아갔다. 드바노프는 어린 시절 자하르 파블로비치의 집 천장에 살고 있던 파리를 바라볼 때 느꼈던 것과 똑같은 슬픔으로 새들을 바라보았다. 하지만 새들은 날아올랐으며, 천천히 이는 먼지가 그들을 덮어 버렸다.

그때 삼두마차가 시야에 들어왔다. 마차는 급히 체벤구르로 달려오고 있었다. 드바노프는 바자울로 올라서서 놀란 눈으로 낯선 사람이 오는 것을 바라보았다. 그런데 갑자기 멀지 않은 곳에서 힘찬 말발굽 소리가 들렸다. 이것은 프롤레타리아의 힘을 탄 코푠킨이 체벤구르 변두리로부터 친구를 만나기 위해, 아니면 적을 쳐부수기 위해 저 멀리 있는 마차로 질주해 달려가는 소리였다. 드바노프 역시, 필요하다면 코푠킨을 돕기 위해 도시 경계로 달려 나갔다. 하지만 코푠킨은 이미 혼자서 모든 일을 처리했다. 마부는 조용히 걸음을 내딛는 말들에게 재갈을 물려서 끌고 오고, 그들 뒤의 마차는 비어 있고, 마차 안에 앉아 있던 사람은 좀 떨어진 뒤에서 걸어왔다. 코푠킨은 말을 탄 채 맨 뒤에서 그 사람을 호송했다. 코푠킨의 한쪽 손에는 칼이 들려 있고, 다른 손에는 무게가 나가는 서류 가방과, 씻지 않은 커다란 손가락으로 서류 가방과 함께 움켜쥔 여성용 권총이 들려 있었다.

스텝을 따라 마차를 타고 오던 사람은 무장 해제된 채, 걸어오고 있었는데, 그의 얼굴에는 죽음을 앞둔 두려움과 공포는 없고, 지성이 엿보이는 미소가 나타나 있었다.

"당신은 누구죠? 왜 체벤구르에 오신 겁니까?" 드바노프가 그에게 물었다.

"나는 잡초지를 찾으러 수도에서 파견되었소. 잡초가 없을 것이라고 생각했는데, 이곳에 오니 실제로는 자라고 있군요." 시몬 세르비노프가 말했다. "그런데 당신들은 누구시오?"

두 사람은 서로 거의 맞닿을 듯이 서 있었다. 코푠킨은 위험한 인물이 나타난 것에 기뻐하면서, 예민하게 세르비노프를 관찰했다. 마부는 마차 옆에서 한숨을 내쉬며 화가 나서 뭐라고 중얼거렸다. 그는 여기 있는 부랑자들에게 말을 빼앗기리라고 예상하고 있었던 것이다.

"이곳에는 공산주의가 있다." 코푠킨이 말 위에서 설명했다. "우리는 이곳의 동지들이지. 왜냐하면 이전에는 생활 수단 없이 살았으니까. 그런데 네놈은 도대체 뭐 하는 두체냐?"

"나도 공산주의자요." 세르비노프는 드바노프를 바라보며 어디선가 본 적 있는 얼굴이라 생각하면서, 신분증을 꺼내 보였다.

"공산주의자인 척하러 왔군." 실망한 코푠킨이 말했다. 그 어떤 위험성도 없었던 것이다. 그래서 그는 소형 권총과 서류 가방을 주변 풀밭으로 던져 버렸다. "여자용 무기는 우리에게 필요 없어. 대포라도 있었더라면 좋았을 것을. 네놈이 대포라도 끌고 왔다면, 네놈이 볼셰비키라는 것이 확실한데 말이야. 그런데 커다란 서류 가방에, 조그만 권총이라니. 네놈은 서기 나부랭이지, 공산당원이 아니야. 사슈, 집으로 가세!"

드바노프는 프롤레타리아의 힘의 편안한 엉덩이에 올라탔다. 그리고 코푠킨은 드바노프와 함께 질주하기 시작했다.

세르비노프의 마부는 말을 다시 스텝 쪽으로 몰아 목숨을 구할 준비를 하고 마부석으로 기어 들어갔다. 세르비노프는 생각에 잠겨 체벤구르를 향해 걸어갔으며, 잠시 후 걸음을 멈추었다. 늙은 우엉 잎들이 그 앞에서 평온하게 자신들의 여름날을 살아가고 있었다. 멀리서, 도시의 중심에서는 누군가 규칙적으로 열심히 나무를 두드리고 있었고, 변두리 거주지에서는 감자로 만든 음식 냄새가 났다. 여기서도 사람들이 살고 있고, 매일 슬픔과 기쁨으로 음식을 먹고 살아가고 있음이 드러났다. 세르비노프, 그에게는 과연 무엇이 필요한가? 알 수 없다. 그래서 세르비노프는 체벤구르로, 알 수 없는 장소로 걸어갔다. 마부는 자신에 대한 세르비노프의 무관심을 알아차리고는, 처음에는 조용히 말을 몰다가 나중에는 체벤구르에서 저 멀리 스텝의 순수함으로 달려가기 시작했다.

체벤구르에서 기타 인간들은 세르비노프를 빙 둘러쌌다. 태생적으로 그들은, 제대로 옷을 갖춰 입은 미지의 사람에게 흥미를 가지고 있었다. 그들은 흡사 자동차를 선물 받았고, 이제는 즐거움이 그들을 기다리기라도 하는 양 세르비노프를 바라보면서, 그를 감상했다. 키레이는 세르비노프의 주머니에서 만년필을 꺼내 고프네르를 위한 파이프를 만들려고, 곧바로 만년필 뚜껑을 벗겨 냈다. 카르추크는 키레이에게 세르비노프의 안경을 선물했다.

"이제 더 멀리, 더 많이 볼 수 있을 걸세." 그는 키레이에게 말했다.

"이 녀석의 륙색과 여행 가방을 괜히 던져 버렸군." 코푠킨은 아쉬워했다. "차라리 그걸로 사샤를 위한 볼셰비키 모자를 만들어 줄걸 그랬지……. 아니면, 아니야, 그건 그냥 굴러다니라지. 내 모자를 사샤에게 선물하면 되지 뭐."

세르비노프의 구두는 방 안을 걸어 다닐 때 가벼운 실내화가 필요했던 야코프 티티치에게로 갔다. 외투는 혁명의 보호 구역에서 처음부터 바지 없이 살았던 파신체프에게 바지를 만들어 주기 위해 체벤구르 사람들이 벗겨 냈다. 세르비노프는 곧 윗도리 하나만 입은 채, 거리에 놓인 의자에 맨발로 앉았다. 피유샤는 그에게 두 개의 구운 감자를 가져다주었으며, 기타 인간들은 뭐든 자신이 주고 싶은 것을 말없이 가져다주었다. 누군가는 반외투를 가져왔고, 또 다른 사람은 펠트 장화를 가져다주었다. 키레이는 세르비노프를 위해서 문방구가 가득 든 자루를 주었다.

"가져가슈." 키레이가 말했다. "아마도 똑똑한 양반이 틀림없을 테니, 댁에게 필요할 거요. 우리에겐 필요 없으니.”

세르비노프는 문방도구도 가져갔다. 나중에 그는 바싹 말라 가는 풀밭에서 서류 가방과 권총을 찾아냈으며, 가방에서 서류 내용물들만 끄집어낸 다음 가방을 다시 던져 버렸다. 서류 중에는 그가 재산으로 가지고 싶어 했던 인간들에 대한 가계부가 있었다. 시몬은 이 가계부를 잃어버릴까 봐 두려웠다. 그는 저녁에 반외투를 입고 장화를 신고는 지친 도시의 고요함 속에서 가계부를 펼쳐 들고 앉았다. 키레이가 부르주아들의 유산에서 가져온 타고 남은 촛불이 탁자 위에서 타고 있었다. 집 안에는 언젠가 여기서 살았던 낯선 인간의 살찐 몸 냄새가 남아 있었다. 고독하거나 새로운 장소에 가면 세르비노프에게는 언제나 슬픔이 생겨났으며, 배도 아프기 시작했다. 그는 자신의 공책에 아무것도 써넣지 못했다. 다만 그것을 읽고, 그의 과거는 자신에게 손해였을 뿐이라는 사실을 알 수 있었다. 그 어떤 인간도 그와 더불어 평생 남아 있지는 않았으며, 그 누구의 우정도 그가 기댈 수 있는 친밀한 관계로 바뀌지 않았다. 세르비노프는 지금 혼자이며, 관청의 서기만이 세르비노프가 지금 출장 중이며, 곧 되돌아와야만 한다는 사실을 기억하고 있을 것이었다. 서기는 물론 업무상의 질서를 위해 그를 기다리는 것일 따름이었다. ‘그에게 나는 필수적인 인간이야.’ 서기에 대한 일종의 애착심을 가지고 세르비노프는 상상했다. ‘그리고 그는 나를 기다려 줄 거야. 나에 대한 그의 기억을 속이지 않을 테야.’

알렉산드르 드바노프는 세르비노프가 잘 있는지 점검하러 들렀다. 세르비노프는 어딘가에서 자신에 대해 서기가 염려하고 있으며, 자기도 동료를 가지고 있다는 사실에 이미 절반 정도는 행복해져 있었다. 세르비노프는 오직 그것에 대해서만 생각하고 있었으며, 밤의 체벤구르에서 이 사실 하나로만 위안을 받았다. 그 어떤 다른 이념도 그는 느낄 수 없었으며, 느낄 수 없는 것에 의해 위로받을 수는 없었던 것이다.

"체벤구르에서 뭘 원합니까?" 드바노프가 물었다. "당장 말씀드리죠. 이곳에서 당신은 출장 목적을 달성할 수 없을 겁니다."

세르비노프는 출장 목적을 달성하는 것에 대해 생각하지 않았다. 그는 다시 드바노프의 낯익은 얼굴을 기억해 내려 했지만, 그럴 수가 없어서 불안했다.

"당신들 마을의 파종 면적이 줄어든 것이 사실이오?" 세르비노프는 파종에 대해서 그다지 흥미를 가지지도 않으면서, 서기를 만족시키기 위해 이 사실을 알아보기를 원했다.

"아니요." 드바노프가 설명했다. "파종 면적은 오히려 늘어났어요. 심지어 도시가 풀로 더 무성해졌죠."

"그것 잘됐군요." 세르비노프는 이렇게 대답하고, 출장 목적이 이미 달성되었다고 여겼다. 나중에 보고서에다 면적이 줄어든 것이 아니라 오히려 1퍼센트 증가했다고 쓸 것이다. 사실 그는 어디에서도 헐벗은 땅을 본 적이 없었고, 토지 위로는 식물들이 빽빽이 자라나고 있었다.

어딘가 축축한 밤의 공기 속에서 잠이 오지 않아 홀로 헤매는 늙어 가는 인간, 코푠킨이 기침을 했다.

드바노프는 출장 온 그자를 체벤구르에서 쫓아내려는 의도로, 의심을 품고 세르비노프에게 갔지만, 그를 보고 나자 어떻게 말을 이어야 할지 알 수 없었다. 드바노프는 항상 처음에 인간을 두려워했다. 자신이 더 우월하다고 인식할 만한 진정한 확신을 가지지 못했기 때문이다. 반대로 사람의 모습은 드바노프 안에서 그러한 확신 대신에 감정을 요동치게 했으며, 오히려 쓸데없이 그 사람을 존경하기 시작했던 것이다.

세르비노프는 자기가 어디에 있는지도 알지 못했다. 그는 시골 마을의 고요함과 주변 풀밭의 충만한 공기 때문에 모스크바에 대한 향수가 생겨나, 내일이 되면 걸어서라도 체벤구르를 떠나리라 결심했다.

"당신 도시에는 혁명이 있소, 아니면 뭐요?" 세르비노프는 드바노프에게 물었다.

"우리에겐 공산주의가 있습니다. 저기 코푠킨 동지가 기침하는 것이 들리죠. 저 사람은 공산주의자입니다."

세르비노프는 많이 놀라지 않았다. 그는 항상 혁명을 자기보다 더 나은 것이라고 여겼다. 그는 단지 이 도시에서 자기 연민을 보았으며, 자신이 강 속에 있는 바위와 닮았다고 생각했다. 혁명은 그의 위로 지나가 버렸으며, 그는 스스로에 대한 애착심 때문에 무거워져 강바닥에 홀로 남게 되는 것이다.

"당신들의 체벤구르에는 슬픔이나 우울함이 있습니까?" 세르비노프가 물었다.

드바노프는 있다고 말해 주었다. 왜냐하면 슬픔이나 우울함 역시 인간의 육체인 것이다.

여기서 드바노프는 탁자에 이마를 기대었다. 저녁이 되면 그는 업무 때문이 아니라 하루 종일 조심스러움과 두려움을 지닌 채 체벤구르 사람들을 살펴보느라 피로에 지쳤다.

세르비노프는 대기를 향해 창문을 열었는데, 모든 것이 조용하고 어두웠다. 스텝으로부터 길고 깊은 밤의 소리가 들려왔으나, 그것은 너무나 평화로워서 밤의 평온함을 위협하지 못했다. 드바노프는 침대로 건너가서 똑바로 누워 잠들었다. 다 타들어 가는 촛불 앞에서 세르비노프도 서둘러서 소피야 알렉산드로브나에게 편지를 썼다. 그는 체벤구르에는 한 장소로 모인 부랑자 프롤레타리아들이 공산주의를 건설했으며, 그들 가운데 반쯤 인텔리겐치아인 드바노프는 아마도 자기가 이곳에 왜 왔는지를 잊어버린 것 같다고 썼다. 세르비노프는 잠든 드바노프를 바라보았다. 감긴 눈 때문에 바뀐 그의 얼굴과 죽음의 평온함으로 쭉 뻗은 그의 다리가 보였다. 그는, 당신이 어린 시절 사랑했던 사람의 사진과 닮아 있지만 그가 당신을 사랑했다고 여기기는 힘들다고도 썼다. 세르비노프는 출장을 오고 나서 위장이 아프기 시작했다고 부가했으며, 그 절반의 인텔리겐치아와 마찬가지로 왜 그도 체벤구르에 왔는지 잊은 채 이곳에서 존재하는 것에 동의할 수도 있으리라고 썼다.

촛불이 꺼지고, 세르비노프는 바로 잠들지 않을까 봐 두려워하면서 상자 위에 누웠다. 하지만 그는 곧바로 잠에 빠졌으며, 흡사 행복한 사람들에게 그러하듯 새로운 날이 그의 앞에 순간적으로 다가왔다.

이제 체벤구르에는 많은 물건이 축적되었다. 세르비노프는 그 물건들이 어디에 필요한지 이해하지 못한 채 걸어 다니면서 그것들을 보았다.

아침에 세르비노프는 탁자 위에 놓인 전나무로 만든 프라이팬을 보았다. 지붕에는 구멍을 뚫어 철로 만든 깃발을 세워 놓았는데, 그것은 바람에 날릴 수도 없었다. 도시 자체도 사람들의 거주 장소를 파종지로 늘린 것 아닐까 하고 세르비노프가 생각할 만큼 너무나 가깝게 밀집되어 있었다. 보이는 곳 어디에서나 체벤구르 사람들은 열심히 노동하고 있었다. 그들은 풀밭에 앉아 있기도 하고, 헛간이나 방 안에 앉아 있기도 하며, 자기에게 필요한 일을 하고 있었다. 두 사람은 나무 탁자를 깎고, 또 한 사람은 재료가 부족했기 때문에 지붕에서 떼어 낸 철판을 잘라서 구부리고 있었다. 그리고 네 사람은 바자울에 기대앉아 누군가 나중에 순례길을 떠날 때 가져갈 수 있도록 짚신을 엮고 있었다.

드바노프는 세르비노프보다 더 일찍 일어나 고프네르를 찾으러 갔다. 두 사람은 대장간에서 만났는데, 바로 그곳에서 세르비노프도 그들을 발견했다. 드바노프는 태양열을 전기로 바꾸는 기계를 고안해 냈다. 이것을 만들기 위해 고프네르는 체벤구르에 있는 모든 거울을 틀에서 빼냈고, 유리란 유리는 작은 조각이라도 다 모았다. 이것으로 드바노프와 고프네르는 복잡한 프리즘과 반사경을 만들었다. 햇빛이 이 도구를 지나면서 뒷부분에서 전류로 바뀌도록 한 것이었다. 기구는 이틀 전에 이미 준비되었지만, 전기가 발생하지 않았다. 기타 인간들은 드바노프의 빛을 내는 기계를 보러 왔다. 그 기계가 비록 작동은 하지 않았지만, 그럼에도 불구하고 그들은 필요한 것을 찾아낸 것으로 여겼다. 왜냐하면 두 명의 동지가 자신들의 육체적 노동으로 기계를 고안하고 만들어 냈다면, 그 기계는 올바른 것이고 필수적인 것이라 여겼던 것이다.

대장간에서 멀지 않은 곳에는 진흙과 짚으로 만든 탑이 서 있었다. 밤이면 기타 인간이 탑으로 기어 올라가서, 스텝에서 길을 잃고 헤매는 사람들이 어디에 정박해야 할지 볼 수 있도록 그곳에 모닥불을 지폈다. 하지만 스텝이 텅 비어 버린 것인지, 아니면 밤에 돌아다니는 사람들이 전혀 없는 것인지, 이 진흙 등대의 빛을 보고 나타난 사람은 아직 아무도 없었다.

드바노프와 고프네르가 자신들의 태양 메커니즘을 좀 더 향상시키기 위해서 노력하는 동안 세르비노프는 도시 중심부로 걸어갔다. 집들 사이는 다니기에 너무 좁았다. 게다가 기타 인간들이 자기들이 만들던 물건을 완성시키려고 여러 가지 발명품들을 이곳으로 가져다 놓아 이제는 전혀 지나다닐 수 없게 되었다. 예를 들면, 2사젠짜리 나무 바퀴가 가로로 놓여 있고, 철제 단추, 드바노프를 포함해서 좋아하는 동지들의 모습을 닮은 진흙 기념비, 망가진 자명종으로 만든 자동으로 돌아가는 기계, 체벤구르의 모든 이불과 베개의 내용물이 다 들어가 있지만 제일 추위를 타는 한 사람만이 그곳에서 몸을 녹일 수 있는 저절로 데워지는 난로 등이었다. 그리고 어디에 쓰는 물건인지 세르비노프로서는 전혀 상상도 할 수 없는 그런 물건들도 널려 있었다.

"도시 어디에 혁명 수행위원회가 있습니까?" 세르비노프는 뭔가에 몰두하고 있는 카르추크에게 물었다.

"수행위원회가 전에는 있었지만, 지금은 없소. 벌써 모든 것을 수행했으니까." 카르추크가 설명했다. "체푸르니에게 물어보시오. 보다시피 나는 지금 파신체프 동지에게 소뼈로 칼을 만들어 주느라 바쁘오."

"도시가 넓은 공간에 세워졌는데, 왜 이렇게 집들이 좁게 건설되었나요?" 세르비노프가 또 물어보았다.

하지만 카르추크는 대답을 거절했다.

"아무나 묻고 싶은 다른 사람에게 물어보시오. 보다시피, 나는 일하고 있지 않소. 그 말은, 내가 당신에 대해서가 아니라 이 칼을 줄 파신체프 동지에 대해 생각하고 있다는 뜻이오."

그래서 세르비노프는 기념비를 세우기 위해 협곡에서 진흙을 자루에 담아 오는, 몽골 족의 얼굴을 한 또 다른 사람에게 물어보았다.

"우리는 여기서 휴식 없이 살고 있소." 체푸르니가 설명했다. 진흙을 옮겨 오던 사람은 바로 그였다.

세르비노프는 그에 대해, 그리고 나무로 된 2사젠짜리 바퀴와 철제 단추에 대해서 웃기 시작했다. 하지만 세르비노프는 자신의 웃음이 부끄러워졌다. 체푸르니는 그 앞에 서서 그를 바라보고 있었지만 화를 내지는 않았다.

"당신들은 힘겹게 일하고 있군요." 세르비노프가 웃음을 빨리 멈추기 위해 말했다. "그런데 당신들의 작업을 보니, 전부 쓸모없는 것이군요."

체푸르니는 주의 깊고 진지하게 세르비노프를 바라보았다. 그는 세르비노프에게서 인민대중으로부터 뒤처진 한 인간을 발견했다.

"우리는 쓸모를 위해서가 아니라, 서로를 위해서 노동하고 있네."

"어떻게요?" 그가 물었다.

"바로 이렇게 말일세." 체푸르니가 확언했다. "어떻게 다른 식으로 일할 수 있겠나, 말 좀 해 보지? 아마도 자넨 공산당원이 아닌가 보군. 부르주아들이나 노동의 이익을 원했지. 하지만 그렇게 할 수 없었지. 단지 물건을 위해 몸을 혹사시키는 것은 참을 수가 없네." 체푸르니는 세르비노프의 우울함을 눈치채고 미소를 지었다. "하지만 자네에게도 이건 안전해. 자네도 우리 도시에서 익숙해질 걸세."

세르비노프는 아무런 생각도 하지 않고 계속 걸어갔다. 그는 많은 것을 생각해 낼 수 있었지만, 바로 자기 눈앞에 있는 것을 이해하기는 불가능했다.

사람들은 초원으로 세르비노프를 불러 점심을 대접했다. 수프로는 야채수프를 주었으며, 본식으로는 채소를 갈아 만든 죽을 대접했는데, 이것만으로도 시몬은 충분히 배부르게 먹을 수 있었다. 그는 체벤구르를 떠나 모스크바로 빨리 출발하고 싶었다. 하지만 체푸르니와 드바노프는 내일까지 남아 줄 것을 부탁했다. 내일까지 그들은 시몬에게 뭔가 기억될 만한 것, 길을 가면서 요긴하게 쓰일 것을 만들어 줄 수 있으리라 여겼다.

세르비노프는 보고하기 위해 현청 소재지에 들르지 않고, 보고서를 우편으로 보내리라 결심하고 내일까지 여기 남기로 했다. 그는 점심을 먹고 나서 현청위원회로 보내는 편지를 썼다. 체벤구르에는 혁명 수행위원회가 없으며, 많은 행복한 사람들이 있지만, 쓸모없는 물건도 많다고 썼다. 또한 파종 면적은 축소되지 않았으며, 반대로 집들이 재정비되고 좁게 배치되어 오히려 파종 면적은 더 늘어났다고 보고했다. 하지만 여기에 대해 앉아서 보고할 수 있는 사람이 없는데, 도시 주민들 중에는 생각이 가능한 사무원을 한 명도 찾을 수 없기 때문이라고 덧붙였다. 결론적으로 체벤구르는 아마도 알려지지 않은 소수 민족이나 아니면 소통의 기술을 알지 못하는, 지나가던 부랑자들에 의해서 점령된 것 같으며, 세상을 향한 그들의 유일한 신호는 밤마다 짚이나 다른 건조한 것들로 불을 밝히는 진흙 등대가 있을 따름이라고 썼다. 이들 부랑자들 중에는 한 명의 인텔리겐치아와 또 한 명의 숙련된 기술자가 있지만, 둘 다 완전히 잊힌 사람들이라고 덧붙였다. 실질적인 결론은 현청 수뇌부가 내려 줄 것을 세르비노프는 제안했다.

시몬은 자기가 쓴 것을 다시 읽어 보았다. 그는 지혜롭고 이중적으로 썼으며, 양측 모두에게, 즉 현청에도 체벤구르 측에도 적대적이며 조소적으로 썼다는 것을 알아차렸다. 세르비노프는 동지로 얻고 싶지 않은 사람들에 대해서는 항상 그렇게 썼다. 체벤구르에서 모든 사람은 그가 도착하기 전에 이미 서로서로를 이해하고 있었지만, 그에게 남겨진 사람은 아무도 없다는 사실을 세르비노프는 곧바로 알아차렸다. 바로 그 때문에 그는 자신의 출장 업무를 잊을 수 없었던 것이다.

체푸르니는 점심을 먹고 나서 다시 진흙을 싣고 왔다. 세르비노프는 두 통의 편지를 어떻게 부쳐야 할지, 어디에 우체국이 있는지 그에게 물었다. 체푸르니는 편지를 받은 다음 이렇게 말했다.

"보고 싶은 사람들이 있나 보군? 우체국이 있는 곳까지 사람을 보내면 된다오. 나도 프로코피가 보고 싶군. 그런데 어디 있는지조차 모르니."

카르추크는 파신체프를 위하여 뼈로 만든 칼을 완성했다. 그는 기뻐할지도 모르며, 앞으로 더 이상 지루해 하지 않을 수도 있었다. 하지만 그에게는 더 이상 생각할 사람도 없었으며, 일해 줄 누군가도 없었다. 그래서 그는 생의 어떠한 이상도 느끼지 못한 채, 손톱으로 땅을 파기 시작했다.

"카르추크." 체푸르니가 말했다. "자넨 파신체프를 존경했는데, 이제는 동지가 없어서 슬퍼하고 있군. 자네, 세르비노프 동지의 편지를 우편 열차까지 좀 가져다주게. 걸어가면서, 그에 대해 생각하면 될 걸세……."

카르추크는 애수에 잠겨서 세르비노프를 바라보았다.

"글쎄요, 내일 가면 어떨까요?" 그가 말했다. "나는 아직 저 사람을 느낄 수가 없어요……. 아마도 저녁쯤에는 출발할 수 있을 것 같아요. 만약에 내 안에서 새로 온 사람에 대한 이끌림이 생기기만 하면요."

저녁이 되자 대지는 물기를 머금고, 안개가 피어났다. 체푸르니는 사라져 버린 프로슈카가 멀리서도 볼 수 있도록, 진흙 탑에서 짚불을 활활 태웠다. 세르비노프는 시트 같은 것으로 몸을 덮고 자리에 누웠다. 그는 텅 빈 집에서 잠들고, 시골의 고요 속에서 안정을 취하고 싶었다. 공간뿐만이 아니라 시간마저 자신을 모스크바로부터 떼어 낸 것처럼 여겨졌다. 그래서 그는 시트 아래서 자기의 다리와 가슴을 흡사 두 번째의, 역시 가련한 다른 인간처럼 여기면서, 그리고 그를 녹여 주고 애무하면서 몸을 한껏 웅크렸다.

카르추크는 흡사 황야의 거주자나 친밀한 사이라도 되는 것처럼 묻지도 않고 집 안으로 들어왔다.

"나는 출발하겠소." 그가 말했다. "당신 편지를 주시오." 세르비노프는 그에게 편지들을 주고 부탁했다.

"내 옆에 잠시 앉아 있어 주시죠. 어쨌든 나 때문에 밤새도록 길을 가야 할 테니까요."

"싫소." 카르추크는 앉아 있기를 거절했다. "나 혼자 당신에 대해서 생각하겠소."

편지를 잃어버릴까 두려워서 카르추크는 양손에 편지를 하나씩 잡고 주먹을 꼭 쥔 채 출발했다.

지상의 안개 위로 깨끗한 하늘이 있었으며 그곳으로 달이 떠올랐다. 순종적인 달빛은 축축한 운무 속에서 연약해지고, 물속의 심연을 비추듯 지상을 비추었다. 마지막까지 잠들지 않은 사람들은 조용히 체벤구르에서 돌아다녔으며, 어떤 이는 모닥불 빛 하나에만 의존할 수 없어 누군가 자기 노래를 스텝에서 들었으면 하고, 진흙 탑 안에서 노래를 부르기 시작했다. 세르비노프는 아무것도 보지 않았으며, 잠들고 싶어서 손으로 얼굴을 가렸지만, 그 손 아래로 눈을 뜨고는 더 이상 잠들지 못했다. 멀리서 아코디언이 경쾌한 군가를 연주했다. 멜로디로 봐서는 아마도 「야블로치코」인 듯했지만, 훨씬 숙련되고 감각적이었는데, 세르비노프가 모르는 볼셰비키들의 폭스트롯 같은 곡이었다. 음악 소리 사이에 마차가 삐걱거리는 소리가 들렸다. 누군가 마차를 타고 달리고 있다는 의미였다. 그리고 멀리서 두 마리의 말 울음소리가 들렸다. 하나는 체벤구르에서 프롤레타리아의 힘이 우는 소리였고, 다른 하나는 스텝으로부터 도착하는 여자 친구가 대답하는 소리였다.

시몬은 밖으로 나갔다. 진흙 등대에서는 짚더미와 낡은 바자울이 거침없는 불꽃으로 활활 타올랐다. 아코디언은 믿을 만한 사람의 손에서 연주되면서 그 소리를 낮추지 않고, 반대로 점점 더 빨리 연주하면서 한곳에서의 삶을 주민들에게 호소했다.

마차에는 프로코피와 함께 아내를 찾기 위해서 언젠가 길을 떠났던 벌거벗은 음악가가 타고 있었고, 힝힝대는 여윈 말이 그들을 이끌고 왔다. 그 마차의 뒤로는 맨발의 여자들이 열 명 정도, 아니면 그보다 더 많을 수도 있는데, 두 명씩 줄을 지어서 오고, 맨 앞줄에 클라브두샤가 걸어오고 있었다.

체벤구르 사람들은 미래의 아내들을 말없이 맞이했다. 그들은 등대의 불빛 아래에 서서 아내들을 맞이하러 앞으로 나아가지도 않고, 환영의 말도 하지 않았다. 왜냐하면 그곳으로 온 사람들도 사람이고 동지들이었지만, 동시에 그들은 여자이기 때문이었다. 코푠킨은 데려온 여인들에 대해서 부끄러움과 존경심을 품었으며, 게다가 여자들을 관찰하는 것이 로자 룩셈부르크 앞에서 수치스러운 일이라고 느껴 흥분한 프롤레타리아의 힘을 진정시키기 위해 자리를 떴다.

마차가 멈췄다. 기타 인간들은 순식간에 마차에서 말을 풀고, 마차에 타고 있던 사람들을 체벤구르로 데리고 갔다.

프로코피는 음악을 멈추게 하고, 더 이상 어디로도 서두르지 말라고 여성들의 행렬에 신호를 보냈다.

"공산주의의 동지 여러분!" 많지 않은 민중의 고요를 향해 프로코피는 말을 이었다. "당신들의 정책을 나는 수행했소! 당신들 앞에 체벤구르로 행진하며 데려온 미래의 배우자들이 서 있소. 제예프에게는 특별한 거지 여자를 꾀어 왔다오……."

"어떻게 그 여자를 꾀어 왔는가?" 제예프가 물었다.

"기계적으로." 프로코피가 설명했다. "자, 음악가 선생, 악기를 들고 배우자들 쪽으로 돌아서서, 그들이 체벤구르에서 슬퍼하지 않고 볼셰비키들을 사랑할 수 있도록 음악을 연주해 주시오."

음악가는 연주를 하기 시작했다.

"훌륭하군!" 프로코피가 칭찬했다. "클라브듀샤, 여자들을 쉴 곳으로 데려가도록 해. 내일은 도시 조직들을 지나 그들 얼굴도 보여 주면서, 행진을 시키도록 하지. 사실 모닥불은 얼굴 모습을 제대로 보여 주지 않으니까."

클라브듀샤는 졸고 있는 여인들을 텅 빈 도시의 어둠 속으로 데려갔다.

체푸르니는 프로코피를 가슴에 안고 그에게만 속삭였다.

"프로슈, 우리에게 이제 여자들은 급하게 필요하지 않아. 자네가 나타났으니 말이야. 원하는 게 있으면, 내일 내가 뭐든지 만들어서 선물해 주지."

"클라브듀샤를 선물해 주시죠!"

"당연히 프로슈, 자네에게 그녀를 선물할 수 있어. 실은 자네가 스스로에게 그녀를 선물하지 않았나. 데려가게, 그리고 뭐든 또 가져가게!"

"일단 생각해 보죠." 프로코피는 시간을 좀 벌었다. "지금은 별로 필요한 게 없어요, 그리고 식욕도 없고……. 안녕, 사샤!" 그가 드바노프를 보고 말했다.

"안녕, 프로슈!" 저쪽에서 드바노프가 대답했다. "어디서든 또 다른 사람들은 못 봤어? 왜 그 사람들은 거기서 살고 있는 거지?"

"그들은 인내심 하나로 거기서 살고 있지." 프로코피는 모두에게 위안이 되도록 정리했다. "그들은 혁명으로 먹고살지 않아. 그들에겐 이미 반혁명이 조직되었어. 그래서 스텝 위로는 벌써 적대적인 회오리가 불어오고 있어. 단지 우리 도시만 명예롭게 남아 있지…….”

“안 해도 될 말을 하는군요, 동지.” 세르비노프가 말했다. “내가 바로 그곳에서 왔소, 그런데 나 역시 혁명가요.”

“글쎄요, 아마 그래서 당신은 그곳에서 힘들었을 거요.” 프로코피는 이렇게 결론을 내렸다.

세르비노프는 대답을 할 수가 없었다. 탑에서는 모닥불이 꺼졌고, 이날 밤에는 더 이상 불이 타오르지 않았다.

“프로슈.” 체푸르니가 어둠 속에서 물었다. “그런데 누가 자네에게 악기를 선물했지, 말 좀 해 주게?”

“어떤 지나가던 부르주아가요. 그는 내게 악기를 싸게 팔아넘겼고, 나는 그자의 존재를 똑같이 처분해 주었죠. 체벤구르에는 종소리 말고는 만족할 만한 게 없어요. 게다가 종소리는 종교니까.”

“프로슈, 이제 교회 종소리와 다른 어떤 수단 없이도 즐길 수 있겠군.”

프로코피는 탑의 아래쪽에 있는 공간으로 기어 들어가 지쳐서 잠이 들었다. 체푸르니 역시 프로코피 가까이에 몸을 눕혔다.

“좀 더 많이 숨을 쉬어 보세요, 공기를 덥혀 주시죠.” 프로코피가 부탁했다. “아마도 한데서 몸이 언 것 같아요.”

체푸르니는 자리에서 일어나 오랫동안 더 자주 숨을 쉬었다. 그리고 나중에는 외투를 벗어서 프로코피를 둘둘 말아 주고, 그에게 가까이 기대어 생의 낯섦 속으로 침잠해 들어갔다.

아침이 되니 화창한 날이 시작되었다. 음악가가 제일 먼저 일어나서 모든 기타 인간을 흥분시킨 기상 준비 행진곡을 연주했다.

여인들은 클라브듀샤가 체벤구르의 헛간과 집 안을 뒤져서 찾아온 신발과 옷을 입은 후, 모든 준비를 마친 채 앉아 있었다.

기타 인간들은 더 늦게 도착했는데, 당황한 나머지 그들이 사랑하도록 예정되어 있는 그 사람들을 차마 바라보지도 못했다. 그곳에는 드바노프도, 고프네르도, 세르비노프도 있었으며, 또한 가장 먼저 체벤구르를 점령했던 사람들도 있었다. 세르비노프는 그곳을 떠나기 위해 마차와 말을 채비해 달라고 부탁하러 왔지만, 코푠킨은 프롤레타리아의 힘을 그에게 넘겨주기를 거부했다. "외투는 줄 수 있지." 그가 말했다. "심지어 나를 하루 동안 빌려 줄 수도 있어. 원하면 가져가. 하지만 내 말을 달라고는 하지 마, 나를 화나게 하지 말게. 말이 없으면 난 뭘 타고 독일로 간단 말인가?" 그러자 세르비노프는 어제 프로코피가 몰고 온 다른 말을 부탁하려고 체푸르니에게 이야기했다. 그러자 체푸르니는 세르비노프한테 떠나갈 필요 없이 이곳에서 사는 게 어떠냐면서 그의 제안을 거절했다. 체벤구르에는 공산주의가 이루어졌으니, 어떻든 모든 사람이 곧 이곳으로 몰려들 것이기 때문이었다. 그 사람들이 이리로 돌아올 텐데, 뭐 하러 사람들에게로 떠나느냐는 말이었다.

세르비노프는 그에게서 떠났다. '나는 어디로 가려고 하는가?' 그는 생각했다. '소피야 알렉산드로브나에게 갔던 내 육체의 뜨거운 부분은 흔적도 없이 사라지는 모든 음식물처럼, 이미 그녀 안에서 모두 소화되고 파괴되었을 것이다…….'

체푸르니는 큰 소리로 이야기하기 시작했다. 세르비노프는 알 수 없는 말을 듣기 위해 조용히 서 있었다.

"프로코피, 그는 프롤레타리아트의 무거운 짐을 덜어 주려는 배려요." 체푸르니가 사람들 가운데서 말하기 시작했다. "저기 저 사람이 우리에게 여자들을 데려다 주었소. 양적으로는 적당하지만, 섭취량으로 보면 거의 모자랄 정도요……. 그리고 이제 나는 여성 구성원들이 기다림의 기쁨을 말로 표현해 보도록 부탁드리려 하오! 누구든, 내게 이야기를 좀 해 주시오. 왜 우리는 자연의 조건을 존경합니까? 왜냐하면 우리가 그것을 먹기 때문이오. 그러면 왜 우리는 우리의 몸짓을 이용해서 여인들을 이리로 불렀습니까? 왜냐하면 우리는 음식 때문에 자연을 존경하지만, 여자는 사랑 때문에 존경하기 때문입니다. 여기서 나는 체벤구르에 오신 여성분들을 특별한 조직의 동지로 여기며, 감사를 표합니다. 그리고 여러분이 우리와 함께 살면서 평화를 섭취하고, 체벤구르에 있는 동지와 사람들을 통해 행복을 나눠 가지기를 바랍니다…….”

여자들은 이 말을 듣고 심하게 놀랐다. 왜냐하면 이전의 남자들은 항상 그들과 곧바로 뭔가를 하고자 했는데, 이 남자들은 참고 있으며, 처음에는 뭔가 연설부터 했던 것이다. 그래서 여자들은 클라브듀샤가 입혀 준 남자용 외투와 코트를 코까지 끌어당겨서 입을 막았다. 그들은 사랑하지 않았기에 사랑을 두려워하지 않았다. 다만 학대와 노동의 삶으로 얼룩진 얼굴로 군사용 외투를 입은 이 건조하고 참을성 많은 사내들에 의해 학대받거나 몸이 근절될까 두려웠던 것이다. 이 여자들은 젊지도 않았으며, 다른 어떤 분명한 나이대도 지니지 않았다. 그들은 자신의 육체와 태어난 장소와 청춘의 시기를 음식을 얻기 위해서 늘 변화시켰다. 하지만 음식을 얻는 것은 그들에게는 항상 부족하기만 해서 그들의 몸은 죽음보다 훨씬 전에 거의 모두 소모되었던 것이다. 그래서 그들은 소녀도, 노파도, 어머니도, 딸도, 제대로 먹이지 못한 누이도, 한꺼번에 닮아 있었다. 그들은 남자들의 애무에 아파하거나 두려워했다. 프로코피는 여정 중에 시험 삼아 마차 안으로 여자들을 불러들여서 그 여자들을 안으려고 했다. 하지만 그들은 그의 사랑에 마치 아파서 그런 것처럼 비명을 질렀다.

이제 여자들은 체벤구르 사람들의 시선을 마주보고 앉아, 옷 아래 이미 낡아 버린 뼈에 붙어 있는 남아도는 피부의 주름을 펴고 있었다. 체벤구르로 온 여자들 중에서 클라브듀샤 하나만이 충분히 편안했으며 살이 통통하게 올라 있었지만, 그녀에 대한 호감은 이미 프로코피가 차지하고 있었다.

야코프 티티치는 누구보다 깊이 생각에 잠겨서 이 여자들을 관찰했다. 왜냐하면 그들 중 하나가 그에게는 누구보다도 더 슬퍼 보였던 것이다. 그리고 그녀는 낡은 외투를 입고 심하게 추위를 탔다. 아직 그의 삶이 많이 남았을 때, 낯선 사람들과 기타 인간들 중 자신과 진짜 피를 나눈 가족을 찾기 위해서라면 자기 인생의 절반이라도 줄 준비가 되었던 적이 얼마나 많았던가. 그리고 비록 기타 인간들은 어디서든 동지가 되어 주기는 했지만, 그것은 가까움과 슬픔, 특히 생의 슬픔 때문이었지, 하나의 자궁에서 나온 것 때문은 아니었다. 야코프 티티치에게 인생은 이제 절반이 아니라 거의 마지막 부분만 남아 있었다. 하지만 그는 가족을 위해서라면 체벤구르에서의 자유와 빵을 내줄 수 있을 뿐만 아니라, 그를 위해 다시 방랑과 가난의 미지의 길을 향해 떠날 수도 있었다.

야코프 티티치는 자신이 선택한 여인에게 다가가서 여인의 얼굴을 만져 보았다. 그에게는 그녀의 외모조차 자기를 닮은 것처럼 느껴졌다.

"너는 누구 것이냐?" 그가 물었다. "세상에서 넌 어떻게 살아가느냐?"

여자는 그에게서 떨어져 머리를 숙였다. 야코프 티티치는 그녀의 뒷덜미 아래 목 부분을 보았다. 그곳에는 깊게 파인 긴 목 줄기의 홈이 보였고, 그 안에는 노숙자의 때가 쌓여 있었다. 여자가 다시 고개를 들었을 때 보니 그녀의 머리는 흡사 말라 가는 나무줄기 위에 붙어 있는 것과 같이 겁먹은 채로 목 위에서 지탱되고 있었다.

“도대체 누구의 것인데 그렇게 여위었는가?”

“그 누구 것도 아니에요.” 여자가 대답했다. 찡그린 채로, 야코프 티티치를 신경 쓰지 않고, 여자는 손가락으로 장난을 하기 시작했다.

“자, 우리 집으로 가자. 내가 네 목에 낀 먼지와 때를 벗겨 주마.” 야코프 티티치가 다시 말했다.

“싫어요.” 여자가 거절했다. “뭐든, 좀 주면, 그러면 갈게요.”

이곳으로 올 때 프로코피는 그녀가 결혼하게 될 거라고 약속했다. 하지만 그녀는 함께 온 다른 여자 친구들과 마찬가지로 그게 무엇인지 잘 알지 못했다. 다만 그녀는 많은 남자들 대신 한 명의 남자가 그녀의 몸을 괴롭힐 것이라고 추측했다. 그래서 그녀는 괴롭히기 전에 미리 선물을 달라고 부탁했던 것이다. 사실, 나중에는 아무것도 주지 않고 쫓아낼지도 모를 일이었다. 그녀는 커다란 외투 밑에서 그녀에게 생명을 주고, 생활의 수단이 되었으며, 유일하고도 이루어지지 않은 희망이 되었던 자신의 몸을 더 옹송그렸다. 피부 위로는 여자에게 낯선 세계가 시작되었으며, 그 낯선 세계로부터 그녀는 아무것도 얻을 수 없었다. 심지어 자신에게 음식을 주고, 다른 사람의 행복의 원천이 되는 몸을 보온하고 보호할 수 있는 옷조차 얻지 못했던 것이다.

“어떻게 이 여자들이 아내가 된단 말인가, 프로슈?” 체푸르니는 의혹을 표시했다. “이건 팔삭둥이 멍청이들이야. 그들에게는 물질이 부족해.”

“아니, 그게 무슨 말이오?” 프로코피가 반대했다. “아홉 달째는 공산주의가 채워 줄 수 있소. 그들은 마치 따스한 배 속에 있는 것처럼 체벤구르에 머물 것이고, 곧 제대로 성장할 거요. 그러면 곧 온전하게 태어날 수 있어요."

"그래, 그렇겠지. 하지만 기타 인간들에게 특별한 달콤함은 필요치 않아. 그냥 삶의 피로에서 벗어날 정도만 되면 된다니까! 그래, 더 뭐가 필요하단 말이야. 이 사람들은 여자고, 뭔가를 넣을 수 있는 빈 곳을 가진 인간들이니까."

"이런 아내들은 있을 수가 없어요." 드바노프가 말했다. "누군가에게 어머니가 있었더라면, 이런 어머니들은 있을 수 있겠지만 말이죠."

"아니면 어린 여동생들이거나." 파신체프가 정의를 내렸다. "내게도 저런 비실비실한 누이가 하나 있었지. 잘 먹지도 못해서, 결국 자기 잘못으로 죽고 말았지만."

체푸르니는 모든 사람의 말을 듣고서 습관적으로 결론을 내리고자 했지만, 의심을 품은 채 자신의 명민하지 못한 지성을 기억해 냈다.

"그런데 왜 우리에겐 남편과 고아들이 더 많은 건가?" 질문의 의미를 생각지도 않고 그는 이렇게 물었다. "그러면 이렇게 정리하도록 하지. 먼저 모든 동지가 한 번씩 저 불쌍한 여자들에게 키스를 하는 게 어떤가? 그러면 그들을 데리고 뭘 할 수 있을지 더 잘 이해하게 될지도 몰라. 음악가 동지, 피유샤에게 악기를 주게. 그가 뭐든 악보가 있는 음악을 연주하도록 말일세."

피유샤는 군대 분위기가 느껴지는 행진곡을 연주하기 시작했다. 그는 고독의 노래나 왈츠를 좋아하지 않았고, 그런 음악을 연주하는 것을 부끄럽게 여겼다.

드바노프가 제일 먼저 모든 여자에게 키스를 했다. 키스를 할 때, 그는 입을 열고 부드러움에 대한 열망을 지닌 채, 자기 입술로 여자들의 입술을 세게 눌렀으며, 그녀를 접촉하는 동안 여자가 굳건히 서서 그에게서 떨어져 나가지 않도록, 왼손으로 여자들을 가볍게 안았다.

세르비노프 역시 모든 미래의 아내들을 키스해야만 했지만, 마지막 차례였다. 그래도 그는 만족했다. 시몬은 항상 자기 말고 다른 사람, 심지어 잘 모르는 사람일지라도 제2의 누군가가 존재하면 평온함을 느껴, 키스를 하고 나서는 하루 종일 만족스럽게 생활했다. 이제 그는 이곳을 아주 떠나고 싶어 하지는 않았다. 그는 만족스럽게 자기 손을 꼭 마주잡고, 사람들의 움직임과 행진곡의 템포 가운데에 서서 보이지 않게 미소를 지었다.

"자, 무슨 말을 해 주시겠소, 드바노프 동지?" 체푸르니는 입을 닦으면서 향후의 이야기가 궁금해져 물었다. "아내로 쓸모가 있겠소, 아니면 어머니로 소용이 되겠소? 피유샤, 이제 이야기를 나눌 수 있게 음악을 좀 멈춰 보게!"

드바노프 자신도 잘 알 수 없었다. 자기 어머니를 본 적도 없었고, 아내도 결코 느껴 본 적이 없었던 것이다. 그는 방금 키스를 하면서 만져 보았던 여자들 육체의 건조한 노후함을 떠올렸다. 또 한 여자는 익숙해진 슬픈 얼굴을 숨기면서 그에게 직접 몸을 붙여 왔는데, 흡사 나뭇가지처럼 연약했다. 그녀 가까이에서 드바노프는 어떤 기억 때문에 잠시 지체했다. 여자에게서는 우유와 땀에 전 셔츠 냄새가 났기 때문에, 어린 시절 그가 죽어 버린 아버지의 몸과 땀에 키스했던 것처럼 셔츠의 가슴 부위에 다시 한 번 입을 맞추었다.

"차라리 어머니가 낫겠어요." 그가 말했다.

"그러면 고아인 사람들은, 이제 어머니를 고르시오!" 체푸르니가 설명했다.

모두 고아였지만, 여자들은 열 명뿐이었다. 그래서 어머니를 얻기 위해 먼저 여자들에게 앞으로 나서는 사람은 아무도 없었다. 모두 자기보다 어머니를 더 필요로 하는 동지에게 여자들을 선물하고 싶었던 것이다. 그런데 드바노프는 이 여자들도 고아라는 사실을 알아차렸다. 그렇다면 여자들이 먼저 체벤구르 사람들에게서 남자 형제나 부모를 고르도록 하는 게 어떨까.

여자들은 바로 가장 나이 많은 기타 인간들을 골라잡았다. 야코프 티티치와 살기를 원하는 여자는 두 명이나 되었으며, 그는 두 명을 모두 선택했다. 사실 여자들 중 누구도 체벤구르 사람들의 부성애나 형제애를 믿지 않았다. 그래서 그들은 다른 아무것도 할 필요 없이 따뜻하게 잠들 수만 있는 그런 남편을 찾으려고 애썼다. 단지 가무잡잡한 반쯤 소녀인 여자 한 명이 세르비노프에게 다가왔다.

"뭘 원하는 거요?" 그는 두려움에 질려서 물었다.

"난 조그맣고 따스한 덩어리 같은 아이를 하나 낳아서, 같이 살았으면 좋겠어요!"

"그럴 수 없어. 나는 곧 여기서 영원히 떠날 테니까."

가무잡잡한 여자는 세르비노프에게서 키레이로 목표물을 바꾸었다.

"넌 그런대로 괜찮은 여자 같군." 키레이는 그녀에게 말했다. "원하는 걸 선물해 주지! 따스한 덩어리 같은 아기가 태어나면, 그 아인 차갑게 식지 않을 거야."

프로코피는 클라브듀샤의 손을 잡았다.

"자, 시민 클로브스즈드 양, 이제 우리는 뭘 할까요?"

"글쎄요, 프로슈, 우리의 과업이야 의식적인 것이니까요……."

"그렇지." 프로코피가 정의했다. 그는 지루한 진흙 덩어리를 집어 들고, 고독 속 어딘가로 그것을 던져 버렸다. "왜 그런지 마음이 계속 심란하군. 가족을 조직해야 하거나, 공산주의를 참아 내야 하거나……. 그런데 준비금은 얼마나 모아 두었어?"

"얼마라니? 이번에 다녀오면서 판 것 다 줬잖아요, 프로슈. 모피 코트 두 벌과 은값으로 그나마 좀 쳐 줬고, 나머지는 전부 어딘지 모르게 새 버렸잖아요."

"그래, 그러라지. 저녁에 내역서를 줘 봐. 너라도 믿어야 하지 않겠어. 그런데도 걱정되는군. 그럼 돈은 숙모님 댁에 그렇게 맡겨 두는 거야?"

"그럼, 어디에 맡겨요, 프로슈? 그곳이 안전한 장소예요. 그건 그렇고, 도대체 나를 언제 현청 소재지로 데려다 줄 건가요? 시내도 보여 준다고 약속해 놓고 나를 이 벽지로 데려오다니. 나도 여기서는 저 거지 여자들 중 하나일 뿐이잖아요. 새 옷 한번 같이 입어 볼 사람도 없다니! 누구한테 보여 줄 수 있단 말이죠? 이게 지역 사교계라도 되나요? 이건 여인숙에 방랑자들이지. 도대체 왜 이런 사람들과 같이 나를 괴롭히고 있죠?"

프로코피는 한숨을 내쉬었다. 머리가 여성적 아름다움을 못 따라가는 그런 이상한 여자와 도대체 뭘 할 수 있단 말인가?

"일단 가도록 해, 클라브듀샤. 이곳으로 온 여인네들을 좀 보살펴 줘. 나는 생각 좀 해 봐야겠어. 생각할 때는, 머리 하나는 괜찮지만, 두 번째 머리는 쓸데없이 남아도는 거니까."

볼셰비키와 기타 인간들은 이전에 있던 장소에서 이미 흩어졌다. 그들은 다시 자기의 이상이라고 느끼는 동지들을 위해 물건을 만들기 시작했다. 코푠킨만이 일을 하려 들지 않고, 다만 우울하게 말을 닦아 주고 어루만져 주었다. 그리고 아직 손대지 않은 자신의 예비 물품들 중에서 거위 비계를 꺼내 무기에 기름칠을 해 주었다. 그 일을 하고 나서 그는 돌을 갈고 있는 파신체프를 찾아다녔다.

“바시.”* 코푠킨이 말했다. “왜 여기 앉아서 스스로를 소모하고 있는가? 여자들이 왔다네. 여자들이 도착하기 전에는 시몬 세르비노프가 룩색과 여행 가방을 들고 체벤구르로 왔고. 자네는 무엇 때문에 여기서 살아가고 또 잊어 가고 있는가? 부르주아들이 공격해 올 텐데, 자네의 폭탄들은 어디에 있는가, 파신체프 동지? 자네의 혁명과 혁명의 보호 구역은 어디에 있단 말인가?”

파신체프는 상처 입은 눈에서 티끌을 꺼내 손톱의 힘으로 저 멀리 바자울로 튕겼다.

“나도 그걸 느끼고 있네, 스테판. 그래서 자네에게 경의를 표하는 걸세! 나는 돌에다 힘을 쏟아붓고 있지. 그렇지 않으면 우엉 밭에 들어가 슬퍼하며 울었을 걸세! 피유샤는 어디 있지? 그 녀석의 음악은 어느 못에 걸려 있는 거야?”

피유샤는 이전 집들의 정원에서 수영*을 꺾어 모으고 있었다.

“음악을 또 듣고 싶어서 그러오?” 그는 헛간 너머에서 이렇게 물어보았다. “영웅적인 공을 못 세우니 지루하지요?”

“피유샤, 나와 코푠킨에게 「야블로치코」를 연주해 줘 봐. 기분 좀 내 보게!”

“기다리시오, 지금 바로 연주하지요.”

피유샤는 반음계 악기를 들고 와서는 프로 예술가다운 진지한 얼굴로 「야블로치코」를 두 동지에게 연주해 주었다. 코푠킨과 파신체프는 감정이 격해져서 울었으며, 피유샤는 그들 앞에서 침묵하면서 계속 일했다. 즉, 그는 지금 살아가는 것이 아니라, 노동하고 있는 것이다.

“멈추게, 나를 너무 혼란시키지 말게.” 파신체프가 부탁했다. “뭔가 슬픈 음악을 연주해 줘.”

"그러죠." 피유샤는 느린 멜로디를 연주하기 시작했다.

파신체프는 침통한 음악을 듣고 얼굴이 바싹 말랐으며, 곧 음악에 맞춰 직접 노래를 부르기 시작했다.

아, 전쟁터의 내 동지여,
앞서 달려가라, 노래를 불러라,
우리는 벌써 오래전에 죽을 때가 되었다.
정말로 살기는 부끄럽고, 죽기는 슬프구나…….

아, 동지여, 집결하라,
두 어머니가 우리에게 생명을 약속했지만,
어머니는 내게 이렇게 말하네, 멈춰라,
먼저 적을 무덤에 쉬게 하라,
그다음 그 위에 네가 누우라고…….

"이제 쉰 소리가 나오려고 해." 하릴 없이 앉아 있던 코푠킨이 노래를 멈추게 했다. "여자도 하나 못 얻더니 노래로 여자를 꾀려는 건가? 저기 어떤 마녀가 이리로 오고 있군."

키레이의 미래의 아내가 다가왔다. 가무잡잡한 것이 흡사 터키인의 후손인 것 같았다.

"뭘 원하느냐?" 코푠킨이 그녀에게 물었다.

"그냥, 별일 아니에요. 음악 좀 듣고 싶어서요. 음악을 들으면 마음이 아파요."

"첫, 이런 더러운 년!" 코푠킨은 그 자리를 떠나려고 일어섰다.

아내를 다시 데려가려고 키레이가 그곳에 나타났다.

"그루샤, 어디 간 거야? 도망이라도 가려고? 수수를 좀 꺾어 왔어. 가서 곡식을 빻자고. 저녁에는 팬케이크를 구워 먹지. 왜 그런지 밀가루 음식이 먹고 싶어졌어."

두 사람은 키레이가 이전에는 가끔씩 잠만 잤던, 하지만 이제는 그루샤와 자신을 위한 오랜 은신처를 마련한 그 헛간으로 함께 돌아갔다.

코푠킨은 체벤구르를 따라서 걸어갔다. 그는 알게 모르게 체벤구르라는 좁은 공간에서의 헛소동에 익숙해져 오랫동안 가 보지 않았던 광활한 스텝을 한 번 바라보고 싶었다. 어느 헛간 깊은 곳에서 쉬고 있던 프롤레타리아의 힘은 코푠킨의 발걸음 소리를 듣고 슬퍼하는 주둥이로 친구를 향해 힝힝거리기 시작했다. 코푠킨은 말을 끌고 나왔다. 말은 스텝에서의 질주를 예감이라도 하듯, 그와 나란히 서서 달리기 시작했다. 도시 경계에서 코푠킨은 말 등에 올라타 칼을 꺼내 들고는 오래 침묵한 심장으로 분노의 일갈을 뿜어내고서 스텝의 가을의 고요 속으로, 흡사 화강암 위를 달리듯 묵직한 소리를 내면서 달려가기 시작했다. 스텝을 따라서 달려가는 프롤레타리아의 힘의 질주와, 다시 태어나는 밤과 닮은 저 먼 안개 속으로 기수와 더불어서 말이 사라져 가는 것을 파신체프 혼자 바라보았다. 파신체프는 즉시 지붕으로 올라갔다. 그는 지붕에서 평원의 텅 빈 공간과 그 위로 펼쳐진 대기의 흐름을 관찰하는 것을 좋아했다. '이제 코푠킨은 돌아오지 않을 거야.' 파신체프는 생각했다. '코푠킨 마음에 들게 이제 나라도 체벤구르를 점령할 때가 아닐까.'

코푠킨은 사흘이 지나서 돌아왔다. 그는 여윈 말을 타고 도시로 걸어 들어왔는데, 말 위에서 졸고 있었다.

"체벤구르를 보호하라." 길가에 서 있던 드바노프와 두 명의 기타 인간에게 그가 갑자기 말했다. "말에게 풀을 좀 먹여 주게. 물은 내가 직접 먹이지.” 코폰킨은 말을 풀어 주고 사람들이 맨발로 밟아서 다져진 들판에서 잠이 들었다.

드바노프는 체벤구르를 보호하기 위해 값싼 프롤레타리아식의 대포 장치에 대해 생각하면서 말을 풀밭으로 끌고 가 풀밭에 풀어 주고 자기도 그곳에 멈춰 섰다. 그는 지금 아무것도 생각하지 않았으며, 그의 이성의 늙은 문지기는 자기 보물의 평온함을 유지하고 있었다. 그는 단지 한 명의 방문객만을, 어디선가 밖에서 방랑하는 하나의 사유만을 안으로 들여보낼 수 있었다. 하지만 밖에는 사유가 존재하지 않았다. 텅 비고 황폐한 대지가 펼쳐져 있었으며, 녹아드는 태양은 지루한 인공적인 물건처럼 하늘에서 일하고, 사람들은 체벤구르에서 대포에 대해서가 아니라 서로서로에 대해 생각하고 있었기 때문이다. 그런데 문지기가 기억의 뒷문을 열어 주어 드바노프는 다시 한 번 머릿속에 의식의 따스함을 감각할 수 있었다. 아직 소년인 그는 밤에 시골 마을로 가고 있었다. 아버지는 그의 손을 잡고 이끌어 가고, 사샤는 눈을 감고 길을 가면서 졸다가 깨다가 하고 있었다. “왜 그래, 사슈, 너무 낮이 길어서 지친 거니? 내가 안아 줄 테니, 내 어깨 위에서 자거라.” 그리고 아버지는 그를 위쪽으로, 자신의 어깨 위로 들어 올렸으며, 사샤는 아버지의 목에서 잠들었다. 아버지는 시골 마을에서 팔기 위해 물고기를 가져가고 있었기에 아버지의 자루에 담긴 황어는 습기와 풀 냄새를 풍겼다. 날이 저물 무렵 소나기가 내려 길에는 끔찍한 진흙과 냉기, 그리고 물이 있었다. 갑자기 사샤가 잠에서 깨어 소리를 질렀다. 그의 어린 얼굴에 차가운 냉기가 올라왔기 때문이다. 그러자 아버지는 마차를 타고 그들을 앞질러 가면서 아버지와 아들에게 바퀴로 흙을 튀긴 농부에게 욕을 했다. “아빠, 바퀴에서는 왜 진흙이 튀어요?” “바퀴는, 사샤, 빙빙 돌고 있는 거야.

그러니 진흙은 불안해서 자기 몸무게를 이용해 바퀴에서 질주해 도망쳐 나오지.”

“바퀴가 필요해.” 드바노프는 소리 내서 말했다. “철심이 들어간 나무 바퀴가 필요해. 그걸로 적들에게 벽돌이나 돌, 쓰레기를 투척할 수 있도록 말이야. 우리에겐 포탄이 없으니까. 일단 말을 사용해서 마력으로 바퀴를 돌리고, 사람 손으로 좀 도와주면 먼지와 모래도 투척할 수 있을 거야……. 고프네르가 또 제방에 앉아 있군. 아마 또 구멍이 생긴 모양이야.”

“제가 방해되었습니까?” 천천히 다가온 세르비노프가 물었다.

“아니요, 왜 그러시죠? 일을 하고 있진 않았어요.”

세르비노프는 모스크바에서 가져온 마지막 담배를 다 피워 버려 이제 더 이상 피울 것이 없다는 사실이 좀 두려웠다.

“당신 혹시 소피야 알렉산드로브나를 알고 있습니까?”

“알았었죠.” 드바노프가 대답했다. “당신도 그녀와 아는 사이였나요?”

“저 역시 알았었죠.”

사람들이 다니는 길 가까이에서 자고 있던 코푠킨은 팔을 쭉 펴고 짧게 잠꼬대처럼 비명을 지르더니 죽어 버린 발밑의 작은 풀줄기들을 콧김으로 움직이면서, 다시 꿈속에서 코를 골기 시작했다.

드바노프는 코푠킨을 바라보고는 그가 자고 있다는 사실에 안심했다.

“체벤구르에 오기 전까진 그녀를 기억했어요. 하지만 여기서는 잊었죠.” 알렉산드르가 말했다. “지금 그녀는 어디 살고 있나요? 왜 당신에게 나에 대해 말했죠?”

“지금 모스크바에 살며 공장에서 일하고 있습니다. 당신을 기억하고 있어요. 체벤구르에서 사람들은 서로에게 이상과도 같은 것이죠.

그런데 내가 본 바로는, 그녀에게는 당신이 바로 이상입니다. 당신으로부터 그녀에게로 어떤 정신적 평온함이 흐르고 있죠. 당신은 그녀에게 효력을 발휘하는 온기예요…….”

“당신은 우리 둘을 제대로 이해하지 못했군요. 어쨌든 그녀가 살아 있다니 기쁘기는 합니다. 저도 이제 그녀에 대해 생각하도록 하죠.”

“그렇게 하세요. 당신들 식으로 하자면, 이건 많은 걸 의미하니까요. 생각한다는 것이 소유하는 것이거나, 아니면 사랑하는 것이니까……. 그녀에 대해서는 생각할 가치가 있어요. 지금 그녀는 혼자서 모스크바를 바라보고 있겠군요. 그곳에는 전차가 경적을 울리고 사람들도 정말 많아요. 하지만 그들 모두가 다른 사람을 소유하기를 원하는 것은 아니죠.”

드바노프는 한 번도 모스크바를 본 적이 없어 모스크바라는 말에 오직 소피야 알렉산드로브나만을 상상했다. 그러자 그의 심장은 부끄러움과 기억의 끈적끈적한 고통으로 채워졌다. 언젠가 소냐로부터 그에게로 생명의 따스함이 나온 적이 있었고, 그는 자신을 한 인간의 협소함 속에 죽을 때까지 가두어 둘 수 있었을지도 모른다. 그런데 지금에야 그는 흡사 무너진 집 안에서와 마찬가지로, 그 안에 영원히 남아 있었을지도 모를 그 자신의 이루어지지 못한 끔찍한 삶을 이해했던 것이다. 바람이 불자 바로 옆으로 참새들이 날아올라 두려움에 짹짹거리면서 바자울에 앉았다. 코푠킨은 머리를 들고 허연 눈동자로 망각된 세상을 바라보며, 진심으로 슬피 울기 시작했다. 그의 팔은 힘없이 먼지 속에 던져져, 꿈의 흥분으로 연약해진 몸통을 겨우 지탱했다. “나의 사샤, 사샤! 그녀가 무덤에서 괴로워하고, 그녀의 상처가 아프다는 걸 왜 내게 한 번도 말하지 않았나? 왜 나는 여기 살면서, 무덤의 고통 속에 그녀를 혼자 남겨 두고 있는가!" 코픈킨은 화가 나서 자기 육체 안에서 울부짖는 슬픔을 참지 못한 채, 울음 섞인 말들을 늘어놓았다. 덥수룩하고 늙은, 그리고 통곡하는 코픈킨은 질주하기 위해 자리에서 벌떡 일어나려고 해 보았다. "더러운 놈들, 내 말은 어디에 있나? 나의 프롤레타리아의 힘은 어디에 있는가? 네놈들은 내 말을 헛간에서 독살했다. 네놈들은 공산주의로 나를 속였고, 나는 아마 네놈들 때문에 죽을 거다." 그리고 코픈킨은 다시 잠에 취해 쓰러졌다.

세르비노프는 수천 베르스타 떨어진, 모스크바가 있는 저 먼 곳을 바라보았다. 무덤 속의 고아같이 그의 어머니가 그곳의 땅속에 누워 괴로워하고 있을 것이다. 드바노프는 코픈킨에게 다가가서 잠든 그의 머리를 모자 위로 뉘어 주고 반쯤 열린, 꿈속에서 이리저리 움직이는 그의 눈동자를 바라보았다. "왜 당신은 우리를 비난하나요?" 알렉산드르가 속삭였다. "내 아버지가 호수 밑바닥에서 괴로워하지도 않고, 또 나를 기다리지도 않을 것 같아요? 나 역시 기억하고 있어요."

프롤레타리아의 힘은 풀을 그만 먹고, 발소리도 내지 않으면서 조심스럽게 코픈킨에게 다가갔다. 말은 코픈킨의 얼굴에 머리를 숙이고 그의 숨 쉬는 냄새를 맡고는 완전히 감기지 않은 그의 눈꺼풀을 혀로 건드렸다. 그러자 코픈킨은 편안해져서 완전히 눈을 감고 계속되는 잠 속으로 빠져들었다. 드바노프는 코픈킨 가까이의 바자울에 말을 묶어 두고, 세르비노프와 함께 제방에 있는 고프네르에게 향했다. 세르비노프는 이미 배가 아프지 않았으며, 체벤구르가 자신이 일주일 동안만 출장을 온 낯선 장소라는 사실을 잊어버렸고, 그의 육체는 이 도시의 냄새와 스텝의 희박한 대기에 이미 익숙해지고 있었다. 변두리에 있는 어떤 오두막 옆에 비를 맞을까 봐 우엉 잎으로 덮어 둔, 진흙으로 만든 프로코피의 동상이 서 있었다. 얼마 전 체푸르니는 프로코피에 대해 계속 생각하더니 나중에는 그의 동상을 만들었다. 체푸르니는 이 동상에 아주 만족했으며, 그것을 만듦으로써 프로코피에 대한 자신의 감정을 정리했다. 체푸르니는 이제 세르비노프의 편지를 가지고 떠난 카르추크를 그리워하기 시작해 사라진 동지의 진흙 기념비를 만들기 위한 재료를 준비하고 있었다.

프로코피의 동상은 그다지 닮지 않았지만, 그래도 바로 그 점 때문에 프로코피와 체푸르니를 똑같이 상기시켰다. 영감에 가득한 부드러움과 숙련되지 않은 기술의 조야함을 지닌 채, 작가는 선택된 다른 동지에게 동상을 빚어 주었으며, 동상은 체푸르니 예술혼의 진솔함을 보여 주면서 마치 그와 함께 있는 것처럼 만들어졌던 것이다.

세르비노프는 다른 예술의 가치를 몰랐다. 그는 모스크바 사교계의 대화에서는 어리석었다. 그래서 사람들이 이야기하는 것을 이해하지도 못하고 듣지도 않으면서 사람들의 모습을 즐기며 앉아 있기만 했었다. 그는 동상 앞에서 걸음을 멈추었다. 그러자 드바노프도 그와 함께 멈춰 섰다.

"진흙이 아니라 돌로 만들었더라면 더 좋았을걸." 세르비노프가 말했다. "안 그러면 세월과 날씨에 마모되기 쉽죠. 사실 이건 예술이 아닙니다. 이건 전 세계적으로 혁명 이전까지 나왔던 노동과 예술을 적당히 혼합해 만든 작품에 종말을 의미하죠. 거짓과 착취가 없는 이런 물건은 처음 봅니다."

드바노프는 아무 말도 하지 않았다. 그는 물건이 다른 식으로 어떻게 존재할 수 있는지 몰랐던 것이다. 그리고 두 사람은 강변으로 나갔다.

고프네르는 제방을 손보는 것이 아니라, 강변에 앉아서 나무토막으로 야코프 티티치를 위한 겨울용 창틀을 만들고 있었다. 야코프 티티치는 겨울이 오면 자신의 두 여인, 즉 딸들이 감기 걸릴까 두려워했다. 드바노프와 세르비노프는 체벤구르의 적들에게 돌과 벽돌을 투척하기 위한 나무 바퀴를 만드는 일에 함께 착수하기 위해 고프네르가 창틀을 다 만들 때까지 기다렸다. 드바노프는 앉아서 도시가 조용해졌음을 느끼고 있었다. 어머니나 딸을 얻은 자들은 집에서 자주 나오지 않았으며, 알 수 없는 물건들을 만들면서 될 수 있는 대로 자기 가족들과 한지붕 아래에서 일하려고 노력했다. 그들은 과연 바깥 공기 속에서보다 집 안에서 더 행복할까?

드바노프는 이것을 알 수 없었으며, 알 수 없는 슬픔 때문에 불필요한 행동을 했다. 그는 자리에서 일어나 생각에 잠겼다. 그러고는 원반 투척 장치를 위한 재료를 찾으러 나섰다. 저녁이 될 때까지 그는 평온한 헛간과 체벤구르의 뒷마당 사이를 헤매고 다녔다. 이 정체된 곳에서도, 조그마한 쑥 덤불 깊은 곳에서도, 멀리 있는 인간을 위하여 참을성 있는 황폐함 속에서 어떻게든 헌신적으로 존재할 수 있는 것이다. 드바노프는 낡은 구두나, 타르용 나무 상자, 죽은 참새들 같은 이런저런 죽어 버린 물건들을 발견했다. 드바노프는 이 물건들을 들어 올려서 보고, 그들의 파멸과 망각에 유감을 표현했으며, 체벤구르에서 공산주의가 보상하는 더 나은 날까지 모든 것이 온전히 보존되도록 그들을 이전에 있던 자리로 다시 내려놓았다. 명아주가 무성한 곳에서 드바노프는 무엇인가에 발이 걸렸다가 겨우 빠져나왔다. 전쟁이 시작될 때 버려진 대포 바퀴의 살 사이에 걸렸던 것이다. 바퀴의 지름이나 견고함으로 판단하건대, 그것은 투척기를 만들기에 적합해 보였다. 하지만 굴리기가 힘들었다. 바퀴는 드바노프의 몸무게보다 더 무거웠던 것이다. 그래서 드바노프는 클라브듀샤와 신선한 공기 속을 산책하던 프로코피를 불러서 도움을 청했다. 그들은 바퀴를 대장간까지 가져갔으며, 고프네르는 그곳에서 바퀴 장치를 만져 보고 좋다고 찬성했다. 그는 평온하게 모든 작업에 대해 생각할 수 있도록, 바퀴 가까이 대장간에서 잠을 자려고 그곳에 남았다.

프로코피는 이전에 모두 헤어지지 않고 함께 살면서 잠을 잤던 그 볼셰비키 벽돌 건물을 자기 집으로 골랐다. 이제 그곳은 정리되었고, 클라브듀샤가 여자답게 깔끔하게 청소했으며, 하루걸러 한 번씩 공기를 건조시키기 위해서 페치카에 불을 지폈다. 그 집 천장에는 파리들이 살았고, 프로코피에게 가족의 평화를 지켜주는 견고한 벽이 방을 두르고 있었다. 흡사 부활절을 앞둔 것처럼 마루도 깨끗이 닦여 있었다. 프로코피는 침대에 누워 쉬면서, 흡사 아버지와 어머니가 살던 집의 천장이 그랬듯이, 따스한 천장을 따라서 파리가 기어다니는 모습을 즐거운 마음으로 바라보았다. 그는 편안히 누워 있었으며, 앞으로의 생활과 가족을 결집시키기 위한 재산을 어떻게 모을 것인가 생각했다. 그는 잼을 넣은 차*를 대접하고, 클라브듀샤가 구운 빵을 먹이려고 드바노프를 데려왔다.

"사샤, 천장에 파리가 보이지." 프로코피가 천장을 가리켰다. "우리 오두막에도 파리가 살았었지. 너 기억해, 아니면 기억에서 다 지워 버렸어?"

"기억해." 알렉산드르가 대답했다. "난 하늘에서 날고 있던 큰 새도 기억해. 그 새들은 마치 파리가 천장 아래서 날아다니듯이 하늘을 따라서 날아다녔어. 그런데 이제 새들은 방 위를 날듯, 체벤구르 위를 날아다니고 있어."

"그래, 그렇겠지. 너야 사실 호수에서 살았지, 집에서 산 게 아니니까. 하늘 말고는 네게 다른 지붕이 없었으니, 네게는 새가 일종의 파리와도 같은 거였겠지."

차를 마시고 나서 프로코피와 클라브듀샤는 침대에 누워 서로를 데워 준 다음 조용해졌으며, 드바노프는 소파에서 잠들었다. 아침에 알렉산드르는 프로코피에게 체벤구르 위의 낮은 대기 속을 날아다니는 새를 보여 주었다. 프로코피는 새들이 자연의 아침에 방 안에서 빠르게 움직여 다니는 파리와 닮았다는 사실을 알아차렸다. 멀지 않은 곳에서, 흡사 프로코피의 아버지가 제국주의자들과의 전쟁에서 돌아올 때 그랬듯이, 알몸에 외투만 걸친 채 맨발로 체푸르니가 걸어가고 있었다. 가끔씩 페치카 굴뚝에서 연기가 났으며, 언젠가 어머니가 아침 식사를 만들어 줄 때 오두막에서 났던 것과 같은 냄새가 풍겼다.

"공산주의가 겨울 동안 먹을 양식을 준비해야만 해." 프로코피가 걱정스레 말했다.

"프로슈, 당연히 해야만 되는 일이야." 드바노프도 찬성했다. "다만 넌 너한테만 잼을 챙겨 왔구나, 코픈킨은 몇 년이나 찬물만 마시고 있는데 말이야."

"나한테만이라니? 어제 너도 대접했잖아. 찻잔에다 잼을 조금 넣어서 실컷 먹지 않았어? 원하면, 또 한 숟가락 퍼 줄까?"

드바노프는 잼을 먹고 싶지 않았다. 드바노프는 코픈킨과 함께 자신의 힘든 시간을 보내기 위해 빨리 그를 찾으려고 서둘렀다.

"사샤!" 프로코피가 뒤에서 소리를 질렀다. "참새들 한번 봐. 흡사 파리처럼 참새들도 이런 환경에서 날아다니고 있어!"

드바노프는 그의 말을 듣지 못했다. 프로코피는 파리들이 날아다니는, 자기 가족이 있는 방으로 돌아가, 창밖으로 체벤구르 위를 날고 있는 새들을 보았다. '저들은 똑같아.' 그는 파리와 새들에 대해서 이렇게 정의했다. '마차를 타고 부르주아에게 가서, 전체 공산주의를 위해 잼을 두 단지 가져와야겠군. 기타 인간들도 차를 실컷 마시도록 하고, 방 안에 누워 있듯 새가 날아다니는 하늘 아래 누워 있으라지 뭐.'

다시 한 번 하늘을 보고 나서 프로코피는 하늘이 천장보다는 더 거대한 재산을 덮고 있다고 계산했다. 체벤구르 전체가 하늘 아래에서 흡사 기타 인간 가족들의 어느 살림방 가구처럼 놓여 있었다. 그리고 갑자기, 기타 인간들은 자기들 갈 길로 떠날 것이며, 체푸르니는 죽을 것이다. 그러면 체벤구르는 사샤에게 넘어가게 될까? 여기서 프로코피는 자기가 손해 보게 잘못 계산했다는 사실을 알아차렸다. 자신이 장자가 되고, 깨끗한 하늘 아래 놓여 있는 모든 가구의 상속자가 되기 위해서는 지금이야말로 체벤구르를 가족들의 살림방으로 인정해야만 한다는 사실을 알게 되었던 것이다. 심지어 참새 하나만 보더라도 그들이 파리보다는 더 살쪘고, 체벤구르에는 파리보다 참새가 더 많았다. 프로코피는 값을 매기는 날카로운 시선으로 자기 집을 살펴보고는 보다 더 큰 이익을 얻기 위해 자기 집을 도시 전체와 바꾸기로 결정했다.

"클라브듀샤, 어이, 클라브듀샤!" 그는 아내를 소리쳐 불렀다. "왠지 몰라도 당신에게 우리 가구를 선물하고 싶군!"

"무슨 일이래! 선물해요 그럼." 클라브듀샤가 말했다. "그럼 길이 진흙탕이 되기 전에 숙모님 댁에 옮겨 놓는 게 좋을 것 같아요!"

"괜찮을 때 옮겨." 프로코피가 동의했다. "다만 내가 체벤구르를 통째로 손에 넣을 때까지, 당신도 거기서 좀 묵도록 해."

클라브듀샤는 자신에게 물건들이 꼭 필요하다는 사실은 이해했지만, 왜 프로코피가 도시를 손에 넣을 때까지 혼자 남아야 하는지는 이해할 수 없었다. 왜냐하면 그렇게 하지 않아도 그에게는 모든 것이 허락되어 있었기 때문이다. 그래서 그녀는 그에 대해 물어보았다.

"당신은 아직 정치적 바탕이 없어." 그녀에게 남편이 대답했다. "만약 내가 당신과 더불어 이 도시를 손에 넣기 시작하면, 그걸 당신한테만 선물하게 될 것은 분명한 사실이지."

"프로슈, 그럼 나에게 선물하면 되죠. 그 선물 받으러 현청 소재지에서 마차를 타고 올게요!"

"배급 명령서 없이 서둘러 움직이진 마! 그런데 내가 왜 당신에게 선물하겠어? 사람들은 쑥덕대겠지. 저놈이 우리가 아니라 저 여자와 잠을 자더니, 저 여자와 몸을 주고받더니, 도시마저 저 여자를 위해서라면 아깝지 않은가 보군 하고 말이야. 그런데 당신이 이곳에 없으면, 사람들은 내가 나 자신을 위해 도시를 차지하지는 않을 거라고 생각할 거야."

"그럼 도시를 차지하지 않을 거예요?" 클라브듀샤는 화를 냈다. "도대체 누구한테 넘기려고 그러는 거예요?"

"아이고, 맙소사. 이거야 인생 상담소도 아니고! 일단 내가 정리한 걸 한번 들어 봐! 나에게는 가족도 없고 몸도 성한데 도시가 뭐 필요 있겠어, 그렇게들 생각할 것 아냐? 그렇게 쉽게 도시를 차지하면, 내가 일단 도시 전체를 다 소개시키고 나서 전보를 쳐서 당신을 다른 도시에서 불러오겠어! 일단 당신이 준비하는 동안, 도시의 재산 목록을 작성하러 나가 봐야겠어……."

프로코피는 상자에 들어 있던 혁명위원회의 용지를 꺼내서 자신의 미래 재산을 기록하러 갔다.

지상의 따스함을 위해 태양은 하늘에서 열심히 일하고 있었지만, 체벤구르에서 노동은 점점 줄어들었다. 키레이는 집 안 건초

더미 위에서 아내 그루샤를 꼭 안고 노곤한 휴식을 취하고 있었다.

"뭐 하고 있소, 동지. 공산주의에 뭐라도 선물하지 않겠소?" 농기구 목록을 만들기 위해 그곳으로 온 프로코피가 키레이에게 물었다.

키레이는 잠이 깼지만, 그루샤는 반대로 신부다운 부끄러움으로 눈을 감았다.

"지금 나한테 공산주의가 무슨 소용이오? 나에겐 이제 그루샤가 동지고, 뭔가 그녀에게 해 주고 싶은 일도 다 못해 주고 있는데. 지금 생명이 너무 많이 소모돼서 음식도 잘 못 얻고 있소……."

프로코피가 가고 나자, 키레이는 그루샤의 목 아래로 몸을 가까이 밀착시켜 그곳에 보존된 생명의 냄새와 깊은 온기의 연약한 향기를 맡았다. 행복을 원하는 그 어떤 때라도 키레이는 그루샤의 온기와 그녀의 축적된 육체를 자기 몸 안으로 받아들일 수 있었으며, 그 후에는 생의 의미라는 평온함을 감각할 수 있었다. 그루샤가 아끼지 않고 그에게 준 것과, 키레이가 그녀를 위해 아끼지 않았던 것을 다른 어느 누가 그에게 줄 수 있단 말인가? 반대로 지금 항상 그를 괴롭히는 부끄러운 걱정은 그가 그루샤에게 제대로 된 음식을 주지 못하며, 옷으로 예쁘게 치장하는 걸 미룰 수밖에 없다는 것이었다. 키레이는 이미 자신을 소중한 인간이라고 여기지 않았다. 왜냐하면 자기 육체의 가장 훌륭하고 가장 비밀스러우며, 부드러운 부분이 이제 그루샤의 안으로 옮겨 갔기 때문이다. 먹을거리를 찾아서 스텝으로 나가면서 키레이는 그의 위로 펼쳐진 하늘이 이전보다 더 창백해졌다는 것과, 드물게 보이는 새들이 황량하게 울고 있다는 것을 알아차렸다. 그리고 그의 가슴에는 영혼의 연약함이 머물러 있으면서 지나가 버리지 않았다. 열매와 곡식들을 모으고 나서 키레이는 지쳐서 그루샤에게 돌아갔다. 그는 지금부터 단지 그녀에 대해서만 생각하고, 그녀를 자기 공산주의의 이념으로 여기며, 바로 그것에 의해서만 편안하고 행복해져야겠다고 결심했다. 하지만 냉담한 휴식의 시간이 지나가자 키레이는 불행과, 사랑의 물질 없는 삶의 무의미함을 느끼게 되었다. 왜냐하면 세계가 다시 그를 둘러싸고 꽃을 피우기 시작했기 때문이다. 하늘은 푸른 고요로 바뀌었고, 대기는 흡사 들리는 것 같았으며, 새들은 스텝 위에서 자기들이 사라져가고 있다고 노래 불렀다. 그리고 키레이에게는 이 모든 것이 자신의 삶보다도 더 높은 곳에서 만들어진 것 같았다. 그루샤와의 새로운 가족 관계 이후, 모든 세상은 다시금 그에게 흐릿하고 가련한 것으로 인식되었으며, 키레이는 이제 그 세상을 부러워하지 않았다.

몇 살 정도 나이가 어린 다른 기타 인간들은 여자들을 어머니로서 인정했으며, 그들과 몸을 녹이기만 했다. 가을이 오자 체벤구르의 공기가 차가워졌기 때문이다. 어머니와 이렇게 함께 존재한다는 것만으로도 그들에게는 충분했다. 이제는 아무도 주변의 동지들에게 선물을 만들어 주는 노동을 통해 자기 몸을 나누어 주지 않았다. 저녁마다 기타 인간들은 여자들을 강가의 먼 곳으로 데려가서 씻겨 주었다. 왜냐하면 여자들은 너무 말라 체벤구르에 하나밖에 없는, 물을 덥힐 수 있는 목욕탕에 가는 것을 부끄러워했기 때문이다.

프로코피는 거주하는 모든 주민을 점검했으며, 도시의 농기구들을 사전 소유물로 다 기록해 넣었다. 작업이 끝날 때쯤 그는 도시 끝에 있는 대장간까지 오게 되었는데 그곳에서 일하는 고프네르와 드바노프의 시선을 받으면서 대장간도 서류에 옮겨 적었다. 코푠킨이 멀리서 통나무를 어깨에 걸치고 다가왔다. 그리고 그 뒤에서 세르비노프가 인텔리겐치아답게 통나무의 끄트머리 부분을 엉성하게 받쳐 주고 있었다.

“저리 비켜!” 코픈킨이 대장간으로 들어가는 통로에 서 있던 프로코피에게 소리쳤다. “사람들이 무거운 걸 나르는데, 네놈은 서류나 만지고 있구나.”

프로코피는 길을 비켜 주고 통나무도 현물로 표기한 후 만족스럽게 그곳을 떠났다.

코픈킨은 통나무를 던지고는 잠시 한숨을 돌리려고 자리에 앉았다.

“사슈, 프로슈카 녀석이 제자리에 서서 엉엉 울 정도로 슬픈 일이 도대체 언제쯤 생길까?”

드바노프는 피로와 호기심으로 밝게 빛나는 눈으로 코픈킨을 바라보았다.

“그렇게 고통스러운 일이 그에게 일어나면, 당신이 그를 구해 주지 않을 거라는 말씀인가요? 사실 사람들은 아무도 프로샤를 부르지 않았고, 그러다 보니 그는 사람들이 필요하다는 것을 잊어버렸죠. 그래서 아마 동지 대신 재산을 모으기 시작했을 겁니다.”

코픈킨은 생각에 잠겼다. 언젠가 그는 쓸모없는 인간이 전투가 벌어지는 스텝에서 울고 있는 것을 본 적이 있었다. 돌 위에 앉아 있는 그의 얼굴로 가을 날씨답게 쌀쌀한 바람이 불어왔다. 그렇지만 아무도 그 사람을 필요로 하지 않았고, 심지어 붉은 군대의 군수품 수송 대오로도 그를 데려가지 않았다. 그가 모든 신분증을 잃어버렸기 때문이다. 그 사람은 사타구니에 상처를 입고 있었는데, 왜 우는지는 분명치 않았다. 자신을 버려 둔 채 모두 가 버려서 우는 것도 아니었고, 사타구니 사이가 텅 비어 있어 우는 것도 아니었으며, 다만 생명과 머리가 온전히 남아 있어 울고 있는 것으로 보였다.

"나는 아마도 구해 줄 거야, 사슈. 슬퍼하는 사람 앞에서는 내 마음대로 칼을 쓸 수가 없어……. 결국 나는 프로샤를 말에다 태우고 저 멀리 생의 먼 곳으로 데려갈 걸세……."

"결국 그에게 고통을 바랄 필요가 없다는 거죠. 나중에는 자신의 적대자라도 그 사람을 불쌍하게 여길 테니까요."

"그래, 그렇다면 사슈, 안 그럴게." 코푠킨이 말했다. "공산주의자들 사이에 있어 보라지 뭐. 그러다 보면 나중에 그놈이 직접 사람들에게로, 구성원들에게로 옮겨 오게 될 거야."

저녁에 스텝에는 비가 내리기 시작했는데 체벤구르 가장자리를 지나가 마을은 젖지 않았다. 체푸르니는 이런 현상에 놀라지 않았다. 왜냐하면 이미 오래전부터 이 도시에 공산주의가 있다는 사실이 자연에까지 다 알려져 있어, 불필요한 때에 자연이 도시를 젖게 하는 일은 없는 것이다. 하지만 체푸르니와 피유샤는 기타 인간들 한 무리와 더불어 이를 확인하기 위해 젖어 있는 장소를 보러 스텝으로 나갔다. 코푠킨은 비가 온 사실을 믿었기에 아무 데로도 가지 않고, 대장간 근처 바자울에 앉아서 드바노프와 휴식을 취했다. 코푠킨은 대화의 효용을 잘 알지 못했으며, 이제 공기와 물은 저렴한 물질이지만 필수불가결한 것이라고 드바노프에게 말했다. 돌에 대해서도 똑같이 말할 수 있었다. 돌은 뭘 하든지 필요한 것이기 때문이었다. 코푠킨은 말로 어떤 의미를 이야기한 것이 아니라, 드바노프에 대한 자신의 호의를 나타냈으며, 침묵할 때는 피로해졌다.

"코푠킨 동지." 드바노프가 물어보았다. "누가 당신에게 더 소중합니까? 체벤구르인가요, 로자 룩셈부르크인가요?"

"로자야, 드바노프 동지." 코푠킨이 깜짝 놀라면서 대답했다. "그녀에게는 체벤구르보다 더 많은 공산주의가 있네. 그래서 부르주아들이 그녀를 죽여 버린 걸세. 그런데 마을은 멀쩡하지 않나. 물론 주변에 자연적인 엄호물이 있긴 하지만…….”

드바노프는 그 어떤 정해진 사랑도 예비로 가지지 않았다. 그는 단지 체벤구르 하나로만 살아가고 있어, 체벤구르를 잃을까 봐 두려웠다. 그는 어느 날 아침 그들이 어디론가 숨어 버리거나 아니면 서서히 죽어 버릴까 봐 두려워하면서도 코푠킨, 고프네르, 파신체프, 기타 인간들과 같은 사람들에 의해 존재하고 있었던 것이다. 드바노프는 몸을 굽혀서 풀줄기 하나를 꺾고 그 수줍은 몸체를 바라보았다. 언젠가 아무도 남지 않게 된다면, 이것이라도 보존할 수 있을까.

코푠킨은 스텝에서 이곳으로 달려오는 사람을 맞이하려고 자리에서 일어났다. 체푸르니는 아무 말도 없이, 멈추지도 않은 채, 도시 가운데로 질주해 갔다. 코푠킨이 그의 외투 자락을 잡아 세웠다.

“별일도 없는데 왜 그리 서두르는가?”

“카자흐 병사들이오! 카데트 놈들이 말을 타고 오고 있소! 코푠킨 동지, 그놈들을 치러 가시오. 난 일단 총을 가지러 가는 중이오!”

“사슈, 대장간에 앉아 있게.” 코푠킨이 말했다. “나 혼자 그놈들을 끝장내 버릴 테니. 자네는 여기서 나오지도 마. 금방 돌아오겠네.”

체푸르니와 함께 스텝으로 갔던 네 명의 기타 인간이 다시 달려왔다. 피유샤는 홀로 어딘가에 누워서 목표물을 조준했고, 그의 총성은 어두운 고요 속에서 불꽃을 피우며 울려 퍼졌다. 드바노프는 권총을 겨누고 총성이 들리는 곳으로 뛰어나갔지만 곧바로 프롤레타리아의 힘에 올라탄 코푠킨이 그를 앞질렀고, 둔중한 걸음으로 말은 서둘러서 질주했다. 그리고 기타 인간들과 볼셰비키들의 무장 부대가 최초의 전사로서 체벤구르의 경계에서 출동했다. 무기가 없는 사람들은 바자울의 말뚝이나 페치카의 부지깽이를 들고, 여자들조차 다른 사람들과 더불어 밖으로 나왔다. 세르비노프는 야코프 티티치 뒤에서 여자용 브라우닝 권총을 들고 총을 쏠 대상을 찾았다. 체푸르니는 프로코피가 타고 온 말을 타고 갔으며, 프로코피는 그 뒤를 따라 달려가면서 작전 본부를 조직하고, 대장을 뽑는 것이 우선이라고 체푸르니에게 충고했다. 그렇지 않으면 파멸밖에 없다는 것이었다.

체푸르니는 탄창의 총알을 전부 소모시키면서 저 멀리 총을 쏘아 댔다. 코푠킨을 따라잡으려고 했지만 그럴 수 없었다. 코푠킨은 말을 탄 채 엎드려 있는 피유샤를 타 넘어갔다. 그는 적들을 향해서 총을 쏘려 하지 않고 적을 보다 더 가까이에서 대적하기 위해 칼을 빼내 들었다.

적들은 이전에 있던 길을 따라 말을 타고 오고 있었다. 그들은 총을 가로로 들고, 사격 준비는 하지 않고 손에 든 채, 말만 급하게 몰고 있었다. 그들은 지휘 체계와 대오를 지니고 있어 체벤구르 측의 최초의 사격에도 두려워하지 않으며 전열을 유지했다. 드바노프는 그들의 우세함을 이해했다. 그래서 좁고 험한 도랑에 다리를 고정시키고 연발 권총의 네 번째 총알로 적의 사령관을 쏘았다. 그러나 적의 대오는 흐트러지지 않았다. 적들은 대오의 중간으로 사령관을 옮겨 놓고, 다시 전속력으로 말을 몰기 시작했다. 이 안정된 공격에는 승리에 대한 기계적인 힘이 있었지만, 체벤구르 사람들에게는 생명의 보호를 추구하는 요소가 있었다. 게다가 공산주의가 체벤구르 편에 존재했던 것이다. 체푸르니는 이것을 잘 알고 있었기에, 말을 멈추고 총을 들어 세 명의 적을 쏘아서 말에서 떨어뜨렸다.

한편 피유샤는 풀밭에서 두 마리의 말의 다리를 총으로 쏴서 못 쓰게 만들었다. 그 말들은 배로 기어가려고 애쓰고 대가리로 땅의 먼지를 파헤치면서 부대의 맨 뒤에 처져 땅바닥에 쓰러졌다. 드바노프 옆으로 갑옷과 투구를 쓴 파신체프가 달려갔다. 그는 오른손에 수류탄 외피를 들고 오직 폭발할 거라는 위협만으로 적을 저지하려 노력했다. 폭탄에는 내용물이 없었다. 파신체프는 다른 무기를 가지고 오지 않았기 때문이다.

적의 부대는 흡사 단 두 명의 기수만이 달려온 것처럼 곧바로 제자리에 멈춰 섰다. 그리고 체벤구르 사람들이 알지 못하는 이 미지의 병사들은 들리지 않는 명령에 따라 가까운 곳에 있는 기타 인간들과 볼셰비키들을 향해 총을 조준하면서, 쏘지는 않고 도시를 향해 계속 나아갔다.

저녁은 사람들 위에 움직이지 않고 멈춰 있고, 밤은 그들 위에서 어두워지지 않았다. 마치 기계 같은 적은 처녀지를 따라 말발굽 소리를 울리면서 열린 스텝과, 미래의 나라들로 향하는 길과, 체벤구르에서 나가는 출구를 기타 인간들로부터 가로막았다. 파신체프는 부르주아들에게 항복하라고 고함을 지르면서, 빈 폭탄에다 점화하는 시늉을 했다. 진격하는 부대에 들리지 않는 새로운 명령이 다시 한 번 내려졌다. 총들이 번쩍거리자 일곱 명의 기타 인간이 쓰러졌으며, 파신체프의 다리가 떨어져 나갔다. 그리고 네 명의 체벤구르 사람들은 부글대며 피가 끓어오르는 상처를 참아 내면서 적들을 죽이려고 맨손으로 달려들었다.

코푠킨은 이미 적의 부대에 도달해 적들을 칼로 베고 말의 무게로 덮치려고 프롤레타리아의 힘을 앞서서 질주하게 했다. 프롤레타리아의 힘은 앞에서 거치적거리는 말의 몸통을 발굽으로 밟아 뭉갰다. 그러자 그 말은 늑골이 부서진 채로 주저앉았다. 한편 코푠킨은 공기를 가르면서 칼을 휘둘렀고, 자기 육체의 모든 살아 있는 힘을 다해서 기병의 얼굴을 기억하기도 전에 적을 베어 버리려고 칼을 움직였다. 칼은 철컥 소리를 내면서 낯선 군사의 안장에 떨어져 내렸는데, 그 순간 누가 코퓬킨의 손을 찌르는 것같이 느껴졌다. 그러나 그가 왼손으로 기병의 젊고도 붉은 머리를 잡아채 자신이 움직이기 위해 순간적으로 그 머리를 치워 버리고 역시 왼손으로 적의 정수리를 가격하자, 적은 말에서 떨어져 땅에 쓰러졌다. 그런데 다른 사람이 휘두르는 칼 때문에 코퓬킨은 눈이 부셨다. 어떻게 해야 할지 몰라, 그는 한 손으로 그 칼을 잡아채고, 다른 손으로는 칼과 함께 자신을 공격하던 자의 팔을 잘라서, 팔꿈치까지 잘린 팔을 저 멀리 던져 버렸다. 이 순간 코퓬킨은 고프네르를 보았다. 그는 말들 한가운데서 연발 권총의 총구를 잡고 열심히 쏘고 있었다. 긴장 때문인지, 여윈 얼굴 때문인지, 아니면 베어져 나간 상처 때문인지, 그의 광대뼈와 귀 주변 피부는 전부 찢어져 피가 철철 쏟아졌다. 고프네르는 귀 뒤에서 피가 간질이지 않도록, 싸우는 데 방해가 되지 않도록 피를 닦아 내려고 애썼다. 코퓬킨은 오른쪽에 있는 기수의 배를 발로 찼다. 그자 때문에 고프네르가 앞으로 지나갈 수 없었던 것이다. 그런 다음 코퓬킨은 말이 뛰어올라서 지나가도록 고삐를 당겼다. 그렇지 않으면 이미 참살된 고프네르를 밟을 수도 있었기 때문이다.

코퓬킨은 적들이 둘러싼 곳에서 뛰쳐나왔고, 체푸르니는 이미 탄환이 떨어진 총을 휘두르면서 적들을 죽이려고 애썼다. 그는 이리저리 뛰어다니는 기병대 대오를 형편없는 말을 타고 지나다니면서 측면에서 적들의 대오를 치고 있었다. 체푸르니는 한 번 빈 소총을 높이 휘두르다가 말에서 떨어져 저 멀리 튕겨 나갔다. 자기가 내려치려고 했던 적을 맞히지 못했기 때문이다. 그리고 그는 더 빠르게 움직이는 말발굽 사이에서 사라졌다. 코퓬킨은 잠깐 동안의 휴식을 이용해, 칼날을 잡았을 때 생긴 상처로 피가 흐르는 왼쪽 손을 잠시 핥아 주었다. 그러고는 모두 죽여 버리려고 다시 돌진했다. 그는 큰 저항 없이 적의 부대를 뚫고 지나갔으며, 아무것도 기억하지 못한 채 이제는 죽인 자들을 기억 속에 계산해 두기 위해, 히힝거리며 울고 있는 프롤레타리아의 힘을 왔던 길로 다시 돌렸다. 만약 그렇게 하지 않으면 전투가 위안을 주지도 않을 것이며, 승리하더라도 적들의 죽음에 대해 느끼는 피로한 노동의 행복감이 없을 것이기 때문이다. 기병 대열에서 다섯 명의 기병이 달려 나와 멀리서 싸우는 기타 인간들을 베었다. 하지만 기타 인간들은 참을성 있고 고집스럽게 스스로를 방어할 줄 알았다. 왜냐하면 그들의 생명을 위협했던 적은 이들이 처음이 아니었기 때문이다. 그들은 군인들을 벽돌로 내리쳤으며, 한쪽에 짚으로 모닥불을 피운 다음 자잘한 불씨들을 손으로 긁어모아 기병대가 탄 준족의 말 대가리에 뿌리기도 했다. 야코프 티티치는 불붙은 장작개비로 어느 말의 엉덩이를 찔렀다. 장작은 꼬리 아래 피부의 땀 때문에 쉬쉬 소리를 내며 탔으며, 날카로운 비명을 지르던 화난 암말은 병사를 태운 채 체벤구르에서 2베르스타나 떨어진 곳까지 달려갔다.

"네 이놈, 어떻게 불을 들고 싸울 수가 있나?" 때맞춰 도착한 다른 기병이 물었다. "내가 네놈을 죽여 주마!"

"죽여라." 야코프 티티치가 말했다. "몸 하나로 네놈들을 이기진 못하겠지. 우리에겐 쇠붙이 무기라곤 없으니 말이야……."

"그래도 네놈이 죽음을 못 느끼도록 달려오면서 베어 주마."

"달려와서 죽여라. 수 많은 사람들이 죽었지만, 아무도 죽음을 헤아리지는 않았다."

병사는 멀리 달려 나간 다음, 말을 몰고 다시 질주해 와서 제자리에 서 있는 야코프 티티치를 순식간에 베었다. 세르비노프는 자신을 위해 남겨 둔 마지막 총알을 가지고 헤매고 있었다. 이따금 제자리에 멈춰 서서 권총의 메커니즘이 제대로 작동되는지 놀라서 살펴보았다.

"죽인다고 했으니, 죽였어." 기병은 말의 털에 칼을 닦으면서 세르비노프에게 말했다. "불 가지고는 싸우지 말아야지."

기병은 전투를 서두르지 않았다. 그는 또 누구를 죽여야 할지, 누가 죄인인지 눈으로 찾고 있었다. 세르비노프는 그에게 권총을 겨냥했다.

"아니, 왜 그러나?" 그 병사는 믿을 수 없어 했다. "널 건드리진 않아!"

세르비노프는 병사가 바른 말을 한다고 생각해 권총을 내렸다. 그러자 기병은 곧바로 말을 돌려 세르비노프에게로 돌진했다. 시몬은 말발굽에 배를 차여 쓰러졌다. 그는 심장이 저 멀리로 튕겨져 나가 생명을 다시 살리려고 노력하는 것을 느꼈다. 세르비노프는 심장을 지켜보았지만, 심장이 성공하기를 특별히 바라지는 않았다. 어쨌든 소피야 알렉산드로브나는 살아남을 것이고, 그녀가 그의 육체의 흔적을 자기 안에 간직하고, 존재를 이어 나가도록 하는 게 더 나을 것이다. 병사는 몸을 숙였지만 칼을 휘두르지는 않고 그냥 세르비노프의 배를 갈랐다. 하지만 그곳에서는 피도, 내장도, 아무것도 나오지 않았다.

"네놈이 먼저 총을 쏘려고 했어." 기병이 말했다. "먼저 서두르지만 않았어도, 아마 살아남았을지 모르지."

드바노프는 두 개의 연발 권총을 들고 달려갔다. 두 번째 총은 죽음을 당한 적군 부대의 부대장에게서 뺏은 것이었다. 그의 뒤로는 세 명의 기수가 달려왔지만, 키레이와 제예프가 달려오면서 그들을 자기 쪽으로 유인했다.

"이봐, 어디 가는가?" 세르비노프를 죽인 병사가 드바노프를 멈춰 세웠다.

드바노프는 대답도 없이 양쪽에 쥔 연발 권총으로 그를 쏘아 말에서 떨어뜨렸다. 그리고 어딘가에서 죽어 가고 있을 코푠킨에게 도움을 주기 위해 달려갔다. 가까운 곳은 이미 조용했으며, 전투는 체벤구르의 중심지로 옮겨 갔다. 그곳에서는 말들이 빠르게 움직이고 있었다.

"그루샤!" 들판에 도래한 침묵 속에서 키레이가 그녀를 불렀다. 그는 가슴이 베여 생명이 꺼져 가고 있었다.

"괜찮아요?" 그에게로 드바노프가 달려왔다.

키레이는 말을 내뱉을 수가 없었다.

"그럼, 안녕히." 알렉산드르가 그에게로 몸을 굽히고 말했다. "당신이 좀 더 편하도록 키스를 하죠."

키레이는 기다림에 입을 열었으며, 드바노프는 자신의 입술로 그의 입술을 감쌌다.

"그루샤는 살아 있나, 아니면 죽었을까?" 키레이는 겨우 말을 이었다.

"죽었어요." 드바노프는 그가 편해지도록 이렇게 말했다.

"그리고 나도 이제 죽는군. 지루해지기 시작했어." 키레이는 다시 한마디 남기고는 얼음처럼 굳은 눈을 뜬 채 숨을 거두었다.

"더 이상 볼 거라곤 아무것도 없어요." 알렉산드르가 속삭였다. 그는 키레이의 눈을 감겨 주고, 뜨거운 머리를 쓰다듬었다. "잘 가요."

코푠킨은 칼도 없이 피를 흘리고 있었지만, 아직 살아 있었다. 그는 체벤구르를 벗어나려 했다. 그러나 그의 뒤로 지친 말을 탄 네 명의 기병이 쫓아왔다. 두 명은 말을 멈추고, 코푠킨을 향해 총을 발사했다. 코푠킨은 프롤레타리아의 힘을 뒤로 돌려세우고, 무기도 없이 적을 향해 갔다. 드바노프는 그가 죽음을 향해 가고 있음을 알아차리고는 가늠자를 정확히 맞추기 위해 자리에 앉아서 쌍권총으로 순서대로 기병들을 한 명씩 쏘기 시작했다. 코픈킨은 이미 흥분한 말들의 등자 아래로 떨어진 기병들을 향해 달려들었다. 두 명의 병사는 굴러떨어졌으며, 다른 두 명은 등자에서 발을 빼지 못해, 다친 말들은 죽은 병사를 싣고 스텝으로 달려갔다.

"사슈, 살아 있나?" 코픈킨이 사샤를 바라보았다. "도시에 낯선 군대가 왔어. 사람들은 모두 죽었지……. 잠깐만! 어딘가 아픈 것 같군……."

코픈킨은 프롤레타리아의 힘의 갈기에 머리를 기댔다.

"사슈, 나를 말에서 내려서 아래에 눕혀 주게……."

드바노프는 그를 땅에 내려놓았다. 처음에 생긴 상처에서 흐른 피는 이미 코픈킨의 갈가리 찢긴 외투에 엉겨 붙어 있고, 새로운 상처에서 나는 신선하고 축축한 피는 아직 스며들지 않았다.

코픈킨은 휴식을 취하듯 하늘을 향해 고개를 위로 하고 누웠다.

"사슈, 내게서 뒤돌아서. 알겠지, 내가 존재할 수 없는 게……."

드바노프는 돌아섰다.

"더 이상 나를 쳐다보지 마. 자네 앞에서 죽은 자가 되기는 부끄러우니까……. 내가 체벤구르에서 너무 지체한 것 같아, 그리고 여기서 죽는군. 로자가 땅속에서 혼자 괴로워하겠는걸……."

코픈킨은 갑자기 자리에 일어나 앉아 전투하는 목소리로 다시 쩌렁쩌렁 소리를 질렀다.

"드바노프 동지, 그들이 우리를 기다리고 있다!" 그리고 얼굴을 아래로 떨구고 쓰러졌지만, 그의 몸은 여전히 뜨거웠다.

프롤레타리아의 힘은 외투를 물어 코픈킨의 시신을 태워 올리고는, 스텝의 망각된 자유 안에 존재하는 자기 고향 땅 어딘가로 달려갔다. 드바노프는 외투의 끈이 풀어질 때까지 말의 뒤를 따라 걸어갔다. 외투의 끈이 풀어지자, 코푠킨은 반쯤 벌거벗은 채로, 옷으로 덮여 있을 때보다 더 많은 상처투성이의 모습을 드러냈다. 말은 죽은 자 주변에서 냄새를 맡았으며, 죽어 버린 동반자와 그의 마지막 공훈을 함께 나누고 죽음의 상처를 줄이기 위해, 상처들에서 나오는 피와 액체를 열정적으로 핥기 시작했다. 드바노프는 프롤레타리아의 힘에 올라타고는 열린 스텝의 밤으로 말을 몰았다. 그는 서두르지 않고 아침까지 말을 타고 갔다. 가끔 프롤레타리아의 힘은 멈추기도 하고, 뒤를 돌아보기도 했지만, 코푠킨은 남겨진 어둠 속에서 침묵할 뿐이었다. 그러면 말은 알아서 앞으로 나아갔다.

낮에 드바노프는 어린 시절에 보았던 오래된 길을 알아보았다. 그러고는 그 길을 따라 프롤레타리아의 힘을 몰았다. 그 길은 어떤 마을을 지나가고, 나중에는 무테보 호수에서 1베르스타 떨어진 곳으로 이어졌다. 그리고 드바노프는 말을 타고 자기 고향을 지나갔다. 농가와 마당은 새로 지어졌으며, 페치카의 굴뚝에서는 연기가 났다. 시간은 정오 무렵이었다. 지붕에 났던 잡초들은 이미 오래전에 다 베어져 있었다. 교회 문지기가 시간을 알리는 종을 치기 시작해, 드바노프는 흡사 어린 시절의 시간처럼 익숙한 종소리를 들었다. 말이 물을 마시고 쉴 수 있도록, 그는 잠시 우물가에 말을 세웠다. 가까운 오두막 토담에 한 꼽추 노인이 앉아 있었다. 바로 표트르 표도로비치 콘다예프였다. 그는 드바노프를 알아보지 못했고, 드바노프는 그에게 자기를 밝히지 않았다. 표트르 표도로비치는 햇볕이 내리쬐는 양지에서 파리를 잡아서, 낯선 기수를 망각한 것은 생각도 하지 않은 채, 자기 생명의 만족감으로 손안에서 파리를 뭉갰다.

드바노프는 고향에 미련을 남겨 두지 않고 그곳을 떠났다. 평온한 들판은 사람도 없이 수확기를 맞았으며, 낮은 땅에서는 오래된 풀들의 슬픔이 풍겨났고, 바로 그곳으로부터 온 세상을 텅 빈 장소로 만들어 버리는 출구 없는 하늘이 시작되고 있었다.

저 먼 곳에서는 이미 고요해진 정오의 바람이 무테보 호수의 수면을 살랑거리게 했다. 드바노프는 말을 타고 물가로 다가갔다. 어린 시절 그는 여기서 목욕하고, 그 물을 마시고 살았다. 물은 언젠가 그의 아버지를 깊은 곳에 안식시켰으며, 이제는 드바노프의 마지막 피를 나눈 동지가 좁은 땅속에서 고독한 수십 년의 세월 동안 그를 애타게 그리워할 것이다. 프롤레타리아의 힘은 고개를 숙이고 제자리에서 발걸음을 옮겼는데, 발아래에서 뭔가가 방해를 했다. 드바노프는 아래를 살펴보고는 호숫가에서부터 말의 발에 걸려 딸려 온 낚시 도구를 발견했다. 낚싯바늘에는 바싹 마르고 부서진 작은 물고기 뼈가 걸려 있었다. 드바노프는 이것이 어린 시절 여기 놓아두고 잊어버린 자신의 낚싯대라는 사실을 알아차렸다. 그는 아무것도 변하지 않은 잠잠해진 호수를 바라보고, 조심스럽게 주의를 기울였다. 사실 아버지는 여전히 남아 있었다. 그의 뼈와 그의 살아 있던 육체의 물질들과 땀으로 젖은 셔츠 조각, 모든 생명과 우정의 고향 말이다. 그리고 저곳에서는, 어느 날 아버지의 육체에서 아들을 위해 분리되어 나간 그 피의 귀환을 영원한 우정으로 기다리는, 좁고도 더 이상 아무와 헤어지지 않아도 될 장소가 알렉산드르를 기다리고 있었다. 드바노프는 프롤레타리아의 힘의 가슴까지 물에 잠기도록 물속으로 들어간 다음 말과 작별을 고하지도 않은 채, 생명을 계속 이어 가면서 말에서 내려 직접 물속으로 걸어 들어갔다. 언젠가 아버지가 죽음의 호기심 속에서 지나갔던 바로 그 길을 찾아서. 드바노프는 그 잔재가 무덤 속에서 지쳐서 쉬고 있는 약하고 망각된 육체 앞에서, 삶의 부끄러움을 느끼며 걸어갔다. 왜냐하면 알렉산드르는 아직도 파괴되지 않은, 아버지라는 존재의 희미한 흔적을 따라서 가고 있었기 때문이다.

프롤레타리아의 힘은 수중 식물이 바스락거리는 소리를 들었다. 말 머리 근처로 물 밑바닥의 침전물이 다가오자 말은 주둥이로 그 깨끗하지 못한 물을 저어서 중간의 깨끗해진 물을 약간 마시고는 조심스러운 발걸음으로 집으로, 체벤구르로 향했다.

드바노프가 떠나고 사흘째 되어서야 말은 체벤구르에 나타났다. 왜냐하면 오랫동안 스텝의 어느 협곡에 누워 잠을 잤고, 잠이 깨서는 길을 잊어버려 어떤 노인과 함께 체벤구르로 가고 있던 카르추크가 자기 이름을 부를 때까지 오랫동안 협곡을 헤매 다녔기 때문이다. 그 노인은 바로 자하르 파블로비치였다. 그는 드바노프가 돌아올 때까지 기다리지 못하고, 아들을 직접 데려가려고 이곳으로 오는 중이었다.

체벤구르에서 카르추크와 자하르 파블로비치는 아무도 찾아내지 못했다. 도시는 텅 비고 황량했다. 벽돌 건물 가까운 곳에 프로슈카 혼자 앉아서, 모두 자기 차지가 된 재산들 사이에서 울고 있을 따름이었다.

"너 왜 그렇게 울고 있니, 프로슈, 아무한테도 불평 안 하고?" 자하르 파블로비치가 물었다. "원한다면, 또 1루블을 줄 테니, 사샤를 내게 좀 데려와 다오."

"공짜로 데려다 줄게요." 프로코피는 약속한 뒤 드바노프를 찾으러 떠났다.

주

17 **키예프** 러시아 인들에게는 예루살렘 같은 성지로 여겨지는 대표적인 순례 장소.

25 **사샤** 주인공 알렉산드르 드바노프의 애칭. 그 외에도 사슈, 사슈카 등으로 불린다.

29 **베르스타** 러시아의 길이 단위. 1베르스타는 1.067킬로미터이다.

32 **자하카르** 자하르의 애칭.

33 **웨스팅하우스 브레이크** 철도 차량용 에어 브레이크. 미국의 발명가 조지 웨스팅하우스(1846~1914)가 1867년에 최초로 발명했으며 전 세계적으로 사용되었다.

34 **코페이카 · 푸드** 러시아의 화폐 단위로, 100코페이카는 1루블이다. 푸드는 옛날 러시아의 중량 단위로, 1푸드는 40푼트(약 16.38kg)이다.

42 **프로샤** 프로호르 아브라모비치의 애칭.

43 **데샤티나** 러시아의 옛날 면적 단위. 1데샤티나는 1.092헥타르에 해당한다.

44 **프로슈카** 프로코피 드바노프의 애칭, 그 외에도 프로샤, 프로슈 등으로 불린다.

51 **페치카** 러시아 농가의 페치카는 난방의 역할도 한다. 불을 때면 페

치카 위가 온돌처럼 따뜻해서, 그곳에서 잠을 자거나 생활한다.

63 **베르쇼크** 러시아의 옛날 길이 단위 중 가장 작은 단위. 1베르쇼크는 4.445센티미터이다.

101 **아르신 · 사젠** 러시아의 길이 단위. 1아르신은 72.12센티미터이다.

102 **푼트** 러시아의 옛 중량 단위. 1푼트는 0.41킬로그램이다.

110 **『티크가 출판한, 우아함의 향유자인 은자의 모험』** 이 책의 원래 제목은 '예술과 예술가들에 대해서. 우아함의 향유자인 은자의 사유들, L. 티크에 의한 출판'(모스크바, 1914)으로 추측된다. 독일 낭만주의자 바켄로더의 예술에 대한 논문 모음집이다.

새로운 달력들 달력에 속담, 금언 등이 적혀 있어, 이를 미리 읽었다는 뜻.

115 **그의 책은 ~ 있었다** 라파엘로에 대해서 언급한 부분은 바켄로더의 원저에는 없는 내용으로, 작가가 임의로 삽입한 것으로 보인다.

127 **소냐 만드로바** 소피야 알렉산드로브나 만드로바. 애칭은 소냐.

141 **그의 아이들은 ~ 태만함이었다** 어린 나이에 가난이나 전쟁, 또는 부모의 무능력으로 '늙어 버린' 애어른의 형상은 플라토노프의 소설에서 중요한 의미를 지닌다. 프로슈카와 바랴 외에도, 후기 단편 「세묜」과 「귀향」 등에서 끊임없이 나타나는 조숙한 아이들을 통해, 작가는 자기 시대의 '고아 감각'을 형상화하고 있다.

143 **바르카** 바르바라의 애칭, 바랴 또는 바르카라고 불린다.

144 **옛날에는 ~ 맛있었어** 음식이 형편없다는 것을 비꼬는 말이다. 딸꾹질은 잘 먹었다는 것을 의미하기에 포간킨은 현재 상황을 불평하고 있다. 죽은 부모를 회상했다는 것은 고인을 회상하면 딸꾹질이 멈춘다는 러시아의 미신을 의미한다. 즉, 과거에는 그 정도로 잘 먹었다는 말이다.

149 **아하 ~ 자유를** 러시아 민요 「야블로치코」, '사과'라는 의미이다. 1917년 혁명 이후 내전 시기 다양한 가사로 개조되어 불리면서 당대 최고의 군가, 유행가가 되었다. 단순한 멜로디와 가사로, 백군과 적군 모두에게 인기를 끌었다.

152 **아가스페르** '영원한 유대인'. 유대인 방랑자 아가스페르는 중세 여러 설화의 주인공이다. 그는 십자가를 진 예수가 쉬도록 도와주지 않았기에, 영원히 살면서 방랑해야하는 숙명을 진 인물로 알려져 있다.

167 **크바스** 곡류와 엿기름으로 발효시킨 러시아 전통 음료이다. 시원하게 해서 여름에 주로 마신다.

보르시 비트와 양파, 감자 등 야채와 고기를 넣고 끓인 우크라이나식 수프로, 러시아 전역에서 즐긴다.

200 **네도델란니** 러시아어로 네도델란니는 '덜 만들어진', '만들다 만'이라는 의미를 지닌다. 작가 특유의 말장난임을 알 수 있다.

206 **니콜라이 아르사코트** 철학자이자 사상가, 작가이자 문학 연구가였던 니콜라이 아르사코프(1848~1909)에서 힌트를 얻어서 만든 가공의 인물로 보인다.

219 **전문 용어죠** 코푠킨은 전문 용어라는 러시아어 단어 'termin'을 기억하지 못해 'ternii'라고 말하고, 드바노프가 이를 교정해 준다.

223 **눈을~것입니다** '눈을 경작하라'는 표현은 눈을 치우지 말고 쌓아 둠으로써 땅의 온기를 유지하고, 습기를 보충하여 다음 해 수확을 늘리기 위한 농사 방법을 의미한다. 이 슬로건은 수확을 증대함으로써 소비에트 정부의 농촌 정책에 대한 농민들의 불만을 잠재우려는 의도로 볼 수 있다. 크론슈타트 봉기는 핀란드 만에 위치한 군항 크론슈타트에서 일어난 반소비에트 반란으로 1921년 봄에 발생했으며, 봉기에는 1만 8천 명의 선원과 수병이 참여했다. 이들은 '볼셰비키 없는 혁명'을 선언하고 봉기했지만, 소비에트 정부에 의해 진압되었다. 다수의 사상자를 낸 비극적인 사건으로, 수병이나 선원은 대다수가 농민 출신이었고, 이 사건 이후 여러 농촌 마을에서 봉기가 일어난 것을 근거로 메드베제프를 비롯한 사학자들은 소비에트에 대한 농민 계층의 불만이 커져서 생겨난 사건으로 보고 있다. 실패로 돌아간 봉기지만 이 사건은 신경제 정책 등 소비에트의 새로운 경제 정책 도입의 계기가 되었다.

232 **법은~말이야** 혁명 초기의 이상적인 평등 개념이 사라지고 새로운

관료제와 계급의식이 생겨난 것을 의미한다. 실제 작가는 1920년대 초반 신문 사설 등을 통해 이와 같은 부조리한 현상을 자주 언급한 바 있다.

269 **아르둘란츠∼K** 배급줄도 없고 배급표도 없이 빵을 살 수 있다는 표현과 플래카드의 내용은 사유 재산과 자유로운 거래가 어느 정도 허용되던 신경제 정책(NEP) 체제가 도시에서 이미 실시되고 있음을 보여 준다. 최초의 엄격한 공산주의 체제만 기억하던 드바노프에게 이러한 풍경은 상당히 낯선 것임을 작가는 강조하고 있다.

273 **소피야 알렉산드로브나** 소냐의 정식 이름은 소피야 알렉산드로브나 만드로바이다. 이름은 소피야이며, 알렉산드로브나는 아버지의 이름을 딴 부칭, 성은 만드로바다. 러시아에서는 어린 시절에는 보통 애칭으로 부르지만, 성인이 되면 그 사람을 존중하는 뜻으로 이름과 부칭을 더해서 부른다. 그러므로 소피야 알렉산드로브나가 된 것은 소냐가 완전한 어른이 된 것을 의미한다.

289 **공식적 인간** 플라토노프식의 언어 장난. 공무원이나 공직자라는 말 대신 공식적 또는 형식적이라는 단어를 사용해서 이를 표현했다.

294 **자네도 자루로 살아가는가** 구걸을 하느냐는 의미이다.

301 **드라반 이바니치** 드라반은 드라반트라는 말을 일부러 바꾸거나 실수로 쓴 것으로 보인다. 드라반트는 경호원이라는 뜻으로, 근위 기병을 의미하기도 했다. 즉, '프롤레타리아의 힘'이 단순한 말이 아니라 드라반 이바니치라는 사람처럼 코푠킨을 경호하는 경호원 역할도 한다는 것을 의미한다.

309 **리프크네히트** (1871~1919) 라이프치히 태생의 독일 혁명가. 1917년 독일 공산당의 전신인 스파르타쿠스당을 로자 룩셈부르크와 함께 조직했으며, 그녀와 함께 1919년 1월 살해되었다.

318 **아름다운 구석** 붉은 구석이라고도 한다. 러시아 농가에서 성상(성화)을 모셔 놓은 장소를 의미한다. 탁자 위에 성상을 놓고 성수가 담긴 병을 같이 두기도 했다. 손님은 집에 들어가면 제일 먼저 그곳에 가서 성호를 긋고 난 뒤에 주인과 인사를 나누었다.

319 **사바오프** 유대어로 전쟁의 신을 의미한다. 또는 하느님, 야훼 등의 의미로 쓰이기도 한다.

332 **고생하며～쉬게 하리라** 성서 마태복음에서 인용한 이 문구는 플라토노프의 작품들에서 사회주의 건설을 통해 빈자들이 살고 있는 '공동의 집'을 연상시키는 이중적인 작용을 한다.

336 **두체** 코픈킨은 'sub'ekt(주체)'라는 단어 대신에 새로운 단어 'dub'ekt'를 만들어 사용하고 있는데, 이것은 얼간이(dubie)라는 단어와 주체라는 단어의 결합으로 보인다. 지성이 부족한 코픈킨다운 실수이면서, 또 스스로를 규정해 주는 재미있는 표현으로, 플라토노프 특유의 언어유희로 볼 수 있다.

슬로건을 추상 명사로 볼 수 있지만, 여기서는 구체적인 물질성을 지닌 것으로 이해해 직접 손으로 들고 온다고 표현한 것이다. 역시 추상적인 것과 구체적인 것을 구별하지 못하는 당시 언어 현상을 보여 준다.

338 **전호** 파슬리와 비슷한 식용 풀의 일종이다.

339 **일본인** 체푸르니의 별명. 코가 낮아서 일본인 또는 몽골인이라고도 불린다.

개인 경영 여기서는 '개인적인'이라는 뜻과 '개인 경영을 하는'이라는 두 가지 의미를 지닌다. 신이 유일한 존재라는 의미이면서, 집단 농장(콜호즈)에 속하지 않고 개인 경영을 하는 반동분자를 의미하기도 하는 작가의 말장난이다.

341 **집단 무급 노동** 토요일마다 공공 기반 사업을 위해 동원되는 집단 노동을 말한다. 무급이며, 자원 봉사 형태지만 실제로는 강제되었다.

346 **페트로그라드** 상트페테르부르크의 당시 명칭이다. 18세기 초에 건설되어 상트페테르부르크로 200년을 지낸 도시는 20세기 초 제1차 세계 대전 이후 페트로그라드로 명칭이 바뀌었고, 소비에트 출범 이후 레닌그라드로 다시 바뀌었다. 소비에트 붕괴 이후 1991년 옛 이름인 상트페테르부르크를 되찾았다.

350 **이끌어 가야 한단 말인가?** 추상적인 말을 말 그대로 이해하는 플

라토노프 특유의 언어유희이다. 두 사람은 '헤아리다, 고려하다(uchityvat)'라는 단어를 '세다, 헤아리다'로 이해하고, '이끌다, 지도하다(rukovadit)'라는 말을 문자 그대로 어디론가 '끌고 가다'라는 직접적인 의미로 이해하고 있다.

352 **솝호즈** 소련의 국영 농장.

360 **프로코피 드바노프** 대부분의 경우, 드바노프는 주인공인 알렉산드르 드바노프를 지칭하지만, 본문에서처럼 그의 이복형제인 프로코피도 가끔씩 드바노프라고 불린다. 이 경우, 드바노프(Dvanov)가 원래 프로코피의 성이라는 사실과 '둘', '이중적인', '분신' 등의 어원을 가지고 있음을 상기하자.

363 **체키스트** 체카(1918~1922년, 소비에트에 도입된 반혁명, 사보타주 및 투기 단속 비상위원회)의 요원들.

364 **자제들 포함** 자제들이라는 고상한 단어를 이해하지 못한 피유샤의 실수이다. 원문은 so ochadami: with scions라는 두 단어지만, 피유샤는 soochady라고 두 단어를 하나로 합쳐서 사용하며, 부르주아의 자녀가 아니라 아내들을 가리키는 말로 이해하고 있다.

367 **카데트** 1)사관생도. 2)입헌민주당원. 여기서는 백위군, 장교 등을 지칭한다.

375 **콤소몰** 전 연방 레닌 공산주의 청년 동맹원.

399 **중간 부르주아** 앞서 체푸르니와 볼셰비키들은 체벤구르의 부르주아를 총살했다. 중간 부르주아는 이들 제거된 부르주아의 아내나 친척 등, 이른 바 부르주아의 잔재를 의미한다. 프티부르주아와는 다른 의미로, 체푸르니는 마르크스도 이들에 대해 언급하지 않았기에 이들은 존재할 수도 없다는 논리로 체벤구르에서 이들을 쫓아 낸다.

412 **기타 등등의 인간** 기타 등등의 인간을 데려오라는 체푸르니의 표현은 이후 '기타 인간'이라고 명명되는 체벤구르의 미래 거주민들을 일컫는 보통 명사처럼 사용된다.

418 **획득하고 있다** 무지한 제예프의 언어로 작성된 이 문구들을 원문으로 살펴보면 단어 사용이나 문법적으로 어색한 부분이 많다.

447 **상품이자 가치이기 때문이지요** 이 체푸르니의 연설문도 일종의 말장난이다. 러시아어로 동지는 tovorisch라고 쓰며, 상품이라는 단어는 tovar로 쓸 수 있다. 우리가 서로에게 상품(tovar)이기에 우리는 동지(tovarischi)라는 체푸르니의 표현은 의미적 다양성을 획득한다.

453 **카를 마르크스의 시** 이 표현은 아마도 〈공산당 선언〉에서 차용해 체벤구르의 깃발에 썼던 '전 세계 프롤레타리아여, 단결하라'라는 어구를 의미하는 것으로 보인다.

468 **좋은 기관** 노인은 위에서 말한 정비(blagoustroistvo)라는 한 단어를 좋은 기관(blagoe ustroestvo)이라는 두 단어로 떼어서 말하고 있다. 역시 일종의 말장난이다.

501 **꿀죽** 보리, 쌀 등에 꿀, 건포도를 넣은 것. 추도식 후 성탄절 전야에 먹는다.

557 **크랜베리가 웬 말이냐** '돼지 목에 진주'라는 뜻으로 사용된다. 여자에게 무관심한 카르추크를 비웃는 말이다.

시몬 세르비노프는~것이다 연구자 톨스토야 세갈은 세르비노프의 원형이 당시 러시아의 유명한 학자이자 문필가였던 보리스 슈클롭스키였다고 주장한다.

559 **테아트랄나야 역** 볼쇼이 극장과 말리 극장 등 모스크바의 주요 극장들 가까이에 있는 모스크바 중심가의 지하철역 이름. 테아트랄나야는 '극장 역'으로 번역될 수 있다.

560 **카잔 역** 모스크바에는 모스크바 역이 없으며, 종착지 또는 행선지 명칭을 따르는 기차역이 아홉 개 있다. 레닌그라드 역, 카잔 역, 벨로루시 역, 키예프 역, 야로슬라블 역, 파벨레츠 역, 리가 역, 쿠르스크 역, 사볼로프 역이 그것이다. 카잔 역은 모스크바의 동쪽, 카잔 방향으로, 즉 중앙아시아와 시베리아 방향으로 가는 기차들이 출발하는 역이다.

말리 극장 볼쇼이 극장이 '대극장'이라는 의미라면, 말리 극장은 '소극장'을 의미한다. 볼쇼이에서 발레와 오페라 등이 주로 공연되는 반면, 말리에서는 연극이 주로 상연된다. 두 극장은 기역자 형태로 가까이 위치하고 있다.

615 **바시** 여기서 코폰킨이 파신체프를 바실리의 애칭인 바시라고 부르는데, 이것은 분명 작가의 실수로 보인다. 파신체프가 처음 등장했을 때 나왔듯, 그의 이름은 막심이다.

수영 마디풀과에 속하는 다년생초. 수영 또는 참소리쟁이라고 불린다. 영어로는 sorrel 또는 dock.

624 **잼을 넣은 차** 러시아에서는 묽게 만든 과일 잼(varenie)을 차와 함께 먹거나 차에 넣어 마시고, 찬물에 넣어서 음료로 마시기도 한다. 코폰킨이 잼도 없이 찬물만 마신다는 사샤의 말도 여기서 유래한 것이다.

플라토노프의 삶과 예술 — 열린 심장으로 살아가기

윤영순(경북대학교 노어노문학 교수)

I. 플라토노프의 생애와 창작

1. 플라토노프의 모순

안드레이 플라토노프와 그 작품 수용의 역사는 20세기 러시아의 운명만큼이나 모순적이면서 양가적이라 할 수 있다. 플라토노프의 가장 큰 모순은 태생적으로도 이념적으로도 철저한 공산주의자였음에도 불구하고, 반소비에트주의자로 비난받으면서 소련에서 가장 철저하게 금지된 작가 중 한 명이었다는 점이다. 플라토노프는 두 편의 장편 소설과 다수의 중·단편 소설, 시, 동화, 희곡, 시나리오 등 다양한 장르의 작품을 창작했지만, 대표작이라 할 수 있는 『체벤구르』, 『행복한 모스크바』, 「코틀로반」을 포함한 많은 작품들이 작가 생전에 소련에서 출판되지 못했다. 생존 당시 비평가들로부터 이데올로기의 순수성을 의심받으며 혹독한 비판을 받았던 플라토노프의 작품들은 사후에도 오랫동안 빛을 보지 못하다가 몇몇 대표작들이 서구에서 먼저 출판되었고, 러시아 독자들은 페레스트로이카 이후에야 플라토노프를 만났다. 이런 이력 때문에 플라토노프가 '소비에트의 조지 오웰'로, 반사회주의자이자 소비에트의 적으로 오랫동안 이해되어 온 것은 어쩌면 당연한 일일 것이다.

1980년대 후반의 특별한 '귀향' 이후에도 작가로서 플라토노프의 운명은 지난했다. 유행과도 같은 포스트소비에트 시기의 짧은 각광을 뒤로한 채 특유의 난해한 언어와 서사 구조 때문에 그의 작품은 소수 애호가들을 위한 실험적 문학이라는 반갑지 않은 평가를 얻었으며, 20세기 말에는 플라토노프 읽기가 한때의 유행으로 끝나리라는 회의적인 시각이 존재했던 것이다. 그러나 사회주의 실험에 대해 객관적으로 논할 수 있을 만큼의 시간이 지나고, 새로운 문화 코드들이 러시아를 지배하기 시작한 오늘날에도 플라토노프 문학은 여전히 현재 진행형으로 읽히며 활발히 연구되고 있다. 더 나아가, 실패로 돌아간 공산주의 유토피아 실험에 대한 찬반 논쟁과는 별도로 이제 새로운 서사 장르를 열었던 선구자 또는 독특한 사유 체계를 가진 철학자로 이해되면서, 플라토노프는 20세기 러시아 산문의 대가로 재평가되고 있다. 플라토노프를 조이스나 프루스트, 포크너와 동등한 반열에 올리고 그의 작품들에서 자기 창작의 근원을 찾고 있는 아나톨리 김, 라스푸친, 나기빈을 비롯한 러시아 현대 작가들뿐만 아니라, 과거 그의 창작에 회의를 표현했던 소비에트 전통을 이어받은 비평가들조차 플라토노프를 고리키, 숄로호프 등과 나란히 소비에트 최고의 산문 작가 반열에 두고 있다. 그렇다면 공산주의자였지만 반소비에트 작가로 낙인찍힐 수밖에 없었고, 교육 수준이 낮았지만 심오한 철학자로 인식되며, 부정확한 언어 사용으로 비난받지만 최고의 산문 작가로 인정받는 플라토노프 삶과 예술의 모순은 어디에서 시작된 것일까? 이 질문에서 출발해 보도록 하자.

2. 장인의 기원—혁명이 길을 열어 준 작가

플라토노프는 1899년 러시아 남부의 중소 도시 보로네시 변두리 마을 얌스카야 슬로보다에서 가난한 노동자 집안 11남매 중 장남으로 태어났다. 작가는 지독한 가난 때문에 어린 시절부터 노동 현장에 뛰어들어야만 했다. "삶은 내게서 소년 시절을 빼앗고, 나를 아이에서 곧바로 어른으로 바뀌게 했다"고 1920년대 초반 아내에게 보낸 편지에서 작가는 회고한다. 어린 나이에 동생들을 돌보며 생계를 걱정하고, 가난 때문에 영악한 애어른이 될 수밖에 없는 어린아이의 모습은 『체벤구르』의 주인공 중 한 명인 프로샤에게서도 찾아볼 수 있는데, 이후 「세묜」, 「귀향」을 비롯한 여러 작품에서도 반복적으로 나타난다.

소년 플라토노프는 일용직 노동자, 철도 기관사 조수, 파이프 공장 주물공 등 닥치는 대로 노동 현장을 전전하다가 1918년 보로네시 철도 대학에 입학한다. 가난한 노동자가 대학 교육의 기회를 갖게 된 것은 1917년 2차 러시아 혁명 덕분이었다. '혁명이 문학으로 향하는 길을 열어 준' 예술가였던 플라토노프가 공산주의 이념을 온몸으로 흡수한 것은 어쩌면 당연했다. 소설 『어머니』의 작가 막심 고리키는 1905년 1차 러시아 혁명 실패의 원인을 이상으로서만 세계 개조와 혁명을 이야기하는 인텔리겐치아들과 지상에 발을 딛고 있는 노동자들 사이의 크나큰 간극에서 본 바 있다. 노동자들 중에서 혁명가가 태어나고 지도자가 될 수 있는 자생적 인텔리겐치아가 나올 때, 그때 진짜 혁명이 가능할 것이라고 고리키는 확신했던 것이다. 1917년 혁명 이후에야 고리키가 기다렸던 노동자 출신 인텔리겐치아들이 나타나는데, 그 가장 좋은 예가 바로 플라토노프라 할 수 있다.

혁명 시기에 청년기로 접어들었던 작가는 대학 잡지 편집에 참여하면서 시와 에세이, 단편 소설, 신문 사설 등 여러 종류의 글을 쉴 새 없이 발표했으며, 직설적이고 고양된 목소리로 혁명의 당위성과 프롤레타리아의 승리를 웅변했다. 플라토노프는 1920년대 초반의 평론에서 공산주의 혁명의 필연성과 예술의 역할에 대해 선언적으로 썼으며, 예술 산문에서는 공상 과학 소설 형식에 기대어 공산주의가 가져다줄 밝은 미래와 세계 변혁에 대한 꿈을 이야기했다. 작가는 역사 종말 이후의 미래를 그리면서 인간에 의한 자연의 정복과 과학의 승리를 꿈꾸었는데, 이 시기 작품들에서 작가를 닮은 화자는 확신에 찬 목소리로 세계 개조의 이상을 역설했다.

노동자라는 긍정적 출신 성분과 지역 잡지와 신문에 활발하게 글을 발표한 덕분에 1920년 플라토노프는 전 러시아 프롤레타리아 작가동맹 창단식에 보로네시 대표 자격으로 참석했다. 작가동맹 회의 설문지에 쓴 대답에는 노동자 출신 작가로서 플라토노프의 본질이 나타나며, 청년 공산주의자의 문학적 열정과 치기가 엿보인다. "무엇이 당신의 문학적 발전을 방해했거나 방해하고 있는가?"라는 질문에 작가는 "낮은 교육 수준과 시간 부족"이라고 답했다. 한편 "어떤 작가가 가장 큰 영향을 미쳤는가?"라는 질문에는 "없다"라고 대답했고, "어떤 문학적 경향에 공감하거나 소속되어 있는가?"라는 물음에도 작가는 "없다. 나는 자신만의 경향을 가지고 있다"라고 단언했다.

프롤레타리아 작가로 화려하게 데뷔하고 활발한 작품 활동을 했지만, 1921년 러시아 전역을 휩쓸었던 끔찍한 기근 앞에서 플라토노프는 잠시 주춤했다. 가뭄으로 타 들어가는 대지와 굶주림으로 죽어 가는 민중을 눈앞에서 보면서 작가는 더 이상 '문학과 같은 관조적인 작업'에만 몰두할 수 없다고 선언했다. 그리고 그는 작가로서가 아니라 농촌에 전기를 가설하는 전력화 사업 담당자로, 또 토지 개량 기사로 가뭄과의 '투쟁'에 직접 뛰어들었다. 이 시기 작가는 "공산주의는 소비에트 정부 플러스 전 국가의 전력화"라는 레닌의 교시를 온몸으로 실천했던 것이다.

플라토노프는 죽어 가는 땅과 기근으로 고통 받는 민중의 삶에 대해 끊임없이 모스크바로 공문을 보냈으며, 사설이나 단편을 지속적으로 발표하면서 전 인류의 공감을 호소했다. 가짜 밀가루와 나무껍질로 만든 빵으로 연명하면서 고통 받는 민중의 아픔을 함께 느끼는 것이 모든 공산주의자들의 의무라는 것, 행복 앞에서뿐만 아니라, 고통 앞에서도 인류는 '평등'해야 한다는 것이 이 시기 작가의 입장이었다. 플라토노프는 공산주의와 더불어 과학 기술이 세계를 개조하고 인류를 구원할 수 있다고 믿어 저수지와 댐을 준설하고 땅을 개간하며 전기와 수도 시설을 만들 비용을 달라고 끊임없이 정부에 요청했다. 그리고 이 과정에서 목도한 공산주의적 관료주의의 비효율성과 민중과 동떨어진 그들의 풍요로운 생활에 절망감을 나타냈다. 토지 개량 기사로 일하며 세계 개조를 꿈꾸던 이 시기 플라토노프의 모습은 슈클롭스키의 자전적 산문 『제3의 공장』(1926)에서 흥미롭게 그려지고 있다. 한편 벽촌에 파견되어 기사로 일했던 이 시기의 경험은 후일 「코틀로반」과 『체벤구르』를 비롯한 많은 작품들의 문학적 토대가 되었다.

3. 현실 공산주의와의 만남

1926년과 1927년, 플라토노프의 삶에 큰 변화가 일어났다. 1926년 2월 농업임업연맹 중앙당회의 일원으로 선발되고, 6월에는 가족과 더불어 모스크바로 이주했다. 그러나 한 달 후 직장에서 해고된 플라토노프는 기술자로서의 자기 직업에 상당한 회의를 느꼈다. 그렇지만 10월 토지 개량 및 관개 사업부 기술자로 다시 발령이 나고, 이후 탐보프 지역 토지 개량 부서 책임자 직책을 맡은 플라토노프는 탐보프로 출장을 떠났다. 보로네시에서 모스크바로의 이주, 그리고 홀로 떠난 탐보프에서 플라토노프는 마침내 진정한 작가로 다시 태어났다. 탐보프에서 다시 마주한 비참한 러시아의 현실은 작가에게 일종의 문학적 영감으로 작용했고, 플라토노프는 자기 시대의 증인이자 연대기 기록자가 되기를 자처했다.

1927년 초, 플라토노프는 두 가지 직업 중 문학에 온전히 집중하기 시작했다. 당시 아내 마리야에게 보낸 편지에서 플라토노프는 다음과 같이 썼다. "시골 벽지들을 헤매 다니면서 나는 그 어딘가에 화려한 모스크바가, 예술이, 문학이 존재한다는 것을 믿을 수 없었소. 하지만 내 생각에 진짜 예술은, 진짜 사상은 이런 벽지에서도 탄생할 수 있다는 거요." 이 말을 증명이라도 하듯 플라토노프는 '손이 떨릴 지경으로' 많은 작품들을 쏟아 내듯 써 나갔다. 탐보프에서 지낸 짧은 기간 동안 플라토노프는 이른바 탐보프 3부작을 완성한다. 전자 증식 장치의 발명을 통해 인류 구원을 꿈꾸는 공상 과학 소설 「에피르의 길」을 1월에 완성했으며, 이어서 표트르 대제 시대 러시아로 파견된 영국인 기술자를 통해 세계 개조의 이념과 그 현실화 과정의 모순을 그려 낸 역사 소설 「에피판의 수문들」을, 그리고 2월에는 관료주의와 유토피아의 문제를 다룬 풍자 소설 「그라도프 시」를 탈고한다. 플라토노프는 “내 안에 심장이 뛰고, 뇌가 존재하고, 또 창조의 이 어두운 자유가 있는 한, 뮤즈는 나를 배반하지 않을 거요”라고 아내에게 썼다. 하지만 자기 안의 뮤즈가 찬란한 문학적 성공이 아니라 ‘어두운’ 미래를 가져다줄 것임을 작가는 이미 예감하고 있었던 것 같다. 그리하여 이 시기의 작품들에서는 더 이상 세계 개조의 파토스에 물든 화자의 독백적 목소리를 들을 수 없다. 이러한 현상은 예술 창작에 대한 새로운 방법론 모색의 결과로 볼 수도 있지만, 이념과 현실의 불일치와 그 실현 과정에 드러날 수 있는 모순을 작가가 인식하기 시작했기 때문이기도 하다. 공상 과학 소설과 역사 소설의 틀을 갖춘 「에피르의 길」과 「예피판의 수문들」에서는 혁명과 세계 개혁에 대한 막연한 낭만적 인식이 극복됨과 더불어, 자연 앞에서의 인간 이성과 과학의 무력함과 패배감, 그리고 실패의 가능성에 대한 두려움이 작품의 주된 정조가 되고 있다.

1927년 3월 플라토노프는 출장을 마치고 모스크바로 돌아왔다. 모스크바에서도 작가는 「비밀스러운 인간」, 「얌스카야 슬로보다」, 「국가의 건설자」 등을 지치지 않고 집필했으며, 마침내 자기 ‘창작의 백과사전’이라 할 만한 장편 『체벤구르』의 집필에 몰두하기 시작했다. 1927년은 이렇게 작가 플라토노프가 성공적으로 모스크바에 데뷔한 해이면서, ‘소비에트와의 불화’로 정의될 수 있는 그의 지난한 문학적 여정이 시작된 시기이기도 하다. 1927년 단편집 출간을 시작으로 1928년 『체벤구르』의 몇몇 에피소드가 여러 문학잡지에 발표되면서 작가는 비평계 및 문단의 ‘주목’을 받았다. 하지만 그것은 문학적 성공이 아니라 ‘반소비에트주의자’로서 플라토노프에 대한 곱지 않은 시선을 의미했다. 결정적인 비난의 계기가 된 작품은 1929년 발표한 단편 「의혹을 품은 마카르」였다.

당시 러시아 프롤레타리아 작가동맹(RAPP)의 지도자였던 아베르바흐를 비롯한 비평가들은 플라토노프의 행간에서 반소비에트적인 맥락을 읽고 작가를 무정부주의자이자 허무주의자로 규정했으며, '프롤레타리아 문학에 대한 변절자'로 낙인찍었다. 결국 리트빈-몰로토프와 고리키 등의 도움을 받아 『체벤구르』를 출판하려는 작가의 시도는 무산되었으며, 1929년 말 플라토노프는 소설 출판을 완전히 포기했다.

이 시기 플라토노프에 대한 문단의 비판적 시선은 어쩌면 당연한 것이었다. 모스크바 이주 이후 창작된 플라토노프의 작품들은 현저하게 현실 풍자적인 성격을 지니고 있었기 때문이다. 「비밀스러운 인간」, 「의혹을 품은 마카르」, 「코틀로반」 등의 중·단편에서 시공간은 작가와 동시대 또는 그 가까이로 옮겨 가며, 작품 속 공산주의 관료주의자들의 모습은 너무나 사실적으로 그려져서 차라리 그로테스크하게 보일 정도다. 사실 이전부터 플라토노프의 작품에서 감지되기 시작한 공산주의 현실에 대한 비극적 예감과 의혹을 염두에 둔다 할지라도, 이 시기 풍자로의 이행은 작가의 입장에 일정한 변화가 있다는 것을 의미한다. 바흐친식으로 풍자를 '대상에 대한 부정적 관계'로 정의한다면, 당시 플라토노프에게는 맹목적 애정의 대상과 더불어 냉소의 대상이 존재하고 있었음이 틀림없다. 그 애정과 냉소의 대상이 언뜻 보면 동일해 보이지만, 사실은 온전히 다른 것임을 이해하기 위한 시공간적 거리가 작가와 비평가들 사이에 아직 존재하지 못했던 것이 플라토노프의 비극과 모순의 출발점이라 할 수 있다.

1929년은 스탈린의 '위대한 변혁의 해'라고 불리는 시기였다. 스탈린은 다방면에서 공고해진 권력을 바탕으로 전 소비에트에서 삶의 방식을 바꾸려고 시도했다. 이는 일상의 영역뿐만 아니라, 예술 분야를 포함하여 문화적 삶의 양태를 모두 사회주의적 방식으로 바꾸려는 시도이기도 했다. 이 시기 전면적으로 행해지던 압박은 특히 인텔리겐치아들에게 비극의 서막으로 다가왔는데, 프롤레타리아 작가로 인식되던 플라토노프가 가장 큰 타격을 받은 것은 어찌 보면 아이러니하게 느껴진다. 플라토노프는 왜 그토록 열망하던 소비에트 유토피아에 적응할 수 없었으며, 그의 작품들은 왜 '부르주아 작가'들의 작품보다도 더 극렬하게 스탈린의 분노를 샀던 것일까? 그것은 작가가 러시아의 전통적인, 진실을 이야기하는 바보 성자 유로지비의 역할을 자처했기 때문으로 볼 수 있다. 마치 아이나 백치 같은 시선으로 현실을 바라보고, 그것을 여과 없이 이야기하는 플라토노프적 글쓰기는 '벌거벗은 임금님'을 분노케 할 수밖에 없었을 것이다.

비평가들의 비난에 직면했던, 그리고 본격적으로 자기 시대와의 불화가 시작되었던 1930년, 플라토노프는 중편 「저장용으로(빈농의 연대기)」를 완성하고 몇 편의 영화 시나리오를 썼다. 그리고 또 하나의 대표작인 중편 「코틀로반」의 구상을 시작했다. 이 중편은 프롤레타리아들을 위한 공동의 집을 건설하는 과정과 농촌의 집단화 과정을 동시에 그려 내고 있다. 이 시기 작가는 그야말로 자기 시대에 대해 끊임없이 썼다. 한편 「저장용으로」를 읽은 작가 파제예프는 이것은 빈농이 아니라 부농의 연대기이며 '새로운 인간에 대한 저주이자 사회주의 개혁에 대한 저주, 당의 보편적 노선에 대한 저주'라고 혹독히 비난했다. 이와 같은 신랄한 비판은 특히 스탈린이 이 작품을 직접 읽고 진노했다는 것과 연관이 있다. 플라토노프 작품에 노출된 동시대의 초상은 현실과 신화가 전복되었다는 것을 이야기해 주었고, 주인공들은 끊임없이 유토피아에 '의혹'과 불안을 드러냈다.

그렇다면 왜 플라토노프는 자신을 향한 비난에도 불구하고 자기 시대에 대해 비극적이고도 풍자적으로 계속 써 나갈 수밖에 없었을까? 「코틀로반」의 말미에 작가는 예외적으로 에필로그를 남겼다. 『체벤구르』의 공산주의 유토피아에서 회생하지 못하고 죽어 가는 소년처럼, 이 소설에서도 사회주의의 미래를 상징하던 소녀가 병으로 죽는다. 이 죽음에 향해질 비난을 의식했음일까, 플라토노프는 미래 세대의 파멸을 묘사한 것이 자신의 실수일 수도 있다고, 아니 실수이길 바란다고 쓰고 있다. 그럼에도 그 실수는 "사랑하는 대상에 대한 자신의 과도한 불안감과 사랑"에서 연원한 것이며 그 대상을 잃어버릴까 두려웠기 때문이라고 덧붙인다. 공산주의는, 그리고 어린아이는 플라토노프에게 그토록 사랑하기에 불안하고 또 '두려운' 바로 그런 존재였다.

1930년대 초반 교조적인 사회적 분위기에서 플라토노프는 스스로의 과오를 인정하는 자아비판의 글을 주요 신문과 잡지 편집국으로 보냈다. 하지만 「문학신문」에도 「프라브다」지에도 작가의 해명은 실리지 않았다. 플라토노프 언어 특유의 양가성 때문에 자기반성의 말조차 이중적이고 양면적으로 해석되었기 때문이다. 1931년 플라토노프는 고리키와 스탈린에게 여러 번 편지를 보냈지만 답장은 없었다. 결국 1932년 열린 작가동맹회의에서 플라토노프는 직접 문학적 과오를 인정하는 자아비판을 해야 했다.

문학적으로 침묵하는 것처럼 보였던 1931년 후반부터 작가는 중공업 분야 인민위원회로 옮겨 가서 기술자로 생활하기 시작했다. 비록 외적으로는 문학 활동을 중단한 것처럼 보이지만 「저장용으로」 이후 1930년대 초반 작가의 침묵은 소비에트 유토피아에서 새로운 삶과 창작의 길을 모색하는 과정이라 할 수 있다. 플라토노프는 공산주의 이념과 유토피아 건설 과정에 대한 의문이 아니라, 공산주의의 새로운 수도와 그곳에 살게 될 새로운 인간에 대한 소설을 쓰기 시작한 것이다. 『체벤구르』의 끝부분에서 세르비노프와 소냐 만드로바를 통해 잠시 비춰지던 이질적 공간 모스크바는 전 세계 사회주의의 수도인 모스크바의 형상 속에서, 그리고 동명의 주인공 모스크바 체스노바라는 여인을 통해 새로운 이미지를 획득한다. 1933년 집필을 시작한 장편 소설 『행복한 모스크바』는 그렇지만 완성되지 못했으며, 다른 작품들처럼 작가 사후 1991년에야 처음으로 출판될 수 있었다.

4. 스탈린의 유토피아를 살아가는 법

1930년대 초반 플라토노프에게 또 다른 문학적 전환점이 찾아오는데, 그것은 고리키의 도움으로 투르크메니스탄으로 파견되는 작가동맹 사절단의 일원이 된 것이었다. 이 여행의 경험으로 플라토노프는 남부 러시아와 모스크바에 한정되었던 이전의 공간에서 벗어나 전체 소비에트와 유토피아 정신을 결합시킨 '중앙아시아 테마'의 소설을 쓰기 시작했다. 이 시기에 창작된 「잔」과 「타키르」, 「젊음의 바다」 역시 대다수가 소비에트에서 출판될 수 없었지만 말이다.

중앙아시아 테마와 더불어 1930년대 중반 이후 플라토노프의 작품에서는 이전과 변별되는 새로운 경향이 감지된다. 유토피아와 혁명, 공동의 삶에 대한 사유, 이념에 대한 논쟁, 관료주의에 대한 풍자 같은 1920년대의 관심사가 아니라 구체적인 삶과 사랑, 육체와 이름을 가진 인간과 성의 문제에 주목하게 된 것이다. 이와 같은 변화된 작가의 입장이 가장 잘 드러난 작품이 「포투단 강」으로, 이 단편이 포함된 동명의 작품집이 1937년 출판되었다. 스탈린의 유토피아적 기획이 절정에 달했던 1930년대 중반에 감지되는 작품 경향의 변화에 대해 세이프리드는 "스탈린의 유토피아와의 화해"라고 표현하기도 하지만, 작품에 드러난 서정적 언어 구사와 새로운 이야기 방법이 보여 주는 것은, 단순히 숙청이나 자아비판에서 벗어나기 위한 제스처로서의 화해라기보다 오히려 작가 스스로 보다 성숙한 예술적 지향점을 찾아가는 과정이라 할 수 있다.

작품집 출판이라는 짧은 기쁨을 뒤로하고 플라토노프의 삶에서 가장 비극적인 사건이 1938년 발생한다. 그토록 사랑해 마지않던 열다섯 살 된 아들 플라톤이 반정부 음모죄로 체포되어 시베리아 유형에 처해졌던 것이다. 플라토노프에게 아들이 어떤 존재였는가? 1920년대 중반 아내에게 보낸 편지에서 작가는 아들 플라톤에 대해 "너무나 사랑하고 소중한 것은 두렵소, 난 그걸 잃을까 봐 무서운 거요"라고 쓰고 있다. 공산주의 유토피아가 '미래 세대'와 공존 가능한가에 대한 작가의 불안한 예감은 「코틀로반」과 『체벤구르』에 그려진 유토피아에서 아이의 죽음을 통해 그려진 바 있다. 이러한 작가의 불안한 예감은 자신의 아들을 통해 그대로 현실화되었던 것이다. 아들 플라톤은 1941년 초 작가 숄로호프의 도움으로 유형지에서 돌아올 수 있었지만 1943년 결핵으로 짧은 생을 마감했다.

1940년대 초 소비에트는 제2차 세계 대전의 소용돌이 한가운데 위치하고 있었다. 플라토노프는 종군 기자로 최전선에서 복무했는데, 아마도 이때가 작가가 이념 논쟁에서 온전히 자유롭게 조국 러시아를 위해 복무한 유일한 시기였는지도 모른다. 종전 후 1946년 플라토노프는 단편 「이바노프의 가족(귀향)」을 발표했다.

긴 침묵의 터널을 지나고, 종군 기자로 복무한 후 집필된 이 소설은 작가 스스로 사회주의 리얼리즘 원칙에 부합한다고 확신했던 작품이다. 그러나 이 작품은 이전의 반플라토노프 캠페인과는 비교가 되지 않을 혹독한 비판을 불러왔다. 「문학신문」의 편집장이자 소비에트 비평계의 대부였던 예르밀로프는 이 소설을 "저주받을 단편"이라 단언했으며, 파제예프는 플라토노프를 "거짓되고 더러운 이야기꾼"이라고 원색적으로 비난했다.

왜 주인공 이바노프 대위는 귀향을 망설이면서 곧바로 집으로 돌아가지 않았는가? 왜 그는 아내와 아이들이 기다리는 집으로 가지 않고 다른 여자와 노닥거리고, 집으로 돌아와서도 아내를 의심하고 집을 낯설어하며 다시 떠나려 하는가? 소설이 이른바 무갈등 이론에 저촉된다는 혐의로 작가는 죽기 직전까지 제대로 된 작품을 쓸 수 없었고, 출판도 할 수 없었다. 1940년대 중반 플라토노프는 『체벤구르』의 '열린 심장'으로 공산주의를 받아들이고자 했던 이념주의자의 태도를 버리고 「귀향」의 표현대로 '헐벗은 심장'으로 타자의 삶을 감각하는 구체적 소통의 방식을 추구하였다. 그렇지만 '위대한 조국 전쟁'의 영웅적 군인들이 당당하게 귀향하는 모습을 묘사하기에 급급했던 당시의 문학 현실에서 이와 같은 작가의 언어는 받아들여지기 힘들었다. 우유부단한 이바노프의 모습은 반동적인 주인공들보다도 더 용서받기 어려운 것이었으며, 갈등하는 아버지의 형상은 전후 소비에트가 요구하는 새로운 인간상이 될 수 없었다. 그래서 예르밀로프는 주인공 이바노프를 '후안무치한 아버지'로 맹렬히 비난했던 것이다. 그렇지만 20여 년 가까운 시간이 흐른 다음 비평가는 자신의 말을 스스로 거두어들인다. 1964년 "당신의 비평 중에서 실수라고 여겨지거나 지워 버리고 싶은 것이 있습니까?"라는 질문에 예르밀로프는 「귀향」

에 대한 자신의 비평이라고 답한다. “나는 플라토노프의 특별한 예술 세계로 들어갈 수 없었습니다. 그만의 남다른 시적 언어를 듣고, 인간에 대한 그의 슬픔, 그의 기쁨을 들을 줄 몰랐습니다. 삶과 예술이 지니는 현실적 복잡성과는 거리가 먼 잣대로 나는 그의 작품에 접근했던 겁니다”라고 스스로를 비판했다.

그렇지만 이것은 아직 먼 미래의 일로, 당시 플라토노프는 연이은 문단의 비난으로 더 이상 창작을 지속하지 못할 정도로 타격을 입었다. 이 작품에 대한 혹평으로 작가는 창작을 실질적으로 접었으며, 평생 집중해 왔던 소설에 더 이상 손을 대지 못하고 몇 편의 동화와 희곡만 남긴 채 생을 마쳤다. 플라토노프는 1951년 1월 5일 아들과 마찬가지로 폐결핵으로 사망했으며, 아들의 무덤이 있는 모스크바의 아르메니야 공동묘지에 안장되었다.

사후 그의 작품들은 오랫동안 빛을 보지 못했지만, 1970년대부터 『체벤구르』와 「코틀로반」을 비롯한 대표작들이 미국과 유럽 여러 나라에서 번역되기 시작했으며, 그로부터 10여 년이 지난 후 페레스트로이카 시기에 작가의 조국에서도 플라토노프의 오래 기다렸던 ‘귀향’이 마침내 실현되었다.

Ⅱ. 『체벤구르』 소개

1. 플라토노프 창작의 백과사전

『체벤구르』는 플라토노프의 대표작이자 유일하게 완성된 장편 소설이다. 이 소설은 마르크스의 『자본론』을 접해 보지도 못한 프롤레타리아들이 나름대로 혁명을 이해하고 자발적으로 건설해 가는 공산주의 유토피아를 이야기하고 있다. 아무리 프롤레타리아를 위한 것이라고 웅변하더라도, 혁명을 주도한 것은 인텔리겐치아와 소수의 지도자들이었기에 공산주의 건설 과정은 언제나 이들의 언어로 설명되고 또 이해되어 왔다. 그렇지만 플라토노프의 소설은 노동자들과 농민들, 제대로 배우지 못한 자들이 어떻게 혁명을 받아들이고 공산주의 이념을 실현하는지를 그들의 시선으로 그려 내고 있다. 아무렇게나 자라나서 밟히고 또 사라지는 잡초처럼 이름 없는 존재들은 '기타 인간'이라 불리면서 때로는 우스꽝스럽게 소설에 그려지지만, 그 웃음 뒤에 감춰진 것은 결국 그들 가장 약한 존재들에 대한 작가의 연민이고 공감이다. 그리고 작가 역시 그들과 분리될 수 없는, 그들 중 한 사람이기도 했다.

1928년 완성된 이 소설은 러시아가 아니라 프랑스와 이탈리아에서 1972년 처음으로 출판되었으며, 온전히 번역 출판된 것은 1978년 런던에서였다. 작가의 조국에서는 창작 후 60년의 세월이 지난 1988년이 되어서야 독자들과 만날 수 있었다. 이와 같은 지난한 소설 출판의 역사를 보면 『체벤구르』가 오랫동안 반소비에트 소설, 또는 반사회주의 소설로 읽히고 인식된 것이 어쩌면 당연한 것 같다. 그렇다면 이 작품이 실제로 소비에트 정권에 비판적 입장을 견지하는 반체제 소설이었던 것일까? 이 질문에 답하기 위해서는, 우선 이념과 소비에트에 대한 1920년대 플라토노프의 입장을 보다 섬세하게 살펴보아야 할 것이다.

혁명에 대한 맹목적 열정과 믿음에도 불구하고 작가는 1920년대 현실 사회주의 실현 과정에서 여러 가지 문제점을 목도하는데, 특히 새롭게 나타난 공산주의 관료제에 대해서는 일관되게 부정적이고 풍자적인 태도를 견지했다. 그렇기에 공산주의에 대한 청년 플라토노프의 입장은 애증이라는 말로 정의될 수 있으며, 작가와 공산주의 사이의 이와 같은 양가적 관계는 특히 『체벤구르』에 잘 드러난다. 이 소설의 출판이 성사되도록 도와 달라는 플라토노프의 편지에, 고리키는 작품의 '서정적이면서도 풍자적인' 성격 때문에 출판 자체가 불가능할 것이라고 답한다. '서정적이면서도 풍자적인'이라는 고리키의 형용 모순적인 표현은 소설 전체를 관통하는 작가의 입장을 정확히 포착한 말이라 할 수 있다. 소설은 작가 특유의 서정성으로 채색되어 있지만, 날카로운 풍자적 시선 역시 곳곳에 드러나기 때문이다.

『체벤구르』에는 플라토노프 창작의 '실험실' 또는 '백과사전'이라 불릴 정도로 형식과 내용 모든 면에서 작가가 당시 집중했던 여러 가지 문제의식들이 실험적으로 드러난다. 장편 소설이지만 다양한 중·단편의 조합으로 이루어졌다고 볼 수 있을 만큼 파편적인 이야기 구조를 바탕으로, 이념과 새로운 유토피아 건설이라는 외적 주제가 죽음과 그 극복, 주체와 타자의 관계, 여성과 성에 대한 의문과 같은 존재론적 문제들에 연관되어 펼쳐진다. 소설은 성장 소설과 모험 소설, 이념 소설 등의 형식적 틀을 지니는데, 각 부분은 개별적 에피소드들의 결합으로 이루어져 있다. 실제 플라토노프는 『체벤구르』의 몇몇 에피소드를 단편처럼 발표하기도 했는데, 개별 출판이 가능할 정도의 분절적인 이야기 구조는 이 소설이 통상적 의미에서 장편 소설이 지니는 긴 호흡의 서사성을 지니지 않음을 보여 준다. 그런데 이와 같은 실험적 언어와 독특한 서사 구조는 소설의 가독성을 저해하는 요인이기도 하지만, 플라토노프가 단순한 이념 작가만이 아니라, 형식적으로도 모더니즘적 소설 쓰기의 실험적 선구자였음을 보여 주는 좋은 예이다. 작가를 조이스나 프루스트 같은 동시대 서구의 대가들과 같은 반열에 올리는 브로드스키나 아나톨리 김은 그 근거로 작가의 독창적 언어와 실험적 소설 형식을 지적한다.

2. 작품의 줄거리

소설은 크게는 3부로, 작게는 45개 정도의 에피소드로 나뉘어 있다. 1부 「장인의 기원」에는 주인공 사샤 드바노프의 어린 시절이 성장 소설 형식으로 기술되어 있다. 어부였던 친아버지의 자살과 프로호르 아브라모비치 드바노프 가족의 양자로 살아가는 고단한 어린 시절, 이후 자하르 파블로비치와의 만남과 혁명을 겪으면서 공산주의자로 성장하기까지의 이야기가 순차적으로 그려진다. 작가는 자신이 천착했던 삶과 죽음의 문제, 인간과 기계의 관계 등을 사샤의 생부와 자하르 파블로비치, 두 사람을 통해 제시한다. 사샤의 친아버지는 죽음이 무엇인지 자기 눈으로 보고, 그 속에서 살아보기 위해 호수에 몸을 던진 어부였다. 아버지의 죽음 이후 사샤는 가난하고 아이들이 많은 드바노프 집안에 입양된다. 드바노프의 친아들인 이기적이고 영악한 프로샤와 타자 지향적이며 사유하는 성격의 사샤는 대립적인 성향을 지니면서 어린 시절부터 전혀 다른 삶의 방식을 보여 준다. 자신도 고아이면서 살아있는 모든 존재, '모든 생명들과, 마당에 핀 허약한 풀들과 바람과 기관차'에조차 연민과 공감을 느끼는 사샤와 달리 프로샤는 '자기 식구 외에는 그 누구도 사랑하지 않는' 인간으로, 나와 타자의 경계를 늘 명확히 감각하고 있다. 그는 사샤가 자기들과 상관없는 '군입'이라는 사실을 끊임없이 가족들에게 상기시키며, 마음 약한 아버지를 설득해서 사샤를 구걸 보내기도 한다.

한편 사샤를 이 가족에게서 데려가 양자로 삼는 방랑자이자 기계공인 자하르 파블로비치는 기계와 기관차에 '미친' 플라토노프 특유의 주인공으로, 인간보다 인간의 손으로 만들어진 기계를 더 사랑하면서 이를 통한 세계 구원을 꿈꾼다. 이후 사샤는 가족도 없고 기계만 사랑하던 자하르 파블로비치에게 '잃어버릴까 봐 불안할 정도의' 소중한 존재가 된다. 사샤는 자하르 파블로비치의 집에 살면서 자신의 정신적 모색을 이어 가고, 혁명이 일어나자 양부와 더불어 공산당에 입당한다. 혁명 후 계속된 내전 때문에 사샤가 당의 명령을 받아 스텝 지역으로 파견되면서 소설 1부는 끝을 맺는다. 1부 「장인의 기원」은 작가가 당시 천착했던 모든 질문들이 던져지는 출발점이자 기원이 되는데, 특히 철학적인 삶과 죽음의 문제, 낯선 세계와 그 속에 홀로 던져진 주인공의 고아 감각, 인간과 기계 등의 문제가 그 중심에 있다. 죽음으로 삶을 증명하려 했던 사샤의 아버지가 몸을 던진 호수는 바로 이 모든 문제를 품고 있는 하나의 기원처럼 존재한다.

1920년대 소설에서 플라토노프의 주인공들은 가족이나 집이 없고 특별히 가야 할 지향점도 없는 자들로 자주 그려진다. 소설 『체벤구르』 역시 먼 곳에 대한 향수와 열린 공간으로의 지향을 보여 주는 길의 모티프에 기대고 있다. 특히 소설 2부에서는 주인공 사샤와 그의 동지 코푠킨이 공산주의를 찾아 헤매는 여정이 주로 그려진다. 모험 소설 속의 주인공처럼 두 사람은 자신들의 이상을 찾아서 여기저기를 떠돌아다니고 다양한 인간들을 만난다. 2부의 제목 '열린 심장으로 떠나는 여행'에서 '열린 심장'은 타자에 대한 사랑을 채워 넣기 위한 공간으로, 공산주의자라면 반드시 가져야 하는 플라토노프 특유의 메타포이다. 이와 같은 작가의 입장은 나와 타자의 전일성을 이루기 위해서는 우선 타자를 온전히 받아들여야 하며, 타자의 수용을 위한 자기 부정이 사랑의 전제라는 솔로비요프의 철학적 사유와 유사점을 지니고 있다. 물론 이때 '사랑'은 플라토노프에게 동지애와 동의어였으며, 전일성의 개념은 공산주의 안에서 이루어질 수 있는 것이었다.

2부는 내전 중 열차 사고를 겪고 집으로 돌아온 사샤가 열병을 앓고 죽음의 문턱까지 가는 것에서 시작된다. 요양하던 사샤는 이웃집 소녀 소냐와 친해지는데 자하르 파블로비치는 그들이 결혼할지도 모른다고 생각한다. 그러나 사샤는 당의 명령을 따라 진정한 공산주의를 찾아 또다시 길을 떠나고, 소냐는 시골 마을 선생님으로 발령 나면서 이들은 작별한다. 스텝을 떠돌던 사샤는 아나키스트 부대에게 생명을 잃을 위기에 처하지만, 자칭 공산주의의 기사 코푠킨이 나타나서 구해 준다. 1920년대 플라토노프의 소설에서 주인공들은 대체로 이성과 감성 행동 등 인간의 서로 다른 인식 방법을 대표하는 인물들로 그려진다. 사샤가 사변적인 주인공으로 심장으로 상징되는 감성의 부분을 대표하는 인간이라면, 코푠킨은 대오의 손발이 되어 행동으로 이야기하는 플라토노프 특유의 인물이다. 돈키호테를 닮은 코푠킨은 공산주의의 상징인 영원한 여성 로자 룩셈부르크의 무덤을 찾아가는 순례자이다. 코푠킨은 민중 출신 인텔리겐치아인 사샤에게 무한한 존경과 애정을 드러내는데, 소설에서 이들의 관계는 때로 단순한 우정이나 동지애를 넘어서는 것으로 그려지기도 한다.

이 두 사람은 먼 모스크바와는 달리 제각각의 방식으로 공산주의가 이루어진 러시아의 시골 마을들을 떠돌아다닌다. 스스로를 하느님이라 믿는 농부가 살고 있는 페트로파블롭카, 모든 구성원이 유명인의 이름을 따서 도스토옙스키, 콜럼버스 등으로 개명한 한스키예 드보리키, 혁명 이후 모든 사람이 높은 관직을 차지하고 있는 빈자들의 코뮌, 어떤 지도층도 없이 기사 파신체프 홀로 영지를 지키고 있는 혁명의 영지 등, 두 사람은 이런저런 마을을 떠돌아다니고 많은 인간들을 만나면서 공산주의의 여러 얼굴과 마주한다. 이 부분에서부터 소설의 시공간은 소비에트 현실과 신화적 공간 사이를 오간다. 주인공들이 지나가는 촌락과 마을, 도시 들은 보로네시 근교에 위치하고 있는 실제 마을 이름을 딴 장소이면서 때로는 가상의 공간이기도 하다.

공산주의의 다양한 얼굴과 더불어 여성과 성에 대한 주인공들의 모순적이고 때로는 이중적인 태도가 소설 2부의 또 다른 중요한 테마이다. 1920년대 플라토노프의 소설에서 여성은 모성이거나 섹슈얼리티의 상징, 그렇지 않으면 실재하지 않는 이념적 존재로만 그려졌다. 혁명 초기 부르주아들의 의식으로 성을 규정했던 플라토노프는 꽤 오랫동안 여성에 대해 부정적이거나 모순적인 표상을 지니고 있었으며, 이와 같은 작가의 입장은 『체벤구르』에도 그대로 반영되고 있다. 사샤는 방랑의 길에서 다시 마주친 첫사랑 소냐를 내버려 둔 채 홀로 길을 떠나고, 바로 그다음 날 이름모를 촌락에서 만난 어머니뻘의 페클라 스테파노브나와 하룻밤을 보낸다. 사랑하는 여인을 안지 못하는 플라토노프 주인공들 특유의 성에 대한 포비아와 그 극복 과정은 1930년대 소설 「포투단강」에서 보다 섬세하게 다루어진다. 사샤뿐만 아니라 코푠킨 역시 현실에 존재하는 여인을 만지지 못하고, 이념의 상징이자 이미 죽어 버린 로자 룩셈부르크만을 숭배한다. 그의 꿈속에서 어머니가 로자를 '창녀'라고 일컫는 장면과 소설 3부에서 모스크바의 인텔리겐치아 세르비노프가 자기 어머니의 무덤에서 소냐와 관계를 가지는 에피소드는 당시 플라토노프에게 여성의 섹슈얼리티가 긍정적으로든 부정적으로든 이념 및 모성과 긴밀하게 연관되어 있으며, 모순적이고도 극복할 수 없는 어떤 것이었음을 보여 준다.

소설 3부에서 사샤와 코푠킨은 마침내 지상에 건설된 공산주의의 낙원 체벤구르에 도착한다. 체벤구르는 자생적인 유토피아로, 체푸르니를 비롯한 열두 명의 볼셰비키들이 부르주아들을 몰아내고 스스로의 힘으로 건설한 공산주의의 천국이다. 사샤와 코푠킨이 도달하기 전에 볼셰비키들은 부르주아들을 총살함으로써 도시를 '정화'한다. 그들은 공산주의가 도래했으므로 역사도 새롭게 시작될 것이며, 태양마저 이전과 달리 '열심히 일할' 것이고 이곳에서는 누구도 죽지 않으리라 기대한다. 이와 같은 공산주의에 대한 표상은 마르크스식의 공산주의가 러시아 민족 특유의 종말론적 신화와 결합된 것으로 볼 수 있다. 공산주의가 형성되었으므로 역사는 끝났다, 또는 반대의 논리로 역사가 끝났으므로 공산주의가 시작되었다는 말을 반복하면서 주인공들은 새로운 시대의 시작을 선언한다. 부르주아들을 제거하고 프티 부르주아조차 내쫓아서 텅 빈 체벤구르로 볼셰비키들은 유토피아의 새로운 거주민을 데려오는데, 이 새로운 거주민들은 '기타 인간'이라고 불린다.

사실 이 체벤구르라는 가상의 공간은 이루어진 유토피아를 보여 주기 위한 공간이라기보다 유토피아에 대해 말하기 위해 마련된 장소라 할 수 있다. 사샤와 코푠킨을 비롯하여 그들이 여행하며 만났던 여러 공산주의자들, 그리고 어린 시절 헤어졌던 프로샤 등 주요 등장인물들이 모두 체벤구르에서 재회하며 이들은 공산주의와 유토피아에 대해 직접적인 대화와 논쟁을 벌인다. 그중 사샤와 프로샤가 나누는 공산주의에 대한 대화는 많은 것을 의미한다. 프로샤는 인간 욕망의 무한함과 그 충족 불가능을 이야기하면서, 욕망을 만족시키기보다는 점점 무언가를 빼앗아서 욕망을 줄여 나가면 결국 인간은 참게 마련이라고 확신한다. 더불어 프로샤는 모든 조직에서는 한 사람만이 사유하고 나머지 사람들은 아무런 '생각 없이' 그 한 사람을 따라 살아가는 것이 가장 이상적이라고 이야기한다. 그리고 비록 힘들고 어렵겠지만, 바로 자신이 그 최초의 일인자가 되고 싶다는 열망을 비친다. 이러한 프로샤의 논리에 사샤는 질문을 던진다. "그게 왜 필요한 거야, 프로슈? 그럼 너는 아마 힘들 거야. 네가 가장 불행한 사람이 될 거고, 다른 사람들과 떨어져서 누구보다 가장 높은 곳에서 혼자 살아가는 것도 두려울 거야. 프롤레타리아트는 서로서로에 의해 살아가는데, 너는 무엇에 의지해 살아갈 수 있을 것 같아?" 사샤의 이 말은 자기 시대 '최초의 일인자'에게 던지는 직접적 질문이기도 하다. 사샤에게 공산주의는 이념이면서 동시에 종교였으며, 프롤레타리아 동지들은 고아였던 그에게 가족을 대체하는 어떤 존재였기에 고독한 일인자가 되고픈 프로샤의 열망은 진실로 이해되기 힘든 것이었다. 이것은 「코틀로반」에서도 반복되었던 '인간이 없는 공산주의'가 도래할 가능성에 대한 두려운 예감이기도 하다.

이러한 사샤의 불안한 예감은 소년의 죽음을 통해 더 심화된다. 체벤구르로 흘러들어 온 병든 소년은 볼셰비키들의 노력에도 불구하고 단 하루도 살지 못하고 숨을 거둔다. 유토피아에서 아이의 죽음은 그 붕괴 가능성을 예고하는 상징적 장치라 할 수 있다. 여름이 지나고 겨울이 다가오자 노동하지 않고 자연의 힘으로만 살아가야 하는 체벤구르에는 여러 가지 문제점이 발생한다. 동지애만으로 살아가기에 기타 인간들은 너무 외로웠으며 식량 또한 남아돌지 않았고 병과 추위 등의 문제도 발생한 것이다. 볼셰비키들은 아내나 딸의 역할을 할 수 있는 여자들을 데려오고, 기타 인간들도 마침내 가족과 유사한 형태를 이룬다. 체벤구르의 인물들은 서로에게 기대어 '서로에 의해서' 살아가는 것이다. 그렇지만 이러한 동지애의 천국은 파멸하게 된다. 비록 자멸하진 않았지만 말이다.

소설 마지막에 알 수 없는 외부 군대에 의해 체벤구르는 파괴되고, 코푠킨과 동지들은 살해당한다. 홀로 살아남은 사샤는 호수에 빠져 죽은 친부를 찾아 고향으로 돌아가서 아버지가 몸을 던졌던 호수로 걸어 들어간다. 프로샤는 이제 전부 자기 것이 된 체벤구르의 전 재산을 앞에 두고 홀로 울고 있다. 사샤를 찾아서 그제야 체벤구르에 도착한 자하르 파블로비치는 어린 시절 그랬듯이 프로샤에게 사샤를 찾아오라고 부탁하고 프로샤는 사샤를 찾아오겠다며 길을 나선다. 시간과 공간은 소설의 처음으로 돌아가면서 지금, 이곳에서 실현되지 못한 체벤구르의 유토피아가 어쩌면 '저곳'에서는 가능할지도 모른다는 가능성을 남겨 두고 있는 것이다.

3. 플라토노프와 언어 — 그 존재와 죽음의 물질

『체벤구르』를 제대로 읽기 위한 가장 큰 장애물이면서 또 가장 큰 즐거움을 주는 것은 작가 특유의 언어이다. 플라토노프의 언어는 소설의 재료가 될 뿐만 아니라, 그 자체로 소설의 주인공이자 이념이 되기도 한다. 특히 『체벤구르』에는 언어에 대한 작가의 독특한 표상이 드러나며, 그의 세계관과 긴밀히 연관된 특유의 언어 구사가 흥미롭게 펼쳐진다.

1920년대 플라토노프에게 인간 또는 이데올로기가 그러했듯 언어는 '존재의 물질'이었다. 만질 수 없는 무형의 로고스가 아니라 감촉할 수 있는 실체로서의 언어가 플라토노프 소설에서 가장 중요한 것이 된다. 이것은 『체벤구르』에서도 마찬가지로, 공산주의를 유형의 것으로 감각하는 등장인물들은 이념뿐만 아니라 언어 역시 만지고 감각할 수 있는 입자를 가진 어떤 물질처럼 이해한다.

플라토노프 특유의 언어에 대한 표상은 초기 산문 「많은 흥미로운 것들에 대한 이야기」(1923)에서 구체적으로 나타난다. 주인공 이반은 인류 문명이 멸망한 후 살아남은 모든 것을 위해 '공동의 집'을 세운다. 창세기에서처럼 그는 최초의 행위로 이들에게 이름을 부여하기를 원하는데, 첫 단계로 이반은 우선 존재의 본질에 대해 숙고한다. 이 과정을 통해 그는 "모든 영혼의 힘에는 자신의 말(이름)이 있다는 것을 알게" 되고, 더 나아가 "말이 언젠가 영혼이었다면, 문자는 짐승의 표지였다"고 말하면서 언어를 '말'과 '문자'로 분리하여 대립적으로 이해하고자 한다. 그에게 말은 살아 있는 자들의 물질이었으나, 문자는 죽어 버린 자들의 것이자 짐승의 표지였다. 그렇기에 주인공은 이름 짓는 행위의 필연성을 느끼면서도 강제적인 이름 부여를 거부한다. 이름은 존재의 물질이기에, 모든 살아 있는 존재에게서 저절로 발견될 수밖에 없기 때문이다. 이반은 존재 자체로부터 그들의 이름을 듣기를 원하면서 그 목소리에 귀를 기울인다.

『체벤구르』에서 사샤 역시 이반과 유사한 방식으로 언어에 대해 사유한다. 사샤에게 타자의 존재를 느끼고 그것을 담을 수 있는 공간은 공허한 바람이 통과하고 '매일 생명이 들어오고 나가는 텅 빈 심장'이었고, 작가는 이와 같은 열린 심장을 공산주의자의 필연적 자격이라고 말한다. 사샤의 정신적 모색 과정에서 늘 불안하고 채워지지 않는 텅 빈 공간으로서의 열린 심장은 타자를 자기 안으로 받아들이기 위한 장소이다. 그리고 사샤는 자기 안으로 들어오는 타자들의 이름 없는 삶에 '낯선 이름'을 부여하지는 않았지만, 그들이 "명명되지 않은 채로 남아 있기를 원하지도 않았다. 다만 사샤는 일부러 고안된 명칭 대신 스스로의 입을 통해서 그들의 이름을 듣기를 기대했을 따름"이다.

'텅 빈 심장'의 메타포는 타자를 나와 동등한 존재로 인정하고 긍정하는 것을 사랑이라 여기는 보편적 사유 방식보다 훨씬 더 복잡한 과정을 의미한다. 사샤의 입장은 타자를 수용하기 위해서는 '존재의 자기 부정'이 사랑의 전제 조건이며, 이것이 이루어져야만 타자를 긍정하고 나와 타자의 전일성이 실현되는 것으로서 사랑을 이해하는 솔로비요프의 철학적 사유와 상당한 유사성을 지닌다. 그리스도의 자기희생과도 유사한 사샤의 '텅 빈 심장'을 플라토노프는 공산주의자의 기본적 자격으로 이야기하고 있는 것이다.

한편 존재의 본질에 상응하는 이름을 모색하는 과정이 아니라, 강요되는 이름으로 존재의 본질이 위협받는 반대의 상황도 소설에 그려지고 있다. 사샤와 코퓬킨이 찾아갔던 마을 한스키예 드보리키의 주민들은 '혁명과 세계 개혁에 적합한 삶을 살고자' 원래의 이름을 버리고 크리스토퍼 콜럼버스, 표도르 도스토옙스키, 프란츠 메링 등으로 개명한다. 타자의 목소리에 귀 기울여 그들 존재의 본질을 느끼고 이를 자신의 비어 있는 공간으로 받아들이고자 하는 이반이나 사샤와 달리, 이곳에서는 인위적인 이름 변경을 통해 존재의 본질이 바뀌기를 기대하는 새로운 시도가 나타난다. 이것은 현실 공산주의가 강제하는 언어에 의해 개별 존재의 본질이 위협받고 있는 자기 시대에 대한 은유이기도 하다. 소설의 3부에서 체벤구르의 새로운 주민을 '기타 인간'이라 명명하고 그들을 조직하고 통제하는 외로운 일인자의 모습으로 스스로를 기획하는 프로샤의 형상에서는 타자를 임의로 규정짓고 객체화하는 억압의 이념이 그대로 드러났다.

사실 사샤가 추구하는 존재의 언어와 주인공들을 둘러싸고 있는 시대의 언어에 대한 플라토노프의 입장은 명백해 보인다. 그렇지만 그는 자기가 긍정하는 존재의 목소리가 아니라 시대의 언어, 즉 '유토피아의 언어'에 더 적극적으로 기대고 있으며 주인공들 역시 '자기 시대의 언어'로 말하도록 했다. 브로드스키가 「코틀로반」의 영문판 서문에서 지적한 대로 플라토노프는 동시대 다른 작가들과 달리 '자기 시대의 언어'로 글을 썼으며, 더 나아가 스스로를 그 언어에 종속시켰다. 브로드스키는 이 플라토노프 동시대의 언어를 아이러니를 담아서 '유토피아의 언어'라고 명명했다.

작가는 당의 강령이나 플래카드, 서류에서 사용되는 말을 적극적으로 소설에 도입하고 이들은 등장인물들의 입과 작가 서술을 통해 반복된다. 문자 또는 서류로 대변되는 시대의 언어와 그 언어가 숨기고 있는 독백성과 강제의 이데올로기에 대한 두려움은 오히려 작가가 그 언어로 소설을 쓰게 하는 결과를 낳았다. 낯선 언어에 대한 작가의 두려움은 이를 전혀 '낯설지 않게' 당연히 받아들이고 사용하는 다양한 인물들을 통해 역설적으로 표현되고 있는 것이다. 결국 유토피아 언어를 암기하여 사용하는 등장인물들은 자신의 언어 규범을 의심조차 하지 못하며, 스스로 생각하는 능력마저 상실한다. 그리하여 시대의 언어는 사유 과정이 생략된 말하기로 나타나는데, 작가는 이를 '혁명의 시기에 말을 배운' 사람들에게 찾아볼 수 있는 공통적인 현상으로 그려 내고 있다.

사회주의의 본질에 상응하는 말을 하기 위해 등장인물들이 언어를 배우는 과정, 작가가 자신의 소설을 '시대의 언어'로 쓰는 과정은 동시대 언어의 대상화, 물화의 한 예를 보여 준다. 때로 '멋진 눌변'이라 불리는 플라토노프의 언어는 존재의 말을 찾는 과정이기도 하지만, 동시에 자기 시대의 언어적 특수성을 반영하기 위한 도구인 것이다. 소설에 나타난 '존재의 언어'와 '유토피아 언어'

의 대화 불가능성, 그 모든 것을 아우르는 작가 서술의 독백성은 시대와 소통할 수 없었던 글쓰기의 막다른 지점을 보여 준다. 유토피아와 공존할 수 있는 언어, 소통이 가능한 언어에 대한 열망과 더불어 그 공존의 불가능에 대해서 예감하는 작가의 불안이 스스로를 '시대의 언어'에 귀속시키도록 했을 것이다. 플라토노프 식으로 말하자면 사랑하는 대상에 대한 '용감한 슬픔'으로 '텅 빈 가슴'을 채울 수 있었으며, 그리하여 그는 인간이 없을지도 모르는 공산주의, 강제된 독백밖에 존재할 수 없는 서사의 공간, 세계와의 합일이 불가능할지도 모르는 낯선 신화의 시대가 도래할 가능성에 대해 감히 역설할 수 있었던 것이다. 그리고 그것은 모순적이게도 그가 진짜 공산주의자였기에 가능한 것이었다.

* * *

2002년 가을, 보로네시, 노보호페르스크, 리스키 등 『체벤구르』에 나오는 러시아 남부의 소도시들을 무작정 돌아다니면서, 언젠가는 이 책이 한국에서 출판될 수 있도록 해야겠다고 생각했다. 1917년 혁명 이후 가난하고 힘없는 자들이 자기 손으로 건설했던 유토피아가 한 세기가 다 되어 가는 시간 속에서도 그 도시들에 여전히 화석으로 남아 있었던 것이다. 공산주의가 이미 오래전에 끝났음에도 불구하고 도시 중심은 아직도 혁명 광장으로 불렸으며, 그 한가운데에는 어김없이 레닌 동상이 우뚝 서 있었고, 심지어 1922년 세워진 혁명 5주년 기념비도 빛 하나 바래지 않은 채로 서 있었다. 남러시아 변방의 도시들에서 역사는 그렇게 정지되어 있었던 것이다.

그렇지만 사실 이 소설이 우리말로 번역될 수 있으리라고는 생각지 않았다. 아니, 번역은 그때도 이미 어느 정도 완성되어 있었지만, 그것을 독자들이 읽을 수 있을 정도로 '정리'해서 출판할 수 있으리라고 기대하지는 않았다. 그것이 불가능하리라 생각했던 것은 우선 플라토노프의 '특별한' 언어 때문이었다. 이중적으로 읽힐 수 있는 표현들, 1920년대 당시의 표어와 슬로건에서 그대로 옮긴 말들, 러시아인들조차 이해할 수 없고 올바르지 않다고 말하는 단어와 문장, 연구자들은 이를 '멋진 눌변'이라고 주장하지만 우리말로 옮기는 사람의 입장에서 그 눌변은 고통이고 가끔은 고문에 가깝기도 했다. '주된 삶을 살아', '사유를 생각하다', '삶의 복잡화를 위해 고안되다'와 같은 표현을 독자들이 어떻게 받아들일 수 있을까? 사실 이 문제는 아직도 만족할 정도로 해결되지 못한 것 같다. 아마도 온전히 해결할 수 없을 것 같기도 하다.

출판이 불가능하리라 생각했던 또 다른 이유는 이 소설이 공산주의를 종교처럼 사랑했던 진짜 프롤레타리아 작가의 고백이기 때문이었다. 흥미로운 것은 바로 그 때문에 소비에트에서 플라토노프는 배척받았고, 사회주의의 적이라 비난받을 수밖에 없었다. 소설의 주인공들은 백치나 아이처럼 혁명을 바라보고 이해했으며, 모두가 평등한 공산주의 세상을 꿈꾸면서도 자신과 다른 이념을 지닌 사람들을 잔혹하게 제거해 나간다. 그야말로 아이 같은 시선으로 혁명을 보고 있는 플라토노프의 볼셰비키들은 또 다른 지배 계급이 생겨나고 관료주의가 팽배해지던 당대 소비에트의 현실과 화해할 수 없었다. 그렇기에 그들은 소비에트와는 전혀 이질적인 체벤구르라는 유토피아적 공간 안에서만 살아갈 수 있었던 것이다.

한 시대와 이데올로기에 이토록 지독하게 사로잡힌 소설이 다른 시대, 전혀 다른 이념으로 살아가는 우리에게 어떤 의미를 지닐 수 있을까? 우리말로 옮겨진 소설의 언어는 너무나 난해했고, 공산주의와 혁명은 그 조국인 러시아에서조차 더 이상 유효하지 않았으며, 목숨보다 더 공산주의를 사랑하면서 유토피아를 찾아 나섰던 돈키호테들이 살았던 그때와 지금은 너무도 다른 차원의 세계이다. 지금 이곳에서 소설 『체벤구르』가 과연 어떤 의미를 지닐 수 있을까? 아마도 이 어려운 질문에 이제는 이데올로기만이 아닌 또 다른 관점에서 대답을 찾아야 할 것이다. 지난 세기 '극단의 시대'의 증인이자 연대기 기록자로서 플라토노프의 면모가 여전히 중요한 것과 마찬가지로, 현대 내러티브 장르의 실험적 지평을 열어 준 산문의 '대가' 플라토노프의 새로운 면면이 부족한 번역을 통해서나마 열리길 기대해 본다.

불가능해 보였던 일을 가능하게 해 준 많은 분들께 감사드린다. 박종소 교수님과 을유문화사가 아니었다면 이 책은 출판되지 못했을 것이다. 교정도 제대로 못하고 보낸 10년 묵은 번역 초고를 꼼꼼하게 읽고 검토해 준 이경완 선생님께 고마움을 전한다. 메일 한 통의 부탁에 자기 일처럼 기뻐하면서 추천사를 써 주신 박노자 선생님께는 '동지애'를 담아 감사드린다. 올 여름 세상을 떠나신 플라토노프 연구의 선배 김철균 선생님, 오랫동안 기다리셨던 만큼 다른 세상에서나마 기뻐하시리라 믿는다. 많지는 않지만 오랫동안 이 책의 우리말 출간을 말없이 기다려 주신 분들이 있다. 아무리 뒤따라가도 늘 앞서 가고만 계신 세 분의 이 선생님과 두 분의 김 선생님께는 부족한 번역이 부끄럽기만 하다.

아무리 세상이 바뀌어도 문학이, 혁명이 여전히 유효하다고 믿고 있는 세상 모든 '이상한' 사람들에게 이 책을 바친다.

참고문헌

Андрей Платонов: Воспоминания современников: Материалы к биографии. Москва. Советский писатель, 1994.

Андрей Платонов. *Записные книжки.* Москва, ИМЛИ "Наследие". 2000.

Геллер М. Андрей Платонов в поисках счастья. Paris, YMCA press, 1982.

Корниенко Н. Сочинения и жизни мастера. *Счастливая Москва.* М., 1999.

Яблоков Е.А. *На берегу неба.* СПб.: Дмитрий Буланин, 2001.

Яблоков Е.А. Безвыходное небо. *Чевенгур.* М. Высшая школа, 1991.

Seifrid, T. Andrei Platonov Uncertainties of spirit. Cambridge University Press. 1992.

판본 소개

『체벤구르』는 1928년 완성되었지만, 당대에는 여러 잡지에 단편적인 에피소드 형식으로만 출판될 수 있었다(「장인의 기원」, 『붉은 처녀지』 4호; 「어부의 후예」, 『붉은 처녀지』 6호; 「모험」, 『신세계』 6호). 작가 사후에도 미망인과 연구자들의 노력으로 몇몇 다른 부분이 잡지에 발표되었다(「열린 심장으로 떠나는 여행」, 「문학신문」, 1971. 10. 6; 「코폰킨의 죽음」, 잡지 『쿠반』 4호).

한편 해외에서는 1972년 프랑스에서 『체벤구르의 잡초들(*Les herbes folles de Tchevengour*)』이라는 제목으로 최초로 번역 출판되었으나 이 판본에 소설의 1부는 부재했다. 같은 해 이탈리아에서도 『새로운 생의 마을(*Il villaggio della nuova vita*)』로 번역되었는데, 특히 피에르 파올로 파졸리니 감독으로부터 극찬을 받았다. 소설 전체가 번역 출판된 것은 1978년 런던에서 나온 영문 번역판이 최초라 할 수 있다[Chevengur(transl. by A. Ollcott). Ann Arbor, MI: Ardis, 1978].

한편 러시아에서는 페레스트로이카 시기가 되어서야 작품의 전체 출판이 가능해졌다. 1988년 잡지 『민족 우호』 3호와 4호에 두 번에 걸쳐 소설 전부가 소개되었으며, 곧이어 1988년과 1991년 단행본으로 출판되었다(*Чевенгур*. М., Художественная литература, 1988 / *Чевенгур*. М., Высшая школа, 1991). 이 두 가지 판본은 내용적으로 거의 차이가 없으며 현재까지 가장 권위 있는 텍스트로 인정받고 있다. 그럼에도 불구하고 『체벤구르』의 정본 텍스트 문제가 온전히 해결된 것으로 보기는 어렵다. 「코틀로반」의 경우 2000년 연구자들 대부분이 동의하는 정본이 출판되었지만(*Котлован*. СПб., ИРЛИ, 2000), 『체벤구르』의 정본 텍스트 작업은 모스크바 고리키 세계문학연구소에서 지금도 진행되고 있기 때문이다. 본 번역에 사용된 텍스트는 현재까지는 가장 권위 있는 판본으로 인정되는 1991년 'Vyschaya Shkola'판이다.

안드레이 플라토노프 연보

1899 8월 28일(구력 8월 16일), 러시아 남부 보로네시 근교의 작은 마을 얌스카야 슬로보다에서 출생. 보로네시 철도역 소속 기관사이자 기계공인 아버지 플라톤 피르소비치 클리멘토프와 시계공의 딸인 마리야 바실레브나 로보치히나의 11남매 중 장남으로 태어남.

1906 교회 부설 초등학교에 입학.

1909~1913 4년제 시립 중등학교에서 수학.

1913(또는 1914)~1918 가난한 집안을 돕기 위해 일용직 노동자, 철도 기관사 조수, 파이프 공장 주물공 등 닥치는 대로 일함. 작가는 힘든 어린 시절을 『체벤구르』를 비롯해 「세묜」, 「셋째 아들」 등 여러 작품에서 묘사함. "삶은 내게서 소년 시절을 빼앗고, 나를 아이에서 곧바로 어른으로 바뀌게 했다"고 말한 바 있음.

1918 혁명 덕분에 대학에서 수학할 기회를 얻음. 보로네시 철도 대학 전기과에 입학. 잡지 『철도』 편집에 참여하면서 문학 활동 시작.

1919 지역 신문과 잡지 등에 시, 단편, 논평 발표. 종군 기자이자 철도 기관사 보조로 내전에 참여.

1920 단편, 시, 사설 등을 활발하게 발표하면서 지역에 이름을 알림. 전 러시아 프롤레타리아 작가동맹 창립 회의에 보로네시 대표로 참가.

"무엇이 당신의 문학적 발전을 방해했거나 방해하고 있는가?"라는 질문에 "낮은 교육 수준과 시간 부족"이라고 대답. "어떤 문학 경향에 공감하거나 소속되어 있는가?"라는 질문에는 "없다. 나는 자신만의 경향을 가지고 있다"라고 답함.

1921 러시아 남부에 가뭄으로 인한 끔찍한 기근. 작가는 "기술자로서 문학과 같은 관조적인 일에 종사할 수 없다"고 선언. 가을에 공산당에서 제명됨. 보로네시 지역 기근과의 투쟁 비상대책위원회에 복무. 단편「마르쿤」, 소책자「전기화」등 발표.

1922 첫 시집『푸르른 심연』발표. 여교사 마리야 알렉산드로브나 카신체바야와 결혼. 아내는 단편「모래 여선생」의 모델. 아들 플라톤 출생.

1922~1925 작가가 아니라 토지 개량 기사 및 기술자로 보로네시 지역에 근무하면서 토지 개량 사업, 전력화 사업 등에 매진. 신경제 정책 시대 변화된 공산주의 현실에 대해 숙고. 농촌의 비참한 상황을 알리는 공문과 편지 등을 꾸준히 모스크바로 발송.『체벤구르』의 다양한 주제들이 이 시기의 경험에서 나옴.

1926 2월, 농업임업연맹 중앙당회의 일원으로 선발. 6월, 가족과 더불어 모스크바로 이주. 한 달 후 직장에서 해고. 10월 21일, 토지 개량 및 관개 사업부 기술자로 발령. 탐보프 지역 토지측량부서 책임자가 되어 홀로 탐보프로 출장을 떠남.

단편「안티 섹수스」집필.

1927 탐보프에서 러시아 농촌의 비참한 현실과 다시 조우. '자기 시대의 기록자'이자 예술가로서의 작가 재능이 폭발한 시기.「그라도프 시」,「에피르의 길」,「예피판의 수문」등 집필. 3월, 모스크바로 귀환.「비밀스러운 인간」,「얌스카야 슬로보다」,「국가의 건설자」(『체벤구르』의 초고) 집필.『체벤구르』집필 시작. 가을에 단편집『예피판의 수문들』출간.

1928 작품집『비밀스러운 인간』출간.「체체오」(보리스 필냐크와 공동 집필), 잡지『젊은 근위대』,『붉은 처녀지』,『신세계』등에『체벤구르』의 몇 가지 일화가 '장인의 기원','어부의 후예', '모험' 등의 제목으로

게재.

1929 스탈린의 '위대한 변혁의 해'. 『체벤구르』의 1부 「장인의 기원」을 출간하지만 『체벤구르』 전부를 출판하려던 작가의 노력은 실패로 끝남. 단편 「의혹을 품은 마카르」로 프롤레타리아 작가동맹 회장 아베르바흐 및 작가 파제예프에게 혹독한 비판을 받고 무정부주의 작가로 낙인찍힘. 그러나 '노동자 출신'이기에 희망 있다고 평가받음. 가을에 어머니 사망, 토지 개량 인민위원회 일 그만둠.

1930 중편 「코틀로반」, 희곡 「샤르만카」 집필.

1931 중편 「저장용으로-빈농의 연대기」를 잡지 『붉은 처녀지』에 발표. 작가 파제예프는 이 작품에 대해 "저주받을" 소설이며, "새로운 인간과 사회주의 개혁과 당의 보편적 노선에 대한 저주"라고 맹렬히 비난. 스탈린도 이 작품에 진노. 작가는 6월에서 7월 스탈린과 고리키에게 자신의 입장을 해명하는 편지를 보내지만 답장을 받지 못함.

1932 2월 1일, 작가동맹 회의에서 자신의 실수를 인정하는 자아비판을 함.

중편 「젊음의 바다」, 희곡 「14채의 붉은 농가」 등 집필.

1933 두 번째 장편 소설 『행복한 모스크바』 집필 착수. 1936년까지 집필에 열중, 미완. 1934년 소련의 출판 예정 작품 목록에 이 소설이 포함되어 있었으나, 삭제된 이유는 밝혀지지 않음. 사후 40년이 지난 1991년 잡지 『신세계』에서 최초로 출판됨. "소비에트 작가가 되는 것이 가능한지, 아니면 객관적으로 불가능한지" 편지로 고리키에게 질문.

1934 고리키의 도움으로 소련 작가동맹 출범을 위한 작가 사절단의 일원이 되어 투르크메니스탄 여행. 이 여행의 결과로 '중앙아시아' 테마의 중편 「타키르」, 「잔」 등 집필.

1936 중편 작품집을 출판하려는 노력이 수포로 돌아감. 단편 「프로」, 「조국에 대한 사랑, 또는 참새의 여행」, 「셋째 아들」 등 집필.

1937 1929년 이후 처음으로 작품집 『포투단 강』 출간. 비평가 구르비치는 소설 주인공들이 '반민중적'이라고 비난. 푸시킨 사망 100주년 기념

으로, 라디시체프의 『페테르부르크에서 모스크바로의 여행』과 반대의 여정으로 쓴 미완의 소설 『모스크바에서 페테르부르크로의 여행』 집필. 1938년 출판 예정이었으나 원고 분실.

1938 열다섯 살 된 아들 플라톤이 정치범으로 당국에 체포되어 수용소 유형에 처해짐. 「7월의 뇌우」, 「암소」 등 집필.

1939 어린이를 위한 작품집 『7월의 뇌우』 출판. 푸시킨과 고리키에 대한 비평문 때문에 '안티마르크스주의 작가'로 또다시 비난받음.

1941 숄로호프 등의 도움으로 아들이 수용소에서 돌아옴.

1942 신문 「붉은 별」의 종군 기자로 제2차 세계 대전에 참전. 전쟁 기간 동안 네 권의 단편집이 출간됨. 「붉은 별」, 「붉은 군대」 등의 신문에 플라토노프의 기사와 단편들이 계속 실림.

1943 아들 플라톤이 폐결핵으로 사망.

1946 잡지 『신세계』에 단편 「이바노프의 가족(귀향)」 발표. 비평가 예르밀로프에 의해 '저주받을 단편', '저주받을 작가'라는 낙인이 찍힘. 작가 사후 1960년대에 예르밀로프는 자신의 비평 인생 '단 한 번의 실수'로 플라토노프에 대한 혹평을 꼽으면서, 작가에 대한 입장 번복.

1948 푸시킨의 소년 시절에 대한 희곡 「리체이의 학생」 집필.

1949 민화집 『마법의 반지』 출간.

1950 희곡 『노아의 방주』(1993년 『신세계』지에 처음으로 발표) 집필 시작. 미완.

1951 1월 5일, 사망. 아들의 무덤이 있는 모스크바 아르메니야 공동묘지에 안장.

새롭게 을유세계문학전집을 펴내며

을유문화사는 이미 지난 1959년부터 국내 최초로 세계문학전집을 출간한 바 있습니다. 이번에 을유세계문학전집을 완전히 새롭게 마련하게 된 것은 우리가 직면한 문화적 상황에 적극적으로 대응하기 위해서입니다. 새로운 을유세계문학전집은 세계문학의 역할이 그 어느 때보다 중요해졌다는 인식에서 출발했습니다. 오늘날 세계에서 타자에 대한 이해는 우리의 안전과 행복에 직결되고 있습니다. 세계문학은 지구상의 다양한 문화들이 평등하게 소통하고, 이질적인 구성원들이 평화롭게 공존할 수 있는 문화적인 힘을 길러 줍니다.

을유세계문학전집은 세계문학을 통해 우리가 이런 힘을 길러 나가야 한다는 믿음으로 만들어졌습니다. 지난 5년간 이를 준비하기 위해 많은 노력을 기울였습니다. 세계 각국의 다양한 삶의 방식과 문화적 성취가 살아 있는 작품들, 새로운 번역이 필요한 고전들과 새롭게 소개해야 할 우리 시대의 작품들을 선정했습니다. 우리나라 최고의 역자들이 이들 작품 속 한 문장 한 문장의 숨결을 생생히 전하기 위해 심혈을 기울였습니다. 또한 역자들은 단순히 번역만 한 것이 아니라 다른 작품의 번역을 꼼꼼히 검토해 주었습니다. 을유세계문학전집은 번역된 작품 하나하나가 정본(定本)으로 인정받고 대우받을 수 있도록 최선을 다했습니다. 세계문학이 여러 경계를 넘어 우리 사회 안에서 주어진 소임을 하게 되기를 바라며 을유세계문학전집을 내놓습니다.

을유세계문학전집

BC 401 **오이디푸스 왕 외**
소포클레스 | 김기영 옮김 |42|
수록 작품: 안티고네, 오이디푸스 왕, 콜로노스의 오이디푸스
그리스어 원전 번역
「동아일보」 선정 '세계를 움직인 100권의 책'
서울대 권장 도서 200선
고려대 선정 교양 명저 60선
시카고 대학 선정 그레이트 북스

1191 **그라알 이야기**
크레티앵 드 트루아 | 최애리 옮김 |26|
국내 초역

1496 **라 셀레스티나**
페르난도 데 로하스 | 안영옥 옮김 |31|

1608 **리어 왕 · 맥베스**
윌리엄 셰익스피어 | 이미영 옮김 |3|

1630 **돈 후안 외**
티르소 데 몰리나 | 전기순 옮김 |34|
국내 초역 「불신자로 징계받은 자」 수록

1699 **도화선**
공상임 | 이정재 옮김 |10|
국내 초역

1719 **로빈슨 크루소**
대니얼 디포 | 윤혜준 옮김 |5|

1749 **유림외사**
오경재 | 홍상훈 외 옮김 |27, 28|

1759 **신사 트리스트럼 섄디의 인생과 생각 이야기**
로렌스 스턴 | 김정희 옮김 |51|
노벨연구소 선정 100대 세계 문학

1774 **젊은 베르터의 고통**
요한 볼프강 폰 괴테 | 정현규 옮김 |35|

1799 **휘페리온**
프리드리히 횔덜린 | 장영태 옮김 |11|

1804 **빌헬름 텔**
프리드리히 폰 실러 | 이재영 옮김 |18|

1831 **예브게니 오네긴**
알렉산드르 푸슈킨 | 김진영 옮김 |25|

1835 **고리오 영감**
오노레 드 발자크 | 이동렬 옮김 |32|
서머싯 몸 선정 세계 10대 소설
연세 필독 도서 200선

1836 **골짜기의 백합**
오노레 드 발자크 | 정예영 옮김 |4|

1847 **워더링 하이츠**
에밀리 브론테 | 유명숙 옮김 |38|
서머싯 몸 선정 세계 10대 소설
서울대 선정 동서 고전 200선
미국대학위원회 SAT 권장 도서

1850 **주홍 글자**
너새니얼 호손 | 양석원 옮김 |40|

1855 **죽은 혼**
니콜라이 고골 | 이경완 옮김 |37|
국내 최초 원전 완역

1866 **죄와 벌**
표도르 도스토예프스키 | 김희숙 옮김 |55, 56|
미국대학위원회 SAT 권장 도서
하버드 대학교 권장 도서

1880 **워싱턴 스퀘어**
헨리 제임스 | 유명숙 옮김 |21|

1888 **꿈**
에밀 졸라 | 최애영 옮김 |13|
국내 초역

1896 **키 재기 외**
히구치 이치요 | 임경화 옮김 |33|
수록 작품: 섣달그믐, 키 재기, 탁류, 십삼야, 갈림길, 나 때문에

1896 **체호프 희곡선**
안톤 파블로비치 체호프 | 박현섭 옮김 |53|
수록 작품: 갈매기, 바냐 삼촌, 세 자매, 벚나무 동산

1899 **어둠의 심연**
조지프 콘래드 | 이석구 옮김 |9|
수록 작품: 어둠의 심연, 진보의 전초기지, 『청춘과 다른 두 이야기』 작가 노트, 『나르시서스호의 검둥이』 서문
미국대학위원회 SAT 권장 도서
연세 필독 도서 200선

1900 **라이겐**
아르투어 슈니츨러 | 홍진호 옮김 |14|
수록 작품: 라이겐, 아나톨, 구스틀 소위

1908 **무사시노 외**
구니키다 돗포 | 김영식 옮김 |46|
수록 작품: 겐 노인, 무사시노, 잊을 수 없는 사람들, 쇠고기와 감자, 소년의 비애, 그림의 슬픔, 가마쿠라 부인, 비범한 범인, 운명론자, 정직자, 여난, 봄 새, 궁사, 대나무 쪽문, 거짓 없는 기록
국내 초역 다수

1909 **좁은 문 · 전원 교향곡**
앙드레 지드 | 이동렬 옮김 |24|
1947년 노벨문학상 수상

1924 **마의 산**
토마스 만 | 홍성광 옮김 |1, 2|
1929년 노벨문학상 수상
서울대 권장 도서 100선
연세 필독 도서 200선
「뉴욕타임스」 선정 '20세기 최고의 책 100선'
미국대학위원회 SAT 권장 도서

1925 **소송**
프란츠 카프카 | 이재황 옮김 |16|

요양객
헤르만 헤세 | 김현진 옮김 |20|
수록 작품: 방랑, 요양객, 뉘른베르크 여행
1946년 노벨문학상 수상
국내 초역 「뉘른베르크 여행」 수록

1925 **위대한 개츠비**
프랜시스 스콧 피츠제럴드 | 김태우 옮김 |47|
미 대학생 선정 '20세기 100대 영문 소설' 1위
모던 라이브러리 선정 '20세기 100대 영문학' 중 2위
미국대학위원회 추천 '서양 고전 100선'
「르몽드」 선정 '20세기의 책 100선'
「타임」 선정 '20세기 100대 영문 소설'

1925 **서푼짜리 오페라 · 남자는 남자다**
베르톨트 브레히트 | 김길웅 옮김 |54|

1927 **젊은 의사의 수기 · 모르핀**
미하일 불가코프 | 이병훈 옮김 |41|
국내 초역

1928 **체벤구르**
안드레이 플라토노프 | 윤영순 옮김 |57|
국내 초역

1929 **베를린 알렉산더 광장**
알프레트 되블린 | 권혁준 옮김 |52|

1930 **식(蝕) 3부작**
마오둔 | 심혜영 옮김 |44|
국내 초역

1935 **루쉰 소설 전집**
루쉰 | 김시준 옮김 |12|
서울대 권장 도서 100선
연세 필독 도서 200선

1936 **로르카 시 선집**
페데리코 가르시아 로르카 | 민용태 옮김 |15|
국내 초역 시 다수 수록

1938 **사형장으로의 초대**
블라디미르 나보코프 | 박혜경 옮김 |23|
국내 초역

1946 **대통령 각하**
미겔 앙헬 아스투리아스 | 송상기 옮김 | 50 |
1967년 노벨문학상 수상 작가

1949 **1984년**
조지 오웰 | 권진아 옮김 |48|
1999년 모던 라이브러리 선정 '20세기 100대 영문학'
2005년 「타임」 선정 '20세기 100대 영문 소설'
2009년 「뉴스위크」 선정 '역대 세계 최고의 명저' 2위

1954 **이즈의 무희 · 천 마리 학 · 호수**
가와바타 야스나리 | 신인섭 옮김 |39|
1952년 일본 예술원상 수상
1968년 노벨문학상 수상

1955 **엿보는 자**
알랭 로브그리예 | 최애영 옮김 |45|
1955년 비평가상 수상

1955 **저주받은 안뜰 외**
이보 안드리치 | 김지향 옮김 |49|
수록 작품: 저주받은 안뜰, 몸통, 술잔, 물방앗간에서, 올루야크 마을, 삼사라 여인숙에서 일어난 우스운 이야기
세르비아어 원전 번역
1961년 노벨문학상 수상 작가

1964 **개인적인 체험**
오에 겐자부로 | 서은혜 옮김 |22|
1994년 노벨문학상 수상

1970 **모스크바발 페투슈키행 열차**
베네딕트 예로페예프 | 박종소 옮김 |36|
국내 초역

1979 **천사의 음부**
마누엘 푸익 | 송병선 옮김 |8|

1981 **커플들, 행인들**
보토 슈트라우스 | 정항균 옮김 |7|
국내 초역

1982 **시인의 죽음**
다이허우잉 | 임우경 옮김 |6|

1991 **폴란드 기병**
안토니오 무뇨스 몰리나 | 권미선 옮김 |29, 30|
국내 초역
1991년 플라네타상 수상
1992년 스페인 국민상 소설 부문 수상

1996 **아메리카의 나치 문학**
로베르토 볼라뇨 | 김현균 옮김 |17|
국내 초역

2001 **아우스터리츠**
W. G. 제발트 | 안미현 옮김 |19|
국내 초역
전미 비평가 협회상
브레멘상
「인디펜던트」 외국 소설상 수상
「LA타임스」, 「뉴욕」, 「엔터테인먼트 위클리」 선정 2001년 최고의 책

2002 **야쿠비얀 빌딩**
알라 알아스와니 | 김능우 옮김 |43|
국내 초역
바쉬라힐 아랍 소설상
프랑스 툴롱 축전 소설 대상
이탈리아 토리노 그린차네 카부르 번역 문학상
그리스 카바피스상